征旅

诗人传三部曲
杜甫篇 上

马鸣谦 著

人民文学出版社

图书在版编目(CIP)数据

征旅:上下/马鸣谦著.—北京:人民文学出版社,2023
(诗人传三部曲.杜甫篇)
ISBN 978-7-02-017951-0

Ⅰ.①征… Ⅱ.①马… Ⅲ.①长篇小说-中国-当代 Ⅳ.①I247.5

中国国家版本馆CIP数据核字(2023)第070607号

责任编辑　朱卫净　邓安庆
封面设计　钱　珺

出版发行	人民文学出版社
社　　址	北京市朝内大街166号
邮政编码	100705
印　　刷	山东新华印务有限公司
经　　销	全国新华书店等
字　　数	547千字
开　　本	889毫米×1194毫米　1/32
印　　张	26.375
版　　次	2023年5月北京第1版
印　　次	2023年5月第1次印刷
书　　号	978-7-02-017951-0
定　　价	148.00元(全2册)

如有印装质量问题,请与本社图书销售中心调换。电话:010-65233595

动天地，感鬼神，莫近于诗。

——《毛诗序》

目录

1　　人物一览表

上 部

3　　第一乐章　入峡

141　　第二乐章　火与雪

下 部

393　　第三乐章　农事

673　　第四乐章　出峡

811　　附录：出峡后的余事

819　　代后跋：杜甫、马勒与《第九交响曲》

人物一览表

【出场人物】

杜甫	检校工部员外郎
杨氏	杜甫夫人
杜宗文	杜甫长子,小名熊儿
杜宗武	杜甫次子,小名骥儿
杜葵	杜甫大女
杜堇	杜甫二女
杜观	杜甫三弟
吴徵	杜甫女婿,又称"吴郎"
信行	杜家仆人,嘉州人
阿段	杜家仆人,夔州大昌县獠人
阿稽	杜家婢女,云安獠人
伯夷	夔州使府役人,担负平肩舆
辛秀	夔州使府役人,担负平肩舆
杜某	忠州刺史,杜甫同宗从侄
严丹	云安县令,转大昌县令
郑十七	云安县衙吏

郑十八	云安县簿吏
常征君	开州书吏
裴太夫人	严武母亲，与杜甫二姑父为同宗远亲
王判官	云安官员，夔州刺史王崟从侄

王崟	夔州刺史
崔陵	权代夔州刺史，杜甫从舅父
柏茂琳	原邛州牙将，后任夔州刺史
柏如晦	直学士，柏茂琳兄长
柏从简	柏大，柏如晦长子，忠州司马
柏崇礼	柏二，柏如晦次子，蜀州别驾
元持	夔州别驾
孟冼	夔州使府仓曹
孟恺	奉节县主簿
崔公辅	夔州使府评事
崔如琢	夔州使府评事
丁满	瞿塘驿驿官
苏缨	夔州使府录事参军
路凭	夔州司马
韦佽	奉节县尉，前宰相韦见素侄孙
王能	奉节县丞，代摄奉节县令
李徇	夔州使府功曹兼士曹，后转江陵少尹郑审判官
王守仙	邛南兵马使，后任涪州守捉使
赵公	荆南兵马使

终郁	夔州使府功曹,兼奉节县令
郑颋	前东宫典设局典设丞,后入施州幕府
张望	使府督田行官
苏胜	苏缨的从兄,主管州县仓廪的仓督
丁沛	驿官丁满的从兄弟,负责官仓登记的仓史
王儋	赤甲宅前阁邻居,刺史王崟从侄
王佽	赤甲宅原主人,嘉州判官,刺史王崟从侄
冉魁	夔州僚人船商
冉武	夔州僚人船商,邸店主
宋蠡	夔州药铺店主
大觉和尚	真谛寺住持
心演法师	真谛寺寺主
窦全安	瀼西里正
孟崧	瀼西邻居
打枣妇人	瀼西邻居
唐旻	汾州刺史,暂居巫山县
裴倚	巫山县令
田侍御	硖州长史

【过境夔州的人物】

平侍御	入蜀官使,侍御史,前京兆少尹
高旻	荆南节度使卫伯玉幕府,司直
柳赞	华阳县尉

李文巘	益州州学博士,后出蜀入湖湘幕
杨钜	前江陵少尹,入杜鸿渐幕,兼官殿中监
李潮	远房外甥
杜位	杜甫从弟,荆南节度行军司马
封五郎	阆州刺史封承乾之子,大理寺主簿
苏溪	友人苏源明之子
裴虬	施州刺史
封五郎	阆州刺史封承乾子,大理寺主簿
鲜于炅	鲜于仲通之子

【未出场但提及的人物】

杜闲	杜甫父亲
崔氏	杜甫、杜颖生母
卢氏	杜甫后母
杜颖	杜甫二弟
杜占	杜甫四弟
杜丰	杜甫五弟
韦氏妹	杜甫妹,在钟离

严武	杜甫友人,两度镇蜀,成都尹、剑南节度使
高适	杜甫友人,严武初次镇蜀后权代成都尹、剑南东川节度使
章彝	梓州刺史

韦班	涪城尉
崔旰	西山兵马使
郭英义	继严武后镇蜀，剑南西川节度使，后被崔旰攻杀
张献诚	东川节度使
杨子琳	泸州牙将，后为硖州团练使
李昌夔	剑州牙将，后为桂州刺史兼桂管防御观察使
杜鸿渐	继郭英义后镇蜀，剑南西川节度使
封承乾	阆州刺史
郑审	接任江陵少尹
李之芳	杜甫友人，太子宾客
刘伯华	硖州刺史

上 部

第一乐章 入峡

1

终于要离云安[1]了。

中午，王判官在官驿外亭设席饯行。因为消渴症[2]发作的缘故，到云安后的半年里，杜甫已经断酒，故而对饮时只是约略沾唇、聊表心意而已。并没有旁人作陪，杜甫与王判官有一句没一句地闲谈着。晴日的气氛让他很想鼓舞起谈论的热情，可是，他却找不到太多话题来讲说，兜来兜去就是重复的几句表示谢忱的话。这位王判官年纪二十六七岁，入仕时间不久，去年才调来云安。不过，他的从伯父却是夔州[3]的当任刺史王崟。正是依托了这层关系，杜甫这次才下定了决心携家搬去夔州。

席间，王判官告知，夔州那边已有安排，杜员外一到州城，就可投递名刺到州府内。另外，云安县令严丹前日已去夔

---

[1] 今隶属于重庆云阳。
[2] 是中国传统医学对糖尿病的命名。
[3] 治所在今重庆奉节。

州例行述职，料想也已在刺史面提前做好了铺陈。

饯行过后，王判官要回县衙料理公务，还说明早倘若没有其他事情耽搁，定会来江岸送别。杜甫长揖拜谢，两人就在驿亭分别了。

午后登船时，江上无风，桅樯顶端指示风向的木鸦静止不动，那赤白两色圈点的鸟目直直地谛视着东方。两岸耸峻的山崖上未见厚积的云翳，只几片絮状的碎云停在半空。并没有下雨的迹象。

沙岸狭长，勾勒出弓曲蜿蜒的弧线，接近城门处向内凹进，形成了一个天然泊港。杜家的大舸就这样沐浴在斜照的日光中，静候在云安城下。此时的泊港里，除这艘预备下峡的船只，只有一艘荆州的上行商船正在卸下货物，十数个挑夫脚踩着两条长而柔韧的跳板正来回奔忙，不时传来船主催促的呼喝声。商船后面，另有三四艘刚从益州[1]到来的白舫，船上的旅客结付了船钱，正指挥随行仆役搬运行李上岸。入晚前，他们必会找到投宿处，有正式官身的可以在官驿停歇，白衣平民则在邸店过宿。在杜家大舸和商船中间的开阔水面上，还浮着七八支土民艓子。这是形状如同长梭的小艇，尖尖的船头，尖尖的船尾，前后各有一人。船尾的那个坐着，不时翻动两片桨，谈说嬉笑；船头之人站立着，单手抓着渔网，却不言语，身后的木横杆上都栖立了一羽黑鱼鹰。不一会儿，随着尖锐的哨声

---

[1] 中国古地名，治所在今四川成都。

响起,这些小艇仿佛约齐了似的,各各向江心飞驶而去。趁着日光尚且明亮,渔人们要捕捉顺流游下的成群白鱼。

沙岸再往西,原有一处激流回滩。去年初秋抵达云安前,杜甫已见识过滩水涨涌、波涛汹卷的可怖情状。不过,眼下还是三月,江面低落下很多,水流已不似那时湍急迅猛,从江心到对岸的半幅江面透出了浓酽的墨绿,望去竟然平展如镜。

杜甫由僚奴阿段引导搀扶着,拾级而下,踏上了自己的旅舟。

这艘船可不是寻常小艇,前年在蜀中时由梓州[1]刺史章彝赠送,以前曾做过官船。虽然大小远不及旁邻那艘号称"万斛之舟"的商船,体量却比纯粹载客的白舫要宽绰许多。有前后三重舱室,前舱供休憩,中舱置行李,后舱供眠卧。三个舱室的船板下还有底舱,可以装载重物。

已提前招募雇用了船工,舟前撑篙的篙工峡中人称为"长年",掌舵的舵师称为"三老"。类似商船这样的大船须雇佣"长年"六人,"三老"两人,为八人配备。类似杜家这样的中船须雇佣"长年"二人,"三老"一人,为三人配备。在"三老"站立扶舵的望台下还有仆役的矮舱,那里可以安置厨灶。

三天前,仆人信行雇好船工后,已和阿段、女仆阿稽将整船清扫打理过。杜甫与王判官在驿亭告别时,临时雇佣的五名挑夫就开始往舟中搬运行李了。这次出峡旅途等于是将成都草

---

[1] 治所在今三台县,隶属于四川绵阳。

堂的"旧家"不断整体搬移,身边长物可不少哩,挑夫们来回奔走了三次。

先是搬运米粮、舂米器具和厨灶碗碟。去年从成都带出的精米留存已不多,因为有员外郎的头衔,在云安还能领到禄米,禄米是糙米,因此舂米的石臼和木杵必不可少。另外,这次搬运可不要破损了大邑瓷碗。大邑碗白胜霜雪,扣之如玉,是轻而又坚的上好瓷器。那是初到成都时从涪城尉韦班那里索要来的。前年韦班返京后,听说又转任了河南尉,可是,劫后的洛阳满目疮痍,想来万事艰难吧。哦,远方的东都,不知几时才能回返,杜甫不由想念仁风里的二姑母故宅和自己的土娄庄和陆浑庄了。

第二趟搬运了家具、卧具、冬天用的暖炉还有衣物。家里人口多,衣箱就有十来个。乌皮几和书案也都带上了吧,还有两根桃竹杖(也是章彝赠送的)。杜甫每每想到桃竹杖,念及这位被严武当场击杀的刺史,心内总是唏嘘不已。章彝待自己可不薄啊。

第三趟搬运的全是书卷和文房笔砚。此前洛阳土娄庄留有两三千卷,旅食长安十年时贮藏的书卷数量有四五千卷,此后乱离大半已失落,由秦州[1]入蜀时只携带了小部分最珍爱的随身书,不及五百卷。不过,这几年在成都重又收聚,加上友人馈赠,目下也已有近二千卷。还有自己历年积累的诗文稿。惜乎保存在土娄庄的早年诗稿已散失,存留下来的也只有带去长

---

[1] 今甘肃天水一带。

安的十数首,以及凭记忆恢复的十数首,不及十分之一。这些书卷文稿满满登登装了十几个箧箱,为防止行船打湿,箱上都蒙了油布遮盖。

从杜甫家寄住的水阁到南门泊港路途不远,夫人杨氏、长子宗文、二子宗武、二女杜董都是徒步走来的。孩子们上了船,掩饰不住脸上的喜色,因为终于可以摆脱这个坡陡地狭的山城,继续向前探索了。他们生性好奇,心里已在想象前方的州城和新的住所了。宗文在和船头两个"长年"攀谈,具体说些什么,杜甫却听不明白。这宗文什么时候竟学会了当地僚人的土话?

到他登船时,所有行李物件已归置停当。杨氏和阿稽也已将卧舱里的被褥安顿完毕,今晚,全家人就要在郭外滩岸边的船上过夜了。预定明天一早就起航出发。

这是永泰二年[1]的晚春,三月十四日的傍晚。

晚食过后,明月跳出崖间,辉光晕染了夜空,照映着山城和船侧的江水,也照入了前舱。探身向外看去,那月亮已近乎满月了。

一家人早早就睡下,要为明日旅程养足精神。

到半夜时,船外传来了呼啸的风声,随后下起了雨。雨势渐渐增大,噼噼啪啪打在舱顶,杜甫被扰醒了来。这是峡中最后一场春雨吧,眼看初夏即将到来。夜风钻入了前舱门帘,将

---

[1] 766年。

第一乐章 入峡

夜灯微小的火苗吹得摇曳不止。杜甫起身,让睡在前舱的阿段关合了舱门。

回到后舱,头重新枕上了瓷枕。合上眼睛,仍有残存的睡意。朦胧地听着雨声,朦胧地胡思乱想,到丑时三刻,却无论如何再也睡不着了,杜甫披衣起身,来到了前舱。阿段身下铺了一条毡毯,靠着舱壁又酣睡着了。这个白日里精力旺盛的少年,是多么容易沉入黑甜乡,令人羡慕的年纪!

过中舱时,他从油布盖裹的书箱里挑取了一卷,回坐到书案前,将油灯灯芯拨亮,披读起来。

恰好是《文选》二十六卷,于是翻至卷中,找到了陆士衡的《赴洛道中作》二首。读至其一 哀风中夜流,孤兽更我前 不由发一叹;读至尾联 伫立望故乡,顾影凄自怜 再发一叹;待读至其二 顿辔倚嵩岩,侧听悲风响 一联和尾联 抚枕不能寐,振衣独长想 就不由长吁连短叹了。这一联李善有注: 新序曰:老古振衣而起。舞赋曰:游心无垠,远思长想。 不过,"振衣"注得不太佳妙,屈子《渔父》中早就说过了啊, 新沐者必弹冠,新浴者必振衣。

陆机将近五百年前的感发咏叹,正与自己类同无二。此刻,他的心神接通了前代古人,强烈感觉到诗文中所寄寓的那个秘密:古人、今人与后人,心地其实并没有分别,人世的经验原是层累叠加着的。他多年浸淫在《文选》的篇章中,很多段落都已记熟能诵,不料今次重读,竟读出了新的况味。

当年,陆士衡在孙吴亡国后被迫出仕西晋,他是从故乡华亭赴洛阳的途中。自己也设想出峡,至荆州转而北上襄阳,欲将回到洛阳,再赴长安。可是,他却不知道自己能否按期归返。前年广德二年[1]入成都严武幕,出任了节度参谋,同时也得授工部员外郎的检校散官,可是,去年开春已辞幕,此后倘若不按期赴京通籍[2]吏部,其间朝廷也没有新的实职任命,那么,这检校郎官终究也只是挂名的虚衔而已。去年入峡后,因病滞留云安,半年来用药精心调养,身体状况已恢复,而眼看着两年期限很快就要来到。

实在有太多的顾虑,太多的不定之数了。近年接连发生了两件切身相关的大事:一是自己的友人、前宰相房琯因失势而被贬蜀中,放还回京途中在阆州[3]不幸去世,紧接着,另一故人严武去岁亦在盛年故去,他在朝中已没有强有力的援手了。而因为滞留忠州[4]、云安期间耗费较多,出峡北归的旅资已严重不足。

这前程未定的孤旅将如何展开呢?前方的夔州又会如何?想及此处,杜甫感觉郁闷至极。由夔州又想到了云安那位话语闲静的王判官。没有这位青年的热心助力,自己仍会困在云安不得出。于情于理,都是应该写点什么表示感谢的。赠诗予人,眼下就是他唯一能做的事了。受人恩惠而表示礼敬感激,这也是儒家子应有的态度。

他定下心神,继续翻看这一卷。灯芯发出轻微的爆裂声,

---

[1] 764年。
[2] 按唐制,检校官应在期限内通报名籍于吏部,等候任命。
[3] 治所在保宁,隶属于四川南充。
[4] 今重庆忠县。

焰舌闪烁，连带了投在舱壁的影子也在跳跃。不知觉间，时间似已过去很久。待读到卷尾谢灵运那首《入华子冈是麻源第三谷》，至 莫辨百世后，安知千载前 一句，复又抿嘴而笑，想起天宝三载[1]与李太白同去王屋山访问华盖君的求仙往事。一晃已二十多年了哦，唉，那位天子呼来不上船的"酒中仙"也已身故不在人世了。

搁下书卷，杜甫的心脑异常清醒，眼前却产生了幻觉：一时间，古人的语句，今人的语句，陆机的语句，谢灵运的语句，太白的语句，他自己的语句，所有的语句犹如海上潮汐般一齐涌来，倏忽淹没了他，倏忽又消隐去。他在灯火光里捕捉，在吟哦声中过滤。他的吟哦，其实只见嘴唇的微微翕动，几近无声而更似耳语。那边厢，阿段翻了个身，仍自打着轻鼾，外面的雨势已小，江水的流动声清晰可闻。

再回过头，重读了陆机那两首赴洛诗，杜甫就开始构想赠给王判官的诗作，吟得了起首一联，又想到此际仍在云安，大可在到达目的地后再作回顾。如此这般，又过了两刻多，早起的信行从后面矮舱来到了前舱，见家主已起身，赶忙唤醒了阿段。阿段揉着眼睛，跟在信行身后走出了舱室，他们要整理厨间与烧火，准备一家的早食了。

杜甫放下书卷，起身步出舱门，立在了船头。

雨几乎已经停了，三四颗雨星拂上了头面。头顶，密集的

---

[1] 744年。

雨云正奔涌散去，云层罅隙间露出了尤暗的冥空。峡江上升起了轻雾，东方已泛出淡白的曙色。

山城东向的崖间有寺院，此时，连续敲响的晨钟声穿透湿润的空气与微雨，传到了江岸边。团团雾气贴近了江面氤氲着，渐渐集聚起来，变得浓厚稠密。此时，一羽鸥鸟自雾影中飞出，越过桅樯，升上了高空。与它的躯身相比，那对完全展开的翅羽，有着惊人的宽度。

仰看鸥鸟在空中翱翔、盘旋，杜甫恍然忆起了成都的白鸥，忆起了草堂，忆起了当年的入蜀。

2

乾元二年[1]，杜甫一岁四行役，连续四程的苦旅，真是流离波荡的一年。

春天从东都回华州[2]，关中遇大旱，羌村家小孤苦无依，司功参军一职实在无可眷恋，弃职离华州；秋天自华州客秦州，居停三个月，怎奈吐蕃常来寇边，不得平靖；入冬后的十一月初从秦州赴同谷[3]，原想就地卜居，可同谷地远偏僻，衣食无着落，又乏人援引。自河北贼乱以来，三年饥走荒山道，实在是困顿无计。最终又从同谷携家入蜀，因蜀中离西线边境和河北战地较远，且得知几位旧友正在蜀中。

乾元元年五月，高适因直言犯上，贬太子詹事，出任彭州刺史，彭州就在成都北面。乾元二年六月，冀国公裴冕拜成都尹，充剑南西川节度使。河北贼乱前，裴冕在河西节度使哥舒

---

[1] 759年。
[2] 在今陕西渭南。
[3] 在今甘肃成县。

翰帐下,为行军司马,与时任判官的严武相熟,自己在朝时,与他关系也还不错。有这三位友人的照拂,这才定了入蜀的决心,故而出发前将《发秦州》至《凤凰台》的十二首"自秦州赴同谷县纪行"之作寄出,即将到达成都前,又将《发同谷县》至《成都府》的十二首"自陇右赴成都纪行"之作寄出,将行程提早知会了裴、高二位。

十二月初过剑门,抵达成都后,由裴冕安排,先在城西七里浣花溪畔的草堂寺寓居。上元元年[1]开春,由府主裴冕出资,在寺院西二里购得一块林塘,由王司马馈赠了营建草堂的资金。过后从华阳县令萧实处觅来了桃树,从绵竹县令韦续处得来了数丛绵竹,向绵谷县尉何邕要来了数百根桤树,向涪城县尉韦班要来了四棵小松(大邑瓷碗也是韦班赠送);听说徐卿家中多植果木,又从城西的石笋街跑去城中,到果园坊的徐家讨得了梅树和李树数十棵(这徐卿是后来作乱的剑南兵马使徐知道的胞弟,为人恭谨可亲,惜乎后来死于乱军中)。

幸得众人助力,方始修成了草堂。在杜甫,是受人恩惠,也是顺势而为。

而锦水西的草堂,舍南舍北皆有白鸥。

与峡中不同,平原地带的白鸥总是成群,很少会看到孤飞的鸥鸟。浣花溪上,群集的鸥鸟无论是栖停岸滩还是翔起飞落,远远望去如聚散不定的碎云,鸟阵数量有时达百羽之多。

---

[1] 760年。

草堂北面也有溪流，水窄而浅，鸥鸟比溪上少很多，距离却更为接近。那边的白鸥常会飞过篱笆和矮墙，在茅屋上空翱翔，有时就在园圃里那棵大楠树上落翅，宛若枝杈上突然长出的奇异的蓓蕾。

楠树就在草堂正前方，毗邻浣花溪岸边。春夏时浓荫匝地，亭亭如盖的绿意着实惹人喜爱，当轻风拂动枝叶，树间的簌簌声又多么悦耳！傍着它的根部，杜甫曾开出一片药圃，还请来役工搭设了一座茅亭，可以望景，也能躺卧休憩。每回醉酒，只消在亭中小睡片刻，很快就会醒转过来。有一回夏天，在亭中竹榻上午睡，醒来睁眼一看，一只白鸥正啄食袍袖！他故意不动，打算观察那家伙的后续作为，岂料鸟儿得意忘形，拍打几下翅翼，竟跳上了肚脐，忍无可忍，这才挥手将它驱走。草堂的鸥鸟不但不怕人，还敢于与人亲近，虽然实在有些无礼。

在蜀前后跨六年，实足五年，在成都住了有四年（其中一年在梓州和其他外州）。在那里曾有过一个安定的家，妻子和孩子们快乐无忧地生活过。

草堂的夏日尤其清幽可亲，浣花溪上成群的白鸥总是进入画面！那时，宗文会带了弟弟宗武去钓鱼，没有鱼钩，就向他母亲讨来了针囊上老锈的大针，拿石块敲啊敲，做成了钓钩，兄弟俩钓没钓到鱼，那可就不知道了。他们在草堂玩得够欢畅！就是宗文小时不在身边，没有及时开蒙，到了年岁也不喜读书，自己管教无方，只能随他去了。

蜀地友人知道杜员外爱下棋，送来了云母棋子。可家中没有棋盘，怎么办？浣花溪沿岸有数百家纸坊，有名的蜀郡麻纸就出自这里，上品作为贡物输入京城，有白麻纸、黄麻纸，也有桑麻纸和麻布纹纸。桑麻纸耐磨，夫人杨氏将三张麻纸订成一沓，剪裁成棋局大小，提笔绘上墨线，晒干，压实，就是棋盘了。从住到草堂寺开始，因为就近方便的缘故，夫人就常入佛堂，按优婆夷戒律开始食素念佛。严武入蜀后，又随了严太夫人去成都各寺院巡礼瞻拜，两个女儿也时常同去。杜甫觉得妇人女子能有皈依寄托总是好的，有时也会跟去寺院观礼，由此结识了居士李文嶷。其时李文嶷在州学任博士，面貌端雅，身高八尺，很有英武之姿。后来杜甫去梓州后，又曾亲去射洪，拜访了旅居此地的李文嶷父亲李四丈。

可惜啊，那棵大楠树最终为秋冬的大风摧拔去，而杜甫也因厌倦了客居、恐惧蜀中的连番动乱，只得放弃草堂，继续远游了。

离蜀前他让弟弟杜占留守草堂，岂料严武去世后不久，成都又遭遇军将崔旰与新任府主郭英义的相攻之乱，弟弟避去了青城山。如今，离杜占去年年底上一封信来，已多日没有收得新音讯了。杜占他有否返回成都？浣花溪上的草堂如今是何种情形？我，还回得去么？拄杖立在船头的杜甫如此思虑着。

于是又想到了严武——这位于自己有大恩、性情极其骄傲也极其乖戾的友人。自己在蜀中的生涯迁转，多半还与这位老友有关。

回想起来，初识严武是在哪一年呢？

严武的父亲严挺之，乃华州华阴人，神龙元年[1]制举擢第，授义兴尉。擢第前，严挺之执后辈礼，曾数次拜问任膳部员外郎的祖父，相与讨论诗律，这是杜严两家结交之起始。其后有神龙革命，祖父被贬峰州，放还后任国子监主簿，严挺之仍与祖父往来相交，景龙二年[2]祖父故去时，亦亲来吊唁。

严挺之身负才具，素有声誉。先受故相姚崇赏识，引为右拾遗。其后张九龄执政，又荐为尚书左丞。然而屡遭李林甫排挤，张九龄罢相，严出为洺州刺史，开元二十九年[3]，又移绛郡太守。先帝玄宗曾欲召回，又为李林甫所阻，托言其患有风疾，改授员外詹事，令诣东京就医养疾。父亲杜闲在洛阳时，两家也仍有往来。

天宝元年[4]四月，闻知严挺之病重，杜甫曾去修文坊严府登门慰问。

投递名刺后，一少年来到前庭中，正色相问：你可是杜审言长孙杜甫？

少年面容白皙，却并不羸弱，目睛炯炯而神气俊爽，实在异于常人。杜甫当然点头称是。少年也不多话，回应道：我是严挺之大儿严武。

慰问完毕，返出到庭院，严武相送到门，站停了又问：看你仍是布衣装束，偌大年纪为何不去求官身功名？有祖乃尔，

---

[1] 705年。
[2] 708年。
[3] 741年。
[4] 742年。

不怕辱没了门庭么?

那年严武才十七岁,出语已如此锋芒毕露,如刚刚淬炼出新的一柄剑器。奇怪的是,面对他突兀的发问,杜甫并不着恼,反觉得少年怪有意思。这是两人交往的开始。又知严武生于开元十四年[1],乃严挺之第二任妻子裴氏所生。

五月,二姑母万年县君在东都仁风里去世,六月,迁殡于河南县平乐乡。因严武母亲裴太夫人与二姑母家裴氏实为洛中同宗近亲,严武曾上门慰问。九月,严挺之去世,杜甫又前去严宅吊唁。过后两人常常结伴游赏,谈论间,深感其见识精敏,有大人之风。

天宝四载[2],严武投谒前京兆尹韩朝宗,经韩举荐,弱冠之年的严武以门荫调补太原府参军事,天宝末,受陇右节度使哥舒翰赏识,奏充节度判官,过后又迁殿中侍御史。严武多在部伍任职,善于治军,施政未必是其所长。这样的履历,这样的性格能力,正合平定乱世之用。

河北贼乱时,叛军攻破潼关,哥舒翰大军溃败。严武追随玄宗入蜀,擢为谏议大夫。

至德二载[3]四月,郭子仪引军至长安北,杜甫冒险自城西金光门逃出长安,穿过对垒两军,到达凤翔行在,以破衣、麻鞋之身觐见肃宗。五月十六日,由宰相房琯举荐,授为左拾遗。稍早前的三月,严武亦自蜀中抵凤翔,房琯因其为名臣子裔,

---

[1] 726 年。
[2] 745 年。
[3] 757 年。

荐为给事中。杜甫与严武多年未见,此次重逢分外亲切,私下亦引为乡旧同党。

该年九月二十六日,广平王率唐军收复长安。十月十八日收复洛阳。十月二十三日肃宗自凤翔回驾长安,玄宗自成都启程返京。这当然是李唐兴复的开始,然而,玄宗旧臣一系逐渐受到排挤,乾元元年[1]春,先是贾至由中书舍人出为汝州刺史,六月,房琯贬为邠州刺史,严武贬为巴州刺史,杜甫也出为华州司功参军,形同放逐。他与严武先是 恩荣同拜手,出入最随肩, 后面是 铩翮再联翩, 同朝一年期间,可谓同进共退。

乾元二年夏天,关中大旱,立秋后困顿无计。其时贼酋史思明兵势又起,九月二十七日,洛阳再度陷落。两相催逼,无奈只得弃官北征,携家带口辗转避至秦州。是秋,贾至又因九节度之师溃于滏水而逃奔襄、邓获罪,贬为岳州司马。杜甫得知消息,曾在秦州作《寄岳州贾司马六丈、巴州严八使君两阁老五十韵》寄贾至、严武两位。

但严武的仕途命运要好很多,不像杜甫就此沉沦漂浮。贬巴州刺史的次年出任绵州刺史,又迁东川节度使。不久就调回京城,上元元年担任了京兆尹。那年,他的年纪也不过三十五岁(国朝一百五十年中,何曾见过如此年轻的京兆尹?)。杜甫在诗中曾作过 如公尽雄俊,志在必腾骞 这样的预言,严武的再度飞升让他仍抱着再度回朝的希望。

---

[1] 758年。

十二月，杜甫与家人自陇右赴成都，一路至成都，其时裴冕为成都尹，念及旧日情谊，颇有照拂。此后府主更换频繁：上元元年三月，以京兆尹李若幽为成都尹，上元二年三月，崔光远接任成都尹、西川节度使。到蜀跨四年，前后换了三任府主，杜甫不得不 强将笑语供主人。 怎知崔光远到任后忽生事端：此前有军将段子璋随玄宗入蜀地，后为剑南兵马使、梓州刺史[1]。崔光远到任后的四月，东川节度使李奂奏请撤换段子璋，段子璋遂袭李奂于绵州，段、李两军举兵相攻，李奂败逃成都，段子璋占绵州，自称梁王，僭号黄龙，正式发动叛乱，不久攻陷剑州。三川乱局就此揭幕，其时距宝应二年[2]春平定河北乱贼尚有两年。

同年五月，崔光远、李奂二部联军攻击绵州，五月十六日，崔光远部属、杜甫之前熟识的那个西川衙将花敬定攻克绵州，斩杀段子璋。这员成都猛将骄恣不法，纵兵大掠，甚至砍断妇人手腕以掠取金钏，残杀数千人。肃宗大怒，遣监军官使按其罪，崔光远忧愤成疾，十月病卒，时任蜀州[3]刺史的友人高适代摄成都尹。十二月，严武出任成都尹兼御史大夫、充剑南节度使。宝应元年[4]正月严武抵成都。

时隔四年，杜甫在成都使府与严武再度相见，当时把臂言

---

[1] 今四川绵阳三台县。
[2] 763 年。
[3] 在成都西南。领晋原、唐隆、青城、新津四县。
[4] 762 年。

欢的情形还在目前。严武的样貌几乎没有什么变化，白面如昔，风度雅正，只是目睛变得愈加深邃冷峻，时而透出不可测的意味。这是他的首次镇蜀。

严武当时即邀请杜甫入幕辅佐，还赠诗《寄题杜拾遗锦江野亭》调笑逗引。诗是这样子的：

漫向江头把钓竿，懒眠沙草爱风湍。
莫倚善题鹦鹉赋，何须不著鵔鸃冠。
腹中书籍幽时晒，肘后医方静处看。
兴发会能驰骏马，应须直到使君滩。

严武是个实干家，劝杜甫再度出仕也是正常。就诗言诗，他这首写得也不赖，随兴下笔能写得如此清新活泼，足见他的诗才。不过，他自小读书不究精义，只求涉猎。对文学虽有兴趣，自己却并不看重，常笑称写诗作文是"鹦鹉术"，将杜甫比作三国时被曹孟德"罚作鼓吏"的祢衡。这是杜甫不能认可的。严武是假装忘了"三不朽"还有最末一句吧。

况且，他难道不知道昔日同为朝官的杜甫仍然心向北阙，希望回返都城长安么？他是知道的。当然，作为玄宗旧臣，又被视为房琯一系，严武当时虽然复出，在朝中还独力难支。另外，他这次入蜀任职时间很短，前后只半年。

关于严武，另有一事难以释怀：宝应元年初次镇蜀时，昔日举荐提拔过他的房琯被贬汉州刺史。到府那日，诸州刺史于使府集会,前相房琯也在场,其时他仍带礼部尚书衔。听说严武见到房琯时态度极其倨傲,不行朝礼,且当场以言语相激,以示撇清与房琯的关系。虽然他后来曾对杜甫当面解说,过后曾秘密去房琯私邸拜会,但外间已经议论鼎沸。这样背弃旧日恩主的行为,杜甫私底下是很不认可的。

说到房琯,两人交情匪浅,他与杜甫一生命运关涉大矣!

早前旅食长安时,杜甫即与房琯为布衣之交,彼此往还不断。到贼乱纷起,两都陷落,至德二载逃出长安奔赴凤翔行在时,就是因为房琯的举荐而入朝拜为左拾遗。不久,房琯领军于陈陶斜大败,又因门客董庭兰弄权谋利而获罪罢相,杜甫曾为之上疏,奏言 罪细,不宜免大臣。 肃宗怒,诏三司推问,幸而宰相张镐力救才免刑狱。

其时危急,岂能贪爱生死而不救护!

三年前的宝应二年四月,王廷下诏将房琯召回长安,拜特进、刑部尚书。房琯出蜀途中遇疾,于广德元年[1]八月四日,卒于阆州僧舍,时年六十七。过后追赠为太尉。杜甫当年九月曾去阆州,去寺院后山拜祭房琯暂厝之墓,为作祭文《祭故相国清河房公文》。

听闻房琯灵柩至今停留阆州,未能归返洛阳,杜甫每念及此,就不由泪下。

---

[1] 763年。

第一乐章 入峡　23

3

那羽孤飞的鸥鸟在桅樯上空盘旋许久,忽而又飞入江雾中,消失不见了。外间天光大亮,雨已经停歇。后舱里,家人开始起身活动,杜甫返回了舱内。

因看到云安的白鸥而怀想草堂,他有点怏怏不乐。早食时候就瘪着嘴,皱着眉,不住地叹气。杨氏和孩子们熟知他的脾性,一看到他这副表情就很默契地止声不语了。

今日的早食比较简单,只有菜粥糜、鸡卵和胡饼。胡饼是昨日烤好的,刚才重新加热了一番,嚼着有些发硬。杜甫的牙齿不好,只能小块小块地掰碎了,蘸着粥汤慢慢进食。宗文第一个吃好,将碗具筷匙放回木盘中,向父亲低了低头,就溜出舱门去了。

这会儿,三个船工都已上船,开始做行船的准备,可以听到他们"咚咚咚"或"噗噗噗"的响动声。"咚咚"声是将长篙敲打船身,检查船只状况并探明吃水深浅,"噗噗"声是解开原先收起的船帆,在初作调试。行船前,船工们很是忙碌,各项作业都非常仔细。

想到王判官可能来江边送别,杜甫又步出了舱门,看向了沙岸,见昨夜大雨冲决开岸坡不少土块,此时淤积在滩上,看去如同泼溅的污迹。入城的石阶上,雨水携带了零星草泥仍在向下流淌。雾气正散去,依稀可以看到挑夫们肩扛了成匹成捆的麻布,正搬运到邻近那条商船上。他们走石阶时分外忐忑小心,动作极其缓慢。纵使如此,脚下仍不住打滑,有几个险些滑倒,左右摇晃着,立即招来了不知站在何处的船主的呵斥(这僚人土语的呵斥却是无害的,起调很高,后面却低落了下去,语气温和得近乎抱怨)。

这样的雨雾天气,上岸已无可能,大约王判官也不会现身了。

杜甫沿着船舷,走至后面的舵手望台,与那位舵手"三老"搭话。

这是个中年人,皮肤黝黑,身材壮实,头戴船夫笠,上身着小袖短衣,腰里束一条蛇纹带,下身着短裈,赤着双足。让杜甫意外的是,此人竟会说北地汉话。

杜员外放心,往州城去的这条水路,我等走过千遍万遍了。不过,为保险起见,须得再等上一刻或两刻。日阳再高起一些,雾气就会散去,到时再下峡也不迟。往前虽然并无礁石阻挡,可水底有暗流,看清水势,行船才稳当。

这个提议杜甫当然是赞同的。

问"三老":你如何会汉人话?

"三老"答说：至德元载[1]永王李璘东巡，在江陵招募水军，由是被征入伍，过后伺机逃回，在家乡行船为业。

原来如此。

由舵手这番答话，杜甫就想到了友人李白。如此一个天纵之才，对时局走向完全无感，终于被卷入了长江的凶险水涡，他终究还是糊涂啊。听说李白自夜郎放回后曾到过夔州。关于此节，这位舵手"三老"自然是无从知晓的。

回到船头，杜甫命信行将前舱门扇打开，门帘也卷起，又让阿段把舱前船板擦干，铺上了毡毯，然后置上书案，摆放笔砚。他打算给弟弟杜占写一封信，趁未发船前委托官驿寄出。

铺好纸卷，信很快写好了。之后火漆封束，交由阿段上岸投寄。阿段接了信函，立即踏上了跳板，宗文原先在后面看船工们起帆，见状也跟了去。两个少年一前一后，追逐着登上石阶，跑进了关城的城门。

他让宗武从箧箱里取出云安诗稿，边吟哦边修改，心绪随之渐渐平静下来了。杨氏和女儿在卧舱里说着话，宗武坐自己身后在看书。这兄弟俩的名字仿佛配错了似的，宗文是如此好动，宗武却如此好静。

江风东一阵，西一阵，渐渐将浓密的雾气吹散，桅樯端头的木鸦一直在打旋。旭日已经照临了山城和江面。抬眼看去，一羽白鸥又飞了回来。还是之前那只么？他不能确定。但附近没有鸟群出现。

---

[1] 756年。

之前见白鸥而怀想草堂，由草堂而想及严武与房琯旧事。此时思绪转折，又想到了入严武幕的前后事。于是又沉入了回忆。

4

严武到成都不久，宝应元年四月，肃宗崩，代宗承统。六月末，召严武入朝，高适代成都尹、西川节度使。新君继位，让杜甫又开始抱有了期待。

七月十二日，严武奉诏离任，杜甫先作《奉送严公入朝十韵》。骑马出成都，送别至绵阳官驿，驿亭中又赠诗《奉济驿重送严公四韵》，诗里告诉严武，自己就打算在江村寂寞度残生了。

严武何等聪敏，怎会不知这里面的话外音，当场作唱和诗《酬别杜二》，"只是书应寄，无忘酒共持"这一联说明他已了知杜甫的心思。

十六日，成都少尹、剑南兵马使徐知道作乱，半夜杀白马歃血为盟，西取邛州以南内附羌夷兵卒，北断剑阁道以绝援师。八月，叛军起内乱，徐知道为其部将李忠厚所杀。李忠厚既杀知道，如往时花敬定一样，纵兵残害无辜，先前赠予花木的徐卿亦未能幸免，令杜甫哀伤不已。而代守成都的高适面对乱局不能禁止。

严武受阻，迟至九月才得北还。回京后为太子宾客，迁京兆尹兼御史大夫。第二年广德元年为二圣山陵桥道使，封郑国公，迁黄门侍郎。

蜀乱又起，山贼拥绝县道，杜甫不得回成都，只得暂留绵州。闻知友人汉中王李瑀时在梓州，于是离绵州去梓州。重阳九日，在梓州城登高，又作《九日奉寄严大夫》寄给受阻道中的严武。

秋冬将家眷接来梓州，岁暮仍然滞留此地。思归草堂而不能，就去梓州东六十里金华山游览凭吊陈子昂遗迹。又到通泉，凭吊郭元振故宅，观赏薛稷书画，作《观薛稷少保书画壁》和《通泉县署屋壁后薛少保画鹤》。年内返回梓州，与家人团聚。

翌年广德元年春，史朝义自缢、官军收复河南河北的喜讯传至梓州，杜甫欣喜欲狂，写出了名作《闻官军收河南河北》，长期积郁的苦闷心情一扫而空。天下所有因贼乱而流离失所者顿感豁然开朗，重新燃起了希望，他也开始做归乡之计。

当时不能回成都，就仍在梓州淹留。欲归返北地洛阳，尚须再多观察些时日，另外杜甫也匮乏旅资。久在蜀中为客，常须依傍他人，其间曾离梓州，暂往阆州、盐亭、绵州、汉州、涪城等地游览。春末回梓州。是年夏天，梓州李使君卸任，之前任严武成都使府节度判官的章彝接任梓州刺史，为东川节度留后。其间，杜甫与章彝多有往来。

第一乐章　入峡

重阳节后，受阆州王使君邀请，杜甫又离梓州赴阆州以及阆州北四十里的苍溪县。

河北叛军刚刚彻底平定，广德元年十月吐蕃就来内犯，攻陷陇右，长安失守，代宗移驾陕州。十一月，杜甫在阆州遇到从陕州来的中使，得知帝京失陷帝奔的消息。吐蕃盘踞京城半月后撤走。十二月，代宗回驾长安。

十月，高适练兵于蜀，临吐蕃南境以牵制。本来西山三城松州、维州、保州及云山新筑二城，有关辅山东劲卒四千人，久经战阵，人人可用，又有羌人子弟二万人，本足以备边守险。可是，高适却以西山不足守及山路崎岖运粮不易为由，减削了三城戍兵。十二月，剑南西山诸州陷落，吐蕃势力已逼近，成都动荡不安。三城的陷落，高适作为蜀中最高长官，其失职无可回避。杜甫为阆州所撰《为阆州王使君进论巴蜀安危表》和翌年在严武幕中所作《东西两川说》，对此有充分的解说。他在蜀中时，对军政事务仍不时提供建策。

离梓州已三月，冬末时杜甫收到杨氏寄来家书，得知二女杜堇得病，即从阆州赶回了梓州。好在女儿很快病愈。其时巴蜀形势危急，西川节度使高适，东川留后章彝皆无力应付，他便开始筹划明春的下峡东游。

在梓州期间，杜甫与章彝过从较密，多次陪同观猎、宴席、游览。得知杜员外要出峡，章彝送来了两根桃竹杖，还遣人修理了一艘闲置多年的官船赠送。又特为设宴饯行，席间众人都有馈赠旅资，合共有十金。

章彝待杜甫不可谓不厚，然而，他在蜀地兵乱、吐蕃入寇京都、代宗蒙尘之际，不修军备而肆行游乐骑猎，所作所为是不堪职任的。

　　广德二年正月十五日，杜甫一家登船离梓州，沿嘉陵江而下。因与阆州王刺史相处投机，便亲往话别。晦日于嘉陵江上泛舟游览，饮酒宴乐。王刺史及幕府诸公"取别随薄厚"，又馈赠了十金旅资。

　　二月朔日，杜甫在阆州收到了由成都府转来的召补京兆府功曹参军的任命，这当然是严武回京后的运作结果。

　　京兆府功曹的品级为正七品下，比之前左拾遗的从八品上要好一些。可是，这是事务吏，与之前华州司功参军类似，烦杂文牍必定苦不堪言，不时还得看人眼色，哪及得上天子身边的谏臣来得清贵。杜甫当时仍有吕尚和司马相如之心志，不甘心重蹈覆辙，思虑多日，决计以蜀中动乱道阻为理由辞任不赴。放弃这次返京机会，妻子杨氏是有怨言的，虽然她从来没有明说。

　　不几日，又传来老友严武再度镇蜀的邸报，诏令合剑南东、西川为一道，以黄门侍郎严武为节度使。高适召还，为刑部侍郎，转左散骑常侍，封渤海县侯。高适离蜀赴京时，杜甫没赶上送行，曾作《奉寄高常侍》惜别。同时得知章彝罢梓州刺史、东川留后，将赴内朝，先去成都等候严武。杜甫也曾寄诗赠别，冀望其到朝中举荐。章彝是扬州人，这年刚过三十，正是青春年纪，谁知这一去便是永别。

杜甫决定暂留阆州，待严武到后，再回成都与他相会。又遣弟弟杜占提前回成都浣花草堂察看料理，清点鹅鸭，栽种竹子。

二月中旬，杜甫携家眷自阆州归返成都，抵草堂时严武还派使府骑士前来迎接，询问所需，令杜甫备受感动。四月初，经严武多次相邀，甫正式入成都幕。

严武第二次镇蜀有一事不可不提：那章彝一到使府内，便被严武以姑息徐知道作乱、坐视吐蕃入寇，不事练军且耽于骑射游乐为由，被当庭杖杀。这个处置太过酷烈，却将各州主官震慑得服服帖帖。又对依附效命的军将各有提拔与重赏。严武以昔日在河西军中的严峻作风整顿官场，往往多行猛政，短时间的确能收效，蜀中自此安定了一些时日。然而他本性狂荡，视事多率性随意，又为日后乱局贻留了不少隐患。

严武在蜀中，接济友人文士不止杜甫一个；赏赐立功军将、抚恤遗属孤寡也不遗余力，往往倾府库而不知节制。他的豪爽，正与其父严挺之相仿佛。当年严挺之就很看重结友之义，常常主动救济扶助，但凡有旧交先过世者，皆厚抚其妻子，为嫁孤女数十人，在两京很有声誉。

而他的暴烈性格，则自小就是如此。洛中人早有传闻，说他八岁时便以铁锤击杀父亲严挺之的宠妾，早年仗气任侠，在长安时又曾诱拐军使美姬，遭追捕后将此女缢杀沉河。杜甫不知虚实，也从未当面探问，想来也不是捕风捉影。

多么矛盾的两面啊。严武对邦国而言，是支撑危局的栋梁;在洛中故乡,是少年从军的豪侠;在朝士们中间,又是游刃有余的文侣。可是,这样一个多面多能的人物,却是一个谜一般的漩涡,不知何时何地就会将人一口吞噬。

与严武同样,此前友人贾至也被召回京都,为尚书左丞。广德二年春,转礼部侍郎,九月知东都举。该年初秋,杜甫曾委托赴洛应举的蜀人唐诫转寄书信和诗作。两个旧友同时占据了要职,他的个人状况也因此有所改善。

七月初秋,严武整顿蜀中部伍完毕,领兵西征。九月破吐蕃七万余众,夺当狗城,十月又夺盐川城。手下悍将、汉川刺史崔旰于西山追击吐蕃,拓地数百里。事后论赏封功,经严武表奏和贾至的周旋,杜甫奏为节度参谋,得授检校尚书工部员外郎、赐绯鱼袋。

若问杜甫为何入幕不到半年就退幕?

答案其实并不复杂,第一是境况对比反差太大。此前杜甫与严武两人为平交,一在朝,一在野,因旧日情谊尚在,彼此非常融洽。可是,一旦入幕,严武不仅是旧友而且还是上司,就不能当面开"严挺之有此儿"这类的玩笑了。在十月末使府的庆贺宴会上,杜甫酒后半醉说出的这句话差点惹了大麻烦,严武顿时脸色大变。

其二嘛,杜甫不甘久居下僚,趋走幕府,与一众胥吏为伍。入幕这段时间,尤其授郎官后,他曾受到使府年轻官员的冷眼,让他郁闷难制。

真要说起来还有另一条理由,在旁人看来没什么大不了,在杜甫却也是不可忍受：节度参谋在使府议事，尤其是参加军政会议时常须穿上带软甲的戎服。他素来厌恶军伍习气，这身打扮穿在身上岂不是很滑稽？有几回未及脱下就回到浣花草堂，家人看见个个都觉得怪异好笑。

到十二月，他就以老病为理由（这也的确是事实），向严武提出告假，回到了草堂。永泰元年[1]开春正式提出了辞呈，三月初允准。杨氏埋怨也好，严武嘲谑也好，旁人不理解也好，杜甫全都不在意。

反正郎官身份已经得了，且走一步看一步吧。

---

[1] 765 年。

5

起帆了，起帆了！

是宗文在叫喊，他现在担任了"三老"和杜甫之间的传讯者，不停地在甲板上忙前奔后，仿佛是船上担负了重责的水手。他甚至还想爬上桅杆去眺望，幸而被两个篙工给制止了。

晨雾渐渐散去，眼下只贴着江面余留了缕缕水气，但仍然阻挡视线，不易看清水势。等待启航的时候，船尾的"三老"便唱起了蛮歌，曲调高亢昂扬。歌词是当地土语，杜甫听不分明，于是问阿段：舵工现唱的是什么歌？

家主，这是行船人的祈吉歌。我自小就跟随峡中船只，我也会唱。

阿段原先在旁边陪坐，现时便在舱前立起身，跟着"三老"齐唱，船首那两个"长年"擦拭好长篙刚刚放下，听见了响应的歌声，脸上就嘻嘻笑。他俩各自立在两杆帆杆下，一边伴唱，一边拉扯帆索，升起了大帆和小帆。江风将两顶白帆吹得鼓胀起来，帆角扑剌剌作响。

阿段唱歌时将两手合笼在口鼻前，他的嗓音特别地嘹亮清澈。那蛮歌并不复杂，只有同样的三句，前声断咽婉转，后声迟回悠扬，三个船工只是在每句结尾作复沓的和声。这会儿，那羽孤飞的白鸥似乎受了歌声的感召，又从对岸飞了回来。

杨氏、杜堇听到了也来到前舱听歌，朝霞和歌声让她们心里感到喜悦。女仆阿稽正在后舱里缝补衣服，她会唱岸上的蛮歌，却不会唱行船人的歌子，这时就用心听着，一边轻声地拟唱。

小帆升到顶，篙工们便停止了伴歌。两人半跪在甲板上，将帆索抽紧，盘绕在杆底木座上，系结扎紧。他们如此使力，露出的两条胳膊绷紧了肌肉，脸膛也发红，面上青筋暴露。这件工作做结，他们一起来到舱前向员外叉手作礼，告知升帆已完成。

杜甫问阿段，几时可以起行？

阿段答，下行船要看风向，等帆杆顶上的木鸦直指了东方就可以启航。于是杜甫就站起，观看大帆桅杆的顶端。帆面承受了日阳光线的投照，现出半透明的绯色，那左右晃头的木鸦也被照映得赤白分明。

风向已定，一名"长年"解开了缆绳，船身略略从沙岸边移开，只一臂之距。他和另一名"长年"一人站船头，一人站船尾，各伸出长长的竹篙抵住沙岸，船体就离开了泊港。此处水流不急，顺着西来的江风，"三老"将木舵稍偏，这艘船就慢慢滑向了江中。之前看去墨绿的水面，颜色变浅、变澄澈，水流擦着船舷，发出了轻细的汩汩声。

未到江心前，"长年"们一直尽力将长篙撑入岸底，距江心快一半时，船已到深水，便收起了长篙。此后，借了风力和水流，船就可自动泛下。他们站在船首两端，目光炯炯地注视前方，任何情况都会引起他们的警戒，遇到浮木等漂浮物也会挑拨开。他们知道哪处水面河床较浅容易搁浅，哪里的水流会有涡卷，也知道哪里会有不起眼的小块礁石。他们是江水迷宫里自如穿梭的能手，有着常人不具有的视力。

杜家大舸已来到了江心，开始顺水而下。

船速并不是很快。"三老"两手紧抓舵杆，小心校正着航向，一名"长年"不时调节着大小帆的受力方向，以便更好地控御船速。船上的载客们也恢复了之前的活动。女眷们继续做针线缝补，宗武继续看书，而宗文就趴在船舷上，观望正缓慢向后退去的青障崖壁。

之前那羽单飞的白鸥还没有飞走，此刻落停在木鸦背上，收起了翅翼，仿佛要跟随船上的人类一同去往夔州。是因为船上有食物的残屑么？

啊，记起来了。去年四月下旬离成都，船过浣花桥、迎仙桥、笮桥，来到城南泊船密集的万年桥畔时，也曾有一羽鸥鸟飞来栖停在木鸦上，跟随了很久。

这是什么预兆？

杜甫坐回到舱前书案前，右肘斜靠着乌皮几，凝看着前方。他的目光并不看向某处特定的风景，回忆又似江潮般涌来……

6

在杜家船由云安驶往夔州的途中,不妨再回顾一下出蜀和卧病峡中的过去一年。具体的时间起讫,即从永泰元年四月末至永泰二年三月中旬。

永泰元年三月辞幕后,杜甫一直在草堂闲居,哪儿都不去。大部分时间在整理、修改诗稿。出仕入职的一年里,荒废了不少写诗的时间。当然,入幕后可领到很不错的官俸,节度参谋的品级为从六品上,月俸为四十贯,即四金。至辞幕正好一整年,总计年俸近五十金,这是一笔很可观的收入,至少两年时间里,可以让一家人过得安稳无虞。

走还是不走,杜甫还在观望中。很快就要入夏,而巴蜀夏间多雨,江水涨涌,不利行船。马上就出发的话,行程也过于紧促。所以一开始是计划着在秋天水落后启程,有四个多月时间可以安排准备,这是较稳妥的方案。

可是,四月二十六日,成都使府传来消息,使主严武昨夜恶疾发作突然去世。这个变故太让人意外了。面对了严武母亲、太夫人裴氏遣来的报信家仆，杜甫一时讶然，呆立在柴门前。杨氏听见外间动静，走出相看，得知这个消息也大为震惊。三月辞幕时，杜甫曾进入使府，当时严武态度冷淡，言语中含有微讽。当时他的面容神色、五官肢体一切正常，毫无病症迹象。这年严武才四十岁，正当盛年啊。

究竟发生了什么？

杜甫此时已不是幕府中人，不便前往，便让妻子以看望太夫人为名，代替自己入府探听情况。

于是让仆人信行去浣花桥边雇来了肩舆，杨氏跟随报信人一同入了州城。到傍晚时，她才归返来，转告太夫人的口信说，严武是心疾猝死，时间是在昨日晚食后不久。事变发生后，使府内外喧腾，人人惊惶不安。消息传出后，军将部属凡在成都者全都趁夜骑马出城，归返本镇，今早城中各处纷纷躁动，成都很可能又会遭逢动荡。此地已不宜居留，杜员外与鹰儿[1]是密友，牵连关涉很多，请务必斟酌衡量，尽速出蜀为宜。

严武的去世，于杜甫而言，顿失一大倚靠支柱。成都还有什么可留恋的呢？入夜后，他独自思虑，坐到了中夜。不管如何都要出蜀。蜀中此前连遭段子璋、徐知道之乱，看目下情形，谁能保证不会出现第二个段子璋、第二个徐知道？后来发生的事果然印证了太夫人的预判，老人家见识过人啊。至于今后的生涯命运会如何，这还是第二位的考虑。毕竟目前已有郎

---

[1] 严武字季鹰。

官的官身，出峡后倘若能够获得有力人士的汲引，就仍可谋得期待中的朝官官职。

第二天早起，就决定离开成都了。这两天就要将旅装收拾完毕，预定月底或五月朔日启程。至于四弟杜占，也询问了他自己的意向：愿意留守草堂自然最好，如随我出峡也可以，一路可以彼此照顾。杜占对草堂很有感情，决定留在成都。杜甫这个四弟最是忠厚勤恳，只是年近三十还未成婚。今后草堂一切听凭他自由处置，只是记得要常通书信。

二十八日下午，又派信行给裴太夫人送口信，大体内容是告知旅装已收拾完毕，船夫昨日已雇得，明日一早就下船。启程匆促，不及当面告别，万望太夫人节哀、善加珍摄贵体云云。

这天晚上，一家人就在万年桥畔停泊的大舸中宿夜。二十九日上午启航前，只有弟弟杜占、两三位使府好友和草堂邻居得知消息来桥边送行。太夫人的家仆再次到来，这次送来的不是口信，而是抄录好的严武的六七卷诗文稿，另还有一只妆奁盒，内有名贵珍珠串、金钗、玉簪各一。临别馈赠了如此重礼，更见太夫人的恩重情深，杜甫与妻儿、奴仆在舟中齐齐向使府方向稽首拜谢。

启航时，桥下有一羽鸥鸟滑翔飞来，起初一直在舱顶上空盘旋，最后栖停在船桅的木鸦上。落停后，它随船前行很久，直到午后进入华阳县境，才突然振翅飞离。仿佛是特为杜甫全家出峡送行的一个灵物。

如此纷乱的世间就让它继续纷乱下去吧，蜀中安危，王廷自然会任命大臣，再不用外人来操心。杜甫知道，自己已割断了与蜀郡的关联，今后生涯，也将伴随了鸥鸟随意漂荡迁转。

开船后，在舟中展开严武遗稿，通读一遍过。里面篇目大多是表奏文章，诗不过三四十首，与自己互赠的诗篇却不少。这是故友余留在人间的最后痕迹了。想及此，心内不禁五味杂陈。一个念头不时盘旋在脑中：严武他果然是心疾猝死的么？

又想及今年正月月末自京都传来的高适去世的消息。杜甫与高适开元二十七年[1]初逢于鲁北汶水，闻听噩耗后至为哀痛，曾作《闻高常侍亡》悼念。如今，严武亦在盛年去世。昔日旧交真的没剩下几人存留了，思之令人不胜凄惶。

永泰元年的春天，成都久旱不雨。三十日早晨，舟出华阳县境后，江上云团堆聚，杜甫和妻子正在舟中谈论是否会下雨时，雨点就开始纷纷扬扬洒落了下来。这是入春过后的第一场雨，此时已近初夏了。经了雨水的润泽，两岸的树林枝叶碧鲜，其间点缀的花丛橘色与红色错织，妍丽无以比伦，而野燕离了树端的鸟巢开始集群高飞。

暮春的这场初雨，洗去了心中郁积的愁绪，也将一家人的成都岁月抛在了后边。

这一年，宗文十七岁，宗武十四岁，弟兄两个毕竟是少年儿郎，很快就习惯了船上生活。两个女儿杜葵十五岁，杜堇十岁，她们都像母亲一样，性情温顺、勤勉刚强。第七位家庭成员就是仆人信行了：他是嘉州人，浣花草堂建成时十九岁，经

---

[1] 739年。

人推荐来作仆佣,出峡时已二十四岁。在成都启程后,信行负责了全家人和舵工的餐食,整天忙碌没有休止,一到晚间倒头就睡。自从夫人皈依了佛释,他因为常常牵驴护送,于是也入寺参拜,近来也信从了菩萨道开始食素。

端阳节前至嘉州[1],停留了三天作休整。信行家就在州城郊县,于是让他登岸访亲。宗文好动,便让他随同了信行,权当游览。杜甫自己也上岸,到官驿看看有无新来驿报,京中和成都暂时都没有情况。在驿馆中倒是重遇了长安杜曲[2]的一位杜姓同宗。当下就让随从的宗武将妻女从船中唤出,两家人相见分外亲热。

这位同宗长杜甫一岁,被唤作杜四兄。杜四当年在长安时就不好功名,杜甫每天晨鸡初鸣时就牵了马出门,要去权贵豪门干谒作清客,他却总要一觉睡到日光大亮才起身。河北贼乱前,杜四在蜀中做过一阵幕客,过后就一直在嘉州隐居,他乡见到宗亲他也喜不自胜,抓了杜甫的手,就跑去江边酒楼饮酒。又是谈论旧京往事,又是歌咏吟诗,这场酒一喝就喝到了下午,酒醉昏沉,就各自躺卧睡了一觉。到日斜时分,杨氏拉扯杜甫的衣袖才将他唤醒来。那个可爱的四兄啊,还在对面筚席上仰卧了打鼾,杜四的老妻连番拉扯叫唤也叫不醒!

醒来后,趁着酒意未退,杜甫以草体写了首《狂歌行》相赠,感谢他的热心招待。杜四兄得了从弟这一纸赠诗,连声说

---

[1] 今四川乐山。
[2] 杜曲在长安南。春秋为杜伯国,秦为杜县地。其地为杜陵之下聚落。

好好好，不枉今日狂醉一场！他自己又抄录两份，一份让杜甫带走，一份说要张贴到驿馆壁上，以增小州荣色。这幅手迹他要当作宝贝带回家，日后时常观赏。

杜四兄真是洒脱磊落的快活人、真隐士。与他这次见面对饮，杜甫感觉自己又回到了轻狂放任的青春年代！（那时的身体状况原是不适宜饮酒的。这是后话，暂且不提。）

第二日下午，信行与宗文一同回到舟中。第三日一早重新起行，与杜四兄在江边执手作别。今后大约是没有机会再相见了，两人当下都泪洒衣襟。

五月十四日抵青溪驿，五月二十八日至戎州[1]。戎州杨刺史之前在杜甫寓居梓州时就有来往，得知杜员外来戎，特意设宴招待。戎州停留数日后继续下峡，进入山南西道。

六月六日经停渝州[2]。有严六侍御早前也在戎州。他是严武宗族，原先在京任职，回乡丁忧期满也将出峡北还，因为在巴县有事务要料理，先行下江，与甫约好在渝州会合后一起出峡。杜甫到渝州后等待两日，不见严侍御来到，于是继续前行，去往忠州。

十日到达忠州，得知当州刺史是同出杜曲的子侄辈的同宗，便遣信行入州府投递名刺。这位本家刺史起初倒也热情相待，当晚就邀从叔伯赴官邸宴会。照例也有歌乐助兴，这天晚

---

[1] 今四川宜宾。
[2] 今重庆市。

上杜甫又饮了不少酒。

带醉返回舟中睡下，不料第二天早起时身体就极为不适。

唉，至德元载在长安时初发作的疟疾本以为已痊愈，这回却在峡中复发了！先是周身发冷，寒战不止，继而腰脊作痛，下午开始发热，额头、脖颈、胸前汗出如豆粒大小。第二日稍好转，第三日又是寒热交战。此后每隔一日发作如搜刮脂髓，五内增寒如怀抱雪霜。发热时杨氏和杜葵轮番为杜甫擦拭，敷冷巾，发寒时只能拿出冬被覆盖。过后即是长久的昏睡，迷梦交织间，好几次恍惚见到了黑面的冥府鬼使（与在成都城南玉局观中所见鬼神壁面一样），又见火焰熊烈，有龙虎自火丛中先后跃出，随后，是一羽昂头摆翅、正欲摆脱飞起的凤凰……

醒来后，复又感觉口渴难耐，小解频繁，全身孱弱无力，比之前在成都时更甚（只是当时还不以为意）。如此卧病半月后，人变得面黄肌瘦，皮肤干缩皱褶。早年为治疗疟疾，杜甫一直留心翻看医书，稍解病理药性，因此知道这次除了疟疾复来，还有明显的消渴症状。消渴症特别耗人，日久不愈者，会引发诸多并发征象，如眼暗、耳聋、偏枯、疡疖与痈疽。

为何这疟鬼偏偏会在出峡时作祟？杜甫时时这么自问。永泰元年，他已五十三岁。这是上天在提示，自己业已进入衰枯之年？他似乎听到了黄泉之下那些亡故的老友们的召唤，郑虔、李白、房琯、高适、严武……

现在，余事皆可放下，治病是头等紧要的事。

忠州那位杜刺史从驿官那里得知杜甫生病，便将他安排到城东龙兴寺的悲田院卧息养病。这间龙兴寺是当州第一官寺，也是一间古寺，始建于汉明帝永平年间，初名大成寺，至今已历七百年。自从河北贼乱后，天下不宁，蜀中动乱频仍，山贼又时来剽掠，寺中僧官已弃寺逃逸，只十来个僧徒留守着，殿宇建筑半已破败。

　　过几日，杜刺史又派来一位州里的医学博士出诊，医者只停留了一会，便知病人是患了疟疾，留下一纸治疟药方就离去了。杜刺史此后就不再过问，仿佛杜员外的舟船已驶过了忠州境，与他了无关涉。

　　说起来也怪不得杜刺史人情冷漠。他们只是初次见面，除了同宗同姓，之前本就没什么交往。你还能指望一个陌生的远房宗亲再多做些什么呢？

　　那医生所开药方并不合宜。不得已，杜甫强撑病体半坐起，根据之前记忆，再核对医书，定了个更稳妥的方子，然后遣信行和宗文两人一同去江边集市买药。忠州边城，草药不易购买，不得不委托过境船商设法觅求。疟疾最有效的方药就是柴胡，这柴胡峡中无出产，全靠外地输入，因而药价很是高昂。可是，为治好这苦症，咬牙也得购入啊。

　　疟疾这恶疾是伴随了乱世一同出现的，初发是在河北贼乱的第二年。该年八月自己只身北上，欲投奔已在灵武继位的肃宗，途中为叛军俘获，被押回长安。初冬时疟疾就发作连连，药饮无从获得，米粮几乎耗尽，一度痛苦不堪。此后几年中一直没有彻底治愈，时有反复。乾元二年秋天在秦州时就曾再度发作。到成都后因为有草药的调理渐有好转。

第一乐章　入峡　　45

养病期间，因为借住了僧院，杨氏早晚都会去拜佛，祈祷丈夫能顺利康复。后来她还在寺僧那里正式受了菩萨戒，成了优婆夷在家弟子。

调养休息两旬过后，疟疾稍得改善。每天已可以正常眠卧。发热已停止，就是每到下午仍会打寒战。体力也有所恢复，能下床活动了。

然而，隐伏的消渴症却是个大麻烦。因起初症状往往不显明，患者往往发作严重后才求医问药，这时再对症治疗往往为时晚矣，很多医者对此都束手无策。趁病体稍有恢复，就开始细读医书中与消渴相关的条目：随船书箱里正有张仲景《金匮要略》、葛洪《肘后方》、巢元方《诸病源候论》、孙思邈《千金方》，还有好友郑虔撰成《胡本草》，于是就让宗文、宗武将这些医书、药书全部拿来。书中凡是提及消渴二字之处，皆让他们写好条签、插入标记。因杜甫之前已听说天宝十一载邺郡刺史王焘撰成的医书《外台秘要方》搜罗各症药方最广、最齐、最新，为寻找对治消渴的药方，于是又委托寺僧和船商搜求。但这部药书在蜀中传播不广，在峡中一时很难寻获。

再用药休养半个月后，体力已恢复，于是就由宗文或宗武搀扶了，在院落中走动散心，有时也会步出悲田院来至寺院内。这一向多有叨扰寺僧，于是就去拜问了代理寺主职分的维那僧[1]。

---

[1] 佛寺的僧职名，为三纲之一。掌管僧众内外事务，早晚课时担任起腔唱诵、敲引磬领众诸事。

这位维那僧恰好也是长安人,姓丘,原在新昌坊青龙寺剃度落发,同是贼乱之后流离来蜀。当下两人分坐,对谈许久。

丘维那说,员外但且安心,在寺中想住几时就住几时,一切供应无须劳心。若不嫌弃,我让大寮典座[1]每日两回送斋粥、斋饭到悲田院。倘若员外需要补养身子食荤,却不得在寺内。本寺是律寺,约束比较严格,住寺外客也不得违背,还请体谅为是。还有,听闻员外素有诗名,可否留诗壁上,以便忠州缁素僧俗可以观览。

丘维那如此言说,实在是让人安心,杜甫再三致谢。又回应丘维那说,留赠诗篇那是自然的,只是病未痊愈,我恐怕没有太多的诗情,也写不太好。

无妨,无妨,任一首诗都可以,只要是在峡中所作就可以。维那僧如此答说。

忠州位于泸水、岷江汇入长江的三江口,这是一座江岸平地上的小城,市集很小,信行去市上买米有时要耗费两天;这年遇春旱,蜀中米价腾贵,秋天收获前,当地米粮供应总不足,民众常常争购,加之城门又早闭,故而他总在傍晚前入城,然后就在店肆前露宿过夜,第二日抢个先才能买米回家。信行这个仆人恭谨温厚又意志坚韧,回家从不抱怨一句,是杜甫病居忠州时的有力倚靠。

到七月初,经了一个月的持续用药调养,疟疾已变成轻症。为防止复发,仍不得不服用调养方剂。

---

[1] 佛寺的僧职名,掌大众斋粥饮食诸事。

7

五月底到戎州时，即与尚在成都的裴太夫人有通信，知其预备于六月上旬亲扶严武棺柩下峡，到江陵后再北上，经襄阳北还华阴。杜甫在忠州卧病多日，也有写信告知。

七月九日，由官驿得知裴太夫人舟船将于明日行至忠州，杜甫提前一日与家人回到自家船中等候。十日午后，太夫人舟船到得忠州，杜甫立即携全家登船拜祭。

严武的棺柩就停在后舱，髹了黑漆的桐木棺下铺有高高的垫板，棺前张挂了垂地的两幅素幔。严武三子年齿尚幼，大男楚卿才八岁，二男越卿六岁，都跪在棺侧，三男郑卿未满周岁（生于去年广德二年严武封郑国公之后），仍由严武妻陈氏抱着。杜甫行三叩拜礼，悲恸不能起身，太夫人亲来搀起，执手泪眼相看。妻子杨氏、二女各各拜祭，宗文、宗武二子执从子礼，为服缌麻三月。

当下请太夫人移舟叙谈。

杜甫先感谢太夫人此前在成都的提醒和馈赠。太夫人说，不须提。杜、严两家三世修好,情同宗亲,原就不分彼此。

杜甫询问成都近况,太夫人说,吾家鹰儿过世,昔日的军将部属和之前完全不一样了。个个私心蠢动,已开始交相联络。五月十日,杜济为西川行军司马,权知使府事。这杜济还是你杜陵同族吧。

是也,论起宗辈,他是甫的从孙,天宝十三载[1]在长安时曾与他作邻居,那时他还未得官职,尚是白衣。

太夫人说,那杜济只是代职,先就上表,请王廷及早颁布接任人选。怎知蜀中军将已分作了两派。其时郭英干为都知兵马使,郭嘉琳为都虞候,两人联名上表,共请英干兄长郭英乂为节度使。这郭英乂在新君即位后,因与宰相元载结好,正是权势熏天,现在是尚书右仆射,封定襄郡王,想来你也是认得的吧?

是也,他是陇右节度使郭知运之子,至德二载,甫为左拾遗、季鹰为给事中时,郭英乂出任了凤翔太守,也是甫的同朝旧识。太夫人,那另一派又是谁人?

就是鹰儿手下的得力悍将崔旰,他现下是西山兵马使,也纠集了西境不少军将,共请刚刚击退了吐蕃的云麾将军王崇俊为节度使。二道奏表一先一后都送去了京师,正不知哪边会遂愿呢。

这崔旰,杜甫当然是认识的。他是严武的亲信部将,卫州[2]人,虽是儒家子,却喜纵横之术。天宝末,卫州刺史茹璋

---

[1] 754年。
[2] 唐代卫州,治所在汲县(今河南卫辉)。

授其符离令，罢职后久不调，于是客游剑南，投笔从军为步卒，跟从剑南节度使鲜于仲通。又随李宓讨云南，李宓战败后归成都。其时行军司马崔论见其状貌伟岸，又是崔姓博陵安平房同宗，荐崔旰为衙将。过后又历事节度使崔圆、裴冕。裴冕因花敬定事系狱，崔旰曾赴京师为裴冕喊冤脱罪，任禁军武官，为折冲郎将军。

宝应初，蜀中乱，山贼拥绝县道，严武初镇蜀中时举荐崔旰为利州刺史，既至，山贼遁散，由是知名。严武再镇蜀中时，又将崔旰调来汉州任刺史，其时吐蕃与诸杂羌戎攻陷西山柘州、静州等州，就令其统兵西山。崔旰善抚士卒，手下将卒皆愿致死命。击吐蕃于西山，连拔数城，攘地数百里，将欲更进，因粮尽而还师。严武大悦，装七宝舆迎崔旰入成都，极尽荣耀之至。又设贺胜宴，大加赏赉。崔旰的为人，果勇干练又有智谋，杜甫在这次宴会中亦曾亲眼见识。

局面比原先推想得还要坏，如此延烧下去，蜀中即将又起大乱。杜甫和太夫人都做出了这样的预判。

关于严武死因也有提及。我家鹰儿此前从无心疾，也无胸痛症状，太夫人如此告白说。

严武猝死时她不在府内，在城西净众寺，得知报讯才急急赶回府内。到后见严武已被人抬至后堂卧室，鼻息全无。左右衙官都说是得心疾而死，因严武晚食后，刚要步出后堂，打算去院落闲走，忽然就倒地，手扪心口，厉声呼叫："心痛极！心痛极！"等仆役叫来医官已不治。在成都时，坊间有流言说是章彝外家报怨，太夫人就起了疑心。她设法联络当值医官，以重贿取得了一个情报：严武确实是突患心疾而死，可是他唇舌皆黑，非常可能是遭人下毒而死。上述流言未必就是虚妄捏造。

太夫人含泪说道，不提这个了，一提起我就心伤欲碎。如今鹰儿已不在人世，我再不用整天为他担惊受怕。这回终于能归乡养老，终不至于会沦为官婢了。杜甫和杨氏闻听此言，不禁感伤泪下。

当晚就请裴太夫人在自家船上与妻子、二女共宿。杜甫与二子在严家船上守夜。

裴太夫人有吴姓的族亲侄孙在忠州临江县任司法佐，名唤吴徵，第二天也来船上拜祭吊唁。这位儿郎自小随在太夫人身边成长，如同自家儿孙，时年二十二岁，容貌颖秀，谈吐不俗。太夫人昨晚在船上已见过杜家十五岁的长女杜葵，询问相谈后已心生欢喜。早间再看到吴郎，心里暗暗就有了主意。第三天，太夫人先询问了杨氏，杨氏就再来询问杜甫。

吴郎既是太夫人亲属，家世也很不错，又是青年出仕，杜甫当然应允了这桩婚事。于是就与妻子两人将其余人等支使开去，单独询问了大女儿。杜葵当场就羞红了脸，拉扯着母亲的衣袖说，葵儿还不想离开双亲，至少等出了峡再说吧。

葵儿啊，出了峡或许就没有这等好亲事了。兴许得再等上十年呢！

杜甫如此吓唬女儿，又把她给惹急了，扯起了母亲的衣袖。夫妇两个见了都禁不住笑出了声。世人都说女儿痴，原来真是这样子的呀。

婚事很快就筹办了起来。吴郎本就在城中租有一个小宅院，于是就安排人手赶紧布置起来。太夫人和杨氏两个操持了所有琐细事项，先就择定了七月下旬的吉日。纳彩下聘及行礼成婚等等，一切都简便从事。宗文、宗武和杜董三个可开心极了，来到忠州多日，他们此前一直陪侍着卧病的父亲不得出门玩耍，这下有如迎来了一个意外的节日。

这的确是杜甫一家入峡后发生的一桩意外喜事。

到新人成婚后的第三日，太夫人才下船离开忠州，此番停留已有半月多。杜甫、杨氏、儿女以及新婚的吴郎、杜董都去江浦边相送。今日一别，不知何时才能再相见，大家都很伤情。

跳板即将撤去，太夫人临走前又告诉杜甫，她日前已修书一封，寄去了忠州东面的云安县，严武的同族从弟严丹现正担任了那里的县令（他是严挺之兄长严挹之的长男）。峡中生涯，有个熟悉亲故照料接应总是方便，她过境云安时也会当面讲述。

另外还嘱咐杜甫早日移船云安：身体总须好好养息一阵。老身还等你北还之后，来华阴旧宅探望哩，到时叙相不迟。这是太夫人临别的最后一句话。杜甫听后情动于中，感激莫名。

世事洞明如裴太夫人，才会诞下严武这样的当世奇才啊。她的判断见识，实在也是特异。

吴郎在城中的宅院另有两间洁净卧房，新婚夫妇邀杜甫和杨氏去同住。于是就从龙兴寺悲田院中搬出了。临走前，应寺僧所请，杜甫在壁上作赠诗《题忠州龙兴寺所居院壁》，那位刺史侄儿看了"空看过客泪，莫觅主人恩"的怨语，不知会作何种想呢。宗文、宗武、信行都住到了舟中，小女杜堇同父母一同住到城中，陪伴她新婚的姐姐。吴郎小家毕竟不能长住，于是和杨氏商量好，预定中秋前移去云安。

城中待得沉闷，八月上旬某日下午，吴郎因为要去临江县办差，杜甫于是随同他一起过了江。在江边雇了匹驴子，由阿段牵引，观览了县南的禹庙，宗文、宗武步行伴随。

禹庙在临江山崖的半山腰。骑驴上得山道，满眼已是初秋风色。走入庙前，见藤草遍布，庭院荒芜。院中有几株树干粗大的橘树和柚树，此时已垂挂了果实，颜色尚青，还不曾染黄。正殿前有一重山门，左右所绘壁面颜色几近剥落，不过，还能看出所绘的是大禹引水开山、降伏江中龙蛇的场景。不过，笔工究竟还是粗糙了些，只是简单的勾线与上色。

庭院向北一面砌有堆石矮墙，还有一座望景小亭，亭中小坐，正可俯瞰江面和北岸缓坡上的忠州小城。江上雾气袅袅，白雾上行变作云气，紧贴着草木翠碧的崖壁，底下的白沙岸，江水在滩头一路奔流，发出阵阵喧响。

在庙里闲坐到落日西斜，方始下山，阿段牵了驴子，在前缓缓而行。宗文按捺不住野游的兴致，已奔到崖下的沙岸上，随手抓拾脚下卵石，不断地向江中抛击，每向前略微投远一些，都兴奋地大呼小叫。弟弟宗武站在他身后只安静地看，却一直不动手。

停留忠州已两月，八月十三日一早启程前往云安（此前船工已辞去，在忠州新雇了短程的船工）。

要在江边告别了，杜葵拉着母亲的袖口就是不肯放手，眼泪止不住地流下。杜家这个长女生在天宝九载[1]，诞下后就跟随父母辗转各处，天宝十四载寄家奉先时也才五岁。这几年稍稍长成，与母亲须臾未曾分离，如今就要离群单飞，叫人如何舍得？杨氏哭成了泪人，连带着年纪最小的杜董也是哇哇大哭。

上船前，杜甫嘱咐吴郎常通书信。吴郎说，忠州离云安不远，丈人且安心。不久，我会将渝州的阿母和弟妹接来忠州，葵儿她不会寂寞的。

忠州到云安有三百里水路，当晚，杜家船就泊在万州南浦过宿，并未上岸。

长江过忠州就向东北方流，到万州转折向东。南浦正对着长江的弯口，此处江面阔大，江水流动平缓，不再发出喧哗的噪响。对岸是一片沙洲连着野地，其间芦荻密布，形成广大的湿地沼泽。

入夜过后，微风自江面吹来，感觉舒爽。对面草岸的上方，低垂着缀满无数星粒的暗蓝的夜空。是夜为中秋前夜，接近圆满的月轮正在天心，前方的江面中，同一个月轮的光晕正随波翻涌。

---

[1] 750 年。

又一羽鸥鸟在檐桅上空飞掠而过。

这断不会是成都万年桥那羽一直跟随到华阳县境的白鸥。这是万州的沙鸥。但见它飞到了江心，很快飞入了对岸的草泽，在芦苇丛间盘旋了一会，又直直地向上，翱翔在星空高处。映衬着辽阔的天地，它的身影有时只是微渺的一个光点。正当你遗忘了它的存在，仰首注视头顶的星河，欲要辨识那即将相会的牵牛星和织女星时，暗光影里，它贴着水面又飞了回来。

在万州这一夜，看着在江面来回飞翔的沙鸥，杜甫心里升起了此后一直盘踞心中的疑问：此去云安将会如何，何时才能顺利出峡？自己的身体状况已不适宜长途旅行，而且，即便强撑北还，艰辛辗转到了长安，到吏部通籍后又能怎样？难道还要待在杜曲，继续无望地攀援干谒么？不能啊。回洛阳土娄庄和陆浑庄？那里是刚刚收复不久的战地，谁能保证不会发生新的战事，而河北降军至今未能顺服，威胁仍未解除。

现如今与天宝、至德年间已大不同了：玄宗、肃宗两位先帝已下世，新君代宗初登位，可朝中除了贾至还算稍有交情，占据各路要津的人物几乎全是陌生面孔，更不用提掌权入相的元载、王缙诸辈了。自己这个挂名的检校员外郎还有机会回长安辅弼新君、参加朝正大典么？那个可以攀援之人在哪儿呢？

现实地考虑衡量，杜甫感觉自己的仕途命运恐怕也就到此为止了。三年前宝应元年的冬天，他曾到射洪金华山寻访陈子昂的学堂遗迹和故宅。他与陈子昂同样担任了谏官左拾遗，同样地中途受挫，仿佛有一根神秘的命运的连线将两人连缀了起来。啊,为何士子的命运是如此地相像?!

这个疑问并没有答案。前途未卜之时,归朝之心已同暗火一般,将要熄灭而尚未熄灭。天性执拗的他心间升起了另一个念头:倘若上天不能让他遂愿,那就只能暗蓄心志于诗文了。只有这一途了。

次日上午,从万州南浦发往云安。行船过后走至船尾与"三老"攀谈。入峡后,早就听说云安出好酒,名为"麹米春",据说一盏入喉就引人沉醉。问"三老"是否果真如此,这位"三老"比之前自成都到忠州时的"三老"要年长,已年近六十,他捻须答说,"麹米春"的确是峡中一等一的好酒。我等就是云安人氏,长年就在江中作雇工,说家乡酒好却不是自夸自卖。员外但且安心,这段水路我等不能再熟悉了,保准将这大船行得快又稳。

好吧,好吧,快将我们载去云安吧。

在忠州时,杜甫已让阿段去市集兑换了分量准足的青钱[1]。等到了目的地,他也想让阿段去买一壶"麹米春"来,就算不能开怀畅饮,沾唇品尝一下滋味总也是可以的。

这天中午并未停船,"三老"、"长年"轮番交替,草草吃了午饭,杜家这首大船在傍晚天光仍很亮的时候就泊停了云安。不过,到云安前有一段水流湍急的回滩。船工们不敢怠慢,提前收起了大小船帆。纵使如此,船身经过急流时仍很惊险,一

---

[1] 即开元通宝小钱,是当时主要流通货币,铸行近三百年,绝大多数为小平钱。

时波涛汹涌，不断有水浪拍上两侧船舷。

因为要联络当县县令，所以这天傍晚就不宜登岸了，船只就泊靠在城楼下的港岸。船工们收起船帆、系好船缆，收得了佣钱，欢欢喜喜地上岸了。两日行船后，他们三人要结伴寻一家酒店，痛快地畅饮一番。宗文也跃跃欲试地要下船去玩耍，美其名曰说是探看县城地形，杜甫实在止不住，就由他去了，嘱告他城门关闭前定要回返舟中。

少年下船，飞快地爬上了梯阶。此时江边烟雾笼罩，城楼的旁侧就是市集，隔着雾气，仍能看到市上往来走动的人影。市集再往前是沿了江岸蜿蜒延伸的马道，背后是荒寂的野树林。某株大树的枝头，立了一只不知名目的大鸟，不时仰起脖子高声嗥叫，声音粗嘎难听。这荒寂的江城，看来和忠州也没有什么不同。

还未到酉时，日阳仍斜垂在西方，杜甫返回舱内，稍许歇息片刻。打盹醒来时，暮色已浓，而宗文也赶在城门关闭前回到了船上。

进到前舱，宗文报告了一个实地见闻：阿爷，云安城中没有水井，此地的人户都雇了人夫，从江里打水饮用呢。

是么？如此一来，住在这里岂不是还要担负一笔挑水的费用。得知此节，杜甫不禁皱起了眉头。

8

杜甫一家到云安的第二天,云安县令严丹就接到县中官舍,安置在后院,招待甚是周到。和忠州的杜刺史,态度是全然的不同。这当然是因为裴太夫人提前关照的缘故。与严丹相谈又得知,严丹比严武小二岁,他很早就知道了杜甫之名,并且还曾面见过,时间早在严挺之去世、杜甫去严府吊唁的天宝元年!当然,杜甫已完全没有印象,因那天他只停留了一会就退出了,未曾留意堂中站立的严氏宗亲里的这个少年。可喜啊,如今在云安有了一位洛阳同乡。

严明府[1]确实待杜甫很好:杜甫在云安领到了郎官的禄米,额定是每月糙米十五斗,四月到八月的五个月也补领了,过后每月也定期发放。此外,他隔三岔五还遣人送来当地的蔬菜与野味。

既然已计划在云安静养到明年开春出峡,住下后便要有所

---

[1] 唐代以明府专称县令。

活动结交。先是结识了青年衙吏郑十七、郑十八。他们都雅好文学，杜甫刚在云安官舍住下，便携带自撰诗文前来拜问。还有一位年过四十刚刚出仕、即将去西邻的开州[1]担任书吏的常征君，那是在九月九日严丹所设的重阳宴上认识的。

先是严丹、杜甫、常征君和郑十七四人在高阁饮菊花酒闲谈，过后郑十八提了自家所酿的两瓮"麯米春"也加入了进来。阁栏前放置了十数盆金爪菊，赏花者都不是旧友，同饮者却个个是新知。酒过若干巡之后，众人又步出高阁，攀走百级梯道一同登上了后山望台。云安对岸有飞凤山，山势峻拔如凤凰展翅，崖上有终年不断的泉水涌出，泄下一道百丈瀑布，直直落入崖下江中。山麓据说还有张桓侯庙，即张飞庙。

很快，众人就开始议论起这年北方的形势，因就在上月，之前平叛有功的番将仆固怀恩竟然勾连了吐蕃、回纥、党项、奴刺寇边。今日宴集的几人家乡都在北地，此际都对时局怀有深重的忧虑，有人高歌，有人洒泪。杜甫当场作《青丝》诗讽仆固怀恩，其中有一句　十月即为齑粉期。　不曾想，十月初果然就传来了仆固暴死鸣沙[2]的消息，杜甫的"齑粉"预言竟然应验了。严明府和郑氏兄弟过后都惊叹员外预料的准确。

不过，仆固家族在平定河北贼乱中先后有四十六人为国殉难，亦可谓满门忠烈。其后罪不掩前功，仍是值得记取的。杜甫所严厉反对的，是他与花门[3]回纥的牵扯。宝应元年十月，

---

[1] 今重庆东北的开州区。
[2] 今宁夏中卫。
[3] 花门是山名，在居延海北三百里。天宝时为回纥占领。后以"花门"代称回纥。

雍王李适[1]曾至陕州欲与回纥可汗结盟讨伐史朝义,大家难道这么快就忘了当时回纥将军车鼻鞭打王廷四名属官、二名死于鞭下的奇耻大辱?

那天,杜甫不知不觉就喝多了。峡中气暖,到重阳节时才穿上夹衣,这天饮酒过后身体发热,他解开了衣襟吹风,身体便受了寒气。

九日当天归家还无异样。谁知到十二日,身体状况急转直下,疟疾尚未好透,肺气病就犯了,入夜过后大咳不止,很晚才睡着,早起就感觉气短、乏力。每晚一上床就是折磨,连声干咳,直要咳出五脏六腑。后来发现坐起后情状要稍好些,于是只得半坐着入睡。

之前消渴症的尿频也未能改善,一夜要小解六七次,不胜烦苦。另外,在成都时已患有风痹,初时情状轻微,到现在,早起后两足麻木,一遇寒冷潮湿天气,脚踝又发酸作痛,连行走都很困难,只能撑扶了拄杖勉强走动走动。

肺疾初发作的数天里,眠食一齐紊乱,心境糟糕透顶。感觉无限凄凉、苦恼,又无处可以排遣。杨氏看到这情状也是忧心不已,她无从助力,只能默默地服侍照顾。杜甫每晚睡不着,她便也陪着不睡。两人都因缺少睡眠而眼圈发黑。

在云安这个峡中山城,上天是要惩罚自己么?甫已来到了人生的终途了么?本来还计划着明年春天出峡,如此一来,真

---

[1] 即后来的唐德宗。

就彻底无望了。即便有了新的任官,也支撑不了几时。

然而,杜甫并不甘心。

严明府得知后,安排杜甫住进了地势低平些的江边水阁,还请来了医官诊治。医官遇到这类多症并发的情况也没有太好的对治法。不过,还是开了疗治肺气的方子。于是,一边要服用治疟疾的调养饮子[1],一边早、中、晚还要服用医官炮制的治肺气的丸药,杜甫完全成了个大药罐子。信行每天除了准备饮食,还要去江边市集寻求各色草药。水阁地面狭小,无法像在草堂时那样自种,购药这笔花销就很惊人。由秋入冬的这三月,穷愁无计,旅资也日渐匮乏了。

晚睡前和早起后,宗文、宗武轮番抚摩父亲的后背和腿脚,白日、晚间小解频次多,也是他们轮流端来便壶然后洗刷清洗。这样下去总不是个事儿。

严丹第二次来探望,得知情况后就遣来童仆阿段、婢女阿稽来服侍照料(当地僚人都无名字,所生男女皆以长幼次第称呼。长男称阿谟,次男称阿段,长女称阿夷、次女称阿等,三女称阿稽)。亏得有这两个奴婢的协力,妻儿的劳苦才得以缓解。这两个奴婢并非亲兄妹,阿段十五岁,家乡在夔州东北的大昌县,阿稽与阿段同年,是云安本地僚人。他们都是孤儿,无父可怙,无母可恃,幼小时就被典卖给船商,长成后船商又押给官府充作奴仆。因为自小在汉人中间长大,他们都会说北

---

[1] 唐人称汤药为"饮子"。

地官话。

云安城夹在两岸崖壁之间，形势逼仄，确实如郦道元所说，是 重岩叠嶂，隐天蔽日， 只能在亭午时分看见日阳，夜分过后才见月升。

严明府的这座水阁建在云安城东，坐落在汤溪入江口的崖面缓坡上，下邻石滩，有阶道通往溪边，距水岸有数百步。面朝东方，日照比较充足，早晨推窗可见白云浮空，窗前有碧绿草甸，东廊风雨槛前植有花木。窗轩打开后，空气流通，又因离岸较远，湿气也不重。总之，水阁很适宜疗病调养。

缺点是日常取水不便，如同宗文初到云安时报告的那样，当地无水井，家家户户都需雇佣人夫，从江里挑水饮用。厨事、洗衣、早晚盥漱都需要用水，水阁里两只大水缸常须灌满，因此也雇了人力挑水。为稍许节省这笔费用，信行每天傍晚都会下到岸边去挑水，来回辛劳很多趟才能积满一缸。少年阿段来后，就成了信行的好帮手。杜甫在水阁窗前看见他们两人挑着水桶吃力登阶的身影，总觉得过意不去。

由秋入冬三个月，身心俱疲，没有心力看书写字，诗写得少，只写了三首。杜甫在作诗上几近于沉默。

先是有作《承闻故房相公灵榇自阆州启殡归葬东都，有作二首》。十月中旬某日，严丹来家中转告，说是房相三子房乘、房宗偃、房孺复上月末到阆州，起父亲棺柩于寺院厝墓，下峡返东都。前日船经云安境未停，直接去往了夔州。杜甫听后，心中先一悲后一叹,悲的是房琯的时乖命蹇,叹的是他身后有孝悌子弟,仍能归葬故乡陆浑(房琯祖籍河南缑氏[1],在陆浑置有别庄)。房相有后辈子弟可以到故乡尽哀,而自己客居峡中,有乡却归不得,还不知他时某日会葬身于何处!疾病与年岁两相催逼,杜甫心头的不祥预感愈益强烈了。

另一首是赠别诗。十一月上旬,在开州衙署任职的常征君因公务返回云安,得知甫卧病多日,特来探视。有客登门,杜甫让宗文、宗武搀扶了,拄着桃竹杖,起身相迎。病后多日不盥不沐,那天恰好杨氏给杜甫擦拭了全身,还新洗了头,头上的白发稀疏得都不能挽结成束了。病后消瘦明显,本还合身的冬衣穿在身上也觉得宽又长。常征君一见杜员外这副病容,眼角就噙了泪。

两人在水阁轩廊里的毡毯上落座,杜甫问起了开州情形,常征君说开州也不平靖,他到任不久的十月,当州刺史就在街头被巴人豪酋杀害,前年渝州刺史也是出行途中被人行刺。

另一件见闻也让杜甫感觉震动:常征君近来在开州遇到了两个流民。一个来自北方边州,起初是同村二十一家一同逃难入蜀,最后只剩他一人出骆谷[2]。他家两个女儿被羌浑骑军掳掠,诀别时曾咬噬其手臂。此人一边捋起袖管让常征君看那带血痕的伤处,一边不自觉地回头望着北方秦地,很快就痛哭起来,凄怆场景令人不堪忍受。另一流民来自汉中梁州,神策军

---

[1] 在今河南偃师东南。
[2] 今陕西周至西南。谷长四百余里,为关中与汉中间的交通要道和入蜀途径。

开赴汉水上游欲阻断入寇羌浑,沿途居然与羌浑兵士一样掳掠暴虐,上官也不禁止。两端都落入虎口,百姓真是苦不堪言。

自前年平定河北贼乱后,天下的郡国万城仍然处处有兵祸。员外,军士们何时才能解甲归田,黎民百姓何时才能求得安乐?常征君如此询问,眼中满是茫然焦灼,杜甫听了不知该如何作答。

与常征君一见即别。彼此今后都不知归处,但望日后时有音书相通!

到云安数月,多数卧病在床,杜甫还没有好好看一下这座山城的面貌。经了三个月的服药静养,身体稍有恢复,就想走出观览一番。信行手头忙碌,就唤来了僚奴阿段。

眼前这个少年肤色稍黑,目睛明亮而心思机敏,他小时就随船商往来峡中,各州都已跑遍,对云安更是熟悉。问他何处看景最佳,他的回答很周全。

禀家主,云安是山城,坡地陡峭,倘若要去城北望景台,最好是坐平肩舆出行。若只在平地行走,那么雇一匹驴就可以,去江楼看景也不错。

雇平肩舆的费用比一匹驴高,再说之前重阳节已登过望景台了。于是对阿段说就去江楼。

阿段很快就从市集上雇得一匹驴子,驴背上也有鞍鞯,阿段将杜甫扶上了驴。

家主坐稳,我们这就去江楼。

水阁在云安城东的汤溪入江口,要看江景,只须沿了岸边马道缓缓行。今朝是腊月朔日，冬季江水下落，水面很低，与春夏初入峡时情状完全不同。一队南雁自对岸山巅飞来，越过头顶去往了北方，将雁声留在了峡江中。此时江口一艘巨型商船正要入江上水[1]，船上大小帆已收起，"三老"在掌舵，船舷两边各有四个"长年"在奋力划橹，岸边沙砾滩上，数十名纤夫分作三股，每股八九人，各牵引着一根以麻丝连缀竹片、名为"百丈"的纤缆。纤夫们的肩背衬了厚垫，拖拽纤子的胳膊外露着，肌肉紧绷，青筋暴起。他们个个面色通红，正呼叫着喜悦高亢的号子，因这时已拉过了最艰难的水段，马上就要进到城楼下。这是杜甫第一次注目峡中土民的日常活动。

阿段知道杜甫的心思，收停了脚步，两个人一同安静地观看，直到纤夫们将船从眼前拖过，身影消失在野芦苇丛后。

开春水面低，下峡是最好不过了。少年望着江面在自言自语。这当然是说给主人听的，却说中了杜甫的心事。近岸有几株梅树，枝头已结了小小的蓓蕾。再过一月，新年就要来到，梅花就要绽放，倘若身体状况好转，肺气病不再反复，而旅资也能得以补足，初春时节真就可以乘船东出了。

阿段牵了驴绳，又向前去，来到了东门前的市集。杜家的船最初就泊靠在此处江口，现在泊在汤溪内港。市集没有店肆，只搭设了十来间棚屋，构成了井字形走道，向上是山冈树林，此时林中仍萦绕着早间的雾气。市上的贩卖人皆是当地女子，卖米，卖鱼，卖肉，卖菜蔬，卖调料。早市到日头跳出山巅即

---

[1] 船逆流而上。

收摊，晚市到太阳落山后。此地男子多外出行船或背纤或捕鱼，很少有来市集的。

岸边常有身着靛蓝衣袍、背负了大竹篓的女子结伙走过。问阿段她们的竹篓里装载了何物？阿段说入汤溪口四十里有盐井，特产颗粒奇大的"伞子盐"，家主可有听说过？从盐井中可掘得盐石，大者如升，小者如拳，置于大锅内以火煮石，水干竭后就可以出盐粒。这些女子是本地的背盐女，竹篓里装的是盐包。她们从盐井装上打包的成盐，然后徒步送到江口的收盐商船上，以此赚取工钱。溪内本来只有十余家盐户，贼乱过后，盐户增加了很多，统一由官家定价收购。现今采盐、贩盐已是云安一大营生，本地僚人很多以此为生呢。

哎，女子出户从事苦力，这真是蛮僚南方才有的奇观了。杜甫今日才第一次见识。这些背盐妇女都不走去市集，而是纷纷下到了江口的泊岸边，那里停了三四艘收盐的商船。负盐女在溪水岸边一队队、一伙伙，络绎不绝。

看过市集，阿段牵了驴子走入了城门，来至江楼前停下，又扶家主下驴。杜甫拄着藜杖绕走到江楼前的石砌阑干前，阿段贴心地在台基上铺了一块方毡，扶主人坐下后，就静立在身后。

此时的江面，雾气尚未散尽，被日阳照映后，现出诡异的鹅黄色，更增添了异域气氛。江中没有巨舸大船，来来去去的都是土民的打渔艓子或渡船，耳中只听得摇橹声和船夫的叫唤声。鼻中吸入了清冷的空气，似乎还能嗅闻到盐卤和鲜鱼的气味……

　　春期已近。很快,燕子就会飞入江楼的门扉,而岸边林丛里,黄鹂也将欢快地叫鸣。岸坡那里是桃树和柳树吧,桃花和柳枝很快就会一同映照在江水中。即将过去的这一年里,人事迁转来得如此频繁,杜甫的身心也经历了大变故。又一个春天将要到来,很想开怀畅饮来浇愁啊。可是,自九月重阳以来,他已断酒三月。现在,连一杯酒也很难喝下了。人渐老,病缠身,体力竟然衰微到如此地步。昔日司马长卿也患有消渴症,遭免职后仍能重任郎官,自己之命运,恐怕还不及他吧。

　　这一日早间出游,是三个月来难得的放松时刻。可是,回转水阁后,心情却变得更加地郁闷暗沉了。

9

无奈在云安过了春节。元日这天,杨氏带了阿段、阿稽去市集买来了菜蔬鱼肉,设法筹备了一次家宴。杨氏与宗文、宗武二子、小女杜堇一齐举杯,向杜甫称觞祝寿。

长子宗文家里的小名唤作"熊儿",他对诗书不感兴趣,家宴过后就出门去云安城中玩耍了。他是个精力旺盛的少年,不好诗书,却有一股笃行实干的劲头。二子宗武小名叫"骥儿",他倒是自小对诗文就有兴趣,于是这天下午杜甫就要宗武试着作诗。

过了新年,宗武虚岁已十五。当年襁褓中的他那么轻那么小,现在已长得这么高大了。宗武的样貌与五弟杜丰实在很相像啊。乾元元年回洛阳探亲时,丰弟的年纪也就比现时的宗武大一两岁。此前听闻杜丰近年流落在江左,就是不知具体所在。自土娄庄别离,一晃已近八年,丰弟不知可安好?

宗武已初识诗律,却太过依赖书册。作诗前,他总要摆开了大阵势,解开很多书卷,摊在床上不时翻看,说是要觅好句。好吧，好吧，无论怎样，能作诗就好，吾家总算后继有人。再过一年，估计那时自己的身体也能调养得更好一些，那就可以父子两个边诵诗文边饮酒了。

元日过后，杜甫又回到了愁闷的日常生活中。他常在水阁轩廊枯坐，很少外出。眼看着归阙时限越来越近，他的身体还没有恢复到可以自由旅行的程度，而旅资正日渐捉紧，杨氏已流露了忧虑的神色，虽然她什么话也未说。

十二日，严明府匆匆来访，告知今日云安接到梓州连续传来的三份驿报，成都又有大乱，只是尚不知具体详情。第三天，他带来了确切的消息。

之前裴太夫人已说过蜀中军将各自举荐镇蜀大臣的情况。最终，郭英干、郭嘉琳的举荐获得宰相元载的支持，七月，郭英乂拜成都尹、剑南西川节度使，八月初至成都。

八月上旬，郭英乂初入使府不久，便编织理由诬杀了之前被西山兵马使崔旰等人上表推举的大将王崇俊。因崔旰在军中素有声望，英乂故意削减西山守军粮草，又屡召崔旰还成都。崔旰在西山听闻王崇俊被杀，已大为惊恐，借口要防备吐蕃，久不赴成都。英乂怒，十一月领军向西山出兵，声言欲助崔旰讨伐吐蕃，实乃趁机袭击。崔旰家在汉州，英乂遣人将崔旰一家迁来成都，又私通其侍妾。崔旰得知后，转入深山避其兵锋。十二月初遇大寒，西山雪深数尺，英乂军士兵冻死者达数百人，军心动摇离叛。崔旰出兵拒敌，英乂军大败，将卒逃散，只收得残兵千人归来成都。

郭英乂到成都后，不问百姓疾苦，肆行不轨。八月中秋曾聚妇人骑驴击球，所置办的宝钿驴鞍及妇人服色，皆装饰豪奢，日耗府库数万，以此作乐。

天宝中，剑南节度使鲜于仲通曾在成都城中建有一座使院，院宇华丽。玄宗幸蜀时曾驻跸居停，后改为道观，正殿中塑有玄宗铸金真容及乘舆侍卫图画。前任节度使崔圆、裴冕、严武、高适执掌蜀中时，都是先入观参拜而后视事。郭英乂入道观行香后，喜爱此地竹树清幽，风景形胜，八月即奏请以院观为军营，平时不住使府而以道观为居所，移去玄宗真容，图画全遭毁坏。成都人慑于其威势，皆敢怒不敢言。

这就给了崔旰反击的借口。打退郭英乂军后，崔旰对众将士言："英乂反矣！不然，何得除毁玄宗真容而自居之？"以此鼓舞士气。十二月下旬，崔旰率麾下五千骑军自西山出，袭击成都。英乂于城西门出兵拒之，令牙将柏茂琳为前军，郭英干为左军，郭嘉琳为后军。使府军累败，部属军士大半投叛崔旰，反攻英乂，其不得人心竟至如此地步。崔旰任命降将统兵，来至子城，英乂妻子儿女尽遭屠戮，英乂单骑逃出成都，欲出逃简州，途中被普州刺史韩澄截杀，首级送交了崔旰。

郭英乂败亡后，昔日严武所提拔的邛州[1]牙将柏茂琳、泸州牙将杨子琳、剑州牙将李昌巙各自举兵讨伐崔旰，蜀中已大乱。

听完严明府的讲述，杜甫眼前一黑。往日河北贼乱时的浓

---

[1] 邛州在成都西，今四川邛崃。

重乌云又一次积压在心头。倘若严武确实如太夫人所说是因中毒死去，那眼下崔旰攻杀郭英义的连番变乱，不能不说也和严武的暴杀章彝有很大关系。这是一连串的连锁反应。

动乱的种子已深植人心，如佛家子平日常说的因果相续，恶因一时无法消除，那么，蜀中没有三年五载就不会有太平日子。

局势动荡不宁，云安居处逼仄，杜甫就与严明府商量起择时搬离云安一事。严丹答说，员外莫急，容我些时日。等安排停当，或许可以先移去夔州。夔州是郡治大州，格局比云安开阔，地势比云安稍平，生活供应上也比云安充足。

于是就开始等待消息。

至二月初，严明府那边还没有下文。中旬某天，昔日朝中同僚蔡十四著作来到了云安。自凤翔一别，与蔡著作已十年未见。他去年十月赴蜀中，入郭英义幕，到成都不久郭即被害。一月中旬，陪同郭英义子郭嘉珍扶柩归返长安，途中经停了云安。自杜甫入峡以来，这已是故人灵柩的第三次过境了。

蔡著作带来了蜀中乱局的第一手转述，与严明府上月所述大致不差。

蔡著作离云安后没几天，又有平侍御自长安出使蜀中，路经云安。严武在京兆尹任上时，他是京兆少尹[1]，两人曾是同僚。因了这层关系，严明府邀请杜甫同去官驿拜问。三人对谈

---

[1] 唐初诸郡皆置司马，开元元年（713年）改为少尹，是府州的副职。

时，杜甫问到王廷的蜀中对策，平侍御答说镇蜀人选已确定，就是去年拜相的中书侍郎杜鸿渐。

这位平侍御是个附庸风雅的俗辈，不过，他那天出示的一方石砚倒是很吸引目睛：一是石胎如璞玉，赭色近黑，通身现出釉面光泽；二是形状奇异少见，抚摩表面，光滑如波涛起伏；三是体量硕大，有数个砚坳，可供五六人对面蘸取挥洒。平侍御请杜员外试砚，又请题诗，于是，由严明府亲为研墨，杜甫当场作成了一首。赞砚的同时也赞人，就此交差了事。那平侍御也颇知人情世故，过后馈赠了一金，送来水阁。

二月中另可记取一事，是此前在蜀中结识的友人李文嶷出蜀，来至云安。

李家是宗亲后裔，算起来亦是杜甫外祖母那边的远亲。李文嶷之前已有秘书郎的授官，今次欲投刚从河南尹转任江南西道观察使的从伯父李勉，暂住云安寺院。在射洪时，李文嶷父亲李四丈就曾资助过甫，这次李文嶷到云安后得知杜甫家境艰困，在经济上也有接济（一来就馈赠了二金）。他们父子都笃信佛释，又乐于施财助人，就是每回总会拉着杜甫不厌其烦地谈说佛理，常常昼以继夜地宣讲。这次在云安也是一样，白天来水阁拜访后，一直讲谈到入夜。妻子杨氏倒是听了很受用，一点不觉得啰唆，向佛之心是越发的虔诚。

李文嶷来云安后的第三天，下旬的二十五日，严明府来访，随同而来的还有一位王判官。判官尚是青春年纪，排行十二，去年开春出仕，在夔州使府任职，年底因督导团练兵，常驻云安。他与夔州刺史王崟是同出一房的近系宗亲，应允为杜甫往来联络，安排移居夔州事宜。还有一点，严明府的弟弟新近刚刚迎娶了王判官的妹妹。说起来，毕竟还是依赖了严氏宗族的联姻网络。

自来云安，多受严明府的照拂，杜甫是很感激的。

新年以来，持续用药调养，肺疾已大为缓解，胸闷、气急的症状也好了很多，就是入睡仍须加高枕头，不然就干咳不止。眠息较之前正常了一些，入睡后无梦，每日也能定时在清晨醒来。

早间未起身，就能听见水阁两边林子里子规鸟的啼声。妻子还未醒，鼻息轻微。孩子们也在各自房中沉睡着。只有早起的信行在后院或前庭走动的脚步声。宁静的清晨，子规的啼声是清隽从容的。若是晴朗天气，将窗帘钩起，第一眼就会看到昨夜宿在溪岸的白鹭自芦苇丛中飞起，而两三只莺鸟已在水岸各处流连鸣啭。天上只白云两三片，朝阳照射了水阁前的草甸，雨槛前的园圃中，无名野花迎风摇曳。杜甫每每贪看着这样的晨景。

白日里，家人各有各的活动。杜甫近来感觉身体恢复得不错，就叫阿稽取来酒壶。只是斟上一小杯，润润嘴唇而已。尝了酒味，就让宗武站在身边继续诵《文选》，赋不诵，只诵诗，现已念到了咏史诗。孩儿多无长性，不久就跑出，找哥哥玩耍去了。不过，玩一会也会自动返回，继续日课。

白天躺卧得太久，肢体不得伸展，入晚后为了活动腿脚，就拄杖走去了庭院。子规就停在伸入院墙的枝头，暮色蒙昧中，一迭四声的啼声听来格外凄切。有时，子规鸟还飞入院中，故意傍人低飞。

它是在唱"不顾不顾"，还是在唱"不如归去"？于是更显明地感知了到滞留峡中的事实。

近来又有了读书作诗的心力。咏杜鹃的前人诗中，还是鲍参军那首《拟行路难十八首》其七印象最深：

> 愁思忽而至，跨马出北门。
> 举目四顾望，但见松柏园，荆棘郁蹲蹲。
> 中有一鸟名杜鹃，言是古时蜀帝魂。
> 声音哀苦鸣不息，羽毛憔悴似人髡。
> 飞走树间啄虫蚁，岂忆往日天子尊？
> 念此死生变化非常理，中心怆恻不能言。

所用手法乃比体，托喻影射晋恭帝遭刘裕篡害之事，与阮步兵《咏怀八十二首》可谓同调。读到这首时，窗外恰好有子规鸟飞过，伴随了两三声啼叫，感怀于是愈加强烈了。此前在成都时，暮春时节也有杜鹃飞来竹薮树丛中啼鸣，上元二年[1]所作《杜鹃行》两首即追摹阮、鲍两位，寄托了对玄宗遭中官

---

[1] 761年。

李辅国[1]阻挠、不得返兴庆旧宫的愤慨。于是让宗武从文具箱中取出笔砚，伏身书案，又写了一首《杜鹃》。想及不能亲去金粟山泰陵[2]拜祭先帝，不觉又是泪下。

寒食节前一日上午，先是严明府来水阁，告知王廷上月已正式任命了杜鸿渐为山南西道剑南东川等道副元帅、剑南西川节度使，二月末启程，估计此时已近成都。自崔旰杀郭英义以来，各地军将引兵相攻，蜀中人人自危，商船尽数逃出，峡中商船已不敢过万州。蜀麻不能出峡，吴盐拥堵在了荆州。四千里江峡从去年年底到现在，已停摆了三个月。杜甫与严丹都切盼杜鸿渐到任能平息动乱，让局势迅速恢复平靖。

再过一刻时间，王判官随后也登门，带来了移居夔州的确切消息。约定是在寒食后第三日起行。此前不久，他亲见了夔州刺史王崟，当面讨论了移居一事。

杜员外，你猜刺史大人是如何反应？他很惊讶地问我，就是那个为先帝献赋的杜甫杜拾遗么？我夔州小州，当然可以迎来这位上宾，你赶快回云安回复，我在夔州马上就做好安排。

如此，余下的几天就要准备搬家了。自杜甫卧病云安以来，仆人阿段和阿稽助力不少，这回也会随同去往夔州。严明府说，这两个童仆灵巧能干，尤其奴子阿段乃是夔州土著，对四方地界很是熟悉，将他们带去，生活起居上可添不少便利。

---

[1] 中官即宦官。李辅国辅佐肃宗登位而执掌军权，权倾一时，为唐代宦官干政之始。代宗继位后被除去。
[2] 泰陵是唐玄宗李隆基和元献皇后杨氏的合葬陵墓，位于今陕西渭南蒲城县东北。

我已出资将他们从官籍赎出,杜员外今后可以任意遣用。

他分明是将这两个奴仆赠予了自己,杜甫当然感激不已。

终于,终于,被困在荆蜀之间半途中的杜甫一家,又将移往前方了。虽然只是去到距离此地不到百里的夔州。在云安停留了半年,旅资耗费甚多,为了能够出峡,看来还须做新的谋划。

10

　　书案前，杜甫从回忆中挣脱，手撑乌皮几，努力站起了身。

　　恍惚间不知身在何处，此前沿途所经的各州面目都相似，嘉州、戎州、渝州、忠州、万州在他心脑中似乎并无分别。然而，身后渐渐退远的云安比较特殊，因杜甫一家在那座峡江山城住了七个月之久。

　　今日风大，大帆已收起，只升了小帆。前方，两岸本来平缓的坡岸渐渐变成了高耸壁立的山崖，因距离崖壁很近，能清楚看见崖面上的野树、杂花、藤蔓和小股的瀑水，衬着水面的倒影，如同两幅对面而立的无限延展的画屏。辽阔的天宇缩窄成狭长的一带，显得更为高远。原先江水流动的汩汩声也变成了汹涌拍浪的喧哗。船头正劈开直面而来的浪头，有水沫冲上了甲板。

　　水星子飞落到颜面上，不知是浪沫，还是雨点。云安上空的云层正在散去,和杜家大船一样,它们也向东面的夔州方向涌去,那里似乎正密集了新的雨云。

一缕日光透过云层罅隙,投照到江面,倏忽过后就消失了,阴云在前方围合了起来。日阳被遮去后,天色也暗沉起来。家主,前方的夔州在下雨了,身后的僚奴阿段提醒说,倘若下雨,今日兴许还不得上岸呢。

杜甫有些担心,船工们雨中行船安稳不安稳?

雨不会很大,是长脚雨。家主放心,这场雨下到傍晚应该也止住了。明日会是一个好晴天。我在做仆役前,常随夔州船主往来三峡水路,这里的天气水情熟悉得很。

阿段很有把握的样子,连船舷前的两位"长年"也这么附和,说话间,他们两个把小帆也收起了,任由船只顺水流而下,船速减慢了一些。

很快,雨点就落了下来,船工们都披上了蓑衣。阿段将毡垫、书案撤回了前舱,杜甫和宗文都进了舱室。

中午,大船泊靠了一处沙滩。杜家人和船工在蒙蒙细雨中进了午食。

宗文吃好午饭,探身出舱外,看船工再次起船。这时突然"咦"的一声,接着又大叫起来:阿爷,阿母,快来!宗武,小堇,快来!快来看崖壁上的猿猴!

他的音声如此欢悦亢奋,一下将全家人都吸引到舱前探头观看:在杜家船缓缓驶离的沙岸,沿崖壁垂挂下无数纠缠交错的藤蔓,在最低藤枝的尾部,正悬荡着两只黑身白面的猿猴,它们一大一小仿佛母与子的模样，距离船舷不到百步。猿猴的目睛怔怔看着船上的人类，船上的人类也怔怔回看它们。那一时刻，恐怕彼此都觉得是一次意外的奇遇。

崖壁高处的杂树间，传来了一声悠长的猿啼，起调低沉，复又高亢激越，似在召唤下了岸的猿猴母子。闻听唤声，母猿将子猿抓拢在胸口，倏忽间又顺着葛藤向上跃升，不一会儿就消失不见了。

杜家人都是第一次亲眼见到三峡的猿猴。在杜甫而言，还有另一层感触：郦道元在《水经注》中的描绘适才得到了验证，*空谷传响，哀转久绝*的猿鸣声已亲耳听到。自出蜀以来，他第一次有了身在峡中的实感。*巴东三峡巫峡长*，巫峡就在前方不远处了。

细雨洒在江面，有一种宁谧的气氛，但并不妨碍航程。午后顺江而下，至申时四刻已抵近夔州。站在船头，已可望见前方矗立的夔门。朦胧的雨雾中，那对峙的两面山崖如此高峻神秘。这就是传说中的楚宫阳台[1]之地么？*旦为朝云，暮为行雨*，自己眼前就是暮雨了吧，杜甫感觉自己已走入了宋玉《高唐赋》的境界。而且，最使他这个北人感觉惊异的，是自己也将在阳台之下朝朝暮暮地度过一段日子了（虽然并不知道会在这里驻留多久）。未见夔州时，他心里隐隐还有不安，现在，

---

[1]《巫山县志》载："城西北半里许，山名高都，为阳台故址，旧有古高唐观。"相传楚怀王与巫山神女幽会于此。

在他心魂最内层的部分，毋宁说已含有了某种模糊的期待，好似一生中酝酿已久的某个重大事件即将在此发生。

"三老"微微斜了舵，船身缓缓向岸边滑行，夔州渐次展现在眼前：狭长的滩头上，时时可见被江水拍打的断石，形状各异，有的黑晶晶，有的生满苔藓，看着仿佛是大禹凿山导江时留下的远古遗迹。岸上有乌密的树林，林子里有无人往来的小道，以及三三两两散布在山坡上的住屋——都是底下有粗大木柱支撑、架空约一人高的楼阁样的屋子（阿段说，当地人将住屋一统叫作"阁栏头"）。然后出现了一道堆石长堤，长堤后是码头和市集，隔了雨雾中的成排柳树，依稀还能看见酒楼挑出的青旗幡。

杜家船没有停入堤内泊港，继续前行了一段，最后泊停在某座寺院的山门前。近岸有一处平旷开阔的台地，其上伫立着数十根粗大的残缺石础，仿佛是某个前代建筑的遗留。阿段说，这间寺院唤作"始兴寺"，起始的"始"，兴亡的"兴"。前面的石础台地唤作"石堂"，是古寺的殿基。官船无论出蜀还是入峡，到得夔州先要泊靠这里，入使府通报后，才能进入白帝城下的水门。从水门可以直接登岸，或入州府，或转去瞿塘官驿。

眼下已近傍晚，雨还未止。此外，这个季节水位落差还很大，从江滩到岸上平地有二三十丈，梯阶百余，入城石阶必定湿滑泥泞。因此只能再停泊一夜，待明天早晨再入使府通报。

从成都万年桥驶出的杜家船，经了将近整整一年，终于停在了夔州。泊港外的江面上，十几羽鸥鸟展开羽翼在空中滑翔（与之前见到的鸥鸟不同，夔州这里的鸥鸟似乎喜欢成群活动），却始终离杜家船远远地，仿佛对西面新来的舟船还不太有把握，尚需一点时间来观察。

宗文已经过于兴奋地想一人登岸，先去夔州城里观看。

阿爷，离入夜还早呢。我在船里待闷了。

不可。

拒绝了好几次后，他仍然在杜甫身前身后转悠，每次都编出不同的理由。杜甫实在给他惹烦了，只得同意让阿段陪他上岸，太阳落山前必须回返。宗文还携带了一个任务，就是要观察当地住民的用水状况，如果还像云安那样要沽水，那岂不是依然很麻烦。这个情况其实只消问阿段一声，马上就会得到答案。杜甫毕竟心软，虽然面上一直很严肃郑重，最后却总会依顺了孩子。

回到前舱书案前，他定下心神，写出了赠给云安王判官的赠诗，诗的后几联就将他最初的夔州印象写了进去。诗写成后，口中吟哦若干次，又改动了一处才定稿，抄好一份收在了箧箱中。

宗文、阿段在太阳落山前准时回返了舟中。夜食后，雨已经完全停了，夔州上空的云翳业已散去。一轮明月在夔门崖上跳出，明晃晃地照耀着这座峡中州城。杜甫还不甚明了它的四至[1]方位。但他经阿段的指引介绍，已知道北岸那座峰巅尖峭的山叫作"白盐山"，对岸那座如屏障般连绵耸峻的山叫作

---

[1] 指土地、屋宅、耕地四周的界限。

"麝香山"。明月辉光下，白盐山的山尖正泛射着幽然的银光。

一天的旅途结束了。一家人很早起身，入晚后都有些疲倦，于是主仆都早早躺下歇息了，只宗文一个还在船头与阿段轻声说着话。后来宗文被母亲唤回了舱内，阿段也进入了前舱休息。卧舱里，杜甫夫妇已躺下眠息，杨氏很快就入睡了，而杜甫闭着眼睛，一半心神还停留在入峡生活的片段中，后来才朦朦胧胧地睡着了。

一个新异的明天即将到来。

三更时，杜甫就醒了过来。此时，船上其余人都还在酣眠中。他躺在卧舱里，侧耳细听夔州的声响：此时四周一片静寂，只舟身前后有江水流动的汩汩声，间或也有一两声泼剌作响的水声，那却不是江水拍岸的低微的噗噗声。他闭着眼睛又假寐了片刻，直到感觉通体已醒觉，这才轻掀开被子，披衣起身。

他来到前舱，轻推开舱门，走上了甲板，倚靠着船舷四下观看。夜色浓重，山城混沌而江面乌蓝。前方，夔州县城和白帝城的城头有缓慢移动的光点，那是守夜士兵的巡夜灯火。孤立皎洁的月亮挂在天心，船舷近处，那水中月浮在水面，影轮时时晃动，破碎了又拼合，拼合了又破碎。前方滩岸上，一丛低伏的芦花前栖息着七八羽鹭鸟，它们屈曲着头颈，将翅翼覆盖了身形，鸟羽的莹白色仿佛洒满了月光。船头、船尾又传来了泼剌的水声，现在才知觉，那是鱼儿跳出江水的溅水声，而依照声音的响弱，几乎可判断鱼身的大小。鱼儿入夜后大概是不用睡眠的，又或许它们也像自己，早早地醒来了。

和昨天在云安的那个清晨一样，杜甫回到前舱，又开始了同样的活动：点上风灯，翻检书卷；取出云安诗重看一遍，又拈笔作改动。初到夔州的这个宁静清绝的夜给予了他喜悦的经验，于是，其后又信笔吟成了一首即事写景的二韵短篇[1]。

如此活动到寅时五刻时，风灯里的油即将燃尽，他不想再叫醒阿段添灯油了。恰好此时又有些困倦，于是便和衣在书案后的毡毯上就地躺下。灯火没有灭熄，焰芯渐渐地低小，灯火跳灭时，他再次沉入了睡乡。

第二日早晨，果然如阿段预告的那样是个好晴天。日阳跃出了夔门，青天一色，江水澄碧，对岸的麝香山宛如全幅打开的画屏：崖面的树丛、藤蔓间点缀着成簇的花丛，两三股细水从崖间飞落，那是山泉和昨日雨水合流泻下形成的间歇瀑。西面的江堤上，杨柳青青，春意深浓。山光如此明丽，难怪鸟雀都叫得格外欢快。

杜甫最后一个醒来，这次的回笼觉睡得可真香甜。睁开眼，发觉家人围坐在他身边，人人脸上都洋溢着喜悦、忐忑又期待的表情。他两手撑扶舱板，坐直起身，双臂舒展向上，舒服地打了个呵欠。阿段已将舱门打开，日光投射进来，将前舱照得通体透亮。

早安，夔州城！

阿段将盛了热水的盥洗铜盆送到跟前。大家伙就看着家主

---

[1] 二韵短篇即绝句。

不紧不慢地洗面、洗耳根，阿段又递上了热巾，杜甫接着又擦拭脖颈与两手。盥洗完毕，阿段刚刚退出，信行和阿稽就从后舱送来了热好的早食。一家主仆就在前舱分作主仆两围，吃好了早饭。

等信行、阿段他们两个收拾好食具回到前舱，杨氏就让他们换上新衣衫（信行是一身新制的皂袍，阿段穿的是由宗文旧衣改制的便袍），他们两个在卧舱里换装走出时，脸上都带了惊讶、羞怯的表情（因他们向来的身份只是贱民仆役，何曾想到会有这样的待遇？）。当然，今日每人都要换穿新衣，包括了杨氏、宗文、宗武和杜堇，过会儿他们可能都会面见当州刺史呢。杜甫脱下便服，换上了绯袍，腰间佩上了带赤绂穗带的银章鱼袋，神情也变得庄重起来。初到夔州的这天，仿佛迎来了一个节日。

在云安的半年里，家主卧病，孤独、苦闷又无处排遣，他的家人和仆人也是这样。来到夔州，境遇有所不同，他的周遭将是一个多声部的所在。前舱里的每个人都将扮演一个角色。

今日船工们的兴致也很好，他们放下了两条踏板，还找来石块在岸滩上垒实。但他们的工作尚未收结，须等到船主下一步的指令。这艘船很可能需要泊到白帝城后的瀼水岸边。到时才能结算工钱。

信行由阿段带路，离船上了岸，先入县城，然后再到白帝城前，向使府门吏投递了杜甫自书的郎官名刺[1]。杜家人就在

---

[1] 古代载有官员姓名、职位等表示身份的名片，起初称为"谒"，后称"刺"，多以竹木材质作成，后用纸做成，功能与现代的名片相同。

舟中等待着，他们都没有兴致观赏本地风景，全都坐在舱中等候。杨氏和女儿在裁剪一方细葛布，打算给宗文、宗武作夏衣，宗武在翻看书卷，阿稽在煎药。杜甫生怕坐下会弄皱绯袍，就一直手扶舱门站着，另只手捧着一卷《文选》闲读。只有宗文坐不住，出舱爬上了大桅杆的第二节高处，他手搭凉棚往左边城门和前方白帝城水门观瞧。此时谁也没有注意到他，即使看见了也不会在意他的危险动作。

大约过了两刻时间，白帝城方向的水面划来了两艘小艇。划艇者都是兵士装扮。自动担任了眺望者的宗文起初并不留意。小艇划近了，泊在了杜家船的前方，信行和阿段从第一艘小艇里下了岸。

阿爷，阿爷，使府派兵士来迎接了！宗文叫喊着从桅杆上跳下来，跑进前舱报告。

信行和阿段上了大船。禀报家主，夔州府主亲自接见了我二人，问明情况后，他请员外和家眷坐小艇直接去白帝城，暂且入住使府客堂。所带行装由使府军士和役夫协助搬运。刺史大人还说，等一家人在客堂安顿好，中午要请员外移步官舍便餐小叙，云安严明府也在府中，也会陪同。

这隆重的接待简直让杜甫有点受宠若惊了（倘若和忠州那个本家侄儿刺史作对比的话）。

信行和阿段扶着家主和杨氏夫人下自家船，坐上了第一艘小艇，后面宗文、宗武和杜董坐上了第二艘艇，三个仆人留在大船上，由船工们帮忙，开始卸下行李。

第一乐章 入峡　85

两艘小艇缓缓向前，向水门划去。碧波细浪的前方，白帝城越来越近，那是伸入江心的一个半岛，也是百丈高的山城堡垒，有三重围合的城墙，墙面皆刷白石灰，最下面这重城墙离江岸约有三十丈高，四隅都有高耸的角楼。船只越接近，城楼就越见巍峨壮观，真不愧"白帝城"之名。右方数百米处，有断石积成的滟滪堆，出水有十数丈之高。据小艇上兵士说，夏秋水涨时，滟滪堆会缩成一丈高的龟背形，浪大时不易分辨，年年都有船只在此触礁沉没。

白帝城护墙下的岸坡上有连片的芦苇丛，苇丛后的高处有一座小巧的草亭，此时亭中无人，倒是颇有野趣。小艇擦着芦苇滑行过去，向前就是松林掩映下的水门。老松枝干虬曲，姿态古拙。

水门安在插入江水的两排石桩上，小艇抵近时，岸上卫兵问话，小艇中的兵士答话，于是两扇大木门徐徐拉开，出现了一条进入的水道，水道尽头是铺了条石的十来步台阶，其上有平台，然后又是十来步台阶，又是一处平台，从这里分开了两道驰道，一条向左，通往马岭的瞿塘驿，一条向右，通往进入使府的上山道。四名役夫、两顶平肩舆已候在上山道上，杜甫和夫人分别坐上平肩舆，孩子们跟在身后，这就进入了白帝城。

客堂在白帝城西北隅角楼的右侧，距离刺史官舍不过百步之遥。前后三进，屋宇轩敞。很快，信行、阿段、阿稽和军士、役夫们就将行李运到了客堂。

客堂只是暂时停歇之地，杨氏关照只将餐具、卧具和衣服箧箱打开，其余一切如故。杜甫夫妇在正堂坐定，眼目还在适应着这个新环境。江风从两边打开的轩窗吹入，空气流通非常好。

杜甫因为有消渴症，常常喉咙干渴，需要饮水。所以来到后第一关心的就是客堂的水源，便吩咐阿段去查看。阿段嘻嘻笑，答说西面赤甲山、卧龙山都有山泉，冬夏不枯，昔日蜀相诸葛亮就已引水入城，起初用竹筒，过后用木溜，木溜时间一久容易朽坏，天宝年间就改为了瓦筒，由瓦筒接引，泉水可以直通白帝山山头。正堂后有宽敞院落，家主随我来看。

阿段便领了家主夫妇走去院中。宗文、宗武、杜堇还有信行和阿稽也都跟来观看。

从院中女墙望出去，前方可以见到逶迤前伸的土台，土台与院落地面齐平，台上铺设了一长溜瓦筒通入了白帝城中，一支接入客堂院内，另两支分别通向左右。杜甫走近观察，见这些瓦筒一头大一头小，壁厚约一寸多，大小头相互套接，水流一点都不外泄。

奇也，奇也。杜甫感觉很新异，不由啧啧称叹。这下不用再为汲水问题忧心烦恼了。又问阿段，那城中民户家又如何取水？阿段说，赤甲山上有溪泉，城中的民家是用竹筒相接引水，家主以后可以入城观看。

峡中多山地，少平地，没有井水也是自然。住云安时，山地无泉水可资引取，每日还需出钱沽水，日常饮用、盥洗、澡沐很不方便。不但平添一项开支，家中奴仆也不胜烦劳。杜甫对了信行说，移居夔州，用水如此便利，今后可就省心多啦。信行连连点头。

院墙下方即是北面的三重城墙，此处是眺望夔州本城的最佳地点。杜甫一家主仆倚靠着女墙，一同观看夔州的风景——背向长江的本州风景。

视野真开阔啊。

赤甲山就耸立在眼前，高峻的山崖异常挺拔，山麓的坡地上，散布了无数民户的楼阁，高坡上的屋宅稀疏一点，到山脚附近就很密集，木瓦和油布覆盖的屋脊鳞次栉比。纵向有直通向上的条石阶梯，横向有邻接两栋楼阁的悬空栈道。这样的格局布置在北地可看不到！孩子们都瞪大了眼睛（此前住过半年的云安城只是江边连续两片较阔大的台地，屋宅都建于平地，水阁也只是城东孤零零的一栋）。

阿段，日光下那条亮闪闪的大溪叫什么？

那是瀼水，我的族人就住在瀼水上游的僚寨，属大昌县境。

你的亲人还在原乡么？

我已好久未见他们了，听说族人已迁到更北的九盘坡。

瀼水两岸泊停了好多艘大大小小的船艇，桅樯如林，靠近白帝城东北隅的溪口，船只尤其多。不少商船正在装卸货物，其间还有横渡到对岸去的送客渡船。

阿段手指着溪口：那边是瀼西的大市集，各式物事应有尽有，还有药市，邻近州县的贩药人都来此处交易。家主杜甫听到这句就有些心动了。

嗯，比云安的市集规模大多了。

是呢。

阿爷，看呀，瀼水东岸好像有稻田！宗文手指了东面那座大山叫道。是的，顺着宗文所指的右前方，在瀼水对岸的白盐山下，的确看到了大片的稻田。此际尚未开始插秧，连片的网格状水田如铺展大地的无数镜面，在日光照射下闪着耀眼的反光。杜甫之前就听严明府和阿段预告过夔州的地势和田地，到这时才第一次目睹实见。

他问阿段，这是私田还是公田？

阿段答，只僻远的几块零碎山田是本地夔人的私田，自瀼水东岸到白盐山下这一整片都是官田，名叫"东屯"，面积有千顷之多。杜甫听到很觉意外，入峡后在沿途州县从未看到这么大片的稻田。

好了，该去拜访当州刺史了，杜甫和夫人回到了客堂，留孩子们在院落里继续观看玩耍。此时客堂的门前，已站着一位值事小吏。

11

今日与刺史王崟的见面亦很愉快。

主客照面行礼过后，彼此都觉得依稀面熟，于是各自介绍履历背景。王崟是京兆万年县人，唐初宰相王珪之后裔，年纪比杜甫小十多岁，天宝十四载因门荫授渭南尉（这年杜甫授河西尉[1]不赴，改授右卫率府兵曹参军）。肃宗初还长安后，王崟任户部度支主事。不过，杜甫不久就从左拾遗出为华州司功参军，两人同朝仅仅一两月。乾元元年杜甫与王维、岑参等朝官一同奉和贾至《早朝大明宫呈两省僚友》诗，杜甫那首堪称最佳，当时两省朝士、京畿官员几乎人人传诵，王崟当然也知晓杜甫的诗名。他后来又转任了左司员外郎、吏部诸曹员外郎，前年调来夔州出任了刺史。

夔州基层官吏很多本籍在南方，推论起来，杜甫和王崟可

---

[1] 河西在今陕西合阳。河西尉，正九品下，其职能主要是司法捕盗、审理案件、判决文书等杂事。

是跨了玄宗、肃宗两朝的长安朝士啊。此外，王崟在吏部任职时与出任京兆尹的严武也有交谊。因了这样多重的关系，他见杜员外到来很觉亲切，表示了真诚的欢迎。

自己的任官已从拾遗谏臣降格为幕府佐职，目前只是挂名的工部员外郎，王崟却是当州刺史，杜甫当然知道应有的礼数，就说了一大通退幕后已是闲身，不得已卧病峡中，如今移来夔州多有搅扰，不胜惶恐之类的场面话。王刺史摆摆手说，杜员外毋须多虑，尽可在夔州安心养息。只是客堂常须接待往来夔州的上官，不便久住，容我和严明府再行谋划，为员外安排一处宽敞屋宅。杜甫谢过，心想这处屋宅最好要有园地，可容我种植菜蔬或草药。

简餐过后，王刺史和严明府有事要商议，杜甫就退出，回返了客堂。

这天晚上，信行从值事吏那里借来沐浴的大铜盆，烧足了热水，一家人依次洗了个澡。杨氏又让阿段和阿稽去市集买来酒菜，为此次移居夔州小小庆祝了一番。

晚食后，夫人与孩子们在安排卧房，杜甫让信行将竹榻移到院中，与少年僚奴谈说了许久，阿段他可是百分百的夔州土著啊。他问的是夔州的土田状况、农事细节，还有药市的情形。阿段知道什么就说什么，一五一十地作答。还说择日可以带领了家主四处游走巡看一番。只是家主腿脚不便，须向使府借平肩舆与役夫。杜甫正有此意，不过还是再过几日吧，等稍稍安定之后。

第一乐章　入峡　　91

第二日上午，王刺史回访了客堂，与杜甫全家相见，气氛亲切。席间，他邀请杜员外后日过午同登白帝城楼，入晚再参加在越公堂举行的宴集。这是杜甫来到夔州后首次的社交活动，很多本州官员都会与席。由刺史亲自设宴接风，就更显隆重尊贵了（与此前在忠州所受冷遇简直天差地别啊）。

次日休整了一天，隔日即是宴会日。王刺史已知杜员外腿脚不便，又遣来了平肩舆，役夫还是之前水门迎接时服务过的那两位，他俩都是夔州土民，颜面晒得黑黑，嘴角永远在笑，样貌很和善。

客堂在白帝城西北隅，刺史官舍在右面两百步，使府衙署就占据了白帝城余下的北侧坡面。东北隅又有角楼，这座角楼建造得比另外三处角楼更为高大，有三重阁。杜甫下了平肩舆，一手拄杖，一手由阿段搀扶着，与已在楼前相候的刺史王崟一同登上了楼阁。阿段很知趣地候在了阁门内。

东北角楼的景致又与在客堂女墙所见不同，那边正对了赤甲山，这里就正对了东面那座峻拔的白盐山，但见山体坡面草色鲜明，峰巅尖峭如弯钩，又由斜阳敷上了一抹耀眼的金色，山麓连接了水田，而瀼水大溪宛若一条银带，壮美景色真是无与伦比。

此处比云安如何？

刺史好意地打趣询问。

形势殊胜，与云安绝然不同。我是说，云安地狭逼仄，比不得夔州开阔雄壮。所幸那一阵有严明府照应，甫才不至于一病不起啊。

裴太夫人临走时关照过严丹，要好好照应员外，崟在夔州自然也会同样照顾。

太夫人的恩义甫无以为报,在忠州时她还为甫的长女议成了一桩婚事呢。

是么?好啊,说起来,严明府弟弟与王判官妹妹的婚事也是太夫人撮合的呢。

是么?这回轮到杜甫意外了,这层关系之前严明府和王判官都没有揭明。

员外打算在夔州住多久?

且住到年底,看身体状况,或许明年开春就出峡。

好,员外但且安养身心,近日我就安排好迁居事宜。

看景完毕,王刺史携杜员外手,两人一同下楼。杜甫重上平肩舆,刺史骑马伴行,从角楼旁侧上了绕城的马道。这段路忽而上坡忽而下坡,步行也觉不便。从北侧绕走到东侧,然后又折向了临向江面的南段。

由东南角楼马道转折向上,行二百余步,到得白帝庙。这白帝庙,祭祀的乃是东汉立国之初割据西南、与光武帝对垒的公孙述。步入祠庙地界,见殿前皆数百年的古松柏,气象很是古雅。庭中又有形状奇异的石笋若干,石笋边栽植了两丛箬竹,也颇有野趣。

步出白帝庙,向南面偏西走百步,就是俯瞰江面的越公堂。来到堂前庭院,刺史命阿段在院门外侍候,携杜甫手步入观览。

杜员外,此堂雄壮苍古否?

第一乐章 入峡

的确雄壮苍古，果然不同凡响。

说到白帝城，乃后周大总管、龙门郡公王述[1]将州府移来此地时营造，隋初杨素以越公领大总管，又大事修建，此堂即是杨素所筑成。开间[2]为七，南国这样的堂构可不多见啊，我已命人将前后殿门全部开启，员外觉得这间古堂敞阔否？

果然敞阔。杜甫应道，抬眼望向堂中高约五丈的藻井。不过呢，门前两根粗大梁柱的上端已有裂隙，孔洞中流出了蜂蜜样的滴液，再看堂口外伸的木梁间架，上面也有旅燕的若干筑巢。杜甫想，从杨素那时到现在已逾三个甲子，可能是近来稍欠修缮的缘故吧。王刺史又领杜员外去看堂内东壁上留存的杨素画像，壁画半数已剥落，但形貌仍可辨认。

主宾席位已提前布设好，各人座位下都铺了一方上好的水纹簟席。此时堂中只有他们两人，于是就在主宾位上各自落座，继续随意叙谈。江风从南廊上吹来，拂过本堂，拂过耳边发出轻微鸣声后，又出了北廊。这流动的空气里，充溢着江城暮春特有的勃发气息。转头望向庭院，垣墙下的花丛却已经提前败谢了，夔州的节令物候似乎要比北地提早一些。

这天宴集的繁缛细节倒不必多说，但赴宴的夔州官员却要排列一番：当时各州刺史的部属按常例包括长史、司马、别驾、录事参军以及功曹、仓曹、户曹、法曹、士曹、兵曹的六曹。其中长史、司马、别驾称为"上佐"，品级高而俸禄厚，不

---

[1] 隋文帝杨坚担任北周丞相时，王述任信州总管，信州在今四川奉节东北。隋开皇九年（589年）灭陈时，于夔州、荆州监修战船、制造军械。
[2] 开间为古代建筑的宽度单位，相当于一根檩的长度，约3.3米。

需亲历实务，多用来优待宗室或安置闲散官员。夔州属于下州[1]，其时只设三曹，各兼两曹事务。

夔州当时无长史、司马，却设了一位别驾，今日杜甫在宴集上遇到的夔州别驾名叫元持（杜甫称之为元二十一曹长），过后两人见面时觉得面熟，各述履历后，元持竟然也是昔日的朝中旧识！杜甫乾元元年在左拾遗任上时，元持官职为司封员外郎。杜甫当然又是喜出望外，而元持日后也将成为他在夔州的一个有力援手。

另外几位是执掌夔州使府日常吏事文书的录事参军苏缨（他是咸阳武功人，与杜甫好友苏源明是同宗），另有奉节县丞王能（此时县令空置，由其代摄），奉节县尉韦伋（前宰相韦见素侄孙），夔州本地人出仕的也有几位，李徇李功曹（兼士曹），瞿塘驿的驿官丁满，孟冼（排行十二，夔州使府仓曹兼领户曹）与孟恺（排行十四，奉节县主簿），后两位是亲兄弟。严明府严丹自不用说，这次也在陪席之列。

上述这些官员赴宴入堂时，由刺史一一引见介绍，各有叙谈。在杜甫居夔期间，他们都将与他发生或多或少的关涉。

宴会展开，杜甫只饮下了刺史主人举杯致敬的接风酒，后面就不再饮酒，改饮乌梅浆了。

酒过三巡，刺史王崟兴致极好，提议联席吟诗。原本要做集体的分韵游戏，因席间只有他自己、杜甫、元持三人能

---

[1] 开元十八年（730年）定四万户以上为上州，二万五千户为中州，不满二万户为下州。夔州当时人户数为一万左右，自然属下州。

第一乐章 入峡 95

吟，于是改成各自吟作。三人面前各放了一张小几，铺上了益州纸，备好了笔墨盒。那天杜甫先咏白帝城楼，写出了怀古四韵《上白帝城》，过后又作宴集诗《陪诸公上白帝城宴越公堂之作》。

当晚宴会上，王崟心情大好，读过杜员外当场所作诗篇后更平添了一份敬慕。宴席散后，他亲自将杜甫送返了客堂。路中他对杜甫说，员外来到夔州境内，出入走动总是不便，今后就让伯夷和辛秀担负平肩舆吧。于是自那日起，无论杜甫是在客堂、西阁、赤甲，还是过后在瀼西或东屯，这两位使府役人总是一大清早就来门前相候，担负了杜员外的出行任务。员外倘若不外出，他们就各自返家，杜家有需要出力的时候也会一起相帮。就这样，杜甫在夔州竟然有了五个仆役。

三月下旬，王崟从同族从侄王佽处谋得了赤甲山麓的一处宽敞宅院，这位王佽排行十六，是云安王判官的从兄弟，现在蜀中嘉州任判官，此宅因而空置已久。杜甫一家搬离客堂，迁去了夔州城中。借着当州刺史大人的威望地位，杜甫一家得以无偿借住。

王崟又命使府役人清扫、腾空了白帝城的西阁（其位置在杜甫所见水门草亭之上，原为官员赏景休憩的江阁，功能与云安水阁相同），杜甫可以来此骋目远望、读书写作或过夜留宿。这里既靠近州府，又靠近瞿塘驿，时常有过境官员在官驿停驻，杜甫也便于获得一些时事消息和故人亲友的情况，因此又是一处理想的会客地点。

12

出白帝城，过瞿塘驿和连接半岛的马岭，进南关门，就步入了夔州城的地界。

峡中的这座南蛮都市，是商船往来的喧腾泊港，是出蜀与入蜀的必经地，也是炊烟遍升的人间。看，数百栋阁楼高低相接，呈扇形分布在赤甲山的山麓（瀼水东岸的白盐山下也是如此）。在瀼西市集前有东门，在始兴寺石堂前有西门（奉节县衙署就在西门内）。这便是州城的四至。

杜家迁居的新宅就坐落在赤甲山南麓的坡地上，在白帝城稍稍偏西方向，距离东门很近。东面隔着瀼水，正对了白盐山。屋前坡下不远处就是连通东西二门的马道，沿马道一直向西，可直通江边的沙洲"鱼复浦"[1]。赤甲宅位势高敞，出入往来便利，并且，如杜甫之前预期的那样，前有隙地，后面还有小园。

---

[1] "鱼复"是夔州的古称。

搬家前一日,先将书箱、乌皮几、桐木书案、琴、剑与文具等物移去了西阁,还有夏日备用的簟席、瓷枕、凉被等卧具。又遣阿段去市集买来了药釜和小炉,以便在西阁煮热汤药和饭食。

正式搬离那天,余下行李就由四个仆役挑担搬运,阿稽一个人背了篮筐,篮筐里叠放着家主诗作宝物的整套大邑瓷碗,她走得小心翼翼。又雇了两头驴子,杜甫和杨氏分别骑一头,宗文牵阿爷一匹,宗武牵阿母一匹,女儿杜堇近来身体不适,就让她坐在了母亲身前。这天驿官丁满恰好来客堂送信(信是留守成都草堂的弟弟杜占寄来的),便自告奋勇担任了前导。当这支队伍离了客堂,从使府辕门走出,进入夔州城时,沿路就有很多土民驻足观看。有好奇者询问穿绯袍的是哪位上官,丁满就代替回答了:是益州来的杜员外,刺史大人的贵客。

到得赤甲宅,杜甫让仆人们歇息片刻,一家人先就把宅园看了个遍。

此前十天住在使府客堂里,屋宇虽然轩敞,风景虽然绝胜,地位似乎也尊贵,可是白帝城中进出往来的都是官员兵将,受制于这个特殊环境,孩子们却不得随意活动,早就待得憋闷。这下可好了,他们脱离了束缚,如同放出笼子的鸟儿一般欢悦。

孩子们天性好奇,总会先探索一番。尤其是好动的宗文,走入宅园不久就有了新发现。来这边,阿爷,阿母,这里有送水的竹筒!他是在厨间西北面的篱墙边。杜甫夫妇循声走去一看，果然看见了此地特殊的引水装置：有碗口大的竹筒直接架过墙头伸入院子里，院中承接的竹筒有木架承托，一直通到了厨间檐口下的水缸内。水缸有缺口，满溢出来的水又从缺口处流入地面的木槽，木槽里的水潺潺流向了篱墙外的渠沟。

原来真像阿段之前讲说的那样，是引山泉入户啊。再看前后左右邻居的篱墙口，也各有从山上接引来的竹筒输送水流。宗文两手掬捧起竹筒末端的泉水，泼洒在颜面上，又凑着饮了一口，嘻嘻地笑着。

家主除了关心水源，还关心屋前屋后的空地，甚至还蹲下来，抓取了脚下的泥土揉搓、嗅闻了一番。表层不是山岩碎屑，而是黑紫色厚壤，如此看来，赤甲宅今后也可以适时种些蔬菜了。草药对土质、日阳朝向、干湿状况就比较挑剔了，不过，他觉得还是应该尝试一下。

丁满将杜甫一家送到赤甲要回返官驿了，临走问，杜员外倘若短缺什么日常物件，随时盼咐就是，他一定设法去弄来。杜甫谢过，只说但凡有外埠书信或相识过境官员到来，烦请随时遣小吏到西阁告知。他若不在西阁，便是在赤甲。丁满诺诺连声就告退了。

王判官的这间宅子，在柴门前还辟有一块花圃，种了蔷薇和竹子，家中有花有竹总是好的。许是空置太久，竹子生长过于繁密而未经修剪，已将两丛蔷薇花压在身下。他便盼咐信行择日将竹子移栽到墙角边。另外，柴门的门扇已经朽坏脱落，也要换一扇新的，阿段说这件事交给他去办就行，他知道从哪里去讨来一副新门扇。

第一乐章 入峡 99

初来赤甲这天晚上,杜家人都兴奋得有些睡不着。杜甫夫妇头并头躺着,说了好一通话。睡在隔壁间的孩子们渐渐安静了下来,杨氏也沉入了睡乡,家主杜甫却仍然清醒着。

头靠在高枕上,他的心思一会儿停留在此前使府客堂的印象中,一会儿恍惚感觉还在云安的水阁(那乱石横陈的地方说实话真不适宜居住)。一月三迁,这是未曾有过的经历,三重体验此时叠合了起来。又想到宋玉宅就在下峡不远的秭归县东面,与白帝城的距离已不远,而宋玉笔下的楚宫阳台竟然就在白盐山背后的巫山上。未曾想,自己来到了与宋玉如此接近的南国。这是命运的某种暗示么?他并不知道,他只是很偶然地来到了这里。

夜已深,峡口起了风,呜呜地在窗外啸鸣。又想到此地正在峡江风口上,气流颇不稳定,自己的疟疾刚刚用药消停,今年夏天会不会复发呢?他有些怀疑赤甲是否适合久住了。可是,承蒙当州刺史盛情,安排了这么一个住处,像我这样已到衰年的人就不该再有什么抱怨了。这么一想,心神才安定了下来。他就是在这样朦胧纷乱的思绪中入睡的。

这一觉却睡得很踏实,第二天很晚才醒来。杨氏早已起身,去厨间安排好早食又回到了房中,见杜甫起身,便唤来婢女阿稽端来洗漱水盆。听到窗外传来啁啾的鸟鸣,杜甫让阿稽将帘子卷起:原来日头已很高了,阁楼下,信行已在墙角那边开始了翻土劳作,没看见阿段,大约是外出找新门扇去了。

盥洗完毕,杜甫坐在床头,由夫人为他梳头、戴巾。他一手拿着铜镜一边端详：镜里的自己前额已谢顶，余留的头发也半数变白了，尤其是两鬓。放下镜子，他任由早间的日光照射着颜面，闭上眼深吸了一口气。

瞿塘驿往来官使很多，今晚我就住去西阁喽。以后赤甲、西阁两边隔日换住。他对杨氏如此说道。

杨氏便将官袍拿来，放在他面前。那你是带熊儿还是骥儿去同住？

还是骥儿吧，让他跟在我身边，才好多读些诗书。熊儿在西阁待不住的。

既然如此安排，杨氏就为他们两个准备替换衣物了。

下午，阿段回返赤甲来，还跟了两个相熟的船工：就是之前从云安行船来夔州的那两个"长年"。门扇是用废船的舱板做成的，前后都新刷了一铺桐油。新门安上后，杜甫很满意。那边信行也在墙角一隅挖好了移栽竹子的土坑，明天就可以迁种了。

伯夷、辛秀的平肩舆已候在门外，从这天开始，杜甫便穿梭往来于西阁和赤甲之间。家事安定后，倒是在西阁住的时间更多一点。

迁来赤甲的第四天，一早就有邻居登门拜访。来人自报姓名叫王儋，黔阳人氏，排行十五，是赤甲宅主人王佽十六判官的从兄，就住在马道路口的阁楼里。有了这一层关系，杜家就有了一个可来往的近邻了。次日，王儋就让仆人送来了请帖，请杜甫带二子同赴家宴。白天夔州有雨，傍晚前雨收风细，王

第一乐章 入峡　　101

儋的仆人抬着平肩舆已等在门外了。杜甫就带了宗文、宗武去做客。王家阁楼建在马道岔口的一块岩石台地上，视野高敞开阔，开窗正对了白帝城和峡江。那天吃到的都是夔州当地的特产菜肴，尤其一道鲶鱼鲶，乃渔人当天从江中刚刚捕来。蘸酱食用后，滋味极是鲜美。宗文、宗武也不客气，一连吃了好多道，直吃到肚腹鼓胀才回转家来，临走还带了一盒回家。

那王儋家也有两个儿子，同是十来岁的少年。自此过后，杜家兄弟就有了当地的玩伴。尤其是宗文，越来越跳脱难以管束，隔三岔五就约了王家小儿出去玩耍。

二月末杜鸿渐出镇成都后，峡中过境官使往来频繁。三月末的某天，就有蜀中官使来到夔州，住进了客堂。

刺史王崟特意邀请了杜员外陪同，于是得知了蜀中的最新情况：郭英乂败亡后，东川节度使张献诚数次引兵与崔旰作战，屡遭败绩，连旌节都为崔旰所夺。杜鸿渐未到成都，暂停阆州观察形势时，判官杜亚曾献缓兵之计，建议对崔旰及手下将校先行笼络迷惑，其后再与东川张献诚、邛州柏茂琳、泸州杨子琳、剑州李昌巙联手征讨，削弱其兵势，如此崔旰必在一年内束身归朝。

说起来，这献计的杜亚还是杜甫同宗同朝的旧友，此人有辩才，善议论，肃宗在灵武时擢为校书郎。至德二载夏，又入杜鸿渐河西节度使幕府为判官。王崟和杜甫都觉得这是条好计策。

可杜相忧心蜀中再乱，迟疑未决。不几日，那崔旰就派遣使者到阆州，卑辞讨好，又赠送数千匹缯锦，杜相却全数收下了。到成都后，每日就与杜亚、杨炎等属官或宴集高会或流连寺院，军政要务全数交托了崔旰。官使此次入京，就携带了杜相的上表，要举荐崔旰为成都尹兼西山防御使、西川节度行军司马。

崔旰杀郭英义，是屠戮上官的不义恶罪[1]，与前一阵在华州作乱的周智光情形类似。杜鸿渐一味行绥靖之策，杜甫听后很是不满，脸上已经挂不住了。可是，他现在没有正式官身，不适合直接发表意见。倒是王崟当场表露了异议，轻拍了一下几案。那蜀使摇摇头，默默地叹了口气。

席间又谈到夔州税赋及盐务的问题。

夔州境内的大昌、云安和奉节三县历来出盐，盐税占了本州税赋的大项。可是，先是乾元元年第五琦变盐法，禁绝了私盐采卖，巴人已大不满。今年开春后，又令转运使刘晏统领东都京畿、河南、淮南、江南东西两道、湖南、荆南、山南东道的盐铁，由此江淮一带价廉的吴盐近来沿着长江水路大肆倾销，峡中井盐大受冲击，已连续造成地方上的骚动。巴蜀蛮僚豪酋多有介入贩盐贸易，三年前渝州刺史被杀，去年开州刺史被杀，都是地方豪酋纠结了当地盐户、盐商作乱。王崟说，巴人近来常常作梗，蜀使下峡我遣一队兵士随船护送。返回时最好不要再走峡中水路，改走剑阁道为妥。

---

[1] 按《唐律疏议》，"不义"属"十恶"之一，"谓杀本属府主、刺史、县令、见受业师，吏卒杀本部五品以上官长"。

蜀使深致谢意。

次日,杜甫仍在西阁,上午一早陪同蜀使骑马周游白帝城,先登东北城楼望景,后观览白帝庙。中午刺史王崟设小宴为蜀使饯行。

今日白帝庙有祭祀,殿门全数启开,有职司官携本州长老正在神位前供奉三牲酒肉。目测好像是孟仓曹,因为距离远,杜甫眼力又差,所以看不分明。神位石台和两边的帷幔上积满了尘埃,一阵风吹来,灰尘扑起,蜀使鼻尖受了刺激,连打了两个喷嚏,就退出了殿外。

公孙述当年也堪称勇略豪壮,如今也只剩下这木塑泥胎了。可是,后世还是有那么多人汲汲营营于杀伐争战。骑马缓辔走在白帝城马道上,杜甫觉得还是林间开开落落的花、飞过叫鸣的黑羽鸲鹆[1]更可亲一些。

送别蜀使后的下午,回到了西阁。

傍晚时,杜甫一直在轩廊枯坐。一想到昨日从蜀使那里听来的杜鸿渐姑息崔旰事,心情就郁闷至极。

这天是晦日,明日就是四月朔日了。自获得检校郎官任命已过一年半,自去年辞幕离蜀,也已过去一年。赴京通籍、候补实职的期限已过。这两个事实刺激了他,使他呼吸紧促,有点透不过气来。

---

[1] 八哥的别名。

身后,宗文在南窗下轻声诵读着《文选》的一卷,音声稚涩。有些字还不太认得,不时停下来辨识猜详。他怎知他的阿爷此时眼角噙着泪呢。

能成为候选郎官,对已到暮年的杜甫而言是一种荣耀。毕竟那些富有声名的前辈人如骆宾王、卢照邻、王勃、孟浩然等生前都未能做到郎官,李白的翰林待诏也同是六品。杜甫算是很幸运的了,也很知足。

这荣耀是空虚的么?是,又不是。倘若入京授正职郎官,至少有一份体面的俸禄,全家可得温饱衣食无忧。在世乱波荡、朝野多事之际,杜甫虽然人微言轻,仍然希望能为主君分忧,为朝廷效力。

滞留峡中,停在巴蜀、荆湘之间,实在是迫不得已。在忠州和云安时,疟疾、肺疾、消渴和风痹一起袭来,疟疾的复发尤其凶险。病情危殆时,自己真担心会沦为殊方异域的无魂游鬼啊,于是只能就地治疗休养。倘若执意前行,十有八九就会丧命于北上途中,客死异乡!他早年得病,素来喜欢研习医书药书,久病终成良医,直觉是很强烈的。

做出这样的抉择,令他痛苦无奈,入京的机会就这样错失了!也许已经永久地错失了!从过境官使那里听说,贾至春三月已由礼部侍郎转任了兵部,如今在朝中已没有像严武这样的有力援引者了,不会再有了。可杜甫壮心未已,不甘哪不甘。

轩廊外的江岸边,夕阳映照的滩石上布满了淡紫色的蕨芽,芦笋的茎叶浓绿细长,莺鸟成群地飞过,江面的日影正一

第一乐章 入峡

点点偏移。可是，眼前的夕景似乎与自己无关，他好像仍被困在云安的阴霾里，丝毫不能感动。

下一步该怎么办？真是进退两难。

倘若是退，如今还能回返蜀中么？不成啊。前几日已收到弟弟杜占的来信，告知浣花草堂已被那个叛将崔旰的侍妾任氏所占，他重又返回了青城山。成都是回不去了。

倘若是进，出峡强求北上，身体已衰弱至此，杜甫真担心再发生去年九月那样的糟糕情况。此外，前日在赤甲家中，夫人盘算家计时告知杜甫，手头旅资近来耗费甚巨，余留已不到二十金了。倘若贸然北上，途中又犯病，旅资将迅速耗尽。

唯一的办法，只有留在夔州静待时机了。一面调养身体以续命自救，一面就要谋划出峡之资。两者眼下都是当务之急。

这一晚的忧思，到第二日清早起身后仍然挥之不去。

在盆中掬水洗面，手指刚碰到水就停住了。他不自觉地弯下腰，将头面浸到盆中，停留了片刻。水重新赋予了他清醒的理性。他抬起头，任颜面上的水珠纷纷滴落，抓来手巾慢慢擦干了额头、颊面和脖颈。在成都时，他曾和夫人一同瞻礼了净众寺无相禅师的"授缘"法会，禅师当时曾以水净面，教示了清净坐禅法。于是，他就在轩廊簟席上闭眼静坐了一刻时间。无忆、无念、莫妄，也许真的会有效用。

睁开眼时，天光开始放亮，星河沉落了下去。更夫已不再击柝，随着最后一通晨鼓收结，白帝城和夔州城中的守夜军吏熄灭了哨亭中的火烛，州城城门和白帝城府门也开启了。

轩廊前方的江面上，雾气弥散了开来，水中的月影已遁去不见。此时唯有早起的船夫划着艓子不时在水面现身，或近或远地送来了他们此起彼落的蛮歌。

13
（疾病的研究）

此前在忠州、云安时，曾委托僧人、船商觅求《外台秘要方》而不得。四月初的某日，元持别驾来访赤甲，语谈间，杜甫偶然得知刺史王崟正是编撰《外台秘要方》的王焘的同宗从孙辈。于是立即修书询问。王刺史那里果然藏有家传的抄本，一时大为惊喜。

这部医书共四十卷，装满了两个小箱，王崟将这部抄本送来了西阁。杜甫让阿段回赤甲告知杨氏，自己要在西阁专看刺史所借医书。之后几日，他一连几天都未出西阁门。

先展读《外台秘要方》的前序：

> 唐银青光禄大夫，持节邺郡诸军事，兼守刺史，上柱国，清源县开国伯

这是王焘致仕前的官告全称。郡望太原王氏，出身于贵胄

世家。其祖父乃初唐宰相王珪，父王敬直，乃王珪二男，贞观十一年[1]尚太宗第三女南平公主，封南城县男。贞观十七年，太子李承乾谋反，王敬直因与李承乾有来往，遭流放岭南，与南平公主绝婚。

序中王焘叙述自己因得瘴疠而发愿撰成本书的细节，吸引了杜甫的注意：

> 以婚姻之故，贬守房陵[2]，量移大宁郡[3]，提携江上，冒犯蒸暑，自南徂北，既僻且陋，染瘴婴，十有六七，死生契阔，不可问天，赖有经方仅得存者，神功妙用，固难称述，遂发愤刊削，庶几一隅。

瘴疠应该就是疟疾，王焘经历与杜甫十二年前在长安染疟之后研习医书的情况类似。再往下读，有这么一段：

> 余幼多疾病，长好医术，遭逢有道，遂蹑亨衢，七登南宫，两拜东掖，便繁台阁二十余载，久知弘文馆图籍方书等，繇是睹奥升堂，皆探其秘要……

由上段可知，王焘久在礼部及门下省任职，又执掌弘文馆

---

[1] 637年。
[2] 今湖北房县。
[3] 唐改隰州为大宁郡，寻复为隰州，即今隰县治。

图籍方书，故而遍览天下医书。而且，他在任职台阁期间陆续就有抄录收集。

> 凡古方纂得五六十家，新撰者向数千百卷，皆研其总领，核其指归，近代释僧深、崔尚书、孙处士、张文仲、孟同州、许仁则、吴升等十数家，皆有编录，并行于代……

由上段，又可知其收罗批点的医书范畴与医方来源。

其后又检阅该书目录，知其为四十卷，一千一百余四门，收方剂六千九百多首。每一门体例皆是先论后方，医论引隋代巢元方《诸病源候论》条目，其后广列方剂，各自注明出处来源。医方选《千金要方》最多，其次为《肘后备急方》，另有东晋陈延之的《小品方》、本朝张文仲《张文仲方》等，古方之外还有不少民间单方、近效验方。所选各医书，均注明了书名与卷第。

第一卷至第二十卷记常见病症，如伤寒、温病、疟疾等；第二十一卷至二十二卷记五官病；第二十三卷至二十四卷记瘿瘤、瘰疬与痈疽；第二十五卷至二十七卷记二阴病；第二十八卷至三十卷记中恶、金疮、恶疾、大风等；第三十一卷至三十二卷记丸散等成方；第三十三卷至三十四卷记妇人病；第三十五卷至三十六卷记小儿病；第三十七卷至三十八卷记乳石；第三十九卷记明堂灸法；第四十卷记虫兽伤及畜疾。

现在，就要仔细查阅与自患疾病有关的条目了。

《外台秘要方》卷五全是治疗疟疾的药方，去除禳疟法六首，共搜集医方一百零六首。杜甫对疟疾医方已很熟悉，在忠州时所服用的方剂饮子即收录于卷五"疗疟方二十一首"中，出自张仲景《仲景伤寒论》中所记的"小柴胡去半夏加栝蒌汤方"：

柴胡（八两）黄芩（三两）人参（三两）大枣（十二枚擘）甘草（三两炙）生姜（三两）

上七味切，以水一斗二升，煮取六升，去滓，更煎取三升，温服一升，日三。忌海藻菘菜。（经心录疗劳疟并出第十五卷中）

之前服用此方颇为见效，因此无须改换。

在云安时，肺疾又发作，白昼、夜间呼吸紧促，胸口憋闷。入夜后一旦躺卧常常大咳不止，实在是痛苦不堪。

于是仔细研读了《外台秘要方》的卷十。这里杜甫就遇到了阻碍，因这一卷分论肺疾症候有二十八种，牵涉方剂一百三十一首，实在难以辨别。不得已，只能花费时间一一过滤细读。最后才确认了符合自身症状的"肺痈方九首"。

这一条目下所列的方剂也有九种。杜甫亲手抄录了下来：

仲景《伤寒论》中之桔梗白散主之方。
前隋《梅师集验方》中之桔梗汤方。

《千金》中之黄昏汤方。

《备急》中之疗肺痈方。

《古今录验》之疗肺痈方。

今人验方其一：喘鸣迫塞方。

今人验方其二：疗肺痈苇茎汤方。

今人验方其三：桔梗汤方。

今人验方其四：生地黄汁汤方。

然后又费时琢磨，比对自己病情和之前所服药饮，选定了今人验方其三的"桔梗汤方"，其配药如下：

桔梗（三升）白术（二两）当归（一两）地黄（二两）甘草（炙）败酱薏苡仁（各二两）桑白皮（一升切）

上八味，切，以水一斗五升，煮大豆四升，取七升汁，去豆，纳清酒三升，合诸药煮之，取三升，去滓，服六合，日三夜再。

不久，对治肺疾的桔梗汤方服后就有见效，病情得到了控制，夜咳大有改善。

杜甫所患疾病中，消渴症因为发病起初无明显征兆，最难对症医治。先前在蜀中时初发，杜甫还不以为意，在忠州时就与疟疾一同发作了。

披览《外台秘要方》卷十一，引《古今录验》将消渴分作了三类：

> 一渴而饮水多，小便数，有脂似麸片甜者，此是消渴病也；二吃食多，不甚渴，小便少，似有油而数者，此是消中病也；三渴饮水不能多，但腿肿脚先瘦小，阴痿弱，数小便者，此是肾消病也，特忌房劳。

杜甫渴饮而小便频繁，毫无疑问，得的是消渴。

《外台秘要方》"消渴门"中收载上消方剂三十三首，中消方剂五首，下消方剂三十二首。此外，尚有消渴并发症痈脓诸疮等相方剂十六首，共八十六首消渴方。前代医家诊治上消多以清热润肺、生津补益为主。杜甫又耗费很多时间来辨析三十三首上消方剂，最终选定了三首近效药方中的"麦门冬丸方"：

> 麦门冬（五两去心）干地黄（三两）蜀升麻（五两）黄芩（五两）栝蒌（七两）苦参（八两）人参（三两）黄连（五两）黄柏（五两）
>
> 上九味末之。以牛乳和众手捻作丸子。曝干。以饮服二十丸。日二。加至五六十丸。

麦门冬丸方见效不显著，后来又改服了"近效祠部李郎中消渴方"中的八味肾气丸和"药压之方"，服后病况有所改善：

宜八味肾气丸主之。神方。消渴人宜常服之。

干地黄（八两）薯蓣（四两）茯苓（三两）山茱萸（五两）泽泻（四两）牡丹皮（三两）附子（三两炮）桂心（三两）

右药捣筛。蜜和丸如梧子大。酒下十丸。少少加。以知为度。

先服八味肾气丸讫。后服此药压之方。

黄连（二十分）苦参粉（十分）干地黄（十分）知母（七分）牡蛎（八分）麦门冬（十二分去心）栝蒌（七分一方无余并同）

上七味捣筛。牛乳和为丸。如梧子大。并手作丸。曝干。油袋盛用。浆水或牛乳下。日再服二十丸。一方服十五丸。

至于风痹，《外台秘要方》也录有风湿痹方四首。此症不是最急迫。杜甫只做抄录而不用。

对治疟疾、肺疾和消渴的药方已在药书中找到，稍加整理，日常所需草药就可以抄列药单如下：

柴胡、栝蒌、黄芩、人参、大枣、甘草、生姜、桔梗、白术、当归、败酱、薏苡仁、桑白皮、干地黄、薯蓣、茯苓、山茱萸、泽泻、牡丹皮、附子、桂心、黄连、苦参粉、

知母、牡蛎、麦门冬

下一步就要搜罗相应的药材。之前在忠州和云安仓促对付，都是从草市或药贩那里买来成药，花费巨大。现在既然已在夔州住下，就要做新的打算了。

本地不易获得、价格又高昂的药材如柴胡，杜甫决定遍写书信，向自己的旧日相识一一征询求讨，首先想到的就是此时成都杜鸿渐幕府中的几位：杜济、李布、韦有夏，还有刚随杜鸿渐入蜀的狄博济，在蜀中蓬州[1]任刺史的汉中王李瑀，以及时任水部郎中、丁母忧[2]正客居江陵的薛据。他还寄信去嘉州询问岑参，虽然岑参此时并未到达任所。

药方中有些草药或许可在本地采得（这需要实地勘察一番，还需咨询熟悉夔州草药出产的药商）。不在对治药方中的草药，倘若本地药商收购，也可以自种或采集以抵充药资。

而种药和采药，杜甫早就很有经验了。

旅食长安时，他就采药、卖药贴补生计，种过甘菊和决明。天宝年间，一个处方六味药各三小两，一副极普通生药售价就在一百文左右（其时二十文可买一斗米，也就是说一副生药可买五斗米）。到杜甫流离夔州时，米价腾贵，一副生药也上涨至二三百文一副，只能买一斗米了。

入蜀到成都后，在浣花草堂就开有药圃，种过决明、栀

---

[1] 今四川仪陇南。
[2] 指遭逢母亲去世。

子、女萝、丁香。还曾尝试种过茯苓、狗脊、黄连、枸杞这四种根茎类草药，茯苓、黄连因地气不合未能成形，只种了枸杞与狗脊。

在西阁花费好几日查阅《外台秘要方》并抄录一份医方和药单后，杜甫才回到西阁。

之前信行外出买药都是在各地市集上，价高质次。杜甫先问阿段，你与夔州药商相熟否？阿段答不熟，但本地夔人船商冉魁是他义父，他肯定很熟悉，因此可以设法结识。

这事最好再找一位本地吏员作中间人，于是杜甫又找来了瞿塘驿的驿官丁满。他是本地人，资讯灵通，人头又熟，可以和市丞一同出面与药商洽谈。名义上就是丁满有亲友打算做此生意，有本地药材可以供应。丁满一口应承了下来。

阿段很快就摸到了门道，通过冉家兄弟和市丞的关系，在夔州找到了一位原先在成都大慈寺前开设药铺、现今因蜀中动乱避居夔州的商人宋蠡。宋蠡在杜甫抄录的那份药单上一一勾圈，答说他可以收购枸杞、女萝、丁香、栀子、决明、姜、黄连、山茱萸。这几项本地都有出产，药质也还不错。药单上其余草药本地不产出或品质不佳，比如有毒性、不易加工的附子，本地茯苓很难采且质量不好，还须华州茯苓。

为控制巨额的买药花费，杜员外将一家主仆全都动员起来啦。在成都时，他就已教会了信行种药、采药，后道的洗药、晒药、装包入囊和贴题签，夫人杨氏在长安时就经常一起助力。杜甫又吩咐阿段说，你自小在峡中长成，又熟悉夔州地形，今后除了往来西阁赤甲递送饭食、药饮，有闲暇时也随信行一同外出采集吧。长子宗文听到有出野的机会，自告奋勇说也要学习采药。杜甫微笑作答，好好，熊儿，阿爷就不勉强你学诗作文了，倘若能学会采药、种药，今后也是一项生业本领。

这一向，王刺史盼咐园官定时送来了蔬菜。不过，赤甲有园地，已打算栽种一些常食蔬菜，薤、冬葵、莴苣、薯蓣、竹根姜这几样都有疗补功效，就要优先考虑。姜不但可以日常食用，还能入药。又在避免日晒的西北角和阁楼北面辟出了药圃，准备栽种枸杞、决明和甘菊。这两项工作也交托了信行。从今天开始，厨间事务就由阿稽和女主人担负了，让信行专门采药、种药。

会商后的第二天，杜家主仆就付诸行动了。

采药事安排好后，夫人杨氏却碰到了一件麻烦事。因杜甫这次从《外台秘要方》药方和附录中，抄来了不少饮食禁忌，另外开列了一份清单。

诸多用药禁忌中，出现频次最高的是猪肉。故而从那时起，杜甫家就不食猪肉了（偶尔买来也是给孩子们吃），平时食鱼肉和鸡肉为多。杨氏本来就习佛，长期茹素。对这条她是满心欢迎的。

其余禁忌包括：生葱、海藻、菘菜、芜荑、胡荽、桃、李、雀肉、獐鹿肉、各色干脯、腊肉、冷水、醋、粳米饭。

粳米饭也吃不得了么？杨氏疑惑发问。

煮软一些或者熬成粥糜还是可以吃的，杜甫如此答。

当看到《近效祠部李郎中消渴方一首》"八味肾气丸"中"忌房室"一条，杨氏的脸唰的一下就羞红了，赶忙别过了身去。

附录的《将息禁忌论》一首中又有提到 夫吃生肉，必须日午前即良。二味之中其脍尤腥而冷， 由此，此前邻居王儋请吃的鲶鱼脍也不得入口了。

《将息禁忌论》中又有 冬夏月不用枕冷物。石铁尤损人。木枕亦损人。纵不损人，及少年之时，即眼暗也 这一条，于是，杜甫一家从此就不用瓷枕，而改用夫人特制的布枕了。

当杨氏看到后面三篇"叙鱼肉等一十五件""叙菜等二十二件""叙米豆等九件"后，实在已经烦不胜烦，不由皱起了眉。

杜甫连忙宽解说，夫人莫急，莫急，这些只是我抄来闲看的本朝养生论，里面就只这条管用，和《将息禁忌论》所谈"饮酒伤多"是一样的：

酒有热毒，渍地黄、丹参、大豆即得饮之。

自今往后，若我要饮酒，备上这三种东西浸渍就是了。

14

四月中旬时，因要督促信行开垦园圃以及选择药种，杜甫在赤甲连住了三天。其间抽暇写了几封索药的书信。直截了当地讨索，收信人（尤其是相识很久的老友）会感觉突兀，于是还要随信寄诗。

杜甫与薛据交结已久，早在薛据天宝六载[1]"风雅古调科"诏举及第之前就有往来，当时两人的处境都很窘迫，彼此常常分米接济。生活虽然困顿，人却是意气风发。

给薛据的诗写了有二十六韵，不可谓不用心。先下笔报告了自己卧病峡中的现况，后面就反省肺气病的病根。《外台秘要方》里说"饮酒伤多"，自己以前在长安时与苏源明、郑虔常常结伙饮酒，三人醉酒的次数实在太多了。如今两位好友都已物故，自己也疾病缠身，这都是早年的嗜酒造成的啊。在草堂时还没有知觉，夸张地说出　诗酒尚堪驱使在，未须料理白头

---

[1]　747年。

人，如今看来是太托大了。

此刻坐在赤甲阁楼东屋的窗前，看着夔州的初夏云天，不由怀念起邈远的长安城，想到了天宝十一载[1]五人同登慈恩寺塔的那个秋天。当时岑参在安西四镇节度使高仙芝幕，十载初秋回长安；高适在河西节度使哥舒翰幕，这年随哥舒翰入朝；储光羲在监察御史任上；薛据刚罢永乐县主簿，即将转任涉县丞。那天是高适、薛据先到晋昌坊，然后再招引京中友人一同登塔。自己在《同诸公登慈恩寺塔》诗中有一联 秦山忽破碎，泾渭不可求， 岂料没过几年秦山果然就被河北叛贼踏破蹂躏；又有一联 回首叫虞舜，苍梧云正愁， 岂料今天果真流落到了苍梧边地[2]，面对了这南国的愁云。诗语竟然成谶，真是世事叵测啊。

寄薛据的诗写好，与信函一同绕轴卷拢，结好了绳带，装入邮筒，封好了端口的蜡。这封信下午去西阁时要寄出，顺路还要去瀼西市集一趟。

杜甫唤来了信行和阿段。他们两人已将家主划定的园圃地面初步翻耕完毕，此际头上还在淌汗。

待他们清洗好，再饮水解渴，歇息一刻后就出发了。伯夷、辛秀抬着平肩舆上的家主出了柴门，信行、阿段跟随在后。

阿爷去哪边？耳朵灵尖的宗文在阁楼上瞧见了，大声问。

---

[1] 752年。
[2] 古地名，属百濮分支，后楚国并入楚地设苍梧郡。

其实他问的是信行、阿段去哪边。倘若单去西阁，他是不情愿跟去的。

阿段看看家主。家主点了点头。阿段就回告宗文：去瀼西买鸡！

一听这个，宗文咚咚咚就跑下了楼。

太阳落山前的瀼西晚市，人一点不比早市少。井字交错的石板道上，夔人熙来攘往，热闹得很。

与北方汉地不同，夔州这里是女子立门户（之前在云安已见过背盐女，夔州这里也有背盐女，但并未出现在市集）。男子无论是汉人还是僚人，要么做水手，要么打渔，要么从军，很少会在市集出现，连渔父打了鱼也是让家中女子来售卖。因此市集上大多是女性：站棚屋檐口下售卖东西的是女性，走动巡看买东西的也是女性（她们多是汉人仆佣）。北地女着北地样的细葛衣（牙白本色或草绿色），僚人女着僚人样的粗葛衣（多染成靛青或靛蓝色），远远看去十分悦目。僚人女未嫁者，头上扎高二尺的同心髻，髻上缀银钗数只，后插大柄象牙梳。

这市集上，只有市丞、小吏是男性，不过他们此刻都躲在市亭里，并未走出。

当杜家主仆六人走入市集时，气氛就有些怪异甚至尴尬，因周边的买卖女子全都止了声，有些僚女还躲了开去，仿佛他们是突然闯入这个女性世界的异类。

我们的员外家主可不管这些，平肩舆继续向前，依次看到了卖薪柴的女子（柴也是她们从山上砍来的），卖菜蔬的女子

（菜是她们在自家种的），卖酒的女子（酒是家中男子酿的，她们长跪在竹棚下，身边有一只三足长木盎，以长勺舀出酒，盛在竹筒中交予买者）。还有一个似乎是卖草药的女子，杜甫不知她卖的什么草药，让阿段去问。结果却是僚人常食用的一种名叫"折耳"的野菜。杜甫拿取一看，才知是北人所说的蕺菜，即鱼腥草。

家主，此物倒是好物，可以凉拌了食用，也可以蒸乌骨鸡、炒腊肉。阿段在旁解说道。

兜兜转转了半天，他们才在市集一角见到了售卖鸡鸭的僚人女。三个大竹笼，分别圈了麻鸭、寻常家鸡和乌骨鸡。

既然不能食猪肉，那就要买鸡。买鸡则乌骨鸡最佳。乌骨鸡能治风痹，又最滋补妇人，这个杜甫是知道的。他还知道要看鸡舌，鸡舌倘若也黑，则骨肉俱黑，入药最佳。杜甫要挑八只乌骨鸡，一公七雌。

因此，阿段便从竹笼里将鸡一个一个提出，让家主检验。公鸡都是赤冠、黑羽，要挑昂然挺胸如将军者，连捉四只后，挑了最像将军、头冠最漂亮的那只（此后宗文便叫它"乌将军"了）。母鸡头上无冠，要挑体态雍容、脚力强健者。公鸡母鸡都不能太老，以养育半年左右者为佳。杜甫此前在成都养过鸡鸭，对此很有经验。

挑好鸡只后，就让阿段问价。每尾四十文，八只共三百二十文，合当时一斗糙米的价钱。宗文说要讨两只雏鸭饲养，于是阿段又和僚人女用土语一番讲说。那僚人女爽快答应了，捉了旁边小笼里的两尾小麻鸭送到了宗文手中。

买鸡完毕，这一队人分作了两拨。信行、阿段将八只乌骨鸡脚爪捆起，每人各拎四只，宗文捧着两尾小鸭，回返了赤甲。家主就要入城，去官驿投寄信件后转去了西阁。他还有另几封信明后日要写好寄出。

信寄出之后，等待回复是很寂寥的。间隔往返西阁、赤甲也让人产生某种虚无感：好像自己并未在夔州住定，随时可以上船离开。

四月中旬的某日早晨，杜甫让阿段带领着，查看了泊在瀼西岸边的那艘家船。坐进船舱里，就开始寻思出峡之事。现在，信行每日都会出门采药（阿段有时也会同去），可采集来的草药都是寻常药材，只能抵充部分的药资。栽种在赤甲园地里的决明、枸杞和甘菊花刚刚育苗，长成还需一段时日。自出峡后，除了从云安县衙、夔州使府领得的禄米、李文巎所赠二金、平侍御所赠一金，杜甫再无其他进项。旅资每天都在消耗，这已经成为他最大的烦恼了。倘若再有其他大宗开销，就只能当掉杨氏夫人的钗钏珠翠来转圜了。

将章彝这艘船卖掉，可换几金？杜甫问坐在舱门前的阿段。阿段不是和船商很熟么，一定知道船价行情。

员外，这船可卖不得。

为何卖不得？

夔人多以行船为生，卖了船就与卖身作奴没什么差别了。船与人的性命同等重要，员外倘若没有了船，就像没有了家一样。

第一乐章 入峡

上月杜家船泊靠此处后，曾让船工在甲板、舱板、桅杆新刷了一遍桐油来做保养，此时的舱室里透着一股浓厚的油脂气味，舱板亮晶晶的，反射着外间的日光。

阿段说得有理啊，西阁和赤甲就是借住，这艘船如今才是我的家啊。

杜甫伸出右手，摩挲着舱板平滑的表面，对这艘船生起了与之前不一样的感情，仿佛它已是一个有生命的活物。

说来奇怪，自从有了这个感悟后，杜甫心里似乎也有了底。再不济，自己不是还有一个"家"么？而且，这个"家"仍有可能浮泛出峡，甚至转经各处水路，回到洛阳和长安。单从事理来说，仍然存在了这个可能性。

四月末某日下午，驿官丁满带来了一位过境夔州的高司直。此人姓高名旻，司直是其兼官，在荆南节度使卫伯玉幕府任职，细说起来还与杜甫二伯母裴家有姻亲关系。卫伯玉在江陵欲营造楼阁，缺少松柏大木，于是修书一封，遣高旻赴巴中阆州，面呈刺史封承乾，望其出手协助。

阆州这位封刺史杜甫也是认得的。广德二年杜甫寓居阆州时，与王刺史往来频密，王刺史卸任，封承乾接任。他原是卫伯玉领神策军时的帐下判官，乾元二年[1]十月，曾领数百骑于疆子坂[2]击破叛军三千铁骑，立下功勋。

---

[1] 759年。
[2] 在陕州，今河南陕县东南。

既然两边都有一定交谊，话题就多了起来。杜甫询问荆州情况，高旻就询问夔州和阆州情况。阆州可观览的胜迹有多处，城东可游灵山，城北七里玉台山中有玉台观，可去滕王亭子赏景，城东南八里还有南池可泛舟。这些都是杜甫曾游赏过的地点。

谈到最后，高旻告诉了杜甫一个最新消息，他启程时，京城中使[1]刚刚到达荆州，据说王廷已颁下敕书，夔州刺史王崟授谏议大夫，将要转任东都留守判官。暂时权代者乃荆州别驾、太常少卿崔陵。看情形，这几日中使就要来到夔州。

这个变化有点让人意外。杜甫到夔州刚好一个半月，期间幸而有王刺史的盛情招待与关照，这才能够安顿下来。如今前行不得，后退不能，在夔州的生涯又将变得不可测度了。过后几天里，杜甫既不能进入使府询问，待在赤甲又觉得心烦，于是只好每天都去西阁等候消息。

另有一事可记：那天与高旻相见时，丁满提出能否誊录员外的峡中诗文，他打算挑几首抄写到驿馆的板壁上。这样往来峡中、过境夔州的官员都能看到，知道员外现下就居留此地。杜甫觉得这是个好主意，就准允他抄去了新近几月写出的诗篇。

过后，丁满每隔四五天就会来到西阁。杜甫乐得有他相陪，顺便也让他外寄书信。有官员到夔州，丁满总会第一时间

---

[1] 指内廷派出的使者，多由宦官担任。

遣驿夫告知所来官员的姓名职位，若是有交往的旧识，品级相近，杜甫就会去驿馆相迎。如果来者不是旧识，因仰慕员外诗名想来拜问，丁满也会转告引见。因此，杜甫在西阁陆陆续续接待了不少访客。

15

五月端午的前一天，刺史王崟一早亲来西阁，告知了转任洛阳一事。

西阁轩廊的坐席上，王崟语气平静，面上却难掩喜悦之色。他在夔州任上已两年，虽然留守判官这个职位并不理想，但是，能由南国边州调回两京也算是个不错的安排。他知道杜甫在担心什么，就安慰说：员外且放心，暂来接替的崔卿与我也比较相熟，应举是同榜同年。等下月初他来夔州交接时，我定会和他一起妥善安排。说起来，崔少卿他似乎还是杜员外母家的近亲呢。

是么？

杜甫出生不久，生母崔氏即去世，他对崔家族系繁衍的情况了解不多，王崟因为与崔陵关系熟稔，便细说起杜甫外祖家的世系。

杜甫的外祖父崔禹锡出自清河崔氏南祖乌水房，其父即初唐"文章四友"之一、拜国子司业的崔融。崔融生六子，外祖父崔禹锡是长子，崔翘为第四子。

崔翘于大足元年[1]十六岁应"拔萃科"制举及第，开元元年[2]又中"良才异等科"及第。去世后追赠荆州大都督、太子太傅。崔翘生育四子：崔陵、崔同、崔异、崔彧。杜员外你看，这崔陵按员外母家的族辈排论，是否就是你的从舅父？

的确如此啊，杜甫稍稍安心了。不管怎样，在夔州还有这样的亲族关系可以攀援，虽然关系已隔得比较远了。

这天王崟的来访最让杜甫震动的却不是那位即将接任的从舅崔陵，而是王崟抄录来的道州刺史元结的两首诗。

其时岭南西道有西原州[3]，自天宝初当地豪强开始彼此相攻。至德初年，乘河北贼乱，各洞蛮纠集反叛，僭称为王，合众二十万，绵地数千里，攻桂管十八州，袭扰四年不能平定。乾元初，王廷遣中使纳降招抚，才稍稍平息。广德元年冬，又有蛮僚残余合兵侵寇，攻陷了道州[4]，占据州城五十余日，其后被桂管经略使邢济出军平定。这一年年末，元结授道州刺史，广德二年年初到任。因各路官使不顾当地民生凋敝而屡征税赋，元结有感而作《舂陵行》诗并序。

王崟携来一轴诗卷，为杜员外诵读了诗序：

---

[1] 701年。
[2] 713年。
[3] 唐代于岭南西道境内设容、邕、桂三管经略使，辖今日广西大部。又置西原州，辖今广西左右江一带。
[4] 今湖南道县。

癸卯岁，漫叟授道州刺史。道州旧四万余户，经贼已来，不满四千，大半不胜赋税。到官未五十日，承诸使征求符牒二百余封，皆曰："失其限者，罪至贬削。"於戏！若悉应其命，则州县破乱，刺史欲焉逃罪；若不应命，又即获罪戾，必不免也。吾将守官，静以安人，待罪而已。此州是舂陵故地，故作《舂陵行》以达下情。

该年又有蛮僚余众再围道州，因元结固守，道州不能攻下，又进围永州，陷邵州。元结又作《贼退示官吏》诗并序。王崟再读序文如下：

癸卯岁，西原贼入道州，焚烧杀掠，几尽而去。明年，贼又攻永破邵，不犯此州边鄙而退。岂力能制敌欤？盖蒙其伤怜而已。诸使何为忍苦征敛？故作诗一篇以示官吏。

王崟还抄录有元结该年的上表文字：

臣州为贼焚破，粮储、屋宅、男女、牛马几尽。今百姓十不一在，尫孺骚离，未有所安。岭南诸州，寇盗不尽，得守捉候望四十余屯，一有不靖，湖南且乱。请免百姓所负租税及租庸使和市杂物十三万缗。

前后两篇诗的序文和表状，皆是对各路官使无情征敛的直接抵制。

王崟说，自己受元道州鼓舞，离任前也写好了一道奏表，请求减免夔州三县租庸及限制淮盐入峡，不然所在州境蛮僚恐怕又会生乱。说完，他就将抄录元结诗的卷轴递给了杜员外。轩廊檐口下，树影婆娑，杜甫目力不济，站起走到日光下仔细览读，口中念念有声。

元结曾与杜甫同在天宝六载[1]应"征天下士有一艺者"诏，赴长安举选，又同遭李林甫"野无遗贤"谗言排斥。虽是旧识，此前却并不相熟。及至通篇读完，感动莫名，眼眶噙泪，一时竟然语塞。

过了许久，他才大声赞叹：元道州身处乱局而以民瘼为先，难得！难得！他是大唐真正的国柱啊。各州太守倘若都能如他这样施政，何愁天下不治？

骥儿！骥儿！拿纸笔来！他大声呼叫正坐在南窗下看书的宗武。

宗武闻声，先捧了纸笔过来，然后再跑回去，拿来了砚盒。打开砚盒，卷拢袖口，这就开始为父亲研墨。杜甫捉笔试墨，墨色太浅，就让宗武继续用力研磨。他自己手捉鸡距笔，已在轩廊内踱起了步，口中不自觉地沉吟起来。来回走了三次后，返回座席书案前，先就提笔写下了诗题：《同元使君春陵行》。这不是文士雅集时的唱和诗，而是读元结诗之后的追和诗。

---

[1] 747 年。

序先成，诗在后。写毕不过一刻时间。过后自己诵读一遍，圈改了几处。

王崟接过诗稿仔细诵读，不由大加赏叹：员外啊员外，道州忧黎庶，词气浩纵横。两章对秋月，一字偕华星 这两韵实在太好！写出了元道州的浩荡之气！序也好啊，当天子分忧之地，效汉朝良吏之日。今盗贼未息，知民疾苦，得结辈十数公，落落然参错天下为邦伯，万物吐气，天下少安可待矣，这一通着实说出了我等心声！

杜甫将这篇诗序又改动了两处，一处是将原稿中的"日"字改成了"目"字，第二处是将"少"字改成了"小"字。又对王崟说，元道州两篇堪称比兴体制的今体，可开后世之典范。只是我家小子研墨粗忽，这墨色太淡了，自己消渴症发作后右臂无力，字也写得欹斜难看，让王太守见笑了。

王崟说，不不，字欹斜正可以配员外诗序中的危苦调啊，秀挺的八分小篆倒未必合适。于是又请杜甫在携来的元结诗卷后抄录了一份，合成了连缀篇章。

这位王刺史是个仍然持守儒士本分的良吏，两人相处的时间已不多，这一点让杜甫一再地叹惋。

16

　　这边宗武跟随了父亲在西阁读书，赤甲这边的宗文却好生忙碌。每天一早天刚亮他就起身，匆匆吃过一点就扎紧护腿、头戴斗笠、背着箩筐，随了信行出门采药去，阿段在赤甲时三人常常同行，因阿段熟悉夔州的地形。采药回来还要学着分拣、洗药、晒药条、做药囊，然后再在药囊上写题签。趁着采药的机会，宗武差不多跑遍了夔州的四境。瀼西市集就不用提了，卧龙山的真谛寺、江堤的西市、始兴寺石堂、永安故宫、武侯庙和八阵台、八阵碛北面山坡上新开出的碛坝盐井全都非常熟悉，他和信行还坐渡船过瀼水到了东岸，在白盐山山麓一带采药。有几次他是一人出行，到傍晚天黑才回家。

　　这天杜甫从西阁回来，下了平肩舆，还没踏进家门，就听见门后场院里宗文和阿段的争论声，两人说的是僚人的土话。见家主到来，他俩马上止了声。杜甫就问他们在争些什么。

　　宗文答，我们在谈论鸡仔儿呢。阿爷，你能看出它们哪些是雌，哪些是雄吗？

杜甫拄着桃竹杖,也低头观看。买来的乌骨鸡都圈在场院一角,只用七八个篮筐简单地围拢一圈。已经生下的十几只小鸡仔,都长了同样的灰黑绒毛,体型、大小几乎一模一样。杜甫就说自己也辨识不出。

夫人杨氏听到杜甫返家,也来到了近前。她平素就爱清洁,又食素不食荤,对杜甫养乌骨鸡其实是很有意见的(家鸡会食虫蚁,犯下杀生罪过),因此平时并不管这些鸡只如何,见了也避之唯恐不及。

杜家主仆几个人中,居然还是婢女阿稽最懂这个。阿稽年龄与阿段一样,性格稳重而目光柔静,自来杜家,担当了很多内外家务,很得杨氏的喜爱。她小时被卖入官家为婢女后,曾随了园丁饲养家禽,是个养鸡能手。

阿稽说,这些雏鸡才出窝一周,鸡冠和肉髯都不明显,只需看翅羽形状,雄雏翅羽是尖,雌雏是圆。她捉起一只,放在手心,另一只手拉开了雏鸡的翅膀,这只是雌雏。又捉起一只,这只是雄雏。如果看翅羽看不分明,只需撒一把粟或生虫就可以,抢吃最凶的就是雄雏,雌雏总是抢不到。

阿稽回厨间抓了一小把粟米,撒在地面上,雄雏果然动作最是敏捷。

杜甫看了眼宗文打趣道,你阿母端出烤好的饼儿时,你也像这雄雏一样手快,堇儿呢总是慢腾腾,到最后一个才碰。这世间的人情物理总是相似啊。

因为阿爷这番话,这晚阿稽从厨间端出热饼时,宗文就硬是忍住不动手,一直捱到家主催促了两次才抓取了一个。那叫

第一乐章 入峡

吃得飞快啊，且一连吞了三个。十七岁的他正在长身体的时候，是家中食量最大的一个。

说到夔州的鸡，确实还有点异样：杜甫回赤甲住的那几天，早上都没听见它们啼鸣报晓。他怀疑是不是自己耳聋了，又怀疑时间可能还早。可是，启开窗板一看，曙色已经照彻了赤甲山麓。这天正是五月五的端午。

鸡叫过了么？他问杨氏。

杨氏答，自买回家来好像就没听它们叫过。

真是离奇，夔州的鸡难道不会司晨打鸣？还是只有乌骨鸡不会打鸣？古语不是说你们有文、武、勇、义、信五种好德性，所以每天都会准时打鸣三遍么？杜甫一边起身一边不住地咕哝。错过了时辰也不觉得惭愧，真是可怪啊，和这里妇人立门户的怪异风俗也差不多。你们呀，养成过后就只配送进厨间被蒸煮吃掉喽。

这番诅咒就被杨氏听到了。在她看来，这当然是大造口业，不禁大摇其头，连连口诵佛号。

这天去西阁的路上，快走到马道岔口时，路边游出了一条碗口粗的青褐大蛇，挡住了去路。伯夷和辛秀两人扛着肩舆站定了不动，只呆看着，杜甫看到了蛇就很惊恐，下意识挥舞了拄杖，作势就要打去。阿段连忙劝阻了他：家主，蛇要过街，且让它过街就是，它并不会为害的。

那大蛇对于杜甫的武力威胁一点不在意，油滑滑的蛇身在地面扭动着，慢腾腾又钻入草丛，不见了。

伯夷、辛秀又继续前行了,浑似什么事也没发生。可杜甫这一天的好心情就这样被这不会打鸣的乌骨鸡和堂而皇之过街的大蛇给搅坏了,直到下午写了首咏鸡的无题诗,才稍稍消了点气。

阿段傍晚送饭食来西阁,杜甫还沉浸在早间的疑问中,就把同样提问又抛给了这个少年。阿段挠挠头说,云安的鸡好像不打鸣,夔州的鸡好像也不打鸣,可巫山的鸡打鸣,荆州的鸡也打鸣。他也不明白是怎么回事。杜甫听了就更纳闷了,怎么会隔了一座山,鸡的品性就不同了呢,这不合常理啊。

见家主闷闷不乐,阿段就故意找话茬攀谈,说着说着就说到了明日武侯庙前会有荆州杂耍伎人的悬丝傀儡戏,搬演的是三国合纵故事,问家主是否有兴趣去看。

杜甫微微笑,这僚奴倒也灵巧贴心。你就带上宗文、宗武还有堇儿一同去看吧,宗武和堇儿到夔州后还没怎么玩耍过呢。

其实他自己除了送高司直时去过江堤一带,城西各处古迹都还未曾观览过。蜀中此时波荡不定,去武侯祠拜祭一番,正可以排遣自己的愁怀。于是又对阿段说,我也去武侯祠看看,听说祠庙前的松柏长得很好,是不是?

阿段答,那是嘿,庙前松柏如大伞,以往一到夏日,我常去那里乘凉呢。

他跟随船主行船那会儿,夏间有闲空时最爱去武侯庙了。往往是下江游水过后,就上岸来庙前乘凉。

第一乐章 入峡

第二天下午来到武侯祠时,杜甫并没有看见演戏的陈设。庙前的台地上,数十棵松柏如列阵般围合起浓密的树荫,日光透过摇曳的叶隙照到地面,投下迷离变幻的光影。初夏的气温已升高,这里却十分阴凉,阿段之前说这里是绝好乘凉处,一点没有说错。

傀儡戏在哪边演呢?

在下面的八阵台。阿段导引了杜家人来到松柏林南面的一堵矮墙前,越过墙身,向前方看去,在江堤的尽头有一处平展旷阔的石台,样貌与始兴寺石堂类似,就是不见石柱与石础,石台上早已搭设好了竹架戏棚。傀儡戏要到天色黑下才会开演,现在那里却已经围了一大圈人,多数都是孩子,也有刚刚下船、头上斗笠还未摘下的渔夫。

杜家三个孩子从矮墙两边的台阶奔下了石台,阿段就带引了杜甫走入武侯祠的前院。

两边垣墙已经很残破,有一处半已坍塌,露出墙后高高的茅草。铺石地面长满了地衣苔藓,踩上去很湿滑。阿段挽着家主的胳膊,扶着他穿过院落来到了庙殿前。

祠庙很有些年头了,两边飞檐的尖翘都有缺损。宽度只有三开间,比杜家所住赤甲阁楼稍稍开阔一些。外间天光明亮,殿内看去却光线昏暗。杜甫踏进殿内,过了一会才看清殿内情形:东西两个墙面都有壁绘,画面半已剥落,露出了土坯墙体。殿外光线刚好投照到龛台上,再看那具武侯坐像,竟然只剩了肩部以下的躯身,而头颅已不在!

杜甫吓了一跳,赶紧退出了殿外。没有了头颅的武侯还怎么拜祭啊。他心里升起了莫大的悲哀，虽然他也知道这只是一具泥塑木雕而已。

竟然立了祠庙，为何竟能容忍塑像残缺呢？刺史王崟知道这个状况么？恐怕并不知道。他大约不曾亲来祠庙中，使府中大小衙官也少有人关注到这个情况。即使有所了解，也会觉得头像缺落是件微不足道的小事吧。此地的官与民，真是不可理解。

在杜甫眼中，这是礼崩乐坏的一个征兆。本来参观武侯祠是为了排遣烦愁，岂料这烦愁现在又添加了一重。

回到庙前松林下，阿段引他到矮墙的东垣，这里有供游人野望的一座小野亭。四根亭柱其中一柱已朽坏，用竹篾绑缚了一根木桩暂时巩固。

杜甫在亭中落座，倚靠了木栏望景。

此前在西阁看到的是向西的江面，在赤甲阁楼看到的是横陈的峡江，而在这座望亭中，夔门的壮美景色一览无余，又如此地接近（恐怕是绝无仅有的最佳地点了）。傍晚时分水色澄碧，江面有渔舟数叶，夕照的辉光将夔门右面的麝香山崖壁染成了金色，左面，白盐山山体从崖壁上升到峰巅的尖峭，构成了夔门弯转的水道——三峡最狭窄的一段。水道前，露出的滟滪堆望去如马的脊背，又似浮泛江面的鼍龙，行过那条水道后，就是传说中的巫山阳台了啊。望着夔门前的江面，他的出峡之志无比强烈，心中涌动着同样的不能平息的激流。

杜甫在草亭里待了很久，直到夔门渐渐沉入了暮色，直到八阵台上的戏棚传来了喧闹的开场铙钹。节段的间歇，伎人敲

第一乐章　入峡

打小鼓，咚咚咚，咚咚咚，作换场的热身。夔门上空，一轮淡白的弯月已经升起。

可惜天公不作美，傀儡戏开场没多久，东南方向就漂来了乌云，江面的雾气也浓重起来，过后下起了一场急雨。雨点飘进草亭，濡湿了家主的衣襟。阿段跑下八阵台，将棚前淋雨的宗文、宗武和堇儿带进了亭中躲雨。

真扫兴，诸葛亮刚刚拨兵要出蜀，雨就来了。宗文咕哝着，一副失望的模样。

木老人[1]今日是演哪一出？

演诸葛亮北伐。才演了个开头，街亭还没失，马谡还没斩，雨就来了。

那岂不是很好。

不好。

孩子们大概不知道庙殿里的武侯被斩首了吧。真够讽刺的。杜甫揽过了堇儿，问她最爱看什么戏目。

和阿母一样，最爱看目乾连救母。堇儿今年十一岁了，之前在成都时常随母亲去净众寺看僧人的讲唱演剧。她的模样和脾性也与母亲最为相像。

雨渐渐变小了。从草亭看去八阵台，江矶前有夔人点起了几支火炬，伎人的小鼓又敲了起来，鼓点配合着火把挥舞的节奏，不久，就有人唱起了联翩的蛮歌。歌声缭绕，这里，那里，在近处泊靠的舟船上，在通往武侯祠的马道上，在更远处

---

[1] 指傀儡戏中的木偶。

江堤的酒楼下，都有人声在应和。当歌声止歇，阵雨也停了，云开月又出。

你与其说是夔人的蛮歌驱走了乌云，毋宁说是他们太过熟悉夔州的天气变化。这场急雨仿佛就只是他们日常生活中的一段小插曲。

八阵台上的戏棚再次开演了。孩子们嘻笑着离开草亭，跑去了八阵台的戏棚前。嚯，这里比之前未下雨时围拢了更多的人。

到亥时前一刻，戏棚才收摊。看客们都不吝啬，往棚台上抛去了不少青钱。伎人的小鼓敲得更热烈、更欢快了。

八阵台上，看客们纷纷散去。家主杜甫坐上了平肩舆，孩子们在旁步行，返回了赤甲家中。夔州的夜空被入晚后的急雨洗得无比澄净，头上的星粒特别的大、特别的明亮。

第二乐章 火与雪

1

　　自傀儡戏那晚的急雨过后，夔州已连续两旬无雨。

　　空中不见一丝云翳，日日骄阳炙晒。江面无风，水流迟缓。山麓和峡中崖壁的草木变得枯焦，颜色也暗沉了下去。白昼时气温接续升高，入晚后江边水汽蒸腾，体肤更觉湿热。杜甫这个北客真正领教了南国的苦热，心情烦躁至极。去年在忠州时都没遇到这种鬼天气。

　　那天傍晚在赤甲，忍不住问了阿段。阿段说连日不雨在夔州也是少有。他觉得（所有夔州僚人都觉得）是乌鬼在作怪。

　　乌鬼？是你们唤作"乌鬼"的鸬鹚在作怪？

　　不，家主，乌鬼乃僚人所信的鬼神，是过往厉鬼的化身。鸟身人面，全身墨黑，有一双赤红目睛，火焰样的冠羽。听长老们言说，乌鬼能出入山林，会召唤虎豹，侵掠村寨，为害乡间，常会捉走单弱男子或是懒惰女子。我们僚人每年十月初一和正月末都会祭乌鬼，先供三牲、祭酒，过后会结伙出动，操持砍刀铁叉，手举火把，在田间驱赶震慑，到火把烧尽才返

第二乐章　火与雪　　143

家中。

乌鬼能教上天不下雨？

乌鬼无所不能。

那为何将鸬鹚也唤作乌鬼？

因为鸬鹚长得乌黑啊。

主仆问答那天的前夜，夔州上空曾雷声隆隆，还刮起了呜呜作响如万弩齐发的大风。起初以为马上就会下雨，岂料等了好久也没动静。早上起来，地面一点未湿，菜园里的土块干硬得都快碎裂了。高空的确有雨云——不过它们都被大风吹向了西南面，结果雨是一滴也没落下来。天气依旧燥热难熬，使人憋闷。杜甫浑身出汗，葛衣的前后襟满是濡湿的汗渍。

信行和阿段两人开出的菜圃里，刚种下没几日的秋葵和薯蓣刚刚蹿苗，才一掌多高，此时枯瘦得已弯下了腰。这样的炎旱天气，园中菜蔬很难生长啊。杜甫将手中竹杖的末端拨弄土块，怔怔地看着，实在是无可奈何，只能让仆人时时取水浇灌。

身处南国的瘴疠之地，此时他对夔州充满了恶感，而肉身却又摆脱不得。这苦恼是双重的。

夜色笼罩了赤甲山麓，此时周边四境都传来了鼓声：赤甲山麓的马道岔口，瀼西岸边，瀼水对岸的东屯，西面的江堤。仿佛峡中土地因无法忍受长久干涸发出了阵阵的悸动。

鼓声在向同一个方向聚集。然后就看到了自不同方向而来的游弋的火把，起初只是三两个，后面就连成了数个长蛇阵。

无数火把在瀼水岸边聚集等待,似乎上了渡船。

问阿段:他们这是要去哪里?

家主,东屯北谷的谷口有祭乌鬼的神台。僚人今夜要抬了乌鬼木像去神台上,击鼓作舞来祈雨,然后会将乌鬼焚烧。

这会有效用么?杜甫很怀疑。在他的经验里,祭祀鬼神等于是放弃了人间秩序而拜服了非人间的力量。他对杨氏崇信的那些名目繁杂的诸佛诸神也抱持了同样的态度。

烧乌鬼后的第三天,杜甫在西阁。下午,夔州上空又响起了雷声,可是,和前几天一样,乌云飞过了夔州,雨仍然是一滴未下。他坐在轩廊中,头首低垂,连抬起的力气都没有了,酷热简直难以忍捱。

枯坐时百无聊赖,昏沉中就展开了联想。杜甫想了些什么呢?他想到的是洛阳坊巷里夏日的浓密树荫,想到的是浸在水里的甜瓜或爽口的冷拌雕胡[1],想到的是长安门下省的厅堂,那里每当盛暑就会从冰室取来冰块堆成雪山,想到的是宫门连沓启开时吹来的令人愉悦的凉风。

轩廊近水岸,水汽袅袅蒸腾,于是更显溽热,铺砖地面烫得如同底下有火炉炙烤。下午,杜甫就逃回了赤甲。出使府过马岭军营时,正好看到兵士们列队经过,他们身背弓箭、扛着枪矛、手提藤牌,个个额面流汗不止。

---

[1] 雕胡即菰米,菰的籽实。菰苗茎梗即茭白,又称"菰蒋草"。至秋结实,即雕胡米,古人以为美馔。

第二乐章 火与雪　　145

晚食时，对了夫人和阿稽辛苦做好的几样菜，他也没有食欲。雕胡只能烧一顿、吃一顿，倘若放过夜，第二天一早准就馊掉。阿段冒着暑热采摘来的野李子，浸在水缸里多时仍然是温热的。这日子可真难熬。

即便在这样的酷暑天里，药饮也不能停，一日三次未曾中断。每回只能闷头喝下，喝完总是大汗淋漓。

入晚后，他一会儿坐在阁楼栏杆前低垂着头，一会儿转回卧室躺卧歇息，不时对了杨氏说着"我命休矣"或者"骨头尽痛"这样烦愁着恼的话，杨氏只能让阿稽去竹筒那里取水来，将手巾浸湿了，频频给他擦汗降温。

炎热的夏天却是少年们的节日。晚食后，宗文、宗武拉上阿段，一人抱一块木板，就跑去瀼水边游泳。杜甫也很想泡在水里，躲避这苦热。可是，多病的他又担心自己体弱不能承受。

每晚都要捱到将近半夜时才能入眠。杜甫、杨氏和孩子们全都躺在阁楼的廊道里，屋里太憋闷了，这里稍许有些从江上吹来的风。头顶明亮的星群陪伴了他们的睡眠。

多日未雨，竹筒从山泉接来的水流也变小了。

接入赤甲宅的竹筒只是赤甲山麓无数架空水渠中的一支，自山巅溪泉处承水后，每一支都从坡面延伸向下，沿路接通了两边的住家，通长可达数百丈。

引水渠很长，所以也会因为竹筒发生损坏而断流。六月中旬某天的下午，赤甲宅竹筒中的水流渐渐变得越来越细，黄昏时竟然断流了。一天下来，水缸里的水已用得差不多，这可怎生是好。像杜甫这样的消渴症病人，饮水尤其频繁，断水简直不可想象。

家主并没有发话，只在檐口下看着空空的水缸叹气。我们的夔州少年阿段不声不响跑去了阁楼东面的杂物棚子，先在背篓里装上了一柄带鞘短刀、一柄宽刃砍刀、一捆麻绳和打火石，然后带上了两支在灯油里浸过、包在油纸里的火把。他这是要上山去，一路检查竹筒是否有脱节或者漏水。

出发时山顶尚且返照了暮光，慢慢地天色就暗了下来。望去山顶已是昏暗朦胧，看不清阿段究竟在哪里。

杜甫焦心地等待着，屡屡唤宗文站去篱墙边眺望，宗文每次都说黑乎乎看不清。

到了二更[1]时，仍不见阿段回返。

听说夔州一带山地中常有野兽出没（阿段自己也说过遇到虎豹的经历），杜甫夫妇俩的心就悬了起来，担心发生意外状况。有一回，杜甫还扶着梯栏下阁楼，站到接入院落的竹筒边观望。赤甲山暗影憧憧，看不清路径，也看不清竹筒的走向。邻家有没有和阿段同去的人呢，于是就让信行去前阁王儋家打听。

不一会，信行打着火把与王儋家的仆人一同返出，两人一前一后向山上行去。炬火摇曳，照出晃动的两个剪影。他们很快就隐没在夜色中，上方只见两个慢慢移动的小小的光点。

---

[1] 指当地时间晚上九时三十六分左右。

第二乐章　火与雪

过了许久时间,已到三更[1]初了。

忽然,竹筒那里传来了汩汩的水声。起初水流不大,只是一股细流,滴落到水缸时只有不连续的泼溅声。不久水流渐渐变大,上方的竹筒传来了喧响。正在院中守望的宗文立刻欢呼了起来:阿爷,阿母,竹筒来水啦!竹筒来水啦!他一路奔上了阁楼报告。

可杜甫和杨氏悬着的一颗心才放下来一半:阿段人在哪里呢?夫妇俩和宗文、宗武、堇儿一同下了楼阁,站在院中向坡上眺望。望了好一会,才看到自上往下移动的三个光点。

光点越来越近了,那是三个火把。然后,就看见了冲在最前面的阿段的身影,他的脸膛被火光照亮,嘻笑欢乐的表情感染了迎接他的每个人。

家主,水筒修好啦,是最上面承接泉眼的水槽翻倒损坏了,我费了好大劲才扶正修理好。这下不用担心第二天没水喝啦!

杜甫拉过阿段的胳膊,让他原地转了个圈,检视了一番。

你在山上没碰到野兽?

没有,家主,我有砍刀,还有火把,虎豹见了也会怕三分呢。

杜甫听了呵呵笑,好,好,我来夔州,得了你这个比陶侃胡奴[2]还奇异的童仆,也是幸运啊。不过,单独夜行总是危险,

---

[1] 又名子时,指半夜十一时至翌晨一时。
[2] 南朝刘敬叔《异苑》卷五:陶侃家童千余人。尝得胡奴,不喜言,常默坐。侃一日出郊,奴执鞭以随。胡僧见而惊,礼云:"此海山使者也。"侃异之。至夜,失奴所在。

最好是结个伴。

阿段听了不解,陶侃是谁?

宗武在旁解说,那是早昔东晋时镇守荆州的名臣啦,阿爷夸赞你比陶侃的胡奴还要厉害呢。

这一晚,杜甫睡得甜美踏实(暑热以来好久未有)。第二天早上醒来,还乘兴捉笔给阿段写了一首诗。帝王将相写得,侠客豪强写得,香草美人写得,像阿段这样的僚奴如此精敏、勇敢、可爱,为何不能载于诗笔呢?

写好搁笔,他还唤来阿段与宗文、宗武二子,当面念诵给他们听。

到下旬时,引水竹筒又坏过一次。不过是在早晨。

阿段和阿稽去了瀼西集市,这回是信行冒着暑热主动上山(上回接阿段下山时,他已熟悉了行走路径)。结果发现是山巅泉源下方有岩石崩落,将一长段竹筒砸了个粉碎。这次修复要比上次阿段修理承水口复杂得多,信行只得先下山,再次找了王儋家的仆人。两人先走远路去了瀼水上游的野竹林,砍下碗口大的粗竹,对劈成对半。每人捆扎了七、八截背负在身上返回,然后再登赤甲山将新竹筒换上。这一来一去,走了就有四十里的路程。等信行返得家来,时间已近黄昏了。

问清楚修复竹筒的前后细节,又问他午间吃过饭没?

脸晒得通红的信行腼腆一笑,还未进食呢。

杜甫是又惊喜又愧疚:难为信行竟然跑了那么远的路,到现在竟然还饿着肚子!赶忙叫阿稽把浸在水中的甜瓜和刚烤好

第二乐章 火与雪

的胡饼拿出来让信行吃。瓜和饼，可都是杜甫夏日消暑的爱物啊。

信行跟随杜家多年，在几个仆人中最是心性清净，又跟随了杨氏拜佛祖、禁荤食。他平素言语不多，可是，遇事却没有丝毫迟疑，可称是心平行直的典范。

瓜吃好，胡饼下肚，信行看看家主，又看看阿段，破天荒地向家主提出了一个要求：可否像上次赠诗给阿段那样，也给我写一首呢？

啊，杜家的仆人多可爱！家主哪会有不答应的道理呢？杜甫回上阁楼，就着书案开始起稿，写成后马上下到楼来，当着全家人的面一字一顿地念诵，还主动给信行作解释，这句是什么意思，那句又是什么含义。信行那个高兴劲儿啊，现在他也得到了获赠诗作的荣光。

不过，供水还是出现了问题，不是因为竹筒损坏，而是因为久旱，山上泉源水量变小而近于干涸了。杜家不得不雇佣人夫从瀼水岸边汲水，来灌溉园地和家中使用。

赤甲的水流重新接通固然可喜，可白天还是热得不行。

家主，那就带了簟席、草枕，索性去武侯祠乘凉吧，阿段如此建议。

天热难耐，松柏树下的确是炎天纳凉的好去处。这种天气，宗文、宗武也看不进什么书，那就让阿段陪伴了去江堤一带戏水吧。

他们往往一大早趁日阳尚未升高前就出发，还带上了午饭。杜甫体谅伯夷、辛秀暑热辛苦,就不坐平肩舆了。向前阁王儋家借了匹马,由阿段牵引了去武侯祠。

王儋的两个儿子已和宗文混得很熟,他们两个自然也跟了来。他们三个此后天天出门玩耍,到天快擦黑才回转家来。

皮面晒得黑黑的宗文有时还神秘兮兮地跟宗武讲些什么。宗武皱着眉头,一边却流露出好奇的神色。原来,宗文近来跟了相熟的船夫学起了划艓子,有一次还独自划到了江心。

你可不许跟阿爷提起这个啊,他听到了肯定又会发作,唠叨一宿的。宗武当然只得听从,谁让哥哥比自己岁数大并且胆气也比自己足呢。

还是要小心啊,你的水性可比不得像阿段这样自小在峡中长成的。

我身上绑了块桐木板,沉不了。假若真的堕了水,兴许可以一路漂出峡,去往荆州了呢。

2

本来预计五月内完成的刺史交接推迟到了六月中旬。荆州别驾、太常少卿崔陵延迟了近两旬才来夔州。交接第二天，权代刺史的崔陵为王崟钱行，杜甫也在宴集之列。因暑热未退，宴会地点选在了形势开敞、可吹到江风的东北角楼。

此次的与席者与王崟为杜甫举行的那次接风宴相同。只云安县令严丹因公务返回了本县。宴会场景无可叙，不过，当王崟向新任刺史介绍了暂居夔州的杜员外，并当众讲出杜甫与崔陵的亲缘关系时，连崔陵也很意外喜悦。

崔陵年纪在六十，只比杜甫年长五岁，论辈分却是他的从舅父。杜甫当即起身，以子侄身份拜揖，崔陵也识体，立即起身以朝官身份回礼，又亲为杜甫斟酒。杜甫断酒已有多日，这回，从舅父的这杯酒却是必须饮尽的了。酒的滋味可真好啊，不过，他不敢一口饮尽，前后停杯三次，还依《外台秘要方》的提示，在酒中浸入了醒酒药（熟地黄、丹参、大豆事先装入了小囊中）。

过后又敬王崟一杯，敬酒后当场吟出了前日写好的赠北归诗。来夔州不过三个月，与王崟相处时间不长，但这位当州刺史对自己一家的招待甚是周到，杜甫心中很是感激。

　　宴会后，使府众人骑马出使府，去江堤为王崟送行。此时，白帝城四隅城楼齐齐吹响了号角，呜呜角声传遍了峡江沿岸，更显隆重肃穆。崔陵、杜甫联袂将王崟送上了出峡的官船。今日江水混浊发黄，江面不见鸥鸟，有两三只江燕在低空滑翔。

　　临行前，王崟对杜员外说了很多宽慰的话。后面在夔州自有崔卿照应，役人辛秀、伯夷尽由调遣使用，员外安心静养，毋须顾虑。另外须提一笔的是，他将之前借出的《外台秘要方》抄本赠予了杜甫，因他在长安家中还存有另一抄本。

　　送别王崟后的第三天，崔卿特设家宴，招待了自己这位从甥郎官。彼此谈说崔家旧事，不胜感慨。崔陵少年时曾见过杜甫的外祖父崔禹锡，杜甫先天元年[1]初春曾随母亲回长安探亲，不过他那时还在襁褓中，对外祖父自然全无印象。崔陵的描述补足了杜甫缺失的记忆。

　　崔陵告诉杜甫，很快就会任命新的夔州刺史，自己权代的时间也就两三个月。问起居夔细节，说之前王崟安排一切如旧。他知道杜甫腿脚不便，又从使府马厩中拨出一匹，系在西

---

[1] 先天是唐玄宗即位后的第一个年号，始于712年八月，终于713年十一月，共计一年余。

第二乐章　火与雪　　153

阁，专供杜甫出行使用。平地可以走马，就不需要肩舆了。

又问是否还有其他急难之事？

杜甫缺旅资、缺草药，可是这两层内容并不适合向短期任职的崔卿提出，杜甫便想到了武侯祠中缺落的坐像头颅。

这事好办。崔卿立即召来录事参军苏缨，交待尽速修缮完毕。这天，崔卿还将新近随他来夔州任职的两位评事[1]崔公辅（排行十三）、崔如琢（排行十六）介绍给了杜员外。他们两个是从兄弟，本籍都在洛阳，按关系来说，同出清河崔氏南祖乌水房，是杜甫的母家远房表侄。两人都只三十岁出头，很年轻，此前都在荆南节度使卫伯玉行营任职，向来喜爱诗赋文学，早就听闻自己这位表舅的诗名，因此，当晚的家宴气氛很是热烈。杜甫也满心喜悦：在夔州一下遇见了三位亲友，这真是太凑巧了。今后要在夔州继续安住，他们可是有力的倚靠。

说实话，此前在夔州，杜甫与使府官员除了官方宴集，并没有太多私交来往。使府各官员很少来西阁拜问，也不曾邀请杜甫赴私宴或游赏。与杜甫有互动的，也就只有别驾元持和驿官丁满了。现在，权代刺史的崔卿和两位崔评事都是杜员外的母家亲族，就是对人事再不敏感的人也都知道其中关系的深浅。

于是，六月二十日这天，崔十三、崔十六就携同了录事参军苏缨、奉节县尉韦伋一同来西阁拜会了。苏缨的职掌是分派六曹吏员的公事，审阅、签办使府各类文书簿籍，还负有查纠

---

[1] 唐官职名，属大理寺属员，掌出使推按，参决疑狱。

的职分，他在夔州多年，前后服务了四位官长，对本地政务人事最是熟悉不过。看来登门拜访的起头人也是他。四位客人先询问了解了杜员外的入峡经历，过后就向杜甫讨看诗文，杜甫便告知驿丁丁满那边都有抄录云云，当然，他也出示了新近写成的诗篇，包括了写给阿段和信行的两首。给奴仆写诗让客人们颇为意外，又不得不当面赞许几句。杜甫可不管对方是否真的理解认可，面上也流露了得意之色。

自崔卿到任，杜甫有几天一直住在西阁，好在此时暑热有所减退，还能忍捱。

刺史交接后，只有一个状况让杜员外很不满意，甚至还很气恼。

之前已说过，王崟在任时曾命园官往赤甲送菜。使府在马岭平地有一座专设的中园（位置就在西阁前方），设置园官一人、畦丁三人；耕地四五亩，搭有棚架，连通瓦筒水流，专门种植时鲜蔬菜，供应刺史、别驾或过境官长。

可是，自从崔卿接任后，那园官势利心发作，就有些故意怠慢。有时连着几天不送菜来，有时送是送来了，装菜竹笼的上面一层用时鲜蔬菜盖着，下面却全是苦苣和马齿苋这类野菜。苦苣刺多，马齿苋又有很多烂叶。杜甫因为不能食猪肉，日常餐食本来就很依赖蔬菜，这下就有些受不了了。

美恶不能混杂，是不是？染色时能把丝麻和罗纨混在一处么？苦苣那么多刺，马齿苋的气味那么难闻，怎可以与秋葵和荏菜放一起呢？夫人你说说看，是不是这个理？这世道越来越

第二乐章 火与雪　　155

不像话了，到处都能碰到阻塞路途的小人。这园官虽然官职卑微，也要来添堵，放着中园的好菜不送，却故意使坏。他忍不住发了一通牢骚。

杨氏看着丈夫，只能点头附和。过后就说：唉，园官这么做确实过分，前任府主离去还没几天呢！可是，你那个远亲府主又不会过问这种小事。这就是俗世的人情啊。

这两样菜总不能丢了吧，还是对付着要吃完。

杜甫牙齿缺落已多，盘中这几样菜又难吃又难啃，只能让阿稽再去煮几个鸡蛋，蘸了酱清，杜甫才把这顿饭勉强对付了过去。

3

到六月下旬，夔州仍是无雨。

之前已行过祭乌鬼的招术，没有效用。其后又请来神巫，在社庙作法三天，仍不见雨。当地土人信仰能兴云致雨的蛟龙，为逼出龙来，最后就只能烧山了。据说这样能驱使蛟龙惊惶游走而行雨。这是峡中逢大旱时的旧俗。

起初只在临江崖上零星小片地烧，将粗大树木伐倒后点火燃烧。余烬推入峡江，空中但见落下无数烟灰与火星。烧山时常伴随着连续的有节奏的鼓声，远远地传至耳边。过几天，又开始在瀼水和江岸边烧，这回焚烧的除了砍伐的树木，还有废弃的木船，水岸边顿时升腾起缕缕烟柱，扶摇直上，升入了峡江的高空。望去犹如夔州此地刚刚遭受了一场兵燹。

到下旬时，实在没有办法啦，僚人就开始在各处山麓焚烧。

烧山都是从黄昏开始。在坡地林间用砍刀劈出一片空场，然后将伐倒的树木点燃，数十片火场升腾着烈焰。这些树木不少都是数百年的古木，但听树枝在岩石罅隙里不时地爆裂，而烧着的树干也会沿着坡岸滚落下来,造成坡下观看人众的恐慌。草木里的长蛇恐怕躲无可躲都被烧焦了,连咆哮的猛虎也只能避入北面的深谷中了吧。夜深过后,火场并未熄灭,江风吹来后,火焰腾起更高,纷纷变作了熊熊的巨焰!自赤甲宅望去,无云的夜空被照得赤红,连新秋时牛郎织女星的星光也被遮暗了。

夔州境内各处都在烧山火,赤甲怎会没有呢。起初只在马道边的野树林里烧,这几天竟然烧到了矮墙外的坡林地带,距离赤甲宅也就数百步。这可不成啊,倘若听任火势蔓延过来不设法扑灭,恐怕就要烧到围墙后的住家了!如此胡乱烧山,不但求不来雨,还危害生灵,有什么实际效用呢?州县各级官长对此竟然不作管束,真是难以理喻。

杜甫真是心急火燎了,只得去找前阁的王儋商量。王儋也很着急,就去赤甲里正[1]家中投诉,里正也无法对付,于是王儋和里正又去找录事参军苏缨。苏缨和里正有亲故关系,就安排了使府军士来到赤甲山麓现场管制。可是,等军士到达时,烧山的人早跑没了,山火也烧得差不多了。

第二天起早一看,赤甲宅中飘落了很多黑灰,到处都脏污一片,杨氏和仆人们要好好打扫清理一番,杜甫只得带了宗文、宗武暂避西阁。

西阁也好不到哪里去。这里一到下午就日晒严重,待一会就汗流浃背。入夜后想多吹一点江风,走出来到岸坡的草亭

---

[1] 职官名。古时乡里小吏,负责掌管户口、赋役等事。北齐、隋、唐皆置之。

中，铺开席子，父子三人就一同躺在上面乘凉。

雨什么时候来哦？宗武问。

快了！快了！宗文不耐烦地答。

快了是几时呢？

不知。

热啊热。

下到江里也就百步，你浸到水里马上就凉快了。

宗武沉默了一阵，看着亭角外缀满了星辰的夜空又问：星子真亮啊，大兄你能数几颗？

数不清。

最亮的那颗叫什么名目？

阿爷说叫"玉衡"。斗柄现在指着南方呢。所以现在是夏天啊。

牛郎星和织女星在哪边？

在天河两边。

宗武睡不着，就这样一次次烦扰他的哥哥。

前方江面不时传来扑剌的水声，东一下，西又一下，有的声远，有的声近。入夜后，鱼儿欢快地跃出江面，水中的它们是感觉不到暑热的。兄弟俩听着听着，不知不觉就入眠了。

他们的老父亲没那么容易入睡。草亭比西阁空气流通要好一些，可他还是觉得憋闷。脑目仍然很清醒，于是侧身看着这两个随自己流徙波荡多年的孩子。他们的呼吸多均稳，生命又多么活泼！征旅中成长起来的无忧的少年啊，你们现在是不能懂得父亲的烦恼的，正如早年洛阳时的我无法理解现在的我一

第二乐章　火与雪　159

样。谁曾料想，我们今日会一同寄居在这个苦热的南国边州呢？然而，有你们在身边，生命仿佛得到了扩展，你们就是父亲的最好的安慰。今后不会再苛求你们了：宗文如此好动，不爱诗书就不爱了吧；宗武性情安静，今后也不必过于勉强自己。一切随各自心性吧，我再不会对你们抱有不切实际的期求。你们只要昂扬地活过一生就好，而我自己，也要昂扬地走完此后的人生。

江面吹来了微风，草亭里的空气渐渐流通。望着夔州的夜空，杜甫深深体会到了凡人的微小的命运，也感知到了那浩瀚、神秘、博大到简直无边无际的脉动。那脉动肉眼不可见，却如此地强劲有力。他的神思汇入了群星的辉光中，渐渐沉入了睡眠。

二十日来访西阁的四人中，崔十六崔如琢评事过后又来赤甲拜问，崔公辅本来也要同行，临时有公务不得抽身，特意嘱咐他送来了一笼荆州甜瓜和米粮。

第二天，早间日阳初升，气温已很高。从阁楼望出去，瀼水中没有舟船，林中的鸟雀都掩翅不飞。杜甫坐在阁楼廊道上，敞开了衣襟散热。昨日崔如琢冒暑来访又送礼，自己肯定要有所表示。这天本想登门回访，可是天实在是热，出门就要穿袍束带，还要来回奔走，他实在是力不能行。他的回礼就是赠诗。于是手扶书案，自己研墨，写了一首赠诗。

将要盖上砚盒，转念又想起此际还停在云安的李文巘。趁墨水未干，再给李秘书写点吧。眼看即将立秋，暑热应该就会减退了，李秘书你在云安避暑也避得差不多了吧。不如早点移来夔州，你我可趁着入秋转凉结伴同游。一个人待在夔州实在太寂寞啦。

赠诗写好，各附一份短笺。搁笔后，杜甫伸展双臂，舒出了口气。

场院里一阵聒噪，于是循声向阁楼下望去：信行和阿段一早就头戴斗笠、背了竹篓出门采药去了；阿稽和夫人、堇儿在水缸棚子边就着大木盆洗衣，宗武在身后读早课，院子里只宗文一个人在看守门户。

自四月上旬去瀼西市集买回乌骨鸡以来，家中饲养的鸡群数量一直在增加，已有近五十羽之多。那七只母鸡特别能生养，第一拨初生的鸡雏现在都长好了翅羽，后面不断还有新的雏鸡出生。用篮筐简单一围根本就围不住，公鸡"乌将军"尤其性野，常常发怒似地飞起蹬踢，篮筐一倒，就从中脱逃，正欲夺门而出。宗文飞奔出门，刚把这为首作乱的家伙逮住，后面母鸡们带领了半大的鸡仔和初生的雏鸡纷纷从缺口钻出，在场院里乱窜。杨氏本来就反对养鸡，这时就站在木盆边看着，见宗文追鸡摔了个跟头，她不由笑出声，阿稽和堇儿便也跟着取笑。哎呀，不好，有一羽母鸡已经蹿上了阁楼梯阶！杜甫立马站起，走到楼梯口用拄杖驱赶。折腾了好一会儿，宗文好歹才将所有叛逃的大小乌骨鸡抓回了篮筐圈内，热得是满头大汗。

杜甫没好气地坐回原位，将两襟用短带重新收束好，缓了缓心神。见宗文从杂物棚子取了几只大篮筐，将鸡圈做了巩固

第二乐章 火与雪

后,就将他唤上了阁楼。

等阿段返回,我就要去西阁寄信。明后两日,你安排奴子们把鸡栅树起来吧,圈在东面窄院里就可以。日日这样跳走乱窜,实在太不像话了。

宗文挠挠头,走下阁楼去了。自来夔州,父亲一向不太管束他,这回正式分派了他一个任务。这鸡栅该怎么树呢?他其实很是懵懂。

4
（不期而遇）

　　立秋七月三日的清晨，瀼水岸边轻雾弥漫。峡中又传来了雷声。

　　前几次都是有雷无雨，原以为还是同样，因这雷声很远又很闷。杜甫在阁楼上洗漱好，刚换上了一件夫人新制成的短葛衣。外面起风了，风还蛮大，呜呜地吹进了屋内。走到廊道上，扶着栏杆眺望，但见瀼水岸边，大风摇撼着树木，迎面吹来的已是湿润的凉风。雷声持续滚滚而来，愈来愈近了。瀼水的东岸，天色昏暗了下来，白盐山上空已密布了雨云。几颗雨点飞上了面颊，他拿手一沾，确认是雨水后便大叫起来。下雨了！下雨了！简直是在欢呼。正在菜圃里翻土的信行、正在喂鸡的阿段，一齐仰起了头，看向家主所指的方向，刚起身的宗文和宗武也走出房间观看。

　　雷声现已移到了白盐、赤甲两山中间的空域，差不多就在赤甲宅的头顶。雨点渐渐密集起来，飘落在岩壁上，飘落在坡林中，也落在山麓的数百栋阁楼上。雨云所来的方向，正是宋玉《高唐赋》《神女赋》中的巫峡阳台。这白盐之云就是朝云，这久盼的时雨，就是那腰间佩饰了幽兰、在空中乘着翠色螭龙的神女行来的啊。

这是一场急雨，下了一个时辰就停了。此时的瀼水对岸，低伏的长云连着山麓的树木，遮去了村墟的屋舍。夔门的东面，天色仍自暗黑，而白帝城和西堤一带一片明亮，日光自江面反射到峡江的崖壁，明暗交错，斑斓纷呈，所见景物都沾上了雨水的光色。江岸、坡林、山谷似乎已从大旱的干涸中恢复了生机，因雨水的浸润洗刷，峡山仿佛得以扩展，显得异常地明朗空阔。

中午就有明显的降温，暑热开始减退，体肤流汗也不多了。杜家主仆人人面露喜色。雨停后，左右邻居的主妇们纷纷走出家门，评说着这场初雨。她们隔着篱墙还与杨氏攀谈起来，大家啾啾唧唧地商量着晚市该买什么菜蔬，入秋后本地又有什么时鲜，米麦最近价格是否又见涨，还听到阿段时不时的插话，以及边上一堆小孩儿们的聒噪打闹声。

连续十旬、超过百日的炎夏终于告结了，这是季候转换的馈赠。而在赤甲阁楼上，从苦热中解脱的杜甫，内心也正涌动着新的节律。

午后，杜甫美美地睡了一觉（已好久没有这么香甜的睡眠了）。起身后心情愉悦，乘兴就给元持别驾写了首诗，让阿段立即送出。

元持家在西门外江堤北的山麓，位势高畅，四围开阔，前后有三重高低阁楼，从赤甲宅就可以远远望见。在夔州这里，真正有京官履历的官员也就元持一人了，还有比他更好的清谈伙伴么？元持在夔州任职俸禄优厚，居宅奢华，私下又喜道家烧炼[1]，今日正可以拿这个话题打趣他一番：元持啊，你虽然过着神仙般的亦官亦隐的日子，终究还没有羽化升仙，还是人间一个池中物哦；昨日暑热退后，我美美地睡了一觉，感觉也跟神仙无异了。明日来西阁与我聊天吧！

说起烧炼，自己当初不也跟随了李白做修仙炼药的事么？因想到了李白，很快就忆起了当年漫游齐赵时纵马奔驰、挟弓鸣弦的青春快意！啊，围猎归返时天心的圆月好像还悬在头顶，那彻照天地的光辉好像从未褪色！

这位元持还是李白好友、谯郡[2]参军元演的同宗从兄弟，之前就听他提起，李白夜郎放还时曾过境夔州，还留有诗文，于是又在短札中添上了这个询问。杜甫想知道更多的细节。

得杜甫赠诗后，元持四日上午即来西阁，同来的还有驿官丁满。

元持体态肥圆，一脚踏进西阁，额头已是汗如泉涌，不住地拿袖口揩拭。杜甫就打趣他是沾了巫山神女的仙露。

---

[1] 炼制丹药。
[2] 州治在亳州。

第二乐章 火与雪

元持答：倒的确是仙露，因我新近得张真人[1]弟子亲授口诀，以文火七十日，炼成了紫金丹。服了金丹，再外出走动，就更容易出汗了。

两人对视，默契一笑。

这天阿段陪侍西阁，客人到来前已在轩廊坐席前备下了乌梅饮子和熏香过的手巾（说起来，那只三足熏香小鼎和枫香脂也是元别驾所赠的呢）。

待阿段退下，丁满从随身带来的囊袋里取出了一轴诗卷，解开卷轴束带，放置在员外身前。这是丁满抄录的李白入峡诗文。打开诗卷，见所录诗作前先有一通表奏《荐李白表》，署名者为御史中丞宋若思。

不用说，李白入永王李璘幕而遭流放一事，在座三位都很清楚。

至德元载正月，贼酋安禄山在洛阳僭称帝号。李白与妻子宗氏南奔当涂避难。入秋后，听闻玄宗入蜀，遂沿长江西上，暂居庐山屏风叠。十二月，兼领四道节度使的永王李璘以平叛为名离驻所江陵，引兵东巡。过庐山时，数遣韦子春致书相邀，李白下山，加入了永王幕府。

至德二载正月，肃宗下诏命永王入蜀，永王不受命。淮南节度使高适、淮西节度使来瑱与江东节度使韦陟于安陆会合，

---

[1] 又称张隐居、张九垓，号"浑沦子"，约生于神龙至贞元年间，著有《金石灵砂论》一卷。

结盟讨伐。二月末,永王败走丹阳,李白逃至彭泽后自首,被系于浔阳狱。

经江淮宣谕选补使崔涣、江南西道采访使宋若思营救,李白得以出狱,随后入宋若思幕府。春末夏初,途经西塞驿[1];暮秋抵鄂州江夏[2],访李邕故居,登黄鹤楼,望鹦鹉洲。这篇《荐李白表》即在江夏撰成。

表奏前段提及了天宝初李白被玄宗召入禁掖的前事,没什么特异之处。关于入永王幕,表文是说:属逆胡暴乱,避地庐山,遇永王东巡胁行,中道奔走,却至彭泽。杜甫注意到这里用的是"胁行"二字。元持说,这封表奏是李白代宋若思所写,等于他的一封自白状。至于宋若思为何先是营救后又举荐,还是因为李白与宋若思之父宋之悌乃是刎颈交。

这宋之悌是词臣宋之问之弟,以骁勇闻名,开元十八年[3],曾任太原尹、河东节度使。开元二十年宋之悌以事流贬交趾[4]。李白在江夏送别,曾作两韵短篇《江夏别宋之悌》赠别。元持将这首诗诵了出来:

楚水清若空,遥将碧海通。
人分千里外,兴在一杯中。
谷鸟吟晴日,江猿啸晚风。

---

[1] 当在西塞山附近。西塞山,在今湖北黄石东。
[2] 今武汉武昌。
[3] 730年。
[4] 今越南河内。

平生不下泪，于此泣无穷。

李白与宋若思这一层关系，在杜甫而言，也是第一次听闻。

再读第二段，看到 怀经济之才，抗巢由[1]之节，文可以变风俗，学可以究天人，一命不沾，四海称屈 几句，杜甫不禁连连点头，这声气口吻确实出自李白本人啊。通篇读完，杜甫仿佛听到了这位豪情万丈的老友的大声告白。当年齐赵游时，李白就不止一次当面说出类似的自诩自赞的话来。联想到他当时的窘迫处境，再一回味，不禁又为之鼻酸。

元持说，许是这通表奏的语态过于出格，惹恼了肃宗，十一月末李翰林即被判罪长流夜郎[2]。十二月中旬的暮冬，由夏口启程，乾元元年[3]正月上旬入江陵，二月初入三峡。

这年二月，因关中大旱、皇储新立，京都颁布大赦令：天下囚徒，凡死罪减为流放，流罪以下者，一律赦免。二月十四日，大理寺黄绢赦书由官使发送至夔州，其时李翰林正好经停了瞿塘驿。

八年前李翰林来夔州时，丁满曾见过他本人，丁满父亲丁夔其时正是瞿塘驿的驿长。

听到这里，杜甫吃惊不小：丁满，你竟然亲见了李翰林？

---

[1] 即巢父和许由，相传为尧时隐士。尧让位于二人，皆不受。后用以指代隐居不仕者。
[2] 今贵州桐梓。
[3] 758年。

是,杜员外,确曾见过。那时我年未弱冠,兼做官驿的值门小卒。

李翰林那年五十八岁,他当时是如何样貌?

一个苍髯老人,不过目光如炬,脚力尚健。

他就是在瞿塘驿得知大赦消息的?

是也,李翰林二月十三日到的瞿塘驿,第二天下午,京城官使刚好来到夔州。

杜甫转头看向轩廊外的峡江,不由发出长长的喟叹。自天宝四载与李白在鲁郡东石门作别,距今已二十一年,没曾想竟然在夔州又一次与他"不期而遇"了,这重遇的方式又是如此特别!自己与他,仿佛前后相逐的两颗星辰在时空中交错而过!

看过表奏后,杜甫观览了卷轴后面抄录的李白诗,由丁满在旁解说。

第一首诗题为《自巴东舟行经瞿唐峡,登巫山最高峰,晚还题壁》。得知放还消息后,李翰林当晚痛饮至中宵。第二日早起就急欲一览巫山风景。于是到了下午,由本州使府官员和家父作陪,李翰林渡瀼水,骑马来到白盐山北面山麓,循上山驿道,登上了白盐最高峰。瞿塘驿本是水陆驿站,在白盐山上设有白盐驿,瞿塘峡入夏后水盛断航时,可由这条驿路山道翻越山岭,往南可至巫山县大溪。在山上留连许久,到日曛时分,众人才下山,踏着月色,循原路返回了夔州城中。归来驿馆后,众官员设宴招待,李翰林微醺中吟成了此首:

第二乐章 火与雪 169

江行几千里，海月十五圆。
始经瞿唐峡，遂步巫山巅。
巫山高不穷，巴国尽所历。
日边攀垂萝，霞外倚穹石。
飞步凌绝顶，极目无纤烟。
却顾失丹壑，仰观临青天。
青天若可扪，银汉去安在？
望云知苍梧，记水辨瀛海。
周游孤光晚，历览幽意多。
积雪照空谷，悲风鸣森柯。
归途行欲曛，佳趣尚未歇。
江寒早啼猿，松暝已吐月。
月色何悠悠，清猿响啾啾。
辞山不忍听，挥策还孤舟。

第二日，李翰林即谋划再度出峡，又是写信告知峡外亲友，又是雇佣舟船。事情安排好后，他在夔州又盘桓了两日。

十八日发船离夔州那天，应众人所请，李翰林在瞿塘驿写下了这首《早发白帝城》：

朝辞白帝彩云间，千里江陵一日还。
两岸猿声啼不住，轻舟已过万重山。

这首诗写成不久，过境夔州的官员士子纷纷抄去，俨然已是名作。丁满讲到此处，面露了得意之色：杜员外，那天小人还有幸替李翰林研了墨呢。

此诗后面还录有两首，用纸明显不同，看得出拼接痕迹，还裱衬了薄绢。

丁满说，后面两幅是李翰林亲笔抄录的两首旧作。写毕《早发白帝城》后，他亲手记写、赠予了小人。

杜甫细看笔迹，果然与早年记忆相符，确实是李白本人的手迹啊。一首是《宿巫山下》：

昨夜巫山下，猿声梦里长。
桃花飞渌水，三月下瞿塘。
雨色风吹去，南行拂楚王。
高丘怀宋玉，访古一沾裳。

开元十三年[1]秋，李翰林第一次出蜀远游。据说这年入冬大寒，江面有冰凌，三峡不能通航，李翰林在夔州受阻，又折返万州停留，一直等到第二年春汛来到时才得出峡。这首却不是在夔州所写，是过境巫山县时游览访古之后，写在官驿厅壁上的题诗。

李翰林所录另一首是《巫山枕障》：

---

[1] 725年。

巫山枕障画高丘，白帝城边树色秋。
朝云夜入无行处，巴水横天更不流。

元持说，这首诗的来历我与丁满参详了很久。看题意，应该并非实写夔州，而是见到绘有巫山风光的屏障画后的题咏之作。具体作于何时何地就不清楚了，也许是出峡后所作。屏障画在峡中也不多见啊。

杜甫点头同意，别驾此言有理。不管如何，这首也可以计入李翰林的峡中诗篇。

看过诗作，杜甫问元持：李翰林出峡后情形如何？我此前在成都，只得知他宝应元年在当涂病故。

元持说，具体情形他也不甚了了。不过，结合他多方听得的传闻来看，李翰林出峡后，大致先由江陵至江夏，再到豫章[1]与夫人宗氏重聚。上元二年，贼酋史朝义围宋州[2]，帝廷以李光弼为河南副元帅，领军出镇临淮[3]。据说李翰林曾赶去临淮，欲投奔故人麾下效力，不意中途病倒而折返金陵。是年秋天，离金陵，投奔当涂县令、族叔李阳冰。翌年十一月初冬在当涂去世。

说完，元持也从袖中抽出一纸，递给了杜甫：这位李阳冰

---

[1] 指南昌县。宝应元年（762年），避代宗李豫讳，豫章县更名为钟陵县。
[2] 今河南商丘睢阳区。
[3] 今江苏宿迁泗洪县。

受李翰林嘱托,曾为收集诗文编成《草堂集》,并写序一篇,员外可从中了解一些大概。李阳冰今春调回京城,擢升集贤院学士,我是让京中一位友僚设法抄来的。"

杜甫接过,开始分段览读。

首段叙李白的郡望出身,后段状写其诗文才具之盛大,"不读非圣之书,耻为郑卫之作,故其言多似天仙之辞"这段可谓得李白风旨;后面"自三代已来,风骚之后,驰驱屈宋、鞭挞扬马,千载独步,唯公一人"的评语,在杜甫看来也是确论。第三段叙李白面圣奉朝以及玄宗赐金放还旧事,这个杜甫也是很了解的。唯有尾段,才透露了李白去世前的一点确切消息:

阳冰试弦歌于当涂,心非所好,公遐不弃我,乘扁舟而相欢。临当挂冠,公又疾亟。草稿万卷,手集未修。枕上授简,俾予为序。论《关雎》之义,始愧卜商[1];明《春秋》之辞,终惭杜预。自中原有事,公避地八年;当时著述,十丧其九,今所存者,皆得之他人焉。时宝应元年十一月乙酉也。

读至最后一字,杜甫终于忍控不住而垂泪了。他是为李白的身世遭遇一哭,为其晚年诗文的遗失而哭,为如此雄才、如此挚友永不可再得而一哭。当着元持和丁满两人的面,他真是

---

[1] 卜商即孔子弟子子夏。

第二乐章 火与雪

顾不得失态了，引得在侍守在轩廊外的阿段都忍不住探入门内窥看。

泪眼模糊中，重又扫视了一遍文稿。这时，李阳冰《草堂集序》中"终惭杜预"这四个字却似闪电般击中了他！他浑身颤栗，身体不由向后一靠，手臂未及撑住乌皮几，险些侧向倾倒。丁满连忙站起，托住员外的手臂，扶正了他的躯身。

那是自己的十三世祖杜预啊，那个撰述了不朽的《春秋经传集解》的杜预！

阿段送上了切好的瓜，三人吃了几片瓜解渴，继续闲谈。元持、丁满再坐一会就离去了。杜甫将元持带来的李阳冰《草堂集序》留下，打算抄录一份，李白峡中诗文也请丁满抄誊一份。

午食过后，天气舒爽，杜甫拄着桃竹杖步出轩廊，由阿段扶着下梯阶，来到江岸草亭附近散目望远。转悠一会后，就回西阁午睡小憩。

未时二刻起身，就伏案抄录《草堂集序》。此时一人独处，情绪早已经平复，只是一边捉笔，一边就在轻声叹气。从上午了解到的情况来看，老友李白对自己诗文的保存实在太过随意了。其为人行止真如同这峡中的云气，聚散皆无定。千秋万岁名，寂寞身后事，果真如此么？

晚食后的黄昏，丁满又来，呈上了抄录好的李翰林峡中诗文卷。又问员外是否今晚还在西阁，若在西阁的话，他想将员外与李翰林彼此互致的诗作，也誊抄了去。

因为沉浸在怀想李白的情绪中,本就有意整理,杜甫答应了丁满。

阿段将书箱搬出,杜甫就着轩廊的夕光查看题签,对应相应诗卷,挑出了与李白有关的篇章,交由丁满抄录。他一边回顾,一边就作解说。

5

（追忆李白）

《赠李白》大约是最早的一首吧。

天宝三载李翰林遭"赐金放还"，离开了长安，可是他在天下士人中的声名不但没有跌去，反而更受看重。三月，李翰林来到洛阳，初夏四月中，甫与他在南市酒楼第一次见面。那天，他出示了离长安前所写的《初出金门寻王侍御不遇，咏壁上鹦鹉》，自比为 能言终见弃，还向陇西飞 的鹦鹉，可他哪里像落难归乡的鹦鹉啊！彼时他尚在盛年，姿容雅逸，气度非凡，正如中天日阳般炫目。因他一直宣扬此行只为求道炼药，所以甫就附和他说了些愿意追随的话。

那天散席，两人相约同游梁宋。李翰林前往汴州，投奔了同宗从祖、时任陈留[1]采访大使的李彦允。

五月五日，甫的继祖母卢太君在陈留私邸去世，甫随即去往

---

[1] 即汴州，后称开封。

汴州。八月十一日,启灵柩运回偃师,于三十日落葬祖茔。依仪礼为太君服齐衰[1]五月期满,十月初,甫与李翰林同至宋中,和高尚书[2]高适会合,三人结伴漫游。共游期间作有《赠李白》:

> 二年客东都,所历厌机巧。
> 野人对膻腥,蔬食常不饱。
> 岂无青精饭,使我颜色好。
> 苦乏大药资,山林迹如扫。
> 李侯金闺彦,脱身事幽讨。
> 亦有梁宋游,方期拾瑶草。

过后,甫随同李翰林折返向西,去王屋山寻访道士华盖君,惜乎华盖君已去世。此后两人分途,李翰林于秋冬之际自王屋去安陵[3],请道士盖寰造道箓,不久去了齐州[4]。

天宝四载年初,李翰林由道士高如贵在紫极宫[5]正式授箓,甫闻讯就跟去了齐州。到后,甫与李翰林还有齐州司马李之芳、北海太守李邕常有诗文雅宴,互有诗文酬和。

(丁满插话说,听说李之芳授太子宾客后,近日在夷陵[6]闲

---

[1] 以粗麻布制成的丧服,因其缝齐,称为齐衰,次于最重的斩衰。依《仪礼·丧服》服丧期分为一年、五月、三月三种。杜甫继祖母依曾祖父母丧,服期为五月。
[2] 高适去世后追赠礼部尚书。
[3] 今河南鄢陵。
[4] 今山东济南。
[5] 天宝三载三月,诏令改天下诸郡玄元庙为紫极宫。
[6] 今湖北宜昌。

居。李之芳之前于广德元年出使吐蕃时曾被扣留，第二年才得归。杜甫听闻这个消息就决定写信去问候，李也是自己的多年老友啊。）

此后，甫自齐州先去临邑县看望担任了主簿的二弟杜颖，再去鲁郡[1]拜问了时任当州司马的父亲，过后就去任城县[2]，与李翰林再度会面，其时李翰林将家眷接来，寄住在此地。两人相见谈笑如故，痛饮作欢，真不知何时醉，亦不知何时醒。饮醉了，就共被而眠。白日里出门游赏，亦常常携手并行，可谓如胶似漆。

在鲁郡石门告别时，甫就作了同题的第二首《赠李白》：

秋来相顾尚飘蓬，未就丹砂愧葛洪。
痛饮狂歌空度日，飞扬跋扈为谁雄？

那时的李翰林真是神采飞扬啊，其神思、其气度、其语句、其谈吐，都可称独步天下无第二人，甫受他鼓舞，也激起了壮志雄心。

临行时，李翰林亦有赠别诗《鲁郡东石门送杜二甫》：

醉别复几日，登临遍池台。
何时石门路，重有金樽开。

---

[1] 天宝元年（742年）改兖州为鲁郡，乾元元年（758年）复为兖州，领十县，包括任城县。
[2] 今山东济宁。

秋波落泗水，海色明徂徕。
飞蓬各自远，且尽手中杯。

末联中的"飞蓬各自远"过后就应验了啊，石门一别即是与李翰林此生的永别。

分手数月后，这年秋天，李翰林尚未南游江东仍在兖州，曾寄诗来洛阳，就是这首《沙丘城下寄杜甫》：

我来竟何事，高卧沙丘城。
城边有古树，日夕连秋声。
鲁酒不可醉，齐歌空复情。
思君若汶水，浩荡寄南征。

甫收得诗信，初冬写《冬日有怀李白》，期待能再有聚首共游之日：

寂寞书斋里，终朝独尔思。
更寻嘉树传，不忘角弓诗。
短褐风霜入，还丹日月迟。
未因乘兴去，空有鹿门期。

天宝五载[1]春，甫离洛阳入长安，准备应举，又作《春日

---

[1] 746年。

忆李白》：

> 白也诗无敌，飘然思不群。
> 清新庾开府，俊逸鲍参军。
> 渭北春天树，江东日暮云。
> 何时一樽酒，重与细论文。

其时李翰林又有南游之志，秋末启程，先游宋中梁园，不久到江东扬州。甫入京后发力于诗文，很想再与李翰林细论诗文啊，那种焦渴难以言喻。然渭北江东隔绝已远，只能远望追忆了。

甫初至长安后的八月，写有连章歌行《饮中八仙歌》，为自己钦敬的当代八人以时绘像。其中特为李白单立一联 李白一斗诗百篇，长安市上酒家眠，丁满你也可以抄录。

甫到长安后，就与李翰林断了音讯，他一无寄诗，二无信来。甫数次问得地址，去信过后也无消息。

（丁满插问，员外当年与李翰林交谊情深，为何会如此呢？）

想来还是李翰林郁郁不得志，心境不太好吧。

另外的缘故，甫也常在私心推想，或是因为甫太好辩论，彼此见解不是很合调：李翰林向来以为大雅正声自建安来就很颓靡，六朝诗太过绮丽，他要举扬的是清新天真，他要效仿孔子，以春秋笔法写诗。这是他的大志。可是，他的诗实在很多得益于前代六朝诸辈，转移、化用庾信、鲍照、阴铿的例子举不胜举。在鲁郡时，甫曾将他比作陈朝的阴铿，李翰林当时就很不认可。

他翻出了之前在兖州时写出的那首《与李十二白同寻范十隐居》，指示丁满看头一联：

李侯有佳句，往往似阴铿。
余亦东蒙客，怜君如弟兄。

杜甫在箧箱中继续翻寻，又挑出天宝六载春写的《送孔巢父谢病归游江东兼呈李白》。

这首不是给李翰林的，首次试写了七言古体。甫在长安时，友人孔巢父辞官归隐江东会稽。甫作此诗，委托孔氏若见到李翰林，代为问候。那时真的很想知道他的近况。丁满你看最后这两联，因甫那时听闻他东游到了会稽一带：

罢琴惆怅月照席：几岁寄我空中书？
南寻禹穴[1]见李白，道甫问讯今何如！

此后十年不通音讯。乾元二年秋，甫弃官远游秦州。因地偏远隔，隔了一年才得知李翰林因投入永王幕府被囚以及流放夜郎的消息，一时大为震惊。过后连续三夜都梦到了他，那真正是魂梦相系啊。这是当时写下的《梦李白二首》，丁满你也可

---

[1] 今浙江绍兴之会稽山。

第二乐章　火与雪

抄录：

其一
死别已吞声，生别常恻恻。
江南瘴疠地，逐客无消息。
故人入我梦，明我长相忆。
君今在罗网，何以有羽翼？
恐非平生魂，路远不可测。
魂来枫林青，魂返关塞黑。
落月满屋梁，犹疑照颜色。
水深波浪阔，无使蛟龙得。

其二
浮云终日行，游子久不至。
三夜频梦君，情亲见君意。
告归常局促，苦道来不易：
江湖多风波，舟楫恐失坠。
出门搔白首，若负平生志。
冠盖满京华，斯人独憔悴。
孰云网恢恢，将老身反累。
千秋万岁名，寂寞身后事。

　　第一次梦到是在室内，明月清辉洒满了屋梁，李翰林站在屋梁下，颜容憔悴。

第二次恍惚见到他站在枕畔，甫欲起身，人已不见。

第三次时，他是立于门边，踟蹰不肯离去，临别还说了一句话。

（丁满问，梦中的李翰林说了什么呢？）

李翰林言，来此北州，何其不易！他日汨罗江畔见。临出门时，他还像早年那样挠着头上白发，仿佛在为辜负平生壮志而深自怅恨！

现在想来，李翰林是在托梦预言啊。丁满你看，眼下甫也跟随他来到了夔州，出峡后也正打算去湖湘。

不久过后，得知李翰林遇赦放还，真为他高兴啊。又忧心其归宿，在秦州还写下了这首《天末怀李白》：

凉风起天末，君子意如何？
鸿雁几时到，江湖秋水多。
文章憎命达，魑魅喜人过。
应共冤魂语，投诗赠汨罗。

然而，李翰林还是寂寂无消息。到上元二年，甫已携家定居了成都，又作《不见》：

不见李生久，佯狂真可哀。
世人皆欲杀，吾意独怜才。
敏捷诗千首，飘零酒一杯。
匡山读书处，头白好归来。

当时蜀中官员谈及李翰林都是一脸鄙夷不屑，为其投靠永王而愤恨。少有人爱惜他的才具，珍视他的诗文，这真是很可悲哀之事。

到宝应元年七月，甫自成都送故友严武入朝，至绵州，逢成都少尹徐知道作乱，转赴梓州。就在此时，获悉李白正在当涂养病，于是写了这首《寄李十二白二十韵》寄去：

昔年有狂客，号尔谪仙人。
笔落惊风雨，诗成泣鬼神。
声名从此大，汩没一朝伸。
文采承殊渥，流传必绝伦。
龙舟移棹晚，兽锦夺袍新。
白日来深殿，青云满后尘。
乞归优诏许，遇我宿心亲。
未负幽栖志，兼全宠辱身。
剧谈怜野逸，嗜酒见天真。
醉舞梁园夜，行歌泗水春。
才高心不展，道屈善无邻。
处士祢衡俊，诸生原宪贫。
稻粱求未足，薏苡谤何频。
五岭炎蒸地，三危放逐臣。
几年遭鵩鸟，独泣向麒麟。
苏武先还汉，黄公岂事秦。

楚筵辞醴日，梁狱上书辰。
已用当时法，谁将此义陈。
老吟秋月下，病起暮江滨。
莫怪恩波隔，乘槎与问津。

李翰林去世的消息，甫是到了来年年底才得知，闻讯不胜哀恸。李翰林收到这封诗信了么？甫不得而知。也许信寄到当涂时，他已经故去了吧。

（丁满细读过后也大受感动。员外说李翰林是谪仙人，嗜酒见天真，他真是这样的豪俊人物啊。他在夔州前后停留了六日，小人陪侍在旁，常被他的风度气貌吸引。员外对李翰林诗笔才力的描绘也很动人：笔落惊风雨，诗成泣鬼神，他就是这样一个卓尔出群的人物！）

是啊，是啊，今日你我两人重读这些篇章，也是对李翰林最好的纪念了。他的诗文，定会光耀千古的。

如此一边搜检，一边回顾。等丁满抄录完毕离西阁，已过亥时[1]。

诗卷重新收入了箧箱中，宣告了此段回忆波潮的暂时退去。书案上只留了李阳冰《草堂集序》的抄本，他还打算再看一遍。

又让阿段手持灯烛照明，回到了南窗书斋。杜甫在书箱里

---

[1] 亥时指晚上九点至十一点之间。

翻找，寻出了开元二十九年寒食日祭祀远祖杜预的那篇《祭远祖当阳君文》，他将文卷带回书案前，放置在《草堂集序》抄本的旁侧。

苍苍孤坟，独出高顶，静思骨肉，悲愤心胸。峻极于天，神有所降，不毛之地，俭乃孔昭。取象邢山，全模祭仲，多藏之诚，焯序前文。小子筑室，首阳之下，不敢忘本，不敢违仁。庶刻丰石，树此大道，论次昭穆，载扬显号。于以采蘩，于彼中园，谁其尸之？有斋列孙。呜呼！敢告兹辰，以永薄祭。尚飨！

另一个记忆又涌来了，过往的画面再次闪回：初游齐鲁归洛阳的当年，筑成土娄庄，修缮了远祖杜预和祖父杜审言的墓茔。首阳山下的中园，新树起的碑石前，自己跪读了祭文，引火将文纸烧却，与身后的弟弟杜观和杜占一同伏地长拜。余烬被大风吹扬起，飘向空中，飘到了很远的地方。那时，自己就立下了一个决心。

不敢忘本，不敢违仁。

此刻，他喃喃复诵着祭文中的两句。这重大的、神圣的、永可铭记的八个字，犹如石匠手中挥舞的锤凿，正持续敲击着他的心胸，一下，一下，又一下。

中原荒乱已久，自己好几次托人查看土娄庄，都没有收到回音。镌刻了祭文的那块碑石还安好么？

还有祖父哦。

闭上眼睛，依稀看到了前后伫立的两块碑石，远祖碑在前，祖父碑在左后方。两边是高植的松柏，而往南一百二十步，就是那条由洛阳通往陈留郡的尘土飞扬的大道。此刻仿佛正站在两块墓碑前，接受了先祖、祖父的双重注视。

祖父虽然在自己出生前四年已去世，可是，甫自小就熟读他的诗集，其声律之完熟，可称圣朝第一人。诗可是杜氏的家学啊。

如今困居在夔州，难道就这么无所事事下去？不行啊。李阳冰《草堂集序》中"终惭杜预"四字如此醒目，如此刺眼，他内心强韧执着的一面已被激活。

是终惭先人，还是不负先人，是此际最为重要的抉择。是的，自卧病峡中以来，可见的肉身的生命正快速地衰老，开始步入未可测知的下行道。然而，颓丧是要不得的，只作为一个躯壳苟活下去又有什么意思！

神思重又回到了夔州，回到了西阁。轩廊的灯火外，是深沉幽暗的南国夜色。白帝城城楼上，守卫军士在换岗交接，呼喝着口令；夔州城中，巡夜更夫正有节奏地击柝，笃笃的柝声持续传入了耳中。杜甫已下定了决心：自此过后，一面要继续服食药饮，将身体状况调养恢复到一定程度；另一面，自己要专注于诗，善用每一时刻，在衰年之际再度昂扬飞起！

入峡一年多来纷乱的心神，至此才凝定了下来。

6

立秋过后仍有秋热。不过,峡中很快迎来了第二场雨。

七月五日上午回赤甲宅时,轻雾笼罩着坡林,赤甲白盐的岭头岑云连片,将雨又未雨,还刮起了风,柴门的门扇被吹得吱呀作响。到了下午,雨点就落了下来。与前次急雨不同,乌沉的云霭稳定地停留在夔州上空,雨幕笼罩了白帝城、江岸、坡林、山石、楼阁和小道,溪涧涨满,在石间潺潺而流,引水竹渠中水流哗哗直响。入晚后,雨变得淅淅沥沥,到半夜时,峡中又响起了隆隆的雷声。

到六日早间雨才收停。清凉的空气已将此前的炎毒彻底驱除,峡中已是初秋气氛。

久旱之后,之前栽种的秋葵和薯蓣近半枯死,只存留了一畦,现在,经了雨水的滋润,茎叶也恢复了生气。可以考虑再种些其他菜蔬了。阿段去瀼西市集买来了莴苣种,然后就和信行两人在楼阁左前的平坡空地又开出了四席[1]菜畦,专种莴苣。

---

[1] 一席即如一张簟席大小。

与种秋葵一样，一席菜畦长两步，宽一步。家主还亲自指挥翻土、覆土，督导栽种。

雨止之后，杜甫想找一个地方登高望远，于是问阿段，赤甲一带可有望景台。阿段答，卧龙山真谛寺就有高台，视野最佳。夫人下午要去寺中瞻佛，家主到时可同去。

于是雇了三匹驴，下午随妻子、女儿去了真谛寺。母女两个入寺瞻佛，他就独个儿在望台远眺散心。雨后峡中光线明净，天空近乎纯粹的瓦蓝，悬停了几片不动的碎云。就是近岸的江水有些混浊，泛着泥黄色。

真谛寺所在的卧龙山正对了夔州城西门和峡江江面，视野开阔，距离赤甲宅也近，往返不费力。望台西侧崖面上还有一座兰若，背倚一片竹林。杜甫由阿段前引，踏入相看，未见有僧人迎出，院落倒甚是清净。这里的确是适合入道静修的所在。

四月里从瀼西市集买来了乌骨鸡，一公七雌，饲养在柴门旁的圈栏中。春夏时，鸡卵要抱育鸡雏，入秋过后，鸡卵就可以加餐食用了。

三个月过去，鸡的数量已倍增到五六十只。六月下旬，杜甫已交代大儿宗文带领了信行、阿段树起鸡栅。他们三个去附近竹林砍来了数十杆青竹，每杆一劈为二，劈成齐肩高的长竹片，再用火炙烤，将竹中水分蒸发来使其柔韧耐久（当地人叫作"杀青竹"）。赤甲宅院墙的东面有一块狭长空地（再往东就是半山腰的夔州城墙了），鸡栅选在这里最好不过，将竹片并列

第二乐章　火与雪　　189

插地做成栅栏，就可以堵住穿过院墙的那条约十步宽的小路。

可是，宗文这鸡栅搭得有些马虎。间隙太大，小鸡很容易就能从缝隙里钻进钻出，竹片高矮不均，大鸡拍翅一跃就能飞出。一有鸡只乱窜出来，仆人就要去捉，上演一出追逐的戏目。家里少人的时候就更是管束不住了：逃出的雏鸡随处拉屎，将场院弄得遍处脏污，母鸡们跑进厨间找吃食，踩踏了洗净晾晒的木盘，踢翻了桌案，那匹威武的"乌将军"竟还勇闯梯阶来到楼阁上，在前廊铺席上悠闲踱步。最可恶的是，它们趁人不备还会跳进菜圃啄食菜苗。这些无法无天的鸡，简直成了家里的祸害。

这天从真谛寺归返回赤甲时，杜甫就撞见了这一幕：一只雌鸡领了三只小鸡跑出了柴门，正惬意地啄食门前的泥块草根。杨氏刚下驴身，见到这个场面，就一脸嫌弃回避的表情。

进门走到阁楼前，满地狼藉的场面更令人惊诧。

这怎么行呢？杜甫让阿段马上将宗文、信行唤来，然后，当着三人的面，亲自指挥了巩固鸡栅的作业。

明日一早，信行你去砍竹篾和粗大枝条来，要编织八个鸡笼，公鸡单独一笼，七只母鸡各领七只雏鸡为一笼，这样长幼有序，彼此间就不会相争打斗。之前堵住小路的栅栏做得太粗糙，阿段你负责修缮，好好检查疏密不齐的地方，然后用上次剩余的竹片堵住漏洞。

过后，他转头看向杨氏做了解说：有鸡栅挡着，夫人啊，鸡就不会去啄食地上的蝼蚁了；有鸡笼罩着，鸡也不用担心被邻家顽皮小儿掷来石子儿，也不会给狐狸或貉子叼走啦。

宗文因为前次工作没做好，一脸懊恼的表情。他捉了厨间门前的母鸡和雏鸡，走去了鸡栅。明天他也要学着编织鸡笼，他有心要做一个实干家。

七日是乞巧节，这天有曝衣的习俗。白天天晴，日阳高照，杨氏、阿稽就拿出衣箱里秋冬季的衣袍、缛袄挂在竹竿上曝晒。家主杜甫也要随俗，他就在阁楼廊道上晒书，晒的是放在赤甲宅的六十卷《文选》。他一边晒书，一边随手取阅，眼睛的余光还在督看楼下鸡栅作业的进展：宗文、信行、阿段三人现在可忙得不亦乐乎。竹篾和枝条取得后，宗文在跟信行学编鸡笼，正在比画鸡笼的大小。阿段拆了之前的鸡栅，正重新立桩，竹片高矮一样、疏密一致。他还打算做一道可活动的栅门，因此又叫来正在编鸡笼的宗文一起出主意。宗武没有下楼瞧热闹，此刻还在廊道中上日课呢，因阿爷给他布置的功课就是诵习《文选》的诗文。

太阳下山后，一家人早早吃好了晚饭。过后，信行、阿段在堂前平地上铺了两张簟席，阿稽搬出供桌，摆上了瓜果木盘（一枚甜瓜，十来颗柰子）。当然还要置上香具，月亮升出后，就要焚香祈拜了。前一日，宗文在家里各处寻找，设法捉来了一只大蜘蛛，将它养在了母亲找出的旧漆盒内。七夕的主角当然就是妹妹杜菫了，她要从夜露凝出的夜初，一直守候到明日凌晨日出之时，等着翻开盒盖，检验蜘蛛结网的形状呢。据说这样就可以预卜待闺少女未来的运命！杨氏自然要陪伴女儿，菫儿如今可是她的掌上明珠。

作为父亲，家主也要陪伴一会。可他一坐到簟席上就一直在说煞风景的话：一会说你们妇人家总说牵牛织女隔河相望，可你们谁见到他们聚首了呢。那只是天中的两颗星啊。想了会又自言自语：倘若情谊相通，又何必非等到初秋的今天？一会说堇儿你今夜不要一副心事重重的样子，你年岁还小，出嫁还早着呢。一会又说，你只要遵循古来礼法，跟阿母努力学织作剪裁就好了。就像你的葵姐姐一样，尽女子的本分就是了。

他的议论实在迂腐老套，说得很不中听。杨氏和堇儿嫌他唠叨，都扭过头不搭理他。杜甫自觉无趣，就返回了楼上。

宗文和宗武一直陪着妹妹，他们俩都说今晚要盯看头顶的星群，说不准，那两颗星真的会交会到一起呢。反正，今晚在外露宿也是个有趣的经验。阿段和信行这两个奴仆也真勤勉，入晚后还不停歇。他们在地上各插了一支火把，就着火光在编鸡笼，到亥时城里敲更时，他们编成了最后三个，明日就可以试用啦。

蛾眉新月跳出了夔州的峡山。这夜的星子又多又亮，布满了头顶的天宇。

7

丁满这位年轻的驿官现在成了杜员外在夔州的桥梁,有外埠书信或相识官员过境,总会第一时间遣小吏告知,有时还亲来报讯。前几日,他还将《旅夜书怀》抄在了驿馆的板壁上。这首诗被过境夔州的杜甫旧友、华阳县尉柳赟看到了,就要和杜甫见一面,约明日西堤酒楼一叙。柳赟前不久卸任,离蜀出峡,暂居城西的始兴寺。

杜甫第二天一早就坐平肩舆出了门,到西阁后再由阿段牵马前去。

到寺门前下马,阿段将马匹系在寺前松树树干上,走入寺中询问柳县尉的所在。由门僧导引,杜甫来到了寺中的客舍小院。柳赟尚未起身,闻听仆人通报,连忙披衣起身,出门相迎。两人多年未见,一时把臂欢笑。当年在成都时,杜甫与柳少府[1]可是经常过从的酒友啊。

---

[1] 少府是县尉的别称。

寺内居处狭隘，两人于是出寺，在寺前石堂阶梯上并坐。

旭日将对岸崖壁照得彤红，头顶的浮云也被染成了火云。虽说已过立秋，峡中白昼仍然暑热可畏。杜甫俯看着石堂下奔流的大江说，南方的六七月和中原不一样，立秋过后外出走一趟，汗出得就像浑身被水浇透。可是，柳少府你是才俊之士啊，你来了夔州，精力不济也要来看你的。所以一早就来叨扰你啦。

柳赟正在壮年，刚过四十，听了这个就觉得很抱歉。没想到杜员外这么早就来寺中，早知道自己应该先来西阁迎接的啊。

你我无须多礼，说说蜀中的情形吧。

柳赟是去岁年底崔旰之乱的亲历者。郭英乂被杀后，蜀中各州各县官长惶惶不可终日，因为如果站错了队，支持其中一方，必然会遭到另一方的攻击。因此柳赟当时只得抱病不出。

谈及蜀乱的原因，他慷慨激昂，站起指斥那些操纵部伍的军将都是趁火打劫、扩张一己势力的盗贼。尤其那个崔旰，屠戮上官不说，还挟持王廷，实在是十恶不赦。这崔旰很是强顽，又能笼络手下将卒，占据剑阁拒止官军，又遣部伍控扼了黄草峡[1]，阻断了长江水路。不过，最近有消息说，邛州柏茂琳、剑州李昌巙已出军包围了松州。可是，被杀的郭英乂又是怎样？此人也是在平定河北贼乱时崛起，得授羽林军大将军和神策军节度使。他一来蜀中，就肆意妄为，尤其挟持崔旰家

---

[1] 山峡名，位于长寿与涪陵交界处，地势险要。

人、私通崔旰侍妾，是引发乱局的导火索。如今放眼天下各道，已是军将分立割据的时代，人人居心叵测，怀着分庭抗礼的鬼胎。可是，王廷又拿他们毫无办法。杜员外，时势怎么会变成这样？！

讲到这里，这柳赟竟然激动成泣，眼角泪光莹莹。

杜甫的看法与他一样，可是，君臣纲纪已经紊乱，要从头收拾又谈何容易啊。世道已经大崩坏了。

柳赟说，于今之策，只有擢拔那些忠义之士，无论是文臣还是武将。帝王身边没有屏障，则国将不国，王将不王。此次回京，我一定要寻找机会上表建策。

毋须说，柳赟的热情也感染了杜甫。在他的心中，再次鼓荡起了昔日作谏臣时的豪情。

说到兴起时，柳赟让随他出来的童仆去取一壶酒、两只酒盏来。两个就坐在树荫下对饮交谈。杜甫不能多饮，只是沾唇作陪。

后面又谈到了严武和成都。之前听闻成都坊间有说严武之死乃是章彝外家报怨，不知有无此事？柳赟答，事后使府内外一致都说是因病暴毙，并没有说是被人毒害。给朝廷的表奏也这么说。可是毒杀报仇的说法很快传遍了成都，还听说章家族人在严武死前数天已离开成都，不知行踪了。

杜甫又提及自家成都草堂被崔旰妾任氏侵占一事。柳赟说，那任氏可不是寻常妇人，本是成都有名盐商之女，为人彪悍爽利。草堂若被她夺去，多半是拿不回来的。柳赟又问杜员外今后打算。杜甫答，草堂回不去，洛阳故里已是荒芜空村，

第二乐章　火与雪　195

今后还不知道会如何。姑且就在这江城暂居养病，择时再出峡。自己在衰年得授了员外郎，暂时还能领些微薄禄米来供养家小。现在养病之余，只能以文章小技来自娱，对柳君刚才说的大道已没有余力相助了。

余下时间，两人就走入始兴寺观览。寺僧介绍说此寺始建于北周。当初寺院就建在离江岸不远的石堂那里，神龙年间[1]某年，因江水大涨而被冲毁。有波那赖耶国僧广照自南海来，驻锡夔州，就在这磨刀山前的虎冈岭迁建了寺院。这位蕃僧去年刚刚去世，寺中暂时还没有接任的寺主。

杜甫倒是第一次听说了磨刀山之名，这是从赤甲山、卧龙山往西的另一座高大山岭。

始兴寺内还有永安宫旧址。蜀汉先主刘备为陆逊所败、退守夔州时营建，刘备亦在这里驾崩，旧宫址如同寺前的石堂一样，也只残留了一些石础。永安宫东面不远又有先主庙，踏入庙内院落，见院落杉松上有白鹤作巢。殿堂不大，垒石为墙，看去很是苍古。寺僧说，峡中人不忘先主，每年伏腊，本地村翁长老都会前来祭祀。

柳赟明日就要出峡，两人就在西堤酒楼话别了。杜甫骑马转回了西阁。

小睡后起身，已是暮晚时分，于是就坐在轩廊望景：薄云停在对岸麝香山的山头，不进也不退，白帝城水门近处的滩岸

---

[1] 705年正月至707年九月。

上，鹳鸟和白鹤飞起飞落，动作轻盈而无声。夕阳映在江面，波光正随了浪涌上下浮泛。江堤一带，忽然传来了岸上军士的啰唣呼喝声，有兵船正在卸下它武力的装载。峡中又有变乱发生了？想到今日从柳少府那里听闻的黄草峡近况，不免就有些忧心忡忡。

看着江中船只，他就开始想象自己的出峡北归了：京中的衮衮诸公，两省的同僚，如今每天都要上朝奉侍天子，为何我这个郎官还在这南国边州停留？这段时间持续加药调养，肺气病的症状大为好转，胸口不再憋闷，夜咳大为缓解，晚上也能适意入睡了。十月水落时适宜行船，倘若身体恢复得再好一些，初冬时真可以出峡了。多想和江陵的朋友们一同登上仲宣楼[1]饮酒赋诗啊。过后就可以抛船上岸，从荆州一路骑马回长安了。虽然赴京通籍已误期，倘若得到有力大员的推荐，就仍然有机会再度回朝。希望的火苗又在他心里复燃起来了。

可是，现实状况很快就刺痛了他。只因近来每次回到赤甲，杨氏总会跟他唠叨操持家事的艰难。自离开成都，时间已过去了一年多，出蜀前留备的旅资正在快速消耗，家计已经捉襟见肘，目前仅够勉强维持一家人的基本生活。倘若贸然上路，恐怕走到半道就无力前行了！

于是，入夜过后就不能成寐了。不能成寐就写诗遣闷吧。写成搁笔，看向窗外，见月亮已然西落，峡中水黑，而天宇的

---

[1] 即当阳县城楼，建安七子之一的王粲（字仲宣）流寓荆州时在此写下《登楼赋》，故称仲宣楼。

星光无比明亮！要到中宵过后，睡意上来，他才会收回布满愁思的目光，转回卧铺上休息，此时往往已是拂晓。

过后一段时间，无论在西阁，还是在赤甲，只要一想到出峡事，杜甫的心情马上就会灰暗起来。这冷热失衡的瘴疠之地，这风土恶俗的巴蜀山城，这顺逆无常的百蛮之乡，为何将我困住不得前行？！他在心里如此诅咒着。即便推窗卷帘所见的江峡风景如此壮美，即便在轩廊中凭靠乌皮几看到的山崖如此葱翠，他还是抱着无名的怨恨。

另一件事也让杜甫倍感郁闷：七月初在堂下平坡开辟了数席菜畦栽种莴苣，可二十天过去，种下的莴苣苗还没有蹿芽，地里只见野苋的青苗。家主蹲在菜畦边一边查看，一边不住地叹气。

问阿段，是否这次买的莴苣苗不对头？

阿段答，没有问题。我见前阁王儋家也种了莴苣，他们的莴苣苗也是从市集上同一人那里买来的。他家就蹿芽了啊。

那又是何故呢？

员外，或许是土质不同，我家地土在山腰，位置要比王家高一些，岩石碎块也多。

是不是下苗那天，覆土过多了？

也有可能。

那为何这野苋生长如此迅速呢？

阿段手指了山麓上方：员外你看，高处野地里就有很多野苋，应是去年秋天野苋结籽时，草籽从坡上吹下埋入了土中。

信行说，不管如何，如今只能把野苋尽数拔去了。还有一个办法，就是去山麓低处刨一些肥土来。

只能如此对付了。

眼见野苗苋侵夺了莴苣的生地，杜甫不由就联想到了《离骚》中那两句 何昔日之芳草兮，今直为此萧艾也， 又想到了左思《咏史》其二中被山上乱草掩抑的 郁郁涧底松。 赤甲菜畦中莴苣的命运，不就和高洁的芳草、挺拔不阿的松树类同么？于是嘟嘟囔囔说了一大通他的两个仆人完全不能理解的话。他们不知道，在晚年才得授郎官的家主眼中，这不能出芽的莴苣正是他的自我写照，而野苋这样的稗草，也很像现时正败坏朝政、为害肆虐的武夫与小人呢。

只能再买种苗重新栽种了，反正菜畦已辟出，总还要种点什么的。

这一年的夔州真是水旱不均，立秋前持续数月干涸无雨，到七月就连下了几场。十八日是白露，从这天开始连绵下了两天的雨。水湿路滑不能出门，杜甫只能安心待在赤甲宅。连续作了三首写雨诗，尝试了新的音色。

这天，自峡东驶来了更多的荆州兵船，江中樯桅连片。渝州黄草峡一带已由崔旰部属控扼，荆州兵船调来夔州，看来是要分兵抵御。这可不是好兆头，战火如果延烧到峡中，那夔州也不得安稳了。不过，驿官丁满的说法与之前柳贽所说不同，黄草峡是当地盐商鼓动僚人叛乱，劫夺了水驿关隘。不管如何，荆州军的势力已慢慢渗透到夔州，蜀中格局或许又将发生微妙的变化。

雨天适宜凝神静思,看着阁前纷飞如丝的细雨,回忆再度涌来。

因前段时间回顾了与李白的交往,杜甫又想到了天宝三载九月的木落时节。

八月在汴州料理好继祖母卢氏的丧事后,甫先与客居在此的李白会合,又发书信一封,告知了寄寓梁宋多年的友人高适。高适闻知李白在此,立即从宋州赶来了汴州。

四年前的开元二十八年[1],在初次齐赵漫游时,甫与高适初遇于鲁北汶水之上,这是四年后的重逢。李白与高适彼此早知对方诗名,却是初遇。三人见面时多么地投契,马上找了城中一家酒肆饮酒共话。李、高两位酒量都极好,言语豪壮可以匹敌,甫听得十分喜悦。饮至半醉,高适提议登高散酒。于是雇了马匹,驱马疾驰,出城来到了汴州东南数十里外的吹台[2]。

哦,与李白、高适并肩远眺的那个秋天何其盛大!高适指点着远近景物:东南的云山即是汉高祖早年隐居之地芒砀山,向北望去,似乎就能看到万里之外碣石山的边地风云。近处有大风劲吹,明黄的桑叶与赤色的柘叶在风中如雨翻飞,而田地里豆叶已然凋零。平旷的原野,使人遥想起战马驱驰的边地。彼时,武皇一意开边,西域、河西、范阳皆有战事。高适感叹沙场征战劳苦,李白就说兵者是凶器,圣人不得已而用之。

---

[1] 740年。
[2] 今河南开封东南,相传春秋时师旷吹乐之台。也称为"禹王台"。

下吹台时已是暮晚，三人骑马来到了商丘城中过宿。第二天一早，由高适带引，三人游览了梁园遗迹"修竹园"和东南一里的文雅台[1]。

　　李白的诗名实在太大了。中午，宋州太守李公、单父县令崔公得知他来到本州，马上将三人邀入了州府客舍，当晚特设宴集招待。

　　隔日，李太守还组织了一次游猎。孟诸泽在宋州虞城县西北十里，乃周围五十里的湖泊沼泽。一大清早，由州府军士手持火炬作前驱，李白、高适、甫以及李太守、崔县令和众官佐便连镳而出，在孟诸泽一带湖岸林野中打围射猎。狐兔麋鹿纷纷奔逃，李白、高适与甫三人各跨一匹骏马，弯弓搭箭。每每射中，军士即呼叫鹰隼飞起将猎物叼来，献于射中之人，顿时众人欢呼雷动。

　　日暮归来，众人又于单父县城东楼宴集，各人所获猎物交予小吏炮炙佐酒，李太守唤出两位官妓美人演歌舞，翩翩有若云中仙。宴饮中，三人轮番作诗，李太守也来应和。如此通宵达旦，至凌晨天光放亮时才就地而眠。

　　中午起身，午食后众人又同登宓子贱琴台[2]，再次雅集。高适作《宓公琴台诗并序》，自作三章：一章怀宓公不朽德业；一章美太守李公，能嗣子贱之政，再造琴台；一章美县令崔公，能继子贱之理。晚上又去虞城县郑县令田庄做客。第三天，众

---

[1] 世传孔子适宋，与群弟子习礼于此地大树下。
[2]《吕氏春秋·察贤》："宓子贱治单父，弹鸣琴，身不下堂而单父治。"世传琴堂在今单县城南一里故单父城。

人还同去观览了城南中山寺，夜宿开善寺。

纵意游乐的第四天，三人拜别太守、两位县令各自登程。甫与李白结伴，向北渡过黄河，到西面的济源王屋山寻访道人华盖君。高适不久后也南游入楚。

连续数日的欢会依稀仍在目前，如胶似漆的友人却已下世。当杜甫的神思回到夔州赤甲宅的当下，恍如从梦中惊醒。他在窗前立起身，不由发出一声痛苦难抑的叹息！身处当下这窘迫处境，在李白、高适面前真是感觉羞愧啊。这两位老友都是不世出的神骏般的人物，对照之下，自己简直就是一匹平凡的驽马。

他的这声苦叹，被同在阁楼上的杨氏听到了，赶紧跑来查看。见杜甫整理了一下衣袍，重新在窗前书案前坐下，研墨几下后，已开始捉管开笔，她这才放心地离开，留丈夫一人在阁楼中。

三人同游宋中时，杜甫所赋诗作已在早年的离乱中散失。再次形诸于诗，却是在二十二年后的今天。

无穷的回忆，只能寄托了诗文。也只有在诗文中，才能排遣无穷的悲愁。

这天在赤甲，杜甫诗情澎湃，写出了首篇自传诗《遣怀》。过后下午去西阁，又作了一首《往在》，将自己在玄宗、肃宗、代宗三朝的经历感受一并写出。他衷心期望北方的帝都能从此远离战火，他这棵老松柏，实在不想困居在这个隔膜、偏远的南州。

8
（强力诗人的诞生）

　　入秋天气舒爽，加之药物调养、断酒以及饮食禁忌的注意，杜甫的身体状况大有好转。而因为回忆的注入，他找到了排遣郁闷的一个出口。于是收拾精神，开始发力于诗。

　　在他的坐标系中，李白与高适是他追想怀念的友人，不过，同时也是他意欲超越的对象。对他来说，他们无疑是广受欢迎的昂扬派的旗手，可是，诗只能这么写么？显然不是。像祖父杜审言那样，杜甫有着异常发达的听觉（这是遗传的天赋），加之又多年沉浸于六朝诗，他直觉地捕捉到了诗之为诗的重要特质：一是**音声**，二是**深情**。在他而言，这两者几乎可以理解为同一物，其源头又都出自一腔的真性情。六朝诗中，他最喜谢朓、鲍照、何逊和阴铿，倘若可以接续其音声、辞藻，再灌注以深情，或许可以找到别开生面的新路径。

　　一面要从前代诗人那里师法，一面又要与同时代人竞赛。这就是他尚未明确意识到的心理动机。

为了不受打扰地写作，他告诉杨氏，这段时间要长住在西阁，每日就让阿段往返送饭吧。宗武这次不用跟去了，就让他在赤甲安心读书，要出门玩乐也随他去。家务事但凭她一人处理。杨氏听了，就给他单独整理了一个衣箱，带去了换洗衣物。

这次离赤甲，杜甫的心态出现了变化。初来夔州的不安与烦躁已被另一股激情压倒，从现在起，他不折不扣地变成了一个作诗的狂夫。

《往在》是一首三十三韵的长律。写好后，杜甫觉得不甚满意，开始思考创作上的变格。来到夔州前，他很少写四韵今体[1]的组诗，检点起来也只有在严武第二次镇蜀时写的《将赴成都草堂，途中有作，先寄严郑公五首》和在云安所写的《十二月一日三首》。如今，要处理宏大、繁杂的时事题材，组诗体制还是最适宜的，其功效就犹如建造殿堂时立起的数根柱础。自然，他是熟读《文选》收录的前代咏史诗的，尤其是左思的《咏史八首》和颜延年的《五君咏》。

从河北贼乱初起，至今已历十一年，现在来回溯祸乱的起因，就看得比较清楚了。为给当下君臣做警诫，提出自己的善后中兴之策，于是就在月末三天里写成了八章五律。起初无题，过后取首二字为诗题。

首章《洞房》借汉武茂陵写玄宗泰陵，这首是十八日白露

---

[1] 四韵今体即后世所称的律诗。

那天写的。

第二章为《宿昔》,写玄宗专宠贵妃以及秦国、虢国夫人得幸。

第三章《能画》写玄宗因私己娱乐而荒疏政事;斗鸡,舞马,寻橦,走索,丸剑,角觝,陈乐,制曲,这些都是玄宗喜爱的艺能百戏。

第四章《斗鸡》前半继续写玄宗游乐盛事,后半写乱后骊山荒凉,用意也在讽喻。

第五章《历历》是修改旧稿而入组诗,以回忆中的开元事映照如今在夔州的羁旅生涯。

第六章《洛阳》写到了贼军攻陷两京的情形,那是杜甫的亲身经历。天宝十四载十二月安禄山叛军先攻洛阳后犯潼关,次年六月七日,灵宝军败,贼入潼关。是晚,平安火不至,玄宗恐惧而西狩。前两联叙玄宗仓皇离京入蜀之状,后二联描绘玄宗离蜀还京时百姓不舍之情。

对骊山意犹未尽,再补第七章《骊山》,写华清宫与花萼相辉楼[1],以今昔对照,抒未尽之意。

末章《提封》,再提他与房琯一党主张的分封制。这首诗表白过于直露,如一封上书皇帝的奏表。杜甫修改若干遍才最终定稿。

---

[1] 唐都长安兴庆宫内楼。始建于开元八年(720年)。后两次扩建推至东市东北角及道政坊西北角。因玄宗诸兄弟宁王、薛王宅在胜业坊,岐王、申王宅在安兴坊,邸第相望,环于宫侧,故取《诗经》棠棣之义,题名为"花萼相辉",以表兄弟敦睦友爱之情。玄宗常与诸王登楼宴饮,赏乐赋诗。

这次尝试，让他获得了更多的信心。

自搬到赤甲，杜甫已能就近观察夔州土民的日常生活，但他和杨氏不同，与左邻右舍并没有来往。不过，八章组诗定稿的这天，阿段来送午饭时，他主动提出要去结识夔州的船商。阿段答，西面江堤的船商经营谷物、官盐、调料、丝麻和木材，瀼水河港的船商经营杂货器具和药材。员外想去哪一边？当然是西堤啦。

不用去叫辛秀和伯夷了，杜甫让阿段雇了头驴，午食过后就骑驴去到了西堤泊港。

可是不凑巧，阿段熟悉的船商冉魁并不在船上，问跳板上来回搬运货物的脚夫，答说是去了大昌县。明日才会返回。

不过也不是毫无收获，过后他们又去了冉魁弟弟冉武所开的邸店。在邸店中，杜员外实地了解了夔州稻谷米粮的时价。糙米三百文，比初来夔州时的价格回落了一点，精米是三百五十文。与冉武攀谈一番后，他们又入城，去往药商宋蠡开在瀼西市集附近的药铺。眼下信行已能在本地熟练采集草药，每半月会送来炮制好的成药，钱货当场结清，杜家已有一份固定的收入。

杜甫踏进店门前，已听到宋蠡和当地几个土民正在大呼小叫，跨过门槛一看，原来却是在耍色子[1]摊钱。见杜员外进门，宋蠡马上将手中蒲扇往盘上一押，站起身迎客。此前，杜甫由

---

[1] 色子即骰子，摊钱即赌钱。

驿官丁满陪同已来过店里一次，宋蠡当然认得这位从蜀中来的北地口音的员外郎官。一边趋近作拜，一边挥手，将其余赌友赶出了门。

峡中人好赌成习的风气杜甫早就有直接的观察了。此前初入峡时雇佣的那拨船工就是这样，沿途泊船过夜时，他们不但在自己船上扎堆聚赌，还特意上岸去寻觅其他船工做局。有个赌技差劲的家伙常常还将带去的青钱输得精光，让杜甫很担心他们行船时的精神状态。

招待落座后，杜甫关心的当然还是药价，柴胡的价格还是奇贵。不过，他倒是与宋蠡很有共同的话题，因两人此前都在成都住了数年，对那里的坊曲街巷很是熟悉。宋蠡说，严公去世以前，成都即便小有动乱也是宜居的，尤其先帝将成都设为南京[1]的那几年，各地官员、士子纷至沓来，他的生意可是好极了。没曾想，严公一去，蜀中就乱成了这般模样，竟然比北地还要混乱波荡。

他问杜甫：员外啊，你给说说看，这蜀中何时才能平靖，我何时才能返去成都？

杜员外无奈地摇了摇头。他也被这个问题困扰着，实在没有现成答案可以提供。

归返路上还听到一个传闻：今天上午，自云安下峡的一艘商船未在夔州停留便直接下峡，结果撞上了滟滪堆，船很快就

---

[1] 肃宗至德二年（757年），因蜀郡为玄宗幸蜀驻跸之地，升为成都府，成都为南京，成为陪都。乾元三年（760年）升荆州为江陵府，建号南都。

沉入了江中。所幸并没有人员伤亡，船工都及时被救上了岸。只那胡商最是可怜，浑身湿透地站在堤坝上，目睹了货物全都翻倒在江面，顺着水流一路向东漂浮而去。夏秋涨水时行船，类似这样的船难时有发生。往来峡中讨营生的人，无论是船工还是商客，都随时冒着生命的危险。

这次出行回来西阁，杜甫的心情倒是很愉悦，还让阿段隔几日提前与船商冉魁联络好，他要专程去拜会一下。家主在动什么心思呢？阿段私底下就在猜测，可他怎么也想不出来原因。

入晚，轩廊夜气凉爽。杜甫回想白日所见所闻，采用民歌风的吴体，写了一首变调的《滟滪》。改换笔法让他很想做个尝试，于是就念给陪侍的奴子阿段听。第一稿还是文士雅言太多，阿段完全不能领会。于是又修改了后两联，用了阿段可以理解的俗语。

这回，阿段模糊地听懂了：舟人渔子是讲夔州的船夫吧，估客胡商大约是一个意思，讲的是船商，后面的唱词是在劝告大家不要摊钱赌博！

家主很得意，捻须呵呵笑。阿段也跟着笑起来，这北地人的歌词可是和夔人的竹枝歌不太一样！

既然说到了竹枝歌，那就让阿段唱几曲来听听吧。于是，阿段便站起，脚踏地面作节拍，唱起了早前跟随出船时学会的几首渔人歌。杜甫竖起耳朵认真听着，还问明了歌词内容。歌词只就三句，结句都在歌咏男女私情，杜甫听后不禁大摇其头。

不过，曲调还是很动听的，气调也活泼明朗。杜甫感觉竹枝歌里似乎蕴藏着他可以吸纳化用的东西。至于究竟是什么，他一时还没考虑清楚。

八月二日，杜甫此前写信招邀的友人李文嶷自云安来到了夔州。和之前友人柳赟一样，他也寄住在始兴寺。

第二天一早，兴冲冲赶去寺里相会。

这天，寺中来了一位天台僧在做宣道俗讲，所用本子是荆溪[1]湛然尊者撰写的《金刚錍》[2]。之前这位讲僧就寄住在云安某寺阐教，李秘书是一路追随而来。

讲台周围，此时已聚集了不少信众，亦有妇人带了孩子在堂外旁听，孩子止不住喧闹，就被各大人赶出了寺门，任他们撒野去。这位讲僧风度极好，耐心等待座众安静下来，轻拂缁衣，继续开始讲解。所宣道文采用了主客问答的方式，用流利晓畅的白话写出，又结合了赋体的形式。讲僧先用北地雅言读出，然后又用峡中南音解释，宣一句，解释一句。杜甫坐定后，倒也听进去了不少。后面讲到"无情亦具佛性"的段落吸引了他的注意：

故子应知，万法是真如，由不变故；真如是万法，由随缘故。子信无情无佛性者，岂非万法无真如耶？故万法

---

[1] 今江苏宜兴。
[2] "錍"同"鎞"。"金刚錍"语出自《大般涅槃经》卷八《如来性品》，原指医生为恢复盲人视力动眼膜手术所用的锐刀，引申为可使众生破迷觉悟的妙法。

第二乐章 火与雪　　209

之称宁隔于纤尘,真如之体何专于彼我,是则无有无波之水,未有不湿之波,在湿讵间于混澄,为波自分于清浊。虽有清有浊,而一性无殊,纵造正造依,依理终无异辙。

这一段阐发颇为玄奥,推论却很简练。杜甫懵懵懂懂地听完,似有所得,又毫无所获(心里就在想,佛家讲"有情"是说一切生灵。讲"无情"[1]是说一草一木一石一瓦。现在倘若说"无情"也有佛性,那家中的乌皮几、大邑瓷碗、赶苍蝇的棕拂子岂不是也有佛性喽?这该如何解通呢?倘若它们真有佛性,那我可要好生对待它们了)。往下耐着性子听完,时间已近中午矣。待宣讲结束,那讲僧便散发抄录在麻纸上的讲文要语,任凭听众随便索取。杜甫也随缘领取了一份。到这时,他才与李文巎说上了话。

李文巎邀他去酒楼小宴。进食完毕,各自叙述近来状况。得知杜员外在夔州受到前后两任府主的照应,生活还颇安定,李文巎也放了心。过会儿又问道:讲僧下午开始要宣讲《金刚经》,杜员外来不来?

杜甫实在没有心力继续听下去了。他托辞今日要回赤甲宅料理家事,宴集后就告辞了。临走前对这位友人说,倘若方便,这几天就来赤甲做客吧。李文巎说,等第四天讲解完毕,他就来赤甲拜访。这回在夔州大约会待上两旬,过后将随讲僧出峡去往荆州。

---

[1] 依佛教语言,"无情"指没有情识作用的东西,如植物、矿物等。

9

八月四日，孟冼仓曹、孟恺主簿兄弟来访赤甲。

在夔州，每年春社和秋社的两次祭祀很受乡人看重，热闹不下于年节。这年的春社在二月二十八，秋社就在明日。孟氏兄弟此次担任了秋社的主祭，受权代刺史的崔陵委托，特来邀请暂居本州的杜员外观礼，以示隆重。崔卿的另一层意思是，在夔州，官身品级最高的也就是从甥你和我了，说起来，观察地方风俗也是郎官的职分，你就代我去一次吧。

第二日一早，杜甫当然要正装出行。换上了熨烫得笔挺的绯袍，头戴了纱帽，足登新靴，右手拄着桃竹杖，下了阁楼梯阶。辛秀、伯夷的平肩舆早就候在那里了。杨氏、宗文、宗武、杜菫这回也要随杜甫同去，只留了信行一人看家。

仆奴阿段、婢女阿稽这天还要加入社祭歌队，特意换上了獠人服色：阿段头上扎了条皂色抹额，肩上披了件短蓑衣。阿稽也换穿了绣彩的衣装。平时，他们两个的穿着都与北人无异，官话也说得流利，杜家人与他们相处已近一年，到今天

第二乐章 火与雪　　211

才知觉他们出生族类的不同，惊异地看着换衣走出的少年和少女。

杨氏拉过阿稽仔细打量，连声夸赞僚人衣装的美丽，阿稽羞报地低下了头。

夔州的社庙不在城中，就在瀼西市集的坡崖上。平肩舆来到社庙时，孟氏兄弟已候在那里啦。庙前搭了个祭棚，官长座席在左，土民长老在右。当歌舞队擂响第一通社鼓后，祭社就开始啦。

祭礼就不详说了。照例先上供土地之主社神，上供五谷之主稷神，官民齐齐向神位三拜后，由主祭官孟仓曹宣读祭文，副祭官孟主簿瘗埋祭品，行割肉之礼。过后三长老就向官长敬福酒，官长再回敬。杜甫是主角之一，当然行礼如仪。

后面娱神的傩舞歌乐才是重头戏。

一长通社鼓擂响了起来，鼓声休歇后，一名须髯皆白的长老立起，站在祭棚前唱起了当地的"巴曲"，音声的高亢嘹亮出乎意料。三句唱毕，另一老人接唱，如是三长老联成一阕感恩神主的唱词（可是，杜甫一句也听不懂，因此时身边并没有阿段来作通译）。

然后是再一通的敬酒。

敬酒完毕，原先站在坡上竹林边的一队儿郎、一队少女就唱起了竹枝调，他们的歌声不像长老那样高亢，和声音调却非常优美。歌词照样听不懂，曲律杜甫却是熟悉的，这不就是阿段前几日在西阁唱给他听过的渔人歌么？歌队齐唱后，儿郎中站出一人起唱，少女中站出一人跟唱，这是两人对歌，又变换了形式。哎呀呀,那分明就是自家的阿段和阿稽啊!杜家人甚至觉得有些抱歉,此前他们从未听闻他们在家里唱过歌!那歌调竟然又那么好听。那一刻,连家主本人都怀疑自己耳朵是否幻听了,过后甚至开始反省自己,也许平时对待仆人的态度太过严肃了。

听着听着,就想起早年在长安看社时的情景。哪一年已忘了,那次渭水北岸的祭社场面极其盛大,聚集了不下万人。不过,北地并没有类似夔州这样放歌娱神的节目,夔州人的做社似乎保留了更多先秦的古风。一想到不得归返的长安,心里不免又起了伤感。

过后的歌队又渐次变换了对歌方式,其中一个是男女各三人一组,虽然也是唱歌,可动作表情都很谐谑。惹得围观的土民人众纷纷拍手鼓掌,前后俯仰不止。(他们在笑些什么,杜甫当然也是一无所知。不过,猜想或许就像阿段唱的渔人歌那样,是在歌咏男女情事吧。)

作歌过后是男子的傩舞,舞蹈者戴上了面具,手持竹枪、藤牌在神位前结阵,动作划一,时作喝吼,场面非常地壮观。

典礼结束时,已近中午。所有参加祭社者,无论身份年龄,都从副祭官孟主簿那里分得了一片肉。人人带着喜色离去。

阿段和阿稽已完成了他们的角色。杨氏和孩子们都夸赞他们的演唱,家主还说今后在赤甲不须拘束,想唱就唱。听到他们的歌声让人愉悦啊。

阿段说,在以前的主人家唱过,为此还受过责罚呢。家主说,不不不,我非但不会责罚,还会奖赏你们呢。你和阿稽今

第二乐章 火与雪　213

后在家中可以随意歌唱。

杜堇拉了阿稽的手,一迭连声地夸赞她的好歌嗓,旁边的宗文也在附和。他对家里这位僚人婢女有了不一样的感觉。

因这次受邀观礼,杜甫与孟氏兄弟一下就熟络了起来。以前他们只在使府宴集上见过几回,并没有什么来往。

这天中午,孟氏兄弟在西堤酒楼做东,酬谢了杜员外和三位长老。仓曹一职在使府中地位还颇为重要,掌公廨、度量、庖厨、仓库、租赋征收、田园、市肆等事,三长老赞说,孟仓曹为人廉洁,处事沉稳又有气度。长老的评语看来所言不虚。

孟仓曹年纪三十出头,杜甫与他交谈后,感觉此人谈吐明朗,还颇有志向。孟主簿插话说,兄长明年有意应举,今后还请员外多多提携指教。孟仓曹闻言便起身敬拜,杜员外当然知道这个场面该说什么鼓励语言。在外州基层有这样的良吏也是难得,倘若有机会升迁,那也能造福百姓啊。

之前已说过,元持别驾差不多是杜甫在夔州唯一的一个友人。杜甫直觉地感到,孟仓曹此人可交。

与孟仓曹下面的交往还很奇特。

秋社过后的某天上午,一名小吏立在了赤甲宅的柴门前,左右手各提拎着一只鸟笼,一只是空笼,另一笼里有一对碧色鹦鹉。杜甫和夫人下楼一问,说是孟仓曹送来供杜家小儿女玩耍消闲的。啊,宗文、宗武、董儿都欢喜极了,一起凑近鸟笼细看。自打出生以来,他们还没见过真正的鹦鹉呢。这不是天下掉下来的稀奇物么？

明慧巧舌的鹦鹉给杜家的孩子们增添了很多欢乐，杜甫看着挂在阁楼楼梯口的鸟笼，这天也为这只鸣禽试作了来夔州后的第一首咏物诗《鹦鹉》。他想到了《文选》里收录的祢衡《鹦鹉赋》，于是直接从赋中取语，遣兴作诗。许是受了祢衡这首赋后三段抑郁情绪的影响，写着写着，他就把自己的境遇投射到了鹦鹉的身上：困在夔州的自己和困在笼子里 顺笼槛以俯仰，窥户牖以踟蹰 的鹦鹉有分别吗？毫无分别。而自己的哀愁，也同那郁郁不得志、只得屈身他人幕府的祢衡一模一样。

不管如何，这对鹦鹉成了赤甲宅的第九和第十名住客。三个孩子中，对鹦鹉最感兴趣的是宗文。他主动担负了定时喂食的任务，还不时逗它们说话，却一直不成功。

鹦鹉的到来，勾勒出了赤甲宅的两个世界：成人的烦扰不安的世界，以及孩子们的无忧的世界。

为何这么说呢？因为杜家主仆慢慢形成了一个新的作息习惯：每天早起后，三个孩子准定会围在鸟笼边开始一日之晨的对话（鹦鹉是他们第一个问早安的对象）；入晚睡觉前，他们也准定会来到鸟笼前看鸟儿睡着了没有。杜甫常常夜中晚睡，早上嫌他们聒噪，于是就让阿段把鸟笼挂到了楼下杂物棚子前。

每隔四五天，阿段就要给两只鹦鹉腾笼。先让鸟儿跳到干净的空笼中，然后再清洗鹦鹉之前的那个"家"。腾笼时宗文就站在旁边观看，跃跃欲试地也要学做这个清洁工作。这边阿段洗好鸟笼，让鸟儿换了新笼，那边阿稽就在背篓里铺上了草垫，将鸡笼里收来的鸡卵一枚枚放入筐中，铺一层鸡卵再上一层草垫。装到半满时，就盖上筐盖。立秋过后，鸡卵除家里食用，多余的就要拿到瀼西市集去售卖。信行也在装备两只箩筐，不过要比阿稽那个大很多，装入的是信行采集制作好的成药药包。他和阿段过会要将草药送去宋家药铺。

每回他们三个要出门去市集，宗文就会跟了去。倘若杜甫在家，他就得上楼请得父亲的指示，如果杜甫是在西阁，就要来问母亲。杨氏打趣说：知道你腿脚滑，各样活动总少不了你。亏你还取了个宗文的名字，你背诵好阿爷留下的诗文日课了么？当然没有，他已经拖欠很多功课了。不过杨氏总是会放他出去的。就让他晚间再补上吧。只是，她这个大儿出门时还带着钓鱼竿，白天活动过于疲劳，一到晚间，拿着书卷常常就会在油灯下打瞌睡。

草药箩筐背到药铺放下，店主宋蠢让伙计验收、过秤称重后就会支付药金。鸡卵售出就比较费时间，阿稽总要坐很久才能全部卖掉。于是宗文和阿段就陪着她说话。

他们三个在谈什么呢，想到什么就谈什么，谈鹦鹉的饲养，谈鸡卵的大小，宗文说起了随信行采草药遇蛇时的情形，起初是如何慌乱，不过后来阿段给做了两根赶蛇的叉杆，过后就有底气多了。偶尔也会谈论家主。阿稽问宗文，家主整天研墨写写弄弄，是在写状纸还是在写账目？

宗文听了就笑，是在写诗文啦。北地人做官都要会写诗文，阿爷又是诗文写得最好的那个。是么？嗯，阿爷早年还写了三篇赋，献给了大圣皇帝呢！那时我才两岁，宗武还没生出呢。

阿段和阿稽听了都惊讶地伸出了舌头。

宗文拿树枝拨弄着地上的小石块又说，可阿爷的官都做不长，他还是喜欢逍遥自由。逍遥自由了又想再做官。如果做官可以让他整天写诗文就好了。

阿熊你也要跟家主一样，把诗文学好啊，阿稽如是说。（宗文在家总被唤作熊儿，阿稽和阿段模仿僚人的称呼，就称呼宗文作阿熊，称呼宗武作阿骥。）

我不喜欢作诗文。况且，现在有宗武替我学了，那不是很好吗？

倘若这天鸡卵很快卖掉了，上午就有一段闲暇时间。他们会背着空箩筐钻入树林，采野果或者打鸟（阿段给宗文做了个大弹弓）。或就由阿段带着去各种稀奇古怪的地方玩耍：野庙，荒寺，无人的废弃阁楼。有时去瀼水溪边划船或游水，还到过对岸祭乌鬼的高台。宗文说想去看虎豹，他们就去了白谷（这个有点危险，他们需要爬上树，守候很长一段时间，通常都一无所获）。有一回，宗文果真看到了一头豹子，就在远处数百米外的崖坡上趴着。那个崖坡很高很陡，人无法攀援而上，豹子似乎是在乘凉。这个举动可绝对不能让家主知道，他们共同保守了这个秘密。

每次阿稽总急着要回返赤甲。因为夫人虽然宽容善待她，可赤甲有很多家务活，她要懂得作婢女的分寸。阿稽一走，阿段也得回赤甲取食盒，往西阁给家主送饭了。这时，宗文就一个人去瀼水或瀼西溪涧边钓鱼。到中午回家时，总可以钓得一两尾来。

弟弟宗武经常陪侍西阁,很少与哥哥一同出游。不过,近来父亲要专注运思,时常留他在赤甲自由活动。所以,四个孩子一起玩耍的时候也是有的。宗武慢慢也跟阿段、阿稽学了些僚人蛮语,比如现在就管赤甲的阁楼叫作了"阁栏头"。

几个孩子中,妹妹杜堇最是不得自由,天天要陪伴母亲作女红,不过,偶尔她也有机会放野出来玩。每次大哥宗文都会编个奇怪的由头,比如说带妹妹去拜寺(他们也真就去了寺院,不过是在寺外闲逛)。当然是挑阿爷不在家的时候,母亲总是很好说话的。

八月由夏入秋,残留的暑热仍未退尽,赤甲所种菜蔬多数枯焦,莴苣也试种失败。使府园官已好几天没送菜来了,信行报告说菜蔬短缺。家主就让阿段去林子深处泉石间摘些苍耳,因苍耳可以佐餐,还有治疗风痹的功效。

天蒙亮亮时,阿段就背了箩筐出发了,到中午才回返。然后就和信行两人在大水缸边淘洗挑拣,留下嫩苗洗净三遍。在锅中沸水焯过,待半熟时捞出,盛放在木盘里,罩上纱巾遮盖由它冷却。取一把切成碎末,稍许撒放盐和葱姜调料,凉拌了就可以下饭佐餐了。加在菜瓜或薤菜里,苍耳的滋味如同调味的柑橘片。不过,依药理,苍耳是断不能大量食用的,家主此前一直有叮嘱。

后面十二日秋分那天,阿段又要去采苍耳,宗文便也要跟了(钻树林子可比在家里发呆好玩多了,少年需要释放他旺盛的精力），杜甫就由他去了。结果这天不但采回了苍耳，还有半筐本地少见的方竹笋。那是阿段带了宗文走去瀼水上游某处溪谷采得的。

吃着盘中的苍耳，杜甫不觉又想到了李白。当年两人在鲁郡时曾一同拜访住在城北隐居的范十（《与李十二白同寻范十隐居》前面已提及）。途中，李白骑马在荒坡迷了路，马儿被一段粗大树枝绊了脚惊跳起来，将大诗人甩落到了苍耳丛中。当时李白的模样很是狼狈，身上穿的云纹青裘也弄得脏污。最妙的是，后来他们在范家还吃到了苍耳。

秋分这天，赤甲宅的菜单可以记录一下：薤菜、苍耳拌菜瓜、笋丁、一盘八枚卤水煮蛋、胡饼和粥糜。儿女都在长身体时候，晨间杀了一羽三个月大的雏鸡。和富家厨菜那是不能相比的，但孩子们都吃得很香。杨氏不食荤，等杜甫和两个儿子吃好，荤菜撤去，才和杜堇上了桌。

这天下午天气有变，空中黑云翻墨，很快下起了倾盆大雨，江水暴涨，流经峡口时，轰鸣如雷霆争斗。

傍晚放晴，斜阳照彻了峡中，将浮空停留着的几片薄云点染得异常绚烂。上游有虹霓垂落江面，望去有如彩龙吸水。当着如此美丽的雨晴晚景，杜甫心中却被愁绪缠绕着。

夜中，忽从赤甲山麓某个邻家传来了悠长、凄切的笛声。杜甫正伏案誊写诗稿，于是抬头看向窗外：幽暗连绵的峡山之上，明月已高升，清风拂面而来。

这无由的笛声闻之令人断肠。

10
（诗是吾家事）

李文嶷来夔州后，曾到访赤甲一次。

杜甫特意派阿段前去导引迎接，辛秀、伯夷的平肩舆也派去始兴寺相候。本来可以约在西阁的，因杜甫实在还有另一层考虑：他希望李秘书能看到他在夔州客居的实况。

李文嶷当然如期赴约了。到赤甲后踏进柴门，看到院落阁楼情形，与当地土民家居无异，迎面就打趣杜甫：员外在夔州做成了陶渊明，好啊。杜甫心想，好什么好，是不得已啊。只能无奈作笑颜。

赤甲宅并没有专属的客堂，那就在阁楼廊道的铺席上落座吧。阿稽送来了熏香过的手巾，阿段端来了蔗浆与剖好的甜瓜。李文嶷坐定，看到了阁楼下的菜畦和东面的鸡栅，对杜甫一家的生活情况已有了大致了解。

这天在赤甲，杜家三个儿女各自上前拜礼过后，李文嶷不失时机地给主人夫妇又宣讲了一通佛理。听说杨氏自云安开始就食素戒荤，杜甫也不食猪肉，平时餐食也多是蔬菜，李文嶷很是赞许。他不知道的是，杜甫的不食猪肉是因为看了医书上疗病禁忌的结果，却不是因为依从了佛家宣讲的不杀生的戒律。

李文嶷这次来访赤甲后，还引领杜甫去真谛寺拜访了寺主大觉和尚。禅师就住在真谛寺高台边的兰若里（之前杜甫去过一次）。他们两个踏进院落时，禅师正在亲力洒扫中，见客人到来也不放下笤帚，只呼叫沙弥在高台那里铺设座席。直到院落打扫干净，这才返出招待。

大觉和尚与杜甫年龄相仿，当下相谈很投契，杜甫还请教了之前听湛然《金刚錍》宣讲时的若干疑问，禅师三言两句就解说分明，令他不胜钦佩。禅师似乎已将人间一切尘劳烦恼如泥垢灰尘般扫除，举止动念有一种常人难以企及的安然。观察其语态、气度，与儒家子又有所不同。杜甫很向往，也很想了解其中缘由，就提问大觉和尚有何关窍秘诀。禅师捡起身边一根树枝，在地上写了个大大的"定"字。杜甫若有所悟。

座中禅师听闻李文嶷出峡后将去洪州，拊掌笑道，好极，巧极，我过些日子也正要去洪州开元寺参访，到时倒可以和李秘书结个伴了。李文嶷当然乐见其成，两人于是相约在湖湘再聚首。不过，大觉和尚需要点时间处理好寺内诸事，到初冬才能成行。

这天，大觉和尚还赠送了杜员外菏泽大师神会的《显宗记》一卷。

李文嶷在夔州期间，两人往来甚是频密，有时一天中要派遣奴仆往返数次传讯。几乎每隔三天就有一次餐会。中秋那天中午，李文嶷又约杜甫赴西堤酒楼小宴，过后两人就去西阁晤谈。

近日李文嶷收得了江西观察使李勉[1]的书信，去幕府赴任之事已落实。那位讲僧也将随他同去洪州。

杜员外今后如何打算呢？他问杜甫。

杜甫的出峡心思他当然很清楚，也知道杜家窘迫的经济状况。但这个话题不宜多谈论。他是很了解杜甫的自尊心的。不过，虽然赴京通籍的期限已过，倘若有京都大官举荐，就还有新获任命的可能。或者和自己一样，暂时在州道幕府任职也好，这样就能维持基本的生活，而不致颠沛流离。李文嶷是真正关切着杜员外今后的命运的。

唉，李秘书，朝中旧友大半已凋零了。故相房琯于阆州去世，甫在朝中失去一大倚靠；严武待甫不薄，却在成都突然暴亡，死得不明不白；友人贾至曾与严武一同举荐，为甫谋得了郎官告身，今年也由礼部侍郎转任了兵部侍郎。自己偌大年纪，不堪再入幕府了？之前的幕府职事已领教过，那不是甫的兴趣志向所在。

李文嶷问，眼下镇蜀的杜相杜鸿渐与员外关系如何？还有荆南节度使卫伯玉呢？

---

[1] 广德二年（764年），改洪吉都团练守捉观察处置使为江南西道观察使，通称江西观察使。治所在洪州（今江西南昌）。

李秘书啊，当今天子虽然给像我这样的前朝谏臣授了郎官，可贼乱以来的朝局与先帝在时很不一样了，文臣渐渐不受天子看重啦。中官干政已成定局，应势而起的宰臣多为军将出身，杜鸿渐、卫伯玉都是如此。甫与他们一无交情，二无共识，甫就是想攀援也是无从攀援起啊。

以下时间，杜甫就和李文嶷谈起了当今那些军伍出身的封疆大吏。

军将在剿灭河北乱贼中自然有大功劳，杜鸿渐、卫伯玉就起于行伍之间，连严武也充任过陇右节度使哥舒翰的判官呢。可是，河北贼乱平定后，军将们在做什么呢？

李文嶷表示赞同。广德元年十月，吐蕃入寇，天子代宗出奔陕州，长安沦陷后，宫阙被劫，两省被焚。听说连本朝帝陵也被盗掘，殉葬的玉鱼、金碗被无良贼人盗卖。真是令人羞耻！

李秘书读过太常博士柳伉的上疏么？

未有。

柳伉这封疏奏开首就提到诸将的御敌不力，甫记得其中一段：犬戎犯关度陇，不血刃而入京师，劫宫闱，焚陵寝，武士无一人力战者，此将帅叛陛下也。甫读到后引柳为同道，自己如果在朝，也会向君王说出同样的话。

柳伉还在太常博士任上？

不，听闻他最近转任了兵部员外郎。

李文嶷感叹，像柳伉这样的忠义谏臣太少太少啦。

是啊，诸将中有位至三公、封官太尉的，各镇将帅和节度使加了侍中头衔、兼带相位的有多少？可近海的淄青、河北的卢龙至今仍未归顺，西面吐蕃不时进犯。他们本该尽忠报国，为恢复南北版图而效力啊！去年九月，仆固怀恩甚至还诱引回纥、吐谷浑、党项、奴剌数十万众一同入寇。诸将如此无力，甚至还有割据作乱者，如华州周智光之流。

雪上加霜的是，朝廷还一味任用中官来总戎军机，先有李辅国拜大司马，后面程元振授骠骑大将军、进封邠国公，如今鱼朝恩又为观军容使，这是大唐开朝以来没有过的事，难道忘了东汉的党锢之祸？

欲平定天下，须有忠臣良将来左右拱卫。如今一味任用武将、中官，朝廷中枢怎么会自如运转呢？

李文嶷想了想，对杜甫说，堪任国事的大臣也不是没有。乱后民困，天下军粮不暇供给。前年八月，宰相王缙持节都统河南、淮西、山南东道诸节度行营时倒是推行了屯田自给。惜乎未能推行全国。

提到王缙，杜甫倒是有过交往。初来蜀中时，王缙还在蜀州刺史任上，他还曾去蜀州拜会面见，写过一首《和裴迪登新津寺寄王侍郎》。杜甫问李文嶷：王相国与王右丞素来奉佛，不茹荤食肉，听说他还劝说当今天子皈依佛释，有这回事么？

有的。

天子听从了么？

广德元年十一月，吐蕃陷京师，听说天子避乱华阴时，曾见文殊显形，及至郭子仪领军克复京师，还驾长安，即下诏修缮了五台山文殊殿，铸铜为瓦，又造一丈六尺镀金文殊像。另外，又诏请西域僧不空在长安大兴善寺广译显密经教，灌顶传法，教化颇盛。去年，天子就任命了秉直上疏的柳伉详定译经事，又将不空请入内廷，讲授仁王护国教理。今年，不空遣弟子含光至五台山造金阁寺，天子帝室及诸位宰相也都有助资之举。

这个杜甫就不加评议了。

过后两人又谈及蜀中形势，都感叹须有严武这样的韬略手段才堪镇蜀。于此安危之际，能平定乱局的群材在哪里呢？杜甫和李文嶷都很茫然。

李秘书另有约会返回了始兴寺，杜甫今晚则要回赤甲宅过节。

二十三日，停留了两旬的李文嶷要出峡了，杜甫和夫人携三个孩子亲往驿馆送行。饯行小宴时，李文嶷特意遣仆人悄悄往赤甲宅送来了礼盒。杜甫夫妇回到家中才得知，打开盒盖，见盒中用软锦包裹了两金，另还有湛然尊者的《金刚錍》一卷和《法集经》六卷。

默契交心的友人也出峡了，杜甫站在阁楼廊上，向着东面峡江方向长揖。今晚，李秘书应该会泊宿巫山。

回想与李文嶷所谈时事，后几日杜甫写出了《诸将五首》。

八月三十日是宗武十五周岁生日。杜甫素来钟爱这个儿子，这天中午给他摆了一桌酒菜庆生，为此特意让阿段去瀼西市集从溪女那里买了两条白鱼。家里破天荒主仆全部上桌，杜甫夫妇、宗文、宗武、杜堇一桌，信行、阿段、辛秀、伯夷和阿稷另一桌，家里少桌面，仆人们搬来几个大树桩子，拿来一面晒药的大竹匾盖上，临时充当了桌子。

这天家主风痹又有发作，腿脚作痛，只得斜过了身子落座，好舒展腿脚。自去年云安重阳以来，他已断酒将近一年，不过今天日子特殊，就斟上了一杯沾唇慢饮。

他的两个儿子，大儿宗文生于天宝七载[1]，今年十八岁了，天性极好动，幼年时没有及时启蒙，所以长成后就像陶潜翁感叹的那样 虽有五男儿，总不好纸笔。 在秦州时无论怎样诱导逼迫，宗文看见诗书就发蔫，要不就逃避。自己在《遣兴》诗中曾取笑陶潜未能达道，对儿子们的贤与愚那么耿耿于怀。其实也是无奈的自嘲啊。

小宗文三岁的宗武却让杜甫惊喜，自小就聪慧可人。三岁时见了客人就知道询问对方名姓，还会背诵父亲的诗。天宝十三载春，杜甫去洛阳将家眷接往长安杜曲，当听到宗武诵出自己的《望岳》诗，眼泪就夺眶而出了。杜甫为他写过不少诗篇，由此很多人也知晓了宗武的名字。来到成都后，往来的友人来到草堂，没有一个不夸赞他的。

一转眼，宗武已十五岁，长成了少年。怎能不让老父亲感慨万端！

这天酒席吃罢，杜甫上楼午睡了一会。睡醒起身，就将宗武叫到了阁楼上。

---

[1] 748年。

上楼前的宗武表情很紧张，仿佛预感到什么严重事情即将发生在自己头上，哥哥在旁边挤眼睛，悄声说：放心吧，阿爷只是让你背《文选》。还好我已不用背那些拗口词章了。

宗武上楼，在父亲身前正坐，两手撑地，毕恭毕敬得很。后面杜甫果然就是一大通说教，大抵都是以前说过无数遍的车轱辘话。骥儿啊骥儿，你要知道，你曾祖父咸亨元年[1]二十五岁时就进士及第，他的诗可称得上是本朝开初的冠首，当年他的诗名很大，又是修文馆学士。诗是吾家事，阿爷自小发奋学诗，为的就是不辱没家声。你大兄少小失学，这不是他的错，你在阿爷身边长成，可不要荒废了自己。这就是杜家的人情。你现在已经初长成，能明白这个理么？

宗武点头答说，阿爷教诲，骥儿一直谨记不忘。

好好。你的《文选》近日背到哪里了？

背到"赠答诗"的《赠徐干》了。

好，你来口诵一遍。

宗武诵完，杜甫就发出了感叹，志士营世业，小人亦不闲 这一联好啊，你要记得这两句的道理。天下的有志之士总要努力经营功业，有心志并且坚韧执着，必然就能有所成就。后面这一联 慷慨有悲心，兴文自成篇 也好，做人要有慷慨的意气，作诗却要有悲心，这是作诗入门的关钥。

阿爷，何为悲心呢？

悲心就是感动深切。心内没有感动，或感动不够深切，都

---

[1] 670年。

是作不好诗的。

也即是说，要将喜怒哀乐都写入诗中么？

是的，但这喜怒哀乐必须借助于诗的辞藻与音声。让你熟诵《文选》篇章，为的就是学到这辞藻和音声。

宗武沉思了好久，张口欲语，又收住了话头。这时他想到的却是另一个问题。准确的说，它是一个前提。

杜甫见他嗫嚅半天不吭声，就鼓励他畅所欲言。

宗文还是吞吞吐吐的。他担心说出来会引起父亲的反感，惹他生气。

说出无妨。再次的宽慰。

谁知宗武问出了一连串的问题：阿爷，作诗能换来口中要吃的米粮和身上要穿的彩衣么？倘若不能换来米粮和彩衣，还要继续写诗么？米粮不饱，衣不蔽体，还能写好诗么？

三个发问都是少年平时懵懵懂懂地想到的，今日才脱口说出。可是，这三个问题却把杜甫给问住了（他从没有想过这样的问题，也没有人这么问过）。他脑目有些发晕，额头沁出了汗珠。于是，下意识地抓过手巾擦汗，掩饰着窘迫。

少年的心地多么真挚。这样的提问是蕴藏了勇气的。且不论骥儿将来会如何，至少就这点来说，也值得肯定。

擦过了汗，杜甫转过头看了看阁楼下正在晒药条的信行和阿段。过了好一会才重新面朝了宗武，开始回答儿子的提问。

骥儿，诗或许百无一用吧，但可以百年千年后不朽，是即《左传》所说的三不朽： 太上有立德，其次有立功，其次有立言，虽久不废，此之谓不朽。 能够同时做到三样很难很难，那是如孔子这样不世出的圣人才可以。平常才具的人只要争取做到一样就可以了，此生就不算空过。做到一样也很艰难，万人中无一。但即使这样，宗武你也要把这个当作自己使命尽力去做，因你的祖父、你的阿爷都是以诗文博取了功名的。有了功名，就能换来你刚才说的米粮和彩衣。"

宗武不知该如何接话了，恰好这时哥哥在唤他下楼（这是兄弟俩的默契，以便及时从阿爷那边脱身）。杜甫已没了训导儿子的兴致，就由他离去了。

下午，信行、阿段、宗文他们三个收取了晒好的药条，还须完成今日后续的作业。三人分了工：信行将切草药的铡刀取出，将药草稍加挑拣，抓成一束开始切细，宗文负责称量，然后阿段就按分量将药材分包装入药囊，贴上事先写好的药签。宗武下楼后也来帮忙，两人不时交头接耳，讨论着刚才楼上对话的情节。

阁楼上，坐在卧间门口的杨氏、杜菫、女仆阿稽在准备今年的换季冬衣了。赤甲宅日常的这一幕里，正流动着人间的温暖与深情。

草药作业结束，宗文又站在杂物棚子前逗鹦鹉说话。之前他一直没有成功，不过并没有泄气。这回他教的是阿爷刚才对弟弟说的那句话：诗是吾家事。

诗是吾家事！诗是吾家事！

宗文再重复一次,笼中的鸟儿又学舌一次,还是双重唱。家里所有人都笑了起来。

阿爷,我家鹦鹉会说话了!宗文仰头报告父亲。

楼上的杜甫已听到了,这时就立起身扶着栏杆往下看。他也觉得鹦鹉的学声足够谐谑可爱。可是,片刻过后他又感伤了起来:学会了说话又如何,这鹦鹉还不是被关在笼子里?就和困在峡中不得出的自己一样命运啊。

过后每次杜甫回到赤甲家中,笼中鹦鹉见他走近,总会一迭连声地自动重复家主的这句话。听多了之后,心内总会泛出多重的滋味。他想起了严武邀他入幕时写给他的那首《寄题杜拾遗锦江野亭》,诗里就把他的写诗作文嘲讽成了鹦鹉术。

11

上月秋社时,杜甫与夔州使府两位青年僚佐走得很近,孟仓曹送来鹦鹉后,又曾发帖来邀请杜甫作客。

孟家住在奉节县城西门内,杜甫提前一天让阿段去传讯,九月一日这天一大早就去登门拜访了。自来夔州,他与州府中人来往很少,到西阁也只是读书写诗。这是他第一次的主动交结。

来到坊巷口,杜甫想活动一下腿脚,就让伯夷、辛秀停下了平肩舆。他要自己走进去。

阿段在前导引,杜甫走十来步就歇一歇脚,拄着藜杖来到了孟家门户前。出乎他意料的是,转过矮篱墙是一座蓬草门(原以为会跟别驾元持的大宅相似呢)。门后院落里,厨房升起了炊烟。

宅子不大,两栋楼阁,一间棚子,阁前有一片半亩小园,种了秋葵等菜蔬。杜甫到时,孟冼正在地里摘菜呢。

孟冼见杜员外来到,连忙去引水竹筒的水口洗净了手。他的母亲正坐在小园边,主客当下就行过了拜问礼。

第二乐章 火与雪

院里有一棵高大槐树，枝叶如盖，茂密垂阴。树下地面平整过，铺着一方粗席，席上陈列有矮几、书案、文具、书物。

孟冼和杜甫在铺席上落座，正谈着呢，孟恺和一位老仆各背着米袋走进门来。

杜甫见了孟恺就打趣他：主簿一早还要亲自背米去？孟恺答，家中仆人年老，我还年轻，早上走一趟正可以活络一下腿脚。

原以为兄弟俩同在使府任职，经济上应该比较宽裕，未曾想孟家生活如此清贫简朴，是出乎杜甫意外的。

员外啊，如今在使府作衙吏俸禄都不高，发下的禄米也常常不够。幸亏有这个小园，可以种些菜蔬。

我在赤甲的园子种下的菜入夏后都不得存活，是怎么回事啊？

孟冼说，找天我和弟弟同去员外家看一下，或许是土质问题。倘若确实如此，可以从我家小园翻掘一些去，这里的土块也是我同弟弟从别处取来的。

这次孟冼邀杜员外来访，是为请教入京应选一事。他生在边州，对两京铨选的关节要领一概不知，在夔州，杜员外是最佳的导引人啊。

杜甫是洛阳土著，旅食长安十年，又任京官一年多，对两京选举的程序条件自然非常熟悉。孟冼这是找对人啦。于是他就从自己早年应举经历讲起，初次应举不利啦，第二次应举被李林甫所阻啦，天宝九载冬献《三大礼赋》，得到先帝赏识，待制在集贤院，得以"参列选序"，等候选调，苦等五年，到天宝十四载才授河西尉，不赴后又改任右卫率府兵曹参军，这是杜甫自己的入仕履历。

孟冼担任的夔州仓曹是九品下的低级官吏，他要参加的是现任职事官的铨选，情况稍有不同。文官的选任皆归吏部，吏部尚书掌六、七品选，称"尚书铨"；吏部久任侍郎掌八、九品选，现称"西铨"（在长安举行）；以新任侍郎掌"东铨"（于洛阳举行的铨选）。以上合称"三铨"，每三年一次举行。一般始于孟冬十月，次年季春三月结束。

夔州这里已接通报，明年将举行"东铨"（即"东京选"）。孟冼连续三年的考课[1]都得到了"上中"评语，明年上半年由本州刺史呈报吏部，通过吏部核审，即可获得参加铨选的"解状"。

吏部如何选才呢？

无非是"身言书判"的"四才"之试。先一步是主考官的面试，察其身、言，通过后笔试：先试书法，"楷法遒美"者为胜；再试判词，须"文理优长"。书、判笔试通过，仍要再观察身、言，目测其人，取"体貌丰伟"优先。又有询问交谈，"言辞辩正"、谈吐明雅者为佳胜。"四才"初试中，还是以书、判最为重要。过后才按德行、才用、劳绩、履历进行复审。两试通过，吏部就注拟官职，拟订铨选名单，报中书、门下省，经宰相审定，呈天子批准。此后由吏部颁发"告身"，新任官赴阙谢恩后就可以赴任啦。

---

[1] 对官吏政绩进行考核，以定升降赏罚。

所以，杜甫可以帮到孟冼的，就是书和判。孟冼执弟子礼，恳请员外一年里多加提携提点。倘若可以，他想定时将自己练习的楷书和判文交予评点指正。

杜甫爽快答应了。

孟冼还备下了礼金，杜甫当然坚辞不受。自己借居夔州，本来就多有叨扰，这点小事怎可以再收人钱财呢。杜甫辞谢，孟冼也就不再强求，展颜说道，那我只能定时准备一些峡中风味土产，聊表心意啦。过后，他也不虚文，真还拿出了楷书和判文的作业让员外批点。

评点谈说就到了中午，孟氏兄弟备下了丰足的午餐，席间一个劲地给客人夹菜。杜甫当了孟家主母的面，夸奖她养育了两个君子，堪作邻里表率。

月初还有其他交游可记。

九月四日下午，殿中监杨钜自荆州过境夔州。杨钜此前为江陵少尹，不久前罢职，被杜鸿渐召去蜀中。其兄杨鈦为卫伯玉荆南节度使帐下大将，他们两个又是大理少卿杨济的从弟。早年杨氏三兄弟在长安时就与杜甫有交往，因杜甫妻子杨氏的父亲司农少卿杨怡正是他们的同宗从伯父。

杜甫在驿馆初见杨钜，就得知了夔州使府即将发生的一项人事变动：该年二月，以山南西道节度使、梁州刺史张献诚兼充剑南东川节度观察使，邛州刺史柏茂琳充邛南防御使，西山兵马使崔旰为茂州刺史、充剑南西山防御使。到八月，王廷从剑南西川节度使杜鸿渐所请，以崔旰为成都尹、兼御史大夫、剑南西川节度行军司马，邛南防御使，邛州刺史柏茂琳为邛南节度使。目下又有传言，柏茂琳即将接替崔陵，入主夔州。

一年之内，府主人事三变，实在是应付不及，杜甫感觉很不安。不过，结合近来荆州军频频向峡中调动的情况，他已大概看出巴蜀局势的走向：杜鸿渐一味奉行绥靖安抚之策，已无意压制崔旰。但为了平衡、牵制崔旰势力的坐大，又让荆南节度使卫伯玉与邛州柏茂琳联手。

杨钜说，还有一桩人事变动杜员外也会关心，你猜江陵少尹的接任者是谁？

杜甫怎么猜得出呢，就摇摇头。

是你的长安旧友郑审。

噢，是他。也算是长安的旧友吧。不过，甫与郑审的交往更多因为他是挚友郑虔的侄儿。听说郑审此前在袁州任刺史，刚调回京城不多久，这么快就迁转到了荆州？

杨钜说，杜鸿渐拜相后，郑审就投入杜的门下啦。

原来如此。

那杨钜素知老杜喜好名家字画，也知道他写过题画诗，特意从箧箱中拿出了自己收藏的两件名品，请杜甫一同观览，顺便也想求讨题诗。

一件是张旭草书的手迹。内容为草书书写的指要，格式模仿了卫夫人《笔阵图》，一列为正文楷书，一列为草书示例，如此相互间错，卷尾有留赠洛阳某寺某僧的题记。

张旭以草书驰名天下，曾为皇家亲军金吾卫的长史，草书逸气灵动，张芝、王羲之之后无人能与比肩。因其出自吴郡，

第二乐章　火与雪　　235

人称"东吴精"。杜甫在长安时曾亲眼目睹张旭痛饮酣醉之时纵笔驰骋的风姿，印象难以忘怀。早年所作《饮中八仙歌》中就有一阕特为赞美：张旭三杯草圣传，脱帽露顶王公前，挥毫落纸如云烟。天宝五载，张旭退居洛阳。听说河北贼乱时他久经离乱，已在乾元二年去世。今见故人书迹，云烟笔墨仍在目前，人却已经下世，怎不叫他感慨悲伤呢。

另一件是名家冯绍正画鹰写生的摹本，共十二幅。冯绍正开元八年[1]为户部侍郎，善画鹰鹘鸡雉，嘴眼脚爪毛彩无不逼真肖似。这十二羽鹰虽是摹本，也极尽神妙。

杜甫和杨钜一边赏画，一边就共同追想起当年骊山校猎的盛况。

那时，玄宗常在冬十月从大明宫含元殿移驾骊山华清宫避寒。出长安城后，往往会先去渭水之滨的御苑猎场。五王扈驾作羽林六军先导，申王有高丽赤鹰，岐王有北山黄鹘，每当围猎开始，必置于驾前。玄宗极爱两鹰，称之为"决胜儿"。唉，今不如昔，眼下国境之内连年干戈，天子无暇校猎喽。那些凌霜扑击的鹰鹘，恐怕只能老死空山了。杨监如此感叹。

老鹰尚有凌云志啊，杨监你不是也一样么？一旦有机会为君王捕捉狡兔，你这匹老鹰也会从驯鹰人臂上再度腾空飞起的！杜甫说这番话，是因为杨钜已告诉他，杜鸿渐很可能会让他出任蜀中某州的刺史。

杜甫早年写过不少咏马咏鹰的诗作，这次杨钜求题诗，自

---

[1] 720年。

然不能推却。两人又赏画，又谈论，杜甫又运思作诗，时间不知不觉过去得很快。等两首诗写成，天色已黑下，这才发觉已过了晚饭时间。杨钜连忙召来丁满，让他去酒楼置办一桌酒菜送来驿馆。

杨钜在夔州只停留了一日，第二日下午即启程离夔州，杜甫又来驿馆送别并赠诗。而杨钜也同李文巇一样，留赠了两金作酬谢。

杜甫没有拒绝。

这天在瞿塘驿将杨监送上船后，杜甫还有另一个约会。他去到了西堤泊港拜访了本地船主冉魁——也就是阿段的义父。阿段作导引，驿官丁满作陪。

阿段在云安县衙作童仆前，先被冉魁收留，小小年纪就随船出入峡中。说他是船上儿也是准确的。

船主冉魁就住在船上，西堤那里还有一间邸店和货栈，由弟弟冉武看守。杜甫本以为他是个五大三粗的壮汉，一见却是个留了短髭、风度端雅的中年人，光从脸面样貌看，更像是个读书的士人，而不是风尘里奔走的商客。

冉姓是本地大族（僚人贵族有姓，而平民无姓），世代为巴东部落的首领。他们都是国朝初冉安昌的后裔。隋末时，冉安昌为蛮帅，曾据有巴东[1]。武德四年[2]，唐军讨伐梁王萧铣，

---

[1] 时巴东郡包括奉节以东至湖北巴东、秭归诸地。

[2] 621年。

冉安昌被任命为招讨使，与夔州总管李孝恭、李靖合兵，顺江而下，进围江陵。国初时，冉安昌先任信州[1]刺史、后任夔州都督。

冉家兄弟往来荆蜀之间航道，主要从事峡中官盐、纻麻葛布衣料、木材、木炭、灯油的大宗贩卖，手下有大舸八艘，类似杜家船这样的中船数十艘。不过，他们并不经营米粮。

大船的前舱开阔得如同一间厅堂，杜甫被迎入了上座。

听阿段小儿说，员外要打听米粮行情？

杜甫就说自己打算出峡，想了解荆州及湖湘一带的米价情况，以便早作谋划。

员外来得巧了，贩米粮的胡商就在我家邸店中。我叫人将他们邀来船上，日头已经西斜，员外今晚索性在船上共饮如何？

要放低身段与商客交往，杜甫其实蛮大不情愿的。可是，既来之则安之，此番认识后，今后兴许也能借助一二，是不是？

胡商很快登上了船。舱里冉魁已摆设了酒席，他自己已经喝上了，杜甫就勉强陪饮。

这两位胡商名叫康百千、康万松，主要往来扬州与成都之间长途航道。经营了米粮、布匹、皮具、酒、瓷器、各色西域番物、颜料以及像宋蠹这样的地方药商委托转运的药材等等，

---

[1] 北周信州总管府辖区相当于今鄂西、重庆再加四川省东南，治所奉节。唐武德二年（619年），因避皇外祖独孤信讳，改名夔州，仍置夔州总管府。

经营品类可谓无所不包。

　　再一细聊，得知两位胡商都是康国商人康谦的同族子侄辈。这位康谦杜甫怎会不知呢？天宝末，其人曾以重金贿赂杨国忠，竟然得授安南都护，其后又为试鸿胪卿，专知山南东道[1]驿。上元二年，康谦被人检举与史朝义有交结，被捕系狱，不久伏法。不过并未诛族，仍听由其子嗣亲族继续经营投效。康百千、康万松的母亲是洛阳人，因此他们的样貌半西域半中原，口音也是洛阳口音。亲切倒是蛮亲切，就是感觉有点怪怪的。

　　冉魁和康家兄弟对杜员外都很恭敬。不消说，阿段这家伙早就跟冉魁说起过杜员外的身份来历，以及与当州刺史崔陵的亲缘关系。商人既怕官员，又要攀援官员，这是历来的世情。冉魁还以为杜员外是受了府主大人所托前来探听情况的呢。要不今日登船为何穿着官袍而不是便服哩？杜甫问什么，他就如实答什么，毫无遮瞒。

　　蜀中动乱已导致黄草峡受阻，蜀中商船出不得，峡中商船进不去，怎生是好呢？（今天找来康家兄弟就是商量转运的办法。）于是就问杜员外黄草峡事，杜甫就他所知也一五一十回答了，有说是匪盗作乱，也有说是崔旰手下军将所为。目前仍然情况不明。冉魁听了就连连叹气。不能通航，导致他积压了很多货物，倘若换走陆路，成本花销会翻倍，他正为此事苦恼

---

[1] 山南东道辖今湖北长江以北、河南西南部及重庆东部，荆州、硖州、归州、夔州、万州、忠州都在其境内。治所设于襄州（今湖北襄阳）。

第二乐章　火与雪　　239

不已。

康家兄弟因为胡商身份，见了杜甫就更是谦恭了。初入舱来，一直在舱板上趴伏着不敢起身。杜甫连连抬手示意起身，他们才回归正坐。

丁满与峡中客商本就相熟，有他在身边，就不至于尴尬冷场。谈论话题打开来后，冉魁他们三个也松弛了下来。他们频频举杯敬员外，杜甫就只是浅酌回应。后来就有丁满来替杜甫挡酒了：员外身体不宜多饮，你们但且向我敬来。要不要投掷色子，赌个输赢来耍乐？

他们四人真就设赌饮酒了。杜甫在旁不免连连皱眉。再坐一回，他就退出了。

四个赌友加酒友急急出舱门拜别，然后又钻回了舱中。

这次在船上，杜甫观察到阿段见了冉魁如见到自家亲人一样，并且，他也如北地汉人那样，将冉魁唤作了阿爷。

六日上午，从赤甲来至西阁。不久峡中乌云低垂，又下起了雨。

雨水顺着轩廊檐口滴下如线如缕，雨声潺潺，微风里已带了凉意。杜甫倚靠廊柱，眺望着江岸。盛夏高涨的江水已回落，坡面上出现了一道道错综的沙石路径，江中露出了尖峭多棱的乱石。

雨越下越大，后面就近于滂沱了，轩廊的朱栏已被打湿。近处的花圃中，菊花在雨打之下多半已欹斜，稍远处，草亭前的松林因了雨水的滋润却愈显青翠。

雨天的西阁格外寂寥，那就写信吧。于是在书案前落座，给友人郑审、薛据和孟云卿各写了一封短信问候。到了晚上，尤觉书信言语不够，遂打算在三封信后各题两韵七言一首。

　　给郑审的这首写到了郑虔、郑审的长安郊居郑庄。郑庄在神禾塬畔的瓜州村，与杜甫天宝十三载移居的祖村杜曲不远。由秋瓜忆起了杜曲旧居，由杜曲又想到了瓜州村，语浅也可以情深。

　　第二首写给荆州的薛据。杜甫初来夔州时就给他寄过诗篇，过后薛据也有回信和寄诗。杜甫翻找出薛据的诗来看，觉得其中一联 省署开文苑，沧浪学钓翁 不错，索性就拿来化用了。当然还须添上一联 沈范早知何水部，曹刘不待薛郎中。 何逊[1]有沈约、范云这样的知音，薛据你与何逊同是水部郎中，诗才也相当，怎么就没有赏识的人呢？杜甫觉得调侃一下也无妨。

　　第三首给鄂州的孟云卿。论起与杜甫的诗文交情来，孟云卿比上两位还要更密切一些，尤其杜甫在京为官期间两人来往频密。乾元元年夏出任华州司功参军时，行前孟云卿特来话别，两人夜饮并有赠诗，杜甫作有《酬孟云卿》。同年冬，自华州返洛阳探亲时，途经灵宝西北湖城县时又相遇，曾结伴到友人刘颢家中饮宴作诗。入蜀以后，彼此也书信未断。孟云卿以李陵、苏武为师，诗风高古刚健，杜甫向来钦重认可。

　　这三首写好，又一次吟哦检视，定稿后就抄录在信件

---

[1] 三人都是南朝梁的诗人，何逊八岁能赋诗，弱冠州举秀才，范云大相称赏，因结忘年交。沈约亦爱其文。后为文坛知音的典范。

后，让阿段冒雨送去驿馆寄出。到九日时，三位友人就可以收到了。

七日早上起身，由孟云卿又想起同姓的另一诗人孟浩然。他与孟浩然并无直接交往，却极爱孟诗之清，钦佩之至。之前在秦州所作《遣兴五首》其五就有表露，给出过 往往凌鲍谢 的很高赞语。对孟浩然的英年早逝，他也抱有深切的同情。

由孟浩然又想到了上元二年去世的王维。开元天宝时，王右丞诗名之隆可与李白比肩。因此过后又添写了一首。

这首的后一联，杜甫临时起意写到了王维的弟弟王缙。李文巏出峡前对王缙的评议让他印象深刻。前年，王缙由黄门侍郎擢为同中书门下平章事，已身居相位。据说代宗求览王维诗文，王缙集得四百余篇上呈，京都中人已在热议："论诗则王维、崔颢，论笔则王缙、李邕。"杜甫当然也已听闻了。

下午，廊上微风拂来，感觉体肤清爽。秋凉天气多么宜人，夔州要是有个可以论诗的人就好了（前任刺史王崟勉强可以算一个，可惜已离任了）。对壁只一人，那就自己和自己对话吧，于是笔头又从怀人转到了论诗。

先要申明诗的功用。凝神细思，他想到了《礼记》中 温柔敦厚而不愚，则深于《诗》者也 这两句，简略而言，诗的功用不就是陶冶性灵么？至于作诗法，他却和李白很不一样：李白才大笔壮，往往一边吟味一边落笔，一气呵成而不烦删削。自己写诗就没有那么快捷了，初稿写成后总要反复吟哦，辨音又析声，雕词又琢句，有时前后要改好几遍才觉得妥帖稳当。不过，这也正合《诗经》所言的 有匪君子，如切如磋，如琢如磨。 在前辈诗人中，他最为瞩目、学习也最多的是四个人：二谢，谢灵运与谢朓；还有阴何，阴铿与何逊。不过呢，有时也会尝试快吟的办法。以前能饮酒的时候，一气写成的情形也是所在多有，比如广德元年吟成的那首《闻官军收河南河北》。

这天晚上，杜甫在书箱里存放的旧稿中翻找半天，寻出了在成都时写成的四首专咏荔枝的散篇。于是收拾精神，另铺纸卷做了仔细修订。这几首内容都与先帝玄宗和贵妃有关，以前一直不知该如何编定成组。本想定一个《咏荔枝四首》之类的标题，又觉得题目过小又不恰当，最终放弃。因为并不是咏物诗而是咏史诗。

八日上午，之前在冉魁舟中结识的胡商康百千、康万松来访西阁，告知他们即将离夔州去往扬州，特来与员外作别。

杜甫很是意外。那你们的货物如何处置呢？

康百千叹了口气说，员外那天来西堤，正与冉家兄弟商量此事呢。巴蜀这边动乱不宁，船只受阻不前已有一月。目下只能平价出手，就地处理掉货物了，接手的就是冉魁、冉武。冉家在峡中各地都有眼线网络，好货不愁销出，慢慢总能出手。先结付一半账目，待来年再收取另一半，这样自己这里还能保个底本，对方也有较好的利差可以应对通路的暂时不畅。杜员外啊，我们这些行商的洛阳子，这一趟来峡中，不亏蚀本钱已是万幸啦！

第二乐章 火与雪

杜甫听了"洛阳子"三字不由笑出了声,过后觉得康百千说得也没错。于是又问他是住在洛阳哪个坊曲。

南市北面的通利坊,我家三代都在洛阳营商,我也是在洛阳出生的。

通利坊与二姑母家的仁风坊也就两坊之隔。如此说来,康百千还真是不折不扣的洛阳子啊。听着他的话音,感觉真像回到了家乡。

康百千又说,贼乱之后,康氏这一族就举家移去了扬州。

是扬州啊,东南那个商埠大州并未受到战事波及,的确是避乱的最佳地点。由此又忆起了青年时代的吴越游。开元十九年[1],杜甫尚在弱冠之年,那时叔父杜登任武康县尉,五姑父会稽贺㧑任常熟主簿。江南是六朝诗的渊薮之地,他流连游赏近三年。倘若还能再次东游多好啊:由扬州去金陵,经姑苏,再入越州萧山县,登上西陵驿高峻的驿楼,东南风光尽收眼目。沿剡溪而下,或许还可以同李白那样继续向南,游天姥与天台,到那里,海国的风就很近了……

康百千走南闯北,东南形胜处大多走遍,于是就听他讲了不少游赏见闻。

南国人是把你当胡商看,还是当北地人看?杜甫好奇地问。

南国人一概将我等称为北胡,真是无可奈何啊。北胡不是在幽州以北么?康百千挠头作苦笑状,模样煞是滑稽。

---

[1] 731年。

因为说到了吴越，杜甫顺便就委托康百千寻访自己在江左的五弟杜丰。他在箧箱中找出在成都时友人许登寄来的书信。许登是润州人，后移家江宁，乾元元年为右拾遗，今年已转任了户部郎中。杜甫吴越游时就与他结识，两人又是谏官同僚。从许登来信中获知，杜丰曾到过江宁某寺，过后似乎移居到杭州一带，但不知具体地址。康百千将信件中几条线索记下，答应帮助访求。

　　夔州米价最近稍有回落，不知湖湘、淮南[1]那边米价如何，于是就问康百千。康百千答去年江南稻米丰收，就地收购一斗不到二百文。不过，江南田亩的官家税赋吃重，流入市场也有限，故而价格跌而又涨。不过，总体来说，米价要比巴蜀这边稍低。

　　康氏兄弟临别前，又向杜员外求诗。既然已托人寻弟，这个是理所应当。录什么诗好呢？康百千说员外对吴越念念不忘，那就录两首吴越诗吧，只需稿纸就可以，过后我自己请人裱褙。

　　杜甫自少年习诗到吴越游归来的早年诗作约有三四百首，其中颇有一些带有谐谑、讽刺、游戏精神的"戏题剧论"之作，其风调类似于长安时所作的《饮中八仙歌》和蜀中时所作的《南邻》《戏作花卿歌》，待他心志渐渐成熟，连自己也不是很看重（遇到李白过后就更是如此）。旧稿皆收在偃师土娄庄，

---

[1] 唐代淮南道辖扬州、楚州、滁州、和州、庐州、寿州、舒州等十四州。相当于江苏省中部、安徽省中部、湖北省东北部和河南省东南角。

贼乱中，留在家乡的仆佣、族人四散奔逃，庄园被毁，原稿早已不知下落。真要寻出几篇吴越诗还不太容易，于是就抄录了左拾遗任上给许登写的两首，差可抵用。分别是《因许八奉寄江宁旻上人》和《送许八拾遗归江宁觐省，甫昔时尝客游此县，于许生处乞瓦棺寺维摩图样，志诸篇末》。不知旻上人还在世否？他同样也请托康百千设法询问。

亲笔录好两首旧诗，心中感慨万端。遗失诗稿就像将他的心角敲去了一块，是一处难隐之痛。有什么办法来作补偿呢？自己只记得片言只语，全部复原根本不可能，不过，或许可以在回忆中予以重现，就像他追怀那些故去的友人一样。

诗卷录好，康氏兄弟再三感谢。过后康百千两手击掌，将候在门外的仆人唤出。很快，康万松就抱了两捧衣料过来。一匹是越州绫，一匹是上好的细葛布，价值远不止两金。这怎么可以呢？杜甫就再三推辞。康氏兄弟齐齐长揖，终究推却不得。在成都时，他曾婉拒过张舍人送来草堂的织成褥段。那次是官员赠送贡物，杜甫自觉消受不起。但这回性质不同，两位胡商通解事理，也喜好风雅，杜甫就收下了。

这天，他亲自将康氏兄弟送到了江边。

回转西阁后，又翻找在夔州写成的诗稿散篇，将 溪女得钱留白鱼 那首两韵七言也补入了进来。

以上十二首诗，有新作，也有旧稿，有寄友，也有怀人，有咏史，也有记事，内容各有差别。稍加整理、重新排序后，命题为《解闷十二首》，重新誊录了一遍。

12
（重阳的哀歌）

这天下午，杜甫正打算离西阁回赤甲，崔公辅崔评事受刺史崔陵所托，前来邀请员外赴明日府中的重阳宴集，州县官员相约一早就去白帝庙前山林宴游。可是，当杜甫听说邛南节度使柏茂琳已来到夔州并且也将出席，就有了迟疑。

问崔公辅，柏茂琳因何来夔州？

崔公辅说，崔旰任成都尹、剑南西川节度行军司马后，已坐稳成都，势力开始侵入峡中，荆南节度使卫伯玉唯恐再起变乱，上月末将柏茂琳邀去硖州[1]会商，商议军伍调防事宜。

传言说柏茂琳即将接替崔陵入驻夔州，是否属实？

崔公辅点头，柏茂琳九月底将来夔州接任。王廷新的诏命很快就会下达。目下柏茂琳部伍的主力仍驻留邛州，只将部分兵将移置渝州一带。蜀中动乱因素仍未完全排除。

---

[1] 硖州在三峡口，治所夷陵（今湖北宜昌）。

杜甫对之前蜀乱中各军将的作为向来不满，对柏茂琳自然也持保留意见。这次宴集正处局面混沌未明之时，情况有点特殊。最好还是保持距离以作观察，他不想走得过近。

夕照投入轩廊，地面反射着柔光。暂时的冷场。过了会儿，杜甫才给出了回复。

这一阵心劳体乏，明日实在难以早起，就不和你们这些年轻后辈一起游赏作乐了。崔卿那边总要解说一下的，请稍等片刻。

于是落坐书案前，写了首《九日诸人集于林》。以诗代简来婉拒总归要好一些，想来崔陵也不会见怪。

崔公辅接过诗卷看过，笑说：不去也好，我这就回禀府主去。

他携了诗卷离去，杜甫独坐轩廊上就在寻思：若果柏茂琳移镇夔州，自己该如何应对呢？他素来嫌恶军将，实在不想与他们有过多交涉。可是，情势比人强，他真要来到夔州，恐怕也不得不打起精神与之交往。

九日这天，杜甫就在赤甲宅过节了。

这天夫人并没有做特别的过节准备，只让阿段去西堤酒楼那里买了外州贩来的竹叶酒，又让阿稽去市集买了白鱼（和宗武生日那天一样，因兄弟俩都爱吃）。

杜甫起身后一直在廊道上闲坐，杨氏、阿稽正在厨房忙碌，信行和阿段出门采药去了，宗文在杂物棚子里不知在忙乎什么，宗武正坐在梯阶上背诵日课。这时，忽见柴门前立了一个仆役模样的人，正放下挑担，抬起一只袖管擦汗。

阿稽便出门去看，她和那仆役交谈了一会，折返来报告了杨氏，杨氏就上了楼。

是崔评事打发他的仆人送来了东西，说是重阳节的节物。

哪个崔评事？

夫人哪知道有两个崔评事呢。杜甫就和她一同下了楼。

来到门前一问，原来这个崔评事就是昨日来西阁的崔公辅。仆人告诉杜甫，这四屉食盒是本州府主特意嘱咐了他家主人转送来员外家的。

原来崔卿翁这天还记挂着自己啊，杜甫心里莫名有些感动。崔家仆人离去后，杜甫让宗文、宗武将四屉食盒拿到了楼阁廊道上，揭开盒盖时，他和夫人两个都惊呆了：一盒是凉脯，一盒是羊肝饼，一盒是五彩杂果子，还有一盒是菊花糕，都是洛阳的重阳美食。杜甫瞪着眼睛，不敢相信所见为真，杨氏也张口结舌，不知该说什么好。自打天宝十三载春搬离洛阳，时隔十二年，他们才重又看到了故乡的节物。

杜甫的眼泪禁不住流了下来，杨氏也是同样，她一只手抓着丈夫的袖管，仿佛受到了异常的惊吓。

宗文"哇"地一声叫了出来，伸手就要去抓盒里的凉脯，说时迟那时快，被母亲轻打了一掌，于是又缩了回去。宗武虽然没有动手去抓，可他的眼睛也盯着食盒一个个看过来。

这四屉美食简直就像天外来物。

崔卿翁或是崔公辅是从哪里弄来的洛阳美食呢？杜甫猜不出。他们身边或许带了能做这些吃食的能干厨人？是他们的家

第二乐章　火与雪　249

人自己动手所做？还是别的贵人送来夔州过后又转送来赤甲的？都有可能。不管如何，这四盒食物带给了赤甲宅又欢乐又有些感伤的气氛。

于是重新摆置了这天重阳小宴的桌面，四种食物各挑出一半上桌，主仆均沾，人人都有份。等信行和阿段中午前回返，酒杯里也都斟上了竹叶酒。

宗文、宗武站起，为阿爷、阿母斟满杯中酒，然后自斟一杯，他们的祝酒辞无非就是祝佑双亲身体康健、万事平乐之类的吉语。落座过后，两人就眼巴巴地看着阿爷，等候着下箸的指令。年小的堇儿也耐不住了，一直在扯母亲的衣袖。

起箸吧！

家主终于发话了。宗文不顾母亲的瞪视，第一个夹住了凉脯，杨氏用木匙给杜甫挑了容易入口的羊肝饼。凉脯太硬，他嚼不动。

这羊肝饼虽有羊肝之名，却并非用羊肝或羊肉做成的饼，乃是用赤小豆、葛粉、栗子粒和了米粉做成的甜点，待其凝结，再切成条块状，因其色泽形状类似羊肝而得名。这是一种净素食品，洛阳寺院的僧人常常食用，后来就传入了民间。

送饼入口，细细咀嚼，饼块在齿颊间缩小，渐渐就融化了。味蕾受了持续的刺激，唤起了多重的翻腾的感情。杜甫拼命想忍住，却忍不住，终于第二次为食物掉泪了。幸亏大家都专注郑重地吃着，没人留意到他眼角的泪光。

这天的重阳家宴，也在几个仆人心里留下了终生难忘的印象。日后，他们彼此间还常常口头讲说，久久回味这北地美食的滋味。

　　孩子们总会直接表露他们的情绪，此刻，他们的脸上透露着惊讶和喜悦：宗文吃到后开始琢磨食物配料与制作手法，不时地问阿母，阿母可是洛阳人，就耐心地解答。宗武安静，第一次吃到这样的美物，牢牢记住了它们的形状和名目。堇儿呢，她觉得这些吃食如此稀罕美味，所以吃得极细极慢，等大家伙全都吃完了，她还在细嚼那块被她分解成很多小块的菊花糕，尽量延长了品尝的时间。夫人杨氏还有另一种快乐，儿女们能吃到她少女时代的节物，让她感到满足和欣慰：孩子们跟了父母从北地迁来，一路吃了好多的苦，多么不易啊。今天的重阳宴，仿佛是迟到的一个补偿。

　　这一餐，杜甫却很难描述自己是如何对付过来的：他的口舌，他的肠胃，他的心，被羊肝饼、杂果子和菊花糕带回了洛阳的青春岁月，肉身却被禁闭在南方这个偏州。此刻，眼目所见一切都是陌生的，异常的，不堪忍受的：夔人的楼阁如此，院落和菜园如此，背后的赤甲山崖如此，视野中的白帝城和白练一般的长江也是如此。更不用说这里土民的怪异风俗、蛮勇的兵士和跋扈的军将了，它们全都变成了捆缚他的锁链的一环。这种强烈的对比、这种撕裂让他感到了无以言说的痛楚。是的，你可以说他的反应有些过度，可是，倘若你也有和他一样的颠沛流离的经历，倘若你也曾久经战乱无家可归，倘若你刚出生的孩子曾因饥饿而夭亡，倘若你空负一身才学而无处可用，你就能感受到同等强度的情感的持续冲击。

　　节宴食毕，仆人们开始收拾碗箸盘碟了，吃剩的食物要拿回厨房，罩上纱笼。

桌上还留了竹叶酒。杜甫看着酒壶，吩咐阿段去雇头驴来，下午，他要去真谛寺。

寺旁兰若的院门半闭着。杜甫下了驴，拄着藜杖走去高台，来到石台栏杆的一角，这里用竹片围出了一角花圃，种植了黄白两色的甘菊花。

上月李秘书来夔州时，三人对谈的情景还在眼前。此刻，李秘书还有那位天台讲僧大约已通过荆州了吧。他们不是北上，故而不会登临北面的朝宗楼，而会登临州城东南角的仲宣楼吧。杜甫望向夔门外云气森然的山峡，愈发鲜明地感知了自己被困夔州的现实。

阿段将背着的竹篓搁下，先扶杜甫在松树下的石条上坐定，然后将竹篓中装盛的木盘、酒壶与酒具摆置在家主的近身处。他默默退后，回到了兰若门前，一位沙弥从门内走出。两人之前就相熟，并坐在门阶上小声攀谈起来。

低处的松枝几乎垂肩，光影婆娑。秋风吹拂树身，松针无声无息地落下，木盘中已积了三四枚。初秋流动爽洁的空气，送来了树脂的怡人芳香。眼前视野中，日光充足，左首的白帝城，正下方的奉节县城，右首的西堤以及江面的景象与之前所见并没有什么不同。可是，对杜甫来说，初来夔州时对此地壮美山川的惊叹已被心中难以排遣的苦闷所代替。他两眼看着峡江，心神却不在所见景物上停留。

取过酒壶，浅浅斟上半杯，杯口映出了明暗摇曳的树影。

举杯沾唇，酒液顺着齿间流入了喉腔。酒终究是好物啊。可是，登高却没有亲友陪伴，有酒又不能开怀多饮，真是大煞风景！此时，连花圃里迎风摇摆的菊丛看着也可厌，那盘绕蜷曲如龙爪的黄白花瓣看上去如此刺眼。

半杯酒饮了许久才喝完，喝到后面，舌尖尝出了微微的苦涩，人也越来越烦躁。杜甫手撑拄杖，站立了起来，走去看菊花丛。

忽然，高空传来持续的戛戛鸣声。抬头仰望，见数十羽白雁排成了雁阵，正越过身后的赤甲山，向对岸的麝香山飞去。北地人将雁南飞称作"霜信"，"霜信"一来，深秋霜降的节分就愈加地近了。

看着集群南飞的白雁，不由想起了散落四方的弟妹们。

二弟杜颖在齐州，三弟杜观在许州[1]，一直有通信联络，四弟现在避居了青城山，最年幼的五弟杜丰在江左一带，前日已委托胡商寻访。还有那个嫁给钟离[2]县令韦氏的妹妹，多年前她的丈夫就已去世，孤儿寡母的日子一定过得很凄苦！

年月时光飞逝，肉身正快速衰谢，两相催逼下，想到今后与弟妹们恐怕难有重聚之日，杜甫的心中不胜凄楚。

雁阵已去至对岸，继续飞越着连绵的山岭，身影在南天中渐渐变小，最后消失了。它们一路飞经了哪些地方？倘若是飞

---

[1] 今河南许昌。
[2] 今凤阳县，唐代称钟离县，属濠州。

第二乐章 火与雪

越秦岭而来，必定也飞过了帝京。

中午尝到美食，想到了家乡洛阳，现在看到南飞的白雁，于是又想到了长安。重阳日这天，皇帝依照常例定会赐下扎了彩绳的茱萸枝。朝士有一天的假期，下午这时候，应该就在曲江宴饮了。啊，京都宴集时的饮酒多么豪壮，多么恣肆！敞阔的水岸轩廊里，有时会坐上几十位同僚，席间众人拼饮，传杯不见停歇。直要喝到七倒八歪，才会洗面净手，外出散酒。这样的场合往往很喧哗，有时真心受不了。

杜甫最爱的酒友，当然还是广文博士郑虔和苏源明。郑虔家就在韦曲，过潏水第五桥，往西走不远就到了，与杜曲自家距离很近，故而常会去串门。重阳那天，两人总是先去观赏樊川沃野上连片的菊花田，然后就在皇子陂北岸的草亭中对饮。郑广文的酒量真是如海深啊，不过甫也不差，谁第一个翻倒小卧，无法预知！喝到兴起时，甫就会赤足跳下陂岸，在菊花丛中翻滚，爬上来后顺手采折一枝走回亭中，笑着插在友人的头帽上。

有一回也叫上了城中的苏源明，三人一同骑马郊游。重阳时登高野望，就要寻一处少人的佳胜处。于是沿浐水而上，来到了河源谷口。登上高丘后三人对饮，身形歪倒了就倚在树身上，一人占一棵树。醉眼蒙眬中，那座上演了无数人间戏目、让人又爱又恨的京城就铺展在脚下，任由我等三人任意评说。一直玩耍到暮色垂野，听到村人捣衣的砧声，才会上马回返。

旧日的欢娱再也没有了！两位挚友已离开了人间，如今是阴阳两隔：河北贼乱中，郑虔被掳去洛阳授以伪官，乾元二年在贬所台州去世，而可怜的苏源明广德二年遇到饥荒，竟然饿死在了长安！

想及两位友人，杜甫颓然坐倒在菊花丛前，低垂了头颅，顿时老泪纵横！（今日他哭了多少回！）

兰若门前守候的阿段以为出了什么状况，连忙跑来，将家主搀扶起身。

主人为何哭得如此伤心？阿段想问又收住了口。从竹篓里取来手巾，递给了家主。杜甫擦干颜面，将手巾交回，阿段又返回了兰若门前。

眼眶还是湿湿的，泪光婆娑中，低头又看到了花圃的菊花。啊，长安杜曲的那个家，前庭和东篱下都栽种了同样的甘菊，自己也曾写过一首《叹庭前甘菊花》。

不仅有甘菊，中堂台阶两边的隙地还栽种了决明子。篱墙内有三株高大的白杨树，篱墙外的坡面上还有成片的白杨林。

夏天的早晨，东屋最适合看日出，朝阳会将碎金般的日光泼洒在白杨林连片相接的枝叶间，知了会不停歇地叫鸣。入晚后，也是东屋最是凉爽，整晚都有从终南山麓吹来的下山风吹入窗内。从东屋走出衡门，翻过坡面就能走去祖父留下的百亩桑麻田，毗邻田边的村屋，很多人家都是自己的同宗亲族。西轩则适合望日落。自少陵原丘坡看去，对面就是耕田广布的神禾塬，汤汤流淌的潏水横贯两原之间，暮晚时水岸两边的景致也极美。

如今一切都已成空。杜曲的那个家已抛下，偃师的土娄庄

第二乐章　火与雪　255

和洛阳的陆浑庄也早已荒弃。还回得去么？恐怕回不去了，也无法预知今后的归宿。唯有一点很分明，自己并不想变成异乡的孤魂。

他将酒壶中剩余的酒全数倒出，酒液溢出酒杯，流到了落满松针的木盘中。然后长吸一口气，举杯一口饮尽了。

日阳已西垂，此时峡中天气有变，高空飞云疾驰，而崖间的劲风猛烈摇撼着高台周围的树木，耳边尽是簌簌的秋声。受了大风的惊动，下方崖壁传来了三四声凄厉的哀鸣，那是受惊的山猿发出的警戒的呼告声。江岸的沙渚上，两三羽孤飞的白鸥已从江心飞回了岸上的树巢。醉眼看去，所见物象尽皆染上了哀愁的色彩。

心中郁积了多少的苦难与折磨，多少的无奈与怅恨，却无以排遣。于是仰起头来，向着眼前滚滚东流的峡江发出了一声长啸！

日落不堪再看，杜甫骑驴下了高台，直接转去了西阁。这回没有叫上宗武，还吩咐阿段明天一早把辛秀和伯夷都打发回家。这段时间他不想回赤甲，一意要将未能全部抒发的悲愁尽数付诸于笔端。这天晚上，高台上的激情仍未退去，杜甫不假思索，便快吟出了《九日四首》[1]。

次日早起，又作《登高》：

---

[1] 也有《九日五首》一说，至于第五首，不能确定缺失的是哪一首。有说已散失，也有评家如陈贻焮先生说其五就是《登高》，因《登高》写得太出色，后人编诗时就将这首单列了出来。（作者注）

风急天高猿啸哀,渚清沙白鸟飞回。
无边落木萧萧下,不尽长江滚滚来。
万里悲秋常作客,百年多病独登台。
艰难苦恨繁霜鬓,潦倒新亭浊酒杯。

终于,杜甫在夔州迎来了此生最后的也是最重要的一次蜕变。

13
（秋兴的咏叹）

《登高》这首诗，杜甫作好后却不放入箧箱，就搁在琴架边。这激越的篇章仿佛赋有魔性，只要吟出首句，后面澎湃激浪般的语词就会自动涌出，简直不是人力所为。

写成后，他仰面躺在轩廊的簟席上，听任投照在身上的晨光一寸寸地缓缓移动。某种重要而神秘的事态已经发生，不是在外部，而是在他的身心中。所有的语词已不再回避他，也不再捉弄他（以往苦吟作诗时可不是这样），它们现在纷至沓来，他只须听取内心那个命定的节律随意撷取就可以。自习诗以来，这样的感觉还是头一回，他需要在静默中体认与把握。

这天早晨，江面的风力仍然不减，轩廊前的梧桐树已摇落了许多黄叶，几片枯叶飘进了廊内，近处的花丛也受到摧折，侧面倒伏了。唯有靠近水岸的松林仍是碧色苍翠。林中的鸟儿在枝杈间跳跃鸣叫着，有时也会安静下来。而头顶的青天，一片孤云正无声地滑过。

此刻，在他的心目中，秋日的天象、物候、光影与音声都化为了语词，因此也可以重新组合、编纂，可以改换色彩和音调。要紧的是倾听那个节律，那个命定的已被他捕捉的节律。这节律最早起于他幼年咏颂凤凰的诗篇中（他还记得若干片段，整首的原稿却失落在土娄庄了）。无妨，无妨。那神圣的凤凰已驻留在心间。他感觉到了它的存在，它是有灵的，亦是有形的，随时可以通过语词获得实体的存在。它的鸣声是怎样的呢？难以形容。不过，倘若一定要用诗语来描绘，那么就是《大雅·卷阿》里的这几句：

  凤凰鸣矣，于彼高冈。梧桐生矣，于彼朝阳。菶菶[1]萋萋，雝雝喈喈[2]。

官身与功名，纵然有大遗憾，也就这样了。自己要像写出《七哀诗》的王粲一样，写出永可流传的诗篇。只要诗篇有流传，人世间定会找到真正的知音，隔百代也会有余响。该要写出的诗篇要尽数写出，不留任何遗憾。他要善用今后每时每刻的时间。

午后照例小睡，起身后整理晨间思绪，顺手又写出了《西阁二首》。

入晚，倚廊柱眺望秋月，又速成一首《江月》。十日这天，

---

[1] 菶（běng）菶：草木茂盛的样子。
[2] 雝（yōng）雝喈（jiē）喈：鸟鸣声。

一天中又写了四首。

倘若说作诗的狂热是一种病症，那么，这个热病在此后的十一日、十二日和十三日还在继续延烧。在这三天里，从早到晚，杜甫总是一边口中吟句，一边在西阁内到处游走。这是他凝注精神、起吟草稿的习惯，而且翻来覆去总是在琢磨头一句。

是的，首句最为关键。如同要在干涸荒漠中找到泉眼一般，你要熟悉语词的分布地貌，要学会依据几个可能的迹象获得大致的坐标。坐标确定后，就要作数次乃至数十次的测量，调试音准后，才能寻获最合心意的一句。而音准的取得，实有赖于敏锐的听力、强大的直觉和精湛的技术。对已完成蜕变的杜甫来说，这是精心探索的结果，其过程与其说充满艰辛，倒不如说充满了乐趣。诗律格式与其说是一种模糊的音乐性的规约，毋宁说它们是被情感所激发、带动和指挥着的。倘若诗律格式将会损害情感，那么，必要时他也会不惜"破格"来保全情感的纯粹和强度。

这次杜甫打算集中书写秋日的意绪情怀，并且再次采用了组诗的形式：这样就可以突破单篇的局限，在更为广阔的时空中来布局构思。

第一首状写从西阁望见的萧瑟暮景，是组诗的序曲。九月秋凉的傍晚，家家户户都在赶制寒衣，夔州城中传来了急促的砧声。赤甲家中，杨氏、阿稽想必也在赶制冬衣了吧。去年九月九日在云安，宴集后就卧病不起，至今已过一年，想及羁旅峡中的彷徨无着，秋色秋声扑面惊心，不禁伤心动情。首联 玉露凋伤枫树林，巫山巫峡气萧森 即已奠定了全篇的基调，至第三联 丛菊两开他日泪，孤舟一系故园心 则确定无疑地指向了悲歌。

第二首写不得归阙的愁闷心结，情调苦涩而意态多姿。首联 夔府孤城落日斜，每依北斗望京华 和第三联 画省香炉违伏枕，山楼粉堞隐悲笳 皆由现时的夔州暮景叠加了长安的追忆，情境交错对比，悲秋的底色异常鲜明。这首写出之前，杜甫曾走出西阁轩廊，往下来到了临江的草亭。江洲前，明月初升起，正映照了迎风摇曳的白色的芦荻花。

前两首在十一日暮晚和夜中写成。与此前《登高》诗的高亢激越不同，杜甫改换了手法，有意造成语境、音调的错落起伏。夜中写出过后，自己也很满意。

十二日清晨，立于西阁轩廊，看着草木翠微的白帝城西岸与朝阳照耀下的山城。今日秋气清明，江面异常平静，渔人舟出，燕子盘飞，心中却是烦扰不安。第三首继续昨日将夔州、长安对照的构思，不过，这回相互对照的却是人的境遇。早年交结的旧友、昔日科场的同学如今多已发迹，大多住在长安五陵这样的富贵之区。来到夔州，不也碰到了别驾元持这样的同学翁了么？虽然元持出任的是外州闲官，品级也与自己相当，可现在两人的身份地位已大不同。

既然前两首都提到了长安，那就为它专写一首吧。不过，其主题并不是国朝建都一百多年的概括总览，而是对当下朝政人事的直述。第二联"王侯第宅皆新主,文武衣冠异昔时"的意思已很分明:安史叛乱后,中官干政和军将上位的大势几已不可遏制。去年三月一日,王廷颁《授裴冕等集贤待制敕诏》,郭英乂、白志贞之辈武夫赫然在列,跻身于历来由文臣担任的集贤待诏。今年二月二十一日,又颁《命鱼朝恩判国子监事敕》,命鱼朝恩"行内侍监,判国子监事,充鸿胪礼宾等使",国子监这样的最高学府竟然交托了宦竖总领!友人李文嶷前去洪州托靠的李勉,此前就是因为在京兆尹任上时开罪了鱼朝恩,被外放为江西观察使。第三联也写到了近年来的边境战事,北面的回纥,西面的吐蕃都接连入寇作乱。政事如棋局,一番棋居然下到这样不堪的程度,简直匪夷所思!

第三与第四首都是十二日上午所写。

中午阿段送午饭来,杜甫没招呼他一声。阿段打开食盒,将筷箸和木匙放上,他也没转过身来。在阿段眼里,家主仿佛发了痴魔:他的纱帽歪斜到一边,衣袍凌乱,袖口和衣襟沾了不少墨痕。书案边堆满了书卷、文稿,换下的衣衫袜带、两枝采来的芦花和飞进轩廊的数十片枯叶混杂在了一处。西阁仿佛被一股大风席卷横扫了一般。

阿段刚要动手整理,就被杜甫喝止了:不要动任何东西,任它们去。说话时没有转身,仍俯身在书案上书写着。于是阿段只能坐在门外等候。过了一刻多时间再进轩廊,发现家主已吃好,人又伏在书案上提笔改稿了。他提了食篮退出时,家主也浑不知觉,仿佛既没有看到也没有听到。这天阿段回赤甲时,就将主人的奇怪举止报告了夫人。

既然专题写到了长安，那就继续往下追忆吧，第五首打算写一写在京时的上朝面圣。

到现在，杜甫一共珍藏了自己的三通告身、两份授官不赴的符书：

先是天宝九载献三大赋时，玄宗曾亲自召见，并待制集贤院。

至天宝十四载十月始授官，初授从九品的河西尉，不赴，改授在京任职的从八品下的右卫率府兵曹参军。这兵曹参军乃太子李亨麾下的属官。这是第一通告身。

其后太子在灵武登基，是为肃宗。至德二载四月逃出长安，五月奔赴凤翔行在，面见了肃宗，五月十六日授左拾遗。这是战时特殊时期不经三省签核而由皇帝直接颁下、宰相施行的授官敕书。第二通告身杜甫最为看重珍视，单独装在了特制的漆木匣中。

于是重又捧出，开匣展看。敕书用黄纸，高宽皆四尺，字大二寸。年月上有大五寸许的皇帝御宝[1]：

襄阳杜甫，尔之才德，朕深知之。今特命为宣义郎、行在左拾遗。授职之后，宜勤是职，毋怠！命中书侍郎张镐赍符告谕。至德二载五月十六日行。

第三通告身是在严武幕府时所得。即广德二年冬颁下的

---

[1] 即玺印。

"检校尚书工部员外郎、赐绯鱼袋"的那通。工部员外郎的品级是从六品上。

此外还有广德二年二月吏部颁下的授官京兆功曹的符书。

杜甫将三通告身和两件符书铺在轩廊北面，向着帝京方向长拜。起身正坐后，久久凝视着，心绪起伏难平。

至德二载十月至次年六月中旬，杜甫随肃宗回长安后就参与了例行朝会。这九个月里，他是朝官，是天子近臣，这是此前最为荣耀的履历。每每回忆入朝细节，他的心气就能平复一些。

首句　蓬莱宫阙对南山　已构思好了，开笔前又想到了一件事：自己一共上了几回朝堂呢？他感觉需要点数清楚。

依《仪制令》，文武官员五品以上及监察御史、员外郎、太常博士才有每日朝参的资格，其余京官则不同，诸在京文武官员职事九品以上，朔望日朝。 自己的左拾遗一职品级是从八品上，因此只每月两天才能上朝。乾元元年六月朔日是最后一次，如此算来，自己就有十七次上朝。不，不，还遗漏了很重要的一次：二月丁未，肃宗御丹凤门，大赦天下，改至德三载为乾元元年，那天曾有过一次大朝会。朝会结束回省署，时任中书舍人的贾至先作一首《早朝大明宫呈两省僚友》，自己和太子中允王维、右补阙岑参都有奉和之作。因此，实际参与的朝会应该有十八次。

朔望日朝会是大型朝会，朝参人数众多，礼仪隆重。

每次上朝，杜甫在杜曲家中丑时五刻侵晓时即须起身，匆匆早食便骑驴出门，在寅时二刻到达宫门前。夜漏尽后二刻宫门开启，由监门校尉查验门籍后，经龙尾坡道，按班序站列。到平明时再入内门，再经监门校尉核对门籍后，百官依序入朝，列班于通乾门、观象门南。文班自东门入，武班自西门入。只五品以上官员能进入内殿殿庭，杜甫等低阶官员就候列于殿外。皇帝出就御座后，殿外官与殿中官一同跟从了典仪唱赞行拜礼。

杜甫记得，二月改元大赦那次大朝会是在宣政殿。

早朝大都在卯时六刻或七刻结束，之后回门下省署厅，办理公务，下午申时三刻离署，大约酉时三刻可以归家。

因回忆在京时的朝会，很快就想到了先帝玄宗。站在轩廊眺望江堤的船只，又想到了长安的彩舟。他的遐思已飞到了数千里之外的曲江，飞到了开元盛世时。

河北贼乱前玄宗常去南苑游乐。路线即从大明宫沿夹城复道，经通化门，到达南内兴庆宫西南的"花萼相辉之楼"，过后经明春门、延喜门，至曲江西南的芙蓉园。天宝十五载[1]六月，安禄山叛军破潼关，即将直捣长安，玄宗离长安前曾登兴庆宫花萼楼，置酒四望。第六首的基调既神往又叹惋，其中　花萼夹城通御气，芙蓉小苑入边愁　一联又要铺陈叙事又要暗寓讽谏，实在很费斟酌，杜甫一直到夜深时才搁笔。

这是第五、第六首。十二日这天同样也写成了四首。

---

[1]　756年。

昨日写到了曲江,于是十三日一早再写长安宫苑,追忆了长安城西的昆明池,尾联 关塞极天惟鸟道,江湖满地一渔翁 将视角收回夔州,感叹自己如同浪迹江湖的渔翁,不得归返北阙。这是第七首。

曲江和昆明池都是皇家御苑。长安近郊还有不少名胜,可杜甫最钟意的是渼陂。于是又在书箱中翻找旧作诗卷,寻出了那首旧作《渼陂行》。

天宝十三载夏,杜甫尚未授官前,曾随岑参兄弟、高适、薛据、鄠县的源少府及府中四名同僚,十三人乘船同游渼陂。

岑参兄弟五人都在,其兄长岑渭,二兄岑况,四弟岑秉,五弟岑亚。薛据其时任大理司直,高适在河西节度使哥舒翰幕府任掌书记,杜甫此前曾想追随高适入幕,投书哥舒翰而无果。岑参即将二度出塞赴庭州[1],入北庭都护封常清幕为判官。这年杜甫四十二岁,岑参三十六岁,高适五十二岁,薛据五十岁。下午,众人先在鄠县会合。

这是个阴晴莫测的夏日午后。众人骑马出城,向西五里,来至渼陂岸边时,主人源少府备下的三艘锦帆游艇已候在那儿了。此时但见雨云低垂,天地黯淡无光,湖上刮起了大风,浪涛卷积如暗绿琉璃,看去有些可怖。这种天气本不适宜乘船出游,可岑氏兄弟兴致很高,还是鼓动大伙儿登船了。

---

[1] 唐代在西域所置三州之一。领金满、轮台、蒲类三县,治所金满县(今新疆吉木萨尔北破城子)。长安二年(702年)于此置北庭都护府,辖西突厥十姓部落诸羁縻府州。安史乱后,北庭坚守至贞元六年(790年)才被吐蕃攻破。

没曾想开船后很快云散风止，湖上鸥鸟见船来到纷纷散避，撑篙的舟人一边唱起歌子，一边拨开了船舷两边的菱叶、荷花，后舱的乐班各执丝管开始作乐。那时仿佛来到了海上，南面水色深黑，映出了终南山紫阁峰的倒影。舟身行过时水波荡漾，山影随之摇动。善钓的岑参兄弟和源少府一边听乐，一边钓鱼，其余人各自捉对，饮酒赏景。

日暮时，游艇从湖中心移近了南岸。此时，明月从东面的蓝田关上升起，三艘游艇都点上了华灯，鼓乐连奏，群舟竞渡，灯火前后照映如同骊龙吐珠，而舟上歌舞的美人宛若湘妃汉女。

未登岸前，天色忽又变得漆黑。众人游罢来到湖边酒楼上时，就下起了一场雷雨。众人吃瓜饮酒，又乘兴分字作诗，岑参拈得"人"字，作《与鄠县源少府泛渼陂》，杜甫拈得"寒"字，写出了这首《与鄠县源大少府宴渼陂》：

应为西陂好，金钱罄一餐。饭抄云子白，瓜嚼水精寒。
无计回船下，空愁避酒难。主人情烂漫，持答翠琅玕。

第一次来游渼陂，人多热闹，日程安排紧凑，无暇登临西南的望台。过后不久，杜甫又独自重游，作《渼陂西南台》纪之。

渼陂游的情景历历还在目前，杜甫对那天吃到的香米印象深刻，眼前轩廊又正对了梧桐树，于是起句就从"香稻"和

第二乐章 火与雪

"碧梧"开始。过后花了些时间，先磨出了语词倒装的一联 香稻啄余鹦鹉粒，碧梧栖老凤凰枝。 作为首联不合适，就用作了第二联。这是从未有过的特殊情形，之前作诗总是首联来定调的，这首却横空冒出来这么两句。语词的措置可以破一破格式，不然每首都四平八稳，就太无聊了！

与之前《登高》诗直抒怀抱的激昂徘徊不同，这首的表面音调绮丽丰富，情致藏得比较深。吟诵效果亦不错，很耐咀嚼。是的，声情可以有不同的处理法。

第八首费时很长，到晚上改改弄弄，才终于定稿。写完他又是向后一仰，就势躺在了簟席上，口中还不时吟哦着"鹦鹉粒"这一联。

将作好的八首再诵读一遍，定题为《秋兴八首》，誊抄了卷面。杜甫心中积存已久的热能得以释放，感觉通体舒泰。

过后他背着手，久久徘徊轩廊，不时停步对空浩叹！衬着檐外深沉的夜色，梧桐枝条就伸展在眼前。他知道，幼年歌咏过的那羽神鸟已飞来了，并且再也不会飞离。因他的身心已与它合为了一体。

久经丧乱的老诗人对了枝头频频点头，仿佛正在召唤栖停枝头的凤凰。

十四日上午，《秋兴八首》第八首因与岑参、薛据有关，就各抄了一份，交予了中午来送饭的阿段送出。

下午，夔州使府的李徇李功曹前来西阁告别，驿官丁满陪同。丁、李两人读过杜员外这组《秋兴八首》，都大加赞赏。

李功曹新近获得转调，将去担任江陵少尹、友人郑审的判官。杜甫为李功曹写了首两韵五言的《送李功曹之荆州充郑侍御判官重赠》，又写短信一封，托李功曹带给郑审。

　　杜甫写赠别诗时，丁满就坐在宗武习课的南窗前抄去了《秋兴八首》，还说要挑选若干篇章，题于驿馆壁上。

　　近来的诗兴真是充沛饱满。丁满和李功曹走后的这天傍晚，杜甫于西阁望夕阳，又写了一首《返照》。荻岸如秋水，松门似画图， 正是从西阁望出的近景。

　　傍晚阿段来送饭，见阁内还是一样凌乱，这回家主没有伏在书案前，而是坐在了一堆书卷中，没有束发，也没有戴巾，身上衣冠不整。阿段呆呆地看着家主，家主也呆呆地回看他，口中嗫嚅着想说什么，却什么也没说。杜甫的神思还没有从创作的热狂中摆脱出来呢。

　　家主，中午的药饮喝了么？阿段指指小炉上的药釜。

　　呀，自己心神恍惚，竟把喝药的事给忘了。家主感觉非常抱歉。

　　阿段连忙取来火石，重新打火点上了炉子。将药汤重新加热后，倒入了陶碗中。杜甫接过，咕咚咕咚赶紧趁热喝下。

　　阿段待他喝完，递过了手巾，担心地问：家主，这几天发生了何事？是不是很紧急？有没有奴子我可以出力的地方？

　　杜甫接过手巾，擦拭了嘴角和额头。没有什么事，在西阁会有什么事呢。我是在写诗。

　　家主已经好几天没回赤甲了。

　　杜甫说，明后天就回，明后天就回。

第二乐章　火与雪　　269

晚饭吃好，他又坐回了书案前。阿段收拾好食具，将药釜拿去外庭取水处清洗，新拆了一包药重新放入，又叮嘱了一番按时服药的话，就惴惴不安地回赤甲去了。

这天晚上，杜甫重读了宋玉的《九辩》。读至其中一段，心情又变得感伤起来：

悲哉，秋之为气也！萧瑟兮草木摇落而变衰。憭栗兮若在远行，登山临水兮送将归。泬漻兮天高而气清，寂寥兮收潦而水清。憯悽增欷兮，薄寒之中人，怆怳懭悢兮，去故而就新。坎廪兮贫士失职而志不平，廓落兮羁旅而无友生，惆怅兮而私自怜！

秋日蕴含的悲愁已被宋玉道尽了啊。他的连绵的叹息，也是千年之后自己的叹息。杜甫体验到了穿越时空的深沉的感应。自己年老为郎官，境遇有似汉代的冯唐，冯唐历经了文帝、景帝和武帝三朝，自己也先后侍奉了玄宗、肃宗和代宗三帝。更让他感觉颓丧的是，自己此刻就在宋玉歌咏过的巫山！如王粲那样咏出《七哀诗》来，对朝政、对自己、对此刻当下究竟有没有益处？这个问题真让人困扰。《搜神记》中不是有可以一醉千日的美酒么？自己很想就此沉醉不醒，远离所有的烦恼愁苦、所有的忧患得失！

这些感想，都抒发在了这晚所写的《垂白》诗里。

他对前几日所写的登高诗和秋兴组诗产生了自疑。难以名状的虚无感复又笼罩了他。

近午夜时,杜甫仍没有睡意,就在百余寻[1]长的西阁廊道中来回踱步。隔着花窗,忽见有一颗流星飞掠过江面划出了一道白光,明月已从天心移向西方,夜风吹过滩岸前的江面,水中月影正自晃动。于是调整心绪,又写下了《中宵》。

时间已晚,躺下眠息时他又在构思新的组诗,这次打算把夔州的几处古迹好好写一写。这是当晚入睡前的心念。

这次停留西阁时间很长,前后已七天。因了阿段前后数次的报告,十五日这天上午,夫人杨氏就带了宗文、宗武来西阁探望了。

杨氏到得西阁,见到了怎样一个凌乱场面:许多书箱都打开了箱盖,书卷、诗卷散落了一地,有些扎了绳,有的就摊开了铺在地上。煮药小炉没有看顾,药釜中的药汤都烧干了,发出一股焦煳味儿。卧榻隔屏前,纱帽滚落在地,外袍、上衣、腰带和布袜扔得到处都是,走路都会绊到。

转进屏风后,见杜甫还在榻上侧身酣睡,正打着呼噜呢。

让阿爷再睡会吧,杨氏和孩子们暂时退了出去。

外间可以先收拾起来。宗文、宗武你们对照了题名将书卷收归箱箧,千万不要弄错了,不然阿爷会生气。诗稿一律都收齐放在书案旁。那只收藏告身、符文的箱箧倒是归置好了,就是箱盖没盖上,这可是阿爷最宝贵的藏物,单独先收在书斋

---

[1] 一寻等于八尺,一唐尺约合现今的30厘米。

里。药釜和小炉阿段拿到外庭去清洗，炉灰倒掉，药釜洗净。杨氏将纱帽重新放到了帽架上，换下的衣服就统统塞进了阿段背来的竹篓里。

几个人在阁里难免走动频繁，杜甫向来睡眠浅，听到响声很快就醒了过来。他眼睛还闭着，在里间问道：是阿段么？

是我。杨氏走进了屏风后。

杜甫一听是夫人的声音，就睁开了眼睛。还是那种看着什么却好像什么也没留意的出神表情。背着屏风两边投来的日光，他看不清妻子脸上的表情。

夫君已经七天没回家了。

这里也是我的家嘛。

还以为出了什么状况呢。阿段跑回家说家主好像丢了神魂，把全家人都吓坏了。

这个多事的僚奴啊。语气里并没有责怪之意。杜甫手扶榻沿就想坐起身来。夫人上前扶住了他的背。

你们一大清早跑这里来折腾什么啊，搅扰我好梦。

阁里边太乱了，正好整理一下。夫君今日回赤甲的那个家么？

杜甫两臂上举，打了个大大的呵欠。过后就很严肃地说：莫扰我，莫扰我，夫君我没有发狂，正在做千古以来头等大事。等写完手头这组咏怀古迹，明日我就回转来。

杨氏叹了口气说，家中米粮也只够几月供给了，存金已经不多。夫子你看是否把钗钏珠翠当掉一些？

好吧，当掉一些也好。倘若这样你能够稍稍安心的话。

这时，杨氏终于将心里憋了很久的那个提问问出了：夫子难道不谋生计乎？

杜甫在床榻上自个儿穿袜，很清楚明白地答她：今后生计皆在词句中！

他关心的却是其他的家事：这几天你让宗文还有阿段都随了信行出门采药去。入冬前要备留一些成药，越多越好。还有，家人的冬衣做好了没？还有多余布料么？有的话，也给仆人们做几件吧，过后冬天还要烦劳他们出力，寒衣不足，他们手脚冻僵就做不了事。

杨氏深知他的脾性，就不和他理论了。退出屏风后，她和阿段将轩廊打扫了一遍，扫去了很多落叶，两枝芦花没有动，还放在书案边。宗文、宗武整理好书卷和文稿，书箱就要搬回南窗书斋去，地面其他零碎杂物也一一收拢了起来。好了，西阁恢复西阁的模样了！想想还是不放心：阿段，你今明两天就守在西阁陪着家主吧，饭食会叫阿稽送来。如此再关照了几句后，她就带着两个儿子离开了西阁。

《咏怀古迹五首》到第二天下午就写成了。这是五首怀古诗，前三首咏人，后两首才是咏夔州古迹，都是两韵七言。

第一首咏庾信。

杜甫习诗，从六朝汲取很多，其中对庾信最为钦重。以前只是从词章上学，偶尔也有摹拟之作。如今自己与庾信一样因时局波荡而不得归乡，类似的境遇使他对庾信诗赋有了更进一层的体会。庾信的心声，也即他的心声。于是就取《哀江南赋》中"将军一去，大树飘零。壮士不还，寒风萧瑟。"四句以及《伤心赋》中"对玉关而羁旅，坐长河而暮年"两句作剪裁化用，这是杜甫运思此篇时的诗眼或心钥。

第二首咏宋玉。

杜甫初来夔州，舟人即指点白盐山峰巅为楚宫阳台，待搬去赤甲宅后，站在阁楼廊道上就可以眺望到，简直近在咫尺。那正是宋玉作《高唐赋》《神女赋》的地境啊。此时再读宋玉《九辩》中"悲哉秋之为气也！萧瑟兮草木摇落而变衰"就不只停留于字面而能直接代入其情境了。"萧条异代不同时"一句最为精警，是对人间命运循环的总括。

第三首咏王昭君。

由夔州出发的下峡舟船，经千山万壑顺江而下直奔荆门，途中会经过秭归的昭君村，这也是邻近的古迹。因庾信写过一首《王昭君》，所以又发挥了同样意旨，哀叹昭君北嫁匈奴的遭遇，兼有自哀之意。

后两首所咏都是夔州存留的真实古迹。其四咏始兴寺内的永安宫和东面毗邻的先主庙而追怀刘备，后一首就咏武侯祠而追念诸葛亮。蜀主与蜀相生前相知，生后一体祭祀，也是佳话。杜甫年少就胸怀"稷契[1]之志"，蜀相也是他心目中的人臣典范。其五"万古云霄一羽毛"是描绘其生前功业，"伯仲之间见伊吕"是极崇高的赞语。这两首都是来夔州初时的旧稿，为接入组诗，作了些修改。

---

[1] 稷和契都是唐虞时代的贤臣。

诗稿誊录一遍，刚要收入书箱，驿官丁满又来探望，于是任由他抄去了新写的五首。

　　该回家了。伯夷、辛秀抬了平肩舆已候在门外。阿段关合好轩廊的门和窗，将家主挑出要带回赤甲闲看的几轴书卷装进了背篓。日阳西斜时，主仆四人一起走出了使府辕门。对之前阿段报告夫人的事，杜甫是一句也没提。少年是因为担心自己才这样做的，你和他谈论写诗作文的事，他终究也是无法理解啊。

　　这一阵在西阁待得够长的！回去要饱睡三天，什么事也不做，好好地放松休息。

14

十六日晚回到赤甲，杜甫仿佛远游归来，心情非常好，到处问东问西。杨氏打算给阿稽新做一件罩袍，他站在边上就关心起了罩袍的尺寸：太短不能抵挡寒气，有杂碎布料还可以加做个风帽。杨氏嫌他烦，就让他拿了尺子亲自给阿稽丈量。僚人女子哪里受过这个待遇啊，阿稽顿时就羞红了脸，闭上了眼睛不敢看，僵立在那里一动不动。等到家主量好尺寸报予家母、走去了杂物棚子前，她才敢睁开眼，挪动腿脚。

信行采药回家后，他又和信行两人绕到阁楼后面去查看栽种的草药，决明和姜的长势都还不错。枸杞从八月开始倒是红熟结果了，可果子长得太小，采摘来的鲜果放到日阳下曝晒后，干瘪皱缩成了不成型的黑粒，显见是不能卖去药铺的。

怎么办？信行问家主。

家主摇摇头。今年这一季就算了，明年倘若还要种，真还要像阿段说的那样从江边林下掘些壤土过来厚厚铺上一层。另外，阁楼后面日照也嫌不足。其实，主要原因还是今年入夏后的干旱少雨。当时无论草药和菜蔬，可都是一片枯焦。这也是没奈何的事。

　　看完草药，走回了阁楼前。见宗武正坐在梯阶上埋头背诵诗文，他就原地立定不动，等宗武完整诵出、开始吟读下一首时，才抬脚继续往前走。这时，大儿宗文正在杂物棚子前给鹦鹉腾笼，他便很感兴趣地站停了观看。

　　将两只笼子的小门相对，同时提起抽板，鹦鹉就跳进了新笼，这只腾换用的鸟笼里没安装横木，只放了一只浅口大水盂。两只鸟儿跳进水盂后，不停将翅膀拍打盂中的水，好像是在洗澡吧！这场面杜甫还是第一次见到，就凑近了看。水花飞溅出来，有几滴洒到了脸上，他抬起袖管抹干了继续观看。碧绿的羽毛，红红的弯钩鸟喙，现在变得湿漉漉的，模样甚是可爱。

　　宗文提着脏笼子走去水缸边，凑在引水竹筒下就着水流冲刷清洗，洗好提了笼子又回来了。他和父亲并肩站着，继续看鹦鹉沐浴。好了，水盂里的水已泼洒得差不多了，宗武打开鸟笼的小门，向笼里伸出了食指，前面那只鹦鹉就乖觉地跳了上来，由着他从这只笼子换到了刚洗净的笼子里，脚上没有套绳索，居然没有飞逃走！另一只耐心等着，过会也同样回到了新洗净的家中。杜甫看了啧啧称奇，这儿郎什么时候学会了驯鸟的本事啊。

　　换笼完毕，一只鹦鹉欢叫了起来：诗是吾家事！另一只马上也响应了一声。杜甫吓了一跳，过后又捻须笑了起来。

　　诗是吾家事，难道不是么？这几天的确写出了几首足可流传后世的好诗。对于作诗之道，现在他已有了足够的自信，可以无愧于几个前辈和祖父啦。

杨氏一直在留意丈夫的一举一动。阿段回来报告说家主神魂不定，自己起初还不相信，等跑去西阁时，果然就是一团糟啊。说实话，昨天回来时真还有些担心丈夫的精神状况。现在，她心里的那块石头已经落了地。没什么大不了的事，夫子就是写诗写痴了。对于杜甫回家过后为何心情大好地到处转悠，她也不想知道情由，就随这个老夫子去吧。

下午，有送信人来到赤甲。是使府录事参军苏缨遣人送来的一封短信，邀他明日晚间去西堤赴宴。杜甫接信后，马上就写了应约的回复。这次就没有像上次九日雅集那样故意拒绝啦。

这次宴集是私人聚会，不在白帝城内，设在了西堤的酒楼。出席人除了苏缨，还有崔公辅、韦伋两位。杜甫坐了平肩舆到达时，他们早候在门口了。

之前已说过苏缨是咸阳武功人，而崔公辅和韦伋是洛阳人，他们几个因为都来自北地，交往就比较多，平日里估计也是酒友，言语间就比在使府时亲昵许多。

崔公辅见了杜甫就拱手作拜：杜员外，昨日的邀酒贴本该由我亲自送来赤甲，上次吃了回闭门羹，有点惧怕，所以就让苏参军来代劳了。杜甫就解释了一通，上回雅集人比较多，自己晚上睡得迟，还真是起不来，倒并非推脱。又问崔公辅，崔十六怎么不在？崔公辅说，他去大昌县出一趟公差，后日即回。

当下三人迎员外上楼，走入了面临江面、外接栏杆的雅间。刚一落座，苏缨就说，员外近日专攻文事，新写的几首诗已经传遍夔州啦，大家私底下都在诵读抄写。

听到夔州官员的当面赞许，杜甫当然很愉快，也很享受。表面上不露声色，说着惯常的客套话。

酒上来后，杜甫说我的病还没好透，今夜只取一杯慢饮。大家也不强求，当下就将抄录来的员外新作诗轮流念诵了出来。今夜夔州空气舒爽，倒是个论文说诗的好天气。苏缨、崔公辅和韦伋每读一首就自饮一杯，不觉间酒局已走了好几轮。

再过一会，驿官丁满闻风也来凑局了。他还带来了昨日刚抄得的五首咏古迹诗，于是大家伙的讨论更热烈了起来。

他们几个在赏诗饮酒，杜甫不能多饮，于是悄悄将坐席移向了栏杆，眺望夜景。此时的江楼外，天心月色皎洁，银河横空，堤外江涛声急，堤内有夔人轻唱蛮歌。不久，薄薄的一片云翳飘来，渐渐将月亮遮去，过了好一会才云移月出。看着这峡中月，杜甫不由又想到了长安，当年将家小寄在羌村时，自己曾多少次望明月而眼欲穿啊！现在，一家人都齐整整地在身边，已很圆满。大女杜葵嫁到了忠州，也没有可担心的。自己到了衰年还能做诗，而且还能向上更进一层，总算没有辜负了自己的才具。

众人热烈讨论，酒又过了几巡。这时，崔公辅向着隔间的酒奴拍一拍手，酒奴就唤出了早就候在那里的伎人。他对杜甫说，近来荆州聚集了不少早年从教坊梨园散出的歌女，员外听

第二乐章 火与雪　　279

声辨认一下，是否还是旧时音声？

是三人的歌舞队，一女主唱，一女主舞，另有一位男乐工弹拨乐器。当歌姬启喉开唱，杜甫就惊喜不已，因为唱的正是天宝年间长安的谣曲。第二支是柘枝歌舞，乐工先出鼓声，缓急变幻无穷，动人心魄。此前歌姬退后歌唱，头戴花钿、身穿罗衫的舞女就在雅室中间旋绕作舞。歌舞相应，皆随鼓点而起，又随鼓点而止。因为是佐客饮酒的娱乐，所以歌舞只是截取了大曲中的片段。不过，纵使如此，也让久离长安的杜甫感动不已，仿佛开元天宝时的时光已在夔州酒楼倒流经过。

歌舞退出后，众人的酒兴再度高昂起来。连员外也站起身，向四位年轻人称觞祝酒了。当然，他是不能一饮而尽的。很快就有人翻倒了，第一个就是酒量最差的韦伋。苏缨和崔公辅两个开始斗酒争胜，彼此呼喝不断，而丁满醉醺醺地手持了诗卷在品赏，杜甫的诗没让他白抄了去。

等他们稍稍醒酒坐起，杜甫的一杯才喝完。崔公辅又拿出了他事先备好的雅州所出的蒙顶茶。苏缨告诉杜甫，员外不饮酒可以喝这个取饮。这茶天宝时还很名贵，曾是剑南贡物呢。夔州官人船商往来频繁，故而不难弄到。员外可以一边饮茶，一边赋诗助兴。那边，酒奴已端出一张书案，置上了笔墨纸砚。杜甫今日破例饮了酒，早有此意，乐得借此一洗烦忧。坐定后，稍作思想，很快就写出了一首，引得众人大声叫好。如是喝到了中宵，诗已写成了三首，大家的酒兴竟然也还高昂不退。

午夜前睡意上头，杜甫披着这天出门时杨氏让他带上的黑貂裘，就在书案后躺卧小寐了。其间还做了个与李白同游巫山的梦。这梦因为结合了三重的事实（即李白来过夔州，自己此刻在夔州，以及楚宫阳台就在巫山也即此处的白盐山），所以梦中的他感觉无比真实，醒来后一时仍然停留在梦境中，不辨何为虚、何为实。

已是凌晨四更，欢闹的年轻人各个横倒躺卧。此时仍是残夜，楼外的明月被山体遮挡，天色暗黑。过了会，月亮从山后浮出，雅室内立刻通明透亮。杜甫将身体移向窗栏，看向了外边：原来是江水反射的月光照入了雅室的壁上。于是披衣再起，将案上油灯挑亮，听着友人睡中的鼻息，又写了一首《月》。过后再次和衣躺下。

这天早上，众人睡到了辰时三刻，简略梳洗了一遍。崔公辅他们先要到使府衙署应付一下差事。听杜员外谈说了昨夜之梦。大家就怂恿杜甫也去白盐山一游。丁满说，对对对，李翰林来夔州有登巫山，杜员外是他生前好友，诗才也相当，当然也要游赏一番。这样也可以为本州再次增色啊。大家都说好，于是约定下午申时再来西阁，接杜员外赏秋出游。

这当然是杜甫求之不得的。他暮春来夔州时就对城东十里的白盐山很感兴趣，尤其在元持、丁满告诉他此前李白登临白盐山后曾作一首题壁诗，心里就更想去了。怎奈他腿脚不便，又无本地人导引，所以一直未能成行。现在天气凉爽，趁着几个青年友人的赏秋兴致，这下终于可以如愿以偿啦。

他们三人不到申时，在未时二刻就来西阁了。时间还早，就由丁满将员外昨夜所写的助兴诗三首和《月》一首抄录完毕。

杜甫已将伯夷、辛秀唤来了西阁，他坐上了平肩舆，其余几位都骑上了马，此外还让阿段牵了另一匹。他们在瀼水岸边找到渡船，从瀼西渡水到了对岸的东屯，然后一直沿溪水北上。行至白盐山的北麓山脚时，杜甫下了平肩舆换骑了马。过后就随同众人骑行，来到了上山驿道，走了将近三刻时间后，他们来到了夔州通巫山县的陆路官驿白盐驿。稍事休息后，再次出发，要去登白盐山最高峰了（就是杜甫在赤甲宅所望见的那个尖峭峰顶）。上山时，伯夷、辛秀一路跟了来，于是又换乘了平肩舆。

巫山顶的风光与在夔州地面所见全然不同。赤甲宅在哪个方向？哦，对面赤甲山比这里低很多，山麓密布了无数阁楼民居，一时还真的无法识别。西阁在白帝山后面，此处看不到。不过，从这里可以清楚看到白帝城的东北角楼和白帝庙。瀼水如一条银色细带隔开了两岸，近处的东屯，百顷稻田望去如碧绿的画格，周边镶嵌了杂色的草木。左边，长江自前方夹峙并立的群山间逶迤而来，一直通向了东面的峡外。这条银色长带可比瀼水宽多了，日光映照下，江面折射了明耀的反光，有如幻境。杜甫从未看过如此壮美雄阔的山川胜景。他手扶拄杖，久久伫立眺望着。此时，他对这座峡中州城已没有抱怨与嫌弃，有的只是对自然造化的赞美和赏叹。

丁满从白盐驿带来了书案笔墨。杜甫在峰顶选择一处平台坐下，脸面吹着秋风，提笔蘸墨，很快就写出了一首《白盐山》。此前他每日望着白盐山，却无由登临，今日终于遂愿上得峰顶，这首诗就是他对了白盐山的自言自语：

  卓立群峰外，蟠根积水边。他皆任厚地，尔独近高天。
  白榜千家邑，清秋万估船。词人取佳句，刻画竟谁传？

  最后一联语带谐谑，因《晋书·周颙传》就有"刻画无盐，唐突西施"的习语。这里说到的"无盐"传说是战国时齐宣王的王后钟离春。她是齐国无盐邑之女，貌极丑，四十岁尚未出嫁，因求见齐宣王，陈述治国方略，为宣王采纳，被立为了王后。后人常将"无盐"用作有德而貌丑的女子的代称。这个用典很明显，意思是说，白盐山啊你可不是貌丑的无盐女，你的姿容应该有人来刻画啊。尾联写出后，众人都称赞用事巧妙，又富谐趣。这回，大家也知道了杜员外的性格本色：原来他不但有大诗才，本身也是很风趣的一个人！

  这次游览白盐山，途中两次经过了东屯官田。杜甫此前听阿段约略提过，在赤甲宅也只是远远地观看，粗略知道这里的官田多达百顷，现在，他就有了直接的观察了解。回程途中经过东屯时，他询问了通晓夔州大小政事的苏缨，得知这东屯稻田乃后汉公孙述屯田之所，水畔延袤连片，面积实数有一百零八顷。距白帝城五里，是峡中很少有的平旷地。此地水源充沛，北面有数条涧水自然流入，西面有瀼水，缺水时可从上游直接引水灌溉稻田，就是遇到连续的晴旱天气，水量也能保持。此外，峡中春夏气候湿润多雨，也适于稻畦耕作，所以，东屯出产的稻米品质为巴蜀第一。

杜甫问苏缨,今年春旱时如何?苏缨答说今年旱情严重,近三月未雨,不过,使府前年已在瀼水上游架设了从吴地学来的新式翻水车,农人又辛勤灌溉,收成估计略低于去年,但也不会太差。

大约从这时开始,杜甫逐步展开了与夔州当地官员的社交互动。此前半年,他差不多是独往独来的一个人,并没有任何主动的交往(孟氏兄弟是个例外)。过后来看,这仿佛是与府主柏茂琳发生直接交涉前的一个预备动作。他九日雅集时不见柏茂琳、秋分后尤其重阳节过后拼命写诗是有他的实际考虑的。只是他当时并没有明显的自觉,差不多只是凭了自己的下意识。这是自尊自傲的个性所造成:他毕竟还是六品郎官,断不会为了稻粱或其他利益,去屈就这位军将出身的地方主官。当然,他也不会拒绝与之交往,但是,要不失身份地交往。

15

十八日游白盐山后,傍晚回到赤甲宅。稍许进食后,杜甫饱睡了一整个晚上,前所未有地酣畅。可是,第二天早上醒来,再看这白盐山又觉得有些生厌:夔州最奇美的胜景已领略过了,现在从赤甲看去,它却是一道体量巨大的屏障。于是重又想起了自己羁旅夔州不得出的事实,怪怨峡山阻挡了自己的前路。

柴门前与邻家相接的巷道里有一棵枫树,枫叶已经半青半红。女儿杜董在门前捡拾落叶,一枚枚放在手心里打量,过后就捧回给正在竹筒边洗衣的阿母和婢女阿稽看。院落的晒场里,信行和阿段在晾晒药条,宗文隔着篱墙正和邻家的土民孩童说笑取乐,说出的北地话里不时夹带了僚人的土话。宗武本来在看书,也被吸引了过去。

杜甫走下梯阶,也来到了篱墙边。

一个孩子的手上停了一只画眉,和那天看到宗文洗鸟笼时一样,鸟儿没有系脚绳,也没有飞走,已成了小孩的玩伴。宗文在和他讨论何种鸟类适合捕捉驯养,哪种鸣声最好听,他又问小孩:你手上那只鸟是否会学人语言?

小孩摇摇头。虽然他手上的鸟儿不会学人语,却听得懂口令,叫它上头顶,它就上头顶,叫它上肩膀,它就上肩膀。每做一个动作,小孩都会从口袋里抓一些粟米喂食,杜甫看了也觉得很奇异。

前阁王儋家的两个孩子也在,他们问杜甫:员外,你家过僚人年节么?

僚人年节难道与北地年节不同?

是咂,这里的僚人是以十月一日为新正元旦的,再过十来天,九月三十日就是除夕夜了。现在左邻右舍都开始备年货,要过年了哩。

宗文问,那他们也要守夜么?

也要守夜。不过,到了那天,僚人家里大小男丁都要出门举火驱乌鬼。

初来夔州的暑夏,杜甫已领教过夔人烧乌鬼像禳灾的风俗。听到这个就不觉得怪异了。

问王儋家的大儿,你能说僚人土话,僚人少年会说北地官话么?

不会。

宗文将阿爷的话传译了一遍。玩鸟的僚人少年和他边上四五个伙伴一起咧嘴对着杜员外笑,杜员外也对着他们笑。过会还让宗文去拿来家里吃剩的碎块胶牙饧分给小朋友们吃。

下午,宗文就人影不见了,阿段说他扛了钓竿去瀼水钓鱼去了。

杜甫无事可干，回阁楼上睡了一个长午睡。入晚后，他一人坐在阁楼廊道上野望。看着对面云雾缭绕的白盐山尖，他有些自疑：自己真的到过那峰顶，而且还写了首《白盐山》？

从赤甲山麓望去，感觉是如此地不真实。

二十日一早，杜甫坐上平肩舆要去西阁。不过，他想先转去江堤闲看深秋的江景，顺便与船商冉魁、冉武攀谈，过后再去药商宋蠡的药铺看看新到的药材。

出了奉节县西门，就下了平肩舆闲步。不料却在江堤上目睹了一次戏剧性的翻船事件。

这是一艘专送贡物的使船，此前由黔阳境转乌江，由涪州入长江，前日刚抵夔州。十七日夜里宴集时，丁满还跟大家介绍过，说这艘船载了丹砂[1]、铁矿石和翠鸟羽毛，都是要送去京都的贡物，护送的官使就在隔间云云。然后还朝窗栏外指点，让众人观看。因为天色已黑，只看得一个轮廓，不过杜甫记住了它硕大的船身以及两根顶端插有官旗的高大桅杆。

杜甫来到西堤时，大船刚从堤内泊港开出，缓缓移向了江心。此时天色尚未大亮，许是船工们没有提前看清前方的漩涡，未能及时改舵和起桨，船头就被水势带着偏离了江心，入秋过后，水面已下降，可水流仍然汹涌浚急。船工们开始大呼小叫，试图重新调整航向，可还是稍稍晚了一步，即将擦过那

---

[1] 丹砂是水银与硫黄的天然化合物，乃道家炼汞的主要原料。可做颜料，也可入药。

第二乐章 火与雪　　287

块高于水面的可见礁石时，左船舷还是撞了上去。起初并没有翻沉，只是大角度地向右倾斜，船工们全都跑到了左侧，但终究还是抵不住满载货物的重心偏移，大船慢慢地翻倒在江中。岸边的其余船只和艓子因为惧怕沉船的漩涡，都不敢驶近，只是向江面抛去浮木和绳索。

最终，官使、他的随身仆役、"三老"不幸遇难，十来个船工抓到了浮木幸运地获救了，游回了岸边。当他们浑身湿淋淋地爬上岸时，都已气力用尽，而江边的几只鸥鸟就在他们头顶盘旋翻飞。

多么可怕的夔峡航道啊。

"三老"熟悉水性，怎会也溺亡的呢？伯夷和辛秀曾跑下堤岸去围观，回来报告杜甫说，"三老"本来准备跳入江中，因为官使被困在内舱，就奔过去营救，谁知人没救出，船就已经翻倒，他被硬物砸伤了头脑，水淹过后就失去了知觉。听到这个，杜甫叹了口气。这"三老"也是个忠义之人哪。

因为是黔阳使船，杜甫马上让阿段奔回赤甲，通知了邻居——家乡在黔阳的王儋。

王儋到西堤后，十分地震惊，因这位官使昨日还曾登门拜访过他。官使跟他聊了很多出使细节：比如这回押船上京的差事如何地荣耀，家人如何地高兴，比如发船前黔阳当地官长是如何地郑重嘱托。官使还跟王儋排算在京城会待多少天，会拜见哪位上官，受府主所托，又将采买何物回黔阳等等。谁知时运不济，隔天竟已丧身江中。人世真是祸福难料啊。

峡江水流变幻莫测，一年内总有数艘船只翻沉，而且一般都是大船。多数沉没的都是商船，这次沉了官船，惊动就比较大了。果然没一会儿，使府就派出了官员和兵士到岸查看，他们第一步要掌握的就是死伤情况和货物装载的情况，船难失事的报告很快将经由加急驿传，上报山南东道所在的襄阳和京城，并通知黔阳当地。杜甫就和王儋说，行船多艰危，出行前最好还是去当地祠庙寺观拜祭一下神灵为好。另外，这次是不是出航太早，天光不明，所以没有看清航道？

也许是吧，王儋答道。

他正和杜员外谈论着呢，突然在下面的江堤内港里发现了什么动静，然后就大喝起来：你们两个贼娃儿在干什么！

哦，就在两位攀谈者的脚下，宗文和王儋的两个儿子每人乘一只小艓，正在跟本地渔人学习驾船呢（当然只是在内港的浅水里划拉兜游）。他们的大胆行为的暴露纯属意外，因他们的小艓就停在两位家长脚下的不远处，刚才三个少年还指手画脚大声议论着翻船事故呢。

杜甫也发现了自己的大儿，随即用拄杖敲打着堤坝上的围栏条石。这宗文是跟在自己的平肩舆后出来的么？还是一早就溜出了门？

被发现后，宗文和王儋家两个儿子立即将艓子划到岸边，飞奔上岸，逃回了赤甲。这件事导致宗文回家后被狠狠责罚了一顿，接连数天禁足不能出门，由阿母负责看管。他可是杜家的长子啊，看到他这副顽皮不训的样子，杜甫简直失望透顶。他气鼓鼓地上了平肩舆，回西阁去了。

第二乐章　火与雪　289

宗文这年已十八岁，生日在腊月初，此时还未过周岁。自己这么大的时候在干什么呢？杜甫就开始回想少年时的情形。西阁的轩廊中，旧日时光又流转了回来，思绪连绵涌出。

仔细想来，自己那时不也是一样好动调皮么？那是浑身充满了热能不知往何处发泄的年龄啊。上元二年，他在《百忧集行》里就回忆过这一节：

忆年十五心尚孩，健如黄犊走复来。
庭前八月梨枣熟，一日上树能千回。

不但是爬树，还曾从高树枝上跳去房顶玩来着。伏低了身子从这处房顶走到另一处房顶，倘若不被屋下人听到发觉，他可以一气爬到坊曲尽头，从仁风坊外垣跳入与从善坊相对的大街上。现在想来，这类行为的鲁莽似乎也和宗文差不多。只是下水行船似乎危险性更大一些，也许真可以让阿段带了他去练习。把水性练好，总也是一项技能。想到这里，他对宗文的火气已消去了不少。

不过，自己十五岁时不但会爬树上屋，习诗作文也小有成绩了。

甫在童年时就开始学诗。七岁那年阿爷在郾城尉任上，将自己从寄养的洛阳二姑母家带来，跟随在身边。阿爷亲自为甫开蒙，挑选的若干首诗里，甫最喜阮籍《咏怀》诗里的第七十九首：

> 林中有奇鸟，自言是凤凰。
> 清朝饮醴泉，日夕栖山冈。
> 高鸣彻九州，延颈望八荒。
> 适逢商风起，羽翼自摧藏。
> 一去昆仑西，何时复回翔。
> 但恨处非位，怆悢使心伤。

之后就模拟阮籍，咏出了那首凤凰诗。这是甫最早吟成的一首，体制是五言六韵的古诗。大意是说凤凰起于丹穴之山，饮醴泉而止渴，栖停于梧桐，啄竹实为生，状貌如金鸡，身有五采文，一旦振翅飞起，定将凌云九千里，声传九州宇内等等。阿爷解说凤凰时曾讲过庄子和宋玉的言论，甫当时懵懵懂懂地就做了这个杂拌儿，后来才知道诗意原来出自《庄子·秋水》中"惠子相梁"故事和宋玉的《对楚王问》。阿爷听后喜不自胜，又指点着让甫一字一字写出，过后逢人就说"直学士有此孙，七岁能吟诗"。可惜后来阿爷在转官途中不小心把诗稿给弄丢了，过后凭记忆也拼凑不起来。

当年祖父就以善书知名，隶、草、楷、行各体皆能，曾自诩"吾笔当得王羲之北面"。阿爷早年学书于薛稷、魏华，书风瘦硬简劲，自成一格，所书《豆卢府君德政碑》当时洛中无人不知。他又常常对甫言，杜家笔法，兼善为上。所以甫九岁起即开始学书大字，日常习字所得，一年里已积存了好几囊。

阿爷回洛阳时，总会带甫去见当时洛阳的官长前辈，比如郑州刺史崔尚、豫州刺史魏启心。崔尚是久视二年[1]进士，魏启心是神龙三年[2]进士，当时都已致仕，在洛阳闲居。崔尚论起关系来，还是甫母家的远亲，自然照顾提携有加。二人虽不是大名士，但当面夸赞"文采似班扬"，也让甫颇受鼓舞，由此就结下了忘年交，甫也常去他们家拜问请益。

过后，崔尚又带甫拜见了住在遵化坊的殿中监崔涤。这位崔涤，先帝玄宗昔日在长安隆庆坊藩邸时曾与他同住一个里坊，当时为秘书监，乃玄宗近臣。开元十三年十一月，玄宗封泰山，十二月还东都，他也随来洛阳。崔涤生性滑稽善辩，见了甫也很欢喜，然后又带甫去见了岐王李范。岐王好学工书，雅爱文章之士，不论贵贱年资都予接待，甫因此得以经常入宅，呈上新写诗文。

到甫十四五岁时，读书已破万卷，文学亦稍有所成，积诗二百余首，笔[3]十数篇。及至弱冠之年，饮酒酣醉后，常常不屑与天下俗辈为伍。阿爷担心甫骄矜薄人，这时又常常提醒说"直学士有此孙，当徐徐图之。"

至二十四岁初次齐赵游时，甫又积诗数百首，笔近数十篇，可惜收存在土娄庄的早年文稿已不知去向了。

回忆的潮水继续奔涌，继七月下旬写成《遣怀》后，杜甫打算再作一首长篇自传诗。题目已想好了，就叫《壮游》。因

---

[1] 701年。
[2] 707年。
[3] 唐人以诗笔相对，有韵为诗，无韵为笔。

为纯是写一己经历，所以体式上采用了适合铺陈叙事的五言古诗。

这首诗时间跨度很大，由这天上午回忆的早年学习时代，接续了青年时在吴越与齐赵的漫游经历以及旅食京华的十年，后半篇叙述河北贼乱后的动荡颠簸，自奔赴凤翔、扈从还京，写到了因上疏营救房琯而遭贬官，过后飘落蜀中多年，最后就写到了如今的夔州。杜甫对此前的人生经历，做了一次通盘回顾。

请注意，最后四韵出现了转调。杜甫的诗笔不再自叙经历与抒怀，而是指向了某个不在现场的他者：吾观鸱夷子，才格出寻常。群凶逆未定，侧伫英俊翔。作为政坛旁观者的他，似乎正在期待某个像鸱夷子范蠡那样的能臣能够扫平群凶，救此动乱之世。

这位英俊之士是谁呢？

羁旅夔州的第一个秋天，杜甫迎来了创作的爆发。书写带有强烈自传色彩的追怀诗，一面是对受创心灵的抚慰，另一面也可以看成是某种公开宣告（因驿官丁满现在每隔几天就会将他的新作诗抄去，然后再由他人转抄。他的诗，也经常出现在驿馆壁面上，过往官员、使者都能看到）。连续的诗写作已将本来游离于夔州使府以外的他重新带回了当地士人官员的话题场域中。

诗就是杜甫为自己塑造的个人形象。这些诗作强有力地确认了他的京官与诗人的双重身份。这样的人物，在夔州，在峡中，恐怕他也是独一个（在当时的西南诸州，声名与他类似的岑参在嘉州任刺史，而元结在道州任刺史）。对未来的使主柏茂琳和夔州当地官员来说，虽然杜甫在夔州期间的追怀诗难免会有自我美化的痕迹，但他在这些诗作中所再现的绚烂豪迈的开元天宝时代与唐人的慷慨意气却是他们共同珍视的集体记忆。这些诗作具备了心理渗透的效果，故而富有感染力。

近来杜甫笔力雄发，诗思不可遏止，自然与思考的专注、诗艺的醇熟、经验累积的丰厚以及健康状况的大有改善有关。但是，我们之前已说过，杜甫这阶段投入诗创作还有另一个下意识的心理动机：我们的主人公杜甫自尊心极强，虽然老病漂泊，却从不认为自己人格卑贱。出于自傲，他打算不失身份地与柏茂琳发生交往（虽然他鄙夷柏的军将出身）。他要在夔州寻得一个转机，并且已经有了一个朦胧的想法。这个想法在那天登临白盐山过后已经比较清晰了。

自来夔州，他一直在盘算如何出峡，而旅资是关键问题。前任刺史王崟待他很厚，但杜甫来夔州后不久，他就卸职北还了；崔卿虽与杜甫有从舅甥关系，但他只是权代，很快就要卸任回荆州。显然，这两人都无法仰赖。现在，故友严武昔日的部下柏茂琳即将赴任，他或许就可以在使府内获得所需的影响力，来赢得这个转机。机会稍纵即逝，会有很多变数，他也深知这一点。

如此，我们就能够理解为何前几日他会那么回答杨氏了：今后生计皆在词句中！

九月下旬的深秋，这天下午又要从赤甲去西阁，刚出柴门不久，路上就细雨纷飞。杜甫让阿段回家取了伞和蓑衣。

伯夷、辛秀披上蓑衣后，杜甫问他们：道路湿滑否？

他们两个答：放心员外，雨还很小，尚未湿透脚面，所以路上不滑。

头顶，赤甲上空的薄云还在飘行，东面白盐山顶的高处，云势如奔，天色已昏黑一片，从赤甲山麓可以望见城墙外的瀼西郊野，村人的水碓棚屋里，农人已在舂香粳。前几日，今秋稻谷已收割完毕。不过，此处不是东屯的官田，而是瀼西农家在山坡上开出的小片山畲田。此时，夔州四境并未全在下雨，白鸟飞去的西面仍然很明亮。斜阳照映下，坡道两旁民居楼阁的屋面已被打湿，折射了熠熠的金光。

走到马道岔口，雨势就大了起来。到西阁时，辛秀、伯夷的两肩、臂膀和腿脚都已湿透。阿段为家主打伞，身肩也被打湿。于是就让阿段提前燃起了暖炉，让他们把裈裤和上衣烤干。

江上的雨什么时候下、什么时候停向来没个准，过会儿天又放晴了。伯夷、辛秀趁着雨停就回家了。杜甫想出门去看江边的雨晴景象，让阿段牵了马来，上马出门没多会儿，雨又下了起来，只得原路折返。

于是就静坐在西阁南窗前闲看江景，雨水浸润后的山光水色映入了窗口。这扇南窗正好面对了江中那高矗的滟滪堆，几羽鸥鸟正绕着这江中巨石翻飞盘旋，似乎因为饥饿而急于寻食。

这阶段，经了连续用药的细心调养，疟疾没有复发，肺疾也好了很多，夜咳停止，眠息恢复了正常。就这消渴症比较难治，腿脚、手臂都有麻痹酸痛的症状。胃口好了不少，每餐可以吃下一碗米饭。这次出门已穿上了杨氏新做的寒衣，秋冬换季也不怕着凉受冷了。

也有烦恼事。早前四月中旬寄给薛据、杜济、李布、韦有夏、狄博济和汉中王李瑀索药的书信，有的至今没有回复。薛据、狄博济、李瑀倒是回复了，却不见提及寄药之事。重阳前寄给郑审和孟云卿的信也是同样。无论何种原因，这些旧交故友的疏远都使人生愁。杜甫尝到了渐渐被人遗忘的苦涩。

窗外飘落的雨丝，是巫山神女随手洒下的么？深秋过后，她是否也同甫一般愁绪繁多，只能借了行雨来遣闷？

第二天，雨仍未停，之前交结的那三个年轻州僚又发来宴帖，希望与杜员外一同讨论鲍照、谢朓的诗文。雨天路上泥泞，行动不便，杜甫就遣阿段送去了回复书简，解释了不能赴会的缘由，相约晴天时再聚。

这天晚上，淅淅沥沥的秋雨仍未止，杜甫读倦了手中翻看的乐府诗，就在长长的轩廊内踱步。入夜后凉气透进，感觉体寒，于是回到屏风后的卧间，在肩后搭披了黑貂裘。他举起脚下的夜灯，凑近架上的铜镜端详着镜中的自己：两鬓又添了几多白发，眉毛也有数根已是霜白色。这一脸衰容的老人是自己么？简直难以相信。过往的青春年华就此一去不复返了，心里顿时涌起了勋业无成、济时无望的悲哀。

第三天上午，这场连绵的秋雨才终于停了！

雨晴后的山峡，日光新鲜而物色空明。美景在前，杜甫却无心观看。他已闷在西阁多日，憎厌感又发作了。这峡中山城再美好新异、再变幻多姿，如今也只是困住他的一个囚笼。他急欲寻找一个可以攀援的缺口，就此破笼而出。这个缺口会出现么，出现过后他够得到么？到如今，当年的朝中旧友大半已凋零，能够支援的人如此之少。他充满了无力感。

此时刚好读到了《乐府诗》中的这首古歌：

秋风萧萧愁杀人。出亦愁，入亦愁。
座中何人，谁不怀忧？令我白头。
胡地多飙风，树木何修修！
离家日趋远，衣带日趋缓。
心思不能言，肠中车轮转。

读着读着，眼角不由泛出了泪光。古歌不假修辞，直抒胸臆，真是动人啊。这几天已写下了三首咏雨诗，于是提笔写出了第四首，第二联 天路看殊俗，秋江思杀人 就化用了古歌的头句。写完后仍然意气难平。

这天阿段送午饭来，察觉了他的郁闷情绪，就很关切。

家主天晴了是否要外出闲走？

杜甫摇摇头，欲语又无语。自己这一腔烦愁，倘若说给这个僚人少年听，他也是不能懂得的。

阿段的心性很灵敏，又问：家主是不是想早日出峡回家乡？肯定可以的，再等上一段时间，身体调养得再好一点，到明年开春就可以了。

杜甫听了心里很感动。可是，少年毕竟还是不能理解他更深一层的心事。

下午，杜甫悻悻地回家了，心情很沮丧。不知如何脱困的忧虑满塞心头。杨氏给阿稽的冬衣今天已制好，今天看阿段回来就要给他量衣，阿段自充作奴仆以来从未受到这样的善待，脸上掩饰不住地骄傲喜悦。这天，宗文、宗武兄弟很安静地待在轩廊上，头并头凑在一起在读书，这一幕倒是很少见到。

自从答应为其应选作辅导后，孟仓曹常来赤甲，交上自作的判文请员外指点，每次都会馈赠夔州当地的野味或蔬菜，或是孩子们感兴趣的稀奇玩意。这天，他领着两个役差送来了后三个月的禄米，又带给宗文一艘精美的木雕小船，给宗武一管宣州紫毫笔，给杜董一只小巧的铜镜。孩子们收得礼物都很开心。尤其宗文，立即对这艘按比例缩小的船模型发生了浓厚的兴趣。

引到廊上落座后，两人攀谈了一会，孟冼就问起了杜员外今后的打算。

杜甫沉吟半晌，回答得很含糊，只谈起了数天前渡过瀼水登临白盐山游览一事，当然也顺便问到了东屯官田。

孟仓曹就是直接管理官田的州府佐官，东屯稻田每年的产出多少，使府的管理方式，如何雇佣当地农人耕作等等细节，员外有问他必有答,并无遮瞒。上次从苏缳那里了解了一个大概,这次就知道了更多的细节。此时杜甫心中已有一个大致方向了。

孟仓曹走后,杨氏给阿段量好衣、裁好布料后就上楼来了。她告诉杜甫,虽然过冬的米粮已无忧,但入峡已一年半,各处花销不少,尤其药资耗费甚多,出峡时预备的四十二金只剩了十六金,虽然前一阵李文巇、杨钜分别馈赠了二金,加上也只二十金,满打满算也只够一年的家用。因此,前几日杜甫不在家的时候,她就让阿段找了冉武邸店的寄附铺[1]将自家的钗钏珠翠当掉了一半,换得了十金。出成都时裴太夫人赠送的妆奁是赠礼,人情珍贵不舍得典出,就保留了下来。虽然目前还不到焦迫紧急的程度,但明年倘若再无盘算,家计就真的撑持不下去了。

我已知晓,我已知晓。杜甫不耐烦地咕哝。顺手抓起宗文、宗武刚才并头共读的那册《汉书》翻看起来,还故意将自己头脸挡住,不看杨氏。

杨氏见状就挪动身体,故意坐到了朝里一侧,杜甫将书卷再转过一点,仍然不看她。自己前几天不是已答复过了么?怎生如此纠缠不清?他真的有些着恼了。可是也不能发作啊,因为杨氏现在并没有说话。

---

[1] 典当行的前身。唐宋时富商大贾、官府、军队、寺院都有经营这种以物品作抵押的放款业务。

夫妇俩就在廊道上保持着这样的姿势。过了一会，杨氏突然说道：夫子别动。

为何叫我不动？

夫子纱帽上有一只大草虫！

这时他才将用来遮挡的书卷放下，伸出两手将纱帽轻轻摘下。

一只很大的翠色蝈蝈从纱帽上跳下，落到了廊道的毡垫上。它骄傲地摇动着两根长须，摩擦着前翅，在员外面前"扩扩扩"叫了几声，又从栏杆缝隙中跳了出去。

吓！这可恶的瘴蛮地。杜甫心里咒诅着，又抓起那册《汉书》看起来。

于是在这晚写成的《摇落》诗里，就有了 *鹅费羲之墨，貂余季子裘* 这一联。这首诗过几天当然也被丁满抄了去。杜甫在这里引用了《晋书》所载的王羲之"写经换鹅"故事和《战国策》中苏秦说秦王不成而资用乏绝的典故。这里面的隐语，只有某些能听取音声的人能够会意。

夔州土民以十月一日为新正元旦，倒不是僚人风俗，而是秦汉时的遗风，当时以夏十月为岁首，到汉武帝时才改以建寅之月为岁首。巴蜀沿袭秦俗，九月三十日是除夕，十月一日为元日，无论汉人还是僚人都以节物相馈。

当时每户民家都要做一种用箬竹叶包裹的食品叫作"蒸裹"，还要熬好"焦糖"装在大木盘中，用来祭祀祖灵或馈赠亲友。杜甫家是新来户，不熟悉此种风俗，孟仓曹和他的老仆带来了制作器皿、箬叶、部分食料，阿段、阿稽、辛秀、伯夷是本地人，由他们几个出力做成。

杜甫和家人插不上手，就在旁边观看。"蒸裹"是用小张箬叶包裹了红江米和干果仁制成的素裹，也有放入肉条的荤裹。包裹的形状类似四方形，用两张小箬叶先押成十字，十字部分放入馅料，然后再将四个尖角折叠塞进缝隙。杜家人很快就看会了，宗文便也要学着包裹。"焦糖"就直接用孟仓曹带来的糖料了，要在大锅中专门蒸煮，然后趁热捞出，放在一个直木桶中充分搅拌，过后用铲子一一铲起，摊平在大木盘中，待冷却后就是整盘的饴糖。干硬后，拿细刀在中心点向四周作放射状切割，每一条再做切割，就是一块块可以分食的饴糖块了。饴糖块自家留一份，其余就分装在孟仓曹带来的小盖盘中，用作邻里问候贺年时相互赠送的年礼。不过，每家做法都有不同，有的还会撒上核桃碎块、芝麻或干花瓣。

九月三十日这天晚上，宗文就跟着阿段还有王儋家的两个孩子跑出去举火驱乌鬼了，夔州四野里到半夜时还能看到星星点点的火炬光。

十月初一是立冬日，杜甫这天就带了孩子们去前阁王儋家和孟家拜贺了。节气果然很准，这天的峡中已有些冷意了。

感觉夔州那个火热的炎夏才刚刚过去。瘴气还没有消歇，冬天就来了。

16
（柏茂琳登场）

杜甫的从舅崔陵权代夔州府主四个月，其间和前任刺史王崟一样，对杜甫多有照顾。现在立冬后要回江陵了，而今年八月刚刚升邛南节度使的柏茂琳即将接任。九月九日他已来夔州商议交接事宜。九月末，他带领峡中的一支邛南军部伍入驻夔州，与崔陵的荆州镇军完成了换防。十月一日，崔陵与柏茂琳在使府厅堂交接印信，此时柏茂琳的官衔仍然是邛南节度使。

当晚，崔陵与柏茂琳在官舍小宴。崔陵在座中曾拜托柏茂琳多多照顾自己的老从甥杜甫。

别驾是杜员外的舅氏？这个我还是第一次听说。

崔陵就介绍了杜甫母亲与自己的亲族关系。柏茂琳当即说，原来如此。说起杜员外，我知道他是鹰公[1]的旧友，昔日在成都幕府时还曾见过他一次呢。

---

[1] 严武字季鹰，鹰公是其属下的敬称。

哦？崔陵也很好奇。

是鹰公二次镇蜀之后，广德二年的夏六月。当时曾在使府正堂设大宴集，将管内文武属官全部招齐，宴集前曾检阅军容、启用新旗，贞节[1]那时还在邛州，就坐在诸位军将间。杜员外那天还着了戎服，手持了一柄羽扇。

哦？崔陵第二次好奇了，因为他想象不出自己这位从甥着戎装的模样。

对啊，那时杜员外刚刚入幕，官职是节度参谋，升堂必须着戎服的。对了，崔别驾，九日那天为何未见杜员外出席？

我那位从甥写了首诗让人随信送来，推说自己老病不能早起。可他比我还年轻四五岁呢。员外恐怕是想让你先去见他。他还是北地朝士的脾气，常把官身看得很重。

接任夔州府主的柏茂琳这年三十六岁，正在壮年，面容白皙，眉宇英挺，可以说是相貌堂堂。就是嘴角处有一颗黑痣，说话时总会牵动脸部肌肉，造成对面之人常常错会他的意思。这天，崔陵就从他面上读到了一种类似轻视的表情。于是，只得再次重申了刚才的请托。

别驾大可放心，我待杜员外自然如同别驾在时一样，一切如旧。

这是柏茂琳的口头保证。

十月三日，崔陵告别夔州，重返荆州。

---

[1] 贞节是柏茂琳的本名，茂琳为其字。

曙色大亮后，由骑军士兵执火旗在前导引，崔陵骑上一匹高大的白马出了白帝城的使府大门。城楼上，邛州军的士兵吹响了胡筘，声音尖利嘹亮。队伍后面是随之撤防的荆州镇军，他们一路有节奏地敲打着鼙鼓。

杜甫此前一天已先期入府与从舅告别。席间谁也没有提及柏茂琳，两人只是叙旧，谈论了旧日两京的情形。崔陵说自己回荆州后任期也不长了，你我今后两京再见吧。你是打算回长安还是洛阳？依杜甫的心思，当然是回长安了，不过倘若回长安没有新的授官，自己回去也就毫无意义。他本就在两难之间，况且暂时还动身不得。

和夔州使府其他官员一样，杜甫送别崔陵这天也身着官袍正装，立在白帝城城门口。柏茂琳将崔陵从使府厅堂送至这里就止步了，因此，杜甫就在辕门口和柏茂琳初次照了面（但他不知其实是第二次），彼此以官礼互拜。过后杜甫就随了众官员，护送崔陵出了奉节县城西门，来到了西堤的江边码头。崔陵不走水门，是因为要登上荆州水军的舸舰。

在江堤酒楼已提前布设了饯行宴。荆州军士登了战舰，崔陵则在夔州众官员陪同下去了酒楼，店主已将临江三个雅室的隔扇全部撤去，临时充作了宴集的厅堂。落座后，崔陵与众人闲话，杜甫和能诗文的夔州别驾元持、两位崔评事就要吟诗相赠。元持和崔氏从兄弟的诗已在昨日提前做好，大致都是赞颂崔陵在夔时的政绩（其实四个月有何政绩可言啊，所以都是场面上的虚文）。只杜甫这首诗却是当场吟成的。

已时初刻，饯行宴结束，崔卿登船。从夔州到荆州约有千里之程。因为是出峡的下行船，航速非常迅捷，倘若中途不作停留，估计日暮过后即可到达目的地。李白所说的"千里江陵一日还"当然不是虚言。

入府数天后的十月六日，柏茂琳先遣参军录事苏缨前来赤甲慰问，八日又邀杜甫至白帝城角楼宴集（此前崔陵亦在这里为王崟饯行），使府僚佐、三个属县的官员（包括刚刚由云安县令转任了大昌县令的严丹）全数出席。这次，杜甫初次结识了巫山县令裴倚。

散席后，柏茂琳伴同杜甫，步行回返西阁。杜甫当然感觉有点意外，不过，细想也很正常。因他模糊地记起，当年在成都幕府时似乎见过柏茂琳。只是暂时没有相互确认而已。

柏茂琳入住使府后，各项公事繁忙。稍稍安定后，为何马上就想到了杜甫？

原因大约有五项：

其一，自然是因为严武的关系。他是严武率军西征、讨伐吐蕃时所提拔，向来视严武为恩公。杜员外与严武关系亲密，又曾为节度参谋，说起来也曾是自己的上官。另外，杜甫入峡后，于忠州遇裴太夫人，过后如何自忠州转云安、又来夔州的过程他也知道，于情于理都应该厚待。

其二，是因为杜甫之前做过京官，对朝政运转的机制很熟悉，自己可以借助其经验。

其三，杜甫不但有诗名，也有撰作表状和辅政的能力。在夔州使府中是找不到这样的人选的（苏缨等人只擅长撰写例行

第二乐章 火与雪

公文）。他从崔陵那里也得知，十年前的至德二载时，杜甫初罢左拾遗、贬为华州司功参军时，曾代华州郭刺史撰写过《为华州郭使君进灭残寇形势图状》。广德元年九月客居阆州时，又曾为当州王刺史代拟了上表，即《为阆州王使君进论巴蜀安危表》，这是最近切的例子。

后一封表状他凑巧还曾看过。

在这封表状里，杜甫借王阆州之口，向皇帝提出了四点施政建议，甚至还间接暗示自己的老友、当时的西川节度使高适处置不力，建议代宗将剑南节度使一职"付重臣旧德、智略经久、举事允惬、不隙获于苍黄之际、临危制变之明者"，那个并未明说的人选自然是严武无疑。也就是说严武再镇成都，杜甫也出了一份力。由此可见，他不但能够撰作表状，也能讨论国事，提出自己的政见（不能因他担任朝官时间过短而否定这一点）。这正是柏茂琳很想倚重的地方。

其四，是崔卿离任前的两次转托。

另外，柏茂琳近日也从使府两位崔评事那里看到了他们传抄的杜甫诗文（过后，驿官丁满送来了抄录较齐整的眷本）。柏茂琳虽然不善文学，但早就知道杜员外的诗文才具。读了杜甫入秋以来蕴蓄极大心力写出的诗作，心中不能说没有感应。

白帝城北墙外，初冬的上弦月已升起，月影投映于瀼水，水光恰好反射到城楼。瀼水两岸的赤甲山麓和白盐山麓，民家灯火密布如天宇的星粒。夜气寒凉，不过还可以经受。

走经府主官舍时，柏茂琳让跟随的两名卫士停步，他一人行去西阁即可。于是由僚奴阿段提着灯笼在前面照亮，杜甫与柏茂琳并肩而行。两人并不说话，步道上只听得到错落的脚步声和拄杖拄地的橐橐声。

因为没有预料到柏茂琳今夜的来访，西阁中还是当天坐卧起居时的样子，书案前散落着几轴书卷，案上的墨盒也未盖上，墨水早已干结。毡毯上竟然还留了换穿官服时脱下的便袍。

阿段手快，立即抄起，放去了后间。又将书案撤到一边，将方几换上，还点亮了左右两杆灯架上的油灯。再将轩廊前的帷幕半拉上，围合成一个较私密的敞亮空间。做完这些，阿段立即拜退，将阁门关闭，独自守候在门外。

这个小僚奴手脚还挺麻利。这是柏茂琳落座后说的第一句话。

是啊，柏中丞，这个僚奴还有赤甲宅的婢女，都是此前在云安时严明府所赠。以前是官奴，现已赎出，从云安一直伴随至今。

原来是严丹啊。他以前曾在邛州作过判官，与我相熟。

话题很快由严丹转到了严武身上。这是两人之间最重要的交集。柏茂琳初识严武是在严武第一次镇蜀巡视邛州时，当时他是营中裨将，散官还只是正九品上的仁勇校尉。

面前的柏茂琳，看年纪也就三十六七岁，严武初次镇蜀的宝应元年他应该才三十出头。

柏中丞是几时投效军门的？

河北贼乱初起，贞节二十五岁时就投军了，当时在出任陇

第二乐章 火与雪

右节度使的郭仆射帐下。

柏茂琳所说的郭仆射就是接替去世的严武来到蜀中、过后又被崔旰所杀的郭英乂。这就可以解释他为何会与崔旰为敌了。杜甫对蜀中军将各自引兵相攻素来就很反感,多次斥责崔旰为盗贼,对包括柏茂琳在内的其他军将也持保留态度。但此刻情形已不同,并不适宜直接发表自己的政见,所以提到郭英乂时他就叹了口长气,含蓄地表示了惋惜之意。过后又说,如今蜀中乱局,需要像严武那样的大才才能安定震慑。这个感慨也是真实的。

柏茂琳点点头。这也是他想说的话。而在他的潜意识中,无疑已将自己设定为了第二个严武。他目前采取的方略就是联手荆南节度使卫伯玉,以巩固目前地盘,伺机击败乱贼崔旰。

杜员外可记得,当年在鹰公幕府中时,我们曾见过一次?

甫已年老体衰,记忆大不如从前,不知是在哪一回?

鹰公二次镇蜀的广德二年六月,曾在使府正堂庭前检阅军容,员外还记得否?

啊,记得的!原来柏中丞也在座中啊。甫当时还有一首《扬旗》诗纪之。中丞稍等。

说完,他就站起,举了一盏脚灯,走去了南窗书斋。在十几只书箱前查看标签,找出了那首《扬旗》诗,顺手又取出了与严武的往还诗文和裴太夫人转送的两卷严武诗稿。他又走去阁门那里,让阿段将灯架移近,方便柏中丞阅看。

柏茂琳振了振衣袖,正姿端坐,先看了《扬旗》诗。此刻他的表情是肃然而又全神贯注的。杜员外这首诗全是记事实录，唤醒了两人的共同回忆：

> 江雨飒长夏，府中有余清。
> 我公会宾客，肃肃有异声。
> 初筵阅军装，罗列照广庭。
> 庭空六马入，駊騀扬旗旌。
> 回回偃飞盖，熠熠迸流星。
> 来缠风飙急，去擘山岳倾。
> 材归俯身尽，妙取略地平。
> 虹霓就掌握，舒卷随人轻。
> 三州陷犬戎，但见西岭青。
> 公来练猛士，欲夺天边城。
> 此堂不易升，庸蜀日已宁。
> 吾徒且加餐，休适蛮与荆。

柏茂琳读完说，杜员外，那天庭院中六名举旗的骑军当时就在我帐下。后面在郭仆射幕府营帐中，我也负责管束了军中的仪仗卫兵。待看到尾联 休适蛮与荆 时又说，鹰公一走，员外终究还是来到了这蛮荆之间的夔州了啊。

杜甫说，如此说来，这首诗也应赠予中丞。这话说得很妥帖。

柏茂琳接下来又翻阅了严武诗卷。严武的诗，积存不过数十篇，多是社交场合与友人的唱和，很少独吟自创之作。诗风不出凌云豪迈或逗趣调笑这两类，颇合他的脾性。

最后翻看严武与杜甫彼此的唱和诗。看到杜甫在忠州写的悼念严武诗《哭严仆射归榇》，柏茂琳就有些动容了。严武灵柩五月出成都时，他因为军情不得返回成都送别，至今引以为憾。还说倘若有机会入京的话，自己要去华阴的鹰公墓前拜祭。他有这个发心，自然是值得赞许的。

后面就读到了严武赠杜甫的《寄题杜拾遗锦江野亭》，也即严武嘲谑杜甫吟诗作文为"鹦鹉术"的那首。柏茂琳抬起头，对了杜员外一笑：

鹰公这首写得潇洒风趣，读后如见他本人音容啊。

摇曳的灯火光下，柏茂琳的脸容因为微笑而牵动了嘴角的那颗痣。于是，坐在他对面的杜甫读到了一丝嘲讽的表情。昔日严武的神态语气，仿佛也传染给了他。

员外如今已经戴上了鵔鸃冠[1]，还可以驰骏马么？

柏茂琳接着又问了这么一句。他问话的音声是严肃的，却与他的表情有点不合拍。"鵔鸃冠"代指杜甫已得授郎官一事，而"驰骏马"其实是在试探杜甫是否有意再度入幕效力。不过，话说得实在很委婉。须绕上两个弯，才能听出话外音。

杜甫一时语塞，不知该如何回应。柏茂琳是在间接试探自己的入幕意愿。应承下来不好，当面拒绝也不好。

他只能装糊涂了，于是啜嚅着说：西阁里还系着一匹从舅崔陵安排的使府骏马，不乘平肩舆时倒是经常骑行来着。

---

[1]《汉书·佞幸传序》："故孝惠时，郎、侍中皆冠鵔鸃，贝带。"颜师古注："以鵔鸃羽毛饰冠，海贝饰带。鵔鸃，即鷩鸟也。"汉以后为近臣所著。

后面就唠唠叨叨地说起了自己的消渴症。消渴的症状很麻烦，一是口渴多饮，二是消瘦体乏，最难受的是肢体疼痛麻木。因此即使骑了马，也不能像年轻时那样纵马驰骋啦。

柏茂琳听了就不提这个话头了。稍停一会，又对杜甫说：员外的诗文固然佳好，可凭了诗文也无法平定这乱世啊。眼下四海嚣腾不宁，员外没看到像周智光这样犯上作乱的贼人屡屡还在兴风作浪么？

他话里所指的"贼人"自然是指崔旰。

说到这个，杜甫就打开了话匣子，于是又将他在宗武生日那天讲的立德、立功、立言这"三不朽"搬演了一遍。讲说陈述时，他语调激昂，两眼炯炯有神，完全不似一个多病多愁的老翁。柏茂琳顿时又觉得眼前的杜员外有些不可测。

看杜甫滔滔不绝还要继续解说立德、立功、立言三者如何才能相辅相成，柏茂琳抬手打断了他。

我有兄长也喜诗文，近日刚从荆州来到夔州，今后若有机会，你们两个倒可以倾心讨论。

再谈说几句，柏茂琳就告辞了。起身走到阁门前，杜甫正要叩门唤来阿段准备好灯笼相送，柏茂琳又站住了。

贞节还有一事想问杜员外，这件事在蜀中官吏间传说已久。据说杜员外曾在成都使府某次私宴上醉酒，足登鹰公席位，说过"严挺之乃有此儿！"这样的话，此事是否当真？

这件事，柏茂琳还是从阆州王刺史（就是杜甫为之代写过表状的王刺史）那里听来的。可见并非空穴来风。

第二乐章 火与雪　　311

杜甫听了吓得可不轻。嗫嚅半天不能作答，最后才吞吞吐吐地承认了。

甫与严公两家乃是世交，两人少小时就在洛阳结识，彼此呼喝打趣惯了。那年九月破西戎、拔当狗城和盐川城，十月末先在使府官楼有贺胜宴，过后在府主官舍又有私宴。甫在私宴时饮酒过量，确实说出过那句话。

鹰公当时如何反应？

严公显然发怒了，他瞪眼看定了甫，抬起手来就要拍案。他一拍案，就会惊动门前的侍卫，那就不好收场了。甫当时急中生智，马上再接了一句："杜审言乃有此孙"。因这两句就是我们两个在洛阳初识时说过的话语，严公听到后，立即转怒为笑，抬起的手也就放下了。这件事，的确是甫思虑不周，有所失态了。

当时有旁人在么？

因为是官舍里的私宴，当时只有裴太夫人、严公妻子和几个仆婢在。

柏茂琳听到这里不禁大笑出声：杜员外果然有胆色。天下人都知道鹰公暴猛，能捋鹰公虎须的，也只有天子和你一人了。

杜甫听了只得以苦笑来掩饰，脸面涨得通红。

此事过后又如何？

过后严武待甫仍如往日一般，没任何变化。后来成都坊间就有传言说严武意欲捕杀甫。那是严武杀章彝后，使府中无端生事的小人散布的谰言，自不必理会。

柏茂琳早就听到一些关于杜甫的议论，譬如"傲诞不拘、恃恩放恣"之类。今日听闻当事人的亲口证言，却觉得他的性格颇有些豪壮可爱。此刻与他相对的杜甫已是一个老翁模样，一点不觉得傲诞，反觉得稍有些拘检了。

　　杜甫将柏茂琳送出至官舍门前，临别，柏茂琳对了他深深一拜。这次西阁相谈的内容很有意思，他已深入了解了杜甫与昔日恩主严武的深浅关系。柏茂琳这一拜，表明了对杜甫的接纳与敬重：如今已坐镇夔州的他愿意循着严武的轨道，继续支援杜甫。当然，必要时也想让杜甫发挥一点作用。

　　这晚的西阁对谈很有戏剧性，杜甫回到轩廊，也是久坐沉思了许久才睡下。

　　对谈第二天，柏茂琳让苏缨派使府书吏抄去了昨夜读到的诗章。十日上午，他与别驾元持在府中商议完政事安排，又谈论起了杜甫。听元持诉说了杜甫一家入峡后经济拮据的状况后，立即遣人送来了四金，同时吩咐只要杜员外在夔州，今后每月定期分拨自己名下月俸十贯[1]给付。当时刺史的月俸为八十贯。

　　柏中丞的赠金是装在食盒中送来的（手法同李文嶷一样），担任转送的就是上次送禄米来的孟仓曹。

---

[1]　1金＝10贯＝10000文。

17
（夫人的家计账）

十日这天晚上，杜甫和杨氏都在卧室中，两人中间放着那只打开的漆盒。

杜甫没有想到西阁夜谈后会有这么个结果。这是完全出乎意料的助力。简直是雪中送炭。自己与新任府主柏茂琳本没有太多交情，他之所以能够出手相助，多半还是借助了严武一家的庇佑啊。

杨氏一向是个感情不太外露的妇人，然而想到仓皇离成都时裴太夫人的嘱告和馈赠，想到忠州时太夫人安排的大女婚事，想到她对杜家的照顾简直如同至亲一般，不由就感动落泪了。太夫人在华阴还好么？她着实惦念。上月杜甫刚刚写去一封书信，不过还未收到回复。

接下来的时间里，杨氏取出了她日常记录家政琐事和每月开销的家计账。账目写在四五叠废弃纸卷的背后，卷绕在旧轴杆上。

杜甫入蜀时无收入来源，家财只有从北地带来的一点积蓄和夫人的妆奁，居成都期间大多依靠高适等新旧友人的持续接济，不定时也会因为题诗写文获得一点馈赠。在蜀期间他离成都转去阆州、梓州和其他外州，部分也是为了经济原因。

广德二年五月，杜甫入严武幕府，职位是节度参谋，兼官检校工部员外郎的品级为从六品上，月俸等同从六品的县令，为四十贯，即月俸四金。他入幕整一年，至永泰元年四月辞幕府，一年内有四十八金的收入。不过，入幕这年因为米价飞涨，禄米折入了官俸中。

当时一家人口包括夫妇两人、二儿二女，外加仆人信行，合算共七人。按现今的度量衡市斤计算，每人每顿三两米饭（早餐为杂粮），月平均每人二十斤，七人即一百四十斤，约合唐代的十斗[1]。杜家初到蜀中时，米价腾贵，要四五百文一斗米，过后才回落到三百文左右。也就是说一家人两个月的米粮就要花去将近一金，因此全家一年在米粮上的开销就是六七金，加上购买肉食、蔬菜等饮食费用，一年饮食温饱总须十金，外加衣装、年节等杂项开销也有四五金左右。杨氏再如何俭省，一年也要用去十四金左右。

入幕前，家中积蓄剩余有十二金，加上入幕官俸四十八金，出峡时，除去上一年的开销，旅资为四十六金。另外杨氏

---

[1] 《唐六典》："二十四铢为两，三两为大两，十六两为斤。"据考证，唐代一斤为667克，一两约为41.7克。

的钗钏珠翠可值二十金，则家财总计为六十六金。

入峡那年的永泰元年三月，北地遇饥荒，长安米价涨到了千文一斗，诸谷皆贵。峡中米价虽然没有那么贵，也涨到了五六百文一斗。过后价格才逐渐回落。

自永泰元年五月出峡到接受柏茂琳分金援助为时已一年半，卧病峡中期间购买名贵药材开销甚大（接近了十金），这一年半里的开销达到了三十金，手头剩余只十六金，加上近期从平侍御一金、李文嶷和杨钜那里各二金的馈赠，总归也只二十一金，经济上实在已经捉襟见肘了。因此，上回杨氏在西阁问生计过后，家里不得已当掉了部分钗钏珠翠，换得了十金。

此外，杜甫到云安后，经县令严丹的安排，依照员外郎官身从当地官府领取了禄米，每月可得糙米十斗。到夔州后，受府主王崟和崔卿照顾，一直按使府员额标准配发。

自永泰元年五月出峡至大历元年九月，一年半中，杜甫家的开支账目如下：

出峡旅资	四十六金
杨氏钗钏珠翠	价值二十金
裴太夫人赠送的妆奁	价值十金
破项（开销细项）	
饮食耗费	十五金
云安、夔州购药（不能自采的草药）	十金

| 衣装、年节等杂项支出 | 五金 |
| 小计 | 三十金 |

入项（收入细项）	
平侍御馈赠	一金
李文嶷馈赠	二金
杨钜馈赠	二金
杨氏钗钏珠翠典质	十金
小计	十五金

| 入破合计余留 | 三十一金 |

| 杨氏钗钏珠翠存留 | 价值十金 |
| 裴太夫人赠送的妆奁 | 价值十金 |

| 云安到夔州每月所领禄米 | 糙米十斗 |

今天，杜甫在西阁对杨氏说的"今后生计皆在词句中"的预言竟然应验了。他的直觉发挥了作用。

虽然得到了柏茂琳的有力支援，可手头这些钱也只够维持在夔州的基本生活，还远不够出峡的所需。

杜甫和杨氏盘算过，钗钏赎回后，出峡至少要积存五十金以上的旅资，足够应付两三年内的各项开销和应急支出（比如难以预测的药资）。

第二乐章 火与雪 317

要不，夫子再在柏中丞幕府做个参谋？

杜甫连连摇头。他不想再重复之前的幕府生涯了，他是六品员外郎，哪有屈居下州做幕客小吏的道理呢？此前的成都毕竟曾是南京，严武幕府也是堂堂的统辖全蜀的节度使府，目下这小小夔州怎可与之相提并论？

杨氏当然知道这个。可是，照现在这个柏中丞的手笔，倘若杜甫入幕，一年肯定也有五十金以上的官俸岁入呢。不管如何，她觉得还是应该认真考虑一下。倘若柏中丞正式邀约，夫子啊，你千万不要一口回绝，我们在家商议过后再决定如何？

好吧。杜夫子这次没有使脾气，答应了杨氏。

18

入峡以来一直盘绕心头的愁云总算散去了一些。

自上回买乌骨鸡后,家主好久未去瀼西市集了。十一日一早,杜甫、杨氏、三个儿女还有僚奴阿段,一起逛了市集。

瀼西市有早市和晚市,早市最为闹热。除了常食的蔬菜,鱼棚前最是人头拥簇。杨氏看不得杀生,便独个儿去看时鲜蔬菜。杜甫和孩子们还有阿段就一个个摊棚依次看过来。

家里以前多是买白鱼、青鱼,不过赤甲的土人邻居家却常常买黄鱼。要不要买条回去尝尝新呢?黄鱼很大只,长近半丈,重达百斤,鱼棚下排列了三四只大筒桶,每只木桶里只能盛一条。土人渔女口中正呼喝着,卖鱣啦,卖鱣啦。当地人把黄鱼叫作"鱣",和江东人的叫法有所不同。买鱼人看中哪条,两个渔女分别握持一把鱼叉,才能叉出一条。要全身,还是切好鱼头、鱼身与鱼尾?买鱼人决定好后,渔女就在砧板上拿快刀斩鱼了。但见砧板上那条黄鱼模样类似鲟鱼,色灰白,鼻长有须,鱼口在额下,全身无鱼鳞,脊背上有形状怪异的骨甲。

杜堇看到了黄鱼，身子就往后面缩。这鱼的模样好吓人！

阿段说，这黄鱼还算是体小的，渔人有时还会捕到长一二丈的大鱼，有一千斤重呢！

那岂不是和鱼龙一样了啊。杜甫都有些吃惊。这鱼的长相也和图绘上的鱼龙类似。

阿段说，黄鱼很难捕，常常潜伏在矾石湍流的水底吞食蟹鱼。渔人要抛下长钩索，耐心等待。黄鱼体大力猛，上钩后，船要往行驶数日，待鱼困惫乏力，渔人才敢下手抓取。

黄鱼的脊骨、口鼻，还有鳍与鳃，切小后用油煎最是美味，脆软可食。僚人最喜欢拿它来做下酒菜了。中段脂肉肥美，肉白色，脂膏如黄蜡，可以煮，可以烤，也可敷上盐粒后干藏，都很入口。吃剩的黄鱼脂肉也可以喂家里的狗犬吃。

这天杜甫很大胆地选了一块中段脂肉，打算照阿段说的切片烤了吃。即便是一条体型较小的黄鱼，也装了满满一个篮筐。

黄鱼摊棚边还有渔女在售卖另一种鱼叫作"白小"，通体银白色，鱼身纤小，长仅两寸。装白小的筒桶和装黄鱼的一般大，不过，每只筒桶里都有近百条，朝桶里看去，游动不止的鱼儿如盘旋的银花。

这个要不要也买些回去尝新呢？

阿段说白小适合油煎，僚人家中是当日常佐餐菜天天吃的。于是，也买了几十尾白小。渔女用网兜捞出，倒在了杜家人带来的另只篮筐里，鱼身飞落有如雪片。

买好了鱼,正要寻找夫人与她会合,忽见市集一角站着一个持弓背箭的僚人男子,脚下躺着一头毛色黄黑的麂子,这是长有短角的雄麂,脊背和脖颈上还留了箭矢拔出后的血痕。那麂子还未死透,眼角挂着有如泪珠的黏液,腿足还不时地牵动一下。女儿杜茧一看就吓得逃走,去找阿母了。杨氏听了女儿讲述的恐怖见闻后,不由连念佛号。这情景,连阿爷杜甫看了,也起了怜悯心。

从市集回来后,杜甫就坐在阁楼廊道里,将这天的市集见闻写成了三首咏物诗。下午,杨氏母女两个去了真谛寺瞻佛。宗文在阿爷面前找了个由头,拉着阿段一同跑去了瀼水河港看行船。杜甫也不拦阻,只说天晚前必须回家。

这天暮晚宗文和阿段回家时,还带回了一只受伤的野雁。是在瀼水岸边的草丛里捡获的,宗文看它哀鸣可怜,就带回了家。

阿爷熟看医书,会治它的伤么?

杜甫查看了野雁的翅膀,发现是被猎人的小箭所伤。于是亲手处理了伤口,还调制了药膏,让阿段涂抹。鸟笼太小,野雁待不了,就找了只破竹筐,铺上软草,让它躺卧。从这天起,宗文又多了项照料野雁的工作。阿母杨氏自然也很认可父子俩这个护生举动。

可是,阿段就有些不解:咦,前一阵我们两个不还钻去野树林里捉鸟么?为何这次要施救?宗文说,野雁和林子里的雀鸟不同,野雁离群多可怜哪,北地人看见大雁总会想念自己亲人的。阿段起初不以为意,过后心情就有些黯然:他的家乡就

第二乐章 火与雪　　321

在夔州东北面大昌县的山地,自己从记事起就在船上过日子,对家乡村寨的亲族几乎毫无印象。现在,他觉得自己也是一只孤雁了。一向欢快明朗的他,第一次体会到了忧郁。

这晚下厨的是阿段和阿稽,黄鱼和白小都是他们两个烧煮、煎制出的。烤黄鱼丰腴鲜美,煎白小香脆可口,引得宗文、宗武两兄弟胃口大开。

第二天上午,家主看着收养在家的那羽野雁,心有所动,以《孤雁》为题再写了一首咏物诗。如宗文所说的那样,受伤落单的孤雁重又唤起了他对离散各地的兄妹们的思念。

下午去西阁,再补一题《猿》,咏猿猴父子历经艰险而相牵不离。宗文和宗武这两个孩子是在乱离中长成的,如今两个少年能够始终跟随在身边,何其幸运也!杜甫对此是知足的。这时又想到去年在云安过冬时曾写过一首《鸥》,于是又翻找出来删削修改。江浦的鸥鸟看似轻盈自得,为谋生计也不得不飞入田间啄食青苗,怎比得海上自由翱翔的海鸥呢?这鸥鸟,其实也是他的一帧自我写照。

取出新纸,研墨捉笔,将这数章咏物诗一一誊录。

这天黄昏,驿官丁满送来了阆州封刺史的书信,信中告知友人王抡已在彭州刺史任上病亡。

王抡是杜甫旅食长安时结识的友人,开元中就及第高中,入仕非常顺利。与杜甫一样,历玄宗、肃宗、代宗三朝。叛贼破潼关后,随玄宗入蜀。玄宗北还后以侍御史罢官闲居成都。

杜甫初到成都时,王抡常来草堂探望,诗酒相娱。上元二年年末，友人高适由蜀州刺史暂代卸职的崔光远署理成都尹，杜甫曾写诗催促王抡携带自家酿的美酒再邀上高适同来一聚。诗信寄出后的第三日，王抡与高适来草堂，三人欢谈终夜，分韵赋诗。闭眼回想，当时欢聚的场景又重现了：

酒量最差的王抡已翻倒，趴在凭几上半卧，杜甫和高适两个还在斗嘴调笑。高适年长杜甫八岁，总是自诩样貌年轻，那天就借了酒醉频频调笑杜甫，还说"汝年几小，且不必小于我。"可他自己早就是个白头老翁了。后来杜甫与高适将王抡架到了庭院中，吩咐仆人打水来，给他净面醒酒，王抡醒后就一同游走浣花溪畔。散酒归来，三人共用"寒"字韵各写了一首诗，杜甫就在那首《王竟携酒高亦同过共用寒字》中回敬了高适：移樽劝山简，头白恐风寒。

那年他们三个都过了五十，却都是一副不服老的样子，总觉得青春盛年还在眼前，仍留了很长一个尾巴在。

过后严武初次镇蜀，王抡被邀入幕府。严武二次镇蜀、杜甫入幕时，王抡出任了彭州刺史。

得知友人去世的消息，总会引发长久的忧伤。杜甫的心情又不畅快了。是夜在西阁廊檐下倚杖散步了很久。这晚，草亭前的近处江岸不知为何孤零零地泊停了一艘舟船，船夫已眠息，只前舱漏出了摇曳闪烁的灯光。一弯新月自夔门后升出，他努力在头顶的天河中寻找着牛宿和斗宿[1]。上元二年的欢会场

---

[1] 牛宿是二十八宿之一，玄武七宿的第二宿，有星六颗。又称牵牛。斗宿是北方玄武第一宿。

景还在目前，席间的两位友人却已不在人间。他们的幽魂，如今已回到银河那一头的长安了么？

在廊上稍站一会，身体就有些发冷。这晚，杜甫有些意兴阑珊，很早就回卧间躺下了。卷拢了被褥，感觉到体肤正在回暖。他知道，如今身边的亲人已是自己最后的（也是最重要的）凭靠了。西阁固然能安静地读书写作，可是，赤甲柴门才是自己的家啊。他对每天的日常生活有了不同的感受。

十三日一早，杜甫就回到了赤甲宅。杨氏觉得诧异，以往在西阁一待就是三四天，这次怎么隔了一天就回来了呢。杜甫就将王抡去世的消息告诉了她。杨氏也很伤感。当年三人醉酒的情景她也记得，杜甫和两位友人外出散酒时，还让信行提了灯笼追出，生恐他们脚滑掉进溪沟水坑中。唉，人怎么说没了就没了呢。

回家不久，就下起了冷雨。杜甫就披着外袄在阁楼廊道上远眺。雨中的夔门双崖光色明亮，低处又有小股水瀑泻下。再看白帝城，城楼的旗幡无精打采地垂落，府门紧闭着，感觉就是一个与住民生活完全脱离的封闭城堡。此处还能望见水门的松林和西阁下坡的草亭，昨夜停靠岸边的那艘船不知为何仍然泊在那里。不过，今日出江的渔船很少。

上午余下的时间，杜甫就叫来宗文、宗武查考他们近来读书的成绩。还说今后每隔十日就要这样查考一次，有不懂的可以向他当面提问。要解通一首再背诵一首，不然就真和宗文养的鹦鹉一样了。读文章也是如此，可以由简入难，先读短篇。

如此循序渐进就好，他并不要求他们速成。至于今后应举还是不应举再说，他并不强求。只是不要太辜负了家声就好。这天宗文跟阿爷做了保证，每日早起一定会读诗书，阿爷不在时就问弟弟。大儿有这个诚恳的态度，杜甫当然觉得很好。今后无论如何，兄弟两个总要相互扶持。

前段时间信行、阿段采集了很多草药。这天下午，一家主仆全都集中到了杂物棚子里。这是一间采光通风很好的大屋棚，两面都有直棂窗，前后都有雨檐，被此前的主人王倓判官用作了仓房。

今天是全家人一起出力，杜甫让阿段在棚屋中设座，亲自督导了作业：信行、阿段、宗文、宗武各自点检晒好的药条，分好品类，称量，分包，贴签条，存放木架上。自用与售卖的还要分开。大部分要售卖的药材，分包后还要装入竹篓中，这样的竹篓靠墙排列了有十几个。杜甫还让宗武负责录账，记下装检的数量和送去药铺的交付情况。这番作业一直到暮晚天黑前才告结束。

家中男子都在劳动做事，杨氏带了女儿和阿稽就坐在门边缝补。她心里很是喜悦。自来夔州，丈夫一直来回奔走在西阁和赤甲两边，前一阵还连续七八天不回家。在家的时候神魂好似也不在，多半在默默做自己的事。你说奇怪不奇怪，今天他的痴魔症好像彻底地消失了。这样安安心心地陪伴家人多好呀。

杨氏还察觉到了丈夫对大儿态度的变化。以前在成都时，熊儿顽皮不训，多少次被他举了拄杖在后面追打过。丈夫独喜

第二乐章　火与雪　325

骥儿，对大儿未免有些苛刻，她也是很有意见的。今天他对大儿没有一句严厉言语，态度反而更为亲切。天哪，究竟发生了什么事，让这位老夫子发生了转变？

这天大家就在棚屋里围坐，吃了晚饭。过后，家主还诵读了自己前几天写的几首咏物诗。《麂》《黄鱼》《白小》这三首，大家因为有一起逛瀼西市集的经验，一听题目就能明白。到《猿》这首，杜甫就让宗文先诵读，不消说诗中说猿猴的那句 父子莫相离 其实也是杜甫想要嘱告儿子们的话。到《孤雁》这篇换宗武读。

宗武读完，阿段就问家主：那天将受伤野雁带回家，宗文曾说北地人看见大雁总会想念亲人，是这样的么？

杜甫答他，是的，阿段，鸿雁自古就是北地人归乡的寄托，古昔《诗经·小雅》里有一首《鸿雁》，就是流民闻听大雁哀鸣时的哀歌。我听驿官丁满说，你们僚人的竹枝歌里也有这样的歌调。

是的，家主，远行万里下扬州的"长年""三老"都会唱欸乃歌。不过歌子里只唱了鸥鸟，没有唱到大雁。

看来，鸥鸟的确是水上船民喜爱的生灵啊。阿段，你在家乡还有亲人么？

阿段低下了头，等他抬头时，眼里噙含了泪水：我和阿稽一样，自小就失去了父母，可阿稽比我幸运，她在云安还有亲族。我只知自己出生在大昌县山中，却从未回过自己的村寨。家主的这首诗，可以为我讲说么？

杜甫这天就给僚奴阿段一字一句地作了讲解，旁边的宗文、宗武也听得很仔细。在杜甫而言，今天所做的一切并非一时的心血来潮。诗可以兴，可以观，可以群，可以怨。最切近的"群"不就是自己的家人么？他理解中的"诗教"，是完全可以融入每天的日常活动中的。

这天入晚，孩子们和仆人们忙碌了一天，早早都睡下了。夫妇俩难得在阁楼中可以安静独处。晚间雨停，杨氏合上了卧室的南窗，将寒凉的夜风挡在了室外。她点上了卧床前的脚灯，还燃起了薰香小炉（香炉和香料都是李文嶷夫人离夔州前赠送她的）。又跪坐在丈夫身后，将他日间的便袍脱下，换上了顺贴的睡衣。

杜甫抓住了杨氏搭在肩上的手，顺势将她拢在了怀抱中。

夫子今日为何这般温存？杨氏瞪大眼睛问他。

昨日得知王抡的消息后，甫寻思良久。我家二儿是甫未来的依靠，夫人是甫的第一依靠。你们就是近身的雁群啊。

我猜，夫子的好心情也是因为柏中丞的分金相助吧。

是啊，自入蜀以来，每到一处都仰赖了当地府主的助力。严武也好，高适也好，章彝也好，目下这个柏中丞也好，好像都能在甫艰困窘迫的时候出现。你啊，之前还怨怪我不思生计。《搜神记》有一则故事，说是有个叫伯雍的人会种玉，因而积累了资财，娶了北平的徐氏女。夫人你看，我这不是在词句中种出玉来了么？

杨氏笑他，夫子没种出玉来，倒是种出了俸金。

第二乐章 火与雪　　327

你之前为何信不过我呢？

哪里有不信过？杨氏嗔怪道。过会又问：柏中丞是怎样的一个人呢？

他正在三十六七岁的壮年时。贼乱初起就投在郭仆射军账下，后来在蜀中又受了严武的提拔。他对崔旰杀戮郭仆射一直耿耿于怀，伺机寻求报复呢。

他这也是忠义啊。

是的。就怕以忠义为名，行私利之事啊。

这个我就不懂了。

我家在夔州总不是长久之计。要出峡，还得好好谋划一下。

夫子已有主意了？

有是有一个了，但现在还说不清。

为何说不清？

杜甫没有再继续这个话题。此刻，妻子暖软的身子紧贴了他，让他重又感觉到了昔日欢爱的热力。自卧病云安以来，这竟然是他们两个彼此相拥的头一次。自己已五十四岁，心神还眷恋着青春盛年，肉身却已经开始滑下了那个不知底渊在何处的斜坡。他又生起了怨气，这次的对象就是他自己。

夫子的两手和脖子好冷。夫子又在想些什么？

甫已衰老，身体一日不如一日了，一入冬就浑身发冷。甫是在想，好在还有夫人在身边。

夫子还不老。

暖老还须你这块燕玉啊。

不是燕玉，是洛阳玉。

好，好，是洛阳玉，甫的洛阳玉。

杨氏生于开元十四年，天宝五载二十岁时嫁给杜甫，比杜甫小十四岁，这年也才四十。因为多年的奔波与操劳，她的一双黑瞳已不如往日那般明亮，面色也不似当年那样细润白皙，双手已变得粗糙。可是，与步入老年的自己相比，妻子尚且年轻，她的姿容仍同新婚时一样美好。将妻子比喻为燕玉，对这个时常陷入痴魔的诗人来说，恐怕是最高等级的赞美了吧。

夫妇俩就这么说着暖心的体己话。这时，从窗外传来了断续的乐声。是谁个在白帝城楼上或是马岭军营中吹响了胡笳？这凄清的乐声扰乱了这个二人世界，将他们重新带回了现实的人间。

这天晚上眠卧时，杜甫一直捉着杨氏的手，杨氏也不舍得松脱他的掌握自行睡去。直到丈夫慢慢沉入睡乡，开始轻微地打起了鼾，她才合上了眼睛。入眠时，她的一只手仍然被抓握着。

十四日早间，杜甫起身后并没有急匆匆要返回西阁的样子，还站在杨氏身后，亲手为她梳发。杨氏心情大好，特意装饰打扮了一番，簪上了新婚时从母家带来、前次不舍得典卖的一对玉钗。私心里，她真的很感谢使府的那位柏中丞，是他无形中将自己的丈夫重又带回了身边。

上午，信行带了伯夷、辛秀将草药挑去了药铺，阿段坐在菜圃编扎篓筐，宗文、宗武在杂物棚子的檐下读书。杨氏带了

第二乐章 火与雪 329

女儿杜堇去往真谛寺,说是要去做还愿施舍的佛事。夫人此前在寺院佛堂许了什么愿,杜甫当然不难猜想。

家主,有客人来门前了。

阿段仰头向阁楼上的家主报告。杜甫探头一看,来人正是孟仓曹。

孟仓曹这天又拿来了练习写出的几篇判文让杜员外过目。杜甫仔细看过,提起笔或圈点或删削,修改后还口诵一遍,确定是否稳妥,过后再一条条作讲解。他在华州司功参军任上时,不但要撰写刺史交代的章奏表状,还要披检本州各类簿书,卷宗堆在案头,越堆越多,每每发狂欲大叫。虽然当时抱怨不已,对于各式公文的格式却是非常熟悉的。

孟仓曹听得很仔细。

快到中午了,杜甫要留他午饭。孟仓曹说下次再叨扰员外了,下午府主柏中丞要升堂议事。又说明日先主庙有年祭,员外去看否?

杜甫耳朵已不灵便,听成了"柏中丞明日有年祭",一时很犯糊涂:柏中丞是要祭祀谁呢?

孟仓曹就凑近他耳朵再说了一遍。杜甫听明白后,就说明天也去先主庙。

下午,杨氏从真谛寺回返后,见丈夫又低垂了头在楼上枯坐,就问他为何事着恼。杜甫便将之前耳背的情节说了下。

到老自然就会耳背,不碍事,杨氏安慰说。

可他心里还是怅恨不平啊:今年经过调养,肺疾、疟疾都已平复，唯有消渴症的后遗症开始显露，腿脚已不灵便，牙齿一半已掉落，最近连听力也出现了问题，左耳已半聋。对他来说，身体内部发生的任何细微变化都是身体衰败的信号。

入晚后，峡中起了风，赤甲山前行云飞散，月亮忽而被遮去，忽而又钻出。这明暗不定的天象，契合了他起伏波动的心绪。杜甫在阁楼卧室的窗前，在两盏夜灯下写出了《独坐二首》。

杨氏一直陪伴在身边，写成后，他还吟诵给她听。第一首写的是夫妇俩昨晚独处情景，她大致都能懂得。第二首直接写到了耳聋。

哎呀，夫子，诗文中合该写些喜乐愉悦之事，怎么都是哀啊怨啊苦啊恨啊，还把耳聋也写进去了，这还是诗么？

当然是诗。《尚书》有言：诗言志，歌永言，声依永，律和声。诗言志的意思是说，心志就是诗的发端，所以，诗就要如实写出心地。就像我对你，倘若说的都是假话、空话、谎话，你很快就能分辨出来，是不是？没有真性情，不是出自心地，那必定不会是诗。至少不会是好诗。

杨氏听得模糊懵懂。在她的认知中，诗文的世界与日常的生活世界隔了很远的距离，始终两不相干。现在听了这番谈论，她约略地能够理解了：她的夫君如痴如狂地爱诗、作诗，眼下似乎正努力要将这不相关联的两者调和起来。今日不但破天荒地为她读诗，还作了解说。她当然了解他的心地。（这世间，还有比她更了解他的人么？）他们两个的命运，早已如同风雨晦暝中高飞的鸿雁般联结在一起，而他就是她的领头雁。今后不管如何，她都愿意痴信并且追随下去。她早就有了这个决心。

第二乐章　火与雪

这天入夜后，空中传来了持续的闷雷声。峡江之上仿佛有个暴烈游走的天神正奋力擂鼓，不断地往复飞驰。这夔州的冬天真可怪啊。

　　十五日一早，杜甫先坐平肩舆从赤甲到西阁，再由阿段牵了马，去到先主庙。

　　自来夔州，杜甫已不止一次来此游览。过了竹林和一道浅溪，来至庙前时，见这里已聚集了不少身着土民服色的乡人。祭仪很简单，孟仓曹先面对了神像玉座诵读祭文，过后就由旁边站立的几位土民长老在神主牌前上供。孟仓曹出殿后，就邀了杜甫一同观看僚人的祭祀歌舞。殿前有一棵遍身龙鳞、高大虬曲的古松，松下有三张石条可供暂坐休憩。这天看到的歌舞与上回看到的秋社歌舞大致相同。

　　出先主庙，与孟仓曹别过，又去了武侯祠。

　　武侯祠前的松柏林中，有一棵古柏腰身近四十围，树荫最是浓密，此前炎夏暑热难耐时，杜甫常来树下纳凉。此刻望着那磐石般的根部、斑驳的树皮、青铜般的枝柯和浓密的黛青树冠，不禁拟想起古柏当年的萧森气象：它有五百年了么？当年它曾见过刘备、诸葛亮这对君臣在夔州的身影么？他们也曾在树荫下落座么？很快，他又联想到了成都：从草堂入城，绕过城东的锦亭，同样也有一座先主庙，庙宇西院也有一座武侯祠。成都武侯祠前也伫立了一对姿态古峭的大柏树，成都人都说是诸葛亮亲手所植。

　　中午返西阁，下午先写出《谒先主庙》。内中　　迟暮堪帷幄，飘零且钓缗 一联是间接告诉柏茂琳，我不会入幕，切勿再作此想。

十六日早起又作歌行《古柏行》，通篇都以古柏自比， 志士幽人莫怨嗟，古来材大难为用 一联尤其沉痛。自古以来，书写世涂不遇的诗为数不少，有如此磅礴气势的却很罕见，杜甫还是当年那个 饮酣视八极，俗物都茫茫 的豪壮青年。这古柏俨然就是他自己的化身了。

这天午食后，有访客上门，阿段通报说是一位过境的扬州客商。

九月初，杜甫曾委托东去扬州的胡商康百千、康万松寻访在江左的五弟杜丰。这康家兄弟真有效率，关系网络也真的遍布天下，循着杜甫提供的线索果然探明了杜丰的下落，并委托西来峡中的梁姓商人顺路转告。杜丰眼下就在吴越间，前不久刚由杭州迁往越州，康家兄弟设法取得了杜丰在越州的住处地址，就在秦望山的法华寺近旁。梁姓商人另外还告知，江宁瓦棺寺的旻上人去年刚刚去世。

因梁姓商人家在江陵，杜甫便询问了江陵的很多情况。他最关心的当然是米价，由此知道峡东一带的米价历来要比峡中略低。另外，江陵人多吃白鱼，而朱橘因为种植广泛，出产很多，价格也比峡中要便宜。

既然已寻得五弟地址，杜甫在梁姓商人走后马上让阿段出门，去唤来驿官丁满。他让丁满留意最近过境夔州的官使或士子，倘若遇到前往吴越一带的，还请及早告知，他要托人给五弟带信。

傍晚他就回了赤甲，将五弟的消息告诉了杨氏。这天杨氏着了凉，身体感到不适，一直在床上躺卧。杜甫寻好对症药方，第二天一早就让信行去药铺买来生药，亲自煎煮了药饮，让妻子服下。连喝几通饮子后，到第三日，杨氏就恢复了。

月初，从舅崔陵回江陵前曾介绍杜甫认识了一位侄孙李潮。这位李潮乃纪王李慎之后裔，辈分算起来还是杜甫的远房外甥。

李潮并没有随崔卿回江陵，在夔州继续待了一段日子。此人擅写八分小篆，来夔之后一直恳求杜员外题咏。九月初杜甫不是刚给过境夔州的殿中监杨钜写过一首么，夔州这么小的地界，他自然很快就得知了。可是，因为这几天杜甫正准备开写另一组回忆故人的组诗《八哀诗》，故而推脱了多次。

十九日这天，杜甫刚从赤甲回西阁，李潮又登门来了，这次还携来了硖州刺史刘伯华的诗卷轴代求和诗。硖州就在三峡东口，距离夔州很近，而这位刘伯华又与杜家有些渊源：其祖父为刘允济，与杜甫祖父杜审言同朝事武后，当时两人可以说声名并驰，刘允济博学善文与卢照邻、王勃齐名，善书可与褚遂良、薛稷并称。

武后圣历二年[1]，祖父因得罪权贵，被贬为吉州[2]司户参

---

[1] 699年。
[2] 今江西吉安。

军。吉州司户郭若讷与司马周季重联手陷害，罗织罪名将祖父下狱，欲杀之。叔父杜并时年十三岁，随父赴任也在吉州，于是年七月十二日持匕首潜入周府行刺，杀死了周季重，自己也被戮。

祖父由是免官，归返东都洛阳。长安二年[1]，收杜并遗骸，于四月十二日瘗于杜氏祖茔偃师首阳山前，位置就在先祖杜预墓和祖父墓的旁侧。叔父杜并的孝烈之举，令当时文士无比感动赞佩，左台监察御史苏颋为撰墓志，赞杜并 安亲扬名，奋不顾命，行全志立，殁而犹生。 而刘允济曾为杜并撰写过祭文。

杜、刘两家前代人的这段交谊岂可忘怀？杜甫不敢怠慢，答应李潮明日来取诗。当然，他还有另一层考虑：此时他已动了出峡的心思，倘若借此能与这位刘刺史攀上关系，未来路经硖州时，除了本就在那里的友人李之芳，就有一位可以接应的东道主了。

第二天，他就作成了百韵长篇《寄刘硖州伯华使君四十韵》。

这个李潮也真是固执，二十日下午来取和诗时再次请求题咏，还带来了他以八分[2]体书写的《秋兴》诗卷轴相赠。杜甫仔细看过，写得确实不赖。这次实在推却不过，当场作《李潮八分小篆歌》赠之。

---

[1] 702年。
[2] 汉隶的别称。魏晋以后的楷书称为"隶书"，为避免混淆，称当时通行且有波磔的汉隶为"八分"。蔡邕所书的《熹平石经》为八分的正则。

他自己九龄即书大字，过后远师国朝之初的秘书监虞世南，及至贼乱生起、天下动荡不宁，他就很厌恶开元以来流行的肥美书风，偏喜瘦硬奇古之作。李潮的八分书，虽然也有奇古味道，总还留了一点肥美的痕迹，这也是他之前一再拒绝的另个原因。

不过，碍于情面，杜甫在这首赠诗中终究还是说了不少好话。点数开元天宝以来的八分优劣，先将李潮与名家韩择木、蔡有邻并列而成三人，后面又赞其小篆类近于秦相李斯。杜甫向来心气高傲，可真要放低了身段，实在也很会赞人。写着写着，又觉得需加些谐谑语言来冲淡这些谀词，于是又添上了"八分一字直百金"这句。意思也很明了：我为你题咏增你身价，过后你自己看着办吧。

这天李潮带了一首赠和诗、一首题咏诗满意而归，临走时就留下了一金的馈遗。

赠金提前装在了备好的小囊中，出西阁门后，李潮将小囊塞到僚奴阿段的手中，让少年转交了员外。

杜甫让阿段将李潮所赠的一金带回赤甲，交予夫人。另外还让他转告杨氏：自己这几天要在西阁专注写诗，叫她不用担心。他现在脑目清楚，并没有发痴魔。

19

　　柏茂琳与杜甫西阁夜谈后，隔日就有赠金之举。杜甫和杨氏都很清楚，新任府主之所以出手相助，多半还是因为严武的关系。柏中丞在潜意识里已将自己代入了镇蜀时的严武。

　　杜甫知道，为要谋得出峡的机会，还须巩固这一意识。

　　他在云安时为严武写过一首《哭严仆射归榇》，但与其说是悼亡诗，不如说是一首纪事诗，与之前悼念房琯的那二首相比，前者的感情色彩是比较淡薄的。因此，在西阁夜谈后，杜甫就起念为严武专写一首，彰显其勋业功绩，给予他适当的评定。

　　可是，单写一首推崇严武的诗未免太过刻意了，也不符合自己在夫人面前宣扬过的"如实写心地"的作诗本意。因此，他必须将严武放置到一个更为宏大广阔的背景中来审看。他和严武都长成于玄宗朝的开元年间，现在，隔了数十年的历史烟云再回望，他已能看清其全景全貌了。在他心目中，开元时代就是一个理想国，在这个时代挺立而出的武将、贤臣、文士都是支撑了这

第二乐章　火与雪

个理想国的国柱。

杜甫的写作野心,是要追步汉王粲和晋张载的《七哀诗》,写出一组新格调的组诗来。但这次他要做更为大胆的实验,即是将人物行状与时事评议结合起来。这两种手法在此前所写的自传诗《遣怀》《壮游》和组诗《洞房八首》《诸将五首》中都各有运用,现在,需要将两者加以融合了。

那么,选哪几个人作为代表呢?

这个就颇费思虑了。记忆的闸门一旦打开,无数的事件、人物浮现在他脑际,又被他一一否定和放弃。挽狂澜于既倒的武将自然是第一步就想到的。在平定河北贼乱的八年中,各道武将中功勋卓著者很多,最终杜甫选定了王思礼和李光弼,没有选郭子仪、高仙芝、封常清等人,更不会选有投敌或叛乱污点的哥舒翰、仆固怀恩。

严格说起来,严武也是一位带有浓厚军戎色彩的封疆大吏。故而杜甫将他列在了李光弼之后。不要小看这个布局次序,这是经过审慎考虑后的决定。

下一个人选应该是一位李唐宗室成员。杜甫先就想到了汝阳王李琎。李琎乃玄宗长兄、让皇帝宁王李宪的长子,面上一把虬髯,酷似画像上的太宗,他才德兼备,又博学善书,杜甫初入长安时,曾受汝阳王礼遇,常常伴随游宴。天宝六载,杜甫曾作过一首《赠特进汝阳王二十韵》,又以谐谑诗笔在《饮中八仙歌》专为汝阳王画过像: 汝阳三斗始朝天, 道逢麹车口流涎, 恨不移封向酒泉。 李琎之弟、汉中王李瑀也早有材望,仪表英伟，初为陇西郡公，后封汉中王。杜甫在长安时，两人私交就很好，李瑀贬为蓬州长史后，至今仍书信往来不断。

以上为武将和宗室，后面应该是文臣了。杜甫第一个想到的是友人李邕。

在杜甫的青年时代，李邕就素负盛名，工文善书，尤其长于碑颂，当时携金干谒其门者不计其数，前后撰碑诔八百余篇。杜甫吴越游归返洛阳时，李邕就曾托人招邀了相见，两人年纪相差三十四岁，可谓是相知默契的忘年交了。天宝四载，杜甫到临邑看望二弟杜颖，途经齐州时曾与时任北海郡太守的李邕重逢，又一同在历下亭宴集。当时李邕纵论近代名家，对祖父诗作大加赞赏，令杜甫无任感激。不料两年过后，李邕就因交好宰相李适之而遭权相李林甫构陷，含冤被杖杀，时年七十。杜甫与李白闻讯都不胜哀痛。到代宗即位时，才为李邕昭雪，追赠秘书监。

后面就想到了长安的两位友人。

苏源明是杜甫"放荡齐赵间"的友伴。后来做过京官，放过外任；"旅食京华"时，常常往还交游。安禄山陷京师，苏源明以病不受伪署，杜甫对他的抗贼大节很是赞佩。

另一位友人就是老友加近邻的郑虔了。天宝九载七月，于国子监别置广文馆，郑虔受玄宗赏识，成为了第一位就任的广文博士，两人相识交往也在此时。郑虔长杜甫二十一岁，于杜甫亦师亦友，可谓另一位忘年交。长安时，杜甫写给郑虔的诗篇可不少。

最后一人是谁呢？

想来想去，最终选定了张相国张九龄。开元末，实为国朝兴衰起伏、命运转换的关节时段。张九龄之前，姚崇、宋璟、张说、韩休等人皆是贤相。张相国秉公守则，素来很有声誉。早在开元二十四年[1]，他就预言了时任平卢将军的安禄山的谋叛之心，曾对侍中裴光庭说：乱幽州者，必此胡也。此前一年，李林甫以礼部尚书拜相，同年又代张九龄为中书令。开元二十五年，张九龄罢相，贬为荆州大都督府长史。自此过后，李林甫久居相位十九年，大权独揽，蔽塞言路，败坏朝纲又纵容番将。开国以来延续百多年的宰相治业，至此堕坏而不复振。所以，以张九龄这样的贤相来作殿后，是最恰当的。

八首皆是五言长篇，思虑两日后，于二十一日动笔，二十六日初成，二十七日改定。以七日时间写成。前两首《赠司空王公思礼》《故司徒李公光弼》此前在蜀中有旧稿，或修剔改饰，或增写扩充。后六首都是新作。

八位传主难以按生年卒日排序，就按之前构思排列了篇章顺序。杜甫写成后在前面加了一段小序：

> 伤时盗贼未息，兴起王公、李公，叹旧怀贤，终于张相国，八公前后存殁，遂不诠次焉。

《赠左仆射郑国公严公武》这首就当作了正式的悼亡诗来写，是《八哀诗》中最有现实考量、最用心力的一首。杜甫反

---

[1] 736年。

复推想，至二十七日才最终定稿。

全诗长达三十四韵，将两人早年交游、严武投军平乱以及过后两次镇蜀的细节一一写出。又深情回忆入幕前后与严武的往来互动，凸显两人的多年情谊。关于严武之死，这里自然不能提及裴太夫人所暗示的仇杀猜疑，而归结于恶疾的突然发作。

私下里，杜甫对严武镇蜀时施政过于苛暴、用度过于肆滥其实很有意见，但故友已亡，这时就只突出他镇蜀时西拒吐蕃、收复失地的功绩（因这也是严武麾下包括柏茂琳在内的诸军将的功绩）。诗中 公来雪山重，公去雪山轻 一联勾勒严武形象极为生动，亦是当时蜀中情势的实录。另一联 开口取将相，小心事友生 意味就很微妙，标识出与严武情谊的牢固，也澄清了因醉酒戏语而引发的争议。后面一联 记室得何逊，韬钤延子荆 也是关节所在：梁何逊曾为庐陵王记室，晋孙楚出仕时做过参军，杜甫自比为何逊、孙楚，寓意也不言自明。以上这些话自然都是说给柏茂琳听的：甫与严武彼此相知相得，故而情谊长久。你敬重严武，所以也须敬重如今居留夔州的我，严武就是你的榜样。

《八哀诗》刚写好，就被使府书吏抄了去。过后杜甫听丁满说，柏中丞接了诗卷先就读了那首《赠左仆射郑国公严公武》，待读到 公来雪山重，公去雪山轻 一联时曾拍案叫好，还夸赞员外是我夔州何逊。杜甫听完丁满的转述，只淡然一笑，别无他言。

第二乐章 火与雪　　341

其后杜甫意犹未尽，月末又记写了另外四位朋友，作《存殁口号二首》。分别是善弹棋[1]的道士席谦，善小诗的毕曜，善画山水的郑虔，和善画马的曹霸。

席谦还在世，杜甫与他数年没有互通音讯，十分想念。毕曜已去世，杜甫很关心他的诗的流传。诸友中，郑虔的才具最是特异，不止能诗、善书、知草药，还擅长绘事，尤其是山水画。郑虔在河北贼乱时被迫出任伪职，过后被贬台州司户参军，死于任所。曹霸也是开元天宝年间人，因擅长绘事为玄宗所喜，授左武卫将军，河北贼乱时因事被免官，流落至成都时身无分文，沦落到替路人画像以糊口谋生。杜甫此前在成都时先有观画之作《韦讽录事宅观曹将军画马图》，广德二年访得曹霸相见后，又有赠诗《丹青引赠曹将军霸》。

这次所选的四个人，毋宁说代表了开元天宝年代在艺文诸事方面的俊杰人物。他们的人生境遇正与杜甫相仿佛。

西阁夜谈的确是个转捩点。因柏茂琳的关系，从十月开始，杜甫与驻在夔州的军将们的交往也多了起来。他心里素来嫌恶军人，可是，在特定情势下也能从容应对。

之前也不是没有先例，比如天宝十三载，居杜曲穷愁无计

---

[1] 古代棋戏一种。据葛洪《西京杂记》，刘向作弹棋以献汉成帝。唐代弹棋形制见卢渝《弹棋赋》："下方广以法地，上圆高以象天。起而能伏，危而不悬，四隅成举，四达无偏，居中谓之丰腹，在末渭之缘边。"另据柳宗元《弹棋序》，弹棋为二人对局，每人十二枚棋子，六枚朱色为"贵子"，六枚墨色为"贱子"。二人对局，先放一棋子在棋盘一角，用指弹击对方棋子，先被击中取尽者为输。

时意欲投军，就曾委托判官田梁丘转呈了《投赠哥舒开府翰二十韵》，这是一首标准的干谒之作；比如天宝末年还给统领统禁军宿卫的魏将军写了一首《魏将军歌》；再比如上元二年剿灭段子璋时，写给军将花敬定的《赠花卿》。这样的应景之作所在多有。

柏茂琳入府后的下旬，二十八日一早，使府举行了邛南军和荆州军的军容合演，同日又有野林狩猎和宴集。杜甫受府主邀请全程参与，设座时被列为了上宾。

这天，杜甫结识了柏的部下邛南兵马使王守仙。不消说，因为柏中丞屡次举扬的关系，杜甫的诗章也在军将中间传开了，大家也都知道了暂居夔州的这位员外的来历。

宴集时，王将军就坐在下座旁侧，杜甫见其座下毛皮很是奇异，就询问为何种野兽所有。

是西域的野牦牛皮，员外还没见识过吧。王将军颇为自豪地答道。

相谈过后，得知王将军早年投军安西而累立勋功，河北贼乱初起时，奉诏随安西五千骑军奔回内地平叛。再问将军家乡籍贯，竟然是洛阳仁风坊的邻居！而且和自己的姑表兄裴朝牧还有姻亲关系。天下怎会有这等奇巧之事！杜甫和王将军的交谈过于热烈，还引起了府主的关注。得知情由后，柏茂琳也很喜悦振奋，特为杜员外和王将军举觞，同贺这巧遇之喜。

这天，杜甫约了王将军明日来赤甲做客，王将军当即爽快地答应了。

第二乐章　火与雪　　343

二十九日,一早就疾风骤雨,过后雨势变小,下起了潇潇的冷雨。王将军阻雨未至,杜甫在阁楼卧室望着昏黑的天色,心里就有些失望,他还等着与王将军攀谈呢。很想听他讲说洛阳里坊的消息,以及安西军的旧闻。

下午,空中仍不时划过奔雷声,云层间还有电光闪霎。入晚后雨止。

隔日上午,王将军来到了赤甲。他还带了一名小卒来,小卒手里提拎着礼物:一盒中是名贵的潞州上党人参,另一盒中是柏中丞所分的当月官俸。杜甫郑重谢过,将客人引到了阁楼廊道落座。

与王将军先要叙旧,谈说故乡洛阳的情形。问及坊曲中的旧邻,得知大多人家已在战乱中流离各地,杜甫的姑表兄裴朝牧早前避去江东,近年在幽州幕府作吏。现时洛阳城中住民稀少,官府已开始整顿恢复,招募返乡者,不过万事艰难。东都没落至此,杜甫不禁连声感叹。

又问如今西域形势。得知今年年中,朔方节度使、中书令郭子仪奏请遣使巡抚河西、安西,置瓜、沙、甘、凉、肃诸州长史,目下云麾将军、左武卫大将军郭昕已奉命巡抚河西,听说还将重返安西。伊西、北庭节度留后曹令忠守北庭,御史大夫周鼎为河西节度观察使、沙州刺史守敦煌,两人会同沙陀、回鹘番部,都在抵御吐蕃的久攻。

将军过后怎会从安西军投入邛南军的呢?

王将军说,宝应二年平叛后,因安西军部伍一支分神策军,一支分朔方军,他投入了卫伯玉的神策军,中官鱼朝恩接掌神策军后，改投山南东道兵马都使崔光远。崔光远领剑南节度使，又追随来蜀，后因言语犯上被贬去邛州。柏茂琳领邛州后，就一直追随至今。听了他这番履历介绍，杜甫对王将军一直未得善用颇为同情。看来，在军伍效命之人也有如此命蹇时乖的啊。

至于荆南节度使卫伯玉，这次也询问到了更多细节：卫伯玉是河东安邑人，自幼习武，天宝中远投安西，以边功累迁至员外诸卫将军。贼乱生起后，领安西骑军归长安，后为神策军兵马使。王将军曾是他手下的裨将。

杜甫问王将军，可识得阆州封刺史，听说他当年也在卫伯玉帐下。王将军说认识认识，封承乾是他在安西部伍中的熟友，原先任神策军判官，没想到如今做了太守。

卫伯玉以军功累迁，上元二年封河东郡公。三年前的广德元年冬，卫伯玉为江陵尹、兼御史大夫，充荆南节度观察等使。今年二月，又赐爵位芮国公。

杜甫问王将军，此前为何不再投向卫将军呢？

王将军的脸色黯然下来。他前后几次改换门庭，实在无颜回归旧日节帅的帐下。不过呢，与节帅的联络倒是从未间断。近来卫伯玉与柏茂琳的联手，他还居间联络，发挥了一点功效。

杜员外，你知道么，听说镇抚巴蜀的杜相或将回归京都，成都尹崔旰可能也有新的异动，故而近来柏中丞与节帅走得很近，邛南、荆州两军结营联手，调防频繁，又有新的筹划啦。

听到这些，杜甫不由皱起了眉头。

第二乐章　火与雪　　345

这可不是好兆头。杜鸿渐以宰相官身入蜀，既然已经以绥靖安抚之策来应对乱局，那就应该多待些时间，让局面逐渐趋于平稳，怎么到任不到一年就要匆忙离去呢？而这个卫伯玉亦非善类，俨然已有相互联结干涉蜀中政局的野心，而王廷竟然还能够容忍？当然，这些看法并不会对了王将军明说出来。在这一点上，杜甫还是非常谨慎的。

　　杜甫留王将军在赤甲小宴，过后两人一同去了白帝城。将军入马岭军营，他去了西阁。这天，丁满又送来了一封书信。
　　这封信恰好就是今日席间提到的阆州封刺史寄来的。封承乾这次来信，是委托杜员外为他的儿子五郎在京都大姓门户中寻觅亲事。五郎不久前新授了大理寺主簿一职，目前人还在阆州，尚未赴任。
　　自己已脱离长安多年，人事两不熟。可封刺史写信来求托，总要尽一份心力才是。于是就想到了一个人。前几日在使府观猎宴集时，杜甫新结识了一位刚从北地来夔州居留的前任京官郑颐，此前在东宫典设局任典设丞。郑典设与友人郑虔、郑审同出荥阳郑氏，又与杜甫姨表兄弟郑宏之为同宗旧识。他不久前刚从京都来，一定有合适姻缘可以绍介。杜甫立即修书一封，遣派阿段送去了郑典设在瀼东的住所，告知明日要来拜访。
　　第二天一早就坐船过瀼水，与郑典设相见。杜甫也不虚文，当下就将封阆州委托之事说出。郑典设听说是刺史有意为子求婚，立即就和杜甫两人商量了起来。郑姓是高门大族，匹配刺史儿郎也是合宜，由是就得知长安郑氏亲族中正有一名当龄女儿待嫁。杜甫就请托郑典设去信询问，对方倘若有意的话，就可以让封家这里纳彩提亲了。

郑典设又建议杜员外将此事告知前不久出任江陵少尹的友人郑审，倘若郑审能够从中撮合，则议婚的把握就比较大。他们两人各自写好了书信，当天就送去驿馆让丁满随下峡官船寄出了。

20

王将军真是个消息灵通人士。上次来访赤甲后,隔两日又来西阁闲坐,告知了杜甫另一条消息:杜甫昔日的旧友、从弟杜位刚刚就任荆南行军司马。

杜甫与杜位的交情可不一般!他们同出襄阳房,乃同宗近亲。杜位天宝中及第,官考功郎中,又当上了权相李林甫的女婿。其城中本宅在崇义坊,又有别业在曲江西的韦曲。因了这一层亲族关系,杜甫旅食长安期间就是杜位家中的常客。杜甫自偃师土娄接家眷来长安前,独自租住城南青龙坊中,接来后一家住在杜曲,距离都不是很远。

天宝十载[1]除夕时,杜甫曾在崇义坊杜位宅守岁。当晚车马盈门,趋迎拜问者络绎于途。宅中各处灯烛高照,酒筵设席达百座,因为人多坐不下,后来还在庭院中张起了帐庐。三十九岁的杜甫那时仍无功名,境况潦倒至极,只能在末座一

---

[1]　751年。

角痛饮取醉来麻木自己，此事有《杜位宅守岁》一诗可证。

依傍大树可得富贵，而一旦大树倾倒，杜位亦难免一劫。

次年十一月二十四日，李林甫病亡。隔年二月，杨国忠与安禄山合谋，诬告李林甫与番将阿布思约为父子，合谋叛乱。李林甫所封官爵一律削去，子孙有官者皆除名，流配岭南与黔中，近亲与同党坐贬者有五十余人。不久前刚刚出任了湖州刺史的杜位当然也在流放之列，被贬去了岭南新州[1]。

至上元二年秋，杜甫在青城山得知杜位获恩赦，离开了流放九年的新州，量移[2]为夔州司马，当时曾写过一首《寄杜位》。

此后严武二次镇蜀时，又招引杜位来成都，杜甫又与他同在严武幕府。严武去世后，杜位返京，任司勋员外郎。真没想到啊，自己这位同宗从兄弟又来到荆州了！推想起来，这必定也是卫伯玉和杜鸿渐两位的谋划吧，江陵少尹的品级要比员外郎更好，且杜位之前还有在夔州任职的经历。

于是，杜甫在十一月二日修书一封，又作同题的《寄杜位》诗一首。将书信、诗卷相裹，装入邮筒封蜡时，想到与多年老友或将重遇，他真是激动到欲将落泪了。

杜甫之前邀了王将军到家一叙，于是王将军这个新结识的洛阳邻居便也邀了杜员外回访一次。五日，杜甫就去马岭军营

---

[1] 今广东新兴。
[2] 唐代时贬逐远方的官员，遇赦改近地安置，称为"量移"。

做客了。王将军的职务是兵马使，居宅自然就在营盘地界内。住处还很敞阔，就坐落在瀼岸的西向崖坡上（此处也能望见西阁，两人后来曾约同一起驻足眺望，还彼此招手呢）。

坐了没多久，又有一位军将加入。前日里，荆南兵马使兼官为太常卿的赵公带了荆州水军入驻夔州。两军正计划在夔州展开合练，之后不久将开赴峡江上游，剿灭盘踞黄草峡的游寇。

赵公已知杜员外身份来历，又兼是王兵马使的同乡，自然礼数很恭敬。不过，他常在军伍中，不太遵从什么主客之道，一落座就在王兵马使面前抱怨，昨日荆州军来夔后接应安顿很成问题，饭不足量，菜不对胃口，酒也送少了，有些兵士要下舟船，也被邛南军的虞候制止了等等。原来他这是来找王兵马使投诉的。抱怨结束，话题又发生了转移：这赵公是水军出身，于是就对王兵马使的骑军马队不服水性屡屡加以调笑，王兵马使自然不甘示弱，就提醒赵公说你现在是在岸上，岸上比拼的可是骑军和步军的战力。荆州军水军强胜，邛南军的马步两军自然擅长陆战，这两位军将的斗嘴却也透露了两支部伍合而不同的现状，府主柏茂琳要捏合好他们，看来也不会很容易。

杜甫这个访客听了一大通两人的唇枪舌剑。那赵公说话的嗓门太大，让耳朵半聋的杜甫听来也觉得聒噪。赵公走后，王兵马使觉得怠慢了员外，感觉很抱歉。

十日上午，杜甫受府主邀请，再次观阅了荆州军和邛州军的合练军容。上午是岸上演习,下午是舟上合练。荆州这次派出了五艘大舸和百艘小艇,兵卒加了役夫也有一千多人,在西堤外的江面一字排开,阵势倒也壮观。

傍晚前阅兵结束,府主、元持别驾、杜员外、夔州使府官员和两军军将一同入使府,在厅堂里围坐闲话,等待入晚的宴集。

赵公稍坐一会就不耐烦,就向已经照过面的杜员外展示了他的胡刀。他将刀从腰环上解下,自锦袍中取出一只雕花错金的碧罂瓶,又从袖中掏出一方软布,先用手指蘸取了瓶中乳黄色的鹅鹕膏[1]涂抹刀刃,过后两指夹了软布上下勒磨数十下,将软布丢开后,那大食刀的锋芒映着夕照,果然寒光四射。杜甫看了也啧啧称叹。

身边其他人便过来围看,赵公见状就更为得意了。将刀收入刀鞘,往铺地上一搁,他快步走至柏茂琳身前胡跪,口称今日府主领阅两军实乃州中盛事,可否让壮士在厅堂前庭院舞刀祝贺。在场的众军将因为尚未到喝酒时分,都觉得气氛有些无聊,一时也都鼓噪响应。府主见此场景怎会不乐意呢,于是,柏中丞就与众人一齐走到厅堂外的轩廊上观看。

赵公走出厅堂,在自己的亲兵队伍里挑选了一名身躯强壮的武士。

那武士出场时,脱去了战袍,只着短衣,头上还特意戴上了虎毛头套。武士接过大食刀,站于庭院中,一手握刀鞘,一

---

[1] 鹅鹕的脂肪。古人用以涂刀剑,使不生锈。

手抓刀柄，静立了很久。待众人语声完全平息，突然抽刀出鞘。刀身立即向上一指，顿时寒光凛凛。随后便是左右挥舞砍击，蓄势时缓慢，出手时迅疾；忽而身体一斜，开始在场中连续兜转，手中刀身也随之飞旋劈砍，一时刀光激射，呼呼有声。这武士果然好身手，杜甫看了也目瞪口呆。这样的好刀，这样的刀法，恐怕江中的蛟龙、沿路的鬼神见了也会惊惶奔逃吧！

收场动作也干脆利落，武士持刀再次上举，挺立不动如初起时。待廊上众人的掌声、喝彩声四起，这才缓缓落下臂膀，收刀入鞘。然后就对了府主柏中丞胡跪。

神武！好兵器！可赞！

柏茂琳大声叫好，命身旁侍立的录事参军立即赏赐这位武士。

赵公接过胡跪武士双手递来的宝刀，口中唱起了军阵歌，将那大食刀重新揽环结佩，系于腰间。这回，他可是大大地风光了一把，连前几日跟他斗过嘴的王将军也上前大大恭维了他一番。

赵公收回刀鞘后，柏茂琳看了一眼杜员外，见他也是很受鼓舞的样子，就趁热打铁向杜员外提出能否当场为赵公宝刀题诗。

哎呀，来之前可没想到还有这一出，就这样做了柏中丞的文学侍从，杜甫心里有些不乐意。毕竟柏茂琳又不是严武，而自己也非幕府中人。本来打算推脱过去，转念一想又改了主意。此前已得柏中丞的分金助力，今后若要谋得出峡的机会，还是得借重他啊。倘若今天这个场合驳了柏茂琳的面子，那可是会有后患的，自己不可以使性子。于是马上镇定了心神，禀告柏中丞：刚才看舞刀看得入神，到现在还没缓过来呢。题诗没问题，只是得找个僻静处来酝酿成诗。

柏茂琳见员外答应，立即又命苏缨在轩廊一角准备书案、纸笔文具，大家都入厅堂，门扇关闭。让杜员外安心作诗，谁人也不得打扰。

一旦决定，杜甫当然会投入全力来写。他在轩廊中时而闭目凝思，时而又站起，独自走去旁侧的偏院吟句琢磨。嗯，他想到了高适作于开元二十六年[1]的那首《燕歌行》。甫这次也要试一试歌行体！体式决定之后，他就开始凝聚心力构思全篇。一刻时长过后，他在提前备好的绢面卷轴上提笔挥就，翩然回返了厅堂席位前。

这首《荆南兵马使太常卿赵公大食刀歌》炼词瑰奇，音调特异，满纸光怪陆离，骨力气象非凡，立时引来堂中众人的惊讶叹赏！

今日得观赵公宝刀，又蒙员外垂示好诗，此乃我夔州的二绝！柏茂琳读完过后给出了这样的评语。

杜甫听了就很受用。因柏茂琳用了"垂示"二字，让他完全没有任何的卑曲之感。

诗中还特意点到了"芮公"，那是荆南节度使卫伯玉的爵号，柏茂琳所赞许的也包括了这一点吧。不出三天，这首诗就

---

[1] 738年。

会传入荆南节度使府内,被卫伯玉本人看到。

这天是冬至日的前夜,当晚使府内和军营中都设有宴集。赴宴之前,杜甫与王将军同登白帝城楼散目眺望。此时晚霞映空,巡夜更夫还未开始击柝,城楼上的邛南士兵手持矛戈、背搭弓箭伫立在夕光中。四围皆是青山,面前的瀼水从城楼东面流过,注入了长江。白盐山山麓入冬后草木荒疏,山腰和山顶都笼罩了灰色的云霾。

杜甫和王将军聊起了早年的洛阳,城内的坊曲街巷也好,城外的名胜也好,真是谈说不完!王将军在神策军中服役时也在长安住过,因此过后又谈论起了长安。

员外可是苦思洛阳?王将军问他。

杜甫点点头。陆浑的家、偃师的家都已不复旧貌。一切都消逝了,陨灭了,荒芜了。此刻看着夔州的暮景,却如同身在难以醒觉的长梦中。

王将军说不久之后他就要统领了邛州部伍开拔,今后不知何时还能重逢,你我各自珍重,定要常通书信啊。杜甫也祈愿将军此行顺利。

夕阳垂落后,宴会就开始了。柏中丞频频举觞祝酒,先敬杜员外,过后又敬赵兵马使和王兵马使。这三位都是他目前最为倚重的人。于是夔州使府中的众官员也一一依序敬酒。杜甫因病不能饮,只能以乌梅浆代替。厅堂内,话语是频密的,气氛是热烈的,杜甫却感觉到了一种似曾相识的落寞:自己仿佛又回到了昔日成都幕府的场景中，只是身周的人物已重换了一批。人生的戏剧真是无常啊。

赵公酒一喝多，又开始啰唣起来，一连敬了府主三杯，然后就跟柏茂琳夸说起他的上官、荆南节度使卫伯玉的一匹宝马。这宝马乃乾元元年攻克卫州时从安庆绪叛军那里缴获来，是一匹黑鬃黑尾的赤马，因前足腕部肉白，被称为"玉腕骝"。

柏茂琳问杜员外，员外爱马，也擅长写马，此前佳篇不少。倘若未曾亲见，是否也能描摹？

杜甫答，赵公口述细致，我已大略知道这匹骏马的形貌了。于是，在众人撺掇下，他在座中又援笔写出了《玉腕骝》，尾联 举鞭如有问，欲伴习池游 流露了出峡后打算赴荆南相访的意思。

宴集到中程时，厅堂里的众人都已喝得醺醺然，赵公和王将军已开始拼酒对垒，要看是水军先倒，还是骑军先倒，此时尚未决出胜负来。他们的部属就在外庭中铺设的毡毯上饮酒，席间或啸叫喧闹，或博戏摊钱，不一而足。后来还有人因醉酒发生了争执甚至相互斗殴，立刻就被站立警戒的两军虞候拉下去责罚了。

宴席散后，杜甫上了马，由阿段牵引了回西阁宿夜。返回路上，夜气寒凉侵身，鼻尖都冻酸了，不得不拢紧了披在身上的黑貂裘。到后不久，轩廊外就飘起了雪花。南国的夔州迎来了一场初雪。

这夜在西阁睡得很短。

第二乐章　火与雪　355

他在拂晓五更时就醒来了，于是披衣坐起。外间的雪停了，天已转晴。轩廊外，晨光仍然微弱，底下的庭院花圃、半坡的草亭与江岸边的芦苇丛已覆盖了一层霜花般的薄雪。江面上，天河星粒的倒影正随波摇动。自马岭军营中响起了第一通鼓声，连续的三百三十三捶，鼓声收煞后，军士吹响了号角，一叠十二声的呜呜角声听来如此地悲壮。待三角三鼓完毕，天光已大亮，江面和山地各处都传来了渔夫樵子的蛮歌。初雪过后，侨居已半年多的夔州变得有些陌生了。

　　上午在西阁整理诗稿，中午就回赤甲，与家人共度冬至。这一天，北方的京都长安宣布改元为大历。三天后，改元诏令经由传驿到达了夔州。

　　夔州僚人是不过冬至节的，这天下午家主给仆人们放了一天的假，准明日下午返回。阿段出门找相熟的少年好友玩耍去了，过后就结伴去西堤的邸店或酒楼看博戏，因他的义父冉魁和冉武必定会在那儿做局。信行也请了假，他有蜀中的亲友来到夔州，这天也有一个小团圆聚会。阿稽也有自小一起长大的同族姐妹住在瀼水对岸，今日也出去串门了。自来夔州后，这是杜甫与家人单独相处的时刻。

　　过了冬至，白日慢慢变长，春天就要重返人间了。马上又将迎来新的一年。三个孩子大了一岁，自己又老了一岁。这天杜甫也斟了一杯慢饮，喝了些酒，他又重复讲起了叔父杜并的事迹。你们两个也要立志安亲扬名啊，不能辱没了杜家名声。熊儿，骥儿，你们两个替我多喝一点，斟满手中酒杯，一口饮尽吧！两个孩子已喝得面红耳赤，一边还得领受阿爷的唠叨。后面父亲还要让他们加酒，就被杨氏给劝住了。难道今日里要把两个孩儿都给喝翻了不成？

冬至日和第二天的小至日，杜甫写了一首《小至》，其余时间只在赤甲闲翻书卷，又时时放下书，望向窗外思虑心事。杨氏问他在想何事，杜甫不答。

杨氏说，夫子必是在想着出峡吧。

杜甫转过了头。是啊，就在思虑这个，暂时还没有寻到办法。你再耐心等等，或许还有其他机会。

去年九月到云安后，县令严丹照顾杜甫甚多，不久前转任了大昌县令。此前宝应元年，刘晏将第五琦的榷盐法作变通，在各个产盐之地设置监院与盐官，以统一价格收购盐户所产之盐后再转鬻于商人，任商人在辖区贩卖。夔州作为地产盐的输出中心一向获利甚大。大昌县以产盐著称，远较山城云安富庶，现在来看，这也是柏茂琳对严武故人的照拂。这次冬至前宴集，杜甫与严丹亦有见面。

十三日这天下午，杜甫本来约了严丹来西阁，严有事未来；再约当晚联床夜话，仍不来。十四日再约，暮晚仍不至。想来这几天严丹忙于谒见上司，天天不得脱身吧。

十五日拂晓即早起。既然等候严明府不至，那就作诗吧。到夔州后，他已写了好几首歌咏瞿塘形胜的诗篇，如五月的《瞿唐怀古》和上月的《峡口二首》，这天在西阁又作《瞿塘两崖》。

十六、十七日，再回赤甲。凝定心神，继续发力忆旧诗篇，又作《夔府书怀四十韵》。与今年七月间写的《往在》一样，也是自叙生涯遭遇，从授河西尉不赴、河北贼乱初起一直写到了现时。不过，杜甫的用意并不全在追忆，而是以诗章形式提出他的救时策论。主旨不外乎罢息兵事，与民休养生息，以及重用贤臣，广开言路。此外，也指出峡中盗贼群起、夔州税赋不胜负担的现况，望北都使者能传递此一讯息，最后是期望在位的府主能纾解民困，除乱立功。所以，这首诗还有它特定的读者。

这一向，杜甫与王兵马使往来很多，十九日，王将军又邀他去营帐看鹰，老杜素爱鹰和马，就应约前去了。

来到营帐前，见两名武士的臂鞲上已停了两羽俊鹰。杜甫是识鹰的老手，先要看全身：头背毛羽皆暗褐，脑部角毛为淡黄，喉部白，胸腹黄白，爪黑色；再看头脑转向是否灵活，目睛有无杀气，最后还让王将军助力，替他捉住鹰的头颈和脚爪，他要拉开翅膀看看有多少翎翮。一翅六茎，两翅共十二茎，这样的鹰自然扑飞有力！

看过俊鹰，就趁势写一首咏鹰诗吧。他早年写过《画鹰》，在华州功曹参军任上写过《画鹘行》，这次出手就要使出新的手段。前段写鹰极其生动果决，后面至 将军勇锐与之敌 一句，就将王兵马使与角鹰并写，以角鹰驱逐恶鸟，来譬喻王兵马使的讨逆诛贼。王兵马使得诗大喜，当面拜谢。

那天，王兵马使还告诉杜员外，前几天去瀼水上游北谷中，见谷中有黑白二鹰翱翔，两鹰皆毛骨非凡。派捕鹰人去捉，许久没逮着。他担心腊月过后的初春，两羽鹰就会避暖北飞，因此请员外再度赋诗以纪其事。

次日二十日，杜甫根据他听来的见闻，又赋一首。是日王兵马使来西阁，就收到了以上这两首咏鹰诗的誊录稿。王将军一边赞杜员外倔强犹昔、手笔不凡，一边就将手掏入锦袍中，打算馈赠礼金。杜甫这回却坚决地推拒了。哎呀，本来赏鹰、咏鹰就是一桩乐事，你我两个家乡亲里，同是沦落南州，馈赠就不必啦。

不过，他还是感觉有些厌倦了。

自柏茂琳到任以来，杜甫连续出入使府、参与宴游，往来应接已让他不胜疲累。冬至前宴集时，柏茂琳敬酒而杜员外不饮酒，身边的使府官员和军将们有的出语不恭，有的加以调笑，已令他生厌。接连为赵公的大食刀、卫伯玉的玉腕骝以及王将军的鹰赋诗，也让他觉得无趣无聊。按他向来的文士脾气，实在不愿意与这些军人、胥吏有任何来往。可是，为了生计，为了出峡的谋划，他又不得不打起精神勉强应付。

此外，近来身体状况不佳也让他有些烦躁：他的消渴症又犯了，脚足酸痛难行。前日吃饭时，又掉了一颗碎齿，至此口中牙齿已缺落了一大半，而左耳前不久也几乎全聋了。

二十一日回赤甲宅后，杜甫在家休养了三天，伏枕躺卧，又加服了消渴饮子。月初前阁邻居王儋曾推荐了一位擅长针灸的医工，此前因为诸事忙碌，一直未能安排，这天就想到要请

第二乐章 火与雪　　359

来一试。

王儋介绍的这位医工是天宝时太常寺太医署的针博士[1]李玄僖的嫡子，名叫李应，年约五十，河北贼乱后流落到江左一带行医，善针灸，也会咒禁[2]、导引[3]、按摩，素有声名。前不久打算游蜀，入峡后正好在夔州停留过冬。

李应应约来到杜员外家，上阁楼卧室，落座后先给病人号脉，过后又查看舌苔。他对病人说，针灸治消渴有五不宜：即消渴深重时不宜，有痈疽[4]者不宜，饥饿、疲劳、心神不宁时不宜，孕妇不宜，晕针者不宜。

杜员外说，我见《外台秘要方》也是这么讲说的。说完还抓起身旁王崟所送抄本中的一卷，打开细读：

千金论曰：凡消渴病经百日以上者，不得灸刺。灸刺则于疮上漏脓水不歇，遂成痈疽，羸瘦而死。

李应就很惊讶了，员外也有王太守的医方集？

是啊，杜甫久病成医，常看的手边医书中就有今年新获的王焘《外台秘要方》。此前云安卧病时如此，到夔州后也是医书不释手，他可是一位很特殊的病人呢。

杜甫就将手中医书递给李应看，手指还点着后面的一段：

---

[1] 官从八品下，掌以针灸之术教授针生。
[2] 咒禁，即以符咒驱邪治病。太医署下属有专职的咒禁师。
[3] 道家的养生术，以呼吸吐纳配合肢体动作，唐代有导引专书《太清导引养生经》。
[4] 即溃疡。

消渴皆是宣疾，灸刺特不相宜。唯脚气宜即灸之。是以不取灸穴者耳。

他问李应，王太守以为初得消渴也不宜用针，故而没有录灸刺方。此说成立否？他的口气，仿佛是太医署的医官正在考问下属呢。

李应捋须，微微一笑，答说王太守此书只是辑录医方，但他自身并不是医师、医工。是否可以用针还要仔细辨识。员外此前受过灸刺么？

受过，在长安得疟疾时，曾请人灸刺过。

晕针否？

不曾。

体肤有疮、痈、疽、疖否？

未有。

员外初得消渴在几时？

回想起来，是去年开春尚在成都时初发作，当时还不以为意。到云安后的秋冬时节就加重了。近来左耳近乎失聪，脚足酸痛，行走也很不便。

如此，员外的消渴症就已有一年加半载了。不过，员外的脉息尚不浮沉，舌苔略赤，因此仍可用灸刺。

既如此，那就试一试吧。

下面关于取什么穴位灸刺，杜员外就不懂得了，只能听李应细加解说。消渴之症是慢疾，须时时小心对付，故而下针用穴也没有定论说要固定取哪几个穴。也就是说，取穴也要因人而异。李应又询问了杜甫最近眠息和饮食的情况。另外，也得知他去年在云安时有疟疾复发，今年开春后有肺疾。这些情况都需要考虑在内。

李应还带了个侍童来，之前一直候在廊道门外。这时他就朝门口拍一拍手，侍童启开门扇走入，解开布囊，取出了灸盒、小炉，点上了火，开始烧针。

入冬后室内寒凉，又请杨氏将家中三具暖炉都拿来点上，稍开窗扇以透气。

又让杜甫面朝窗棂如佛家子那样跌坐。便袍脱去披在身上，内衣要解开，袒露前胸和两臂。李应先要在身前任脉的承浆、廉泉、中脘、气海、关元五穴和左臂的手五里穴下针。

员外闭目养神即可，照常呼吸吐纳，只是引气、吐气要比平时稍长。若要开口也无妨，轻声即可。若要咳嗽，咳出便是，不可强忍以阻血脉。

这时候的杜员外就只能乖乖听医工的吩咐啦。杨氏让儿子们搬来暖炉点上后，卧室内已温热如春夏，退去衣衫也不觉得寒凉了。

李应果然是下针的好手，与杜甫说话间就布下了数针。过后他就与杜甫对坐，目睛看着病人的正面。如此过得一刻时间，李应上前，在每个穴位指压以疏导血脉；再过一刻，就可以出针了。

夫人杨氏和宗文、宗武一直陪坐在旁边观察。看着阿爷扎针的模样，宗文忍俊不禁，笑出了声。

熊儿你笑什么？

阿爷看去就像一只腆着肚子的刺猬啊。

宗文这句话一出口，大家都觉得很像。连家主也要看自己扎针的模样，杨氏就取来镜架，搁在了他的面前。可不是么？承浆穴在自己下颌，自己低头，那刺针也低下，喉咙口是廉泉穴，中脘、气海、关元都在下腹。看上去确实是和刺猬很相像了。

正在诊疗中的杜甫闲极无聊，就给兄弟俩出了一道题目，命他们以"刺猬"为题即席咏诗，指定只能用五言。勿论好坏，尽速先吟出一联来。

宗武吟出的一联是　刺针入肌肤，消渴速退去，宗文想了半天，却吟得了　坐似针毡挂，团身若栗球　这么一联。

家主听了宗武的吟句只哼哼了一声，听了宗文的吟句却别转头来，眼睛直愣愣地瞪着自己的大儿，似乎不相信他会吟出这样的一句。

他低声嘟嘟囔囔地说道，此回是大儿吟得好，夫人你看我，此刻胸口不是挂了张针毡么，若我团身，不就很像栗毛球么？

李应也参与了评点，他说还是宗武吟出的比较好，此次灸刺必有效验。这当然是医工的见解了。

杨氏却觉得两个孩儿吟得都很好，可见他们俩近日扎堆读书作诗已小有进步。

想想也对，家主就让两兄弟同榜及第了。

过后杜甫将衣袍倒披，要灸刺背部的穴位了。李应这次要在背俞穴的肺俞、三焦俞、肾俞、小肠俞、意舍、中膂俞六穴和右臂的手五里穴下针。用时和之前任脉穴下针一样。

三只暖炉冒出的烟气很呛人，杜甫忍不住轻咳了一下，李应就把窗扇再打开些，又让侍童将门扇也启开半幅以透风。

员外感觉舒泰否？下针处是否酸痛过剧？

除了下针时略有胀痛，过后杜甫几乎没有任何酸痛感。

李应说，下针能对病机，病人就没有不适感，倘若入针后胀痛不已，则医工灸刺前必然没有辨析清楚病人的病情。

如此，下针灸刺也和吟作诗文一样啊。

愿听员外解说。

每作一诗、一文，如你下针之前，也要观察情状、辨析征象，怠慢不得啊。

原来员外握笔行文，也与在下出针时一样心存戒惧啊。

两刻过后出针，杜甫收束整理衣服，将腿脚打开，活络了一下筋骨。李应将刺针收入灸盒，侍童收拾好小炉，重新包裹完毕。杨氏事先备好了两方热巾，一方递给了家主让他擦拭额头与脖颈，一方递给了医工让他净手。李应走前，还坐到书案前开出了下针取穴法和饮食禁忌的小方，以备今后使用。过后隔日会来一次，十次完毕再看疗效情形。他预定开春时去往成都，因此还有充裕的时间来给员外作诊疗。

杜甫谢过，吩咐杨氏取出一贯作为诊金，李应称谢而去。

如此这般，杜甫好几天一直待在赤甲宅。二十六日曾坐了平肩舆出门散心，途中遇雨只得返回。好几日不曾下笔作诗，他都觉得自己笔头快要枯涩了，这天晚上就在赤甲写了一首《雨》。

如果身上病症可以控制下来，如果儿女都已长成，或嫁或娶，他和夫人两个真可以彻底解脱出来了。像庞德公那样携妻子登鹿门山采药而不返，像高士尚子平那样敕断家事后漫游五岳名山，该有多好啊！

接连多日服用汤药，医工李应的灸刺也做了几次，腿脚酸痛已明显缓解，目下手扶拄杖，已能缓步独行数百步。月末这天下午，杜甫就约了别驾元持来西阁共话，两人一直聊到深夜。别驾是个退老的闲职，元持在柏茂琳来夔州之后时间更加空闲，常以丹药道术、史籍诗文自娱，虽有心济世，却无力回天，与杜甫很有共同语言。两个老人谈论王室兴衰与国事沉浮，谈论巴蜀与荆楚形势，讲到感动处仍然慷慨激昂，与青春盛年时一样。

杜甫夜宿西阁，第二天拂晓起身，见昨夜夔州又下过了雨夹雪。

雪霁之后景色空明，西阁通庭院的阁门沐浴在晨光中，江中泊船的桅樯上，雀鸟正绕着顶端的木鸦上下翻飞。冬天的长江水面下落明显，正是适合下江出峡的时候啊。他静静地注目凝视，心里翻涌了无数的心事。

第二乐章 火与雪　　365

21

上月月末，王廷颁下了新的委任敕书。十二月一日下午，驿传使者来到了夔州。

柏茂琳此前虽然接任了夔州职事，其官身仍是邛南节度使，任所还在邛州。崔陵是提前与他完成了交接，这是所谓先赴任、再实授的临时举措。

敕书官告在手，就可以名正言顺地开府议事了。这对柏茂琳、对夔州官民甚至对居留者杜甫来说，都是一件大事。

将使者安排在白帝城客堂又招待小宴后，柏茂琳当晚就召来了杜员外。

杜甫换上官袍，让阿段牵马，立即从西阁进入了使府。入晚的厅堂里只柏茂琳自己和另两个着戎装的青年军将，除此别无他人。日常伴随的佐官一个都没出现，录事参军苏缨也不在。

厅堂内，四角的灯架上全都燃了灯，府主坐席的大案上还单独点了一盏。案上铺展了今次受到的王廷敕书。

柏茂琳见杜员外到来，立即上前迎礼，态度很是恭敬：弟今日刚刚收得王廷敕书，特为请来员外观览制词。

这是柏茂琳第一次在杜甫面前谦称为弟，而且是在他正式入主夔州之后。杜甫闻听，立即深拜回礼。柏茂琳却顾不得这些繁琐礼节了，他一把抓住了杜甫的手，将他领到了大案前。

不用这些虚礼了。来来来，杜员外，且在案前坐定细看。

杜甫在案前敛袍正坐，就着案上灯火光，俯身细看了制词内文：

> 敕：开府仪同三司、试太常卿、使持节邛州诸军事兼邛州刺史、御史中丞、剑南防御使及邛南招讨使、上柱国钜鹿县开国子柏贞节，雅有器干，深于戎律，蕴三略以经武，秉一心而事君。蜀之西疆，久典戎务，惠和驭众，义勇安边。克励公忠，尤申御遏之用，仍懋缉绥之术。可使持节都督夔州诸军事兼夔州刺史，依前兼御史中丞，充夔、忠、万、归、涪等州都防御使。本官勋封如故。

柏茂琳的前后两次封官写得很分明，从授权区域来说，夔州加上忠州、万州、归州[1]、涪州四州都在辖境之内，权责自然比此前邛南一州上升不少。这当然是可喜可贺的。敕书主文后面是皇帝御宝，落款书写了制词者的官职与名姓：中书舍人

---

[1] 即秭归。在夔州东，仍在三峡境内。

常衮。

这常衮也是杜甫旧日的朝中同僚，天宝十四载及第，先授太子正字，杜甫卸左拾遗时，任右补阙，后为起居郎，去年授中书舍人。

案上还有另三卷除官敕书。杜甫将柏茂琳这封敕书小心收拢，递交给了它的主人，然后再看其他三卷。

这次授官还包括了柏茂琳的兄长柏如晦，柏如晦的长男柏从简和次男柏崇礼（就是堂中的两位青年军将）。

柏如晦由之前的集贤待制授为直学士。集贤待制是王廷去年才设立的兼官名目，并无具体职事，凡三十人，以备咨询，在地方者可直接上书议事。柏如晦能有集贤名下的封官，可见柏氏一门不仅出了柏茂琳这样的武夫，也出了文士，兄弟两个可谓文武并驰。直学士为六品下，从品级来说，与杜甫的员外郎地位也相近。不过，直学士与之前的集贤待制一样，更多类似于一种荣誉身份，同样不是实任官职。

柏从简为忠州司马，柏崇礼为蜀州别驾，兄弟二人之前都在邛州军中任军职，此次都新授了州一级的高级佐官。

也就是说，这次柏家父子兄弟四人一同获得了授官。

不过，奇怪的是，这天晚上，柏学士并没有出场在厅堂中。

杜甫观览敕书时是什么感觉？

当然还是很激动的。他自己的那六通授官文书，到现在也被小心保藏着，收在西阁的箧箱中呢。当然，他最为珍视的就是授左拾遗和工部员外郎的那两通。回想当时捧接敕书、展开览读时的心情，那真是心都跳到了心口上！又想到杜鸿渐入蜀后心无远图，志气怯懦，故而才会对蜀中军将一味奉行安抚之策。柏茂琳等人加官进爵如此迅速，真是前所未有，也可见如今王廷封官的放滥无度。

他心里泛起的这点波澜，自然是不会表露出来的。等四封制词看完，他先向府主柏中丞道贺，过后又向柏从简、柏崇礼兄弟道贺。

柏茂琳将四封制词郑重收起，对杜甫说，明日会让使府书吏各誊抄一份送来西阁。过几日，员外可否为弟书写一通谢表？

杜甫早就知道会有这一节了，他对柏茂琳说，中丞许我三日时间思虑构篇如何，到时定当撰成奉上。

大好，那就拜托员外了。

时间已不早，这天深夜时分，府主柏茂琳和两个侄子亲自将杜员外送回了西阁。

柏茂琳迁转五州防御使之后，倘若要找人代写表文，那么，曾向玄宗献赋而待制集贤院、担任过肃宗皇帝近臣的杜甫，当然就是不二人选啦。

十二月二日上午，杜甫先写了一首《览柏中丞兼子侄数人除官制词，因述父子兄弟四美载歌丝纶》道贺。

这当然是应景之作。　丝纶实具载，绂冕已殊恩　之前的七联即称颂柏茂琳的靖乱功绩（一半是实情，一半是场面上

第二乐章 火与雪　369

的谀词）。这段时间，杜甫应他人所请写了好几首应景诗，这是为求脱困而作出的无奈之举。然而，他绝非是那种仰他人鼻息而甘心附顺的人，即便在这类应景诗中，他仍会寄托自己的见解与热望。

下午，府中书吏将抄录好的授官制词送来了西阁。当天晚上杜甫就写出了表文的草稿。三日这天，他花了一整天的时间修改润饰，晚间定稿。四日上午入使府，将代撰的《谢上表》呈交了柏茂琳：

臣某言：伏奉今月某日制，授臣某官。臣某祇拜休命，内顾殒越，策驽马之力，冒累践之宠。自数勋力，万无一称，再三怵惕，流汗至踵。谨以某月日到任上讫。臣某诚战诚惧，顿首顿首，死罪死罪。伏惟陛下以君父任使之久，掩臣子不逮之过，就其小效，复分深忧。察臣剑南区区，恐失臣节如彼；加臣频烦阶级，镇守要冲如此。勉励疲钝，伏扬陛下之圣德，爱惜陛下之百姓，先之以简易，闲之以乐业，均之以赋敛，终之以敦劝，然后毕禁将士之暴，宏洽主客之宜，示以刑典难犯之科，宽以困穷计无所出。哀今之人，庶古之道，内救惸独，外攘师寇。上报君父，曲尽庸拙之分；下循臣子，勤补失坠之目。灰粉骸骨，以备守官。伏惟恩慈，胡忍容易，愚臣之愿也，明主之望也。限以所领，未遑谒对，无任兢灼之极，谨遣某官奉表驰谢以闻。臣诚喜诚惧，死罪死罪。

与之前为王阆州所写的表文一样，杜甫在这封上表中同样寄寓了自己的期望："爱惜陛下之百姓，先之以简易，闲之以乐业，均之以赋敛，终之以敦劝，然后毕禁将士之暴"一段分明就是对柏茂琳施政的建言，"宏洽主客之宜"似乎又在提醒柏茂琳要妥善对待两人的主客关系。末后是重申君臣之道。柏茂琳是杜甫所接触到的与崔旰之乱有直接关系的人，因此被寄予了彻底平定蜀乱的厚望。

表文写出，柏茂琳非常满意，当即升堂，派遣本州属官崔如琢奉表驰谢，同时命侄儿柏崇礼随同去江陵，拜谢荆南节帅卫伯玉，并问候卫太夫人。杜甫作《奉送蜀州柏二别驾将中丞命赴江陵，起居卫尚书太夫人，因示从军司马位》赠别，又委托柏崇礼顺便问候时任荆南行军司马的老友杜位。末联"报与惠连诗不惜，知吾斑鬓总如银"将杜位比作了谢灵运的族弟、自幼聪慧的谢惠连，即是为了重建与这位故友的联系。

此前过境夔州的官员偶或也会到访西阁，近来因为杜甫与府主柏中丞关系的迅速接近，登门者就越来越多了。几乎每隔一两天就有访客到来，熟悉的或半生不熟的乃至完全陌生的都有，杜甫连读书写诗的时间也受到了影响。

除了有外地过境官员上门，柏茂琳管内各州各县的大小属官也常常不请自到，实在不堪应付。杜甫不得已请托别驾元持，吩咐使府门吏予以阻挡：除了驿官丁满带来的官客，其余人等一概不能放入。

待在西阁，与府主柏茂琳往来的确很方便，但势必也会过

第二乐章 火与雪　　371

多卷入幕府人事,这又是一重顾虑。

于是渐渐就流露出了厌居西阁之意。

自己羁旅峡中,本该与妻子儿女住在一起,两边奔走总归不妥。西阁啊,西阁,倘若我搬离,不知你意下如何?你肯让我搬走,还是会把我留下?

可这会儿立在轩廊中,杜甫又贪恋着西阁的景致了:看,江上白绢般的柔云,形态如此多姿,两岸高耸的崖壁间,青空又多澄净。拂晓早起时,此处江面最先映照了旭日的光辉,每到入晚,又能看到天河群星的璀璨倒影。峡江的景色比成都草堂更瑰丽,也更壮美,而西阁恰好处在了最佳的赏景位置(怪不得使府在这里修造了这栋江阁)。他对西阁是很有感情的:今年入秋过后,自己在这里写出了如许多的诗文。

那么,暂且还是赖着不走吧。

家主正在为住西阁还是不住西阁烦恼,可是,对大儿宗文来说,阿爷还是住在西阁比较好。因为只要脱离了父亲严厉的视线,他就可以随意尝试感兴趣的每一项活动。

天气晴好时,照例会跟随信行外出采药,在家中时也会帮了一同晒药和种菜。其他时间,有时会钻野林子去捉鸟。捉了带回家显摆后,因阿母教诲不能杀生不能伤害,过后又会放走。而前月带回家治伤的那羽白雁,过后也由它自行飞走了。

有时也会去溪河边拿鱼叉捕大鱼,用网兜捞取白小这样的小鱼。经由阿段的介绍,他还找了善唱竹枝歌的冉老翁学歌(老翁是本地僚人长老,此前秋社祭祀和先王庙祭祀都在场)。

当然，今年夏天，因为经常下水游泳，水性也练得很好，还学会了驾土人艓子。之前孟仓曹送了他一只木雕小船，他安心待在家里时，也会将木船凑在日光下，从各个角度观察船体的构造。

当然也会做一些小小的越轨之事：比如冬至那天，中午家宴后他就溜出家门，跑去了江堤酒楼看船主冉魁的赌局。不过，他对赌博没有太多兴趣，看一会就离开了。

近来因为阿爷和军将走得很近，王兵马使还曾来赤甲做客，他就借着给将军传递口信的名义好几次探入军营，结识了几个军中武士，又想要学习兵器武艺来着。

这天上午王将军来西阁找杜甫闲谈，顺口说员外的大儿最近常来营中玩耍，少年真是灵敏机智，让他不由回想起自己从军前的青春年岁等等。

就这样，宗文的这项举动就暴露了。

下午从西阁回赤甲，先就要找这个大儿。杨氏说，宗文又不知跑哪里放野去了。于是就扶了拄杖，在柴门外的石础上坐等，感觉像是在野望远眺。

过一会，宗文口中哼着蛮人歌子回返，刚从道口蹩过来，一抬头，见阿爷就坐在门前。他并不觉得异常，还卸下鱼篓，炫耀自己今天的捕鱼捕获，结果就被父亲单手拎住了一只耳朵，拖进了院中。

阿爷为何揪我耳朵？好痛！

杨氏听到动静连忙走出厨间来看，听到丈夫报告说宗文去到马岭兵营，跟了兵士耍弄刀枪棍棒，连她也吃惊不小。

杜甫真是又纳闷又生气。不逼着你诵诗文读章句，你就好生在家待着就是了，怎生就跑去了兵营，难道你要学做武人了？还冒充我名义给王将军送口信，去诓骗营门的卫兵？编谎是极恶劣的事。

孩儿只是好奇，孩儿不想做武人。

杜家三代皆文士，倘若出了武人，那是辱没门庭！

可是，阿爷，剿灭河北乱贼的，难道不是像王将军这样的武人么？就是因为有这些武人，大唐的江山才没有就此倾倒，难道不是这样么？

杜甫瞪眼看着宗文，气不打一处来：王廷中没有文士制衡，武人就会作乱，你知道个什么！河北叛贼难道不是武人？还有华州的周智光，蜀中的段子璋、徐知道和如今的崔旰。不是这些武人作乱，我家会抛离洛阳和长安入蜀来？不是武人作乱，我家会抛下成都草堂，来到这峡中偏州？！

宗文被阿爷的喝问气势给镇住了，一时面红耳赤。过了会，又开始争辩：有作乱的武人，也有忠义的武人。王将军就是忠义的武人。

这回轮到家主杜甫语塞了。一肚子打算教训的话全堵在了喉咙口，一时又不得发作。谈论人的具体德行本来就是一件麻烦事。他气恼得一屁股坐在了楼阁梯阶上。

河北贼乱平定，本该从此偃旗息鼓的，却还是有那么多的战乱相攻。你个初生犊儿知道个什么呢。杜甫坐在台阶上嘟嘟囔囔地说着，仿佛已忘了正在教训儿子，在那边自言自语地发着感叹。

孩儿不想做武人，可也不想做只会吟诗作赋的文人。诗赋有什么用呢？宗武生日那天不是问过阿爷了么？作诗能换来米粮和彩衣么？

哎呀，宗文重又提起这一节简直把杜甫气坏了，他站起身，抡起了手里的拄杖，作势就要朝宗文头上打过去。杨氏和宗武一看情势不妙，急忙上前将那杆桃竹杖给夺了下来。

杨氏叫宗武将哥哥拉去旁边的杂物棚子里，从里边把门扇闩上，一边又好说好劝，将丈夫拉上了阁楼歇息。

这次争执发生时，家里的三个仆人都在看着。阿段和阿稽从未看见家主发那么大的火气，只敢躲在厨间门后窥看。信行在翻锄菜地，刚才家主作势要打宗文时，他就停了手上的活儿。这时看到家母已将家主劝走，就继续挥锄翻地，仿佛并没有发生什么严重事件。信行就是这么一个性情安稳到即使有波澜也不会惊动的人。

那边，杨氏就在楼上宽慰自己的丈夫。

熊儿去军营只是好奇，当不得真的。他的心思不在那里。既然人家王将军也不怪罪，这件事就不要追究啦。再说，前几日做灸刺时，熊儿不是还吟出了夫子很满意的一联么？

想想也是，　坐似针毡挂，团身若栗球　这一联的确是好，好就好在不是搬取习语，全写自己耳目所得，而且出语活泼。看来自己这个大儿不是不能学诗书，就是懒惰和懈怠啊。懒惰，所以做什么事都无可无不可；懈怠，所以任什么事都没有

第二乐章　火与雪　375

长心去做。本来还指望他作为长子能继承家学,今后至少也做个参军什么的。现在他知道,这个就不要指望了。

再看宗武,虽然比他哥哥要乖训,自己也一向督导严格,可宗武乖训得有点过头,心智的发育反而不够机敏。你看他做灸刺那天吟出的那联就知道少了点少年的灵气。

倘若在夔州继续这么住下去,这两个娃儿恐怕都要变成蛮地儿郎了。

他对妻子发的这些牢骚,其实也是无奈的自嘲。预期眼看就要落空,对仍然抱着子承父业梦想的杜甫而言,内心感到了深深的失望。

这是十九日白天发生的事。这天傍晚,杜甫独自在楼上晚食,过后气鼓鼓地又回西阁去了。

22

　　腊月岁末，凛冽北风自瀼水谷口刮来，即使在室内，也是寒气刺骨。不过，西阁的位置恰好背风，从午后开始，灿烂的日阳就照入了轩廊。杜甫将毡垫移到外间，披着黑貂裘，就在廊前晒太阳打发时间。

　　他半闭着眼睛，许久不动如一只蛰伏的老龟。渐渐地，周身的皮肤毛发暖和了起来，如同正泡在温泉的汤水中。左臂枕靠了乌皮几，不太灵便的右臂垂落着。他不时将两腿向前伸展，复又收回，如此来回重复了多次。这是在检验最近所做灸刺的效果。这位医工李应不愧是太医署针博士的嫡系传人，果然出手不凡，自己的脚足近来不再发肿，小腿不再酸痛，感觉已灵便了很多。可惜李应开春过后就要离夔州去成都了，倘若能再多停留一阵就好了。

　　由李应的家传医术，又想到了昨日家中的那场骚动。

　　自己的反应是否太过严厉了？之前可从未发展到抡杖就打的程度。熊儿自小调皮不训，他不是一直都是这个样子吗？自己这是怎么了？回想那时生气动怒的原因，还是因为宗文的强辩。宗文对诗赋功用的怀疑，正击中了自己内心貌似最为坚定故而也最为脆弱的地方。相比宗武，宗文只是表现得更为直接、更为外露而已。

少年的世界与自己的世界已出现了脱节，正处青春期的他，仿佛已是一个悖反的力量。

杜甫的心气很高，理性的意志超乎常人，外在的很多波折磨难都没能摧毁了他。可是，昨日家内发生的这桩小事件却在心里造成了极大的震动，原以为安宁如常的赤甲那个家原来并不像表面看来那么安宁。他心防的堡垒开始出现了松动。倘若继续在夔州羁留下去，最终变成久住定居，他真担心自己会终老于这个南国偏州，而他的后代子嗣也将变成与僚人混居一处、无知无识的土民。他实在难以接受这个黯淡的前景。

自己亟需寻找一个出口，一个可以脱离夔州的出口。这是眼下唯一重要的事。

既然出峡是唯一重要的事，那么，就不应再为家事烦恼了，心情自然也就平复了下来。于是后面两天定下心神，又开始整理之前积下的诗稿，修改、誊录好，收入了箧箱中。检点今年秋冬两季所写的诗文，数量还是很可观的，若干首七言和几个组诗都让他感觉信心饱满。人生的哀乐都已尝遍，为些许小事损耗心力，实在是不值。

这天中午阿段来送饭时，就问他家中情形。宗文没有外出，昨日和今日一直待在杂物棚子里，宗武在阁楼廊道上曝日读书。夫人和杜堇去了真谛寺。

阿段刚走，前阁邻居王儋来到了西阁，身边还有一位着青袍的官人。

王儋说，今日我将赤甲宅的屋主带来见员外了。之前先去了坡上，仆人说员外在白帝城，我们俩这就来西阁找你了。没有让家奴提前跑来知会，抱歉抱歉。

杜甫一听是赤甲宅的主人来到了夔州，立即引入阁内相谈。得知王儋的这位从弟名叫王倓，目前在嘉州任职。近日出蜀要去湖湘一带出差，中途停留夔州。昨日已在王儋家暂住一宿，明日就要出峡。

杜甫见到屋主本人，郑重表示了感激。宅中所有物件都保持了原样，没有任何损坏，只是开辟了两片园圃，种菜和种药。

王倓说，因为已经移家蜀中，夔州这处宅子我也多年未住。这次来，顺便也将房契等物交托了从兄，一任他处理。

这么说来，赤甲宅或许已经过户给了前阁的邻居了？

王儋连忙说，员外放心，赤甲宅空置了反而容易坏损，今后无论住多时都可以。

如前所知，杜甫得以无偿借住赤甲宅，是因为前任刺史王崟的安排，而王崟与他们两个都是宗亲关系。

得知王判官在嘉州任职，杜甫就想起了友人岑参，他此前不是出任了嘉州刺史么，此时是否已赴任？

王倓答，去年十一月，岑郎中赴任行至梁州时，因崔旰与郭英乂相互攻杀，不得已滞留半年。今年初夏出梁州，与杜相

第二乐章 火与雪 379

会合，六月入剑门关，七月才抵成都。目前还未来嘉州。

第二天一早，杜甫还骑上马，亲去驿馆送别王判官，小宴后又送至江岸，目送其登船。杜甫怅然地望着出峡远去的船帆，心中又生起了波澜。

二十三日，杜甫坐平肩舆回赤甲宅，又碰到了另一件啼笑皆非的事。

伯夷和辛秀刚将肩舆在门前搁停，家主还在座中，一只脚还未跨出踩到地面，就听到门后庭院里啰哐一片。是鸡只惊惶的叫声。

走入柴门才看清发生了什么：楼阁前的地面上，十来只乌骨鸡倒伏在地，脚爪已绑缚了麻绳，其中就有最初来到赤甲宅的那只"乌将军"和七只母鸡。它们预感到了未来惨酷的命运，每个都尖起了嗓子拼命叫唤。梯阶前，杨氏正指挥阿段将这些鸡只绑成两串，信行已拿来了担子，正要将两串鸡挑在肩上。

这是要做甚？！

家主站在门前，大声斥问。他实在不能理解眼前的场景。

杨氏走上前来解说了：夫子啊，昨日有游方高僧上门向我宣说了。鸡食虫蚁亦是杀生，不合佛道，优婆塞、优婆夷家中都不得饲养取食。再说，四月买来后鸡只生育繁多，天天喧嚷聒噪，还损耗米粮。我们就把它们缚了卖去瀼西吧，省得人心不宁。

夫人你莫慌急，先去楼上坐定，与我细说。

家主捉住杨氏的手，两人就上楼去了。又吩咐院中的阿段原地不动，等过会吩咐。他对妻子的脾气太了解了，此时不能恣意使气，只能缓和着来。

夫妇俩在内室坐定后，阿稽送来了热巾，让家主擦拭额面和两手。杜甫知道杨氏近来信佛弥笃，所以也不着急，待阿稽退出后就听她细讲。

游方僧自何处来，又去往何处？

他原是成都净众寺张大师门下僧弟子，游方来到夔州。净众寺张大师夫子应该见过，裴太夫人在成都时，有一次你曾随我到过寺中。

对，那是无相禅师做"授缘"法会时，我记得的。可是，夫人啊，这和卖鸡去瀼西又有什么关涉呢？

张大师是持戒精严的律师，所以他这位弟子也是同样。昨日路过家门时，他见阿段喂鸡，就走来门前与我攀谈。他就说，养鸡有三重杀生，鸡食虫卵乃害生，人食鸡卵也是害生，将鸡食用更是杀生，此外还宣讲了一则冥报故事。昨日听过之后，我就坐卧不宁，所以今早才会让阿段、信行捆缚了鸡只卖去市集。

是什么故事呢？

说是有彭州人姓孙名季，生前好捕飞禽走兽，尤其爱吃鸡卵，每欲食，就命厨子烹火煮熟，一次要吞食数枚。因此罪过，孙氏病入膏肓，徘徊阴间受罚，被驱入一座烈火空城中。刚入城，背后城门就关闭，见城中屋舍尽被焚烧，满城火灰。向东看去，见城门大启，于是向东门奔去，将将要到时，

第二乐章 火与雪 381

城门即关闭；向西看去，见城门开启，又向西门奔去，将将要到时，城门复又关闭；如此东南西北四处奔逐，逃无可逃，时时受烈焰灼烧，苦楚尝尽，便哀叫求告。幸有家人请来一僧救度，因孙季枕边有一卷《金刚经》，就出力施咒救护，孙季因而得脱而还阳复生。后七日里大集僧尼，行道忏悔，自后便戒断荤食，不食鸡卵，精勤行道。如此得寿九十有余。

杜甫从杨氏那里听来冥报故事也不是头一回了。可是，此番有所不同，这是净众寺律僧来自家门前当场宣扬的最新版本。夫人因畏惧果报而要缚鸡售卖，在她看来，这是很急切的补救措施。

他就耐下心来，与杨氏说理：养了鸡可以日日吃到鸡卵，给全家和自己补养身体，自己今年身体恢复较好，食鸡卵也有一定效用。鸡倘若卖掉了，到别人家不是一样要食虫蚁么？鸡和鸡卵不一样会被人吃掉么？那么，夫人你这个放生还有什么意义？总之，因为可怜虫蚁而把鸡卖掉是不合理的。

杨氏根本不理会他这套说辞。还说夫子实在要食鸡卵，去市集买来就是。自家宅中就不要养鸡了，将这些乌骨鸡卖掉她才能安心。

杜甫控制不住又生起气来，就和杨氏拌了几句嘴，声量也大了不少：你这迂直女子怎么不懂道理呢，怎么就这么容易受人蛊惑呢？

过后就开门走去廊道上，让阿段解去绳子，放鸡自由。杨氏是个本分谨慎的女子，自受菩萨戒后一直严守了不荤食的规矩，连鸡卵也从来不碰，于是就在内间里默默垂泪。推她也不肯动身，唤她也不肯出屋，背向了门口一句话也不肯说。

吵了半天，杜甫觉得有些无聊，就来到外间廊道，倚着栏杆望江景遣闷。他感觉很迷惑，为什么自己的妻儿这几天都要同他作对呢？

不管怎样，杨氏的心结还得解开。冷静下来后，还真就想出了一个主意。他走下梯阶，让阿段立即赶到真谛寺，去寻寺中大觉和尚的弟子——一位名叫心演的相熟僧人，还贴着阿段的耳朵嘱告了一番：你在法师面前就如此如此言说。

阿段的袍衫因为抓鸡缚鸡已弄脏，换了件干净袍子后，他立即就出了门。

大觉和尚上月去往湖湘后，心演暂时担任了寺主职事。他一人前来，上楼阁与杨氏谈说了几句。不一会儿，杨氏就随法师下了楼，浑当什么事也没发生，售鸡风波就这么平静了下来。

杜甫手扶拄杖将心演法师送出了柴门，一直往下走了许多步。他问法师究竟和杨氏说了些什么话，怎么这么快就将妻子说服了呢。

心演说，他前后只说了两句。第一句是这个游方僧在成都时是被张大师赶出来的，近来一直在夔州民户间摇唇鼓舌，他业已禀报了本地官府。第二句是他这次带来了一尊小佛和一卷鸠摩罗什《金刚经》。养鸡事不用听那游方僧的，员外和孩子都需要补养身体，家中仍可继续养鸡。她若是心中仍旧不安，就早中晚对了小佛诵经三遍。这是心演给她安排的日课。

杜甫听了差点没笑出声。法师化解此事竟然如此容易。解

第二乐章 火与雪　　383

铃还须系铃人,虽然系铃的和解铃的并不是同一人。

他对心演法师感激又加赞佩,自后就常去真谛寺找他闲聊天了。

过后几天杜甫思考盘算,已拿定了一个主意。

自到夔州以来,他游走夔州四境,一直觉得瀼西河岸的平地要比赤甲山麓更适宜居住,已有迁居的打算。不过,这迁居的打算还连带着另一个更为重要的设想:为了尽早出峡,他亟需凑够一笔丰足的旅资(最好有五十金以上,多多益善)。这是颇为现实的考虑。此前游白盐山时他已看过瀼西对岸东屯的百顷官田,又陆续从苏缪和孟仓曹那里获知了屯田的细节,包括每年的稻米收获。倘若可以获得临时督田的授权的话,东屯这里或许就有机会。当然,这件事需要取得夔府使主的认可支持。按照他一贯骄傲的脾性,他是断然不会当着柏茂琳的面直接提出的。他需要通过可信任的友人间接地暗示柏茂琳。

那么,谁是这中间可以信托的桥梁人物呢?

他在认得的夔州官员中一一排算,左思右想,还是找不到合适人选。论官阶来说,元持是柏茂琳之下最高的一位,可是,他会支持自己这个设想么?元持修炼道术多年,从日常言论来看,早已是个万事但求不沾身的人。要他附和跟从应该没有问题,但是,要让他来主事挑明,杜甫就很没有把握。

还有孟仓曹孟洗。近来他与自己往来较多,还是屯田的职事官。可是,这件事的谋划孟仓曹不但不应该介入,而且最好还是回避。

不管如何，腊月里要去瀼西仔细观察一番。二十六日一早，在杨氏那里编了个"立春野游"的名目，杜甫就带了宗文、宗武和阿段出发了。他自己骑马，阿段在前面牵引带路，宗文和宗武两个步行跟随。

出门时，宗文心里还有些忐忑：阿爷似乎已放过了擅闯军营的事，这几天再未提及。果真如此么？

夔州冬日的清晨，虽然寒气侵身，还是比此时的北地暖和多了。出夔州东门，过瀼西市集，就下到了瀼水岸边。这里水色空明，朝霞染红了半边天，白鸥或逡巡岸上，或浮游水中，悠闲自在，几支渔人小艓已划离岸边，木杆上的鸬鹚不时扑打着黑翅。说实在的，这里的风光要比城中赤甲一带生动活泼多了。

阿段在夔州人脉广泛，透过冉魁已提前知会了瀼西一带的里正。里正姓窦名全安，杜员外在窦家受到了热情的招待。当里正得知员外有迁居之意后，整个上午就带着杜甫一家翻坡过岗，将瀼西看了个遍。中午就在里正家简单吃过了午食。这时，杜甫得了个蛮重要的情报，从瀼水岸边向西翻过第一道丘冈后的第二户人家正好有空置宅园出售，主人家与孟仓曹兄弟还是近亲。

看完瀼西，下午又坐船渡瀼水，去到了东屯。登岸后先沿瀼水东岸向北，行至谷口后沿着屯田绕行，兜了一大圈过后，再次渡河来到瀼西，傍晚前归返了赤甲。

这天家主带了两个儿子同去，沿途言语极其温和。兄弟俩

第二乐章 火与雪 385

在赤甲家里早就待得烦闷，这回放松心怀畅游了一天，归来时都是一副喜滋滋的表情。杨氏正在家中准备晚餐，见父子三人有说有笑地回家来，也放下了一颗心。

她还在为养鸡的事烦恼么？

不，现在让她烦恼的已是另一个问题。这天晚上，当家主试探性地说出明春可能从赤甲迁去瀼西时，她就皱起了眉。在赤甲这边好好地住着，为何要搬去远离州城的乡间呢？夫子你是想学陶渊明隐居么？

杜甫不答话。他心里的那个谋划此时还没有任何成数。搬家这件事还是等那件大事安排定了，再确切详细地告知她吧！

腊月二十九日，立春已至。等过了年，杜甫就五十五岁了。虽然诸事不定，心情有些索寞，可是每逢年节变换之日，总还是要振作起精神来。更何况他对来年还抱有了新的期待。

北地人每逢此日要准备春盘，所谓春盘，就是将韭黄、果品、饼饵等堆簇木盘中，早起取食。杜甫不由想起开元、天宝年间那一段太平岁月。那时，洛阳和长安两京正是鼎盛之时，每在立春日，那些个高门大户会将几样春食盛在玉盘中，彼此互相馈送。在夔州就没有那么好的条件喽，不过这天杨氏和阿稽也做好了春饼，前日又从瀼西买来了嫩芹和柑橘，也算小小地庆祝了这个立春日。

这天的春饼烘烤得松脆喷香，惹得家主也胃口大开，吃了整一个。阿段、阿稽他们两个从未过过这个小节，这天也尝了新。这天天暖，日阳没有云翳遮挡，杜甫早食过后就在阁楼廊道上写出了一首《立春》。

前次胡商康百千离去时,曾留赠一匹越州缭绫、一匹细葛,都是上好织物。杨氏前几天已为家主制成了一件新绫袍(只剩袍子的衬里还没缝上),今日就要让他试穿。正面看了看,转过身还要再看一下,不合身的地方就要再加改动。给宗文、宗武和杜堇也制备了新衣,连阿段、信行也有新制的罩袍。杨氏视阿稽为自家女,也给做了一件。在那个时代,给亲人制衣可是妇人表露关爱的最好方式啊。

立春这天的中午,夔州下起了甲子雨。大历元年[1]这年恰逢甲子年,立春头一天称为甲子日,当日下的雨称为甲子雨。俗话说"春雨甲子,赤地千里",难道来年的五、六月又会是一个苦热之夏?

说是下雨,其实雨丝很细小,再被风吹引,望去其实更像是晨间的雾气,赤甲和白帝城之间有如布下了一张轻纱帘幕,而白盐山前如同已被烟雾笼罩了一样。雨势倒是很绵长,一直下到傍晚才停歇,入夜过后就感到了阵阵寒意。

这一向,杜甫发现大儿宗文静默了很多,不像之前那么活跃好动,多数时候都待在家里。但他也不怎么读诗书,而是迷上了做木工,还让阿段设法从修船人那里弄来了一副工具:有刨子,有大小两柄凿子,还有两把刻刀。

杂物棚本来堆放了草药和杂物,宗文将空余一角用作了工

---

[1] 766年。

场。他将两边窗户全部打开，不时在里面咚咚咚地敲打，其间还穿插了门口鹦鹉的叫声。杜甫走进棚子时，见地面已积满了刨花，阿稽和阿段正围了宗文热烈地讨论。阿稽的眼睛里放着光，一脸崇拜的表情。阿段则在旁边指手画脚，正在给宗文出主意。

宗文见阿爷进屋，立即挺身站直了，两眼瞪着父亲，一副准备听候发落的模样。问他手中正在雕琢什么，宗文就说要造一艘炀帝的龙舟。只因近来与前阁王儋家的孩子来往玩耍，得观初唐人杜宝《大业拾遗》的写本，他读到了炀帝造龙舟的一节，就抄录了回来。正打算依照记载，修造一艘来试试。他从胸前衣袍内抽出了一张纸卷，递给父亲观看。杜甫将纸卷拿到近门处观瞧，是这么一段文字：

其龙舟，高四十五尺，阔五十尺，长二百尺，四重。上一重，有正殿、内殿、东西朝堂，周以轩廊；中二重，有一百六十房，皆饰以丹粉，装以金碧珠翠，雕镂奇丽，加以流苏羽葆朱丝网络；下一重，长秋内侍及乘舟水手以青丝大条绳六条，两岸引进，其引船人普名"殿脚"，一千八十人并着杂锦采装袄子，行缠鞋靴等。

杜甫问宗文，你知道这"长秋"是指什么？宗文答，我问过前阁主人，这长秋是长秋监，也就是国朝现在的内侍省。

杜甫没有考倒他，一时又找不到其他话头，就退出了棚子。

他还能说什么呢？反过来又想，自己这个长子儒学诗书不能入门，那就随他去吧。如果他真能刻木成舟，手上掌握一项技能倒也是好的。过年宗文就十九岁了，弱冠已近，眼看着就要长成一个青年。自己和杨氏也许该给他安排一门婚姻来谋事立身了。于是，他这个阿爷又添了一桩新烦恼。

　　这天晚上，杜甫就和杨氏讨论起了宗文的未来。可是，眼下寄居夔州，进止不定，要婚配娶亲又谈何容易。倘若可以请裴太夫人协助就好了，此事或还有机会。可是，太夫人远在北地的华阴啊。

　　三十日夜中，夔州下了入冬后的第二场雪，这雪如同告别冬天的一个讯号似的，下得轻柔舒缓。

　　夔州气暖，没有从北方持续刮来的寒风来降温，雪一落到地上就融化了，日阳出来后，只赤甲山、白盐山和对岸麝香山的崖顶之上沾着薄雪，山崖壁面上的草木仍是一片苍翠。这几天，杜甫心里一直萦绕着筹资出峡一事，苦思冥想着要找一个替他在柏茂琳面前代言的那个人。

　　可叹啊，如今自己不得不低眉于这些武人！

　　在忧虑与期待交织的双重情绪中，杜甫同家人一起，即将辞去旧岁，迎来新年。

征旅

诗人传三部曲
杜甫篇 下

马鸣谦 著

人民文学出版社

下 部

第三乐章 农事

1

来夔州的第二年，出峡的意志已然坚定。而这个意志需要不动声色地传递到夔州使府中，诗文就是传递的载体。

大历二年的正月旦日是个好晴天，崖顶的薄雪仍未消尽。一大清早，晨曦刚刚露出不久，杜甫就坐上平肩舆，从赤甲宅前去使府，向府主柏茂琳贺新正。这样主动的拜问在他而言还是头一次。他既没有穿出入使府时常穿的绯袍，也没有换上新制的绫袍，只挑了一件旧便袍（袖口还脱了线）。杨氏不明所以，但也没有继续追问。

西阁离刺史官舍很近，杜甫已了解府主的作息起居时间。他到达的时候柏茂琳仍在官舍中，头面洗净，刚刚换好官袍。卯正[1]时分他就要去使府升堂，这天本州及属县所有官员都会到齐。自从代为撰作表文之后，柏茂琳已将杜甫视作了重要的

---

[1] 大约早晨六点。

辅助者。他明知杜员外不会随同前去，仍然口头邀请了一次。杜甫就说，正式升堂不宜列座，柏中丞如有贺春宴集，到时再与席不迟。

柏茂琳点点头。也好。

此外，他还告诉杜甫，近日侍御史路凭已调来夔州任职，这路凭乃现任朔方节度使路嗣恭的三男。员外与路凭相熟否？

是路十九路凭么？此前鹰公初镇蜀中时，路凭曾在幕府任功曹，是甫的成都旧识。路凭还有一位从叔路六侍御史，早前也在蜀中，曾任青城县县令，与甫是洛阳同乡。

两人小叙片刻后，杜甫随即退出，回返了西阁。

这天上午，杜甫在西阁埋首整理旧稿。下午，新到夔州的路凭果然登门造访了，想来也是柏茂琳提醒了他。路凭说，柏中丞目前还需往来夔州、邛州两边，他不在使府时，自己将代摄州事，不过，自己的任期也不会很长，年内或许也将北返。两人畅谈昔日幕府中事，杜甫也得知了严武病亡后幕府内外的很多情况。对于严武死因，路凭认为坊间传闻多是荒诞不实，因那天他曾引当值医官到官舍察看，第一时间到达了现场。医官对裴太夫人所说的内容他自然不知，杜甫便也放过不提了。

暮晚时，杜甫与路凭一同登临了东北角楼望景。连绵的矮墙雉堞上是夔州高远的云天，日阳已西垂，夕光虽然还能照到城楼，相去已甚远。天寒水落，两岸峡山在江面投下了深邃如墨的倒影。瀼水上游，还有一处白谷杜甫尚未去游玩，这天也和路凭约好了过后同游。

是晚，收拾精神写出了五言四韵的《白帝城楼》，尾联 夷陵春色起，渐拟放扁舟 即是他借了诗句释放出的第一个欲离夔州的信号。

一首不够，再作《白帝楼》。其中 腊破思端绮，春归待一金 一联已将缺乏旅资的情况揭露无疑。

第二天返赤甲宅时，于马道岔口见一株梅树，杜甫停了平肩舆，走去近前观看。枝间已见粉白的花蕾，凑近嗅闻，淡淡香气送入鼻中。他让役人伯夷折了两枝，插在了肩舆扶手处。路经前阁王儋家时，再次停下，让伯夷送去了一枝。王儋很快出门来，站在路边与杜员外共贺新春，攀谈了一会。

夔州春信已至，可是，杜甫的客愁也越发地浓郁了。

第三日拂晓即起，于赤甲庭院中远眺。

东面的白盐山壁立千仞，向北的山麓一带，松林树冠仍积存了前几日未化的残雪；南面，白帝城的东北角楼正沐浴在彤红的霞光中，姿容无比壮美。北地初春往往还有余寒，夔州这里一过立春已迅速回暖。无论江边还是瀼水岸边，已长出了许多叫不出名目的芳草，蜂蝶四处飞动，而欢鸣的鸟雀已开始了季候的合唱。

是日早间又作《晓望白帝城盐山》，尾联 春城见松雪，始拟进归舟 再次释放了将欲出峡的消息。

这天上午，崔公辅与驿官丁满同来赤甲贺春，又邀杜员外下午骑马出游。这次使府众人要再次渡过瀼水，打算在白盐山山麓一带骑行游赏。过后使府中还有设宴。崔公辅的邀请其实

第三乐章 农事　　397

来自府主柏茂琳。

杜甫当场作《南楚》一诗婉辞,托崔公辅带回转交府主。不能同行出游的原因,无非还是消渴症近来愈益发作,腿脚酸痛,行动不便。倘若让我陪同出行,恐怕只会挡了你们的道,我可不是故意要远离人群啊。年轻人喜欢策马赏春,我就不掺和喽。

丁满这次来,顺便抄去了员外近几日的诗篇。他现在从柏中丞那里领得了一项新任务:但凡员外诗篇,还须多抄录一份,定时传入使府中。这丁满啊,就像是采集花蜜为花草完成授粉的勤劳的蜜蜂一样。

这天风日晴好,待在家里实在也是浪费了这大好春光,崔公辅与丁满走后,他也坐上平肩舆出游,来到了武侯祠下的江岸。此前来游,总是来到武侯祠前就止步,这次他要细看一下传说中的八阵图究竟是何种形貌。

从武侯祠直下坡岸,梯阶比较陡峭。伯夷、辛秀这次先走下了西堤的内堤,然后一路平地,来到了鱼复浦的沙岸上。杜甫下了肩舆,手扶藜杖向前探步。脚下一脚深一脚浅,鞋子里很快钻进了很多沙砾,索性就将鞋绊一并脱下。那种感觉很新异,好似自己刚刚踏足此地,第一次与夔州的土地有了直接的接触。于是渐渐走到了离八阵图最近的岸埂上。

就近观视,见近处江水中有垒石八行,每行各有垒石八个,总计六十四垒。垒石上端浑圆如卵石,彼此间距约二丈,每行宽有百余丈。

伯夷说，员外，此时江水低落，八阵图看得很分明。再过数旬，待三蜀雪消，峡水汹涌涨起后，就只能看见那浑圆端头啦。这诸葛石堆已有五百年，迄今仍是当年蜀相布阵时的原貌，你说奇也不奇。它果真是军阵操练图么，究竟有什么功用？

杜员外手捋胡须，问伯夷此处上游是否有回流漩涡。辛秀家人很多都做船上营生，对此处水情就很熟悉，他一听就很认可：员外说得是咧，这八阵图前水底有湍急大暗流，不及时摆舵的话，船头就会打弯，弄不好还会倾覆翻倒呢。但凡从上游下来，即将到达夔州驶入西堤时，大小船只都会避开八阵图，撇向江心。

那就是了，员外断定这八阵图不是什么军阵，而是警示水情的装置。

他就这样和两名役夫并肩坐在岸埂上，随意谈说，这个春日倒也过得很惬意。

正月第三日使府骑游设宴，杜甫婉辞了，人日[1]又有大宴，夔州僚佐及邛州、荆州两军军将尽数出席。后面这个宴集可是重要场合，杜甫当然要参加了，这次就换上了正式的官袍。出门后，他在平肩舆上想到了六年前上元二年的人日，这天友人高适曾寄诗到成都草堂，诗中有　今年人日空相忆，明年人日知何处　这一联。明年人日，自己又会在哪里呢？去往使府的

---

[1]　旧俗以农历正月初七为人日。

途中，他心里一直盘绕了这个设问。

到得使府厅堂，柏中丞亲自将杜员外引到上座的宾客位，这样的礼遇自然让杜甫很觉受用。

这天的使府厅堂内外装点一新，堂外的檐额上包裹了绣段，堂内柱身与铺地都擦拭洁净。各人座席下铺装了新制毡毯，酒器已摆置小案上。十数个鼓吹伎人分作两班，围坐在轩廊两侧，鼓腰上贴了新剪的金花。庭院中，守卫武士分作三列肃然站立，个个头戴缨鍪，外穿铠甲，足蹬黑筒靴，手按腰中所佩长剑，每列各有一名旗手，旗杆拄地，此时，赤色旒旗正在春风中猎猎作响。

待众人坐定，杜员外与司马路凭和别驾元持首先举觞，领了左首的一众僚佐和右首的军将齐同举杯，祝贺府主升堂。一杯饮尽后，府主就按座次开始回敬，杜甫今天着实饮下了两杯酒（当然只让侍酒的歌女倒了浅浅的半杯）。

祝酒环节结束，柏中丞向堂下一击掌。宴乐歌舞就开始了。

今天节宴的助兴节目很丰富，先由一名壮士舞剑（也是赵公的部下，但不是上次舞大食胡刀的那位）；过后是百戏表演，由三位伎人呈献"叠置技"，三人忽上忽下，以伏卧仰倒、立拉撑推等动作姿势，叠成各式造型，最上一人为"瞑面"童子，用手将脚朝后引上，扣至头顶，这个惊人的柔术动作引得了全体观赏者的喝彩。过后另两人退下，童子原地鲤鱼打挺起，连续翻起了筋斗。翻了数十个还不见停。大家全都屏息注视着，只看到眼花缭乱不停翻转的一个人形。直到轩廊中伎人的鼓声煞尾，那童子才停止动作，在府主面前拜伏请赏。赏赐后，向府主再拜后退下。

今日厅堂中也邀来了本地夔人的长老一同与席。后面就是一队僚人少年的蛮歌联唱，据说唱的是渔家谣曲，歌调很好听，就是听不懂其唱词。

以上节目结束，宴饮正式开始了，其间厅堂内有盛装美人弹琴助兴，歌姬演唱。杜甫的坐席旁早已备下了小书案，于是拈笔作《陪柏中丞观宴将士二首》纪之。杜甫是不甘只写宴饮之乐的。这首诗与之前在蜀中写下的那首《赠花卿》相似，都暗藏了讽谏之意，只不过表露得很隐微。

诗写成后，柏茂琳又大加称赞，再次将杜员外比作了夔州的何逊。厅堂众人当然全体附和。杜甫自己却低下了头，忆起了前年永泰元年辞严武幕时写的《正月三日归溪上有作，简院内诸公》，那首诗中就有 白头趋幕府，深觉负平生 这么一联。两年后，自己为了出峡生计，又不得不再度白头趋幕府了啊。他的嗟叹当然只有他一人听到。

须一提的是，柏茂琳的兄长柏学士也出席了，就坐在杜甫身边的侧席。学士四十岁出头年纪，头戴平冠，身着黄帔，手中执握一柄黑羽麈尾，衣着形貌似儒又似道。他身材颀长，皮肤白皙，面貌与弟弟柏茂琳很相像，就是两鬓已见霜白，下颌留了长而飘逸的髭须。

柏如晦在宴集中并没有很多言语，只和近旁的杜员外稍稍攀谈了几句。由此得知，他是在九月上旬由扬州出发至荆州，十月初来到夔州。柏学士也读了今日的吟作，过后曾向杜员外

第三乐章 农事 401

郑重敬酒。他的弟弟、府主柏茂琳此刻已醺醺然,未必能辨识词句背后的深意,柏学士应该能够听出这首诗里的话外音吧。

这天的使府宴集却有一个让杜甫喜出望外的尾声:他的长安老友、时任江陵行军司马的杜位,接了荆南节度使卫伯玉的命令,这天下午随同从荆州回程的柏二来到了夔州。杜位此次前来,特为庆贺柏中丞上月的授官和入驻夔府,此行当然也要商议蜀中的军政形势。

柏中丞接到通报后,命人撤去了宴饮席位,携了杜员外、柏学士和几名亲信军将一同骑马出府,前去西堤迎接。

杜甫与杜位已有两年未见,此番在夔州重逢自然倍感亲切。这天他一直陪到府主官舍的招待小宴结束,将杜位送到客堂后才回返了赤甲。

入晚后,杜甫辗转难眠。杜位的到来,不啻在进退两难的夔州,突然漂来了一块他可以够到的浮木。自己应该如何利用这块浮木呢?他左思右想,到夜中仍没有成型的想法。

第二日早上,杜甫还在为这个难题发着愁呢,杨氏就问他原因。杜甫答说自己那位从弟杜位来到了夔州。

那就邀杜位来赤甲做客吧,让他看看我们如今在峡中的生计实况。总比在使府中官袍对官袍要好。你与他,毕竟可是交往了数十年的宗亲啊。

夫人一番话不期点醒了杜甫。杨氏说得没错,邀杜位来赤甲宅做客是最好的办法。又想到似乎还可邀请一两位夔州相熟官员作陪。那么,谁比较合适呢?从往来走动的频繁来说,自然非孟仓曹莫属了。可孟仓曹本身就主管了夔州的屯田,后面要谋划的事不管成与不成,他最好还是避嫌,免得授人以口舌。此外还有谁呢?录事参军苏缨熟悉使府各项事务,又在本州任职多年,可杜甫对他天生有一种不信任感。在苏缨身上,他敏感地嗅闻到了与昔日成都幕府中那些 当面输心背面笑 的小吏们同样的气味。崔公辅、崔如琢、韦伋呢?依照将近一年的交往和直觉,三人中崔公辅或是最佳人选。两人之间本来就有一层远房舅侄关系,又是洛阳同乡,这也是很重要的一点。

思量过后,杜甫就写好了两份邀帖,约杜、崔两位于后日中午赴赤甲宅小宴。过后又再作一首《赤甲》附上。

此时,郑审出任了江陵少尹,薛据客居荆州,郗昂为梓州刺史,岑参不久前还在成都。杜位啊,他们四位可是你我共同的老友,此刻都离得很远,在夔州能与我共饮之人也只有你了。尾联 笑接郎中评事饮,病从深酌道吾真 中的郎中就是指杜位,因他此时虽然出任了外州官,仍带考功员外郎职衔,评事自然是指崔公辅。

邀贴送出后,很快收得了回帖。杜位想必也对昔日老友在夔州的生活很有探究了解的兴趣吧。崔评事自不用说,员外亲自来邀,哪有不赴的道理?

第二天一早,夫妇俩就商量着拟好了一份菜单:白鱼两条,一条做鱼羹,一条做鱼脍,油煎白小一盘,炖乌骨雏鸡一只，另外还有前几日丁满送来的野味，菜蔬有莴苣和秋葵，又从瀼西买来了岷岭紫芋和新嫩的青芹。主食是杨氏烤的春饼。当然还要备上美酒，要让阿段去西堤酒楼买来蜀城烧和云安麹米春各一壶。

于是，整个白天，仆人们就忙碌开啦。这天下午，家主不时跑进厨间转悠，弄得阿稽紧张不已，挑拣蔬菜的小匾都失手打翻了。她不时眼望着杨氏，一副求告的眼神。杨氏就捉了杜甫的袍袖就往外引。

夫子啊，你在这里帮不上什么忙，快回阁楼做你自己的事吧。

可是，这天家主根本没有心思看书作诗，回到阁楼，他就躺在床上合眼假寐。

时间过得好慢。躺在卧间可以听到赤甲宅中所有的声音响动。信行上午采集草药归来，下午正在菜地里翻锄、洒水，宗文和宗武两个躲在杂物棚子里，不时交头接耳说话，不知他俩在谈说些什么，那鹦鹉偶尔还会叫一声 诗是吾家事，不是因为有人走近，或许也和甫一样是因为闲极无聊吧。只有从厨间传出的声响充满了各种诱人的细节，刚刚女儿杜董也被阿母唤去帮忙了，那里现在的确成了妇人女子统治的世界。

阿段在做什么呢？家主没有听到他的音声。不过，过一会庭院里就传来了他轻声哼唱的一支蛮歌，他刚从西堤买酒回家，这会儿正在搭设晒药条的棚架呢。很快，厨间的阿稽也呼应起来。她的音调比阿段的更浏亮、更悠长，少女的歌声飞出了厨间，飘浮在赤甲宅的整个空间。

家主在断续的歌声中慢慢瞌睡了过去。

十日上午，杜位来赤甲时，当然带来了礼物。

他还是昔日长安公子的作派，出手很阔绰：两匹锦缎，一盒临潼的火晶柿子，一盒白蜜。杜位的仆人当面打开了盒盖，杜甫看到后，眼泪都快掉出来了。这火晶柿大小圆溜如李子，外皮薄如纸，内中果肉晶莹，无丝又无核。将皮剥去，送到嘴里一吸，无比甜蜜，是长安的节令美物。而那盒白蜜还是杜位专请终南山相熟老僧在崖间采集来的。主人如此激动，都忘了客人还站在梯阶口，经夫人提醒，杜甫才捉了杜位的袖子往阁楼座席上带引。

这天，杨氏提前让仆人们将卧室门扇拆去，又从邻居王儋家借来了屏风遮挡，在卧间和廊道围合出了一个小宴单间。

落座后谈论，杜位自然先要问起杜甫离开成都的情形，杜甫就告知了当时裴太夫人嘱告尽速离蜀一事。杜位听了就说，自己能调离成都，也是因为太夫人曾写信给时任礼部侍郎的贾至说项通融的结果，因此才侥幸避过了后面的连番蜀乱。裴太夫人于两人都有大恩，感激是相同的。往下，杜甫就谈到了去秋卧病云安以及今春到夔州后又因旅资匮乏而羁留不得出峡的情形。

当着崔公辅的面，他毫无顾忌地将自己困居夔州的实况说了出来。对崔评事来说，之前与员外的交往还是浅泛的，他只是钦佩杜员外的诗才，也知道员外目前是府主柏中丞的座上宾，可这次陪同杜位来访，却得以了解了员外窘迫的家境。由此，他的心里就涌起了感慨与同情。

杨氏、阿稽和信行都在厨间忙碌，宗文、宗武拜见过两位客人后就退下了，阿段负责来上菜。今天赤甲的杜家人真的是倾力准备，杜位和崔公辅当然能看出杜员外一家是如何地看重这次家宴。

开席后，杜甫先敬了杜位一杯，稍许过后又敬了崔公辅。两杯酒都是仰头饮尽。他这可是破了云安卧病以来的酒戒。这回他是必须要饮酒的，因为不借助了酒醪，没有这勇气的加持，他还真怕自己开不了口呢。崔公辅不曾见过员外如此豪勇地饮酒，都有些吃惊了。杜位是杜甫长安时的酒友，便夸说起杜员外当年醉酒后的一两桩糗事，有一回杜二你还直接从岸上走入了荷花池中，说是要摘取一朵莲花，两个仆人扑入水中才将你捞回来。杜甫连连摆手，与杜位一同放声大笑，于是崔公辅也放开拘束，将两腿分撇开，与两位说笑斗欢起来。

崔公辅原先也在荆州卫伯玉手下，故而两位客人后面就说到了卫伯玉。谈论荆南节帅，难免又会谈到蜀中各路雄强拥兵对峙的现况，在他们看来，柏茂琳与卫伯玉的联手也是不得已的事，不然，这蜀中真就会让这个杀戮上官的叛贼崔旴坐定而难以剿灭了。这个话题杜甫向来有自己的见解，很快也投入了热烈的讨论中。

杨氏亲自将洗净的火晶柿子端上了阁楼，杜位说我已尝过了，让员外、评事还有家里的孩子们都尝一下吧。

待杨氏下楼后，他就问杜甫，杜二，你可知这柿子是谁人送我的？

杜甫摇头说不知。

是三月寒食刚刚设计缢杀中官鱼朝恩的元相元载。杜位的言语表情不乏得意之色，由此看来，他与时下炙手可热的这位宰相的私交亦相当亲密。

杜位早前在长安时就人脉通广，待人处事也相当精敏，此次被派外任，据他自己说与之前贬逐新州不同，乃秉受元载、杜鸿渐意图，要来调和卫伯玉、柏茂琳两人与崔旰的对峙关系。他也知道杜甫近时与柏茂琳走动频密，还为后者代写了表文，故而言语中多有表露对蜀中再起冲突的担心。

元相的意思呢，还是不要操切生事。目前对崔旰先以笼络为主，过后他自然会联手杜相加以处置，但肯定不是现在下手。

对于这个方略，杜甫和崔公辅都是赞同的。但他们也知道，卫伯玉、柏茂琳未必就会善罢甘休。崔公辅说，邛州那边的军镇根本没有撤离的意思，听说府主最近还打算亲自去邛州一趟。

杜位接话说，元相和杜相两人目前只想息事宁人，可峡中与荆州已然连通一气，与蜀中崔旰已是针尖对麦芒。倘若局势失控，夔州也不会安宁，员外在此居留恐怕也不是长久之策。他是想到了杜甫刚才所说的旅资匮乏这件事了。

杜二你有何谋划，需要弟来助力？

他看定了杜甫，直接将话头挑了出来。两人真不愧是当年在长安时的腻友啊，彼此还是很有默契的。

于是，杜甫也就不再遮掩吞吐，直接说出了谋划旅资的打算，并且直接提到了东屯官田。

崔公辅立即就理解了，提出可以让杜员外督管今年官田的秋季产出，除去上缴州府的额定官粮和雇佣当地土民佃农的部分，至少可得四五十金的收入。他曾听相熟的孟仓曹说过，遣派官人督田也不是没有先例，其中一例就发生在杜郎中短暂出任夔州司马的上元二年，当时夔州只是执行本道上官下达的政令。崔公辅说，现在既然夔州单设了节使，就不必有这些麻烦，由府主一人定夺就可以。

哦，还有这事？杜位说自己实在没什么印象。

崔公辅坦言相告说，除此以外，在这地狭人少的夔州似乎真没有其他便捷的生财之道了。当然，要让府主柏中丞点头同意，难度也不小，必定要有一个非如此不可的理由才行。

杜甫闻听两位客人的对谈，当下就整肃颜容，先就向杜位拱手作拜。

杜位托住杜甫的两臂将他扶起身，两人四目对望时，他看到了自己这位落魄多病的从兄满眼的焦虑急迫，连忙安慰老友说莫急莫急，总会想出办法来的。离夔州前，我会择机来提出援助杜员外的话头，但夔州具体事务我不便直接插手，最好是有个帮衬。

崔公辅说，自己可以当面向府主提出委托员外督管东屯的建议。为避免引起他人猜忌，防止消息过早外泄，最好是在一个没有其他旁人在的场合。杜位再一思虑，就想到了一个最佳时机，过几日他会在客堂设小宴招待府主柏茂琳，到时可以邀崔评事陪坐。

崔公辅又补充说，柏学士是柏中丞兄长，杜员外最好也主动去接洽一番，不用把话说透，只要表露急欲出峡的心思就可以了。听说柏学士家的祖宅，还是在长安城南樊川一带呢。倘若柏学士能出力，此事就更有成数了。正月人日的使府宴集上，杜员外已见过柏学士，因此上门拜问也不算唐突。另外，别驾元持也是员外的长安旧识，或也可探问其意见。

由客使身份的杜位来发起话题非常得宜，由熟悉夔州、荆州两边人事的崔评事来铺陈细节方案，也很合理。最后再由府主柏中丞的兄长柏学士来围合意见。杜位的偶然到访和崔公辅的助力，最终促成了这个方案的成型。

杜位又问杜甫出峡后的去向安排。杜甫说得模棱两可：倘若没有合适的授官，长安回去也没什么意思，洛阳东面的偃师旧庄已残破，周边四境也不安宁。倘若可以，自己还是想在荆州盘桓一阵，过后再定行止。

这件大事谈定后，杜甫才松出了一口气，他抓起酒壶，先替杜位、崔公辅斟上，自己也满斟了一杯，然后一饮而尽。此时倘若扪住他的心口，就会知道他的心跳得有多快。犹如刚刚乘着一叶小舟，独自漂过了一段险滩激流，他整个人尚自惊魂不定，亟需借助酒精的力量来压服汹涌的情绪。

对饮继续，杜甫和杜位两位长安老友划起了拳，口中还唱起了旧时的行酒歌，年轻的崔公辅也没有示弱，连连豪饮了数杯。

到申时初刻，小宴才结束。喝得半醉、脸色酡红的杜甫挂

第三乐章　农事　409

着藜杖将杜位和崔公辅送出了柴门，醉醺醺的两位客人身子摇晃着骑上了马，由各自仆人牵着辔头慢慢地下了坡。杨氏叫上了三个孩子，一起立在家主的身后送别。

接下来，就只能耐心等待了。

2

十日这天，杜甫的酒喝得太猛，回上阁楼后就在卧间酣睡。中夜醒来后头脑仍昏胀，坐起一会后，继续又睡。早间醒来时，人还在恍惚中。

白天在赤甲待了一天，无所事事，第二天还是出门了。

在事情落定以前，西阁还是要去的。这天下午，高祖第十七子道王李元庆曾孙李义过境夔州，由丁满带引了登门拜问。

杜甫外祖母的父亲，是太宗第十子纪王李慎的次子义阳王李琮。武后专权时，太宗子孙多遭杀戮。越王李贞起兵讨伐武后失败，李慎因支持越王坐罪下狱，改为"虺"姓。永昌元年[1]死于流放途中。李琮被拘河南狱，其妻被关司农寺，当时杜甫的外祖母着布衣草鞋，徒步往来两处为父母递送饭食。李琮二子李行远、李行芳发配巂州[2]，此后也都被杀。杜甫外祖父

---

[1] 689年。
[2] 今四川西昌。

的母亲是高祖第十八子舒王李元名的女儿，李元名同样为后党丘神绩构陷，流放利州[1]，不久也被杀。就此而言，杜甫的家世血脉中本来就有宗室的成分，虽然已隔得较远。

天宝三载三月寒食日（遇李白的前一月），杜甫与姨表兄弟荥阳郑宏之曾在洛阳北邙山合祭外祖父母，又作《祭外祖祖母文》追念。此次祭祖，李氏宗亲在洛阳、长安者都有出席，包括了那时才六七岁的李义。当年初见时，他还是个垂髫小儿，穿着一件绣了芳草纹的小襦，言语稚嫩。没想到今日竟然在夔州又见面了啊。

二十三年过去，现时走入西阁的李义已是一个身材高大的青年。当他低头拜揖时，杜甫顿时老泪纵横。他抓住青年的袖子，问他还记得当年情形么？

李义连连点头，在墓茔前合族追祭的情形还记得很清楚，只是当时年幼，听不懂祭文内容。长大后就从亲族那里抄录来，也时常记挂想念。今日来到峡中，不曾想还能见面。他也是感动落泪了。

两人在西阁谈论了一整个下午。杜甫由此也得知了李氏亲族的旧闻近况，贼乱之后，族人四散各地，李义一直避乱江夏，这次将赴西蜀，去往岷江源的松州干谒求职。杜甫告知蜀中形势不甚安稳，很可能会有兵乱，最好远避成都。

第二天一早，他还亲去西堤，送别了这个洛阳的远亲。

别李义归来后，心潮起伏难以平静，又独自登上白帝城楼

---

[1] 今四川广元。

远望峡东。满腔的烦愁与焦虑无以发遣，归来后作《白帝城最高楼》：

> 城尖径昃旌旆愁，独立缥缈之飞楼。
> 峡坼云霾龙虎卧，江清日抱鼋鼍游。
> 扶桑西枝对断石，弱水东影随长流。
> 杖藜叹世者谁子，泣血迸空回白头。

写出这首诗时，他完全由悲情所控制，不受近体音律的束缚，只中间两联仍用对仗，其余全是歌行作法，可以看作变格的四韵今体，也可以看作有对仗句的古体歌行。用字尤为奇险，其中第二句 缥缈之飞楼 一连五个平声，纯是古文句法，骨力无比强劲。尾联是狂呼浩叹，读来无比地哀伤沉痛。

这首诗写成的第二日，丁满就合了近日另几首一同抄去，很快就传入了使府中。府主柏茂琳读后，心中也有感动，凝神思想了很长时间。也有不以为意者如苏缨，认为杜员外在夔州生活安逸，府主礼敬有加又分金助力，何来如许多的烦愁呢。崔公辅在衙署中听到这些议论，并不理会。

十五日午间，如之前约定的那样，杜位在使府客堂为府主柏中丞设下了小宴，另邀崔公辅作陪。一切都按之前商定计划进行，两人也配合得宜。柏茂琳提及杜员外后，杜位就将两人之前长安情谊重叙了一遍，又说员外有意出峡，旅资尚嫌不足，还请府主设法援手，而后崔公辅就势提出了请员外督田的

第三乐章 农事

设想。

柏茂琳听后未置可否，只说还要仔细思量一番才能决定。

因严武的关系，对员外体恤照顾自然义不容辞，他也很感谢杜员外此前代写表状的助力。只是，他此时仍想招引杜甫入幕，心内多少有些不快：自己待杜员外不薄，一来就送了四金，还频分月俸，难道所做这些还不够吗？为何不可以入幕呢？哪怕一年也好。这样，员外你的生计问题也可以顺带解决了啊。

总之，府主心里还有这样一个疙瘩尚需解开。

十七日，依照前面计划，杜甫欲访柏学士柏如晦，先作《寄柏学士林居》，随同拜帖一同遣阿段前去投递。柏学士住在瀼西北面白谷谷口的山麓，几栋茅屋围合在山麓坡地，附近有溪水、竹林，此前曾是历任府主的避暑别业。

这首诗要如何写，杜甫就颇费思量。同为儒士，乱世中的飘零境遇就是最大的共鸣处，因此起首一联 自胡之反持干戈，天下学士亦奔波 就提示了这一点，后接以 乱代飘零余到此，古人成败子如何， 就代入了自己的处境。

这次访问似乎也带有某种屈身干谒的性质，毕竟是为了达成实际目的而进行的交往嘛。旅食长安的十年中，这样的事已做过很多次，这回等于老调重弹一下。既然是投谒，措辞就要谨慎，毕竟，柏学士对柏茂琳的影响可非同一般。

上午阿段送帖归来后，杜甫就在赤甲等候回复。午食过后，久久未见柴门前有使人来到，心里就有些烦躁。本想出门散心，上了平肩舆却又折返来。杨氏见他心神不定，就让他坐定在棚子里，与信行他们一同挑拣草药。午后的日光真是明亮，杜甫就坐在门边书写药囊的题签（头上就是那只鹦鹉笼），题签写好又将宗文唤来，查看了他记录的草药出入账目，复核了总数。过后就上楼午睡。

睡了有两刻，阿段在外廊敲门了：家主，学士遣仆人送来了回帖。

一张麻纸短笺上，柏学士只写了一行字：

切盼一会，明日晨间洒扫山庭以待员外。

后面就写干支日期和署名。不消说，学士的书体非常出色，从中也能看出他的学养功底来。当然，在这个回复里，看不到任何感情倾向的流露。

第二天，杜甫和阿段一早就去了西阁。过后骑马出夔州东门，先过瀼西，再沿瀼水河岸向北，去往白谷谷口。一路行去，乡野风景十分悦目，杜甫却没有心思赏看，骑在马上也低头想着自己的心事。

柏学士林居在谷口的山麓地带，骑马连续翻过了两个坡岗才到达。学士已在柴门前站立等候了。杜甫下得马来，两人在门前叉手作礼，学士就将客人迎入了东面敞亮的轩堂。

寒暄过后，杜甫先赞了轩堂的坐落位置，这倒并非只为奉承主人。柏学士摆摆手说，你我都是侨居，有一遮风挡雨的地

第三乐章　农事　415

方就足够了，除此别无他求。员外入峡近两年，想来也很辛苦吧。

杜甫就将自己如何离蜀、忠州如何得病、转至云安休养以及来夔州后受三任府主接纳的情况约略讲述了一遍。柏学士听了不时点头，对杜员外的生活实况也有了基本了解。

杜甫也询问了柏学士此前在扬州和荆州的经历。得知其家小现在仍在扬州，此次来夔州，也是因为弟弟柏茂琳数次写信，催促他前来辅助，两个儿子此前已投军伍，跟随了伯父。

柏学士对夔州还不是很熟悉，也没有可往来的熟友，所以目下打算继续待一段时间，再决定是否移家过来。他对杜甫温存相语，态度非常谦和。可是，在这礼貌之下，似乎仍有一种不能敞开心怀的谨慎，以及对于人事交往的倦意。

柏学士自然知道杜员外的诗名，对杜甫之前的朝官经历以及因维护房琯而被贬的遭遇也有耳闻。说实话，他对房琯一党的政见和施政能力是持保留看法的，认为靖乱时期文臣不应担任武职，文武理应并驰，而由皇帝和中枢统摄。但在这个场合，讨论过去的旧案没有什么意思，学士主要询问了蜀中形势，毕竟员外此前曾在成都幕府任职，很多情况都非常了解。当听闻近年来崔旰的种种作为以及蜀中诸军将的武力对峙时，便叹出了一口长气。

两人交往毕竟浅淡，杜甫不便直接提出请求，就只讲述贼乱期间一家的颠沛流离，以及出蜀后因为贫病交加而困守峡中的境况。当说到长安杜曲的乡土时，柏学士也动容了，天宝初那几年，学士也在长安，他的旧家也在樊川啊。

要告辞了。柏学士将杜甫送出了门外，临别前提到了近日从弟弟柏茂琳处观览的几篇诗文，他问杜甫，员外近几年的存诗可否方便一览？他想借此机会通读一遍。

杜甫当即应允了下来，虽然一时还不明所以。

回程后即去西阁，在书箱中找出了成都幕府所作诗和云安夔州诗，除自己较为满意的《登高》《秋兴八首》《八哀诗》《壮游》以外，他挑的都是诉说家贫老病或抒发出峡之志的篇章。自己眼力不济，傍晚又将丁满请来抄录。第二天一早就遣阿段送去了白谷。

送出诗卷三日后的二十二日，柏学士回访赤甲宅。

他来到赤甲，看到了杜员外一家仆人种药种菜、妻子儿女亲身劳作的实际生活场景，感受就很深切，诗文中读到的很多细节此时已得到了实地验证。

在廊道刚一落座，学士就将已读完的杜甫诗卷展开，对了诗文的作者大加称赞，他尤其欣赏近日所作《白帝城最高楼》和去秋所作《登高》《秋兴八首》诸篇，还亲口吟诵了一遍。

放下诗卷，柏学士说出了下面这些话：在诗文中，员外有另一雄大豪迈的面目！如晦不知该当如何形容，但此前曾读过员外进呈先帝的《进雕赋表》，记得表文中有这么一段文字： 臣之述作，虽不足以鼓吹六经，先鸣数子，至于沉郁顿挫、随时敏捷，而扬雄、枚皋之流，庶可跂及也。 员外啊，这段话虽然说得很是自傲，如晦以为您完全当得起。而 沉郁顿挫、随时敏捷 这八个字，用来形容员外诗篇也非常恰切。

第三乐章　农事　417

他语气坚定地向杜甫表示,斯文终究不能堕地,你我在夔州虽然不相熟,可是倘若有可以帮上的忙,如晦愿助一臂之力。

听闻此言,杜甫当场拜谢,眼泪夺眶而出!

柏学士连忙上前将员外扶起,两人捉袖面对,眼目里竟然都噙含了泪光。

于是,杜甫就将近日杜位向府主建议之事说了出来,并表示倘若能获府主允可,自当亲力亲为,尽力履职。

柏学士说,你我若要攀起关系来还是樊川同乡。员外请托之事,既然也有前例,那说明还有机会。过几日,如晦一定入府,尽力说服府主。杜甫再次拜谢。

这天,两人彻底敞开心扉,话匣子也打开啦。后面又谈论了很多时事。谈及去年二月鱼朝恩于国子监释奠坐讲[1]一事,两人一同大加挞伐。中官执《周易》升高座讲经,自古以来何曾有过这样的荒唐事。杜甫和柏学士都感叹朝中谏臣的失职失责。文臣如此畏惧怯懦,今后如何立足朝中?

此外,柏学士还主动谈到了弟弟柏茂琳。自己与这个二弟从小亲熟,可是自弟弟投效军戎后,两人就疏远了很多。此次来夔州,更多是眷顾了亲情。自己和员外一样,不会介入使府施政,更不想惹事上身。他自己已有退居荆州的打算,至少是在夔州和荆州两边来回住。

只要自己在夔州,杜员外随时可以遣小奴来通报,员外

---

[1] 释奠是置酒食以奠祭先圣先师的典礼,由国子监主官作宣讲。

418

来白谷或是如晦来赤甲都可以。告别前,柏学士如此对杜甫说道。

两人交往虽很短暂,彼此却能诚心相待,这一幕还是很令人感动的。

因这天柏学士来访时谈论了文士见弃、中官恣横的现况,当晚杜甫即作《折槛行》,第二天寄给了柏学士。引汉成帝时谏臣朱云手攀殿槛折断的典故,怀想唐太宗为秦王时与十八学士讨论典籍的盛况,又对照武后时谨厚持重的宰相娄师德、开元时忠谠直谏的宰相宋璟,对朝中宰辅大臣钳口饱食、怠惰无能的现状予以了严厉的抨击。

这是杜甫为自己,也为柏学士和天下无数士子发出的呼告。这呼告声,就出自南国边陲的夔州。他的声音能传至北都,到达那些手握权柄的新贵权臣的耳中么?他不知道,也无从了解,但他仍要在衰年奋力一吼。

他就是如此耿直不屈的一个人啊。

等待消息期间,杜甫百无聊赖。唯一可记的是二十四日傍晚去西阁时,在赤甲山麓的马道岔口恰好看见獠人祭乌鬼的队伍经过。去年九月三十日也有一次,这回却是他亲眼所见。

这是一列长长的队伍,前排六人抬着乌鬼神像,那神像高约一丈,的确如阿段此前描绘的那样全身漆成了墨黑,鸟身人面,目睛赤红,头上有火焰样的冠羽(也像龙角),下有一足(也像龙尾),与秦篆中的"夒"字十分相似。

神座后面是十来个手持竹抢、藤牌的青年壮士,再后面跟随了一队队的民众，老少年纪都有，有部落僚人，也有本地汉民，每个都一手持砍刀或铁叉，一手举着长火把。沿途路中不断有人从家中走出加入队伍。人群前呼后拥着正走去夔州东门，然后要在瀼水岸边乘上渡船，到对岸的东屯去。今日守城卫兵并不闭门，任由人众出入通行。

这天，大儿宗文没有出来观看，阿段说少家主去年已看过两回，他现在对这个已不感兴趣啦。

杜甫骑马跟随在后，出城来到了渡口。恰好相熟的僚人长老冉老翁站在岸边，杜甫便询问了乌鬼的来历。长老不会北地话，由阿段担任了通译，大意是说夔州地近乌蛮古战场，亡魂怨忿不去就化为厉鬼，常常为害乡间，当地人称为 乌蛮鬼。为要禳鬼除灾，众人照例要在北谷神台上杀牛作牺牲，洒祭酒，祭乌鬼与北地祭祀不同的地方就是会在田间演习兵阵，众人会分成小队散布在田间林边啸叫，直到火把烧尽才会回返。

此时约有数百人接续登船，对岸也陆续出现了一支支火把，冉老翁下舟船时，还邀请员外同去瀼东观看。杜甫推拒了，他还是不愿意掺和到夔州土民的生活中去，潜意识里仍然认为祭乌鬼是未开化的蛮风。

自来夔州，全家虽然从白帝城客堂搬至了赤甲，他几乎一半时间都在西阁，与当地土民的往来其实还是有限。在赤甲，除了前阁的王儋，也没有其他相熟的邻居。夫人杨氏就不一样，去年下半年开始就与邻家几位主妇走动频繁，更不用说活泼好动的大儿宗文了。倘若将赤甲那个家形容为墙内的一棵大树，则他的家人有如根茎和树干，已扎根在夔州的壤土中，他却像顶上的树冠，一直将身探过了墙头。

此地山川的雄壮，与北方的华山类似，长江出蜀流经夔州，也仿佛黄河一般。到夔州后，受了自然形胜的影响，他的诗兴比在华州时更要强健有力。可是，他对夔州仍然自带了北地人的眼光，对本地民风很有些看法（比如好赌重财，比如男子轻生，比如女立门户，比如少年不好读书，很多从商或从军等等）。这天晚上回西阁后写出的《峡中览物》一诗就可看作移居以来的一份小结，对夔州这个暂居之地，他给出了一个"形胜有余风土恶"的总评。

其间也有比较愉快的事。

二十五日上午，丁满送来了蜀中友人韦有夏的一通长信。信中告知，他已进入杜鸿渐幕府，出任了管内租庸使。随信还寄来了一大袋柴胡。

柴胡的时价可不低，这袋草药放在宋蠡药铺中出售就值两金。租庸使自然熟悉蜀中各地的草药出产情况，想来韦有夏在职务之余，必定也花了些心思留心收集。自己的疟疾去年没有发作，今后难保不会再有复发。有这些柴胡在，就有了对付的良药。

杜甫收到后当然非常感激，也感受到了友人寄药的深情。

还有一件让人啼笑皆非的事。

下午，本想立即给韦有夏写信，住在瀼东的郑典设却来到了西阁。

第三乐章　农事　421

郑典设刚刚收得长安从伯父的消息，告知夔州寄去的议婚书信晚到了一个月，那待字闺中的郑氏女子去年年底已许配了他人，亲族中暂时没有合适的婚配对象，遗憾见谅云云。因此，去年十月底他和杜甫两人为封阆州之子封五郎所议的婚事已告吹。

封承乾刚刚卸任阆州，转任通州[1]。封五郎为等候消息，正月中旬来到夔州，停留已近十天。杜甫立即遣阿段去驿馆将五郎请来。

五郎今年二十六岁，还很年轻，能在大理寺任主簿，也算初步立足了长安。他来到西阁，听到议婚不成的消息后就很沮丧，一直闷头坐在轩廊里。杜员外也觉得很抱歉，一边还宽慰说，男儿稍晚成婚也很正常，自己当初娶妻也是在天宝五载，那时已三十四岁了咧。五郎正当青春年岁，何愁没有好婚姻呢。郑典设也说，五郎且安心，议婚哪有一次就成功的呢。倘若不是太拘泥长安本籍的话，在外州的郑氏亲族也有不少适婚女子。

不，我非要娶长安女子！五郎如此直截了当地答道。

好任性的话！杜甫和郑典设听了只能相对苦笑了。这五郎真是有些痴憨，婚娶哪是一厢情愿的事呢？议婚也从来不会一蹴而就。况且长安各个高门大姓本来就瞧不起外州子弟，五郎这志向未免有点太不切实际了。当然，如果他的父亲封承乾有机会出任京官，情形就有所不同了，封承乾的同僚很快就会主

---

[1] 治所通川县，在夔州和开州西面，渝州北。今四川达州。

动为之牵线搭桥。总之，婚姻的成立，总要男女两家都觉得门第相当才能匹配啊。

封五郎第二天就离夔州，返回通州了。杜甫写诗相赠，还亲去驿馆送别，登船前又说了不少安慰话。此外，还给封承乾寄出了一封书信，让他好好宽解五郎。杜甫在此次议婚过程中如此投入，潜意识里也是由五郎联想到了自己的大儿。大历二年新年一过，宗文虚岁已十九了，即将从少年长成青年。他虽然还在懵懂不明的年龄，往后或也会遭遇类似的求婚困境。他是在五郎身上代入了自己的情感。

老友杜位也要离夔州，返回荆州了。

二十七日，杜甫入府参加了送别杜位的宴集。酒席就设在府主官舍中，使府僚佐中只有苏缨和崔公铺参加，另两位是留守夔州的军将（此时赵公已返荆州，而王兵马使已领军去往了黄草峡）。

席间柏中丞对杜员外仍然礼貌客气，可是，从头到尾他对东屯督田一事并无提及一字。此前杜位和崔公辅两位已提出了设想，柏学士那里也应承说会全力配合，但杜甫实在无法判断柏茂琳的真实态度。他心里忐忑不安，踏入官舍时，步履走得又轻又慢，仿佛担心踩上什么东西似的，这是刻意的低调收敛。坐席间也举止谨慎，言语比较沉默。他是生怕自己说错了话啊，另外，也实在是不知道该说些什么好！

庭院中，开春后长出的新草碧绿油亮，下面的旧草枯干色深，这不就是年轻府主与参加宴集的自己的各自写照么？好吧，好吧，一切随自然吧。花何时开，又何时谢，都有它的时令节序，这件事也一样。自己现在毕竟是在他人檐头下，他可不想做那些让人太过勉强的事。

酒宴过后，杜位在白帝城辕门与府主告别。其余众人骑马送杜位去西堤，杜甫也送到了江边。

登船之前，杜位告诉老友，听说柏学士昨日下午到了使府中，入晚又与府主在官舍餐聚，估计学士已谈到了督田。目前来看，这件事成数很大，但尚需一些时间酝酿。从兄你且安心等待。另外，自己在荆州的任职年内可能又有变化，今后各自珍重，要常通书信啊。杜甫对自己这个从弟的相助当然非常感谢。想到此次分别后不知何时才能重聚，心中不胜凄惶。

杜位登船时，杜甫又委托他捎带书信给夷陵的李之芳和江陵的郑审。

3

送别杜位后,杜甫就回赤甲了。一连待了三天,大部分时间都坐在廊道中晒太阳、看风景。当然,其间也给寄柴胡来的韦有夏写了首《寄韦有夏郎中》,以表感谢。

之前韦有夏那通来信还蛮长,报告了杜鸿渐幕府的一些动态,比如杜鸿渐迎请无住禅师之事。

话说开元十六年[1],有新罗僧人称"金和尚"者来到长安,不久受玄宗召见,编籍禅定寺。此后参访各地,投入资州德纯寺智诜禅师弟子处寂禅师的门下,人称无相禅师,由成都县令杨翌助力,先后修建净众寺、菩提寺和宁国寺。天宝初,章仇兼琼镇蜀时迎请无相开设道场,每年十二月、正月,与四众受缘,高座说法。无相在净众寺传法二十年,禅风广披蜀中。

天宝十五载玄宗入蜀避难,八月到成都后,得知无相禅师

---

[1] 728 年。

即当年召见过的金和尚，立即迎入内殿供养，又赐田一千亩，兴建了大慈寺。至德二载十一月，玄宗离成都返长安，临行前题额"大圣慈寺"。宝应元年五月，无相禅师于大慈寺坐化，接法弟子为无住禅师。

严武初镇蜀时，有天台宗萧律师因为是裴太夫人的表侄，故而借势夺大慈寺禅院为律院，夺禅堂为律堂。六月严武召还，高适为成都尹、西川节度使。无相门下众弟子又因无相禅师传法袈裟一事发生争执，高适当时还曾出面推问。经此波折，无住禅师就避居了白崖山。

过后郭英乂镇蜀时，侵占大慈寺为节度行营，曾引起了僧俗的公愤。

去年十月，杜鸿渐为平抑之前郭英乂之事，安抚蜀中官民，曾差遣韦有夏等十名文武官员前往白崖山迎请无住禅师，其中就包括了杀死前任府主郭英乂、现任成都尹和剑南西川节度行军司马的崔旰。此外，还有很多位都是杜甫的旧识。

岑参自不用说，前年十一月出为嘉州刺史，因蜀乱，受阻梁州而未能赴任。去年由杜鸿渐上表荐为职方郎中，列置幕府，七月抵成都。

再如杜甫的从孙杜济。论关系两人还是同宗近亲。杜甫旅食长安，杜济还是布衣，同住杜曲。天宝末，以寝郎从调，又补南郑主簿。肃宗朝，历鄌、渭南[1]、成都三县令，迁绵州刺史，又入朝为户部郎中。严武再镇蜀中时，奏为西川行军司

---

[1] 南郑、鄌县、渭南都在陕西。

马。严武去世，杜济曾权摄成都使府。去年杜鸿渐镇蜀，他又当上了副元帅判官，知东川节度，梓州刺史。

吴郁也是昔日凤翔行在的同僚，杜甫在朝中时，吴郁因得罪权贵而遭贬长沙。乾元二年杜甫自秦州至同谷赴成都时，曾途经吴郁在两当县[1]的故宅，作《两当县吴十侍御江上宅》。

军将董嘉会也是故交，昔日在严武幕中充左右巡虞候，曾领十军将攻击吐蕃所占西山，夺取当狗城。广德二年九月，杜甫也曾作有《寄董卿嘉荣十韵》。

还有李布也是严武幕府旧人，严武去世后留任观察判官员外，去年转升为承议郎。

另有梁国公狄仁杰曾孙、杜甫姨表弟狄博济，也是昔日的长安旧识，永泰元年杜甫离蜀后，也加入了杜鸿渐幕府。

韦有夏信中除了告知上述动态，还抄录了无相禅师的一段法语：

> 先教引声念佛，尽一气念绝，声停，念讫云：无忆、无念、莫妄。无忆是戒，无念是定，莫妄是慧。此三句语，即是总持门。

这段法语杜甫听过不止一回。宝应元年至广德元年避乱梓州等地时，他曾陪同章彝一同参访过牛头寺，又曾与李梓州、

---

[1] 今甘肃陇南。

王阆州、苏遂州、李果州四位刺史同登惠义寺,其间就曾数次听闻无相禅法。《望牛头寺》后一联 休作狂歌老,回看不住心 就是参访那天听法后的心得体会。

这天晚上,杜甫一直在琢磨此段法语的意味。 无忆、无念、莫妄, 自己此次的确需要这三句法门的加持啊。不管督田事安排如何,现在自己的心不能乱。

禅师法语只能让人心稍许安定,时间一长又无效了。二月上旬,杜甫去西阁的频率大为减少,只二月二日曾骑马外出踏青,多数时候就待在赤甲。整个人倦怠无聊,心情索莫,在终日不绝的杜鹃鸣声里,回忆成为了莫大安慰。

除了思乡,也开始怀念成都草堂,仿佛成都也变成了另一个故乡。月初就作了《怀锦水居止二首》。

草堂在万里桥的南边,百花潭的北边,六七间茅屋周边有回廊水轩,前后都有古木老树。春夏时节,通往东面蓬门的那条花木小径何其美丽!到了秋冬,早间向西北面望去,可见玉垒山雪岭的积雪,而到日落时,近处的锦官城就氤氲在苍黄雾霭中。自己为草堂写过多少明丽的诗篇啊。唉,这么好的城郊居处,可惜已经抛离,再也回不去了。看着眼前的巫峡水,他不由遥想锦江的波光了。

这日早间,他将前夜写好的诗作读给妻子听,杨氏听着听着就掉泪了。她一个妇人家,不懂什么诗文,不理解政事原理,也不知武人们为何要相杀相争,所求无非是衣食饱暖,最眷恋不舍的就是一个安定美好的家。说实话,她对草堂寄寓的感情是远超自己丈夫的。

夫子啊，倘若你多些忍耐，少些抱怨，改一改不肯低头事人的脾气，这幕府其实也能够待下去，成都也可以长住的啊。你看人家杜济、韦有夏现在不是很顺当地还待在那里么？尤其是那杜济，他还是你的从孙呢。如今也当上了一州刺史，人称使君了。为何不可以依靠呢？

夫人啊，你有所不知，这个杜济没有发迹时就是个亲情冷漠的人哪。

由此就引出天宝十三载杜甫上杜济家受冷遇的旧事，这件事，家主之前觉得难以启口，还未跟妻子报告过呢。

那年开春，杜甫将家人从洛阳接来了杜曲村居，本想依赖祖上的十亩桑麻田过活，岂料一到入秋就下了两个月的雨，农事无法展开，豆苗荒秽，瓜地冻裂，一时生计艰困。此时他仕进无门，无官无职，京中的故旧也个个鼻孔朝天，弃置不顾。妻儿家小眼看无法给养，只能每天入城去买五升太仓米，平日就反锁衡门在家里蹲守。那年宗文才六岁，宗武才三岁，孩子们不懂事，天天在风雨中玩耍奔走，看着就心疼。

眼看严冬将临，缺衣又少粮，深秋时就将家人移去了奉先。

夫人啊，甫一人独居杜曲时，米粮缺少饭食不足，只能忍饥躺卧，或是披着破衣袍坐在空荡荡的墙院里。有一日就想找熟悉亲友蹭一顿饭，一早就骑了驴子出门了。苏源明和郑虔那里之前已叨扰多次，实在不好意思再去。本想进城，走到半途又嫌天寒不愿前往，兜了一圈又回程，绕过百亩桑麻田，就去到了田头的杜济家。

那杜济见我上门,碍于亲族情面,只得勉强招待。可他心里老大不高兴啊。那时他母亲刚刚过世,家里只他和幼小的一弟一妹,这天家里的老仆也外出了,他不得不亲自动手下厨。去井边汲水淘米,故意将吊桶磕碰井沿,井绳甩了好多次,把井水都给搅浑了;去小园里割秋葵,不捉住葵根拿刀就乱砍。夫人啊,他做一次饭,你知道他在院落和厨间奔走了多少回!本以为同宗亲族可以相互扶助,岂料晚辈竟是这样一副冷面孔。过后连乡里小儿也都使坏,朝院里投来小石子呢。

夫人摇摇头说道:杜济那时也不容易,你要上门也要提前跟他说明才行。杜曲的亲族们本来就家境贫寒,一逢雨涝,田亩无收,谁家日子都不好过。大家都自顾不暇,亲情本来就如纸薄。夫子啊你真是迂执,对这些人情世故一点都不能领会。

杜甫点点头。是啊,后来也就想通了。甫初授官后也助力过他不是,找了几个朋友举荐,帮他谋了个看守帝陵的寝郎职位。后来在成都也和他相处得不错。就是当时有点气不过。

想了想又说,还是韦有夏有心,写了长信好语宽慰,还寄了药物来。这杜济可是什么反应也没有哦。

韦郎中他心性慈善啊,和之前过峡中的李秘书一样既是士君子,也是佛弟子。我听李秘书夫人说过,他早就受了菩萨戒,还是无住大师的俗家弟子呢,夫子你不知道?

不知道。

和杨氏谈话后,杜甫走下楼阁来到了院落中。宗文近来一直躲在杂物棚里，他的龙舟有没有雕成呢？

家主走近棚子时，宗文坐在南窗前，正借着窗口光亮仔细端详手中的雕刻物件呢。已凿出了龙舟的大轮廓，不过，他对大舸的细部还没有把握。杜甫就提醒他可以去江边仔细观察过路的战舸和商船，最好带了纸笔去，描摹图样下来，这样雕刻的时候就可以参考了。

宗文一拍脑袋，阿爷说得对哩，关在棚子里空想是不成的。

这天下午，父子俩很难得地一同出门散心去了。这次由宗文牵马，不用阿段伴随。宗文在画图样，杜甫就陪坐在堤岸上闲看。对了身边这个大儿，他心中满是歉疚。宗文的资质其实非常好，不好诗书是因为幼年时自己没有将他带在身边啊。无论如何，一个诚挚、热情的少年总会有他的前途的，即便将来他并不会跟随自己走上仕途。宗文心神集中时的表情和姿态多像自己，瘦削的两颊，高起的额头，仿佛烧着火一样的目睛，他就是甫的一个分身啊。

采风回途中，他还带了宗文去了西阁，在书箱中翻找出描绘楼船的文字，让宗文抄录去。

在宗文来说，阿爷这样的关切和帮助几乎是破天荒头一回。他的叛逆天性得到了些许矫正。

回来后，依照了描摹来的图样和抄来的文字，他就很耐心地雕刻细部，常常一个人躲在棚子里琢磨，每回吃饭都要阿稽跑进来呼叫若干次，才会走出。

阿稽也对他的工作发生了浓厚的兴趣，一等厨间事忙完，常常就过来陪伴。或是给他递过工具，或是清理地上的刨花屑；宗文入晚也要雕刻，夜里就要给他掌灯。宗武与哥哥向来亲近，总是搬了小书案来棚子里读书写字。妹妹杜堇不来棚子里，她时时刻刻都贴着阿母。这段时间，家主很少去西阁，阿段采药、农事忙完，也常来棚子里转悠。楼阁的二楼是成人的世界，于是这间大棚屋就成了少年们集中活动的所在，这里也是欢声笑语最多的地方。

　　午后时，主人主母在小睡休息，弟弟宗武在楼上廊道习字，阿段、信行出门采药去了。阿稽在厨间收拾好了就会到棚子里来，这是一天里两人独处的时候。

　　这时，宗文就会放下手中工具专与阿稽说话，询问她以前在云安的生活情形。他问，阿稽就轻声地答。听到阿稽说自小就失去父母，他就为她伤心。听到族人将幼小的她典卖给船商，他就愤恨。那船商是冉魁、冉武么？不是，是云安本地的船商。他家待你如何？阿稽说待她还好，抚养她长到九岁时，就将她卖给了官府。阿段是和你同时来的么？不是，她作官奴两年后，阿段才来。

　　这样的谈话，无意间就在宗文心里种下了一棵芽苗。在他看来，阿稽就是阿稽，如同家人一般，他和她之间没有主奴之分。他喜欢看阿稽的黑眸，喜欢她说话时的僚人口音，也喜欢平时有她来陪伴。最近他得了一小块椴木料，于是私下里就雕了一对鸳鸯鸟。不过还未上色涂油，这几天正委托阿段设法去弄来颜料和桐油。他找来粗麻纸，将两只原木色的鸳鸯包裹好,收在了放置刻木工具的长盒里。

阿稽收到这个礼物会不会受到惊吓?会不会拒绝?她会喜欢么?收下后能不能感受到自己的心意?这些他都不知道。而且,他暂时还没有想好是亲手交给阿稽,还是悄悄地放到她卧间的枕头下。

这段时间,杜甫也经常辅导宗武的功课。宗武已把《文选》中的诗篇部分背诵完,还抄录了一份,但感觉仍是懵懂。于是就耐心地讲解,告诉他这首大概写的是什么,那首又为何人何事而写,诗的格式也约略讲了下。还安排了后面读赋的功课,一首长赋可以分好几次读完,先就要知道赋与骚的渊源关系。阿爷如此长时间陪伴自己学习,在宗武来说也是未曾有过的。所以,他慢慢也有了自主学习的劲头。

下午,宗文有时也会从杂物棚子里走出,上楼将自己的诗文功课给阿爷看。他只抄写,并不背诵。杜甫看他的笔迹,书体风格倒是与自己有几分相似呢。

仆人信行我们之前一直报道得不多,主要是因为他性格上的沉默。信行每天的活动非常规律:拂晓时就醒来,赤甲宅中他总是第一个起身。洗漱后先浇菜园,收菜,再放入厨间。过后背着竹篓出门采药。去近处的话午前就返回,午食后再出门;若是去北面的白谷或瀼水对岸的北谷,因为路途较远,他便会带上干粮,到下午才返回。种菜和采药这两件事他做得很好,基本不用家主多操心。

近来信行有时也会去真谛寺一带采药,顺便走入瞻佛。去

第三乐章 农事　　433

得多了，寺里的心演法师也赠了他一尊小佛像。信行请回小佛后，还请少家主按照尺寸比例制作了一个敞口木匣（两边还雕刻了莲花纹样），于是他和阿段同住的茅屋里就多了个佛龛。信行每天早晚都会在龛前做念诵功课，一天都没有落下过。

　　近来家主不常去西阁，在赤甲也几乎足不出户，阿段便伴同了信行一样作息和劳作。不过他还负责了养鸡。阿段一直料理得很好，每日固定都有十个鸡蛋拿去厨间。鸡群数量一直维持在五十只左右，多余的雏鸡会卖去瀼西市集。

4

八日下午,西面传来了轻雷,起初听来很远,时断时续。入晚后,雷声隆隆而至,似已移至峡中上空。杜甫正在楼阁上野望,忽见对岸白盐山麓燃起了一堆一簇的火焰,起初只是两三处,过后就星星点点地遍布了夔州四境。又和去年六月大旱时那样在烧山了么?可现在还是初春啊。

询问阿段,阿段答说这是夔人开春后的烧山畲田,不是烧山驱旱啦。僚人土民除了少数住在东屯平地,大多住在山林坡地与斜谷中,在二月仲春初雨之前就要烧畲作耕。

畲田前,长老会请巫师钻龟占卜,计算雨期。待春雷响动,雨势将成,僚人就会赶在雨下之前头戴短笠、带了长刀连夜去烧畲。夔州男丁很多外出行船或从军,上山畲田时就有不少妇人。他们会砍去坡上的小树与灌木,使之滚落田中倒伏,然后点火焚烧。等第二天天亮,残火熄灭,就将田中热灰拨匀散开。一等春雨下起来,乘田土温热就会下种。山田坚硬贫瘠,以火灰作肥,无论种稻种麦,还是菜蔬,这样播下的种子很快就会分蘖出芽啦。

原来这就是古人所说的刀耕火种啊,看来我家园中也要这样烧草木来增肥。家主如此感慨。

傍晚酉时还只是星星点点,到夜深的亥时畲田火堆就遍布了四境。此时峡中刮起了大风。火焰蹿高时,照亮了瀼水两岸的林带坡地,望去犹如飞散的赤霞。不但有烧树木,也烧竹子,竹杆烧着后发出连续的爆裂声,听着动人心魄。烟灰升腾而上,趁着风势就飘来了赤甲和白帝城这边。到中夜子时,各处火焰渐渐低落,终至熄灭。

九日早间,果然下起了小雨,到下午才止歇。僚人巫师的卜卦可真准啊。

这一向没有去西阁,杜甫就和司马路凭走动比较多。路凭的住处离赤甲宅很近,下三个路弯就到,与王儋家不远。

在家里待得憋闷,就想出去串个门。雨止后,杜甫提笔写了首《遣闷戏呈路十九曹长》要投给路凭。阿段接过扎了绳线的诗卷,立刻跑出门去了。

这是一首七言四韵,借着讨酒喝的名义想上门去玩,语多谐谑。他到路凭家其实很少喝酒,多数时候就是闲聊天,或是下棋。此前在成都幕府衙署中坐班时,两人就是经常对弈的棋友。

第三联中有　晚节渐于诗律细　一句,杜甫不经意间袒露了作诗的自信。追溯起来,这种创作的自觉是从何时开始的呢?

天宝九载冬献三大赋,次年待制集贤院获得"参列选序"

的资格或就是一个标志点。天宝十一载,他在《敬赠郑谏议十韵》中就说自己 思飘云物外,律中鬼神惊。毫发无遗恨,波澜独老成, 那年他四十岁,对今体诗律已有充分掌握。此后,在成都草堂作《江上值水如海势,聊短述》,自述 为人性僻耽佳句,语不惊人死不休。老去诗篇浑漫兴,春来花鸟莫深愁, 又展现了随意兴咏、率性自由的另一面。

说起来,杜甫的诗风与李白大不相同,李白天生就是豪壮飘逸的一派,早期诗和晚期诗变化不大。杜甫就不同,他是一路摸索精研而又始终翻新着的。去秋以来他一直高产,写出了不少佳作,在体式上也屡有尝试。他对音律和修辞的调用已达到醇熟自如的境地,不再像早年那样需要反复的苦吟了。这的确是来到夔州后的一项显著收获。

十日这天也有外出活动,孟仓曹又邀杜甫去看春社。

这天杜甫仍带了宗文、宗武同去。阿稽没有来,只阿段一人陪伴。春社祭仪与秋社类似,就是后面蛮歌的展开形式与秋社时略有不同,都是男女对唱。这回蛮人的对歌都是四句七言后接一句三言的程式,如此循环往复。阿段这次没有加入春社歌队。

杜甫就让阿段担任通译解释唱词,阿段凑在他耳边说:家主,春社歌子唱的都是僚人男女相约结欢的事。唱词无非就是借了花草山石、鸟兽虫鱼的名目来巧作比喻,另一方应了三句后就要想法接唱,直到女方给出同意或不同意赴约的信号后,对歌才会停止。这样的对歌有时会延续好长时间。有一男对一女,也有一个男子对了整队女子,或一个女子单独面对了整男子这样的情形。

杜甫听了便皱眉,于是,他所轻鄙的蛮人风习里又多了一条。不过呢,对歌的声调倒着实好听。他心里就在琢磨能不能引这歌调来入诗。他又有了一个新的想法。

苏源明是杜甫故交,开元二十四年游齐赵时初识。天宝初就进士及第,累迁太子谕德,出为东平太守,天宝十二载[1]为国子监司业。杜甫旅食长安时,两人交情匪浅,加上忘年交郑虔,是志同道合的长安三友。河北贼乱攻破长安后,源明称病不受伪职,肃宗时擢知制诰。不料却在广德二年关中饥荒时,饿死于长安。杜甫去年十月所作《八哀诗》中就有纪念老友的一首。

二月十二日,苏源明长子苏徯来到夔州,由丁满带来赤甲拜问。

五年前的宝应元年,杜甫就与来游蜀中的苏徯相遇并同游,将他亲切地唤作四郎。广德二年,苏徯赴武功料理父丧后,返青城山守制隐居。如今三年服制已满,打算先游荆扬,再往湖湘一带谋事,但此时仍对出仕做官犹豫不决。

杜甫见到老友之子,自然不胜欢喜。两人楼阁座谈,说了不少长安旧事。杜甫在长安与苏源明来往时,苏徯还是个尚未束发[2]的少年,转眼十多年过去,眼前的苏徯也年近三十了。

---

[1] 753年。
[2] 古人满十五岁时不再是孩童,可束发为髻,求学问道。《大戴礼记·保傅》:"束发而就大学,学大艺焉,履大节焉。"

杜甫为鼓励他出仕用世,当场作《君不见,简苏徯》。废池尚藏蛟龙,枯桐犹可制作琴瑟,你现在年华正茂,不愁没有好前途啊。后面 丈夫盖棺事始定,君今幸未成老翁,何恨憔悴在山中 三句,当然是劝勉苏徯,却也含有自勉之意。即便到了衰年,也要再图振作,如古往今来所有豪杰人物那样死而后已。这是杜甫真实的心声。

苏徯第二天在西堤酒楼有邀宴,过后两人同返西阁,杜甫又作《赠苏四徯》。名为赠诗,杜甫却在诗中发了一大通牢骚。

这是怎么回事呢?

原来,昨天丁满带苏徯来赤甲时,悄悄向他透露了使府中的最新情况:在等待柏中丞做出决定的这段时间,谋划督田一事不知为何已经外泄。目下已引发府中一些官员僚佐的猜忌和议论,其中为首的就有录事参军苏缨和奉节县尉韦伋。是谁走漏风声的呢?断不会是向柏茂琳提议此事的杜位和崔公辅。应该就是府主本人吧,柏茂琳心里无把握,或许曾找来最熟悉夔州人事的苏缨咨询督田的可行性。

如此,这个苏缨就太可恶了。说起来,他还是老友苏源明的武功同乡,为何就不能顾恤体谅一下呢? 本可以作壁上观,不发表意见,为何就要为难? 在这个关节眼上,他成了阻挡自己出峡的一块拦路石。与此前故意送劣菜的园官相比,这才是真正在背后作梗的小人哪。这段时间正是杜甫最为焦虑烦躁的时候,因此就按捺不住,在诗里说出了 肉食哂菜色,少壮欺老翁。况乃主客间,古来逼侧同 这样的怨忿语言。

因为是同乡长辈的缘故,苏徯来夔州后已拜会过苏缨,离夔州前必然也会再与苏缨告别。因此，杜甫写出这首赠诗也带有一定的警示意味。

十五日，苏徯来西阁告别，杜甫又作《别苏徯》。经过他前后数番的开解，苏徯已下定决心，赴湖南李勉幕。自己久离官场，现在已没有能力可以提携故人之子，只能分享若干经验，临别作一番殷切嘱告了。

此时的杜甫尚不知道，两年半后的大历四年[1]秋冬，他将与苏徯在潭州再度相遇，彼时的苏徯已在湖南观察使崔瓘幕府做了兵曹。该年十二月桂州叛将朱济时反，苏徯前往桂州协助平乱，他又作《暮冬送苏四郎徯兵曹适桂州》赠别。

在夔州结交的青年友人崔十三评事崔公辅近来有迁官之喜。因得到府主柏中丞和荆南节度使卫伯玉的举荐，不久将赴长安担任神策军判官。十八日，崔公辅先来赤甲告知了员外。杜甫祝贺之后，又面露了愁容。

督田一事，此前崔公辅出力很多，他的调职让杜甫很感意外。自上月中旬向柏茂琳提出建议以来，时间已过一月。他这一走，杜甫对东屯督田能否落实就更没有信心了。

崔公辅却比杜甫乐观得多：督田虽也不是什么大事，细节牵涉却比较多，府主细加考察衡量也很正常。前几日，听说府主先后又召柏学士和别驾元持入官舍谈话，估计就是在商讨此事。员外莫焦心，再耐心等待几日，或许就有转机。

---

[1] 769年。

十九日，柏茂琳在官舍设宴为崔公辅饯行，还解下自己所佩的龙泉宝剑相赠。这天杜甫也受邀参加了宴集。二十一日上午，又与夔州使府众官员一同去西堤送行。这次离别让杜甫很伤感，也很失落。

送走崔公辅的时候，驿官丁满告诉杜甫，驿馆昨日有员外一位友人来到，是否一见？杜甫便随他去驿馆，偶遇了昔日长安的友人裴虬。

裴虬出身河东大族裴氏，字深源，小杜甫十一岁，御史中丞裴旷次子，其妻出自博陵崔氏，是杜甫的母家近亲。裴虬早年出仕前就住在长安，杜甫天宝十载集贤待选后，两人初识。天宝十三载，裴虬以门荫补太庙斋郎。次年杜甫授河西尉不赴，改授右卫率府兵曹参军时，裴虬出任了温州永嘉县主簿，当时杜甫曾作《送裴二虬作尉永嘉》送别。

裴虬大历元年遭排挤，先贬蜀中偏州，今年春再贬施州[1]刺史。施州在夔州南，裴虬赴任途中经过夔州，即将渡江南下赴施州上任。昨日暂住驿馆歇息，听丁满介绍说员外杜甫目前暂居夔州，喜不自胜。

于是，时隔十多年未见的两个老友就在驿馆匆匆一会，裴虬下午就要登船，临别前彼此眷恋难舍。杜甫说今后你我常通书信，裴虬说施州离夔州不远，兄长若不弃，也可来施州。施州虽是偏狭小州，总可为员外觅一容身处，到时你我正可以日

---

[1] 施州辖境大致相当于今湖北省恩施土家族苗族自治州。

日饮酒,细论诗文。杜甫再三称谢,可是,他的目标是出峡向东,寻机北归,于是就婉谢了友人的提议。

二十一日这天,杜甫在夔州送走了两个友人。

近来几日接连送走了三个旧交新知,杜甫的心情郁闷至极。傍晚回到赤甲,晚食后很快就进了卧间,倒头便睡。杨氏还以为他身体又有不适,连忙过来探摸他的额头。

来夔州已近一年,眼看着江草由青转枯又由枯转新,自己的烦愁也像这江草一样滋生蔓延,无可排遣只能写诗消愁。二十二日上午起身后开始构思,到午后他还真就写了一首七言四韵的《愁》:

>江草日日唤愁生,巫峡泠泠非世情。
>盘涡鹭浴底心性?独树花发自分明。
>十年戎马暗万国,异域宾客老孤城。
>渭水秦山得见否?人今罢病虎纵横。

诗题下他还特意加了一句自注: 强戏为吴体。 因这首诗并不是当时流行的近体。

为何要写吴体诗呢?又为何说是 戏为 呢?

他的祖父杜审言在高宗时科举取士,是历经三朝的文学侍从之臣,以善写五律知名,七律也佳。杜甫出生时,祖父已去世四年,父亲杜闲就担任了他的启蒙师。七岁那年,在郾城尉任上的父亲第一次为他诵读讲解了祖父诗,当时场景至今历历在目。九岁习字后,又让他一首首抄录。可以说,杜甫学诗完全是从追摹祖父开始起步的。诗是杜家的家学,其中又以近体诗为主项。

开元二十四年,杜甫二十四岁初作齐赵游时,曾去兖州探亲,其时父亲在兖州司马任上。两人同登兖州城楼时,父亲先诵出了《登襄阳城》,这首诗是祖父流放峰州[1]途中经襄阳时的咏作:

旅客三秋至,层城四望开。
楚山横地出,汉水接天回。
冠盖非新里,章华即旧台。
习池风景异,归路满尘埃。

杜闲让自己这个从小习诗的长子以登楼为题,同样咏作一首。那天杜甫就咏出了《登兖州城楼》:

东郡趋庭日,南楼纵目初。
浮云连海岱,平野入青徐。
孤嶂秦碑在,荒城鲁殿余。
从来多古意,临眺独踌躇。

这是他较早写出的一首五律,技法已相当成熟。追摹祖父

---

[1] 在今越南境内,河内市西北和富寿省一带。

而别出心裁，在当时已小有展露。将祖孙这两首诗誊写卷面后，父亲左右对读竟然难分伯仲，当晚兴奋难抑，欢饮至醉，连连叹说我杜家有后！

从那年的兖州到此时的夔州，杜甫经营作诗三十一年，对诗律的掌握已达到完熟自如的地步，所以前几日才会有 晚节渐于诗律细 的心声直露。不但五律上有积累，七律上也用力甚勤，来夔州后所作《阁夜》《秋兴八首》《登高》等都是正体七律。

可他的性格里还有不羁洒脱的一面啊！

今体诗的声律太束缚人，太程式化了，他这方面的技巧已完备圆熟，写了太多过后，反觉得单调板滞，欠缺趣味。而在他欢快激昂或心潮起伏的时候，更觉得今体不足抒发情绪，于是就想在声律平仄上破一下格式。他渐渐摸索出了一种新诗体——吴体诗（其源头也是六朝诗）。这种自创的诗体非古非律，亦古亦律，有时还结合了古文的句法和歌行的调声。其实早年的《望岳》《郑驸马宅宴洞中》《崔氏东山草堂》《题省中院壁》《早秋苦热堆案相仍》几篇已有这样的尝试，来夔州后，他就开始有意识地展开实验，不从声律来逞技，而以声情为发端。此前也已写出像《滟滪》《九日》《白帝城最高楼》《立春》《赤甲》这样的动人篇章。

《愁》诗写好后，杜甫向后一倒，就地躺卧打起了瞌睡。杨氏忙好楼下厨间事上楼来，见他睡着了，怕他着凉，取来黑貂裘披盖在他肩下，又将窗户和门扇关合了。她就坐在启开半扇的窗下继续做她的针线活，缝补丈夫的几件袍子。常穿的便袍袖口和衣角已磨破，出入使府时穿的绯袍领口也有污迹破损，也要稍加补缀。丈夫为督田事心绪不宁，她当然也很牵挂。可是，这一向他一直待在赤甲，陪伴在家人身边，对她来说，倒也不是坏事。

此时，侧卧着的杜甫已经打起了轻鼾。似乎睡得很香熟呢。

来夔州后他每日早醒，已养成了午睡的习惯。二月开始夜渐短而昼渐长，加之夔州南国气暖，这一觉就睡了很长时间，从未时睡到了将近酉时。

午睡时恍惚做了一连串的梦，于是又开始回想梦境。梦见的好像就是故乡洛阳啊：仁风坊的坊巷，二姑母家门口的杨柳，还有门庭里的两株大槐，自己好像又爬上了树，上了房顶。顺着屋脊走，走着走着，却来到了土娄庄的土崖坡顶，他从崖坡下到了墙垣上，过后又从墙沿跳上了墙边那棵大枣树。这棵枣树还是父亲当年所植，枝干粗大。他就找了个大枝杈骑坐着，一边伸手摘红熟的枣儿吃。

树下走来了几个少年郎，喊着要枣儿吃，他动手摘了一捧，包在自己的外衫里，丢了下去。少年们一阵欢呼，其中一个面貌很像宗文。杜甫很想叫住他，却不知道要跟他说些什么。他们几个嘀嘀咕咕地说着要去江边游泳，还要去行船，吃完了枣儿，就走离了。

忽然间，大地动摇。起初只是略微的震颤。到后面，越来越猛烈，简直就是在上下颠簸了。他惊怖莫名，不知道发生了

第三乐章　农事　445

什么。又听门外传来一阵呼啸,随之而来的就是一阵大风。这风可真够猛劲,直要将他从树上吹落,他抱紧了树干盯着门道看。只见三头大虎头尾相随着走入了院落内。三虎并排向前,向树下走来。停到树下时,又一起仰头吼啸。第一声吼,墙垣塌落,土块墙泥纷纷崩落,第二声吼,崖坡土石如雪崩般倾泻下来,将那依着山体新造的砖窑洞口给封堵了。啊,不好,自己的妻儿还在屋中!他急忙抓着树干,打算滑落下地。那三头大虎又是连连吼啸,步步逼近,威胁着他的安全。

正当惊惶不知所措之时,院落外又传来了滔滔的水声,从树上可以看见翻滚着水沫的江水波涛。水势甚大,一会儿就冲进了院子里,那三头大虎竟然也被卷入了涡流中。而他攀援着的这棵大枣树,树根已经松动,不住地左摇右晃,眼看着就要被洪水掀翻。

阿爷,跳下来。他向着声音所在方向看去,见宗文和宗武两人划着一首龙舟小艇来到了树下,水位已经漫到了树身的一半高。

跳下来,阿爷。莫怕。宗文已经站起来,做出抱接的姿势来,宗武拼命划着桨,试图稳定住起伏波荡的船身。

他有些迟疑。就在这迟疑中,他醒来了。睁开眼,翻坐起身,眼前没有龙船,也没有翻腾的洪水,宗文和宗武也不在身边。

启开窗户,望见的瀼水岸边已是日落景象了。时近暮晚,日光还很明亮,置放鸡笼的栅栏小院里,桃树已绽开了粉蕊。楼阁下的棚子里,传出了阿稽轻柔的歌声和阿段的伴唱,有时也能听到宗文宗武兄弟俩的说话声。孩子们现时在做些什么哪。

他将披在身上的黑貂裘移开，推门来到了廊道，杨氏见他睡醒后仍然一副懵懂恍惚的模样，以为他又发生了什么状况。

无事，无事，我做了个奇怪的梦。

一半神思还停留在梦境中的家主，现在手扶着梯阶的栏杆，一步一步下了楼，然后就蹩向了杂物棚子那边。

站在门口时，孩子们并没有发觉他的到来，棚子靠东窗和南窗的一角，现在成了宗文的工作间，也是他们聚会的地方。宗武正趴在案台上，看哥哥拿起刻刀雕琢着船身，阿段坐在南窗台上哼唱着，而阿稽呢，正在摆弄阿段刚为她采来的野花，正要插入案台上的小铜瓶里。一抹明亮的夕光照射进来，将她的额头照得一片绯红，其他三个孩子都背对着门，只阿稽一个人发现了家主的身影。她立即止了声。

杜甫收回脚，悄悄走离了棚子，转身时正好与笼中的鹦鹉面面相对。他举一根手指放在唇上，示意鸟儿不要乱叫。那鹦鹉倒也乖巧，只愣愣地瞪着他，扑了一下翅膀。他走去菜园，让信行在园圃边支了一张胡床，一边坐着望晚景，一边就和修理农具的信行谈说。

家母下楼进厨间了，阿稽赶紧从棚子里走出，帮忙干活去了。

坐在园圃时，回忆继续纷至沓来。入晚后，他将梦的残余与记忆的碎片捡拾起来，写出了一首《昼梦》。

第三乐章　农事　447

二十四日，离上月赤甲商议和杜位代提屯田事已过去一月多，杜甫等待多时，差不多已经绝望，放弃了这个想法。这天下午，他正在午睡的时候，孟氏兄弟联袂来到了赤甲。杨氏推门进来说，有客来到，夫子快快起身。

　　杜甫坐起，脑目仍昏昏沉沉的，一时不辨所以。阿稽端来了水盆，洗面过后稍觉清醒，衣袍未及束好、纱帽还抓在手上就来到了外间廊道上。

　　孟冼和孟恺两人见主人出屋，立即起身作礼，脸上都带了笑意。之前一段时间，因为等待督田一事的安排，孟冼为避嫌，与杜甫的往来走动不多。

　　恭贺员外。

　　孟仓曹，孟主簿，我有何之喜呢？

　　杜甫落座后，孟冼从袖中抽出了使主柏茂琳刚刚签下的那轴符文，递交了过来。屯田事已定，员外可以安心啦。

　　杜甫将紫色绳带解开，慢慢展开了纸卷，见录有下列文字：

　　　都督衙帖

　　　主者　夔州仓曹参军　孟冼
　　　依永泰二年四月敕，员外郎得任下州刺史，亦可赞翼上州州牧。比来检校工部员外郎杜甫客居有年，虽为吏隐之身而心系夔乡，去岁敷演表文于王廷，诚有实绩。今春宜领本府职事行官，督促辖内东屯营田事，缴输额定官税以外，凡百取一，听任所需。

符到奉行

大历二年二月甲辰日

持节都督夔州诸军事兼夔州刺史　柏贞节

衙帖是下发给孟仓曹的，其功能却类同了一份非正式的委任状，特许杜甫可以从督领屯田中获利。它的措辞者，很可能就是柏学士（或元持别驾）。本州除了他们两人以外，能够代替府主起草这样理据充分的公文文书的人，恐怕就没有第三个了。

杜甫的心跳得很快，稳下情绪后，将帖文再看过一遍，这才确认了确切意思。转忧为喜的过程来得太突然，他还是有点恍惚。孟氏兄弟告诉他，衙帖的行文是柏学士撰成，这次他两次入府解说情理，起了关键作用。崔公辅动身离夔州之前，使府内曾合议过一次。讨论的时候，路司马、元持别驾也从中说项，最终说服了柏中丞。

接下来就要变调了，杜甫这个吟诗的狂夫，很快就将变成一个忙碌的农事经营者。

第三乐章　农事

5

　　后面的事,要按重要次序一件件地做来。

　　二十五日一早,先写好了呈给柏茂琳的拜谢书状,信行这天不出门采药,他要将书状送去使府。过后就给元持别驾和路司马各写一封感谢短信,写成后,阿段先送去马道岔口的路司马家,然后再送去西门外的元持宅。午后,阿段还陪伴家主骑马去了白谷谷口,到柏学士林居当面拜谢。

　　二十六日早间,杜甫换官袍入使府,当面拜谢了府主。

　　柏茂琳说,督田已安排决定,大小事一任员外处置就是。有余裕时间,员外常来使府走动。即使不入幕府,议事厅堂也为员外专门设座。

　　柏茂琳这个要求并不高,其实就是让杜甫担任一个临时咨商的顾问。杜甫觉得可以接受,只要中丞有空闲,自己就来官舍坐坐,厅堂里就不必专为设座啦。柏茂琳说那也好,然后就说起了近来峡中的动乱。

　　因峡江封堵,僚民船户失业破产很多,有些人就投入了当地蛮溪豪族的手下，夜间往往乘小艇出动，袭击过往官员或商客，不过只抢财物，并不随意杀伤人。等官军到时，他们早已跑得无影无踪，常让前去征讨的军将们无可奈何。最关键的是，你不知道他们目的为何。本地僚人与汉民混居已两百多年，一直相安无事，料想应该不是部族的叛乱。

杜甫因为与夔州僚人船主冉魁、冉武相识，听了柏茂琳所说情况大致就明白了目前情势：说起峡中豪族，还有比冉姓根基更深更广的么？冉姓的势力不但在夔州，还遍布了峡中各地，不仅是冉姓一族，还连通了僚汉两家。这小股动乱或就与近来峡中水路断阻、商船不能通行有关。另外，夔州所产井盐近来受到低价吴盐的冲击也是一大原因，第三就是税赋过重，峡人生民生计艰辛。

一句话，动乱的原因就是因为经济利益。

杜员外给柏茂琳的对策建议是：立即邀来冉魁、冉武等船商及夔州辖境各地的长老，告知他们，贼盗以往所作情事一概既往不咎，不过，今后倘若再有劫掠，无论是劫人还是劫物，捕到后一律杀无赦。如同四年前广德元年平定广州市舶使、宦官吕太一的叛乱那样，将毫不留情地剿除。这一条是立威，杜甫提醒柏茂琳不可绥靖，随意安抚就了事。

冉魁、冉武及长老们到来之后，中丞就说三件事：一是保证荆蜀水路和陆路交通的畅通，专门调派水军船只，为峡中官船和商船护航；第二是管制盐价，低价吴盐不得入峡，要入峡须加价到与井盐齐平，各地市丞须定期上报井盐产出和吴盐的输入情况，随时加以调节。这样的话，像冉魁、冉武这样的中

第三乐章 农事

间商利益将得到保证。第三是设法减轻税赋。这有点困难,中丞可以向王廷再上表状,如元结在道州时那样为夔州百姓求请,能减多少就减多少。

哎呀,境况稍一改变,我们的员外郎杜甫立即就恢复了他朝官的本色。

他对峡中情势有着充分的了解,故而建议也很直截。柏茂琳听得认真,员外所说的前两件他后面几天立刻就照办了。

外面的必要应酬完毕,下一步就要考虑搬家了。此前听瀼西里正说有宅园出售,主人家还是孟氏族人。这次卜宅之前,杜甫就让孟家兄弟先代为联络接洽。

二十七日一早,天色晴好,杜甫兴冲冲地骑上马去了瀼西,这次就不仅是勘察地形了,而是要选定迁居的住所。

从瀼水岸边向西,翻过两道丘冈,第二户是一处果园别庄。主人将庄门打开,杜甫骑马进入。这里有瀼西(应该也是夔州)最大的一片甘林,柑橘树间还错落种植了桃树、李树和其他果树,此时枝头花蕊初绽,衬着甘林的碧色,仿佛来到了一处桃花源。向里走,低坡上建有八九栋茅屋,正堂疏豁,是一栋两层楼阁,与下方左右各屋还有风雨廊连接,正堂往下还有一栋大茅屋,带有宽敞的前轩,以前主人用作了饭厅和待客的所在。另外,果园东面小溪边还有一处茅屋,那里有园圃和小块田地。水源也不成问题,近旁有山泉入池,无须从山顶架设引水竹渠,再无水流断绝的后顾之虞。池畔又有一处单独小院。

总之，以一家五口三位仆人来说，住得可要比赤甲宽绰多了。

仔细看过田庄，杜员外很满意，决定先租赁下来。具体事宜同样先由孟氏兄弟代为谋划。

这天归来后作《卜居》，"未成游碧海，著处觅丹梯"一联将柏茂琳颁下的督田荷帖比作了升仙的丹梯。这个比喻还蛮贴切的，"觅"字也道出了为求得这个机会所花费的心力和前后周折。

很快就是寒食清明了，在官府就有四天之假。本地僚人并不过寒食节，因此杜甫家也简便从事了，只在这一天禁火和吃冷食。杨氏提前做好了烤饼和麦粥，让阿稽蒸了二十枚乌骨鸡蛋，又让阿段去瀼西市集买来了果品。

中午时，在院落中摆上几案，置备供物，全家先向了北面帝京方向三拜，过后又向东北面偃师祖茔的方向三拜，就算完成了祭祖的仪式。一家主仆喝粥食饼过后，杨氏将厨间事交给阿稽，自己就上楼阁卧间焚香诵经，杜甫和三个子女还有信行都陪同。从在成都时开始，杜家每年的祭祖仪式中就已融入了佛家的色彩。

家主觉得这样也很好。诵经可以安度亡魂，还能抚慰活着的人。

杨氏诵经完毕，杜甫就向妻子儿女讲述了最近的安排。

确定督田之后，很快就要从赤甲移居瀼西，这是家中的大事，具体搬离时间想来应该在三月中下旬。现在已近暮春，快

第三乐章　农事　453

一点的话，秋收过后的初冬就可以出峡，慢一点的话就在明年的开春。这个预计时程也需要让家人都知道。

眼看着又是一年新始，没想到，停在峡中竟然前后已跨了三年。每到寒食，阿爷尤其思念故乡，也惦念散落各地的弟妹，你们的几个叔父和姑母。贼乱之前，两京本来是三十口的人家，今天分散四方再难重聚了啊。目下我们一家人还在一起，多么值得珍惜！自贼乱以来，你们跟了阿爷阿母受了不少的苦，熊儿，骥儿已从儿童长成少年，很快又将从少年长成青年。董儿你最年幼，你阿母也最疼惜你，现在是大历二年了哦，你们几个都该懂事了！你们要记住，你们的家在洛阳，在偃师的土娄庄，先祖的墓茔也在那里。阿爷已衰老多病，出峡后不知何时才能返回家乡，今后如何，就看你们几个的心地了。

听到家主的这一番话后，杨氏和孩子们以及信行自然没有任何异议，孩子们都很喜悦，对于搬家，他们总是充满了探索的好奇心。

家人们下楼后，杜甫独自坐在廊道中望景。看着眼前夔州的桃花，想到的却是洛阳邙山的松柏山路，想到了作为人子难以避免的最后归宿。时光一天天在飞逝，孩子们一年年在长大，所有的光影物色、人事变迁都在催促自己肉身的衰老。他已提前预感了自然律令的感召，这律令前几日曾在梦中化为地震、化为大风、化为猛虎、化为洪水，而他心里知道得很清楚，揭开所有的面具之后，它意味着什么。

值得留意的是，这天杜甫所作《熟食日示宗文宗武》和《又示两儿》两首诗里，开始将兄弟两个并提了。这是对以往过分偏爱宗武而忽视宗文的一次纠正。当他花费时间与孩子们共处，并且主动去了解后，他发现自己对两个孩子的判断出现了差误。不管如何，他要对宗文作一些弥补，也要给予宗武更自由宽松的空间。

第二天三月一日，杜甫一早就与杨氏、女儿杜菫同去真谛寺瞻佛事，听讲经。这天他竟然在寺院里整整待了一天。心演法师现在就住在大觉和尚的兰若中，自从他帮助化解养鸡纷争后，杜甫现在已将他视为在夔州的一位方外好友。

三月二日上午，杜甫雇了两头驴子让妻女坐上，自己骑马，就带家人去看瀼西新居。孩子们个个都很兴奋。他们是喜新厌旧的，在赤甲住了将近一年，待得已有些生厌了。杨氏已习惯了赤甲，一下要搬离州城住去郊野，住处究竟如何，肯定要到实地察看一番才能定心。家主也必须经了她的确认才能最后决定搬迁的时间。

瀼西庄和赤甲宅一对比，其好处就很分明了。屋宅多，孩子们和仆人都可以各住一间。草药也有单独的杂物棚可以放置，还能辟出一栋单独用作宗文的木工间。溪水边的茅屋也很宽敞，信行和阿段两人可以同住。

更别提这里用水方便，以及满绕的各种果树花木了（赤甲宅前后与左面都是楼阁，要说赏景实在是没什么好赏的）。

杨氏还关心了租金价格。杜甫说我是柏府主的座上宾，又是孟氏兄弟的好友，租金应该不贵。倘若售价也可以接受的话，我看不如买下来为好，这样住着可以自己做主，也不用顾忌房主的感受。到了离夔州时呢，也可以设法再转手。

视察瀼西新居回来，午食过后照例小睡。下午起身后，杜甫走入杂物棚子，看了宗文雕刻的那只龙船。因为有了上次的写生和打样，这艘木船渐渐已成型了。现在的难点是如何雕刻舷窗、栏杆、木雉堞、舱门和桅杆的细部。杜甫就和宗武、阿段一起给宗文出主意。宗文说雕刻花样没有问题，就是需要更小的刻刀。这个就要拜托阿段去弄到了。

那天，宗文为阿稽雕刻的那对木鸳鸯刚上好色，新刷了一遍桐油，正放在窗栏上吹风。杜甫看见了，就夸他雕刻得好，宗文的脸刷的一下就红了。此时木鸳鸯周身的油漆未干，又不能收起来，他的样子真是忸怩为难呢。

杜甫似乎察觉到了什么。不过，他什么也没问，就当这对木鸳鸯与龙船一样，是宗文试手雕刻的又一个物件。

回到楼阁上，他就和杨氏提到了楼下见到的木鸳鸯雕刻。

杨氏说我早看到啦，孩子们雕着玩的。宗文即便要送给阿稽那也没什么啊。

原来你早就知道了。

于是又谈说起为宗文议亲的话题：夫人哪，宗文今年已十九岁了，少年郎已长成青年喽。照理是该为他谋划亲事了，可眼下待在夔乡，去留未定，很难找到合适婚配的人家啊。高门呢我们攀不到，低门呢我们也不会去接洽，真是两难哪。我家宗文的婚事，恐怕比那个议婚失败的封五郎还要难办。

近来谈到长子，杜甫的心总会变得柔和起来，有时甚至还有点啰嗦。

杨氏说，夫子你就随其自然吧，你自己不也是三十几岁才娶亲？

那是为了……他在心里自问自答：为了畅快地漫游，为了写诗，为了应举，为了等到我中意的人啊。

晚一点就晚一点吧。孩子大了自会寻到他的路头，娶到他的妻。

杜甫叹出了一口长气。杨氏没有觉察到丈夫的更深一层忧虑。

他开始操心大儿的婚事，是因为已有一种时不我待的紧迫感了。虽然此时所有的预感都是未知的，不测的，也模糊未定。

6

寒食后三月四日的早间，使府衙署中。今日是杜员外督田的第一天。

杜甫出场时，穿上了全套的郎官官服：身着圆领绯袍，头戴纱帽，足登乌皮六合靴，腰带佩上了银章鱼袋。当然，官袍的领口已由夫人修补过，加了衬垫。下摆和袖口都特意熨平了。此后不论寒天热天，他在瀼西庄和东屯督田时也是这样穿袍束带，因这身官服就是朝官地位的表征。虽说员外郎亲自督田有点自降身份，杜甫可不管这个议论。

今日出席屯田会商的，除督领的杜员外以外，列席者还有孟仓曹、孟主簿、仓督苏胜（苏缨的从兄，主管州县仓廪）和仓史丁沛（驿官丁满的从弟，负责笔录）以及东屯官田的直接管事人——行官张望（他的三名役田差人坐在身后）。

张望大约四十出头，原是江陵人，曾在淮南管过官田，到夔州已七八年，是个老资格的行官了。此人肤色黧黑，体格精干，唇上蓄八字须，目睛有些凸出，说话时的表情总像是在瞪眼看人，感觉有点不好对付。

孟仓曹先读过府主颁下的都督衙帖令众人周知，过后就交代今年屯田的诸项安排。

东屯官田由杜员外总领，凡行官、役田差人都须听令行事，日常出役都要向员外点卯报备。行官张望本来负有行田、征赋、粮草检验等职分，今春只做东屯行田，其余职事交由孟主簿代理。农事展开后，州仓应向东屯提供相应农具、斗秤衡器与车辆，秋收过后，检验稻谷入仓。仓史丁沛负责做好入破历[1]的纪录。

东屯官田所种为晚稻，四月初，行官会同仓督、东屯里正和长老共同挑选稻种，由员外亲自检核。根据本州前年与去年种植收成情况，再看今年气候，讨论决定选种配比。良种选好后，行官即安排役差在东屯拣选肥好田段，浸种育秧。深耕浅种后，秧苗既长，五月端午前后的天晴日，就开插秧苗。

孟仓曹将以上安排写在了两份纸卷上。讲说过后一份交予了杜员外，杜甫接过就收存了起来。另一份作为正式符令就要交到行官张望手中。

这张望虽是小吏，职责却不小，以往屯田他有几名手下可以差遣，只需定时巡检即可。现在突然安插了一个顶头上司，等于降级到了役差的地位。东屯官田的耕作他不但必须亲自下场，而且每天还得去点卯，平时根本脱不开身。他心里就很是不满。

---

[1] 入破历就是收支簿。

因此，孟仓曹交予符令时他就在走神了。

张行官你听清了么？

孟仓曹第二次问他，张望才回过神来，接过符令，领了手下三名役田差人一同向杜员外、孟仓曹行礼作拜。

张望向员外行礼时表情尴尬，动作也很勉强。那副老大不情愿的脸色表情，任谁在旁边都看得出来。

待杜员外退出衙署后，孟仓曹特意将张望留下，又单独嘱咐了一番。

五日上午，杜甫在西阁重看孟仓曹的督田文书，心里规划着未来的农事。此时他尚未搬离西阁和赤甲，对督田还没有切实的把握，无非是在猜测推想。想到了几件事，就记录以备忘。正捉笔写着呢，丁满送来了一通书信。

信是三弟杜观从江陵寄来的，信中告知杜甫自己前月出长安，目前已到江陵，年内将去附近当阳县[1]赴任。不日先将入峡来到夔州，看望久未见面的兄长。预计暮春月末，人与行李可到夔州。

意外收得三弟音讯，杜甫欢喜不胜。

他的几个弟妹中，杜颖和他是一母所生，嫁予韦氏的妹妹、杜观、杜占和杜丰是后母卢氏所生（父亲杜闲开元十八年时再婚，卒于天宝七载），年纪要比两个大哥小很多。杜颖小自己两岁，早年游齐鲁时就出任了临邑主簿，河北贼乱时，杜颖

---

[1] 江陵郡属县，今湖北当阳。

避去平阴[1]，后在齐州任职。广德二年秋天，杜颖曾长途跋涉，来成都探望兄嫂，小住几天以后便辞归山东。四弟杜占在自己授官后一直跟随身边，出蜀后留守草堂，现在避居了青城山。三弟杜观和五弟杜丰之前也在齐州，过后一直行踪不定。由书信得知，杜观离齐州、去许州，过后转去了长安，近年投谒了神策军某位军将，靠了军将与荆南节帅卫伯玉的关系，刚在当阳县谋得了主簿之职。杜观这年三十二岁。

这天下午，峡中起了风，披着明亮夕光的行云快速驶过头顶。不久，空中就传了持续的雷声，雨云渐渐四合，下了一阵骤雨。

杜甫让阿段卷起了轩廊帘幕，眺望江岸景色。黄莺掠过水面又飞回了野林，轩廊檐头的燕子正来回衔泥筑巢，下雨也不受妨碍。乍雨乍晴时，坡岸边各色花草的香气混合在一起，吸入鼻中嗅闻，如昔日长安省署中熏点的百和香般芬芳。

六日上午又有小雨，本来这天约了不久前从长安返回夔州的崔如琢一同去看瀼西庄，崔评事还答应先骑马来西阁相迎。杜甫从天明时分就开始坐等，一直等到了午时，还不见来。崔评事你怎么失约了呢？大概是因为天雨道路泥泞，担心我出门不便，所以才没有如约到来吧。又或许是因为缺少好马鞍？

杜甫就写了首四韵短诗《崔评事弟许相迎不到，应虑老夫见泥雨怯出，必愆佳期，走笔戏简》当作短信，让阿段送了

---

[1] 济州属县，今山东平阴。

出去。奇怪的是，过后竟然也没有收回复。这件事让杜甫很纳闷。

他所不知道的是，崔如琢与苏缪私交也极好。因为府主特许督田，他已对杜员外产生了意见。

午食后，杜甫就让阿段叫来了丁满。本来租赁瀼西庄打算让崔如琢做保人，现在退而求其次，就让丁满替代了。丁满一口答应了下来，那租出庄园的孟姓族人本来就与他相熟。安排好后，杜甫下午就回了赤甲。

八日上午，杜甫与丁满骑马到得瀼西，与孟姓户主正式签下了租赁瀼西屋宅的租契，由里正窦全安和丁满共同见证作保。只租屋宅，并不包括甘林和杂果树在内，租金一年为两金。

回赤甲后，下午又开始下雨，杜甫给瀼水对岸的郑典设写了一首《江雨有怀郑典设》寄出。第三联 宠光蕙叶与多碧，点注桃花舒小红 写得轻妙多姿，尾联又将郑典设比作了汉代隐士郑子真。杜甫迁居瀼西后，两人就可以做邻居了，乘舟渡河，很快就可以到达郑典设的瀼东别居。

九日，信行和阿段将采集制作好的草药全部送去宋蠡药铺出售，采药的箩筐、镰刀、小镐、晒药的竹匾、制药的小铡刀、石磨石杵和药囊就搬到了瀼西。信行一人提前住去了瀼西，开始看管接收送来的物件。

西阁和赤甲两边还要再归置几天，并不急于马上搬离。

整个搬迁安排得有条不紊，自然，这些都是主母杨氏的安排调度。

十日，杜甫又遣奴子阿段和阿稽两人将此前赤甲饲养的雏鸡尽数卖去市集，只留一公七母带去瀼西。这次是经家主认可的售卖，雏鸡捆缚了有好几十只，宗文见人手不够，便也跟了去。等阿段从市集返回后，杜甫又派他去驿馆，看是否有弟弟杜观新到的消息。在家等得愁闷，因杜观前封书信中曾提及灞上游春，上午就写了一首《怀灞上游》，回忆昔日与长安友人出游的往事，他和高适兄弟、郑虔、苏源明都曾骑马游过灞上。

十一日上午，终于收到杜观发来夔州的第二封信啦，丁满亲将信件送来了赤甲。宗文、宗武都围过来看信，宗文问阿爷：观叔叔何时到？是一个人来，还是带着一家人来？

他一人来，来夔时程已定，二十五日可到达。

于是，赤甲宅所有人都盼着这一天了。

这天丁满还带来了昨天抄录的一张来自京城的驿报。得知去年冬十月代宗圣诞日，诸道节度使纷纷上寿，献金帛、器服、珍玩、骏马等，共值缗钱二十四万。今年正月，先是淮西节度使李忠臣入朝，三月，汴宋节度使田神功又入朝。而盘踞华州抗命谋叛的周智光已被剿灭，首级示众京城南街，余党各按亲疏依法定罪。

作乱军将或降伏或败亡，王廷终于振作起来了！杜甫欢喜雀跃，如之前宝应二年听闻史朝义败亡、贼乱平定时一样。

将驿报抄录一份后，他吩咐阿稽烧好热水，放满浴盆，他要沐浴净身。洗好澡后，还跟夫人说要穿上整套官服，要焚香

第三乐章　农事　463

设座。在家里还要这样整肃仪容,实在是很可怪。

杨氏为他擦干头发,束发插上簪子、戴好头巾后问他,夫子今天又怎么了?

各道节度使先贺圣寿,过后两节度使入朝面圣了。

还以为夫子你又得了新封官,这就打算上朝去呢。原来是这事啊。夫人打趣他。

未得新封官,还是员外郎,就不许沐浴更衣么?

许得沐浴,许得更衣。干干净净总比邋邋遢遢好。马上要搬去瀼西新居,弟弟也来夔州,我家的确有喜事。

夫人你有所不知,这河北诸将很多都是安史余党,自归顺后,各拥劲卒数万,自行任命手下文武将官,不听王命又不输贡赋,还相互结为婚姻以连纵。王廷一直拿他们毫无办法,名义上是藩臣,其实只是暂时羁縻而已。

所以夫子你就这么高兴?你啊,心心念念还是想着长安。

然也,然也,夫人知我。

要不出峡过后我们就北返吧?在杜曲自家住着也踏实。

夫人说到这个,杜甫就不接话了。

于是又鼓舞起了作诗的热情。下午就快吟写成了前四首,晚食后写了后面四首,明早起来又写二首,晚上再补写了二首,两天里竟然一连气写了十二首,合为一组《承闻河北诸道节度入朝欢喜口号绝句十二首》。隔日十三日又抄录了两份投给元持和柏学士,下午还受邀去柏学士家热烈讨论过一番呢。

在杨氏看来,自己的丈夫这回和去年九十月间一样,又犯了作诗的痴魔。

在弟弟杜观到达前,先要搬好家。

三月十四日一早就去了西阁。这里的东西可不少:书物箧箱十六七个,衣箱两个,此外还有卧具、笔墨、砚台、乌皮几、琴架、剑匣、药釜、小炉、赶蚊蝇的棕拂子、白羽扇,夏日的簟席和冬日的毡垫也要卷起带走。在西阁住了有一年,其间还添了不少什物,比如元持送的一对小屏风,路凭赠送的棋案、棋子,心演法师送的六个蒲团。

下午,阿段牵马,伯夷、辛秀和信行各牵一匹驴子,将所有东西都装上,先行搬去了瀼西。杨氏就带了阿稽留下来打扫清理。交还使府前,总要让西阁光洁如新。

这天入晚,杨氏又指挥家中所有人开始整理收拾,衣箱比较多,有七八个。这一年添置了不少厨间用具和生活用具(如铜澡盆、三具暖炉)。这样一来,要搬去的东西也不少。

十五日上午,孟仓曹派来了七个役夫,将赤甲所有的器具、物品、家具、簟席、毡毯、存粮、四个鸡笼等全部捆扎背负,先运到了马道岔口,七匹驴子已等在那里了。午食过后,伯夷、辛秀抬着平肩舆将家主送到了岔口,家主就骑上了阿段从西阁牵来的马。夫人自带一只细软包裹和女儿骑上了驴,宗文、宗武步行(宗武捧着他的木作箱),阿稽和牵马的阿段背了竹篓,伯夷、辛秀将平肩舆寄在王儋家,各挑了一副担子。

未时四刻,这一队人就正式上路出发喽。

鸡笼里的乌骨鸡们特别聒噪,搬离赤甲时,它们的啼叫声将左右邻居都吸引到了柴门前,杨氏和他们告别时还掉了泪。

第三乐章 农事 465

家主坐了平肩舆下到前阁王儋家门前,还特意停下入门道谢。自来夔州就借住了王判官的楼阁宅子,至今已一年,其间一直得到王儋的照应。无论如何,杜甫都欠了一份人情。王儋说,楼阁要有人住才好,这下搬离了就空落落的了。员外搬去瀼西后,也要常来走动啊。宗文和赤甲一带邻家小儿,尤其王儋的两个儿子已经相熟,要搬离还真有些不舍的样子。

从马道岔口转入城中,出了西城门,路上遇到夔人僚民,女子马上站停让道,男子就脱下头上笠帽致礼。途中走经瀼西市集时,鸡笼里的鸡只们又喧闹起来,尤其是那只雄鸡"乌将军"。家主坐在马上说,它这是担心夫人会将它卖去市集,还是担心去了瀼西人生地不熟?阿段你说哩?

阿段说,"乌将军"是想起了之前卖去市集的雏鸡了。

家主一听,觉得阿段说得有道理:鸡只们不用喧闹了。到了瀼西,你们的鸡圈更大,可啄食的虫子更多,肯定会养育出更多雏鸡的!

这个话题杨氏可不爱听。她和女儿杜堇合骑在后面一匹驴子上,听到丈夫这么说话就提起小鞭轻打驴臀。她们两个一下就走到了队伍的最前列。

后面家主就不谈乌骨鸡了,他开始畅想未来的瀼西生活了。的确,论占地面积,果园和园圃的配置,屋宅的宽绰,瀼西庄简直就是个天堂。其氛围环境,完全可以和陶渊明的南山庄媲美啊。

因为想到了陶渊明,于是就让伴行的宗武开始背诵《文选》的功课,指定要诵陶渊明《读山海经》其一。宗武走在阿

爷左首,就开始背诵起来:

> 孟夏草木长,绕屋树扶疏。
> 众鸟欣有托,吾亦爱吾庐。
> 既耕亦已种,时还读我书。
> 穷巷隔深辙,颇回故人车。

背到一半时,宗武略有些磕绊停顿,杜甫就接了上去,与孩儿同诵:

> 欢然酌春酒,摘我园中蔬。
> 微雨从东来,好风与之俱。
> 泛览周王传,流观山海图。
> 俯仰终宇宙,不乐复何如?

诗文吟诵完,又想到了走在右首的宗文:熊儿啊,你的龙船和木鸳鸯都带上了么?宗文本来好好跟随着,一听阿爷提到了木鸳鸯,马上就躲得远远的,落到了队伍的最后面。幸好大家都没有留意这一节。

与平日不同,今天的家主是个活泼的乐天派。他打趣身边的每一个人,大家也都被他的欢乐情绪给感染了。阿段唱起了蛮歌,阿稽还有伯夷和辛秀也在后面伴唱。

杨氏渐渐放慢了驴子的步伐,她开始寻思到瀼西过后各间住房的分配了。此前她只随丈夫看过一次,还是很不放心。

申时初刻到瀼水岸边时，里正窦全安已站在那里相候了。杜家这一队人翻过坡岗，过第一户瀼西民家，来到了果园环绕的新居。

瀼西庄因为有大片果园，故而四周围合了篱墙。入口处立有石柱，大门正对了瀼水河岸。提前入住的信行已启开门扇，阿段牵了家主的马领头进入园中。

孟仓曹安排的役夫、驴子回返了，从西阁、赤甲搬来的各色物件全部集齐在前轩中，由家母一样样安排搬移。虽然之前已计划得很好，局面还是有些乱，物件搬去各间屋舍就费了好大一会工夫。瀼西庄太大了，每搬一处，杨氏都要亲自安排。

到瀼西这里，三个孩子都有自己独立的一间屋，宗文、宗武就住在前轩的左右两间，杜甫夫妇和女儿住在后面坡上正堂的楼阁上，西间给董儿，他和杨氏的卧室在东首那间。底楼朝东的大间用作了书斋，朝西那间堆放衣物、被褥、簟席、毡毯，临窗可做女红缝补。池畔小院的那栋屋舍留给杜观来到后居停。阿稽住在杂物棚子旁的小舍，信行和阿段住园圃的茅屋。果园草亭边还有大小两座茅屋，不过当时还是原主人所有。

到傍晚时，杨氏和仆人们还在前轩忙碌，阿稽一人在收拾厨间，还没有开晚饭。杜甫独自坐在正堂庭院的石阶上，眺望着瀼西的暮色。这里的视野非常开阔。

瀼西庄的地势高于东面的瀼水河岸，没有嶙峋的崖石（登瀼岸后的第一户就在多石的第一道冈坡上）。围绕住屋的果园中，到处可见红白两色的林花。东南面，白帝城的雉堞笼罩在晚霞中，因淡淡的雾霭呈现了粉色；因为隔得远，峡中江水仿佛静静地流动，可江岸边其实一路喧响，一刻也不曾停息。前轩两面的侧坡上，前主人开辟了两三块不修田埂的山田，此时仍落着荒。今后是种粟米、小麦，还是豆子或姜呢？杜甫还没怎么想好。

一到暮晚，春天的气息尤其深浓。而当天色渐黑，南楚的天空中星粒就渐次浮现，月亮已从西面的蜀中升起。日色昏暝之际，杜甫忽被另一种情绪给淹没了：自前年四月末出蜀，到今天已跨三个年头，来夔州后，也已数次迁居。在这个群盗相踵、黎民困厄的年代，像吕尚与诸葛亮这样的人杰，如周公、孔子这样的贤人是不复再有了，本朝以往那些有济世大才的臣子们也都离世了。朝政自己已无力去关心，唯一挂怀之事就是尽早地出峡。何时甫才能跟随了飞鸟的翅翼，出离这修耸的山峡呢？

刚刚搬来瀼西，急迫与忧惧就开始涌来。他的生命之火，正不自禁地起伏明灭着。

入晚后，家人和仆人忙碌了一整天，累得不行，早早都歇息了。杜甫晚食后打了个盹，中夜前醒来后睡不着，就推启书斋的窗户望月，拨亮油灯作了一首咏月诗。

第三乐章　农事　　469

7

　　搬来瀼西的第二天，午后下起了雨。雨不大，下下停停。雨天不能外出，杜甫就在书斋耐心整理文房书物，原先散落在西阁、赤甲两处的书卷现在合成了一处，拿取阅览方便多了。又给宗文、宗武挑了几部适合他们看的书，装了单独一个箧箱放到了他们前轩的房间中。

　　杜甫做自己事的时候，家人也没闲着。杨氏将几间住屋整理好，又让信行、阿段把鸡棚搭到百步外的溪边茅屋边，依照赤甲时那样还是要竖好鸡栅，不使鸡只随意走出。她是眼不见心不烦，因为所隔距离比较远，正堂和前轩也能保持洁净。

　　瀼西宅有八九间屋里，选了地势高敞的杂物棚子用来堆放和加工草药。这天上午，之前嘱咐辛秀、伯夷打制的木架也送了过来，杨氏、阿稽、杜堇她们用废旧布料又做了几十个新药囊。因为之前草药已全部售出，草药屋里现只有家主仍在服用的饮子方药和韦有夏寄来的那一大袋柴胡。

　　十五日入住瀼西前，信行就已将溪边茅屋旁的菜地开辟了出来，蔬菜初种好，又要开始采集草药了。瀼西离山岭更近，入山采药更方便了，杜甫嘱咐他要小心蛇虫野兽，带上防身用具。头几天，阿段一直带领了同去，以便让信行熟悉白谷与北谷的各个路径，宗文也随他们去了一两次。杜家采集草药的范围开始向北面扩展了。

  傍晚雨止，杜甫步出屋门，听雷声从峡江那边传来，天空仍密布了云气。到中夜，雨果然又下了起来。断断续续下到了十七日的清晨，天才开始放晴。
  杜甫将书斋东南两面的高窗全部启开，赏看着雨晴景象。瀼西庄正对了东面的白盐山，前两日对岸一直雨云笼罩，山色昏暗。此刻雨停，晴光投照于草木，山麓如铺展了碧色的锦绣，瀼水水岸边点缀了斑斓的花草丛，此时溪水上还没有往来交渡的船只。近处，围绕屋宅的果林里，莺鸟翻飞鸣叫相和，乌鹊携了雏雀在寻食，而云霄之上，数群白鹤正扑翅飞过。高窗下的庭院里，灌木丛中的无名野花被风吹落，满地皆是绯红的花瓣。
  瀼西庄的屋宅前后都有柑橘林，此时橘树花发，香气四溢。杜甫本想让阿段导引走入果林察看，可雨后的地面粘连了腐叶，实在是又湿又滑，试走几步过后，还是骑上了马，由阿段牵着在林中绕行。
  这片果园约有四十亩，占地颇广，千余棵柑橘纵横排列，分布在一整片缓坡平地上，其间穿插栽种了楂梨、柰、梨、杏、桃、李、板栗等其他果树。坡埂上有梅树、栀子、花椒等香树香花，正堂前庭院里还有两棵大枣树，前轩植有两株姿态虬曲的罗汉松。

提到果树，杜甫早年漫游吴越时，五姑父贺扬任常熟主簿，当时就见过柑橘树，也吃过柑橘。他在成都草堂时曾栽种过香橙，上元二年的《遣意二首》中就写过： 衰年催酿黍，细雨更移橙。 寓居梓州时也有一首《甘园》咏过柑橘， 春日清江岸，千甘二顷园。青云羞叶密，白雪避花繁。

此刻，鼻子正贪婪地嗅闻着空气中的芬芳气息。没想到柑橘花这么好闻啊。气味类似栀子花，但要淡一点。前几日在西阁闻到的百和香般的花气里，应该就有柑橘花的花香吧。看着枝头的白色小花和浓密绿叶，杜甫生发了想要拥有的冲动。

他问阿段，这果园如此佳好，为何现在没有人看守呢？秋熟过后，原主人也无意收获而任人打取么？

阿段答，江陵柑橘出产多，卖来夔州价格低平，本地柑橘入口虽好，但栽种售卖柑橘的农家却还要再缴上一笔税钱，如此一来，种植就无利可图了。因此，本地人就很看贱柑橘。不过，我最爱柑橘了，秋天收果后日日吃不厌呢。

阿段，今后果园就交给你这个本地奴子打理了！信行他只会种菜和采药，侍候果树他是不懂的。

对阿段来说，看管果园劳作并不繁重，能听鸟鸣，还能赏看花草，实在是一件很快乐的工作。他立即愉快地接受了，转而又想到一事：家主，这片果林还是原主人的，我们家只是租客哎。

嗯，杜甫这时确实已在考虑购入瀼西甘林了。倘若可以，他还想把八九间屋宅也一起买下来。他已厌倦了寄人篱下，也厌倦了做租客。这样，瀼西庄就是一处自家完全拥有的郊野别庄了。这件事要和夫人好好商议一下。

果园的中部，入园路径旁有一处小丘，那里搭有一座可以歇脚野望的草亭和两间茅屋，估计就是之前守园人的设施。草亭东南有一块向阳的坡地，未植果树，地面没有尖出的石块，土质也松软，杜甫觉得很合适开辟药圃。他让阿段唤来了信行一起察看，还亲自翻锄刨开土块，拿手捉捏，又嗅闻气味。吸取了上次种植草药的经验，这次学了夔人畲田的方法，也要焚烧了树枝和杂草，将热灰拌了土块再翻锄，对壤土做一番处理。过后几天，信行就开辟出了这片药圃。

总之，之前赤甲日常生活的若干部件，慢慢地重又转动了起来。

初到时还很兴奋好奇，再过几天，对瀼西庄稍微熟悉后，不由就有些恍惚。

从住民密集的夔州城内搬来人丁稀少的郊野，好像一下脱离了真实的人间。瀼西庄虽然离市集很近，景物也清嘉，待久了慢慢就感觉到了一种寂寥。尤其是在夜中，四周的林园岑寂无声，只偶尔传来鸦的叫声或猿鸣声，实在是过于安静了。这里没有邻家厨间锅碗瓢盆的碰撞声，没有妇人的捣衣声，没有随时随地起唱的蛮人歌子，没有路人经过时杂沓的跫音，连巡夜更夫的击柝声也听不到，仿佛已摆脱了时间的律令！

瀼西的屋宅是很多，可是，当他们主仆八人入住过后，感

第三乐章　农事　473

觉就有些空荡荡的,不似赤甲那样可以随时招呼响应。要找到个人,就必须起身走行,扯开喉咙出声呼叫。赤甲虽然狭小,可也有它紧凑、热闹、方便的好处。住家之间的楼阁可以对望,各家篱墙彼此相接,邻里来往可以互通消息。另外,之前在赤甲和西阁两边轮流住,现在想想其实也不错,既不脱离日常生活,又随时可以跳脱出来。从去年初夏以来,自己在西阁写出了那么多的诗!

所以,一到夜里,就有点怀念满是烟火气的赤甲宅和可以独处的西阁了。

十九日这晚,就在这样矛盾交织的心绪中,杜甫在高斋写出了《暮春题瀼西新赁草屋五首》。时间过得真快啊,自己这个三峡客,已在峡中度过了第三个暮春。此时,初来瀼西的新奇、初见甘林的兴奋已淡去,看着林间小美又芬芳的柑橘花,也不会惊异赏叹了。之前对夔州的那种憎厌感重又涌泛了上来。旅食长安十年之后,又旅食峡中三年,这巴渝间的蛮歌音声,实在已经听厌了。

杜甫自小就以凤凰自比,对济世的良策一向有着自己的见解。想及从左拾遗遭贬之后一路流离波折的遭遇,想及贫病交困的现况,他自知归阙已无期。作为挂名的尚书郎,他再已无力参与朝政了。是的,他早已看明白了:形势已然不同,现在已不是文学侍从之臣的世界,不是谏诤儒士的世界,甚至也不是文武并驰的世界,而是如豺似虎的军将、中官和佞臣们的世界。这是时代的一个重大的转折。内心那羽骄傲的浴火的凤凰不得不低落了头颅,此刻正舔着受伤的翅翮。什么凤凰之志啊，那只是少年时虚浮的幻想，中年时不平的意气。此刻自己并不是什么凤凰，而是被困峡江不得出的普通的一羽江鸥罢了。

夜阑人静时，想到当下此刻的境地，不禁悲从中来，泪湿袍衫。

二十日上午，孟仓曹带了行官张望来瀼西，三人坐船同去东屯探看稻田培土情况。见数十土民正弯腰田间，一边收拾杂草，一边翻锄耕耘，因为距离插秧还有一月多，他们的作业并不紧促，多半时候倒是在谈说聊天。

孟冼这次主要是带了员外一同查看水田的灌溉设施。

有七八条从北谷流下的溪流延伸进入屯田，溪流上有小筒车。筒车是一个撑立在溪水中的木轮，轮片受水流冲击而转动。轮周系有竹筒，竹筒在溪中盛水后，随木轮转至上方，水流自动倾入横槽内，浇入了旁侧的农田。溪流上的小筒车有数十架之多，几乎每十畦就有一架。

瀼水岸边还有更大型的翻车。那是大型水车，原理与筒车相同。因瀼水水面低于东屯稻田，故而还需人工踩踏来助力。倘若遭逢旱情，北谷溪流干涸或水量不足，就要从瀼水中来汲引灌溉。东屯有三架大翻车，这天也都一一检查了完好状况。这些水车的制式，都是从江南先传至荆州，过后又由荆州传来了夔州。

自东屯归返瀼西，与孟仓曹在书斋叙话，杜甫就谈起了买甘林的事，孟仓曹说这个好办，价格应该也便宜。倘若连屋宅一同买下来，价格不会太贵。员外倘若雇人经营果园，使府可以设法免去税赋，这样到秋天时还能有卖出柑橘的一笔收入。买下整座庄园，员外住着就不用顾忌他人，可以随意处置。今后倘若要离开夔州，转手出售的话也不会贬值。

孟仓曹答应这就去联络瀼西庄主人。

后面又谈及应选事。开春后，府主柏中丞已将孟冼的历年考绩和解状上报了吏部，目前正在等待核准。

杜甫说，按照你的考绩，获得选人资格应该没有什么问题，近来你将练习写成的判文拿来吧。为了让孟仓曹掌握要领，又翻找出开元时张鹭所撰的《龙筋凤髓判》四卷赠送给孟冼。这部判词集自己当年在华州司功任上时就参详过，张鹭所撰为拟判，即模拟案例撰写的判词，对应选官员参加吏部试来说最是适用。《龙筋凤髓判》的判词全用骈文写成，学习难度较高，主要收集的是三省六部与地方的往来公文，孟仓曹熟悉州府事务，对中枢省部的案例就不是那么熟悉了，今后也应多加留心。

这天中午留客人午饭。下午，孟仓曹返城离庄后，杜甫就在书斋与杨氏商量了购买瀼西屋宅与果园的事。

杨氏盘算了一下近来账目：接受柏茂琳分金前的去年九月，手头剩余十六金，加上从平侍御、李文嶷和杨钜那里的馈赠，总共二十一金，九月家里当掉了部分钗钏珠翠，换得了十金。自柏中丞援助以来，共收得十金的助力，除去半年来各项开销六金，目前结余三十五金。如果瀼西屋宅加上果园总价不超过十金，价格合适的话，购入是完全没有问题的。

果园谁来料理？当然是阿段啦，这奴子最是机灵不过，他之前在云安就管理过果园，已有经验。嗯，连夫人也觉得很妥当。

等待弟弟杜观到来的这几天，杜甫就耐下心来重新整理来夔州以后吟成的诗稿，写得不满意的就要修润改定，有的会加上一两条自注，过后就要编好目次，誊写成单独的诗卷轴。

在他的同时代人中，像他这样在诗题中频繁记写时令日期的可不多，自觉记录一己日常生活、人事、感触、情绪的就更是稀少。大部分的诗，要么是文学侍从之臣的奉和作品，要么就是士人交往圈中的社交诗（即使高蹈如李白也是如此）。而杜甫，因为河北贼乱的猝然发生，从此被抛离了朝堂而漂泊江湖，他的诗，意外地变成了儒士的生活诗。你若是问他为何要这么写，他有何独到见解，杜甫本人估计也说不清楚。不成理据的理据，无非就是赓续家学的"诗是吾家事"，以及为人性格方面的"直取性情真"。驿官丁满前不久还真就问过他这个问题，杜员外当时就是这么回答的，过后又添上了一条"如实写心地"，如同之前为杨氏解说时说的那样。更进一层推想，他觉得自己爱作诗的原因，或许和日常感情的充沛有关。与李白不同，他是一个热切拥抱现世生活、爱哭也爱笑的一个人间之人，既非方外的仙家，也不是隐士。

总之，他的诗作渗透了他的私生活，渗透了他的思考，也渗透了他的感情。

二十四日,弟弟杜观即将来到夔州。杜甫按捺不住,下午就入城去瞿塘驿等候。孟氏兄弟家离此不远,傍晚没有等来弟弟,晚间就借住了西门内的孟家,顺便也帮着批点孟冼拟写的判词功课。

二十五日一早直接就去西堤等候,宗文、宗武还有阿段也一同到来了。下午申时,杜观随一艘入峡的官船到达了夔州。杜甫站在堤上看着一个年轻士子登上了江岸的梯阶越走越近,后面跟了个挑着行李的奴仆,却不太敢相认。这个留了髭须的青年就是自己的三弟么?之前分别是在何时?天宝十三载春,杜甫从洛阳偃师将家眷接往长安杜曲时,杜观也随大兄同来,秋冬时又去齐州投奔了二哥杜颖,那年他才十九岁,与宗文现在差不多同岁啊。

哎呀,杜甫的感知出现了淆乱,当三十二岁的弟弟立定在他面前,眼含泪光大声唤出兄长时,他捉住了弟弟的手臂,左看右看,满脸疑惑地打量起来。杜观身形高大,要仰起脸才能看清他的形貌。啊,眉宇间的表情还是当年那个离去长安的少年,就是杜观啊!他记得弟弟的眼目轮廓,还有那对尖起的耳朵。家中兄弟几个以前常常打趣杜观的耳朵,给他取了个叫作"兔儿观"的绰号。

兄长,是我,我是兔儿观啊。

一听这个,杜甫顿时哭出了声,他实在忍控不住自己的眼泪。他就是这么爱哭的一个人哪。一边哭,又一边笑,连忙拉过身边两个孩子给弟弟见礼。

观叔叔!观叔叔!

宗文、宗武已将杜观包围了起来，热烈欢迎他的到来。这时，阿段已从奴仆担子上接过行李，放到了驴背上。

这天，杜甫坐伯夷、辛秀的平肩舆，杜观骑马，二子步行，阿段牵了驴，一家人有说有笑地归返了瀼西。当杜观骑马踏入瀼西庄时，面上掩饰不住地惊讶。兄长在夔州的这处别庄占地可真广大，园中的果树可真多，柑橘花的香气可真好闻。听说兄长搬来此处新居不久，那就更加地感兴趣了。

给弟弟的接风小宴当然要饮酒，酒宴就置在正堂的书斋中。杜甫慢饮了两杯，与弟弟各自细说乱后的遭遇经历。宗文和宗武就在一旁陪侍旁听。

父亲杜闲景云元年[1]与母亲崔氏成婚，杜甫出生两年后，母亲生下二弟杜颖时难产去世。杜甫八岁前一直寄住在洛阳仁风坊二姑母家。开元十八年[2]父亲再娶继室卢氏，杜观以下弟妹都是后母所生，钟离妹妹生于开元二十年，杜观生于开元二十三年，杜占生于二十五年，最小的杜丰生于二十七年。

杜甫成婚前与弟妹一起住在陆浑庄，此庄是父亲杜闲开元八年所购。开元二十九年，杜甫三十岁时从齐鲁归洛阳，受父命在偃师祖茔附近购地筑成土娄庄，过后就以土娄作为新婚安家之地。是年寒食日，新居落成，杜甫曾作《祭远祖当阳君文》昭告远祖杜预。此时，较早成家的二弟杜颖已将妻儿安置在陆浑，杜观、杜占随大哥住土娄，妹妹与杜丰住陆浑。天

---

[1]　710年。
[2]　734年。

第三乐章　农事　479

宝五载，父亲为他与司农少卿杨怡家女儿议婚，杨氏时年十八岁，杜甫三十四岁。

天宝十三载，杜观先随大兄来到长安，是年入秋因为雨涝，杜甫家中生事艰难，秋冬时不得已又去齐州投奔了二哥杜颖。至德元载，杜甫陷贼在长安时，杜观随同杜颖避至济州平阴一带谋生，乾元元年曾赴洛阳，历经艰险，将滞留陆浑庄的杜颖家小与弟弟杜丰接到了平阴。年底杜甫从华州去洛阳探亲，陆浑庄和土娄庄皆已荒落，家人已四散。

其后，杜观与五弟杜丰一直伴同了二哥杜颖，由平阴又返回了齐州。数年前，杜丰跟随一位僧人南下来到了江宁（这个情况却是杜甫告诉杜观的）。

杜观一直跟随二哥学习文牍书簿，粗通诗文，此后也离开齐州，流寓各地充任书吏。前几年在许州时因为与驻守许昌县的军将结为盟兄弟，过后就去长安投谒了神策军中的有力军将，终于在今年开春谋得了当阳县的任职。新近那位军将又将自己的侄女许配了杜观，两家攀结了一门亲事，定于年内亲去蓝田迎娶。总的来说，杜观好不容易也在这乱世之中谋得了一个立身的机会。

杜甫在蜀中的情况，此前二哥杜颖入蜀回返后已告诉过杜观，于是杜甫就将过后入幕、辞幕、出峡以及卧病峡中的情况大略说了一下。留在青城山的四弟杜占的情况也跟杜观讲说了。目前还没有联络到五弟杜丰，不过自己委托的胡商甚为得力，想来近期很快也会有杜丰的消息。

还有天宝八载出嫁了韦氏的妹妹。至德二载元旦去信时，妹夫担任了濠州司马,刚刚将妹妹接去了钟离。那年年底,濠州刺史闾丘晓因救援睢阳张巡不力,被宰相张镐杖杀,韦氏妹夫便权代了刺史,岂料两年后就病亡,妹妹带了孤苦儿女一直在钟离,自乾元二年来信后一直没有消息,寄信去也无回复。问杜观,杜观也摇摇头。

兄弟相见,谈论最多的还是家人的消息。经历了十多年的大动荡后,与杜家一样,人间也有无数类似境遇的人们,正在重新拼合昔日的亲族拼图。宗文、宗武当年还是幼龄稚童,对家人四散的遭际没有感知,所以一直安静地听着。

夜风透过半启开的窗户,将果园中的芬芳气息送入了书斋,令人心旷神怡。杨氏见他们兄弟两个聊到将近中夜还不肯歇息,就叫起阿稽去厨间做了四碗热汤饼。亲人叙旧的话语,彼此交会的眼神,碗面上袅袅的热气,吃下汤饼时的满足表情,眼前的一幕让她无比感动。像这样家人团聚的良辰,实在应该再多一些,再多一些啊。

二十七日,孟仓曹来瀼西庄,告知孟氏族人同意出售屋宅和前后四十亩果园,合价总计是八金。杜甫和杨氏商量了一番,就决定买下了。这次仍旧是由里正和丁满作保,契约订好,签名画押,杜甫就是瀼西庄真正的主人啦。

自乾元元年六月被贬去华州、离开长安杜曲那个家后,这是杜甫十年来第一次的置业(成都浣花溪草堂其实是别人出资、出物料才修筑成的,性质有所不同)。一家人不再寄身他人屋宅,总算有了一个属于自己的安定的家。

杨氏和孩子们都喜形于色，语声里带着兴奋，眼里放着光，瀼西庄每一栋屋子、每一样物件、每一棵树、每一只鸟儿都让他们感觉亲近，也让他们欢喜。阿段和阿稽也像过节般地喜悦，天哪，现在这个家比之前赤甲那个大了简直不知道多少倍，而且还有那么多的屋宅，那么多的果树。

杜观也替哥哥高兴。不过，这两天他巡看过瀼西庄的四围，提醒说山麓一带或许会有猛兽出没，也许应该将后面小园的篱笆修筑一下，以防野兽的侵踏滋扰。起初杜甫还不以为意呢。契约签订时，原主人和里正都曾向他保证过瀼西一带的安全。此地没有猛虎也没有豹子出没，只山上猿猴偶尔会窜入民宅寻找吃食，不过，它们一听见人声马上就会远遁，员外不必挂怀。

8

赤甲宅是在州城范围内，瀼西和东屯就在标准的峡中土民的世界了。

夔州城中住民多是汉人，州城之外则是僚汉混居的情况居多。汉人住民中有的已在夔州定居了数代（如孟氏兄弟的孟姓），也有不少户是安史乱后来此避乱的北地难民，他们要么充作了东屯官田的佃户，要么就租了本地人的私田来耕作。僚人土民多居住在溪河边的坡地，以林樵渔猎为生，少数也有在平地农耕的。

这里也散布了不少致仕官员或隐居处士的别庄，比如柏学士林居就是前任使府府主的避暑别业，比如住在瀼水东岸的郑典设。杜甫这次迁来瀼西，在瀼西庄北面定居的处士覃山人不久也来登门造访，相谈过后，得知覃山人此前就在梓州任官，而且也认识章彝。谈及这个被严武惩治而罹遭不测的故人，杜甫也是感慨万千，他手中挂着的这杆桃竹杖还是章彝赠送的呢。尽管章彝性格倨傲粗放，处事的确很不周全，但他的下场终究也是可怜啊。

覃山人与章彝是吴兴同乡，归隐峡中，实在是因为已深深厌倦动荡不宁的世间。杜甫问山人为何不返家乡而要居留夔州，山人答说自己的大儿二女已在荆州和夔州娶妻嫁人，一时牵绊也多，脱离不开，若干年后还是打算终老家乡的。过后几日杜甫亦曾回访覃山人山居，见有茅屋三间，户庭中有松有菊，目下与老妻、一幼子、一仆共住，看到山人妻儿那衣衫褴褛的样貌，杜甫感觉覃家的境况比自己家还要贫困窘迫。

三月内，由里正带领引导，杜甫与瀼西庄周边的八九户乡邻也都一一认识了，少不了会咨询各项农事要点与本地风俗。因为租购瀼西庄，里正窦全安前后两次作保，杜甫与他已经非常熟悉，常常过访聊天。窦家就在去往瀼西市集的山道岔口边（这一段是高低山路，路很近。一般通行，走马或骑驴，还是会选瀼水岸边的平地路）。

里正这类乡里小吏可不能小觑。平时掌管核查户口，造籍书手实[1]，向州县有司申报准确的户数、丁口、年龄、等色、疾病、入籍情况，理清各户名下田地产业的种类、位置以及丰年、灾年的变动，调度协助农桑作业；另一项重要工作就是催征税赋与杂役，特殊情况下也会协助征兵。里正另外还负责了日常治安，安排每五家出一保丁，检察辖区内的非违事件等。瀼西这里人户较少，按大唐令，以百户为里，每里设置里正一人。所以，瀼西这一里最北端到达了白谷以北的河谷，最南端

---

[1] 年终百姓将收成及田亩家产细目，亲手如实申报，由乡里造籍，经县、州逐级上报，直至户部。

是到市集河港。里正照例应选家世清平、精敏干练的白丁[1]充当,窦全安此前曾在蜀中任军职,退伍后迁来夔州已有六七年,虽然左手有残疾不能执握,但为人热忱公正,向来很有声誉。覃山人的二女,就是嫁给了他的大儿,两家正是亲戚。

另外往来比较多的邻居是长老孟崧,住在杜甫瀼西庄向西的第二家,他是孟仓曹兄弟的叔祖。细问长老的郡望来历,居然还是好友孟云卿的平昌[2]远房同宗。

进入四月,之前焦虑、紧促、忙乱的节奏开始慢了下来。杜甫写诗不多,一边在做东屯督田的前期筹划,一边在督看瀼西的果园。初夏是夔州农事的重要开端。

甘林买下后,阿段正式接手了果园的工作,每日都会在园中巡看,或松土,或修枝,或施肥。园里种植的都是五年以上的成树,也有十年左右的大树,都在盛果期。从三月中旬到四月上旬,花期过后就开始萌芽抽条,当地土人唤作 春梢,春梢会一直延续到五月底。修剪整形对柑橘结果的早晚、多少和好坏的影响大矣,因此,这一向阿段一早就在园子里转悠,手里拿着双股大剪和小砍刀,一棵接一棵地在修弄枝条。有时宗文也会来帮忙他,信行若是手头空闲下来,也会前来协助。

四月三日上午,杜甫再次着全套官服,骑马入白帝城,来

---

[1] 白丁指无官身的平民。
[2] 在今山东临邑东北。

第三乐章 农事 485

到了夔州衙署中。今日,他要与孟仓曹、行官张望、仓督苏胜、东屯里正和长老一同商定选种之事。

衙署前厅地面放置了长台,台上置有十个小木斗,每一木斗内都盛以不同产地、不同品种的稻米,米上插有相应标签,杜甫依次读来,有荆门蝉鸣稻、黄州罢亚稻、南川粳稻、房州[1]熟、岳州珠稻、郴州稻、江州璋牙稻、宣州谷宜稻,又有两种红稻,即淮泗的火稻和常州红莲稻。

这张望业务精熟,将这些米种的好处劣处一一指明,之前在淮南任职时,上述品种他都有种植管理的经验。总结下来,房州熟是晚稻,单季收成可最大,郴州稻可以一年三熟,但耕作要求高,后两季收割没有保证,岳州珠稻可一年两熟,但产量较郴州稻要低。依照前几年的种植经验,他仍然推荐种植房州熟。因房州与夔州东北接壤,来往方便,他非常了解当地稻田的种植收获情况。当然,今后也可适当补一些岳州珠稻。

杜甫听说南川粳稻产自洛阳南面的栾川,就感觉很亲切,还想起陆浑庄附近自家私田中就曾种过水稻,诗人宋之问游自家陆浑庄后,所作诗中也有一联 粳稻远弥秀,粟芋秋新熟 写过当地的粳稻。他试探性地问张望,若种南川粳稻又如何?

张望瞪眼看定杜甫说道,员外,房州熟的单亩收成可要比南川粳稻高出近两成。

哦,那自然还是房州熟好。杜甫知道,选稻种还是收成产量说了算,这时是不能感情用事的。

---

[1] 今湖北十堰房县。

至于红稻，那是有特殊香味的优质稻，市面上售价也高，唯一的缺点就是亩产低。张望建议适当种植，常州红莲稻对壤土要求高，他还是建议种植淮泗的火稻，前年夔州这里也试种过，收成还不错。另外，红稻与前者粳稻的种植配比建议为二比八，如此搭配最为合理。

杜甫是知道红稻的，他对食疗养生向来关注，记得孟诜《补养方》里就提到过火稻。过后回瀼西高斋翻看药书，果然找到了相关的一条： 江南贮仓人皆多收火稻。其火稻宜人，温中益气，补下元。

张望讲述完，众人开始合议。东屯里正和长老都赞同行官的提议，长老只是建议能否分一些房州熟的种子交给土民来育秧。东屯少量私田以前多数种植麦粟，这次打算也引水上坡，种植一下水稻。只须少量就可以，略作尝试。

张望、仓督、里正和长老都看着孟仓曹，孟仓曹就看着主事的杜员外。

杜甫不放心，又一次站起，走到木斗的米样前，再次试手鉴别。过后落座，就对孟仓曹说，张行官的提议，甫也赞同。长老所请的房州熟种子，也可适当分予一些，只不过长老要与行官说明此次试种的田亩多少，这样才好安排。长老立即诺诺连声道谢。

杜员外已经首肯了，孟仓曹当然也跟随认可了，他对这些屯田业务也和张望一样熟悉，只是没有亲身投入耕作而已。

孟仓曹又问仓督苏胜，苏胜也点头认可了。

最后，众人还让张望根据历年情况和今年节气，推算出了

第三乐章　农事　　487

插秧日以及后续各项作业的大致时间。预定本月五日开始育秧，下月端午开始插秧。

衙署商议完毕，孟仓曹让列席旁听的仓史丁沛做好笔录，抄誊了四份，一份给杜员外，一份给里正，一份给仓督，一份自留。自留的这份是使府正式文书，所有议事人都要签字画押，包括了督田的杜甫。

从这天开始，东屯的督田才算正式地启动了。各人分工已明确，选种已决定，育秧、插秧和后续作业的时间已安排。今后半年时间里，围绕杜甫身边的大小事都将依循这个农事作业的进程与节奏。

五日开始育秧。从这天开始，杜甫就亲自前往东屯现场督田了。他可不想做个名义上的看客，既然受了府主委托，就要尽心履职。

东屯稻田的东北面，山麓平坡下建有大开间的茅堂，茅堂前是很大一片场院，场院前的翻耕地中已立起了三座秧棚。每座秧棚都有百步之长，用竹竿搭设支撑成屋架，上面覆盖油布遮蔽，棚下的壤土都已经过施肥催熟。

看过秧棚后，暂时也没有太多检查事项，杜甫就在茅堂前轩与张望对坐了谈话，嘱咐张望过后每日一早须先来瀼西点卯，傍晚前再来回告当日作业进度。杜甫这天还带了弟弟杜观同来。杜观已有多年吏事经验，对于处理类似公务早就是行家里手，前日已协助大兄做成了督田点检簿。对杜观来说，这等小事很容易做成，有孟仓曹提供的衙署屯田资料做参考，了解了夔州农事的相应时节、步骤程序和作业细节，点检簿很快就设计勾勒出来了。每一纸卷记十日事，一日为一档，每档内左首记录当天农事要点和完成进度，右首就是行官张望的早晚签押和杜甫的督看勾勒。

这个点卯勾勒制度在上月四日衙署初见张望时就已确定，孟仓曹当然觉得很好。今后倘若府主临时起意要来查问，也能有一个周详的书面记录呈上。

张望初次会商时就很不情愿，今日见到这个督田点检簿就更觉得头疼了。他的嘴撇到一边，八字须都快气歪了。原以为这位杜员外只是靠了府主的关系在东屯挂个名，等到秋收后拿走一份就行，并不会实际来管事。情况好像并不是这样。

上官旨意不得不遵从啊，因为早晚都要签到，张望每天就要骑驴来瀼西两次，几天过后他就向员外诉苦，员外却也不依不饶。

杜甫在瀼西视事就坐在果园小丘的草亭中，亭内地面打扫干净，铺了簟席，置上书案文具，督田点检簿就搁在案上呢。

员外，每日往返瀼西两次，实在有点累人，可不可以简化一下手续？该做的事我都会做好，员外且放心好了。

杜甫是这么答复他的：府主郑重委托了我，于我就要履行督田之责，这是不能马虎的。张行官请看，你每日的签押后面也有我的签押。东屯农事有确切的记录，府主和孟仓曹看过之后也才能放心。

张望只能悻悻而退。

每日两次点卯延续了一个月。到五月初开始插秧、农事渐

第三乐章 农事 489

渐繁忙，早晚点卯实在是吃不消，张望又提出能否一日一检。他耐下性子与员外议论了好一会，摆了一大通的理由。比如说自己家在西堤坡上，住得远，往来途中辛苦；比如天气渐渐燠热，不胜劳苦；比如入夏过后农事繁忙，时间吃紧。磨了半天嘴皮子，杜员外才同意他一日一检，约定每天傍晚归家前来瀼西签押，并写好明日农事细项。

四月里，只要不下雨，只要没有外出，杜甫隔日就要去一次东屯。早上张望签到后，便骑马出园，与他一同坐船渡瀼水来到东屯。

在东屯，他有时坐茅堂前轩，有时坐在场院旁的草亭内，草亭上有两棵大柳树来遮阴，下有溪水流经漫溢成的一个小潭，四周平旷而空气流通，杜甫督田之余有时也在亭中读书或写信。初夏这段时间不冷不热，体肤感觉挺舒服。弟弟杜观常来陪伴兄长，两人多数时候都在谈说洛阳往事，眼前东屯的景象让他们想起了陆浑庄。

杜观也有心事，自来夔州，他就在等候蓝田那边确认婚期的书信，女家今年开春过后已接下聘礼，杜观希望七、八月就能去蓝田迎娶新妇。杜甫就安慰杜观：三弟莫焦心，女家既然已经收了聘礼，我这个弟媳准定是要进门的，你就在夔州安心等待吧。

杜观不来东屯时，宗武就来陪伴。近日他已将《文选》赋的部分读完了，有些地方需要阿爷亲为讲解，长赋无须全部背诵，杜甫就在书卷上勾点若干段落。但宋玉《高唐赋》、潘岳

《秋兴赋》和曹子建《洛神赋》还是需要背出。

大儿宗文有时也会随来。近来他的龙舟雕刻碰到了疑难问题，暂时已搁下，现在又规划着雕飞楼了。不是赤甲民家的那种阁栏头，是阿爷经常谈说的荆州仲宣楼那样的飞楼。虽然他还未曾亲眼见到，但已凭了想象画出图样。将图样带来给阿爷看，杜甫看了过后也觉得不错，又对宗文说，要画飞楼坐在家里瞎想总是不行的，还须有实地的观察，仲宣楼和白帝城楼估计也差不多，下次随我同去衙署，登东北角楼后，你可就近观察细部。

之后就检看大儿抄录的《文选》中的诗篇，并不让他记诵，只挑几首让他依次吟读。宗文学诗虽然起步晚，悟性却很好，对语词的听觉很灵敏。杜甫有时让他放下书卷学习吟句，就从身边所见稻田即景取材，宗文吟出的一联总是不乏新意与诗味。不过他也知道，因为兴趣的转移和遗忘，自己经由血脉传承给大儿的这点悟性终究也会随了时间的推移而淡化，最后归于磨灭。他几乎已能预见这样的结果。

自来东屯督田，因阿段忙于料理果园，每天送饭食来的就是婢女阿稽了（瀼西到东屯的渡口停有摆渡的小艇）。宗文在东屯时，每当阿稽到来，在案上开启食盒、放置箸子汤匙时，杜甫便会观察大儿的反应。宗文这时的表情总会发生变化：在阿爷面前时，他是收敛的，克制的，缓慢沉静。阿稽一出现，他的目睛仿佛就被点亮了，眸子熠熠发光，时常留意阿稽的一举一动，不时寻找话题与阿稽搭话。等杜甫吃完，他就主动收拾碗筷食盒，当阿稽带了空食盒要回返时，他就说自己也要跟了回去。有一两次，杜甫回家后曾询问杨氏大儿回返瀼西的确切时间，于是就知道那天下午两人回程时还折去其他地方玩耍了两三刻时间。他们两个究竟去了那里，就不得而知了。

住在赤甲时，杜甫就发现了宗文对阿稽的特别留意。东屯的这些细节，无疑让他更加明确地猜知了内情。因此，当某天宗文一人陪伴他时，他就不经意地问起了木鸳鸯的事。

宗文刻成木鸳鸯后始终不敢送出，这件事一直困扰着他呢。于是低下头，支支吾吾了半天，什么也没说清楚。看他这个神色，不就是情意萌动的少年的模样么？杜甫看着大儿，只说了"发乎情止乎礼"这样不痛不痒的话。过后又添了一句：明年宗文你就二十岁了，到了行冠礼的年纪啦，照我看，这个年龄也可以娶亲了。他是故意这么说的，宗文低头不语，没有任何反应。

杜甫选择了不把话说破。他心里其实是有潜台词的：阿稽的确是个好女子，我和你阿母都很喜欢。不过她毕竟是婢女，是僚人女子啊。

僚人终究还是与北地汉人存在了很多的不同。

早前已说过，夔州僚人男子多下江行船，在家立门户的就是妇人，她们去盐井背盐，她们上山去砍柴，她们在市集作贩卖，她们还出入田头从事垦殖。东屯这里，僚人的情形有所不同，因为年年有田耕，民户生计较稳定，男耕女织的分工还算保持得很好。当然，无论僚人汉人，这里的妇人也是要下田出力的。

杜员外有时也挂杖走出茅堂或草亭，站在田头与农人聊天，渐渐地就与其中几个熟络了起来，建立了信任。他是一个能够体恤农人辛劳的人。

由东屯里正、长老邀请，他还乘坐了牛车到当地农家做了客。这里的僚人大多选在溪河流经的山坡定居，依坡搭设茅屋、开垦山田。每户人家都养乌鬼（也就是鸬鹚），每顿饭都要吃瀼水里的黄鱼。又有一回，长老还特意请他去当地的僚人酒坊观看，这酒坊就设置在流经茅堂和草亭的那条溪水的上游，走去不过数百步。

这是一座四面无墙的类似亭轩的棚子，一面开门，另三面开有窗槛。酒工自己做酒，也贮存别处的好酒，杜甫在棚子一角就发现了三瓮贴了酒标的云安曲米春。另外还有一瓮是云安东面龙洞乡出产的"巴乡清"。"巴乡清"冬酿夏熟，味醇色清，是一种名贵的清酒，它不是僚人常饮酒，只在节时祭祀时使用。

僚人酒工自酿的是春酒，夔州城内汉人称之为"巫峡酒"。春酒冬酿春熟，酿制时间较清酒要短，酒质就差一些，酒液混浊多渣滓，称为浊醪也可以。不过，夔人春夏时节也常用嫩竹叶浸泡春酒，取其淡绿色泽与清香，名唤"竹叶青"。去年九月九日，杜甫独自去真谛寺高台时带去的那壶酒，就是阿段从瀼西市集买来的"竹叶青"。

杜甫所遇见的东屯每个男子都爱饮酒。因为下午要出力干活，午间就喝得少一些；入晚后因为劳作了一天要解乏，就喝得比较多。不过，倒是很少看到他们喝到烂醉。农人们似乎很

第三乐章　农事

自律，知道在纵酒取乐和勤力劳作之间应该如何的平衡。

参观东屯酒坊的那天，杜甫回瀼西后还和妻子提起过。杨氏后来也曾趁了送饭来东屯的机会实地观摩了一下。酿酒需要劳力，阿段在管果园，信行要采药、种菜，这个只能偶尔尝试一下。杨氏向酒坊酒工讨得了酒曲，回瀼西后也打算试着做家酿酒。有客上门来的时候，能够端出家里自酿的酒，总归也是很体面的。

督田开始后，一半时间要在东屯，实话说起来，也耗费了杜甫很多的精力时间。所以，午食过后他照例会睡个午觉来养精神。

阿段近来在果园费心费力可做了不少的事。由暮春入初夏，他将甘林中近千棵柑橘树做了修剪整形，根部也催了肥。果园还有其他果树，四月初夏时，楂梨仍是青绿，梅杏尚且半黄，不过当地人称为"花红"的奈子却已经熟了。

家主待仆人向来亲切，仆人待家主也一片赤诚。这天下午，杜甫正在高斋里伏枕午睡呢，阿段提了一个大竹笼咚咚咚就跑来正堂了。看看日头，他知道家主多半已经醒来假寐着了，于是轻敲了几下门。

家主，醒了没？

醒了。有何事啊？

"花红"已经熟了，家主要不要先尝一个？

开门一看，阿段带来的大竹笼里盛了十来个鲜果儿。奈子尤其是未经人工培育的野山奈其实并不是什么上佳果品，但今天阿段摘来的奈子飘着一股清新的果香，似乎还带了郊野山风的气息，沾了晨间的清露呢。

家主，柰子已洗净过，可以直接吃。阿段在旁边提醒说。

杜甫一口咬下，觉得脆口又鲜甜，竟然比他之前在成都吃过的柰子好吃多了。于是忍不住又吃了第二个、第三个。

阿段看着家主一连吃了三个，满足地笑着。杜甫见他一脸痴憨模样，就让他一同来品尝。主仆两个各自啃咬着新采的鲜果，交换着喜悦的目光。

杜甫吃完后，阿段递上了手巾，收起了果核。阿段，以后有其他熟了的果子，也请随时提了笼子过来，让一家人尝鲜哦。

嗯嗯，阿段快乐地响应。这僚人少年真是纯朴可爱啊。

家主尝过鲜，竹笼里的山柰当然也要分享给主母、宗文、宗武、杜荁、阿稽和信行，阿段就像一个特为果园报讯的使者，见到家中每个人都有一股子热情劲儿。弟弟杜观此时不在庄中，四月中旬，他要去当阳县办理一些交接事务，暂离了夔州，预定五月端午后回归。

听着外间阿段送尝鲜果的欢快语声，书斋里的杜甫就想到了左思《蜀都赋》中写橘柚之园的那一段：

尔乃邑居隐赈，夹江傍山。栋宇相望，桑梓接连。家有盐泉之井，户有橘柚之园。其园则林檎枇杷，橙柿樗榰。樲桃函列，梅李罗生。百果甲宅，异色同荣。朱樱春熟，素柰夏成。

自己的瀼西庄，看来就是左太冲所描绘的百果甲宅啊。

第三乐章　农事　495

9
（坠马事件）

瀼西地界上，靠近西面赤甲崖壁的山坡上还住有一位隐士。

有一日从东屯返回瀼西时就在路头遇到。杜甫骑着马，一老翁骑着驴儿，两人并排走着，于是就攀谈起来。一问老翁名姓，也姓杜，名崇简。

再一细问，得知这位邻居杜崇简竟然也是出自襄阳房，乃祖父杜审言的从祖兄弟杜易简之六世后裔。祖父杜审言与杜易简的曾祖，即北周硖州刺史杜叔毗，从京兆杜陵徙居襄阳。继续排论宗辈，则杜崇简还是杜甫的远房从孙，虽然他本人也已年过五十，是个白髯老翁了。杜崇简隐居前的任官是西州折冲府的仓曹，安史乱后流落来到了夔州。

不意在瀼西遇到了一位同宗亲人，又一同在瀼西隐居，真是无比奇巧之事。这天回瀼西后，意犹未尽，杜甫就派阿段投寄了一首诗去。

过后几天，杜甫就去走访新结识的族孙了。杜崇简隐居处在山麓高坡，就需要伯夷和辛秀担了平肩舆才能到达。这位老亲戚颇有学养见识，两人此后也常有往来。

入住瀼西新宅后，诸事安排底定，杜甫就投寄书简邀柏学士来家小宴。四月中旬的某日，柏如晦依约到访了瀼西庄。

此前如果没有学士出手帮衬，督田一事难成，杜甫是至为感激的，一上来自然免不了要再次致谢。

学士说，员外与如晦是同道同心，其他就不必多言了。又问杜员外这一向可有新写诗文否？

杜甫不好意思地说，进入四月后忙于督田，诗就写得很少，兴致也没有以前高了。

学士听了就打趣他：如此说来，那如晦和府主岂不是耽误了员外的经国之大业、不朽之盛事？

杜甫连连摆手说，哎呀，当不起，当不起。什么大业，什么盛事。自己写这些诗文只是聊以自遣，并没有那么高远的志向。

此时正堂的高斋中，东面和南面的窗户都启开了，日光投照进来，室内很明亮。柏学士的脸容渐渐收敛，表情变得郑重起来。他接下来告诉杜甫，府主前一阵去到峡中平定豪酋叛乱，前日刚刚回到夔州。自己昨日被召入使府，府主还是希望杜员外能够入幕。督田毕竟是小事，员外是大才，未来无论出峡还是不出峡都无妨，倘若可以在使府参佐辅助，那才是大才所用之处。因此就委托如晦择机转告。

第三乐章　农事　　497

从柏学士转述的情形来看，柏茂琳的态度相当诚恳。自他来到夔州，先是赠金后又分俸，对杜甫的资助可谓非常丰厚（远远超过了之前的王崟和崔陵），杜甫一家去年年末这才能够渡过了生计的难关。而后杜甫为筹措出峡旅资，提出东屯督田的设想，柏茂琳出于众人的支持认可，也点头同意了。就此来说，他与之前的严武和章彝一样，都是厚待自己的恩主。对此杜甫当然是无任感谢的。

然而，他出峡的意志也已坚定，因此就和柏学士做了说明。先向府主表达感激之情，过后再次婉拒了邀请，自己实在是无意再次入幕了。

柏学士离开后，又想到经由他人转告总是不妥，或会引起府主的误会。因此决定还是要将自己心声直接传递过去。这天下午，他费心琢磨，写出了一首《览镜呈柏中丞》，这是一首诗体的自画像：

渭水流关内，终南在日边。
胆销豺虎窟，泪入犬羊天。
起晚堪从事，行迟更学仙。
镜中衰谢色，万一故人怜。

婉拒的理由有两个，第一个理由藏在第二联中。"豺虎窟"代指此前经历的八年河北贼乱，"犬羊天"代指自上元二年到近年，蜀中连续遭遇的段子璋、徐知道、崔旰之乱。自己这个北客避乱南来巴蜀，岂料又连遭动乱。旅魂已惊散，所以无法长留峡中。杜甫所说都是切身之感，毫无夸张之处。

　　第二个就要说身体状况了。现在不比几年前，自己如今已衰弱不堪。起不了早，无法清晨就入府来担当职事，老年人行动迟缓，也不能像别驾元持那样仰赖升仙之术。府主啊，不是甫不愿意像之前在严武幕府那样参与辅佐，实在是年老体弱难以相助矣。这个理由也不是强编出来的。自来夔州，杜甫就一直不停地采药、购药、求药，从忠州发病到现在，经了两年的调养才稍稍得以恢复，这也是人所共知的实情。

　　随诗还附上一通短函，叙述柏学士相访情节，对柏氏兄弟的竭诚相待再次表达了感谢。诗和信表露了真情实况，都不是表面套语。

　　第二天一早，杜甫遣信行将信函送入了使府中。柏茂琳展信看过，知晓了杜员外的意思，也就不再勉强。过后，他仍然待杜甫为上宾，与之前丝毫没有改变。

　　柏茂琳这次领军，前出至渝州东北面的黄草峡，驱赶了盘踞在峡口一带的崔旰游击势力，专设了数个戍守水栅以警戒防备。至于豪酋指使下的峡中小股贼盗作乱，他听从了杜甫之前的建议，与冉魁、冉武及僚人长老会商，采取了武装保护商船过境的措施，又震慑贼人，限期投降可宽赦前罪，过后一律斩决。在属下各州县都发布了通告檄文。很快，渝州、忠州、涪州、万州各处航路都恢复了平靖，陆续向夔州押送来了捉获的流窜江贼。

　　四月十八日中午，使府要在越公堂举行贺胜宴集。府主柏茂琳特意让孟仓曹前来邀请迎接。自从东屯督田开始后，因为多在平地活动，杜甫大部分时间就让伯夷、辛秀放假在家，听由自便，出门就不坐平肩舆而改骑马了。阿段要在果园中忙碌，这次他就没有让童仆在前牵引，自个儿骑上马就和孟仓曹并辔出了瀼西庄。宴集是在中午，不是晚间，回来路途他还看得分明。

今日越公堂里，夔州文武官员济济一堂，除了仍留守邛南行营的王将军以外，帐下军将也一时齐集。另外还有新上任的终县令。崔卿权代夔州时，奉节县令暂时空缺，由县丞王能暂代，今年开春后，就有邛州大邑县令终郁转任到夔州，起初任使府功曹，新近又兼摄了奉节令。这位终郁非常年轻，年纪尚未到三十。一交谈，终县令还认识杜甫以前在成都时来往很多的邛州崔录事。

柏茂琳一落座，就将此次出征前杜员外和柏学士的建策功劳披露了出来。两人之前未经合议，可是，各自提出的对策方略竟然多有重合。柏学士曾说自己与杜员外两人"同道同心"，现在看来真不是虚言。之前贞节曾将杜员外比作了夔州的何逊。看来还不够。诸位，员外一边在东屯督田，一边和路司马下着棋，羽扇一挥，就替夔州献了条好计策，照我看，员外应该是我夔州的谢安啊。今日学士有事未来厅堂，那我就先敬了杜员外！

说完，他腾地站起，亲来杜甫座前，为他心目中的"谢安"斟满了一杯。

杜甫一听立即起身，深拜回礼。柏中丞过誉了，过誉了。

待柏茂琳回至座位，他再次向府主致意，然后仰头就将满杯的酒分了数口饮尽！今天得了府主的当面赞语，实在是很有面子。于是，不管之前如何托辞体衰多病不能多饮，他今天真的很有喝酒的豪情。

柏茂琳见杜员外放怀饮酒，心情也大好。

让杜甫意外的是，座中录事参军苏缪第一个站起向他举觞称贺了，此人真是很会随机应变唉。对方既然转圜变通了，自己也不好板着脸不作回应不是？于是也浅斟一杯，略略沾唇回礼。随后两班文武官员接二连三地向府主和杜员外称贺。宴席间的气氛就变得非常热闹。杜甫也不知自己饮了多少杯，他神志还是很清楚的，除了与柏中丞互敬的两满杯，他后面喝得就比较收敛，总起大约也就是四杯的量。

这回可是大大地破了酒戒：他在云安时滴酒不敢沾，初到夔州后也不喝。去年秋冬疟疾未发作，稍微能喝一点，也只是沾唇慢饮。到今年元日过后，身体恢复不错，才算能正常地饮下一杯。今日的自己实在是有点兴奋，也有点反常哪。

过后府主又击掌，唤出了歌舞管乐助兴。厅堂上的话题焦点开始转移到这些舞姿蹁跹的姹女身上。看着眼前欢闹的一幕，杜甫不由长舒出了一口气。到此时，他终于感觉到督田一事的确凿无疑和柏中丞对他的全力支持了。而他作为夔州的过客，也回报了府主最为需要的东西：有用的真话。但愿在明年开春之前，一切都保持不变，但愿这段时间里夔州府主不要再有什么意外的人事变动！让我的航船可以如期出峡吧，这是必须要向上天诚心祈愿的。他这时甚至想到了夔州的寺院：也

第三乐章 农事 501

许自己应该抽空和夫人多去寺中瞻佛、施舍或放生,这样可以多累积一点福报和运气吧。为此,他真可以变成一个虔诚的信徒。

酒宴在继续,柏茂琳也有了醉意,此时不再是正坐,而是左臂撑了凭几斜倚着,向一侧伸开了腿脚。离他右首最近的路凭和苏缨两个正与他热烈谈论着,在柏茂琳离夔州时,代摄州事的司马路凭有几样政事要交代分明,苏缨就在旁边附议补充。杜甫就不参与他们的三人交谈啦,转身就与元持、孟氏兄弟这几位相熟的友人聚在一角闲话饮酒。

不知不觉,宴集就到了未时三刻,杜甫每天已养成了睡午觉的习惯,这时眼皮就开始打架了,头往下垂落,身体也不自觉地向旁侧倾欹。他好几次整理衣袍,调整了坐姿,怎奈今天这瞌睡虫借了酒劲非常强势,就是要跟他过不去。他的头都快靠在旁边元持的肩膀上了。孟仓曹见他这样情形,就让侍女取来木枕,本来打算扶了员外躺倒,就地歇息一阵。

不知因为谈到了哪个话题,柏茂琳这时又回过头来了。他已经醉眼蒙眬,向着杜甫所在的方向招手叫唤:杜员外!杜员外!他已经饮了十来杯,面色还不见红,嘴角的那颗黑痣又在夸张地改变面部表情,让人感觉到明显的敌意。

孟仓曹这时已移坐到杜甫身后,赶紧将他斜倒的身子扶正,贴着他的耳朵大叫了一声:杜员外,柏中丞有话要问!

这一叫,立即将半只脚已经踏入梦乡的杜甫拉了回来。"柏中丞"三个字他可听得很分明。

员外饮多了么?柏茂琳的语气缓和了下来。

孟仓曹回应说确实饮多了，赶紧从身边侍女手中接过洗面的湿手巾，让杜甫擦了把脸。冷手巾贴面，让杜员外打败了瞌睡虫，重新回到了人间，回到了白帝城的越公堂。他眨了眨眼睛，慢慢看清了前后左右的情况，向着府主所在方向敛袖作拜。

柏中丞，近来每到过午，就必须小睡两刻，刚才实在困乏得很。人老了真是不中用喽。

真羡慕杜员外啊，果然是高卧东屯之人。对了，孟仓曹，近来东屯情形如何？有无事情要申告？他转向了孟冼发问，其实真正发问的对象却是杜甫。

之后发生的事，杜甫就只能佩服孟冼了。柏中丞发问后，孟仓曹小步趋走，来至府主近前，对面正坐后，从青袍内掏出了早已备好的两卷文书：一卷就是四月三日众人在衙署选种会商的笔录；另一卷是他去瀼西迎接时，从杜甫那里暂借来的督田点检簿（点检簿的主人这时早忘了这回事）。

柏茂琳接过文书，恢复了正坐，展开细看。看完笔录就看了一眼苏缨，等他将督田点检簿看完，他将苏缨唤近前来，只说了一句话：以后休要让这些小吏再来使府厅堂搬弄嘴舌。依我看哪，有杜员外和孟仓曹在，东屯的各项处置倒比之前更周全了。

此时，可想而知苏缨面上的表情是如何的尴尬了（杜甫只能看到他的侧脸）。行官张望转托了他在府主面前投诉，不料却惹了一身晦气。

柏茂琳又一次击掌，厅堂内暂时安静了下来。当着一众官员的面,他再次重申了委托杜员外督田一事的确当性,使府内外此后禁止议论。这真的是给足了杜甫面子。

杜员外,来来来,你也莫午睡了,我们再饮一通如何?

那是必须的啊。杜甫抓来酒壶,给自己满斟了一杯,与府主两人一同饮尽。反正后面柏茂琳借了酒劲只跟他反复唠叨了一句话:只要在夔州,我必厚待你。声音低微得几乎无人注意,只有仍坐在柏茂琳近前的孟仓曹、苏缨和路凭听得明明白白。

本来之前已饮了四杯,经过这一轮起伏跌宕的情节,杜甫后面又喝了不少酒(虽然孟仓曹总是只替他斟上半浅杯)。他主动走离座位,找元持喝,找路凭喝,找大昌县令严丹喝,找能碰上的任何人喝,到酒宴散去时竟然也没翻倒。柏中丞已由两名侍女扶到后间歇息去了,堂内文武官员一一告退,杜员外也由孟仓曹搀扶着走出了越公堂,役夫已经牵来了两人的马匹。

今日多谢你了,孟十二。

员外客气了,这是我的本分啊。今后,东屯再无其他风波了。

但愿如此,但愿如此。

员外还能上马么?孟冼见杜甫腿脚迟钝,就上前协助,托撑了杜甫的臂膀,扶他坐上了鞍鞯。

孟仓曹只是步行,一手牵了自己的马,另一手拉着杜甫坐骑的辔头。两人边走边说着话,沿着白帝城东南的环城马道慢慢转去了使府的正门。

出了使府门，孟仓曹继续步行，带引了杜甫经过了马岭，转入夔州城后，他继续折去西门，似乎打算要将杜甫护送回瀼西。杜甫在马上给他叉手作揖：孟仓曹，今日就不劳你再送了，你看我并没有醉酒，脑目手脚也还清醒，而且出城过后下了河港就是平地，路头我也很熟悉，你且先回家吧。

那时还是申时二刻左右，天光还大亮，远没有到太阳落山的时候。孟洗看看杜甫的颜面，再看看天色，走到西门口就放松了手，让杜甫一人独行了。

明媚的初夏午后，日阳照在头顶感觉暖融融的。江风吹拂着颜面，风也是温热的，还夹带了江面的水气，毕竟已临近暑夏了啊。今年的夔州还会有一个苦热的夏天么？

出城过后，起初杜甫一直垂了缰绳任马儿闲步向前。通过瀼西市集的井字街路，就开始走下长长的缓坡，即将来到河港岸边的平地。啊，向左首望去已能看到瀼水岸边的江村了，两道丘冈后面，就是自己的瀼西庄。

可他毕竟是饮了酒，饮得还不少，此刻就感觉全身发热，血气上涌。最近几年来，很少有像这样独自骑马的时刻，来到夔州后应该还是第一回。眺望眼前，城西瀼水岸边的风景很像宋州孟诸泽的湖岸地带啊，恍惚间，他感觉自己回到了"放荡齐赵间"的那个漫游年代，骑马射猎的场景开始闪回。于是口中吟出了李白《秋猎孟诸夜归置酒单父东楼观妓》诗中的几句，骏发跨名驹，雕弓控鸣弦。鹰豪鲁草白，狐兔多肥鲜，吟着吟着，他就提起了手中鞭。邀遮相驰逐，遂出城东

第三乐章　农事

田。一扫四野空,喧呼鞍马前, 再吟出后面四句,他就在身后猛抽了一鞭。

杜甫从使府借来的这匹马,其功能一直近似于驴子,从来没有放足驱驰的时刻。主人这时突然下了命令,它一声嘶鸣后立即就恢复了本能,开始在坡道上加速了。杜甫忘了自己的年纪,抖起了青春少年的威风,夔州城的城楼、雉堞已被他抛在脑后,两旁的景物迅速后退,耳边风声呼呼。

即将跑下坡道,打弯来到河港岸边时,一个没提防,马腿被路边一堆土石块绊了一下,马儿霎时间就收住前腿,原地打了个转,勉强站停了。马是没有倒地,可怜那马上的主人来不及反应,因惯性作用被掀下了马鞍,人身就向旁侧的草丛里跌落。

杜甫跌落时,两手下意识地护住了头,左脚被马镫绊了一下,身体就斜侧了在草丛中翻滚了一周。天与地发生了旋转,不辨东西南北。日光忽而在上,忽而又在下。口鼻中本来还是一股酒气,很快就闻到了浓烈刺鼻的青草味儿。自己的眼睛、鼻孔、口唇离草叶那么近。

等他意识全部恢复,努力坐起,左腿的脚踝已经肿了起来,过后就阵阵作痛。另外,左手肘和腕部因为先碰着地面,也擦破了皮。这下伤得可不轻!

路边有行路挑担和骑驴的三四个乡人经过,见有官人从马上摔落,立即围了上来。他们纷纷询问:哪里伤着了?有破皮出血么?两手能动作否?腿脚又如何?一看杜甫的脚踝受了伤,他们就讨论着应该如何将官人送回家去。骑马肯定是不能的了，骑驴也不成，最好是坐平肩舆。杜甫这时已恢复了思考能力，立即托付骑驴的乡人入城，去通知住在马岭军马厩边的伯夷和辛秀，让他们马上抬平肩舆过来。

乡人立即抽鞭打驴，奔去了城中。过了不到一刻，伯夷和辛秀就出城来拯救了。伯夷还带了自己的大儿出城，因为要有人牵了马回返瀼西庄。

出门时好好骑了马，归家时却被伯夷、辛秀抬了回来，可把夫人杨氏吓了一大跳。家主这一摔还惊动了邻里，连里正窦全安也跑来慰问了，马上派保丁入城请来了专门的疮肿科医生。医生到了过后，检查了员外的四肢、腰背、头颈和脑颅。其他都没什么问题，左脚摔崴了需要上药消肿，手肘手腕破皮的地方也得上药。如此就必须卧床休养个四五天。病房就设在正堂书斋中。腿脚不能动弹，只能半坐了看书。

员外醉酒落马的消息很快就传入了使府。

孟仓曹当晚就赶来瀼西看望了，一迭连声后悔自己没有继续跟随。杜甫说那怎么能怪你呢，是我自己得意忘形了。请转告使府中诸位友人，就说我没什么大碍，过几天就可以恢复。

柏中丞得知后，立即遣人来慰问，还命园丁送瓜来瀼西庄。园丁领命，将满满一筐新瓜送来了瀼西庄，过后禀报员外说，这瓜是官园里早熟的"蒲鸰青"，产出的不多，瓜也比较小。柏中丞说先让军营将士尝新，也要让员外一同分尝。等到秋瓜熟了，我还要摘些更大一点的足够小孩儿抱的瓜送来。

这园丁可不是崔卿那时送劣菜来的那个势利眼园官。他早就知道杜员外诗名，还向员外索诗呢。杜甫心情很好，现场作《园人送瓜》诗让他带回。其中有一联 柏公镇夔国，滞务兹一扫， 美赞府主柏茂琳的同时也顺带表达了谢意。

坠马后的第三天上午，使府中一众友人元持、路凭、严丹、孟氏兄弟、新结识的县令终郁和驿官丁满等人，就结伴来瀼西探视啦。府主柏茂琳得知后，还让他们这一行人带来酒食瓜果和乐工以表慰问。

这支骑马队伍翻坡过冈，头尾相衔地进入瀼西庄石门，走上了果园小道。

因为来前并没有提前知会，瀼西庄里无人迎出，只阿段从草亭走出，询问客人从何而来。打头的元持认得杜甫的这个僚人奴子，提鞭指示说，快去通报你家家主，说我们几个已到甘林中了，还带来了柏中丞慰劳员外的酒食。

他们几个就暂时停在果园中等待。

阿段放下手中活计，立即飞奔而去。他先跑进厨间通知了杨氏：夫人，有一队官人从使府来瀼西了。杨氏问有几人，阿段答有十人左右。杨氏听了就觉得吃惊，好大的阵仗。自搬来夔州，家里哪曾有过这么多访客到来。她赶紧把孩子们都招拢起来迎客，自己也回上正堂楼阁换了身洁净衣服，孩子们也一样，待会都要见面拜礼的啊。

阿段又奔去了书斋。家主正坐在窗前查看药书呢，阿段不进门，直接站在窗扇外报告了来客的消息。

快快迎入啊，阿段。他们这次一共来了几人？

有十人，七个官人，一个仆人，两个乐工，还带了府主特意送来的慰劳酒食。

竟然来了那么多人，估计在书斋中落座有些拥挤。你和信行将他们的马匹领到杂物棚前系好，先将他们迎到这里来吧。过后在草亭溪边设下簟席，要多铺几张。将元别驾赠送的两扇小屏风也拿出，过会我们几人就去溪边野宴了。

阿段立即又跑去找信行，让他赶快去找夫人安排溪边布置。过后才重新跑出，将这队客人领入了瀼西庄的屋宅区域。他的腿脚可真是快啊，来回穿梭了好多处，站停过后，说话却不带喘气。

七个客人登上正堂，走到书斋前，杜员外已由两个儿子搀扶了，单脚挪动走出了书斋门。

元持上前，左右端详杜甫的腿脚，发表了议论。

杜二啊，你这次真的大意了，早年在长安骑马出游时你可不是这个样子。前日在西堤家中听闻消息就很担心，此刻一看，腿脚、手臂、头颅都还健全，应该没什么大问题。府主他特意差遣仆役送来了酒食乐工，让我们几个一同慰劳一下员外。怎么样，趁着这个好日天，我们继续饮酒如何？

这天杜甫在家当然没有着官服，身上穿了那件新制绫袍。额头因为有擦破的地方绑了一块白布条，受伤的左脚前伸翘起，脚踝处也包裹了药巾。本就瘦削的两颊显得更瘦削了，鬓发已不是黑白二毛，而近于全白了。不过呢，看上去精神气却很足。

第三乐章　农事　509

哎呀元别驾,你我是少年同学,你就别取笑了。白头老翁驰马本来就得多加小心,可是,我酒一喝多,感觉就回到了年少时候。这匹马平时很少疾驰,转弯时不知怎地就绊了脚,于是一个没提防,就给掀翻在地啦!哎,逞一时之快总是容易取辱,这次的崴脚也是个教训。

听了他这番自我解嘲的话,再看他翘起左腿的姿态,七位朋友全都忍俊不禁。这杜员外真是多才、古怪又可爱!

杜甫将他们引入书斋内落座,七个客人加上杜家父子三人,的确有些拥挤。

崴脚了本来应该卧床休息,可我闲不住,一早就在窗前无聊翻看药书呢。你们来了太好了,正可以陪我解闷。府主和各位的盛情好意,甫心领啦。书斋这里空间狭促,我已让仆人在溪边草地铺设簟席、屏风,过会布置停当,我等就移步去溪边饮宴如何?

元持说好极好极,来探望员外,不期又得了一次宴集机会。

对杜家人来说,今日的访客可都是夔州的头面人物。不但是贵客,也是杜甫在本地的有力支持者。夫人杨氏此前虽然未必都见过其本人,但早就听丈夫多次提到他们的名字和头衔了(她最熟识的自然是前任云安县令严丹了)。这是很特殊的一次聚会活动,她必须要把他们招待得好好的。于是,夫人将仆人们召集齐,就在厨间调度开了:从使府带来的食物估计会不够吃,为了让客人尽兴,就要做好准备。先要从菜园摘来新鲜的蔬菜,园中已熟的瓜果也可以备上一点。她还破例下令，让阿稽去鸡笼里捉来三只仔鸡炖了一锅，又让阿段跑去市集，买来了适合做鱼鲙的青鱼和煎烤后适合下酒的白小。食具不够，还让信行去里正家里去借。宗文、宗武两兄弟今日担当斟酒的任务，阿段和信行要在厨间和溪边来回奔走，递送食物，今天的厨间由能干的阿稽掌勺、切鱼脍，杨氏亲自烤小饼，女儿杜堇就做帮手。你看，她把杜家每个人都动员起来了。

　　杨氏在安排布置的时候，杜甫就与七位来客谈论闲话。

　　过了一刻时间，阿段跑进来报告说溪边已经布置停当，杜甫他们就转移了地方。

　　伯夷、辛秀因为家主行动不便的缘故，这几天一直住在瀼西庄。他们俩抬了杜甫就往果园中行去，后面跟了七个友人步行走入了果园。

　　溪边会宴的这天，天气不冷不热，高阔的碧空中只有几缕碎云。两扇屏风作障隔，四张大簟席作铺设，前临一泓溪水，旁边就是草亭，而周边，柑橘树和其他果木时时散逸出芬芳的香气。开筵起初，乐工先在溪边落座，演奏丝竹助兴。两人所操乐器不同，一是豪竹[1]，一是琵琶，间错演奏，中间常常作很长的休歇。据元持说，这两位乐工年岁也不小，早年也在长安教坊梨园，技艺自然是很好，贼乱南奔，至今一直流转在湖湘荆楚各地。不知为何，在杜甫听来，无论是嘹亮高昂的豪竹，还是嘈嘈切切的琵琶，音声里都有一种离人的忧伤，听来令人

---

[1] 竹制的大管乐器，音调嘹亮昂扬。

动容。

眼前的景象,与天宝十三载泛舟游渼陂后的欢宴有几分相似,同样是在初夏,同样有宴集管乐,却是在不同的地点,身边是不同的人。由眼前的夔州七友,他又怀念起友人高适、薛据和岑家五兄弟了。时空错置的感觉令人迷乱,他再一次想起了汉武帝《秋风辞》中动人心魄的这两句(《渼陂行》的结尾曾化用过):

> 欢乐极兮哀情多,少壮几时兮奈老何!

乐工挑选的都是适合伴宴的曲目,等宴席菜肴铺设完毕,两人就放下各自乐器,对面而坐,一同敲打起腰间的小鼓,鼓点时缓时急,如溪水连绵不断,有时低落下去,渐渐无声,过一会却重又潺潺而出。

宴集八个人围了两张方案落座,杜甫在主人位,先敬酒致谢,过后七位客人联同再敬主人,祈愿员外脚足速速恢复,并祝督田顺利。过后就不拘礼数,各自开动啦。酒过三巡,大家就三三两两作一堆:元持在和孟洗对饮,一边在讨论东京应选的事,路凭爱下棋,杜甫就和他对弈,连下了两局,孟恺和严丹在旁观战。也有人在吟咏诗文,比如丁满就在给新任县令终郁吟诵讲解杜甫的夔州诗文,引起了终郁很大的兴趣。等诗文交流结束,他们两人也加入了棋局。

等大家重新坐回席位,又开始了新一轮的饮酒。溪水边,乐工们也有自己的酒和菜,他们即或饮酒进食的时候,也会时不时敲一下鼓面。仿佛这鼓点声是宴集不可或缺的音声点缀。

如此宴饮又加游乐,不知不觉将至申时,丁满站起身,伸了个懒腰,提醒说道:诸位长官,日阳西斜即将翻落山头,时间差不多喽。今日借了探望员外的由头,在瀼西庄勾留玩耍了整整一日,此刻,员外、夫人、孩子们还有奴仆们都很累啦。

元持接话说,今日玩得畅快,我等把剩下的酒饮尽如何,不要辜负了柏中丞所赐美酒和这大好夕阳。走离之前,还有一个节目。刚才听杜员外说,他已为今日宴集酝酿了一首新诗的腹稿。

众人分酒完毕,都围在了杜甫身边。阿段将案上酒食器皿撤去,放置好了纸、砚和笔。

纸卷摊开,两边用镇纸压好,杜甫捉笔先落题,名为《醉为马坠,诸公携酒相看》。首句 甫也诸侯老宾客 之后写得飞快,一边行笔,一边口中吟哦有声。这首诗完全是大前日坠马情形与今日宴饮的实录,诗写得随性恣意,一看就是饮酒过后的即兴之作。

全篇写成后,丁满再次摇头晃脑地大声吟出,众友人都大声称赞。

乐工也趁势鼓噪,为宴集收尾作伴奏。今日他们两位陪侍弹奏也很辛苦,杜甫作为主人,多少也是应该犒赏一点的。两大串青钱之前已让杨氏提前备好了,两位乐工得了赏赐连连拜谢。

终究还是要散席了,杜甫坐上平肩舆,将骑上马的七位友

第三乐章 农事

人送出了石门外。本来还打算翻坡过岗送到瀼水岸边,被别驾元持给止住了:杜二啊,在此暂时别过了。过几天等你的脚伤好透,我们再去终明府水楼游乐如何?

杜甫和其余几人都齐声说好。

10

（夔州歌与俳谐体）

　　扭伤的左脚很快就复原了，而五月端午已临近，这是此前预定的东屯插秧日。

　　自越公堂发生苏缨投诉被府主训斥的事件之后，张望的态度大有转变。他每日按时来到瀼西庄汇报签押，见了杜员外态度也非常恭谨。经此回合，他即使心里再不情愿，也不得不接受这个临时安排的上司了。员外脚伤休养的几天里，张望雷打不动地来庄内点卯，从未误期（夔州七友来访瀼西庄那天也是，张望在他们一行走后就来到了果园）。

　　杜甫也试着以平常心看待张望：此人虽然不好相处，倒是屯田的一把好手，论实务能力，在夔州还找不出第二个。前面的龃龉不合就让它过去吧，自己与行官需要彼此接纳，两人已是一种合作互生的关系。

　　从插秧开始，夔州的农事活动就从纸面安排过渡到了真正的田间作业，杜甫很上心，提前几天就与张望一起会商，也曾入衙署与孟仓曹等人合议，安排调度。

月末几天有大规模的田间翻耕，杜甫曾到现场观看。江淮间的水牛力大耐劳，俗称"吴牛"，于是，夔州地境的几十匹吴牛就被征调来犁地，每匹牛由牛主人在前牵引，两名东屯农人在后面压犁。五十匹牛在峡中平地并驾齐驱的场面，看去颇为壮观。

端午日那天，杜甫让阿段放下果园的活，跟他去东屯。这次，他又是穿着全套官服隆重出场了。阿段带上了乌皮几、棕拂子、白羽扇，还扛了一扇小屏风。乌皮几可以让家主倚靠休憩，屏风可以作隔挡，羽扇可以去热。东屯田间蚊蝇较多，棕拂子也是必备。

到了茅堂，阿段就侍立在杜甫身后，他不仅是童仆，也充当了家主与僚人谈话的通译。宗武这天也来到了现场，陪坐在父亲身后。

这天一早，别驾元持受府主委托也到场，让杜甫分外惊喜。这是柏中丞的主意，以彻底平息府内的议论。除了孟仓曹、孟主簿、行官张望和三个役田差人，还有东屯里正、本地长老和十名汉人、僚人田头[1]，每位田头又分领数十名农人。

仪式也是汉僚混合。元持代府主宣读了祈愿文，上牲劳，领一众官民一同祭拜后稷，过后就是夔地风俗，四名僚人抬出了从瀼西社庙请来的田神木像，八名僚人抬出了两只大鼓，鼓

---

[1] 农事作业中管领农人的头领。

声响起后,就有两个头戴傩面的巫师出场,相对作舞,而集合场院中的僚人男女就伴随了鼓点和巫舞一同齐唱"栽秧歌"。歌舞娱神完毕,四名僚人抬神像走入田间,十个田头便敲起手中铜锣,各引部伍跟随在后。这十支队伍在东屯四至兜游一圈,回到场院后,就欢送田神回庙。

祭神礼毕,杜甫、元持、孟仓曹、孟主簿、张望、役田差人、东屯里正、本地长老和田头同饮开秧酒。元持与杜甫一同进入秧棚内查看秧苗,过后,各田头就在张望指导下分配秧苗,各自明确了所领田块。当天上午就开始插秧了。

数百名农人一起下田,男女皆着短衫短裤,赤裸双足。这天依照前例,元持还带来了服役民伕和驻军军卒帮忙,人数也有两百。两股人马合成约有五六百人,他们将分成两拨,轮流入田插种。

初次灌水的田畦如铺展地面的无数镜面,折映了夏日的青空。田头举了三角旒旗(名号按十天干[1]序列编排)在前引领,背了秧苗竹篓的农人就跟随入田了。十支队伍在田间逶迤行进,有如军队布阵。张望和三个役田差人站在田埂上监督,杜甫就坐在茅堂前轩的主位上搭棚眺望,一手的肘部承靠凭几,另一手轻摇羽扇,俨然就是正在督田的卧龙先生了。

同座的元持就打趣他:杜二啊,没想到你我会同在夔州,更不曾想到会一起来东屯督田。

---

[1] 古代历法中,十天干即甲、乙、丙、丁、戊、己、庚、辛、壬、癸。

杜甫听了就摇头苦笑：元曹长，世事难料啊。谁能想到你我会在夔州重逢？人生别离不能相见者多，如西方的参星和东方的商星一样此出而彼落。不过，倘若没有遇上河北贼乱的惊天之变，倘若甫没有贬去华州，倘若严武并未去世而蜀中一直平靖，你我说不定还没有机会在这南国偏州碰上呢。昔日何曾想到会有这么一天？此刻回顾过往种种，常常觉得如在梦寐中。现在，既然已经身在夔州，还是各自顺命吧。

他口中在与元持说话，眼睛却不看他，只全神贯注地望向前方——那开阔的成扇形展开的百顷水田和田中弯腰劳作的农人。此刻，田头已将三角号旗插在田垄上，远远看去十分醒目。三个役田差人穿着皂色短衫，不时在田垄上奔走、指挥、呼喝，他们是在察看秧苗插下的间距是否符合要求以及是否成行，有不齐整的立即就会纠正重插。所有的插秧人现在几乎站成了一排，他们正由北向南推进移动。

场院中架设了铜钟，之前祭祀所用的大鼓也在旁边。每过四刻，役田差人就会定时敲钟击鼓，传告农人到时轮换休息，这时田边等待的另一拨就入田接替。长时间的连续作业会导致秧苗出错返插的增多，这是张望的轮班法。在杜甫看来，这是很有必要的措施，俗话说，欲速则不达嘛。

又有妇人在茅堂边大棚下设置了炉灶，灶上架锅，放满水加入了乌梅烧煮，滚沸后就倒出在水缸中，这是为农人解渴准备的饮子。轮换下来的人们就走来棚子前，每人都要喝下两大勺才能解渴。头顶的日阳已经升高，热度也渐渐升上来了。

张望回到茅堂，在杜员外和元别驾身前铺开了一张图画，上面是他踏勘画定的东屯官田平面图，以及周边散落的七八处獠人土民的私田，役田差人不时跑回，报告插秧田亩的增加数，张望便在相应的田块那里做好记号。当天插秧结束，他还会亲自下田检查核对，确保完成进度的同时也符合作业要求。这些细节他都一一与员外和别驾说明，两位长官当然给予了肯定。杜甫心想，张望虽是小吏，做事却很有章法条理，他的才干，其实并不止于督田。

元持中午前就回返了使府。这天，杜甫从早间一直坐到了收工的暮晚。午后他照例要小睡，阿段就将带来的小屏风在前遮挡，铺上簟席，放上软枕。杜甫入睡后，他就坐在家主身边甩动棕拂子，驱赶不时飞到近前的蚊蝇。

宗武好静，这天一直陪坐在旁侧，他对外间忙碌的农事活动似乎没什么兴趣，一直在翻看自己带来的书卷。阿爷午睡时，他看书看乏了，也躺倒打起了瞌睡。

这天，宗文没有跟去东屯看热闹。

阿爷忙于督田后，他又可以自由活动了。前面已说过，瀼西庄屋宅很多，于是他就在杂物棚子里布置了一个单间（比赤甲那间大了很多），将自己收集、制作的全部物件收拢在了一处：木雕件包括了尚未完工的龙舟，一对鸳鸯，几只木鸭子，两辆带轮小车，还有一只孟仓曹赠送的木雕小船。家具器玩包括了两只可折叠收起的绳床（一为小样，二为可使用的实件），两张尚未油漆、接榫拼装的平案，一只给家中鹦鹉新做的鸟笼（内有三架高低错落的横杆）。桌案上摆置了孟仓曹赠送的小铜

第三乐章　农事

瓶（现在用来插花），西阁以前居停的某官人遗留了一尊小铜佛，也被他带来了瀼西，就放在铜瓶旁。除此还有钓竿和捕鱼的捞网，阿段做的大弹弓，在江边捡拾来的形色各异的水石。而他和阿段钻入野树林砍来的短木料靠墙堆成了一垛。搬来瀼西后，这些物件构成了他的一个小世界。

因为打算雕刻飞楼，前日阿爷入使府议事时特意带他入使府，登临了白帝城东北角楼，因此已画下了几张图样，这些图样现在就摊开在案桌上。

阿稽在每天三餐的厨间事忙完之后，一有空闲就会来到杂物棚子里，因她的住屋就紧挨了棚子。她特别喜欢早间时段，棚子里满溢了阳光，又有草药的香气，窗外有山泉淙琤流淌，鸟雀还会飞来窗栏上。

宗文总在早间专心雕刻，当她走进时既不会抬眼也不会招呼，仿佛她本就会走进来，而他也习惯了她的陪伴。他们两个很少说话，只听得到宗文下刀时的呲呲声。多神奇啊，原先只一个模糊轮廓的木疙瘩渐渐有了明确的内容，船首的龙头、刻了龙鳞纹样的船身、一排舷窗、一排木雉堞和几间舱门都已一半成形，而两根桅杆是另外削成插入的。看着这艘船，简直可以想象它的下水航行了。阿稽非常惊讶，也很佩服宗文。

这天阿稽在厨间将园里摘来的蔬菜洗净，上来有些晚了。她在小院的池潭边顺手采了朵小莲，就这么走了进来。她来得有点晚，宗文的雕刻工作刚刚收歇，正将那对木鸳鸯从匣盒中取出擦拭，没有留意到阿稽走进了棚子。

阿稽将小莲插在铜瓶中，看到了鸳鸯就问，这是连心鸟么？

宗文抬眼看她，脸上有些发烧。口中就说是做着玩的，将鸳鸯藏到了身后。

阿稽便向他索要来看。

没有理由拒绝，他只得交出，放到了阿稽摊开的手掌中。

阿稽问宗文：你们北地汉人是如何讲说鸳鸯的呢？是不是和本乡歌里唱得一样？

本乡歌里也有唱鸳鸯的歌子么？

有啊。阿稽将那对彩绘鸳鸯捧在眼前细看，一面就哼唱起来：

芙蓉并蒂一心连，鸳鸯联翼入水湾。
愿作连心鸟，泛水青波上，早晚伴同入霞天。

她的音声那么柔美，那么多情。又唱得很轻声，只他一人听到。

阿稽说，歌词是严县令在云安时帮她改成的，僚人歌子的意思要比这个更坦白直露一些。

宗文在想另一件事了。他对阿稽说，自己刚给木鸳鸯做了个匣盒，盒面也打算镂刻一个图样。你有好主意么？

就画一对并蒂的芙蓉吧，如歌子里唱的那样。

可你唱的是鸳鸯入水湾啊，还是画水边芦岸吧。

也好。拨开芦花，就是鸳鸯在水岸的家。

晨光下，两个身份阶层完全不同的少男少女的头颅不知不觉碰到了一起，阿稽两鬓垂下的发缕贴着宗文的脸颊。宗文的心怦怦地乱跳，他大胆地抬起眼来，细看阿稽的额头、两眉和眼睛（离得很近，连睫毛都看得分明）。她的皮肤与汉人女子不同，是一种健康的微黑的肤色，有柑橘花般的淡香。他想让情绪平复下来，可是做不到。

阿稽将手掌中的木鸳鸯重新放入盒中，双手合在了匣盖上，怔怔地在发呆。

此刻她在想些什么呢？宗文猜想不出。眼前的她既不像汉人女子，也不像僚人女子。等她长成后，也会像自己平日看到的僚女那样自立门户，辛劳度日而不得幸福么？眼前的她如此美好纯真，却好像已走近了命运的深渊，迟早就会面临不可测的危险。不管如何，他想帮助阿稽摆脱这个宿命。他已默默下了决心。

虽然他连自己的命途也无法预知，更无法掌控。

与此同时，杜甫对于夔州土民的心态也发生了微妙的变化。

去年四月由西阁搬至赤甲，杜甫只是初步踏入了夔州民众的世界，因他的一半时间都在西阁渡过。到今年三月由赤甲搬瀼西以及展开督田，这才可以说是深入了夔乡。五月上旬农事繁促，杜甫几乎日日去东屯，每日接触的除了行官张望和役田差人，就是本地的农人，有僚人也有汉人。生活环境的改变，当然也影响了他对僚人的看法，他已不像之前那样一味地憎厌和排斥了。因为有了第一手的直接观察，也不再用异样的目光来看待土民，将他们视为不开化的蛮夷，而是看作了可以亲近可以交流的普通农人。只不过，他们的生活风俗仍然有些怪异，难以接受。

农事余暇，僚人喜欢唱蛮歌，杜甫日日听闻，渐渐就受了歌调的影响，有了感应。他很想知道曲词的意思。虽然按照之前的经验，他也知道曲词内容大都是俗世的娱乐或男女情事。

到了中旬，因督田作业张望已能充分配合，感觉诸事安定，他就间隔一天或两天去东屯，于是又有了一点作诗的闲暇和兴致。

十六日这天杜甫在瀼西，午睡起身忽然起念，想让阿段将他熟知的蛮歌（阿段、阿稽叫作"本乡歌"）演唱讲说一遍。他打算将峡中民歌风调引入诗中做"变格"的尝试，这和他试作吴体诗的动机是一样的，都是理性思考后的选择。农事期间如果可以摸索出一些章法来，倒也不失为另一种意外收获。

他将阿段从果园中唤来，看他满头大汗、短衫濡湿的样子，先让他去洗一把脸，擦一遍身，换上一件干净衣服。过后，主仆两个就坐在前轩中对话。

家主想学本乡歌了么？阿段有点不敢相信。

不是想学蛮歌，是想了解蛮歌的歌调内容。住在峡中两年，耳中也听过多次了。在云安时有无听到已忘了，记得最早一次就是去年秋社时，十月十五的先主庙祭祀听过，今年春社听过，然后就是本月东屯插秧的时候。这几次土民们唱的都是祭神和祈愿丰收的歌子吧？

是呢，都是本乡歌里的祭祀歌。还有年节歌，比如十月一

第三乐章　农事　523

日的岁首祭就有岁首歌。内容也和祭祀歌一样。

春社时，在祭祀歌后面为何唱的都是男女相约结欢的内容？

因为是春社啊，这是僚人的风俗，唱完祭祀歌后就要唱些娱情欢乐的歌子。到春天，僚人男女可以各取所爱，也可以缔结姻缘。就像春来花开、蜜蜂采蜜一样。

家主的兴趣显然不在这上面，转而又问：除了祭祀歌和年节歌，还有其他歌子么？

有啊。栽秧人有栽秧歌，行船人有祈吉歌，渔人有渔人歌，上山砍柴有樵人歌子，背盐出井也有背盐歌子。总之，做不同事就有不同的歌子。僚人随时随地都可以歌唱。

也就是说，只要套人一个歌调，随意变换歌词就可以，是这样子的吧？

家主说的是。

那歌调又有几种呢？

阿段说经常唱的也就三四种调。

阿段便将上述提到几种歌调一一唱来。当然不是从头唱到尾，只是唱头节的几句。每唱一种就解说一番。

因为有男女对唱，阿段又唤来了阿稽，两人配合对唱作演示。他们两个的歌声将杜家人全吸引来了，刚刚返回夔州的三弟杜观也走出来听。

后面阿段演示樵人歌子时，歌声很嘹亮高亢。石门外正好有一位路人经过，那人就在门外站停，远远地歌唱应和起来。

这个意外的插曲让家主和旁听的家人都笑了起来。

杜甫问阿段，能听清那人在唱什么吗？

邻人是在唱：砍柴归来门前经过，听你演唱樵人歌，园中果树千万棵，你要砍了就是不知珍惜。若我进到园里来，不会损伤一枝一叶，只会在树下眠息，打个盹，做个梦。

多好的唱词啊。杜甫听后说，那位神秘的对歌人真机智，歌词也编得巧。

由此也了解了僚人歌唱的一个重要特点：只须学会几个歌调，随时可以将歌词填入演唱，而歌词可以根据实地情形加以改编即兴唱成。

后面又将阿段、阿稽叫去了书斋，家主就将几种歌调的音节程式记录了下来（几字一顿为一句，几句一节，以及几节连成完整的一首歌）。祭祀歌、年节歌里的岁首歌、栽秧歌、樵人歌、船工祈吉歌和渔人歌也都试着用汉人俗语记下了歌词。

过后在东屯督田，当农人出田休息时，他坐在茅堂前轩也会将他们召来听他们歌唱，感受其风调气质。这个听觉灵敏的北地儒士，渐渐就从夔人歌中感受到了不同于文士诗的轻妙烂漫的特质。

后面几天里，他一直在思考这个问题：照阿段的说法，夔人的蛮歌（也就是本乡歌）无论是单人歌、两人对唱还是众人的齐唱，无论是什么身份，在什么场合，歌调都是相对固定的三四种。这能不能用到作诗法上去呢？

应该是可以的。

自己现在所做的，不就和上古那些振木铎徇于路的采诗之

第三乐章　农事　525

官一样么？《诗经·国风》是如此采得，乐府诗中《相和歌辞》《舞曲歌辞》和《杂曲歌辞》中的很多篇章，也是如此采得。歌与诗本为一体，土民歌谣原就是孕育文士诗的母胎啊。

文士诗当然有文士诗的优异处，可是，倘若说作诗只有一途一技就不对。这不是诗的本怀，也不是本貌。自己对精研诗律的今体诗已很娴熟，近年来一直希望能突破既有格式而寻求变体。此前吴体诗的尝试就模仿了江南的民谣曲词。现在，如果要对夔人蛮歌加以改造，方法也是类同的。

能不能从阿段唱的本乡歌里吸取一些养分，试写一个新格呢？这个新格可以说就是一种新的乐府诗。那么，什么样的体式又最适宜呢？

想来想去，觉得还是体裁短小的绝句最为合适。夔人蛮歌，有两句体，也有四句体，七言比较多，也有七言混合了五言和三言，偶尔也有不规律的长短句。七言四句中，第一、二、四句句尾用平声，第三句句尾用仄声。无论是何种体式，蛮歌的特色就是语词的复沓、谐音偶对和歌调的回旋往复。如此看来，七言两韵的绝句就是最合宜的体裁。名为绝句，音色却可以脱离文士诗的诗律，融入歌谣的特色。

想通了这一点，杜甫就有了构想。用这个新体绝句的形式来歌咏夔州的风土不是最得宜的么？琢磨来，琢磨去，到十八日这天就有了构思，最终写出了《夔州歌十绝句》。

其一咏三峡形胜；其二咏夔州白帝城；其三咏前隋和国朝之初史事，从夔州跳了开来；其四又返回夔州，写赤甲、白盐风景；其五写瀼东、瀼西的人烟、气候与花鸟；其六描绘东屯的佳胜；其七写夔州在吴蜀商路航道中的优越地位；其八思路又荡开，回忆昔日在长安市上见到的巫峡、楚宫山水图，这是对三峡的早年印象；其九再咏武侯祠及松柏；其十夸赞夔州，将她比作了昆仑山巅仙人所居的阆风玄圃[1]以及海中仙山蓬莱。这是多么高的美誉啊！在这一组歌诗里，杜甫之前对夔州的恶感全然消失不见，只有赏叹和赞美了。

愉快、平和的心境影响了他对夔州的观感，这是毫无疑问的。

他每日写出一或两首，写出过后就让阿段、阿稽当场演唱。两个奴婢虽然未习诗文，可平时说话都是北人唐音，所以稍加点拨就能掌握，他们所用的是本乡歌里祭祀歌的对唱歌调。杜甫有时还会根据他们演唱的情况再修改字词。

对于作诗上的这个新创获，杜甫很是得意。二十三日全部写出后，特意召来好友元持、孟仓曹和丁满一起聆听观赏。杜甫先诵出一首，过后就由阿段和阿稽当面演唱。三位友人听了过后也觉得清新可喜。经由丁满抄录后，杜员外的《夔州歌十绝句》很快就传入了使府，为府主所知。元持还向柏中丞提议，要教会新来夔州的教坊歌姬练习学唱。

到这时，杜甫在夔州的人际交往已比较分明了：府主柏茂琳是最有力的支持者，使府官员中，别驾元持、孟仓曹和驿官丁满与他来往最为密切。而因为东屯督田，也有一些人已与他

---

[1] 上古传说中昆仑山有阆风巅和玄圃台，为神仙居所。后指代想象中的美好仙界。

明显疏远。录事参军苏绶自不用说，崔评事崔如琢和奉节县尉韦彶也是持异议者。此外还有苏绶的从兄、仓督苏胜，虽然这时两人还没有什么直接交涉。

月末几天，趁督田的闲暇，杜甫又作《戏作俳谐体遣闷二首》，除了描摹夔州土民的生活风俗，也对上述人际交往表明了态度。自己来东屯督田，一为履行职责，二为经营生计，名正而言顺。眼下专心于农事，就不搭理你们这些家伙了。这里面的是非没有地方可以讨论，府主已决定了此事。你们可真是自不量力，十分可笑啊。这是很明显的嘲讽态度。

请注意，杜员外在吴体诗、民歌风的新体绝句以外，又命名了一种新的体式"俳谐体"，特点是引口语入诗，调声轻松，语带诙谐，也可讽刺。这次是采用了五言的形式。

杜甫写过不少以"戏作"、"戏题"或"戏呈"命名的诗篇，大多可以归入他自己命名的这个"俳谐体"。在夔州时写下的《七月三日亭午已后，较热退，晚加小凉，稳睡有诗，因论壮年乐事，戏呈元二十一曹长》《遣闷戏呈路十九曹长》、《崔评事弟许相迎不到，应虑老夫见泥雨怯出，必愆佳期，走笔戏简》和前几日写的《醉为马坠，诸公携酒相看》都属此类。

而在东屯，杜甫与行官张望相处日久，关系也发生了一些变化。

此时插秧已毕，盛夏初至，田间农事正常进行，暂时没有要操心的事。张望渐渐习惯了杜甫的管束，空闲时也会坐在茅堂前轩与他聊天。他们所谈大都是农务，不过，有一天张望还问起了诗文,因他偶尔从使府小吏那里看到了传抄的员外诗篇(源头当然是丁满喽)。那是杜甫乾元二年时在秦州写出的《遣兴五首》其三:

陶潜避俗翁,未必能达道。
观其著诗集,颇亦恨枯槁。
达生岂是足,默识盖不早。
有子贤与愚,何其挂怀抱!

当时写出这首的本意,是说一心避俗的陶潜最终未能真正忘俗达道,其诗文中就有不少感叹不遇的怨语,并且也同自己一样,为几个儿子的贤与愚操心劳神。这首诗表面是嘲谑陶潜,实则却是自嘲。

张望关切的却是另一个问题:员外,这陶潜翁所见的南山是在哪里呢?

这个提问倒有些棘手。在往古的典籍和诗文中,称为南山的山有很多:长安南的终南山也简称南山,秦岭及其余脉商山也被称为南山,衡山也被称为"南岳",不胜枚举。然而,杜员外觉得这些地方都不是陶潜的南山。

陶渊明有一位好友名叫颜延之,颜延之在江州任后军功曹时就与他过从甚密,其后出任始安太守时,路经浔阳,又与陶渊明饮酒,临行赠以两万钱。陶渊明死后,颜延之写了一篇《陶征士诔》,其中说 有晋征士寻阳陶渊明,南岳之幽居者也。 以此推论,诔文中所说的南岳或南山应该就是庐山。张行官,你看,这就是最为显明的证据。由《饮酒》其五中 采菊东篱下,悠然见南山 一联,《述酒》诗中 素砾皛修渚,南岳无余云 一联,《杂诗》其七中 去去欲何之?南山有旧宅 一联,可知他的居所就在庐山之北的浔阳境内呢。

听完这番解说,张望大为佩服。

眼前的东屯,初栽两旬的秧苗长势不错,望去已然一片碧色。过后他们两个又讨论起陶渊明是不是曾经亲自下田耕作过。杜员外很肯定地说他下过田,《庚戌岁九月中于西田获早稻》这首中就有 晨出肆微勤,日入负禾还 一联,劳作还很疲乏,所以后面就说 四体诚乃疲,庶无异患干, 归来后还要洗手洗脚,因为后面又有 盥濯息檐下,斗酒散襟颜 一联。

可张望坚持说没有。杜甫就问他持论的理由。

张望反问:儒士怎么会下田呢?陶渊明肯定是由仆人代劳的喽。员外也是朝官儒士,请问您亲自下田劳作过吗?最后一问当然是开玩笑的口气。

那天弟弟杜观也在东屯陪伴大兄,帮着处理督田的几件公文。听到两人这番争论,他就插话说,大兄在陆浑庄和土娄庄时,似乎的确没有下过田,在成都草堂如何就不知道了。

杜甫听后起初无言,过一会竟然脱下官袍,只穿短衫走到了田垄边,脱去鞋履和袜,撩起裤腿,赤脚走入了水田中。还弯下腰,学着身边农人的手法在田间拔起了草。张望一看如此情形,赶紧也脱鞋下田。杜观走来田边,与张望两人一同相劝后,才把兄长请回了草亭。近处水田里的农人们都停下了手,好奇新鲜地看着这一幕。

张行官,你现在再说说,陶渊明究竟下过田还是没有下过?

下过!下过!员外说什么就是什么了。

张望抬起袖口擦去了额头的汗。谁能想到,此前一直俨然端肃的杜员外,会有这么不羁率性的一面啊。

杜甫听了张望的回答就大笑起来,接过杜观递来的手巾,擦拭了额面和腿脚。

11

　　四月十八日越公堂宴会后,杜甫醉酒骑马摔了一跤,到六月头上,他就忘了这回事。

　　六月朔日这天,吏部颁下了符文,仓曹孟冼参加东京选的资格已得到认可。预定九月底启程,时间还很充裕,这三个月里一边要准备应选的科目,一边也要将各项事务都安排交接清楚。收得喜讯的当晚,孟仓曹就在西堤酒楼邀请了亲近友人聚会。杜甫接获邀贴后,又要单独骑马出行。夫人再三劝阻,就是不肯坐平肩舆。最后只得答应了他,前提是须由阿段伴随牵马,免得他酒劲上头,又上演一出坠马的剧目。

　　好吧,就让阿段陪伴吧,家主向夫人低头了。的确不可以再逞能了。

　　这天酒楼上起初只有与孟仓曹平时往来最多的五六好友,岂料后面听闻消息到来的又有不少,到最后,还惊动了杜甫瀼西庄的邻居、孟冼的叔祖孟崧。老人到场后连连夸赞,夔州已好多年没有本地吏员赴京应选了,从孙孟冼这次能够获选,可喜可贺啊，族人都为他感到荣光。今日我也要痛饮一番！老人家当然不会一人来，还拖带了三四个族人同到。人多得挤不下，于是又移去隔扇，与旁邻的单间打通，一群人又是饮酒又是歌唱又是啸叫，仿佛迎来了狂欢。孟洗很快就被灌醉了，杜员外也喝得不少。

    酒宴到将近夜半时才散去，杜甫走路已经左摇右晃，由丁满搀扶着下了酒楼。

    我家的奴子和马呢？他站在酒楼门前嘀咕。

    看！门前插着的两把火燎下，阿段这不正坐在门阶上打瞌睡嘛。

    丁满叫醒了少年，阿段立即跑去了马厩，牵出了马匹。他自己也带了火把来，将家主扶上马后，就从门前火燎点燃了火把。路上已漆黑，没有火把照路可不成。

    丁满问阿段：你醒透了没？要不去洗个面清醒一下，这回可要将员外安全送到瀼西庄哦。员外已经醉得差不多，千万不要让他再摔下来。

    杜甫听了就发笑。你个丁满，你说我醉了？我不是在马上好好坐着么。我没醉，我只是想放歌！只想彻底地醉一次！

    阿段去酒楼厨间取水洗了面，还打来水，取来面巾让家主擦了一遍额面。过后，丁满将他们主仆两个一直送到了城东门。

    阿段一手牵缰绳，一手举火把，口中一直在跟家主说话。不时还回头来看，生怕家主坐在马上瞌睡过去。下了长长的

第三乐章　农事　　533

坡，来到坡底的弯道了，上次家主就是在这里摔下马来掉进路旁草窝中的。阿段走得很慢很小心。

家主，到瀼水岸边了。

夜晚的瀼水真美啊。阿段你看，溪河里映了满天的星粒呢，我们再往河坡下走走好不好？我很清醒，不会有事的。

于是阿段牵了马，离了平地的马道，走下了坡度和缓的河岸。此时，对岸的白盐山和身后的赤甲山一同隐没在深浓夜色中，眼前的瀼水深湛乌蓝，幽幽泛着银色波光。朔日无月，那是天河星光的反射。北斗落得如此之低，都快落到对岸东屯了，最闪亮的几颗明星看去如此之大。伴了汩汩的水流声，眼前的确是难得一见的静美夜景。

沿河滩走了许久，终于要拐上去瀼西庄的坡冈了。阿段加快了脚步，又继续与家主说话。

阿段，我好像听到了虎啸声。不过你不用怕，我手中有藜杖可以打猛虎！

骑在马上的家主举起手中的藜杖，指向了赤甲崖壁的黑影。少年没听到虎啸，却听到了峡口对岸麝香山那里远远传来的一声猿鸣，还听到了自己和马儿的步足声，火把晃动时焰火的呼呼声。来到坡冈上，已能看到瀼西庄了，远远望去，整片屋宅中只最后一栋仍有光亮，主母一直等着家主归来，到这时也还没有睡下呢。

阿段，赶快走，真有老虎！马上的家主又叫了起来，不过是开玩笑的口气。阿段在头顶星空的注视下小跑了起来，主仆两个一路耍笑着冲进了瀼西庄的石门。

走入果园，阿段的脚步才放慢下来。庄园其他屋宅都已沉入夜色，只正堂前插着两柄火炬，书斋里还亮着灯。到得前轩，家主不等搀扶，自己就下了马，阿段搀扶着他走上了正堂前。杨氏听闻动静已从书斋里走出。

可家主的酒劲还没过去呢，他手拄着藜杖，在庭院里转起了圈，口中还唱着不知名目的歌子。

夜深了，赶快回屋歇息吧。

杨氏说了好几遍，杜甫也不听。见他这副模样，杨氏实在是又好气又好笑，就在后面追赶，一把揪住了袖管，要将他拉回书斋中。谁知杜甫借着酒劲还挣脱了，跑到了院中的两棵枣树前，一会仰头望起了星星，一会又低头俯看前月新栽种、此时尚未结花苞的芙蓉。口中仍在嘀嘀咕咕说我就是不想睡觉，不想睡觉，你能拿我怎样？

杨氏没法子，只得叫上了阿段。两人各捉住他一边袖子，才将他手中藜杖拿去，拉拽到书斋中坐下。

喝醉了归来，简直就像个无赖少年一般。

夫人没好气地嗔怪。可她这时却想起了土娄庄新婚后的某个夏夜，杜甫外出赴友人家宴同样带醉归家的那个晚上。那时的他呀，也是这么个德行。

杜甫还在那边咕哝：我又没喝醉，也没从马上掉落。有什么好担心的呢？头却已经垂落到胸前，眼睛半闭着，很快就打起了轻鼾。

算了，这下也不要回卧间了，今晚就睡在书斋吧。杨氏将软枕和凉被拿来，在簟席上铺上一层薄垫，扶了他躺下。阿段

第三乐章　农事

取来了水盆,将手巾沾湿搅干,贴在了家主的额头。

进入六月,天气渐热,离栽秧已一月,稻株生长喜人。杜甫对东屯农事已经熟稔,田间管理无非就是除杂草、培土壅根和施肥,所谓壅根即在稻株根部堆土以使根部充分生发,行官张望又遣农人捞取瀼水岸边的浮萍,拌合了草皮泥、河泥、溏泥当作肥料。这项作业每两旬一次。

另一项日常作业就是"保水"。入夏后曾下过几次小雨,暂时仍未进行。此后倘若连续十多日未雨,筒车引溪水水量不足,就要动用瀼水边的水车车水了。

到大暑时,还有一次"烤田"。即挖掘田埂,将田中存水引出,使土块在日阳下曝晒两日以巩固根部。两天后重新放水入田,叫作"还水"。还水以后,稻株每日生长迅速,即使遇到天旱,也不会影响入秋的收获了。

与行官张望的关系也大有改善,上月还曾邀请张望到瀼西庄饮酒小宴过。他仍然间隔一两天去一次,但待的时间不像之前那么长了。一早农人未出田时就到,正午午食后就坐船返回瀼西。到了傍晚,张望会来到瀼西作例行汇报。有事外出时则会让弟弟杜观代为照看。

有时会去白帝城衙署与孟仓曹等议事,顺路会去元持宅和路凭宅逗留聊天,要么就去瞿塘驿找丁满,打听近来时事消息,碰上有相熟官员过境夔州的就见面聊一下。搬来瀼西后,与赤甲前阁邻居王儋好久没见面了,杜甫连着去了两次都没有碰上(伯夷敲门,却无人应门)。不过六月里有一天,宗文倒是带了王儵的两个儿子来瀼西玩耍，这才知道王儵新近谋得了忠州的一个军伍职位，刚刚离夔不久，家里商量后并没有移家去忠州。

杜甫还有另一项操心的农事就是种植蔬菜。瀼西甘林里有溪水，溪水岸边的茅屋就是信行和阿段的住处，茅屋前后都辟有菜地。入住后，杜甫让信行将采药事先搁一搁，先将这片小园莳弄好，瀼西菜园的面积可比之前赤甲的数条田畦大多了。

如在赤甲时那样，这里照例也种了莴苣。冬葵四月里采摘最后一茬后，到六月就要种秋葵了，秋葵入口脆爽，杜甫一直很爱吃软软的冬葵拌饭。此外，近来还从邻居长老家移种了大豆和岷岭紫芋。厨间外有石渠，引山泉为池潭，约半亩大小，池中前主人还种有白莲，入秋后莲藕和莲子皆可食，还能入药，这是夫人杨氏的爱物。瀼西庄果园的隙地还有数亩闲田，过后到八月里就向邻居借牛翻耕，种植了芜菁与青芹。瀼西这里种植的蔬菜品种既多，栽种的量也大，到了产季后，就可一茬接一茬长出，足以供应自家食用，多余的菜杜甫就让夫人送予瀼西里正和邻家。

再说说其他家人的情况吧。

宗文近来变得有点孤僻。白天，他大多时候就待在杂物棚子里打发时间。飞楼的雕刻难度实在是大，他暂时搁下了。现在花费时间又做了几个鸟兽木偶，有木鱼和木燕，也有木熊和木虎。还有两艘精巧的带篷小艓，那微型的艓子做到很仿真的程度，可以放在莲池中泛游。

第三乐章 农事　537

其余时间，他常常一个人在果园溪水中划小艇，或是躺在树荫草甸上看野天。有时也会叹气，因他已有了一桩难以排解的心事和一个近在咫尺也会念想的形象。阿段因为要看管果园，白天就无法陪伴他，到了晚上，宗文就来茅屋找阿段聊天，可聊天也没有什么效用。于是在月明的晚上，他常会来到果园草亭宿夜。望着天心的皓月和满天的星子，想到自己快要长成一个真正的青年，他却一点没有兴奋的感觉。自己的命运已被阿爷的期待（和明显的失望）笼罩了，他无法挣脱，也不想挣脱。

这段时间，最多陪伴宗文的却是观叔叔。杜观自来瀼西，就代大兄课子，宗武比较用功，不用多操心，杜观尤其耐心辅导了宗文的学习。宗文现在已开始试着学作文章了（是的，他虽然有悟性，却不爱诗文，仿佛是父亲的一个逆反）。早间叔侄三个坐在前轩诵读谈论的场景让杜甫感觉很安慰——想当年住在陆浑庄时，自己也曾这样辅导过少年杜观的啊。杜观虽然是异母弟弟，两人感情是很好的。自己这个弟弟，性情严谨细致，脾气也不像自己这么急躁，任什么事到了他手上，总可以处理得有条不紊，今后入职说不定也是一个颇有才干的良吏呢。

宗文除了爱做手工，还喜欢钓鱼，入夏后常常拿了钓竿在瀼西一带溪涧中垂钓，杜观就时常陪伴了同去。叔侄俩头戴了笠帽，共坐溪边，有时一坐就是一个下午。钓鱼的时候，往往就是杜观问一句，宗文答一句。譬如就有类似这样的谈话。

熊儿你常常这样一个人来钓鱼么？

是嘞。

钓鱼好玩不？

嗯。最有意思的就是等鱼咬钩。要很有耐心才能等到。等鱼咬了钩子，还不能急迫，要在感觉钓绳抽紧时才可用力提起。太早拉竿的话，十有八九鱼就跑了。

你是个钓鱼能手呢。听说你还到瀼水岸边去钓？

是嘞。阿段未管果园的时候，我们两个会结伴去瀼水河边钓鱼，那里的鱼儿比这里的大多了，需用不同的钓具。

你喜欢夔州么？

夔州很好，比成都浣花溪还好，风景好，野林大，草木鱼虫野兽也比平原地带多。阿爷说，我家搬来瀼西就是搬到了桃花源。

的确是呢。今后倘若离开，你会不舍它么？

宗文的确很眷爱这里的山川、河流、草木。但最主要的是，在这里还有一个他认为很重要的人。但这个内情他是不能说出的，他只是点了点头。

大兄跟我说，你作诗很有悟性，就是从小见到读诗文就逃走，这又是为何呢？

因为作诗文换不来米粮和彩衣啊，实在太不可靠了。观叔叔你到当阳县任职，难道是因为善写诗文么？

的确不是。

因为我说了这个实话，阿爷在赤甲时还曾提了拄杖要揍我呢。可我不怕说出这个显见的事实。

熊儿你可要知道，你阿爷当年可是因为向皇帝献了诗赋才得到授官的啊，在他来讲，这也是事实吧。还有，你的高祖，你的祖父，可都是诗文的好手啊。

我知道的。可是观叔叔，世道已经不同了，像阿爷这样的文臣不会再有了，皇帝也不会因为欣赏某人诗文就给他授官。现在可是武人的天下哩。观叔叔是如何看阿爷的呢？你不觉得他已是个落伍的老人了么？

到此，杜观已经听明白了宗文的逻辑。而对宗文的反问，他也无话可说了。自己这个心高气傲的大兄，的确是上个时代的旧人，已经不适应现在的形势了。这是十分无奈的事。他盯着垂落在溪水中的钓绳，水面的那颗浮珠一动不动。这里似乎很少有鱼游过。

我们是不是换个地方再钓？

不，再等会儿。

他俩在溪边原地又坐了一刻，宗文果然钓到了一尾青鱼，只是个头还很小，和鱼苗也差不多。宗文怜惜它弱小，就将它从鱼钩上解开，放归了水中。他的观叔叔则什么也没钓到，却对这个少年有了不一样的感觉。

杜观和宗武就没有这么多话了。阿爷不在身旁时，宗武总是不太好相处。早课时，杜甫若去了东屯，由杜观单独辅导时，宗武总会提出几个刁钻问题来辩难。也不能说他没有道理，但他骨子里似乎遗传了父亲的那种倨傲。宗武有时也会泄气，那是他拼命想记诵一段长赋却怎么也记不住的时候。杜观感觉宗武是个自律到有点刻板的少年，每天从早到晚总是围绕着诗文功课过日子，很少出来走动。不过也有例外，哥哥宗文将他唤出的时候，他总是立即就会响应。宗武对自己的兄长倒是很亲近，也愿意跟从。

近来杜观也有自己的心事。蓝田的来信迟迟未到，他都有些恍惚、有些自疑了。这门亲事的缔结无疑对自己今后的仕途人生有着重大的影响。夔州这个地方，现在于他也像个十字路口一样，让他感到彷徨无助。于是，不教熊儿、骥儿功课的闲时，他就会在果园中散步，有时也会帮助阿段一起劳作。在入秋结果前，需要一遍遍地修枝和施肥，那是要消耗很大的体力的。可是，不管如何辛劳，眼前这个蛮人少年却总是那么热情洋溢。兄长有时候会派遣阿段去西堤打听新近米粮和草药的价格，这时，杜观就会随同阿段一同前去。两人不走瀼水岸边的平路，走的是赤甲山腰的蜿蜒山路。走在路上，阿段常常就会放声歌唱。

有一次，阿段停下歌子时就问杜观：家主之前写的诗我也可以唱出，那么，我平时唱本乡歌岂不是也等于作诗了？

是嘞，唱歌和作诗本来就是同一件事啊，是到后来才有了分别。所以大兄这次新作的诗就叫作了《夔州歌》，这很有意思，是不是？

家主是个多么了不起的人啊！阿段感叹道。

嗯，杜观从小也同样崇拜自己这个性情有点古怪的大兄，到今天也没变过。可是，大兄毕竟老了，而这个世间现在似乎再也不会看重像大兄这样的文士了。倘若出峡离开夔州，大兄还能碰上像柏茂琳这样有力的支援者么？这是一个让人忐忑的疑问。杜观心里有了悲哀的预感，又觉得无能为力。

第三乐章 农事　　541

如杜甫所说，瀼西庄的确是一个桃花源。不过，在弟弟杜观看来，使得这个桃花源保持了稳定运转的人却不是大兄，而是兄嫂杨氏。

在那个时代，无论是北地还是夔州所在的南国，女性从来都是家庭的枢纽，是另一根支柱。杜家当然也是这样。无论丈夫是去东屯督田还是在瀼西，杨氏都会将一家人的日常生活安排得井井有条。

最重要的一件事就是准备每日的三餐。杨氏和阿稽是全家起得最早的两个，厨间的炊烟升起后，一家人就开始了一日的作息。每天晚食过后，她就会在厨间和阿稽商量明天的食单，一方面要考虑杜甫的喜好和禁忌，一方面又要顾及三个还在成长中的孩子的营养需要。食单又不能天天一个样（倘若如此杜甫就会唠叨），还要经常有些变化，于是就要出门，去瀼西市集采买些新食材。阿段因为负责了果园，就不去市集了，现在往往是杨氏带了女儿杜菫和婢女阿稽同去。

去瀼西时，她们三个也会走那条山道近路。走在路上时，倘若不是各自衣着揭示了主仆身份的不同，杜菫和阿稽简直就像两个姐妹。过了年，杜菫已十二岁，人也长高了不少，她不再像以往那样喜欢黏着阿母了，现在更喜欢和阿稽谈说讲笑，她们两个成了一对好伴儿。阿稽今年已十七岁，正是最烂漫美丽的时节。除了厨间的烧煮，她每天打扫庭院，整理卧间，洗衣晾衣，将瀼西宅收拾得干净整洁，实在是杨氏的好帮手。

白日里，她会帮了阿稽一起做事；每天晚食过后，阿稽忙完厨间事就有一大段休憩时间,杜堇就常常去她的小舍里玩。她跟阿稽学了好多僚人的蛮语,有一次还偷偷按僚女模样打扮了一下。阿稽看着她就说:堇儿你简直就是土生土长的夔州女儿了啊。私下里,杜堇已将阿稽叫作了稽姐姐。

和宗文、宗武这对兄弟一样,女孩们也有各自的心思。杜堇很想念已经出嫁的姐姐杜葵,以前她俩多亲密,小小的她整天都会跟了姐姐跑进跑出,走哪儿也不分离。姐姐离开后她寂寞极了,虽然杜堇所在的忠州离夔州也并不远,不时也有书信寄来。

阿稽和葵姐姐年纪一般大,杜堇就问阿稽:僚人少女是不是到十七岁也会出嫁了呢?

阿稽说,峡中男子少,女子多,也有年纪很大还不能出嫁的。不过,到了她这个年纪,如果她还长在僚人村寨中,现在也会有一个自己的中意的情郎了。

情郎是会嫁娶的那个?

那倒不一定。不过,两人如果情投意合,要谈婚论嫁的话,还要看双方父母和族人意见。这个和汉人也是相同,只是没有那么多繁琐手续罢了。

僚人婚姻很简洁么?

是啊,烧一堆篝火,喝一顿酒,唱一夜歌子就变成他人的妻啦。是不是很轻易?不过也很美好,因为僚人嫁娶那天总会挑一个有月光的好晴天,月亮就是两个新人的证婚人。

杜堇惊讶地张大了嘴巴。

阿稽问杜堇:你是不是也盼着长大,然后快快出嫁?

杜堇摇摇头。不,她并不急着出嫁,离那时还远呢。她年纪尚小,她的梦想就是能和葵姐姐重聚,还有就是多多陪伴一天天老起来的阿爷和辛苦操劳的阿母。

她们两人一同看向窗栏外的瀼西夜空,此时也有一枚细月升起了。杜堇又问阿稽:稽姐姐,那你的梦想呢?

阿稽的目光有些迷离。她心底的那个秘密与宗文相同,也是不可以说出的。她对杜堇说了自己的另一个梦想:她想见到自己从未见过的阿妈。因为阿妈生下她后不久就去世了,她从来不知道她的模样。

她没有告诉杜堇的是:将她卖入云安衙署作婢女的阿爷,几年前行船时也遭了船难溺亡。她就像漂浮在峡江水面的一块浮木,随波逐流。

在云安,她很偶然地跟随了杜家人,至此已两年。这一家人和她之前遇到的汉人和僚人都不一样,无论主人夫妇还是孩子们,从没有将她视作低贱的仆役随意驱使,她更像是家庭中的一员。主母杨氏是那么良善可亲,在潜意识里,她已将杨氏视同了自己的阿妈一样。

杨氏也感觉到这个婢女如女儿般的依恋。她并不觉得不好,反而很接纳。近来她们三个除了一起去瀼西市集,也会同去夔州各间寺院瞻佛。

六月初的某一天,家主带了宗武在东屯督田,阿稽送去午食归返后,杨氏将家中事安顿好,就带她们两个去了白谷半坡的一处小寺瞻佛。

那间山寺的庭院里,种有两株夔州本地很少见的大叶芭蕉，旁边还有山溪流经，潺潺的水声在佛堂里也能听到。主母瞻佛完毕，照例要做施舍法事，过后寺主就招待茶食相谈。两个少女在佛堂里虔诚祈祷后，就在溪边玩耍起来。杜堇将溪水泼到阿稽的脸上，阿稽便也要泼回，两个人咯咯笑个不停。她们的语笑声，像奔流的溪水一样自然欢悦，她们的眸子，也和泼起的水珠一般闪亮。到太阳落山时，主仆三人才动身回返。

　　下山途中，靠近水泽的草木丛里不时就有光点飞出。起初只是一点两点，转个弯，在暮色初降的路头，就看见了上下翻飞的一群萤火虫，真是美丽极了。她们两个奔去草丛中伸手去捉，却一个也捉不住。

　　六月上旬，热浪卷土重来，杜甫只得待在瀼西歇夏。

　　五日，清晨有小雨。晨光中，细小的雨丝几乎不可见，雨点落到书斋外枣树的叶面上才听到了沙沙的雨声，贴地刮起了风，又将雨水给卷走了。雨下了一阵就停了，暑热得以稍稍缓解。半空中的白雾笼罩了夔州四境，景物看不分明。峡江对岸的麝香山只露出一半，到中午时雾气都没有散去。

　　这天下雨过后，夔州异常湿热，气温陡升。这几天正是稻田灌溉的关键时段，杜甫不敢马虎从事。东屯还是得去，自己必须到现场履行督田之责。

　　七日一早，由二儿宗武牵马，杜甫照样穿袍束带穿了全套官服来到东屯。行官张望见他额头、脖子汗涔涔的样子就说，员外不必赶热来此，保养身体要紧，我傍晚时总会来瀼西停脚报告进展的。东屯这里有我盯着,手下三个差人很勤力,土民们也在抓紧灌溉。这几天田里的补水都做得很好。

行官啊,听你解说和自己亲来实地,性质毕竟是不同的。我就在草亭里坐会,随意观看。

日阳很盛,草亭中十分闷热。他毕竟年老体衰,坐着坐着就倚在草亭柱身上打起了瞌睡,呼噜声很远就能听到。

中午,阿段自瀼西送午饭来,还挑来了两筐瓜果。竹筐底部放了邻居孟长老家送来的新瓜,上面是果园里新摘的桃子。一筐给农人解渴,一筐就给行官。不管是有意笼络还是顺手为之,这暑夏节令的赠物当然让张望很中意,他感激不尽,连连拜谢了员外。

下午,杜甫照例在前轩屏风后午睡了一会,起身后待日阳稍落,又由张望带领了去看瀼水岸边的水车。傍晚时,杜家父子从东屯返回了瀼西。骑马踏上坡冈时,日头已落到了赤甲山的背面。

这天回家后,坐在前轩与家人共语,就询问了宗文最近的制作情况。宗文说近来给家里制作了几件家具陈设,于是就让阿段从杂物棚单间里将做成的绳床[1]和刷好漆的两张平案取出。杜甫亲自试坐了绳床,检验了一番,感觉很满意。家中本有两具绳床,宗文仿制了六具,这样吃饭的时候仆人们也不用或站或蹲,全家主仆都可以围坐进食了,甚是方便。两张平案已移

---

[1] 又名胡床,为西域传入的便携椅具,类似今天的折椅。

放到前轩使用。自己这个大儿还是很能干的,他当然要表扬几句。

过后又让宗文将雕成的龙舟取来观看,细节部都雕得不错。能刻得这样精致,当然是费了不少心思和功夫。由此他就想到了泊在瀼西河港里的那艘船。不管何时能够出峡,船还是要定期保养一下的。先要擦洗一遍,再检查是否有开裂或漏水处,然后再刷桐油养护。人手不够,就让伯夷、辛秀同去帮忙。阿段这方面是行家,这件事你就与他两人商量了去办好。宗文不怕暑热,就怕无聊,领受了这个新任务,又鼓舞起了热情。

杨氏问他,暑热天气里,平时菜蔬鱼肉吃得让人生厌,是不是试做几样长安的冷食?杜甫当然觉得很好啦。不能回长安,能在峡中吃到长安的槐叶冷淘也是好的。于是,杨氏就和阿稽商量起采集槐叶的事来。

夜里独坐书斋,他的心绪又出现了轻微的扰动:如今自己在东屯督田,岂不是很像那曾为漆园吏的庄子啊。可是,自己还是达不到高人那种虚静无欲的状态。虽然现在与行官相处得还不错,可是,身不由己还是会被很多琐屑的俗事牵累啊。入夏这两个月专务农事,在瀼西和东屯间来回奔忙,诗写得很少,自己可不能就此懈怠啊。倘若因为俗务而把诗篇废了,我这个员外郎还剩下什么可资骄傲的呢?

诗人的本心不会灭失,此刻又醒转了来。这天入夜后,他重新翻看入峡以来的诗卷,对之前写下的夔州诗篇还是很感骄傲的。

第二天早间又有小雨，中午停歇，下午又接着下起来，入晚前雨止。

雨后夜色空明，半轮上弦月从白盐山巅浮出，天河横贯了夔州的夜空，北斗星熠熠闪亮，提示了北都的所在。窗外可以看见果园的大片林木，其树冠部分在月光下现出了清幽的荧光，树下则布满了鬼怪般的阴影。杜甫独自仰面对月，想及之前的辗转流离，想及长安杜曲和偃师土娄的家，想及已经故去的很多老友（尤其是曾经　举杯邀明月　的李白），想及自己不可预知的未来命运，心内充满了感伤。

他凝注心神，连续写出了两首咏月诗，过后就与三月那首合成了《月三首》。

夜已深，杨氏之前一直坐在丈夫身后缝补衣物，这时见他诗稿写成，就走近前来与他同坐。她的手按住了杜甫的手，两人默契无言，一齐举头望向窗外那半个月轮。

过一会，杜甫问她，夫人还能诵出我写给你的那首望月诗么？

杨氏点头。我怎会忘记呢，每回因为琐事怨怪你时，就会想到《月夜》里的诗句，想想当初彼此分离的时日，再想想一家人团聚的现在，于是也就不会再怨你了。

写下《月夜》的至德元载八月时，杜甫被困在已经陷落的长安，而家眷寄住在了鄜州[1]的羌村。

---

[1] 今陕西富县。

杨氏将这首诗轻声念诵了出来：

今夜鄜州月，闺中只独看。
遥怜小儿女，未解忆长安。
香雾云鬟湿，清辉玉臂寒。
何时倚虚幌，双照泪痕干。

一晃已经十一年了，儿女们都已长大，杜葵也出嫁了。这时间真像白驹过隙那么快哦，杨氏叹息着。没承想，此后长安和洛阳的家就回不去了。

杜甫转过身，不看窗外的月亮了，他抚摩着妻子的鬓发和手臂，笑说《月夜》诗中这句 闺中只独看 如今可以改作 茅屋并肩看 了，而 香雾云鬟湿，清辉玉臂寒 这一联写得也没错，你的头发仍有香气，你的手臂还是清凉如玉啊。心里多怨是会损伤容颜的，今后不要再为琐事怨怪我啦，不要再发急了，也不要再哭。

杨氏感动莫名，眼眶里强忍的眼泪，终究还是落了下来。她颊上的泪珠，映着窗外的月光，是如此地晶莹。于凄苦的人生中，跟随了这样一位多情的夫子、这样一个痴人颠沛流离，她究竟是幸运还是不幸呢？是的，有苦也有乐，然而她终究是幸运的。是的，她的丈夫是一个先知先觉者，在他以前，有谁曾为妻子写过如此动人的思念之诗呢？

自天宝五载两人成婚，时间已过去二十一年，原来年轻美丽的杨氏已老去很多，鬓发也不再乌黑，已有丝丝缕缕的白

第三乐章 农事　549

发。在多年波荡不安的生涯中，杨氏一直是杜甫最大的心理支撑。她平时有些唠叨，有些神经过敏，生活琐事上也时时与他意见不同，大多数时候杜甫都能够谅解，并且通常都是宽忍和退让的。

12

去年盛夏苦热，杜甫常去武侯祠柏林下避暑。今年入夏后也去了两次，前回是独自去，这回就和弟弟杜观同去。途中先去了真谛寺兰若，寻了心演法师共话，在寺中过午斋后，又沿山道去往江岸边。祠庙毕竟已年深岁久，虽然去年七月上书崔卿修好了诸葛像，然而两面的壁绘已大半剥落，神主祭台上蛛网遍结，斜照的夕阳透过竹林，投向了庙堂内，光影迷离，江上的风吹来，祭台两边紫黄两色的帷幕微微掀动。

出庙后，他就和弟弟在庙前那棵古柏下乘凉，两人自然要谈论各自的境况。杜观等候的蓝田许婚信迟迟未到，心情十分焦虑，杜甫只能重复说些宽解的话。目下也没有其他办法，只能继续耐心等候了。观弟你在瀼西这里安心住，随便住到何时都可以，未来一同出峡也可以。

讲到出峡，杜观就问大兄今后安排。杜甫叹了口气，一下说了很多。而今你大兄已成了远方的游子，飘转各地就像鸥鸟一样混迹泥沙，已习惯了随遇而安，只求有一个寄身处就好。

瀼西有八九间茅屋，有菜园，有药圃，山泉池潭里还有莲花，庄中养了乌骨鸡，阿段和宗文还常去溪中钓鱼来，浊酒和米粮也不缺，眼下生活也还过得去。比起成都草堂来，瀼西庄是自己出资安置的第一个真正意义上的家啊。这一带是僻静乡野，离州城也不远，"山气日夕佳"，风景也和陶潜诗所说的差不多，州城里又有府主柏中丞屡加照顾，其实真可以定居下来。倘若时事从此平靖，在夔州终老也不是不可以。到底是去还是留，一切还是等秋收过后再说吧。

日暮前归返瀼西，途中去了瞿塘驿，丁满这里恰好有杜员外一封家信，信是长女杜葵的夫婿吴徵从忠州寄来的，向岳丈一家问安，告知杜葵一切安好，无比思念父母等等。另外，黄草峡贼盗平定后，近来峡中仍不安宁，忠州、渝州一带军伍调动频繁，或又有新的战事。一个新情况是，吴郎通过严氏族人的关系，设法谋得了夔州的新职位，转调的申请正递交使府核准。倘若顺利，年内或许就可以举家迁来夔州。杜甫心想，此事背后或也借托了裴太夫人和严丹的关系吧。

吴郎一家要来夔州，家人又可以重聚，这是三弟来夔后的又一桩喜事。夫人一直惦念着大女，听闻这个消息必定喜悦不已。

瀼西在夔州城郊山地，常有野兽出没，住家百姓为了防范虎豺侵入伤人，会在房舍周围筑起坚实的藩篱和墙垣。瀼西庄以果园为主，虽然也树有藩篱、院墙，但正堂后高冈上的后园却是没有任何遮挡的。弟弟杜观初来夔州时就提醒过，杜甫起初不以为意。

近来阿段在果园中发现了不明兽类的脚印，他据足迹推断，不是虎豹之类的大型猛兽，窜入的很可能是獾子或狐狸。夜中时分，偶尔也会听到踏过草叶的窸窣声和嘶嘶声。杜甫有一回进入果园，还看见一只猿猴远远地吊在篱墙外的山壁藤蔓上朝园中眺望。

后园的篱墙必须树起来了，果园中的篱墙有些地方已有残破疏漏，也需要修补。杜甫去邻居孟崧长老家观看，见孟家主屋的屋壁后种植了一排白菊，白菊丛后筑有一人高的土墙，间插了粗竹，以阻挡防御。看过之后，和弟弟杜观商量了一下，土墙垒砌比较麻烦，竖立粗木桩，再用竹片封堵，效果也是一样的。于是就在六月中旬，趁农事尚闲，家主就将信行、伯夷、辛秀召集到了一起。

翻过北面高冈，就是白谷（柏学士就住在谷口），听孟崧长老说赤甲山北坡的林带中有成片的白皮松，杜观做了测算，总数需有百根。还需砍来粗细竹子，这件事就交给阿段了，宗文说阿爷我闲着没事，我也同阿段去砍竹，杜甫就点头默认了。

三个仆人一大清早吃好早饭，就拿了斧头、带了绳索出发了。他们直接翻过北冈，走入了白谷，沿谷中溪水上行十里，就来到了山北的松林。暑天高温，家主怕他们太过劳累，给他们的定额是每日每人四根，小松不砍，巨松不砍，专挑两手合握大小的中等松树。树木倒地后削去树冠枝杈和根部，只留中段可用的捆扎扛回。中午就吃主母为他们备好的胡饼作干粮，午饭后休息两刻，过后就背了松木下山。不过，信行第一次伐

第三乐章　农事　553

木归来后对家主说自己还有余力，于是当天他又多了一程，到日暮时才回返。

如此五六天后，后园中就堆积了百来根苍皮松木，阿段和宗文砍来的细竹也够了，过后又去砍大竹。

几天过后，后园的竹木篱墙就修造起来了，伯夷、辛秀是本地人，比较有经验，由他们带领，三天内就围好了栅墙：一步一木桩，木桩中间插粗竹，缝隙处以小竹斜向交叉覆盖，用竹篾条捆绑扎紧。篱墙下部又堆垒土石巩固。阿段负责修补果园篱墙的疏漏处，堵住了四五个缺口。多余的竹木料，就修葺了瀼西庄各间屋宅的外墙面。

完工那天，家主拄着藜杖一一巡看，非常满意。这段时间，仆人们冒着酷暑上山伐木，每个都晒黑了不少。家主就慰劳说，你们不惧炎热，徒步往返劳作，这次都有功劳啊。

夫人那天提前买鱼买肉，做了一顿丰盛晚餐犒劳他们，还让阿段去西堤酒楼买来了两壶䴝米春。这次小宴时，家主亲为几个仆人斟酒，连一向酒不沾唇的信行也破例饮了两杯呢。

家主还在那边夸口：夫人和阿稽已在学着东屯酒坊的做法酿制新酒了，等到重阳泛菊时，到时要再赏你们一斛家酿酒。

杨氏说从东屯讨来的酒曲就那么一点，哪里能酿一斛？你们休听员外大话。不过，每人五升估计是没有问题的。

做成了这件巩固家园的大事，杜甫心情大好，当晚回进书斋就写出了十八韵的《课伐木》一诗。因为杜观正在给宗文、宗武教习文章，意犹未尽又添加了一个短序。写成后还让宗武当面念诵。

前一阵杜甫不是说想吃槐叶冷淘么？杨氏这几天就开始谋划准备了。

先要摘来槐叶。瀼西庄里没有槐树，问阿段夔州哪里有槐树，阿段这个百事通也挠了半天头。忽而他一拍脑袋说，有了，他记得去年秋天曾陪同家主去孟仓曹家访问，孟家的庭院里就有一棵槐树，长得还挺高大，夔州城中好像只有这处有，另外听说越公堂前树林里也有。杜甫对这两处都毫无印象，不过，跑进白帝城，去越公堂采摘槐叶未免有点大动干戈了，于是立即给孟仓曹写了一封短信，他自诩为"讨槐叶帖"，遣阿段送去。倘若真有槐树，也无须回禀，经主人许可当场采摘就是。宗文遇到这种事怎可放过呢，他也要同去。他俩从孟家摘来槐叶后时，顺便又从市集买来了新面。

厨间里，阿稽将老叶摘去，留下嫩叶切碎，榨出了青槐汁，渣滓也留着。将青槐汁和面，切成了宽窄饼条，入锅煮熟后用笊篱捞出，放入冷水中浸漂，这时的饼条颜色仍然鲜碧。捞起后滤水装盘，撒上芝麻，再以熟油浇拌就制成了。食用前就罩上纱笼待其变凉，吃的时候可以加醋或酱清。

这天的晚餐有炒鸡蛋、青鱼、芦笋和莴苣，而槐叶冷淘大受欢迎。凉后有嚼劲，含在嘴里很爽口，芝麻拌了油，闻着香喷喷。宗文、宗武边吃边夸赞，堇儿也连声说好吃。阿稽端上了三碗，两碗杜家人吃，一碗仆人们吃。有这个佐餐，家主也胃口大开，一碗米饭不够，又添了半碗。

他还不舍得吃，生怕吃完了就没有下一顿了呢。

杨氏就在一边发笑：夫子放心吃，余留的冷淘已盛在大盘里了，足够吃好几顿。听到这句话，杜甫这才将剩余的冷淘拨到了自己碗里。

槐叶冷淘是长安特有的夏令美食。这款消暑小吃原是宫中创制，武后、中宗和玄宗时，一到暑夏，掌皇帝膳食的太官就会让宫人制作冷淘供内廷食用。逢到朝会有宴集，凡九品以上官员也都有份品尝。此后，制法流出宫外，民间百姓也纷纷学着做了起来。

晚饭过后，杜夫子就思想起了长安，在书斋中长吁短叹起来：一是想到了当年在长安时，随身份豪贵的友人如杜位等人出入内外酒宴，曾吃过很多次槐叶冷淘，那时还发明了种种新异的吃法，加入不同的食料和佐料。进而又想，自己今天在夔州吃到了槐叶冷淘，宫中的皇帝今年晚上纳凉时是否也吃到了呢？他又恢复了昔日朝臣的习性，想到了常人一般不会想到的这一层。

月末还有一事可记。

去年大历元年二月，杜鸿渐出任山南西道、剑南东西川副元帅、剑南西川节度使，以黄门侍郎平章事的使相身份镇蜀。今年的三月，杜鸿渐上表请求归朝，举荐成都尹、剑南西川节度行军司马崔旰为西川兵马留后。四月，代宗允准，召杜鸿渐回京。五月中旬，杜鸿渐由剑阁离蜀北还。六月初，自长安传来了消息，王廷又授崔旰为西川节度使，崔旰正式主掌了蜀中。

有杜韶者，亦是长安杜陵之后、杜甫的同宗，此前也在严武幕府任职，后来在杜鸿渐幕府中兼任了开江使，统管成都外江的航运。因为深得杜鸿渐信任，六月中，杜鸿渐召邀杜韶陪同入京朝谒。对杜韶来说，这次陪同必定也会转授京官，在杜鸿渐的宰相厅阁中担任辅佐之职。他经停夔州瞿塘驿时听说杜员外在此，顺道就来瀼西庄访问。

杜韶离夔前，杜甫应景写了一首送别诗，并未亲去江边相送。见到昔日幕府同僚转任京官，他心里很不是滋味。倘若严武、房琯、高适他们不那么早去世，特别是倘若严武没有意外亡故的话，很可能也会给他在长安安排一个比之前的京兆功曹更好的职位，就像杜鸿渐如今安排杜韶一样。

然而，可以攀援的友人一个个都已下世，像严武这样有力的密友是再没有了。他不禁连连浩叹。

杜鸿渐入朝后，罢去山南副元帅，改授门下侍郎，再次出任了宰相。他离开后，蜀中又酝酿了新的动乱。

13

　　四月十八日杜甫坠马，脚伤痊愈后，已去过奉节令终郁家一次。七月一日恰好立秋，这天终郁又有午宴招待。

　　终明府宅在瞿塘驿附近，离白帝城水门也不远。府邸有一栋临水的三层楼阁，峡江对岸就是麝香山，此时草木纷披的崖壁望去犹如碧色锦障。楼前水岸如水门一样，也植有古松，终郁请来的数名音声伎人已在松荫下席地而坐，奏起了笙簧。

　　一早来到府中的宾客都是夔州使府的官员，路凭司马、元持别驾、崔如琢崔评事、孟仓曹、孟主簿、苏缨、韦佽还有丁满。终明府年纪轻，善交游，初来夔州就与大家打成了一片。

　　他们齐聚在最高层的轩阁，这里视野最是开敞。上午似乎有下雨的迹象，空中集聚了雨云，但雨一直没有落下来，临轩的帘子全部挑起，秋风拂面，感觉已很凉爽。

　　开间的隔扇全部卸去，铺上了纹路精美的清水簟席。终郁和路凭两人都酷好弈棋，这天宴集前，铺席上就备下了两套棋具。他和路凭两人彼此见礼打过招呼，马上就对弈起来了。

路凭曾拜在当时国手王积薪的门下，棋力自是不凡。

王积薪曾是翰林院的"棋待诏"，常陪玄宗在宫中弈棋。贼乱之后，玄宗南狩，王积薪追随入蜀。他不以名家自居，每次外出到市内游玩，总会带一个放着棋子和纸棋盘的竹筒，竹筒就系在马车车辕上。随时随地找人对弈，赢者可得一顿酒菜招待。彼时年轻的路凭还曾赢过一局，赚得过一次酒局，两人因此而结交。

杜甫也喜欢弈棋，在成都时，但凡有友人来访草堂，常会下棋娱乐，闲时他和杨氏也会下着玩。路凭知道他这个喜好，来夔州登门拜访，第一时间就赠送了棋案、棋子。杜甫的几个弟弟中，杜观自小跟他学棋，对攻守杀夺、救应防拒之法很有天赋，棋力还胜过大兄一筹。他来夔州后，近来也在教两个侄子下棋。这次赴宴，杜甫知道终郁和路凭的喜好，所以还带了弟弟同来。另外一个想法，也是让杜观在赴当阳县任职前，开始结交一些官场朋友。

终郁和路凭的这一局输掉了，过后就由杜观和路凭对弈，两人这一局杀得难解难分。而另一边，终郁又邀了杜员外下了一局。

杜观的首局终究还是不敌路凭，不过他被路凭捉住，又下了第二局，第二局却胜出了。杜甫则没有意外地输给了终郁。

大家都知道杜员外擅诗，过后就撺掇他即席咏作。夔州的各式宴集，请员外赋诗现在已成了固定节目。这天杜甫落座轩廊，写出了《七月一日题终明府水楼二首》。对于设宴招待的主人，尽管那么年轻，尽管官职也不是很高，杜甫却也不得不小心应付,谁叫终郁是夔州地界职权仅次于柏茂琳的地方官呢。诗中先是引用宓子在单父鸣琴而治的典故,夸其善于理政,后面又拿汉代少年终军[1]来作比,赞其年轻俊伟。

除了昔日的科场老友元持,杜甫与今天在场的主宾差不多就是两代人,为了东屯督田能平顺进行,他不得不屈身与之交往,心里难免有些落寞。

开宴前,元持和杜甫两人独坐外轩,谈论了近来时事。

杜甫问元持:得知崔旰新授节度使后,柏中丞如何反应?

元持答:柏中丞收得消息后,曾召我去官舍商议,自然是气愤难平。上月末他又去荆州与卫伯玉相商。据卫伯玉说,此次升崔旰为节度,是他和杜相两人早前商量好的明升暗夺之策,之后会设法将崔旰调去京城,削弱其在剑南和成都的势力。

授崔旰为节度使,崔旰就名正言顺立足了蜀中。将他调走,又如何削弱其军伍势力?别驾啊,蜀中很可能又会发生新的动荡。

元持也很忧虑:员外的担心不是没有道理,面对如此局面,你我也无能为力。

近日,他已转托了有力的上官,上书吏部提出了调任的要求。倘若顺利,年内可能下达符书。避开夔州,对他来说就是上上策了。

---

[1] 终军少时博学善文,年十八选为博士弟子。至长安上书议国事,汉武帝拜为谒者给事中,擢谏大夫。后奉命出使南越遇害,年仅二十余岁。世称"终童"。

此事也和杜甫关涉重大，这天从终明府水楼归返瀼西庄后，杜甫就有了这个心事。

和元持讨论蜀中局势后的几天里，杜甫在瀼西家里待得很憋闷。自己在夔州稍稍安定些，岂料又酝酿了新的动乱因素。蜀中一旦战事再起，因柏茂琳现在坐镇了峡中，兵火必定也会延烧至夔州，这是可以预料到的后果。但愿局势不会急转直下。

愁虑满怀无处排解，上旬某天的暮晚，他拄着书斋中那柄带鞘的宝剑登上了后园，打算眺远散心。六月里，为防止野兽侵踏，刚刚安排仆人伐木，树起了竹木篱墙，照理说应该感觉很安全了，来到后园何以还要手持武器？须知夔州此地多有豺虎出没，猛兽伤人的事也时有所闻。近来听邻居长老说，白谷中又出现了虎迹，他不得不加以提防啊。有了宝剑护身，就觉得牢靠一点。

一步一步登上了后园。上次树篱墙时，在望景处放置了几块平石，可供暂坐停息。坐下后，将长剑搁在了脚边。望向四野，所见却并不悦目：天色昏黄、山岭间盘绕着暑夏的瘴气，江上云霾横空而气氛诡谲。秋风已起，瀼水和峡江的波涛仍自汤汤奔流。

对已进入衰年的杜甫来说，回忆已是一种难以遏制的惯性，他想起了当年登临泰山、观看海上日出时的情景。那是开元二十四年，他二十四岁，正开始漫游齐赵。在泰山顶上望见的景象，与眼前所见也有几分相似。《望岳》那首诗就是登山时

第三乐章　农事

所作，会当凌绝顶，一览众山小，同样壮阔的视域。不过，齐赵一带的山峦都是朱红山崖，向东还能望见碧色的大海。站在山顶上，迎面而来的风多大啊，连袍身和衣袖都被吹鼓了起来，噗噗刺刺作响。当时国力强盛，连年用兵边境，一味信用武将的隐患那时已经埋下！过后发生的事就不用提了，自战乱以来，自己一直就在流离波荡中，到如今竟然已有十二年。齐地的龟山和蒙山不复见，连洛阳的旧庄也不能回了。甫怎么突然就这么老了呢，而且还疾病缠身（入夏后，他的肺气病又有反复，夜间有喘咳）。

今年寒食那天的悲愁再一次翻腾涌起：自己已到暮年，生前还有机会能重返偃师故庄，去到祖茔前再做一次祭拜么？他坐在平石上，仰天悲叹，不由又是老泪纵横。

峡中的云霾散去了，空气仍然闷热。晚食后，杜甫拄杖去果园草亭闲坐了片刻，夜色昏黑前又回到了高斋。本来是在翻看阴铿诗，渐渐就有了困意。书案上灯花跳闪，他右手托腮，眼睛半闭半合，处在了半寐半醒的状态中。

然而，尚未失聪的右耳仍在捕捉外间的音声：窗前的枣树下，落地的夏蝉仍在聒噪地鸣叫，后方的白谷深处，时断时续传来了几声鹿鸣，瀼西庄石门前，有乡人归家路过，唱起了不知名目的蛮歌。歌子渐渐低落下去，就听不到了。之后，远远地，从白帝城城楼和马岭军营传来了胡笳与号角声，胡笳悲壮而号角高亢，传遍了夔州四境。这夜声的交响，提醒了他身在异乡的实感，勾起了无名的哀愁。转而又想：倘若蜀中发生变乱，还是要尽速离开这是非之地。这个冬天能够趁雪出峡的话，也许就可以吃到江东的鲈鱼鲙了。

正这么寻思着，一个小小的光点从窗外飞来，停在了帘帷上。忽而又飞入室内，飘飘悠悠，飘飘悠悠，落在了自己的葛衣上。

幽幽的绿光明暗闪烁，照亮了衣袖、书案和那轴阴铿诗卷。过后又飞离，在室内上下翻飞，最后落停在书案旁的琴架上。是萤火虫唉。窗口檐前，还有几只萤虫在飞，初看上去还以为是天上的星粒在游移。这时就听到了女儿杜堇的声音，她正在叫唤：阿爷，阿母，快来看吧，有好多萤虫，数也数不清。

于是撑地起身，走出了书斋。

山泉池潭的水栏边，聚集了最多萤虫，女儿和阿稽都蹲在那儿呢。杜甫下石阶走去水栏，经过芙蓉花丛时，在花蕊间也发现了它们的身影。这些夏日的精灵闪烁着辉光，大多在水边翻飞，向泉涧的上游看去，坡上和树林里也有萤虫纷飞的光点。

之前杜堇和阿稽在野寺佛堂的路头只看到了一小群，谁知瀼西庄里出现了这么多！她们的惊喜语声吸引了所有人，大家现在都围在了水栏边。

宗文说，阿段会捕萤虫，他自有手段，于是就跑去菜园茅屋叫来了阿段。不一会儿，阿段就带来了长杆网兜。他们两个又跑去杂物棚子，取来了竹篾、绳线和细木杆现场制作。先用绳线捆扎木杆做成一个笼框，再用篾条十字交叉缠绕，最后做

第三乐章 农事　　563

成了一个隙孔很小、上有合盖的竹笼。他们一共编成了五个。

接下来就是奴子阿段的表演专场啦。那网兜是他平日在溪水里捞取小鱼小虾时用的细网,在水栏边随便一扑,就捉住了四五个。将网兜底部捏住,翻转盖在竹笼上,虫儿们便飞进了笼中。宗文好奇地凑近观看,对阿段的灵巧手法非常佩服。

于是在这天晚上,瀼西庄的几间茅屋前就有了数盏萤灯。阿段说,笼子里的萤虫明早最好放归野地。火虫(这是僚人称呼萤虫的叫法)不耐热,也不耐日光,关在笼子里一到白天就会死去。如果杜堇还想看,他入晚再给她捉来。

家主杜甫的书斋窗口,现在也放了这样一只萤灯。

萤火光仿佛有一种神奇的魔力,强烈吸引了他。他将书案上的灯盏熄灭,怔怔地看着笼子里的这些发光虫子。你们暂时不得自由的境况与甫一样啊。来年的夏日,你们还会出现在山野溪水边的吧。到时候,自己是出峡了,还是仍旧在这里呢?瀼西庄的夏日多么宁静美丽,难道就这样舍弃了它?夫人和孩子们会很不舍的吧?倘若出峡去,是停在荆州,继续去往湖湘一带,还是设法北归呢?自己要不要跟随了弟弟,就此移居当阳县?当然,此时在他心中盘绕萦回的还有另一件大事:这次东屯督田到底会有多少收获,最终能得多少旅资。这是最为现实的关切了。

萤虫只是发出闪烁不定的光,并没有告诉他答案。杜甫寻思了半天,结果还是很茫然。

近日家中还有一项变动。七月初,弟弟杜观终于收到了蓝田的来信，信中告知前面因商定婚期和各项筹备延误了时间，现在一切就绪，就等他八月初到来迎娶了。杜观接信过后喜不自胜。

七月十日，杜观离夔州，北上蓝田。预定深秋时携新娶妻子赴当阳上任。自三月末来到夔州，他在瀼西庄住了将近四个月。杜甫将杜观送至西堤舟船上，再三嘱咐今后要多通书函。莫要在蓝田多滞留，接了妻子八月白露时就归返。倘若自己在东屯收获后就出峡，到时兄弟两个就可以在仲宣楼同饮共醉一场了。出峡后，说不定要来当阳居留，与三弟你继续彼此扶助。他乐观地将出峡日期定在了八九月间。其实哪有那么顺利、那么快呢。稻谷收获后还须择机出售，才能积满出峡的资金，他定早了可不止一个月！

杜观说，自己到当阳后定会为卜居一事早做筹划。大兄要多多保重身体，夔州所缺药物，他此次旅途中也会留心注意，采买好一定会尽快寄来。

14

杜甫入夏后肺气病又犯了,去东屯的次数就少了些。好在与行官张望相处得不错,张望做事也勤勉,东屯农事一切正常。

余暇时也会骑马进城,有时去武侯祠纳凉,有时去走访之前结识的船商。三伏过后的十六日早间,杜甫就带了阿段,去冉武邸店打听了稻谷与柑橘的行情。因这两项很快就会有产出,与生计密切相关。

这天下午从西堤回程时,刚出夔州东城门,忽然遭逢了瓢泼大雨。一看如此雨势,就打算在瀼水河港租船回去(坐一段船,再上岸回家路程就很近了)。阿段将身上短衣脱下,让家主暂时遮挡,然后牵马下了岸坡,一路泥泞湿滑。到得泊港一看,却见只停了一艘小破船,船板朽坏不说,连个遮棚也没有。舟中船工将手中竹篙一撑,船就晃荡个不停,看着让人悬心吊胆。于是只得重新上坡回到了城门内。

家主,风大雨大,这场豪雨看来一时半会还停不了,要不就去驿馆暂避，等到雨止再回瀼西吧。杜甫听从了阿段的意见。

丁满一见杜员外来驿馆躲雨，马上拿来干手巾让他擦拭脸面，过后又找来一套替换的干净衣衫。恰巧这天没有过境官员停留，杜甫就和丁满坐在前亭一边望雨景，一边闲话。

这一向正是柑橘种植的关键时节。

眼下瀼西的四十亩甘林已初结了小青果，等到长成，可有三寸。这次在邸店冉武告诉杜员外说，瀼西甘林种植的是名贵品种，早前一直作为本州土贡输往京城，只是贼乱以来加税繁重，乡人就不太愿意种植，种植了也不好好料理，每年都有大量柑橘因为没有及时采摘而烂落地里，殊为可惜。荆州柑橘个头小，甜度不及夔州柑橘，却因为价廉一直长销巴蜀各地。冉武提醒说，倘若能够免了柑橘税，员外可将庄内柑橘全数售于在下，我和大兄设法卖去北地，绝对有得赚！

听冉武这么一说，杜甫就很心动。这段时间的培土、除草、修枝剪叶和施肥就特别重要了，阿段虽然很得力，可人手毕竟不够啊。他需要赶紧调度一下：伯夷、辛秀这段时间就不用担负平肩舆了，可以全力协助果园农事。柑橘税一事他也要当面询问孟仓曹（虽然孟冼在建议他购入甘林时曾提过这么一句，但还是需要再确认一下才能心安哪）。

他急于回到瀼西，也是因为担心大风大雨会摧折果园里的柑橘树，尤其草亭棚屋边那五株，枝干最是粗大茁壮，树冠姿态也最好看。倘若这次不幸遭害，那就太糟糕了。自迁居瀼西以来,他常在草亭中休憩,微风吹过甘林时,万千枝叶簌簌发响的音声是那么悦耳。

在前亭与丁满闲话时,杜员外额头冒汗,一副心神不安的样子。丁满以为他受了凉,身体不适了呢,还连忙让驿丁煮了姜饮让员外服下。

大雨从午后未时一直下到了入夜后的戌时初刻才停歇,杜员外不肯留宿,坚持要回瀼西,丁满就派了一名驿丁在前面举火把引路,将他送回了瀼西。

两天后的十八日,这天黄昏时,孟仓曹提了新酿成的酒、新制成的酱各一瓮,徒步走来了瀼西庄。杜甫正坐在小园菜圃前的绳床上与信行谈论秋菜的种植呢,听到仓曹登门,立即走出相迎。

孟仓曹说,这一瓮酒、一瓮酱都是自家酿制的,特地送来瀼西让员外尝一尝。那瓮新酱装得太满,沿途还洒出了一些。

杜甫问他为何不骑马、不坐驴也不差遣仆佣而要自己徒步送来,孟洗说两个月后自己就要登程商路,借此机会正好锻炼一下脚力。这点路可不算什么。

接了这份特殊的赠礼杜甫很高兴,也很感动。有了酱,可以给米饭添味;有了酒,客人上门也可以共醉尽欢了。

酒和酱就交给了厨间的阿稽,杜甫将孟仓曹迎入了正堂高斋中落座。

先就向孟仓曹问清了制酱的方法,杜甫打算让夫人杨氏过后也学着试作。孟洗立刻在纸上写好了制酱的配料和程序。

后面就询问了柑橘税这件事。孟冼说员外放心，瀼西所收柑橘只须挑选少量上好果品送入使府，使府会再递送荆州，随其他贡物送往京城，这样就可以免除当年的税赋，剩余柑橘随员外任意处置。

　　需要什么手续么？

　　不需要使府出具什么手续，收获后即时送入衙署就可以，到时他会安排人手来瀼西接收装裹。

　　于是，柑橘税这件事就这么顺利地得到了解决。

　　杜甫自去年秋社开始与孟家兄弟交往，与孟冼的关系尤其亲密。这一向东屯的督田，也得到他有力的帮衬支援。孟冼一直用心巡视，督促行官张望，所以才能正常展开。对于这份助力，杜甫自然是心存感激的。

　　孟冼不久就要赴洛阳应选，这次特意带了礼物来，也是为了请教应选前的各项准备，杜员外可是前任京官和洛阳土著啊。两人的交往有质朴、暖心的一面，也有现实考虑的一面，这也无可厚非。

　　此前吏部已于五月颁格于州县，夔州上报后，孟冼的选人资格已获通过，将参加十月的东京选。到洛阳后，会按照选人的官职品流和考功，每五五为联，由京官五人作担保，每位选人各须指定一位推荐人，孟冼的推荐人推想必是卫伯玉的嫡系。

　　之前杜甫已向孟冼介绍过洛阳铨选的程序，即书、判、身、言的"四才"之试。通过初试的选人，考官会结合其专长能力和便利条件为他拟注合适的新任官职并张榜公布，选人对拟注官职不满意的可以提出意见，三次公布仍不满意的，参加后面冬集的铨选。无意见者就报门下省授官。不过，自杨国忠以右相兼文部尚书后，门下省过官、三铨注官的旧制皆废，东都选目前只由礼部侍郎一人主试定夺。

今年主掌东京选的是吏部侍郎李季卿。李季卿为睿宗时工部侍郎李适之子，在肃宗朝为中书舍人，后以公事贬通州别驾，代宗继位后征为京兆少尹，前年复迁中书舍人，拜吏部侍郎。论起关系来，这李季卿也是杜甫当年的长安旧交。

于是当场就为孟仓曹写了一封推荐状，状文中对孟冼孝亲守道、耕读传家的德行大加称赞（这也不是谀词）。只是现时朝中选官的铨法已趋于紊乱，选官不重德而只试书判，不知能否起到作用。过后，他又为孟冼详细讲说洛阳坊曲的情形、旧时的故事和可游的几处名胜。

孟冼预定在东屯收获完毕后卸职，九月内将要启程，十月上旬准时赴洛阳集试。也就是说，他将亲自监督东屯完成秋收才会登程上路，这句话让杜甫感觉很安稳：倘若孟仓曹提前离职，使府再遣派其他人前来掌管，难免又会横生枝节啊。

这天晚上余下的时间，杜甫就为孟冼批改判文。三月下旬，杜甫曾赠送张鷟撰成的《龙筋凤髓判》四卷，经了近几月的学习磨炼，孟冼写出的判文已大有长进。倘若不能随意调用典故作偶对，平实叙述也可以，判文还是以简明清通为上佳。孟冼听了大大受益，感谢不尽。

在这一年中，杜甫在夔州确实收了孟冼这个弟子，两人实有师徒之谊。只不过孟冼跟他学的不是作诗，而是撰写通行实用的公文。

孟仓曹来访后的几天里，杜甫一直把制酱这件事放在了心上，天天往厨间里跑，询问夫人制酱的原材料准备得如何。杨氏被丈夫缠得没法，就和阿稽依照孟仓曹的提示试作了一瓮。不过，之前做酒的尝试是彻底地失败了，杜氏家酿是弄不成了。她对杜甫说，幸亏有孟仓曹送酒来，家酿我是没本事做成啦，你就将就着喝喝别人的家酿吧。可是不能多饮，每次只许稍稍沾唇哦。

自杜甫入住瀼西庄以来，也有几位慕名而来、意外而至的过境访客。

其中就有一位从蜀地转任荆州的姓薛的判官。七月下旬二十四日，薛判官到达瞿塘驿，他之前就听闻老杜的诗名，在驿馆看到放置的诗板，听了驿官丁满的介绍，下午就来瀼西庄拜访了杜员外。

客人上门前，杜甫照例正在午睡呢。

梦中仿佛来到了很像瀼水的一条大河岸边，只是东西两岸地势峻峭，中间横贯的水流汩汩汤汤，流入的也不是长江，而是浩瀚无垠的沧海。梦中的他在水边徜徉，竟然不用手拄藜杖，脚足似乎完全恢复了正常。他想渡水到对岸去，却找不到船只，只能惆怅地望着旷阔的碧水。这时忽然风雷大作，半空中出现了一队神灵，神灵后面步出了一匹雄武的白虎，两边又有身着官袍的小神举着赤旗旌节作导引。跟随那匹白虎后面现身的是一位娉婷美丽的女仙。啊，她背后的那座山峰不就是白盐山么？从那勾喙状的尖峰就可以判明。这女仙，莫非就是宋玉在赋中写到的巫山神女？

女仙徐徐降下，停在他身前的半空中，离水面尚有数丈之高。她自称是天帝最小的女儿，正借仗着凤凰的翼翎，飞翔在空中行雨。她的姣好形象，的确夺人目精，她的周身，散发出人间没有的馨香，她的姿容也与宋玉《神女赋》中形容的一样。梦中的杜甫喃喃吟出了赋中的文句，其始来也，耀乎若白日初出照屋梁；其少进也，皎若明月舒其光。须臾之间，美貌横生。晔兮如华，温乎如莹。五色并驰，不可殚形。杜甫梦中所见的形象，与这段文字的描述分毫不差。神女又对他言，那楚襄王与她阳台一遇后，后面就很薄幸，从此再也没有踏足阳台，而她受了天父的惩罚，只能日日在峡中带领了神官兴风作雨。听到这番倾诉，杜甫不禁为之感动，几欲落泪呢。这时却听到耳边传来了另一个熟悉的女声：夫子，快醒来，快醒来。

于是，杜甫与巫山神女的梦中奇遇就被打断了。他苏醒了过来，揉着眼睛，面前跟他说话的是自己在真实世界的妻子。杨氏说，夫子刚才一个劲地说着梦话呢，赶快起身整理一下，有官人访客来瀼西庄了。此时杜甫的眼前还余留了神女的姿影，他的知觉有点混淆不清了。

于是就将这位突然来访的薛判官引入了书斋相谈。两人彼此不熟悉，话题却也不少，多是谈论蜀中旧事。薛判官喜好风雅，过后还赋诗相赠，杜甫联想到自己的午后一梦，想想也觉得很有意思，于是和诗一首，顺手也记录了这个梦。诗成之后，他望向窗外，见瀼西与东屯之间的云天已然变色，瀼水岸上刮起了大风，果园中的柑橘枝叶又摇动了起来。不久果然飘起了雨丝。

这是刚才梦中的神女在行雨作法吧。仙界与人间，果然会发生这样奇妙的交会感应。梦中的所见所闻历历还在目前，真实无比，他感觉自己做了同宋玉一样的梦。

下过这场雨后，月末的几天里天气一直晴好，暮晚尤其凉爽。某日晚食过后，杜甫叫上了宗文、宗武一同走上后园，阿段在园中平地铺设了箪席，父子三人一同远眺望景，一边琐碎交谈。

近来两个儿子也开始诵读阿爷的诗文，尤其是回忆过往的那些诗篇。因宗文问起了《壮游》一诗，对阿爷与李白、高适两位友人过后的行迹也很感兴趣，杜甫便跟他们讲述起天宝四载时的梁宋漫游以及李、高两人当时的形貌细节。当然只是讲述了几个片段，宗文、宗武听闻杜甫当年猎场骑射、诗酒风流的事迹也很向往，这一节以前阿爷可从来没有讲过，他们也是第一次听到。

当晚返回书斋后思绪万千，于是又作五古长篇《昔游》。继续为自己立传的同时，也兼怀了友人。这是继去年秋天所作《壮游》后的又一个同类篇章。

月底晦日这天上午，丁满来瀼西探望，顺便带来了杜员外的又一封家信。信是女婿吴徵从忠州寄来的，告知已确定转任奉节县的司法佐，大约八月下旬可到夔州。这次，吴郎将带了

第三乐章　农事　573

双亲、妻子、弟妹共六口人一同来夔州。杨氏得知这个消息开心极了，从这天开始就数着日子了。女儿杜葵出嫁已两年，她在忠州过得如何，日子是否辛劳？容颜有无改变？以及作为母亲也很关心的另一件事，女儿是否已有身孕，将要生儿育女？倘若在夔州可以亲眼见到孙男或孙女的降生，那又是喜事一桩了啊。反正都是妇人最挂念操心的事。杜甫对妻子说，你将这些问题问我，我也答不出啊。再耐心等待二十来天，等大女来了夔州，你就亲口问她好了。当然，他只是嘴上如此说，心里却也是同样急切地惦念着的。

这天下午，住在瀼水东岸的郑典设也来访瀼西，席间就与杜甫谈及了自己有意出仕、四处投书干谒而不得的窘境。杜甫因为之前为封刺史的儿子封五郎议婚一事，与郑典设已很熟稔，便生起了同情心，认真地为他谋划。思来想去就想到了今年二月在驿馆偶遇的老友裴虬，裴虬就在夔州南边不远的施州做刺史，当时还曾邀请自己移居过去呢。他不是最合适的关说对象么？

于是就为郑典设写了一封推荐信。八月初，郑典设就带了这通书信，出发前往了施州。

15
（与元持论诗）

总的说来，夔州的这个夏天不算太热。七月里就下了两三场雨，到八月初，又有一场小雨。雨水滋润了壤土，消解了暑热，瀼西庄因为地势高敞，感觉已很凉爽。

这天雨后，家主暇日无事，就走来小园散心。他喜欢坐在茅屋前看菜地，对他来说，这可不是一项消遣活动，而是牵涉了一家人每日餐食的重要农事。

自三月中旬迁来瀼西，倏忽已过了五个月。时间真是飞快！相比狭促的赤甲宅，自己是越来越喜爱闲静广阔的瀼西庄了。真不喜欢去城里和官府中人打交道，应酬交往太费精神，太受拘束，自己的脾气如此率直，时间长了难免就会露出本色来。还是乡间的庄园好，这里的左邻右舍和自己一样都是在野之人，喜静而厌闹。是的，一回到瀼西庄，看到果园里的柑橘树、小园里的菜蔬，心情自然就舒畅了起来。

瀼西的菜园也比赤甲大很多，屋前屋后加起来足有三四亩。六月里种下了秋葵,还从邻居长老家移种了大豆和岷岭紫芋。后来又加种了四畦绿芹。近来下了好几场雨,雨水滋润下,可以安排秋菜的种植了。

这次杜甫打算新种些芜菁。下午,他亲去长老孟崧家借来了一头耕牛和木犁,阿段牵了牛进瀼西庄时,信行、阿段、伯夷、辛秀都做好准备了。看日头还高,天气犹热,杜甫就对信行说,牛不喜日晒,到日阳将要落下时再牵牛入田吧,现在就让它随意饮饮水,吃些草料。到黄昏时,牛的力气才能全部焕发出来,反正这牛是借到了明日的。

阿段问家主,这诸葛菜要种多少呢?(诸葛菜是夔州土民称呼芜菁的叫法,因当年诸葛丞相数次出蜀北伐时,曾让手下兵士种植芜菁以充饥。)家主就站在田地边划定了地块的大小,这次就种一亩半吧,和邻家种植的面积也差不多。芜菁发芽时的嫩叶,入冬后的根部都可食用,种多一点不但可以供自家食用,还可以分一点给伯夷、辛秀,剩下的就拿到集市上去售卖。

待日阳落到西面的赤甲山后,那匹黄牛饮够水、吃够草后,就要开耕了。杜甫一直拄着藜杖站在田边现场指导:犁头入土要深,伯夷、辛秀你们两个一定要用力压住犁身。信行你在前头走慢一点。对,就这样,一小步再接一小步地走。家主的督促让几个仆人也很上心用力。这次种植冬菜,大家都不希望和去年种莴苣一样再次遭受失败了。

天将入黑前,一亩半地就完成了翻耕,湿润的土块沿着犁耕线向左右两边翻开,有如凝固的黑水浪。杜甫坐在绳床上歇息,伯夷和辛秀蹲在家主身边饮水,信行和阿段两人刚刚撒种完毕,回到场院中洗手净面。

晚霞满天,夔州上空的云翳染上了绚丽的颜色,而天宇暗蓝高阔,仿佛另一个不可测知的沧海。杜甫想到了前几日午睡梦中的情形,神女的悲戚言诉已淡去,此刻她必定隐没在对岸的巫山峰巅之上吧。正仰头望天,空中忽然飞来一对白鹤,它们张开白色羽翼向下俯冲,过后直直地飞下,竟然落停在茅屋前的菜地中,不是在刚刚翻耕、播种完毕的芜菁地里,而是落在了旁侧狭长的青芹地里,那青芹刚刚窜高不久,信行刚浇过一遍水。两羽白鹤就在泥地里翻啄寻食,它们是一雌一雄,雄者体格较大,羽色洁白,雌者体格略小,翅翮浅灰。此时天色尚未见黑,很明显就可以发现那雄鹤受了箭伤,它的左翮耷拉了下来,伤口处筋骨外露,正往下滴着血。

阿段已经抄起了竹竿要走去驱赶,被家主止住了。

阿段,它受了伤,莫要驱赶,就让它们啄食吧。

阿段收住了脚。

那雄鹤发觉了走近的人类,开始向后退去。它又想进食,又害怕,于是就这么进退徘徊着,走几步就仰头哀鸣。

伤翅白鹤的鸣声,触动了杜甫心内最敏感也最脆弱的部分。他不忍相看,扭过了头。可是,同体大悲的感怀难以抑制,他鼻子发酸,差点掉下泪来。

定了定神,他将阿段唤近前来吩咐了几句:阿段,青芹被啄去就啄去吧。你设法将这羽雄鹤捉住,我来替它疗治伤口。

第三乐章 农事 577

阿段领受了任务，去屋内取了绳索。然后绕远走到了受伤白鹤的身后，悄悄地抵近，过后就趴在地上爬，爬到接近鹤身时，突然跃起捉住了伤鹤的脖颈。那白鹤欲图挣扎，哀鸣声越加凄厉，雌鹤这时惊跳起来，扑翅上飞，远远地躲开了。阿段将绳索套住伤鹤的脖子后就将它抱起，走去了屋内。杜甫和四个仆人都跟着进屋，这只伤鹤暂时就只能养在茅屋里了。那羽雌鹤并未离去，就趴伏在茅屋的门边。

　　杜甫查看了雄鹤伤情：射中翅翮的箭头已掉落，幸好筋骨未断，但创口有瘀血。信行、阿段一个捉住头颈一个抱住鹤身，杜甫亲自为伤鹤清洗了伤口。第二天一早，又让信行去野外采来正在开花期的大蓟，留其根部，捣得碎烂后再和以细粉，制成了外敷的疮药，每日要在雄鹤翅膀的创口上涂抹两遍。又吩咐阿段在茅屋檐下铺上草荐，搭设棚子，供两只鹤停息休养，早晚摘来鲜菜供食以及喂水。

　　雄鹤受伤，雌鹤不忍离去。两只鹤有如被收留的陌生过客，渐渐习惯了这里的人类。雌鹤一开始还怕人，过了几天也不畏惧了。只是人多的时候，她就会自动退缩到棚子最里面，或是远远地飞到田埂的另一头去。

　　宗文、宗武天天都会跑来看鹤，夫人杨氏为了雄鹤的伤情，还请来了心演法师来庄里念咒护持。大家都认为家主是做了一件善事（我们也莫要忘了，之前在赤甲宅时，宗文也曾救护过一羽白雁）。

　　除了治疗伤鹤，近来还担心着甘林周边的状况。

八月六日是白露,这天杜甫一早就骑马出行去往东屯,履行他例行的督田职责。这次牵马的是宗武。来到果园里,眼见果园柑橘已团团长成,心情十分愉悦,到得入口的石门,曾见几个乡野小儿坐在门边玩耍,起初还不以为意。

翻坡过岗,来到不远处的河岸,宗武牵马上船,渡过了瀼水来到东屯。张望见员外到来,赶紧报告了近几天的农事情况,因为连日有雨,东屯稻田长势喜人,蹿高了不少,又拔了数根青禾让员外亲自检验。这天张望满脸喜色,再一细问,得知他家中前几天又添了一丁。杜甫真心为他高兴,两人中午还饮了些酒特为庆贺。

余下时间杜甫就在草亭中课子,这天读的是《庄子》中的秋水篇章。宗武诵一段,他讲解一段。讲累了,就手撑栏杆看田边的池塘。日阳照射下,水面泛着粼粼波光,有些晃眼。池塘中游弋的鱼儿能看到自己么?甫非鱼,却是知道鱼之乐的。又想到庄子那句机智的答语, 子非我,安知我不知鱼之乐? 他就不由得想发笑。

午食后在茅堂屏风后小睡了四刻,起身后再巡视一圈,就回瀼西了。

他急欲归家,回程时不时让宗武走快一点,宗武到最后都小跑了起来。上到对岸,来到石门前,却见阿段叉腰站在门口,正在训斥几个孩童——正是早间那几个砍柴的乡野小儿。

怎么啦?家主在马上问阿段。

阿段气鼓鼓地回答,他们这几个砍柴儿偷懒,刚才潜入果园,折断了枝条要搬回家当作柴火烧哩。还偷吃了几个青柑,被我抓个正着。

杜甫一听心里也忐忑起来。这些顽劣小儿的行为实在是过分。可是，还能拿他们怎么办？他只能坐在马上对着这些僚人少年们一通说教（也不管他们听懂还是听不懂），过后就放走了他们。

回到自家庄园中，杜甫让阿段在前轩院落中铺设了簟席，倚靠了乌皮几闲坐发想。眼下还来得及采取一些补救措施：看来，石门的两页门扇平日就只能关闭起来，不能整天敞开了。他还担心篱笆有了缺口。过些日子，柑橘就会由青转黄，无赖儿很可能会从篱笆缺口处钻入，然后沿着幽暗小径摸进果园来偷橘，这也是要提防着的。阿段平时实在忙不过来，只能让伯夷、辛秀他们两个定时巡视检查了。

院落里也有两棵大柑橘树，终年碧绿常青，如今枝杈低垂，枝头已结了小拳般大小的青柑，散发着清新的果香。他在树下坐了很久，天光还很亮的时候，女儿杜堇陪伴了他在做女红，宗武在身边读书，这天下午宗文外出钓鱼去了，到此时还未归来。妻子已安排好了今晚的餐食，因为酢用光了，刚刚打发阿稽去瀼西晚市购买，顺便再买一罐盐回来。

不知不觉已到暮晚时分。光线渐渐昏暗，天边升起了蛾眉月。这天的晚饭，一家主仆就在柑橘树边围坐了共食。饭后，杜甫继续在树下歇息，到天色彻底黑下后，才起身返回书斋。站起走离前，他在树下活动腿脚，手臂擦过橘叶时，似乎已沾到了凝结在橘叶上的秋露。

到重阳后，就可以收获柑橘了吧。虽然一直有种种担心，杜甫心中仍充溢了喜悦与期待,这种情感无疑是由经营甘林催生出来的。柑橘收获后出售,将成为出峡旅资的来源之一。

虽然乡里小儿入园折枝的事挺让人烦心,总体来说,入秋后这段日子还是很安闲。近来因为忙于农事,诗写得很少,静坐发想的时间比较多,也常常给宗武面对面讲授写诗作文的入门方法。可是,他的努力不太见效,宗武还是懵懂无反应。这几天,因为课子正好讲到了《庄子》,杜甫的感慨就比较多。持续作诗多年,已有很多心得,可是,这些心得对宗武来说却异常隔膜(如同他听不懂蛮语一样)。他感觉自己就像"天道篇"中那个 行年七十而老斫轮 的轮扁[1],无法跟儿子解说明白,或许根本也无法跟任何一人解说明白。这种情形,庄子已经描述过了: 得之于手而应于心,口不能言,有数存焉于其间。臣不能以喻臣之子,臣之子亦不能受之于臣。

八日这天,正好元持来访。此前他将杜甫的蜀中诗卷和云安夔州诗卷借去细读,这天正好来归还。两人闲谈,很快就说到了这个话题。

元持撇撇嘴说,我早就不为这个烦恼喽。孩儿们喜不喜欢读诗书,读了能不能读好,都是天命。天命里他是个读书种苗,即便出身于舆隶贩夫之家,长在野地里,也会有出头之日。反过来说,不是读书种苗的话,你就是天天将他头颅塞到书卷堆里,他还是不能领悟。员外啊,你就一切随顺自然吧。

---

[1] 春秋时齐国有名的造车轮的工匠。出自《庄子·天道》中一篇寓言。

杜甫摇摇头，自嘲说，甫如今已是庄子口中的老轮匠啦。像三曹这样父子匹敌的情况当然是世间稀有，甫也没有存这个指望。

接下来，两人展开了一番很有意思的问答讨论。

杜二，你如此努力作诗又是为何呢？诗有何功用呢？是否如你在去年四月初来夔州时所写的《解闷十二首》其七中所说，只为了陶冶性灵？

元曹长啊，甫现在形同白衣庶民，乃草野之人，倘若不作诗，还真不知道能做什么了。无非也是为了打发时间罢了。不过，这时间也不能空耗。其间甘苦得失，有用无用，恐怕也只有甫自己知道。所以，自己刚才才会有轮匠之叹啊。甫倒不是对两个儿子失望，甫是想，诗的功用首先是对自己的，能抒发心声，能陶冶性灵便已上佳。倘若还要渴求当代的知音，难矣。在夔州，能被元曹长、柏学士还有驿官丁满看重，甫已经很是知足。这么多年来，甫之所以勉力写诗，除此还有两项考虑。

是哪两项？

其一不想辱没了家风，诗文是先君恕、预以及祖父的素业，甫不敢忘本。其二，甫还是服膺魏文帝的断言，文章乃经国之大业，不朽之盛事，只因凡人　年寿有时而尽，荣乐止乎其身，二者必至之常期，未若文章之无穷。

元持点点头说道，看来魏文帝后面的话才是杜二你的心声啊。　寄身于翰墨，见意于篇籍，不假良史之辞，不托飞驰之势，而声名自传于后，　是不是就存了这个心志？不过，员外刚才所言，似乎与去年七月初所作《贻华阳柳少府》中的言论不合。你当时可是说过 文章一小技，于道未为尊 呢。这是场面上的谦词么？

柳县尉是甫在成都时的旧相识，也算老友了，此联虽是谦词，却也是实情。元曹长啊，这三不朽中，立言毕竟排在立德、立功之后。甫如今已不能立德，亦不得建功，所以就只能退而求其次来立言了。对甫来说，立言就是作诗，以立言之志来作诗。

他说得已十分透彻。元持又转问了另一个问题：员外作诗有无宗旨方法，如同道家、佛家阐说教理那样？

谈到这个，甫在宝应元年所写的《戏为六绝句》中有一句诗 不薄今人爱古人。 甫对前代、同代诗家的态度，总觉得还是兼采最好，不宜过贬偏抑，每一代诗人中都有优胜人物，正所谓转益多师是也。《三百篇》乃诗之鼻祖，屈原宋玉之骚赋乃其苗裔。自汉代苏武、李陵二人首唱五言，其格式便成为诗之大宗。到建安、黄初时，三曹及建安诸子，都有可以效法之处。甫也素来景仰江左那些风流俊逸的先辈，尤爱陶潜、谢灵运、谢朓、鲍照、庾信、阴铿、何逊等人的清词丽句，每每学其音声措辞。讲到这个，甫与李太白见解稍有不同。早年作梁宋游时，甫与他在酒楼上有过讨论，太白当时与陈子昂一样力主复古，说建安以来诸家诗，皆绮丽不足珍，未免将晋人以下各代诗人一概抹杀殆尽矣。席间甫只是存疑，并没有反驳。

至本朝又有杨王卢骆、陈子昂、孟浩然与李白，在在都是甫钦佩的作者。承前继后怎能厚此而薄彼呢？作诗之人首先要学会辨别、剔除那些恶诗或平庸之诗，才能真正亲近风雅之道。元曹长你说是不是这个道理？

杜甫这一通讲话，已将诗道的源流统绪说得十分明白，元持已充分理解。不过，他又搬出了《庄子》中"道隐于小成，言隐于荣华"的话语来辩难。意思是过分追求技巧辞藻，或许会丧失对诗与言的真正把握。

他的担心并不是没有道理。

杜甫说，自己也知道沉溺言辞会有种种的弊端，六朝齐梁诗文中就有这个倾向，还很严重。故而他还是很赞同陆机《文赋》中"诗缘情而绮靡，赋体物而浏亮"这两句。"缘情"即投入真实感情，"体物"即对外物境界时有感应。这两面合起来，可以说就是自己的作诗宗旨啦。

他的这番表述，乃是多年琢磨领悟的结果：诗乃缘情体物而自内生发，体物细致而情动于中，故而无一物、无一事不能写，诗材俯拾皆是：可以致君尧舜，也可以为民请命；可以咏史，也可以咏物；可以阐道理，也可以写寓言；可以写他人，也可以写自传；可以记游，也可以独思；可以陶冶性灵，也可以遣闷解忧；大到军国大事，小到日常生活，没有不可以入诗的。在某种程度上，作诗已是生命一支柱。唯有作诗，他才能借此获得超拔于愁苦人间的快乐和自由。对此，杜甫有着超出常人的信念。

杜甫的阐述激昂慷慨而富有条理，元持听完内心深有触动。又问杜甫，员外作诗，感觉最难的又是什么？

甫在呈上先帝的《进雕赋表》中曾提到"沉郁顿挫"和

随时敏捷，两者要同时做到，极难，极难。所以，自习诗以来一直就在用心揣摩、努力经营。如今步入衰年，才渐渐觉得得心应手，可以不那么刻意了。

元持说，也不能说不刻意了，员外上元二年在成都时，不还说过自己是"为人性僻耽佳句，语不惊人死不休"么？照我看，员外还是脾性难改啊。

两人不由放怀大笑。

杜甫说，自来夔州，不得不为家中生计考虑周旋，近阶段又要屯田，又要管理果园和菜圃，静下心来写诗的时间很少，写出来的也不甚满意。让元曹长见笑啦。

后面两人就谈其他事了。

杜甫问起元持转调申请进行得如何，元持说此事已稍有眉目，他还在等消息呢。员外，倘若你明春出峡，为何不与我一同回返京都呢？

杜甫摇摇头，甫离开长安已十载，杜曲那个旧家已被当地宗族所占，回去过后也没有地方安身啊。

那洛阳的旧家呢？

洛阳的旧家也一样。虽然没有被占，听人说房屋都已倾圮倒塌过半。

说到自己在两京的旧家，他的语调和刚才论诗时全然不同，变得非常地伤感。元持为了鼓振他的情绪，就提议去果园走走。

一提到果园，杜员外马上就恢复了生气活力。他拄着藜杖陪同元持走去了果园的草亭中，一路指指点点，介绍着园中的

第三乐章 农事

果树情况。还将阿段唤来，让他给元别驾讲说收获季前的各项预备。再过一阵，瀼西庄的四十亩甘林就要收果了。元曹长你可不要提前调离夔州哦，到时我让奴子送来两大筐柑子尝鲜。

元持说，员外可以缘情体物，好好写一写柑橘啦。

杜甫答，已写了数首，过后翻出请元曹长评点。

元持临走时说，今天听闻员外谈论诗文，眼界大开。因为席间谈及李白，我对你们两人当年求仙访道之事很感兴趣，员外如有空闲，不妨以诗文纪之啊。

杜甫爽快地答应了他。

于是，元持来访的第二日，杜甫接续此前《昔游》诗题写了其二，追忆了天宝四载春与李白同访王屋山的片段。

天宝三载，杜甫在宋中与李白、高适诸人纵意游乐之后，杜甫返洛阳，高适离梁宋南游入楚。李白先去安陵请道士盖寰替他造好道箓，后赴齐州，由道士高如贵在紫极宫授予了道箓，成为了一名　身在方士格　的真正的道士，过后归返北海。

第二年春，李白欲访道友华盖君，过洛阳时就约了杜甫同往王屋山。华盖君住持的道观在山北的小有洞，他们两个长途跋涉到达观中，不料华盖君已去世，弟子多已四散，只少数几人留在白茅道棚中。有一名叫卢老的老道士是华盖君大弟子，见李、杜到来，立即出门迎接，还为他们开启了封闭已久的华盖君生前修行的静室，供其凭吊致意。室内架上衣物仍在，沾着捣药的微尘，散发着余香。阶前炼丹炉早已歇火，只留了炉中的白灰。黄昏日暮时，观外传来松风与涧水声，间错了莫名山兽的啸叫，于空山幽谷中听来尤觉凄清。

虽然访华盖君不遇，当时李白的求仙之心确乎十分迫切，两人曾通宵匍匐在石阁天坛之下，希冀出现神迹，得见神仙骑鹤降临，授以金丹妙诀。早间晨雾散去，仍是一无所获，最后只得怅惘离去。下山途中，还曾遇到一位结棚修道的山人名唤孟大融，在他的茅棚留宿一夜。过后两人又同去东蒙，访问了另一位道士董奉先（即董炼师）。

此前，杜甫已从元持那里得知，天宝九载，董炼师由东蒙转去了衡阳修九华丹法，栖居石鼓山东面悬崖下的朱陵洞。这董炼师也是自己昔日的故友啊，这一别，竟然已有二十二年了！

这首诗写好，杜甫将上述偕同李白求仙访道的经过再补录了一通信札，遣仆人伯夷送去了元持宅，满足了他的好奇心。

这天入晚，杜甫在书斋凭窗眺望瀼西一带暮色：远近各处，牛羊已从田野归来，家家户户已闭合了柴门（瀼西庄的石门自然早就关合了）。正堂旁侧，溪泉透过石壁流下了草木葳蕤的山坡，池潭中水声潺潺，而窗前那棵枣树的根部，秋草的叶梢已早早凝结了夜露。高斋的书案上，油灯的焰心里正自噼啪作响，跳闪出明亮的火花，灯芯蜷缩，渐渐卷成了一支灯花。这是要报送什么喜讯[1]么？

夔州的秋夜风清月朗，眼前壮美的峡江山川却不是自己的家园。

---

[1] 古人认为灯心燃成花形是喜事将临的吉兆，见灯火花得钱财。出自晋葛洪辑《西京杂记》卷三：樊哙问陆贾事。

第三乐章　农事　　587

16
（月之篇章）

　　此前插秧后五月中旬的某天，张望曾带了杜员外一同来到北谷的高坡上俯瞰，灌水之后，百多顷稻田被分割成数百格的方塘，彼此相接一直延伸到瀼水入峡的口岸，每一格方塘宛如镜面，映出了碧天白云，景色令人惊异。杜甫早年吴越游时就已见过大片稻田，如今感受却全然不同。眼前这密植的秧田已不是寻常的田园风景，而成为了他羁旅生活的重要部分。这片地土今秋的产出将为他挣得一个出峡的机会。

　　幸而这个夏天夔州没有遭遇旱情，三个月来雨水充足，东屯的稻株长势喜人。站在场院边，似乎已能闻到粳稻香。话虽如此，稻田中的农事却一刻也没有停息过：连续多日不见下雨，田中水位如果低于一指深就要引水灌溉；稻株歪斜了，就要入田扶正，有时还需整体培土；禾苗长势好，旁边青蒲、稗子之类的杂草也会借势窜出，滋生蔓延。而且拔去一茬，很快又会长出新的一茬，因此就要专意提防，定期薅田除草（当地人称之为"耗稻")。

第一次耗稻是在秧苗播下两旬时,此时稻秧刚刚开始分蘖。第二次耗稻在七月初,此时禾苗分蘖完毕开始拔节,生长最为迅速。第三次耗稻就在八月稻禾破口时。每次田间除草都须动员全体农人,分作三批轮流入田。总领耗稻作业的当然是行官张望,岸上三个役差轮番击鼓,众人齐心用力,往往要花费一整天的时间,拔出的野草一律都堆置在河岸边。

前两次杜员外都曾赴东屯亲自督看。八月仲秋前的十二日,东屯完成了最后一次耗稻,杜甫因事入城未能亲临。因当晚张望未能如约来瀼西报告情况,他就很担心张望疏忽职守,遇事不能尽心。

第二天一大清早,他就将阿段和阿稽叫来书斋,派他们俩一同前往东屯。一个负责给行官张望捎话,一个去查看现场耗稻情况。

他让阿稽捎去的话大致是以下内容:秋收在即,最后一次耗稻除草很是要紧,之前作业你样样仔细,督领得很好。可你昨日为何没来瀼西呢?这可是头一回这样。今日下午可早点收工,请务必过来报知情况。不然,只能在督田点检簿上记下一笔了,这是我督田的责任。晚间已吩咐仆人备下酒菜,到时就边饮酒边谈吧。

杜甫与张望的关系起初并不融洽,这是实情。后面经过一番磨合,两人已相处得比较顺利,他在这方面也是花了一点心思的:既要让张望明白主从关系,也要设法笼络,此即所谓的恩威并施的手法。可纵使这样,张望擅自行事、不循定规的情况也是有的，而且还不止现在这一次。前面已说过，张望家中近来多了个新生儿，昨日下午，家里仆人跑来报知娃儿发烧生病，他心急火燎地赶回家去，匆忙间就没来瀼西通报，第二天早上也没过来说明情况。因为忘记了每日的点卯，难怪杜员外会如此犯急。

阿稽、阿段来到瀼水对岸，第一眼就看到了岸埂上堆积的一长溜杂草堆，这是耗稻的成果。过后又绕着屯田走了一大圈，了解了耗稻过后农田的实际情况。此番不是寻常出游，因此他们两人一路上都没怎么说话。阿段戴着笠帽，步子走得很快，阿稽便紧紧跟随。到得茅堂时，见张望正在向三个役田差人训话，他们便站停了观看。

原来，昨日耗稻的下午，三个役差在张望走后竟然偷偷溜去酒坊里喝了酒，监督作业时就已经喝得七倒八歪，一副醉醺醺的样子，惹得东屯几个长老很有意见，一早就过来投诉：农人在田间辛苦劳作，他们几个本当做好表率，怎么可以喝成这个样子，肆意撒欢呢。三个役差受了责备，此刻都跪在茅堂前求饶呢。张望的惩罚方式也挺特殊，这天就安排他们三个去瀼水岸边挑来草泥，与农人一同下田浇肥，由长老们负责监督。倘若再有偷懒情事，张望就要按章查办，革了他们的职。

三个役差起身，乖乖地挑起肥料担子跟着长老们走离了，张望见阿段、阿稽来到，心里已明白是怎么回事。阿稽就按家主吩咐的那样，将要捎的话完整转告了一遍。张望就说，请立即转告员外，东屯这里一切正常，役差误职的情况你们两个也看到了，回去也不要遮瞒，一一告知。今日下午我将这里收拾好，一定准时前来点卯。

这天傍晚，张望当然按时来到了瀼西。出乎他意料的是，员外一句责怪的话也没有说，就当昨日事没有发生一样。只是很关切地询问他家中小儿的情况，还特意抄录了一份对治小儿热症的方药贴赠给他。过后置酒菜招待，更当面夸奖他早间责罚三个役差非常及时，惩治的办法也很特别！

张望本不是木石心肠的人，见员外如此宽怀，当即就致歉：昨日确实疏忽大意，让员外操心烦忧了，早知道就应该先遣役差过来通报一声才对。所幸耗稻一事执行得还不错，他白天里已亲自巡看过。他向员外保证，今后至秋收期间一定每日来瀼西点卯汇报，若有急事不能前来，也会提前派人转告。员外近时一直有呛咳，您就在瀼西好好休养。倘若要来东屯，可以提前遣派仆人前来告知，我来安排接应。

杜员外听了自然是满意又放心了。

张望又说，这次耗稻后，东屯农事最艰难、最辛苦的阶段就算过去了，还有一个月就要收割，这中间只要天气不陡变，雨势不要过大，降温不是太过剧烈，东屯收获定保无虞。员外但且放心，据他的经验，看稻田目前长势和入秋天候，今年东屯的稻谷定可丰收！

这次的瀼西招待，无疑进一步巩固了杜甫和张望的合作关系。

待张望离开瀼西庄，杜甫回到书斋，将今日之事写成了一首新诗。这首诗的标题很特殊，也很长，叫作《秋，行官张望督促东渚耗稻向毕，清晨遣女奴阿稽竖子阿段往问》。同样是农事诗，这首可比陶渊明写得具体实在多了，那是因为他将实际生活的片段当作了诗材。无疑,这也是破天荒的一次尝试,如同他汲取僚人蛮歌的声调写了那组夔州歌一样。

这首诗写好后,张望暂时并不会看到。但过几日丁满来瀼西庄,杜甫就会拿出来展示,丁满抄录后,定然很快也会传入使府中。这也是表明杜甫履行督田职分的有力证明啊。

八月十四日正是中秋前夕,这天入晚杜甫进城参加了使府宴集。近来他多以抱病或督田为由,推拒了很多社交活动,这次因为是府主亲自发帖相邀,故而不得不去。柏中丞的邛州军和卫伯玉的荆州军有不少军将归返夔州,文武官员再次齐聚了越公堂。杜甫已深厌这类场合,但碍于情面,也不得不强打起精神与各色人物应酬交接。

宴会来至中段,府主击掌,唤出了歌姬演歌。眼前这位佳人年岁已非芳龄,有三十多岁,别有一种庄重娴雅的姿容,徐步走出后立于堂中。杜甫起初并未在意,正与王将军闲话呢,岂料歌姬皓齿初启,起调音声便已夺人,在场所有人立时都屏息不语了。她在演唱时,外轩上另坐三个伎人,一人击鼓,一人拨弹五弦琵琶,一人和音。她所演的第一支歌切合当日场景气氛,正是咏月歌《望月婆罗门》:

望月婆罗门,婆罗门。青霄现金身,面带黑色齿如银。
望月婆罗门,婆罗门。青霄现金身,面带黑色齿如银。
处处分身千万亿,锡杖拨天门,双林礼世尊。锡杖拨天门,双林礼世尊。

望月陇西去，光明天下行。水精宫里乐轰轰，两边仙人常瞻仰。鸾舞鹤弹琴。凤凰说法听。

望月曲弯弯，初生似玉环。渐渐团圆在东边，银城周回星流遍。锡杖夺天关。明珠四畔悬。

望月在边州，江东海北头。自从亲向月中游，随佛逍遥登上界。端坐宝花楼，千秋似万秋。自从亲向月中游，随佛逍遥登上界。端坐宝花楼，千秋似万秋。千秋似万秋，千秋似万秋，似万秋。

前几节的歌调柔美婉转，歌姬演唱时，一直在堂中徐步轻舞，唱至尾煞时音声尤其舒缓深情，一步一步已走至外轩，唱出最后一句"似万秋"时，她两手提起裙幅，对了堂外升起的皓月合掌跪拜。在场的夔州官员此前从未听闻如此美妙的歌乐，歌声止歇后静默了好久，待得府主击掌叫好，这才恍如苏醒过来一般，交相称赞。

这首《望月婆罗门》正是玄宗开元、天宝时代的安乐之歌，杜甫怎能忘怀呢？

开元八年，突厥进犯甘凉诸州，击败河西道大总管杨敬述。开元九年春正月，削杨敬述官爵，以白衣检校凉州都督，仍充诸使。其时杨敬述知道玄宗喜好音声，曾进献西凉乐《婆罗门曲》，后纳入太乐署供奉曲。天宝十三载七月，改教坊诸乐曲名，《婆罗门曲》更名为《霓裳羽衣》。其后玄宗亲加改制，新填歌辞，谱成了《霓裳羽衣曲》。

座中所有人等，只杜甫和元持这两个曾经的长安人知道这一节内情。杜甫的感动尤其深切。歌姬唱罢,昔日进献三大赋时拜见圣颜的情景——浮现目前,不由潸然泪下。

当府主吩咐赏赐而席间众人交相谈论时,他颓然低垂了头,不得不两手扶住了几案。倘若不如此支撑,他真怕自己会当场大哭出声!

歌姬演唱的第二首《从军歌》有点特殊,曲辞直接搬取了曹魏时王粲的五言古诗《从军诗》其三。此诗作于建安二十一年[1]十月,王粲随曹操大军南征孙权的途中。近来不知哪位乐人合上曲谱,连缀成了一首秋天的军戎歌:

> 从军征遐路,讨彼东南夷。
> 方舟顺广川,薄暮未安坻。
> 白日半西山,桑梓有余晖。
> 蟋蟀夹岸鸣,孤鸟翩翩飞。
> 征夫心多怀,恻怆令吾悲。征夫心多怀,恻怆令吾悲。
> 下船登高防,草露沾我衣。
> 回身赴床寝,此愁当告谁。
> 身服干戈事,岂得念所私。
> 即戎有授命,兹理不可违。即戎有授命,兹理不可违。

第二首歌因为切合了贼乱以来四境征战的实况,听者无不

---

[1] 216年。

动容。尤其在座的军将们，个中好多人都曾投身于此前的平叛战事。歌姬唱罢，音声仍自绕梁，他们个个放停了手中杯，或神思恍惚，或垂首不语。坐在杜甫身旁的王将军控抑不住，竟然当场哭出了声，引得杜甫也捉住他的手，抽噎起来。

月光透过敞开的门扉和窗棂，照入了越公堂中。中秋前夕的清夜，因这歌声而更显凄清神秘。堂中有一刻无比安静，只听得到外间草丛中秋虫的低鸣。

直到府主柏茂琳再次唤出两军武士进行角抵的竞赛，气氛才为之一变。有军人在堂外架设了大鼓，邛州军和荆州军各出七八名裸袒的力士，开始了捉对相搏。此时，刚才因为听演歌带来的感伤情绪已经一扫而空，众人已聚焦于男儿热血质的竞逐较量。柏茂琳和其他官员都将注意力移到了赛事上面。

杜员外悄悄走去了外面的轩廊。他找到了刚刚演唱下堂的歌姬，询问其来历。歌姬自称姓杨，本江南人氏，咏月歌《望月婆罗门》的音声唱腔学自流落湖湘一带的长安教坊老乐工，后面那首《从军歌》也是这位乐工的新演绎。杜甫听后，自然对这位乐工大感兴趣，还向杨氏打听其人目前下落。听到杨氏说这位乐工不久前刚刚去世，杜甫不胜抱憾。倘若那人还在世，自己出峡后还想去寻访相谈呢。此外，从杨氏那里又得知昔日以剑舞天下知名的公孙大娘有一女弟子近来就在荆州，不日可能也来夔州。这也是让杜甫很感兴趣的一个消息。

柏府主照例会请员外应景赋诗，杜甫自外轩回至座中时，笔墨纸卷已铺陈几案上，他当场写就了《听杨氏歌》。

宴集散后，柏中丞看时间已晚，便邀请杜员外今夜留宿客

第三乐章　农事　595

堂。杜甫担心第二日还要继续勾留使府作应酬，托辞东屯有事不得脱身，借故推却了。这天深夜月上天心时，由阿段在前牵马引路，杜甫从城中回返了瀼西。

城里的应酬往来实在是很烦人，可一时也逃脱不得。为谋得出峡之资，他还是不得不频繁穿梭于两个完全不同的世界。

昨夜回瀼西庄的途中，翻过西冈后，遇到了由两三支火把照亮的一支队伍，前后相接有二十来个男丁，每个都挑着空担，个个神情疲惫，一看就是刚刚缴纳税粮从城中回返。来至队伍头首，发现领头骑驴者正是瀼西邻家孟崧长老。长老满脸愁色，形容憔悴，见到员外只是连声叹息，却不说一句话。

时间已很晚，杜甫只与长老招呼了一声，不及细问就超过了队伍，回进了瀼西庄。

第二天一早起身，心里就悬着昨晚这件事。自迁来瀼西，孟崧长老多次相助支持，借牛，送菜种、豆种，两家往来频繁。自己今天最好登门一趟，了解一下情况，再安慰一下老人家。

长老家就在向西隔邻的第二家，占地面积比杜家庄园稍小，也有近二十亩。庄中没有果园，平地里种了麦黍庄稼，后面坡地也有五亩畲田种植了水稻。长老见员外来访，二话不说，先将他引到了今春开辟的豆田里。

员外昨夜入使府参加宴集了吧，我已听孟洗说了。唉，今年除了什一田税、青苗钱，使府还催加了临时征缴的人丁税。夏秋新收得的麦黍大半要送去官家，今春种下的新豆也几乎全部变卖了抵充税费。辛苦忙碌一年，缴纳租税后积留不下多少粮食，家中人口这么多，再如此下去，日子可怎么忍捱？

说到激动处，长老竟然朝杜员外下跪了：员外是府主的座上宾，如有机会见到柏都督的话，能否问一下边境何时才能平靖，战事何时才能终了？再这样下去，我等生民的日子真的过不下去，只能逃去其他地方了啊。

杜甫连忙将孟崧长老搀扶起身。老人的胳膊一直在发抖。

自永泰元年起废止了之前的租庸调，而推行了京兆尹第五琦提出的十亩收其一的什一税，去年刚刚又加推了青苗钱，苗青即要预征，一亩要纳税钱十五文，秋天又有地头钱，每亩征二十文。像孟崧一家，光青苗钱一项就要缴纳七百文。这是杜甫已知的情况。然而今年入秋后，夔州官府以吐蕃侵寇灵州、邠州以及峡中备军为理由临时加征的人丁税他却是第一次知道。今年二月东屯事定后，自己曾向柏茂琳提出减轻税赋的建策，看来不但未能减免，反而又有加重，这让杜甫深感失望。

他感到了难以排解的矛盾痛苦，这种痛苦早前就曾强烈地撼动过他。就像当年从洛阳返回华州、写下《新安吏》时一样，他既为被抓去从军的少年兵悲伤，又不得不劝说他们投身战场、保家卫国。

昨日在越公堂宴集中，他已听王将军说，平定峡中江贼之后，柏中丞正准备挥师入蜀，继续与崔旰相争。形势至此，眼下他也帮不上什么忙啊。即便和府主说了，府主也不会应承什么。因为如今连柏茂琳自己都已经骑虎难下了。

他只能安慰长老说，前几日看到驿报，八月初王廷已诏令

第三乐章　农事　　597

汾阳郡王、中书令、朔方节度大使郭子仪率三万步骑移驻泾阳,西境应该很快恢复平靖。在此危难时节,只能再隐忍一下奉从王命。您老可千万莫要抛弃家业移居他州啊。

回至瀼西庄,心绪久久不能平复,就在书斋中整理书物排遣愁闷。午食过后再小睡,睡后起身,找出八月初写成的《甘林》一诗的初稿,在后尾接续记写了长老跪问一事,合成了十六韵。过后才想起今夜是中秋节。来到厨间,夫人和阿稽已经忙碌开了,无论怎样,总要备一些年节的供物和酒菜,饮食是抚慰旅愁的最好方式了。

这天中秋夜,一家主仆共度佳节,前轩中摆设了两桌,除了女儿杜堇,每人都饮了些酒。小宴过后,杜甫又遣阿段去里正家,借得了一艘可坐十人的渡船。杜甫骑马,全家一起出了瀼西庄,来到了瀼水岸边。

呀,今晚的天色真好,月光真明亮!堇儿感叹道。

是啊,此时有两个月亮,一个月亮在天上,刚刚升起在白盐山上的尖峭之上,另一个月亮投映在溪河中,与天上之月一样明耀皎洁。水面荡开细小的波纹,水中月便也跟随了晃动。

阿段和宗文一人坐一边,两人坐在船尾划开了双桨,船身悠悠地离开了河岸。宗文经了一年的练习,驾船技术已相当不错。

女儿一人坐在船头,阿稽坐在身后看护着她。杨氏倚靠在丈夫的肩头。哦,她多么希望这样的时光可以无限地延长,至少,今后的每个中秋夜,都能有这样美好的出游啊。她想起了土娄庄的月夜，想起了长安的月夜，还有之前未出嫁时，在洛阳游走坊曲来到天津桥的月夜。啊，之前的岁月都到哪里去了？

杜甫听到了她在舟中的感叹，只跟她讲今晚最适宜的话题，再过半个月，女婿吴郎和女儿杜葵就要来夔州了。今年的中秋夜，的确是阖家团圆的一个预告呢。杨氏说，他们早点来夔州多好，一家人今晚就可以共度中秋了。

月亮上有灰黑的暗纹，你们看见了没？那是月兔的毫毛么？女儿指着月亮，回头问阿爷和阿母。

船尾的宗文立即说，那肯定不是兔子的毫毛，世上哪有这么圆的兔子呢？不过，我可以为堇儿画一个长得很像兔子的月亮。

阿稽说，我们僚人把月亮叫作月母。虽然圆圆的月亮看上去并不像一个人形，可僚人还是会将它看作阿妈一样。她失去了人间的母亲，可天上这个阿妈却从未离开过她。

杜甫还是第一次听说可以将月亮比作母亲。之前北地的汉人只知道月亮上有月宫，月宫里有嫦娥，而力士吴刚会伐取桂树。不过，再仔细想想，好像也很有道理：月亮会在黑夜里提供每个人类均等无私的光照，给予天下离散者最广大、最温柔的关怀，它不就是和母亲一样的存在么？

坐在船尾的阿段一直没怎么说话，这时轻轻哼起了歌子，他唱的自然是僚人蛮歌。他起歌后，船头的阿稽便也跟着哼唱起来。虽然听不懂歌中的语句，杜甫猜想，定然也是和怀念母亲有关的吧。至少也会是一首赞美女性的歌。

第三乐章　农事　　599

歌声停止后，孩子们继续讨论着月兔到底有没有的问题，而杜甫就开始试着吟句。他吟出的头一联是 满目飞明镜，归心折大刀。 游船赏月快结束的时候，他已构思好了全部四韵。这是《八月十五夜月二首》的第一首。

这个夜晚就这么过去了么？

不，还可以补充一个细节。这天晚上，杜甫一家人登岸回瀼西庄，大家各自进屋后，宗文却没有回自己的卧间。他找机会在阿稽耳边说了一句话，然后就独自来到了果园的草亭中。阿稽在厨间还有一些活儿要干，因为明天早食要吃汤饼，她要提前和好面，置在竹罩笼中。

宗文在草亭里等待着。头顶是星月交辉，脚下有秋虫鸣叫，夜间的果园似乎比白天还要广大，因此刻从瀼水上飘来的轻雾已将整个瀼西笼罩。宗文的身边还放着一个小小的包裹。

等了很久，当圆月被飘来的几片飞云遮去了额面，果园里顿时变得漆黑黑一片。只听得到屋宅那边溪水的流淌声，不高不低，无休无止。除此就是一整片的寂静，而阿稽还没有来。

当天空的飞云渐渐移开，月亮重又现身，将它无私的辉光再次遍照了整个瀼西和杜家果园时，宗文看到面前的树丛间闪出了一个人影。人影越走越近，因为脚步很轻很慢，踩在沙土和落叶上几乎没有声息。当阿稽来到草亭前，他就站了起来，一手抓起那小包裹，先藏在了身后。

少主人叫阿稽出来，是还要继续看月亮么？

洁白的月辉投照在阿稽的额面上，少女的眸子闪着柔和的光,脸上有一种好奇的表情。

宗文问阿稽:你刚才在船中唱的歌子真好听,能不能再为我唱一遍?

阿稽点点头,走去草亭中,靠着亭柱坐下来,宗文就靠着柱子的另一侧。阿稽轻柔地哼出了歌子,声音低得只有宗文一人听得到。译成汉人语言,歌词大致是这样的:

> 月出白盐巅,有情结对船中看,白盐山上月如盘,但恐人发现。
>
> 月映瀼水上,有情结对船中看,瀼水汤汤船身摇,但恐人发现。
>
> 月偏赤甲背,有情结对船中看,赤甲山路月影深,但恐人发现。

这是情人月下幽会的歌子啊,宗文当然听懂了。他呆呆地听着,呆呆地看着,整个人像是中了某种魔法变得恍惚昏晕。阿稽唱完了,在问他话,他也没有听到。阿稽又问了一遍,少主人手边拿着个什么东西?宗文这才醒觉过来。他的神思还停留在歌词所唱的瀼水船上呢。

他将身边的小包裹放到自己和阿稽中间,解开了包袱结:里面就放着他之前刻好的那对木鸳鸯。他挑了一只,两手捧着郑重地递给了阿稽,阿稽紧张得不敢接,呆呆地望着月光照亮的草亭地面。宗文捉住了阿稽的手,阿稽并不躲闪,只是把头落得更低了。木鸳鸯现在就搁在她掌心里,阿稽不明所以,又

第三乐章 农事 601

似乎明白了什么。

过了许久,她问宗文:明年开春,家主会离开夔州吧?

嗯。

那么……这个是赠我的么?

是的。

为何要赠我呢?

因为……宗文有些吞吞吐吐了。过会才说,不管我家何时离开,这个,就留你做个念想。

宗文交到阿稽手里的那只木鸳鸯的底部刻了个"文"字,他就指给阿稽看。而他自己手里的那只,底部刻了个"稽"字。

无须遮瞒,这对木鸳鸯就是少男少女间的信物。但它的作用与其说是定情,不如说是凝结美好愿望的一个象征物。宗文和阿稽仍然靠坐在同一根亭柱上,并没有更亲近的举动。然而,在夔州月光的见证下,他们看着对方的眼睛,手拉着手,一同发誓会永久珍护这个秘密。

过了许久。他和她走离草亭时,各自都长吁出了一口气,仿佛刚刚经历了一次重大的冒险。

阿稽回到自己的小舍,一直在油灯下捧着那只木鸳鸯不肯放手,一边看一边就在发愣。接下来该怎样,她并不知道。她服务效力的这户好人家终究将会离开夔州,自己也要跟随么?能跟随么?她并不知道。但她已了解了宗文的心,宗文捉住她手腕时,她感觉到了那只手掌中的热与力。可是,她是婢女,宗文是员外的长子，是少家主；她是土生的南僚，而他是侨居的北人。她是无父无母的孤女，而他仍有一个完整的家。横亘在她和他之间的沟壑比峡江中的水流还要深。她知道，任何不切实际的想法，都会像今夜高天上的月亮一样，美好而遥不可及。

那边，宗文躺在覃席上也辗转难眠。弟弟宗武已睡得很沉，刚才还在说着梦话。他翻过身朝了窗户一面侧躺着，看着从窗棂照进室内的月光，回想着刚才草亭里的一幕。自己总算往前跨了一步，借助了木鸳鸯表达了情意。可是，他却无法再迈出下一步。他想让草亭月下的那段时光凝固下来，可是他做不到。未来将会如何，他也看不分明。于是就不去想了。

翻来覆去睡不着，他现在想找人说话，于是翻身坐起，走去了小园的茅屋。信行是如家人那样亲近的仆人，自阿爷来蜀中就一直跟随了生活，对宗文来说，如同是自家的大兄一样。宗文想跟他谈论阿稽，谈论任何话题都行。走到小园，见茅屋里仍亮着灯，信行正在灯下整理白日晾晒的药条，装囊后明天一早就要放去杂物棚子，宗文便走入屋里一同帮了做事。

信行虽然平时话语不多，神经也很灵敏。感觉到宗文有心事，就问他这是怎么了。宗文不知该怎么说，就模糊地回答说自己睡不着觉。信行说，倘若你觉得苦恼，不如就随同我一起诵经吧。诵完经，所有烦恼都会退后。于是，将药条全部装入药囊后，两人就一同坐在了小佛龛前。信行将心演法师所赠的经文取出，让宗文一句一句念诵。念诵时要心口如一，不含杂念。

第三乐章　农事

对宗文来说，诵经的确具有某种冷却剂的作用。在他年轻茁壮的身躯中，血液的流动确乎放慢了下来。并且，随着读取领会了经文的大概意思，他的神思也渐渐恢复到了平日的常态。

杜甫自然对家中发生的这一幕一无所知。他寅时四刻就起了身，独自走去前轩取水净面后，就回坐到书斋中。此时，东方透出了微明的曙色，清冷的月辉仍然照向了白帝城楼的西侧，四周山体仍自昏暗，峡江、瀼西与自家的果园都笼罩在一片白雾中，望去有如缥缈的神仙境。他抖擞精神，早间在书斋写出了《八月十五夜月二首》的第二首。

这天晚上，又写了一首咏月诗，即《十六夜玩月》。乃是回想之前在长安、洛阳度中秋时，与家人传杯作乐的场面。

十七日晚间，明月依旧在天。杜甫拄杖走入前轩院落，伫立眺望。月光照耀之处无不光影流动，右面黑黢黢的赤甲崖壁间，夜鸟不时地跳跃叫鸣。依稀听得女儿杜蕫的屋子里传出了歌声。那是阿稽在教唱僚人的本乡歌吧，她的音声里有一种轻淡的哀切。在院子里立了片刻，杜甫感觉自己咏月的兴头还未过去，回返书斋又写出了《十七夜对月》。

此前他多以雨、晴、雷、夜、月为题，写当天的天气节候，以此寄托自己的情绪感怀。大历二年的这个中秋，像这样连续三个晚上、于同一地点连续写出数首咏月诗，在他也是头一回。

十七日这天的白天，还有一事可记。

之前那羽受伤的白鹤已经伤愈，杜甫让阿段解开束缚，放其自由。那羽雌鹤先就飞起在半空中，不停地盘旋叫鸣。雄鹤看着雌鹤，又回首看向已照护它半月的人类，似乎还有些犹豫。它在茅屋前踟蹰走动了一会，最后才下定了决心，作拍翅的尝试。当它成功飞起后，绕着茅屋唳叫了三声，仿佛离开前感恩的告别。

17

眼看东屯下月就要收稻，瀼西甘林也要收柑橘了，杨氏就问，要不要同去真谛寺瞻佛上香，祈愿秋收顺利？杜甫虽然不太相信神佛护佑之说，但合家一起去祈愿一下也是好的。

于是十九日上午夫妇俩就同去了真谛寺。还和之前那样，雇了三匹驴。只宗文未去，说是要帮了阿段修理剪枝工具。

这次杜甫还破天荒第一次入寺做了施舍法事。代任寺主的心演法师现在可是他的老友，之前帮助他化解过养鸡纷争，前一阵还为受伤雄鹤念咒护持。这次来寺里，特请法师助力，祈佑今秋夔州天候合宜、农事顺利，所以他也要跟着观礼。

心演将员外及眷属引到小佛堂中，在经架前敛衣正坐，身后还伴同了另三个青年僧。佛堂里香烟袅袅，秋光照入了窗棂，四境寂静惟闻山鸟的啼鸣。起初杜甫还全神贯注，仔细聆听诵经，时间一长，听着往复循环的钟磬梵呗声就开始犯困，眼皮耷拉了下来，头颅也不由自主向前垂落。身后的宗武拉扯阿爷的袍袖，才将他重新带回佛堂。

前面法师念诵了什么，他都没有入耳，后面这段法语却听得分明，身心有大触动：

> 若国欲乱鬼神先乱，鬼神乱故即万人乱。当有贼起百姓丧亡，国王大子王子百官互相是非，天地变怪，日月众星失时失度，大火大水及大风等。是诸难起皆应受持，讲说此般若波罗蜜多。若于是经受持读诵，一切所求官位富饶，男女慧解行来随意，人天果报皆得满足，疾疫厄难即得除愈，杻械枷锁捡系其身皆得解脱。

待法事完毕，夫人领孩子们去左右殿瞻佛，心演法师就将员外请至寺旁的兰若小坐。守院老僧送来了茶水，供客人润口。杜甫就问心演，去冬前往湖湘的大觉和尚归来否？老僧听了就一直摇头，说大和尚常住的那间静室好久未启用，都积了灰尘，也不知他几时回返哦。心演解释说前月曾收到和尚寄来书信，说目下正在吴越间，明年年末或许归来夔州。

闲谈间杜甫曾问心演，今日法事中"鬼神先乱"一段语句出自何种经文？心演答，此是当今代宗皇帝前年诏令大德三藏沙门不空以及京城义学大德良贲、翰林学士常衮等于大明宫南桃园译出的《仁王护国般若波罗蜜经》，员外提到的那段出自"护国品第五"。若有兴趣，我这里另有一件抄本，可赠予员外。

午斋过后，杜甫与家人归返瀼西庄。他将心演赠送的这部新译经供在了正堂所设的小佛龛前。杨氏做念诵祈告时，他也

第三乐章　农事

会陪伴在旁,随手取来默读。

这天晚间下起了秋雨,瀼水岸边起了大风,风摇撼着正堂庭院中的枣树,初结的枣果都被摇落了四五颗。雨声哗哗地响了一夜。第二天早间雨未止,杜甫打伞来到果园,坐在草亭中四望。周边的柑橘树上,柑果已长至将近三寸,不过表皮仍是青色。阿段正在草亭旁的茅棚里整理器具,不时抬头看看家主。

此时,家主脸上正布满了愁云呢。因为之前他听阿段说过,要到深秋,受了足够多的日照,青甘才会转色成为黄甘。昨夜那场大雨下得让他有些心神不定了。

阿段,柑橘成熟前,是不是雨水太多也不好?

是呢。

这柑橘几时能收获?你有预计么?

家主,估计要到九月下旬。

如此,就还须等待一个月。

是呢。阿段放下器具,从茅棚走来亭子里。

阿段,你好久没钓来白鱼了。瀼西市集是不是也买不到白鱼了?

家主,峡中白鱼都是春社时游出,秋社时就游归上水,这时节就不太能钓到啦。

哦。杜甫的心思很快又转回到了柑橘上面。那么,你预计瀼西庄的柑橘能有多少收获呢?

阿段站在那里仔细想了想,还折了一根树枝在地面又拨又划,计算一番后报知了答案:一千棵柑橘树里,小柑橘树四百棵，大柑橘树六百棵。小树估计可以结十二到十五斤[1]左右，大树可以结四十到五十斤左右。四千八百斤加上两万四千斤，总起可有两万八千斤的收获。采摘后会按果品大小和甜度再分贡果和常果，贡果售价高，常果售价约为贡果的三分之一，卖得就很便宜了。

杜甫听到后面就有些糊涂了，什么贡果和常果啊。

家主放心，瀼西庄的柑橘不用缴税，冉武那里已经说过会全数接手的，价格上也会尽量考虑。

听了这个，杜甫稍许放了心。可是，因为之前打听到的都是荆州柑橘的价格，一千斤也才卖一千文不到。按这个价格，瀼西柑橘可能都卖不出两金，有点少于他的预期。要知道他购入瀼西屋宅和四十亩果园，合价就有八金呢。

是的，除了东屯的稻米以外，近来他也一直惦记着今秋种植柑橘的所得。对他来说，现在这些经营计算就是生活的主轴了。因为出峡心切，期待与焦虑时常交织在一起，他有时还会陷入悲观的情绪中。

这天听到阿段估算了柑橘的收获后，他一整天都怏怏不乐。阿段所说的贡果价格究竟是多少呢？看来还得让阿段再去西堤邸店一趟，当面向冉武问个清楚。

次日早起，雨还在淅淅沥沥下着。经了两夜的雨，瀼西降

---

[1] 测定唐代出土文物可知，唐代每小两平均数值为42.798克，一斤427克左右，略小于现在的市斤。（作者注）

温明显，天气已转冷了。杨氏从衣箱里取出绫袍，打算替换之前的夏衣，杜甫却要穿官袍。杨氏问，夫子今日要去使府么？

不，不去。

杨氏替他穿戴好，扣好衣扣，捋顺了袖口和下摆，又看了看之前修补过的衣领。杜甫揽起袍带，看了一眼赤红丝带挂着的银鱼章。

这雨再下几场，马上就要入冬了。他打开另一只衣箱，取出了那件穿了好多年的黑貂裘。貂皮已有些发白陈旧，他手里摩挲着光滑的毛面，心里真不是滋味啊。这件黑貂裘还是阿爷在兖州任上时寄来的，当时给陆浑庄兄弟几个都置了一件御寒。穿了将近三十年，凝结了多少的时间和记忆！于是又想到了赴蓝田成婚的弟弟杜观，这时候他应该已经娶到妻子了吧，不知什么时候会踏上南归的路途啊。

又想到女婿吴郎一家即将迁来夔州，他就和妻子商量了移居的安排：东屯稻田到下月中下旬也要收割了，要不，我们就搬去东屯住？这样也可以就近督看，省得行官日日往返来报告了。这里屋宅多，就让给吴郎一家暂住。信行和阿段还是住瀼西，料理小园和果园，其他什物都不用带走。两边距离反正很近，只需带好换洗衣物、被褥和厨间的器具和食具。你看这样可好？

杨氏早就盼着女儿来夔州了，瀼西庄屋宅多，本来挤一下也能住下两家人，不过毕竟也是紧促了些。她觉得丈夫的方案不错，同时考虑了接纳女婿一家和东屯督田，倒也不失为一个好办法。不过，真要施行还要再容一点时间，她要各方面筹划安排好。

唉，搬来瀼西快半年，自己很爱住这个地方呢。杨氏感叹说。

是啊，瀼西庄确实很适宜像我这样的闲居郎官居住。倘若局势平靖，柏中丞也安心治理本州的话，夔州也不是不可以长住，至少还可以再居留一两年。可是，目前让人不能定心的事情太多啦。前几日王将军来瀼西告别，你不也听他当面说要带领手下军卒再次入蜀么？

杨氏叹了口气，西边羌戎还在犯境，这些军将彼此相争又是为了什么呢？我一个妇人家也知道这其中的道理。

夫人批评得对。这些个武夫都只看重一己的私利，早将百姓的安危都丢在一边了。可眼下的形势就是如此，谁也左右不得。他们有时连君王的嘱告都不放在心上呢。

窗外的庭院中，两棵枣树上挂着的枣儿已经饱满，此时沾满了雨滴，石阶旁花圃里的木芙蓉已萎谢，新植的小松、菊花，也被秋雨浇得湿淋淋。看着这景象，他又觉得愁闷了。

中午前雨止，日阳从云层中钻出，终于放晴了。季候正向着深秋转移，很快就将迎来冬天。迁来瀼西只小半年，杜甫尚不知园中的果木、菜蔬应该如何保护过冬，下午就去拜访了里正窦全安和孟崶长老虚心请教。得到的建议是，一等东屯秋收后，可以将稻草秸秆收集起来，弱小的新植果木可以用它来包裹根部，而菜圃里不耐寒的蔬菜可以搭低矮草棚遮盖，阻挡风寒。瀼西土民每家每户都是这么做的，虽然通常来讲夔州的冬

第三乐章　农事　　611

天并不苦寒，做些防备总是好的。

这天又给元持、孟仓曹和孟主簿发去了邀帖，请他们来瀼西庄赏秋。

北面的后园背靠山冈，是瀼西庄的最高处，这里也有柑橘树，分布较坡下甘林要稀疏些。这一向园中杂草滋生很快，篱墙边又有不少碎落的土块。杜甫就吩咐阿段砍去藤草枝蔓，清除荒秽的落叶，再将土块铲去。望景处整饬干净后，地面上铺席，就可以凭几看山看云，听近处山雉的叫声和远处的猿鸣，视野开敞而富有野趣。

阿段很快就将荒草、落叶、土块清理走了，园子收拾得干净平整，过后就唤家主去巡视检查，杜甫看了很满意。

第二天中午，元持、孟仓曹、孟主簿来到瀼西庄，杜员外就在后园设小宴招待。这次还将行官张望从东屯召来瀼西，让他一同加入酒局。张望能够参加小宴，与几位上官同席，那可是倍感荣幸啊，酒局才开就连饮了三觥。这次邀他来，其实是杜甫有意的安排，他想让朋友们看看他东屯督田的实际成绩。不久前，他已从张望口中得知，今年二月柏茂琳屯田事未决时，苏缨、崔如琢和韦伋三人曾结了伙，当面向柏茂琳提出反对意见，后来亏得柏学士说服，才让柏茂琳下了决心。

杜甫的这点心思，三位朋友岂能不知。他们三个也很给张望面子，一个劲地夸赞他助力员外有功，是个好吏、能吏，今后一定能有更好前途。张望酒一喝多，也不谦虚了，说督田这事自己真还挺擅长。夔州东屯毕竟还是不大，当年在淮南一带，自己曾管过数千顷的官田。问他管理百顷与管理数千顷的差别，张望手捋八字须思虑一会说道，百夫长和千夫长差别还是挺大的，千夫长就有将军的身衔了。

屯田和领军，也许真有某种相似性吧。

这次小宴，他们几人还初步商定了秋收日期，初定在下月十五日到二十日之间，具体还须看当时天候。总要挑天晴无雨的日子才行，这样也便于收割、称量和运输。另外，孟仓曹在收割后就要离开夔州，出发去洛阳，其后事务已交托了弟弟孟主簿打理。

员外放心，我已禀明府主，获得了允准。过后收粮等事，就由孟恺接手，联络各方，处理相关手续。孟恺他做事细稳，行官也了解各项关节，东屯收获后肯定能顺利入仓。仓督苏胜那里他也已吩咐过。

这都不是单纯的安慰话，孟仓曹是告诉杜员外，一切都已安排停当了。

酒席到了申时初刻，张望先告退，他还要回东屯一趟，查验三个役田差人今日的作业。到日阳落山前，元持、孟氏兄弟也要离去了，杜甫由阿段在前牵引了，骑马将他们送到了庄外的西冈。

看着他们三人骑在马上的身影渐渐远去，杜甫才松了一口气。

入秋后瀼水水面已下落不少，沙岸上坐着几个垂钓人，在傍晚鱼儿游出时正做着这天最后的努力。倘若钓得一条两条大鱼，回家正可以佐餐吧。

这天送客归返后还有一事。

杜甫正倚杖在前轩庭院中徘徊闲步的时候，一位衣着破旧、鬓发花白的老妇人走入了瀼西庄。她说话期期艾艾，自述就住在隔邻，问杜员外自己能否走去正堂前，将枣树上的枣儿打几颗下来带回家尝食。瀼西庄未售出前，每年秋天她都来打过枣，因为那时基本无人看管。

瀼西庄的石门关闭着，妇人不知怎么的就走入了果园。阿段没法拦住她，只得跟随她走来，此时见状就想上前阻止。不过，家主很宽容，他对妇人说打枣分给邻家本来就没有问题，只是枣果大多还发青，尚未熟透，或许再过几日来打，味道才佳美呢。妇人说无妨无妨，自己就喜欢食酸。他们正站在庭院中对话着，杨氏在厨间听到了也走出来看。她之前已见过这个邻家妇人，情况比丈夫了解得多，连忙说，想打枣没问题，想打多少都可以，随你任意。还让阿稽从厨间拿来了一只小竹篓递给了妇人。

大家都转去了坡上正堂的庭院。那老妇人举起带来的木棍子挑拨枣树枝叶，捣鼓了若干下，才落了一两颗。

既然随人任意，那就再尽一份人情吧。杜甫便叫阿段将厨间劈柴的木墩子移来树下，摘了一竹篓的枣果交送给她。妇人再三拜谢而去。

等打枣妇人走后，杨氏告诉杜甫说，听来家串门的孟家媳妇说，这位西邻妇人家中情形非常可怜。丈夫和两个儿子先后从军，或战死或不知所归，家中只有两个媳妇和五个孙儿女，那妇人坚持不肯卖祖屋，一直艰苦维生。家中无壮年劳力，十几亩贫田的产出每年上缴税赋后已所剩无几，日子过得穷到骨髓，平时不得不东乞西讨。不过，瀼西的乡人四邻一直都很照顾宽容，逢到歉收年份会借给粮食，寒冬季节也会送去木柴。

听到这个，杜甫心中升起了深切的同情。原来，这乾坤天地间还有比甫更凄苦不堪的人啊，此刻，自己的家人都在身边，目下生活也都饱暖无忧，还有什么理由再抱怨老天的不公、命运的多舛呢？

七月底已收忠州吴郎书信，告知转任了奉节县司法佐。二十五日，丁满送来了吴郎的又一通短信，告知二十四日已登程上船，预计二十九日到达夔州。

哎呀，时间可是很紧了，这几天就要将瀼西屋宅腾出。杨氏已做了准备，哪些要带走，哪些要留着也一一指定分明。对于搬家最有意见的就是宗文，他嘟嘟囔囔说才搬来半年又要移走，为什么不可以和妹妹一家共住呢。他就决定和信行、阿段两个仍住在瀼西。杜甫觉得这样也好，东屯那里，张望虽已安排人打扫清理了茅堂内屋，还搭设了门扇作隔间，夫妇两个加三个儿女还有阿稽住在一起总还有些拥挤不便。他就同意了宗文。

二十七日，杜家雇了三匹驴，加上自家那匹马，开始了到夔州后的第三次搬家。因为预计着在吴郎租定夔州城里的屋宅后会再次回迁，就没有带很多东西，只带卧具、炊具、食具、被褥和其他简单陈设，这次搬家倒也简便。留仆人在瀼西，阿段负有料理果园的职责，还要养鸡以及打扫瀼西屋宅，信行仍

第三乐章　农事　615

在瀼西种菜、采集草药，伯夷、辛秀每天仍要来瀼西，协助信行、阿段的农事。宗武、杜堇都爱极了瀼西庄，不舍得搬走，因此就有些情绪，一路上沉默不语。他们毕竟还是孩子，哪里知道阿爷心里那些细微的盘算呢。迁居东屯是各方面权衡过后的一个临时办法，就只能由他们抱怨去了。

住入茅堂后，杜甫让张望安排人在后间窗口处隔出了一个小间，当作自己的临时书斋。瀼西书斋原封不动，他只带来了几样常读的书和纸墨笔砚，一只小书案，一盏油灯。此前友人李文嶷赠送的《金刚錍》、大觉和尚赠送的《显宗记》、心演法师赠送的《金刚经》一直是他的随身读物，这次还将心演法师赠他的新译《仁王护国般若波罗蜜经》、李文嶷所赠《法集经》也带来了，准备农事之余细读。

虽然之前常来东屯茅堂，可是带了家人入住后，感觉还是有些陌生：茅堂的位置在白盐山峰顶的西北面，赤甲山的东北面，北面是北谷，对面是隔了峡江的麝香山，可以说四面皆被高山围绕。之前熟悉的稻田风景，现在变成了日常生活空间的一部分。从客堂搬至西阁和赤甲宅，从赤甲宅搬至瀼西庄，再从瀼西搬到了东屯，到这时，他已完全脱离了州城，真正生活在了夔州土民的中间。

宗武和堇儿搬来后很不适应，一个劲地念叨着瀼西庄有多么多么好，东屯有多么多么局促，瀼西有果园林木、有山泉池潭，到这里只能眼巴巴地盯着稻田看。杨氏也拿孩子们没有办法，只能哄他们说，只是暂住一个月，过后就会搬回瀼西。

搬入东屯的头天晚上，她也对丈夫说，瀼西庄离夔州城不远，离瀼西市集更近，相比现在所住的东屯，生活上真是很方便。而且东屯的住处也不及瀼西宽敞。杜甫回答她说，倘若不是要来东屯监督收稻，他也不想搬来这里。现在，城里的朋友们倘若要来找我聊天，走入东屯纵横交错的田垄，肯定也会迷路的。这里就是夔州的世外桃源了唉。杨氏当然听得出他话里面的自嘲口气，也就不再多说什么了。反正已搬来这里了，那就安心住下吧。过些时日总能习惯的。

杨氏又问，倘若稻谷收获后出峡资金获得，夫子打算何时出峡呢？妻子的这个提问，杜甫自己也没有定数。前一阵子他曾计划今年秋冬之际就离夔东出。这个时间看来有点不切实际，要将收获的柑橘和分得的稻米售出，看来还会花费一段时间。究竟何时可以成行，仍须取决于各方面的条件，他自己也不能作主。还有，夫人啊，你真舍得抛下瀼西庄么？

附近也住着杜甫之前就认识的夔州人物。茅堂北面有一条横流的溪水，溪水对面就住着一位冯都使。冯都使负责了州府甲仗器具的打造和养护，此前在使府宴集中也有数面之缘。隔了溪河，就能望见冯家的高斋。杜甫第二天下午就登门拜访了一次，见冯家在屋前的溪水坡岸上开凿了一条小渠，用石块垒砌了渠道引水入宅，杜甫回来后就效仿冯家的做法，也安排人开凿水渠引溪水，在后院里筑成了一方池塘。他还想让伯夷、辛秀试着在山坡开垦畲田，杨氏说在这里也只是短住，就不要再折腾仆人了，听了妻子这话，他才放弃了这个念头。

早间起身，来到茅堂后院，常常可以看见溪水里凫泛的五彩鸳鸯和白鹭鸶。杜甫看着三五成群布列在水面的禽鸟,就想到了此前写下的《暮春题瀼西新赁草屋五首》中的一联: 未息豺虎斗,空惭鸳鹭行, 思绪再度跳跃,转而又想到了昔日在长安时的早晚朝班,当时自己也曾随了朝官行列出入中枢啊。离开朝堂十年后,即便此时是在南国夔州,身处东屯的田壤之间,他对往日立朝辅君的履历还是念念不忘,未能彻底摆脱俗世的虚荣心。

这是他的迂阔处,也是他的执着处。

18
（大团圆）

八月二十九日，吴郎和女儿杜葵将到夔州，宗文、宗武、杜茧一早就去驿馆相候。阿段牵了马，伯夷、辛秀抬了平肩舆，也前去迎接，还另外雇了几匹驴。杜甫夫妇就回到瀼西庄等候。

瞿塘驿的前亭里，驿官丁满陪伴着杜家的孩子们。丁满对员外一家向来照顾得很好，派出了两个驿丁提前等在了西堤石堂前。上游有来船就会留意，确认是吴郎家后，驿丁立即就会跑来通报。他送给宗文一卷从西堤造船人那里得来的大船图样，送给宗武一只带木匣的小砚，杜茧也得了一个绢花小篮。这些东西都是丁家父子任职驿馆多年，从过境官客那里得来的馈赠物。

丁满预计吴郎船上午从万州开出，下午未时才会到达，因此还招待杜家孩子们吃了顿美味的汤饼。

孩子们趴在前亭栏杆上看着上游的江面，口中谈说着杜葵。杜堇对姐姐的样貌最感兴趣,她现在有多高,穿什么衣裳,着什么样式的鞋。关键的一点还是,姐姐现在有没有生娃娃?

未时四刻,日阳稍稍偏向了西面,丁满派出的驿丁跑来报讯了。司法佐一家所乘船只刚刚泊靠西堤。丁满立即带着孩子们上马的上马,坐驴的坐驴,赶往西堤。

今日从上游驶来了好多商船,看不清哪艘是吴郎家的。秋天水落,到船只泊靠的岸边有百来级石阶,在驿丁带领下,孩子们跟了阿段、伯夷、辛秀走下坡岸,等候在船前。

当杜家的大女杜葵由自己的夫君吴郎搀扶着出船,宗文、宗武和杜堇一齐欢呼了起来。杜葵走下跳板时,杜堇第一个奔将过去,扑到了姐姐的怀中。她大声哭了出来,哭了又笑,惹得杜葵也是同样。

宗文今天是家里的代表,与吴郎行过了拱手礼后,又上船见过了吴家的长辈。

客人全部上岸,吴郎与驿官丁满也照过了面。过后吴郎就骑马,吴郎父亲坐平肩舆,杜葵、吴郎母亲还有吴郎弟妹坐驴子,杜家孩子就步行陪伴。

阿段、伯夷、辛秀还有牵驴的役夫会协助吴家仆人搬运行李。吴郎这次搬家,带的东西还真不少。驿官丁满对吴郎说,行李但且放心,仆人们都会安排好,全部送去瀼西庄。他会亲自押送了队伍跟随在后。

于是,前一队就先出发了,宗文牵了吴郎坐的马走在前头,进了奉节县城。

那边在瀼西庄,杜甫夫妇简单吃过午饭就一直坐在果园草亭中等着了。信行今天搁下手头事,就陪伴了家主。他负责站到西冈高处去望风,一见迎接队伍到达瀼水岸边,立即跑入果园通报。

大约寅时初刻时,信行跑进了果园亭子:家主,到了,到了,我奔进石门时,他们都快到西冈了。

杜甫和杨氏手拉手走出亭子,立在果园通往屋宅的道中。杨氏抓执了丈夫的手臂,又兴奋又紧张。啊,听到接近的马蹄声了!啊,走在前头领路的是宗文吧,马上那位青年就是吴郎了。杜甫眼力不行,可杨氏早就看清了。

吴郎下了马,先走到后面将父母、弟妹等安顿好,过后就领了妻子走上前来,对了岳丈和岳母叉手三拜施礼。

阿爷!阿母!

杜葵行礼过后,已经奔上前来,扑入了母亲的怀中。她与杨氏两个已经止不住泪水了,又是哭,又是笑。隔了两年,杜葵已长成了一个真正的青春女郎,面色白皙,双唇红润,显见在夫家的生活非常安乐稳定。

杜甫说,今天是大喜之日,你们母女两个就别又哭又笑的啦。先将吴家长辈迎入庄内吧。他虽然嘴上这么说,眼角其实早已经湿润了。当下,吴郎夫妇就引了自家父母与员外夫妇在道中相见,互道重逢之喜。

不久,驿官丁满护送行李也来到了瀼西庄,还带来了两瓶上好蜀酒祝贺。杜员外就抓了他的手,邀他一同参加了晚上的接风家宴。

第三乐章 农事　　621

为准备这次家宴，宰杀了五只雏乌鸡，采撷了自家种的几样菜蔬，又去市集买来了三条青鱼和当地野味，两条作鱼脍，一条做鱼汤，野味则煎炸。杨氏又提前做好了洛阳老家的几样咸甜面点。此外，还摘了园中早熟的柑橘和正堂前的枣果来尝鲜。

杜家五人，吴家共六人，加上丁满一人，列席一共十二人。在前轩铺设了两桌，桌上摆满了酒菜。两家的仆人全都来帮厨，杨氏亲自在厨间指挥，真是前所未有的热闹啊！

这天晚上，杜甫饮了好几杯酒。自到夔州以来，他在家中还从未像今日这样开怀畅饮过呢。杨氏想劝止，想想就随他去了。今天可是一个大团圆日啊。

吴郎一家的老人孩子都很劳累，要早点休息了，杨氏早就安排好了房间。行李物件要到明天再归置了，而今晚，杜家人也都睡在了瀼西庄。

第二天下午，行李已收拾停当，杨氏带了吴郎将各处生活设施都看过一遍后，杜家人就要返回东屯了。这回，杜葵会跟了父母一同去东屯住几天。分别已整整两年，她和阿母还有妹妹杜堇有一肚子的话要说呢。

吴郎亲自将他们送到了瀼水对岸，顺带参观了东屯官田。看到茅堂相对局促的空间，他觉得很过意不去。岳丈一家将那么宽敞的瀼西大屋让给自家居住，让他感到了浓浓的亲情以及员外对他的看重。九月下旬他就要入使府报到，等到十月开始在奉节县衙正式上任，稍许安定后，他就会在夔州城中寻觅合适的居所。

杜员外就说，吴郎，我也不把你当外人了，瀼西屋你想住多久就住多久，不必挂怀。租屋一事也不用急。你住在瀼西，两家正可以就近走动呢。

吴郎回了瀼西，杜葵留在东屯。

吃过晚饭后，一家人就坐在茅堂前轩谈说。前轩点了两盏油灯，清爽的晚风吹上了脸面。入夜后的东屯稻田中，无数秋虫唧唧叫鸣，此起彼伏有如合唱，而无云的暗蓝天幕中，缀满了无数好奇地眨着眼睛的星星。杨氏想念大女儿，见到了反而只顾捉住她的手，将她左看右看，似乎总也看不够。妹妹杜堇按捺不住好奇心，就问了一连串的问题。于是就了解到杜葵在忠州的很多情况。

婚后起初几个月，她白天只是一人在家，那时真有些彷徨无措。好在吴郎后来将双亲和弟妹都接来了忠州，后来还搬过一次家。杜葵与吴郎父母相处得很好，还接过了带养弟妹的责任，闲时也教他们习字读书，家里有了人气，她就不觉得寂寞了。吴郎也怜爱她，公职之余很少外出游玩，不好酒，也不喜欢呼朋唤友，多数时间就待在家里读书。两人常常相伴，春秋两季天气好的时候，还一同骑马出游过好几次。这次转调，本来吴郎可以去成都属县任职，想来想去，因为岳丈一家就在夔州，因此就改换了任职地点。调职很顺利，这还是托了裴太夫人的照顾。估计这次来夔州会待上两年时间。

杜堇又问姐姐打算几时生孩子，杜葵一下就羞红了脸。可她也不回避妹妹的提问，假装气鼓鼓地反问杜堇，妹妹是不是也急着要出嫁，所以才问了这个让人受窘的问题？呀，这下轮到妹妹杜菫羞红脸了。听到她俩这番对话，一家人都笑出了声，感觉又回到了成都草堂，那时候，两姐妹也经常这么一来一回地斗嘴，家里可热闹呢。宗武说，姐姐来到夔州，就好似回家一样啊。宗文也说，妹妹一家这次能移来夔州真是太好了，忠州这个地方城小闭塞，远不及夔州这里景色壮美。杜葵连连点头。

接下来就是杜葵的发问时间了。

于是她就知道了一家人离忠州后先停云安又来夔州的详细情形，来夔州后又如何搬了数次家，如何获得府主的支持，现在得以在东屯督田。当听到阿爷在云安卧病数月，她就担心地拉着阿爷的衣袖，知道迁来夔州后他的身体渐渐复原，这才放下了心。杜甫说，自己是一年比一年见老了，腿脚不便，左耳差不多聋了，眼力劲也不好，可是看到儿女们此刻都围聚在身边，已十分知足啦。杜葵自小就跟随了父母一路辗转迁徙，素来懂事能干，在成都草堂时杜甫就非常疼爱，在忠州时让她出嫁其实是很不舍的。如今看到她所嫁的吴郎待她不错，吴郎官职也有了迁转，境况逐渐变好，原来一直悬着的心也就放下啦。

儿女们七嘴八舌地继续在聊天，杜甫夫妇下意识地就想到了另一桩心事，那就是大儿宗文的前途。可是，在今天这个场合谈论这个话题也不合适，因此谁都没有提到。

这天晚上的东屯茅堂，灯火一直亮到很晚。该休息啦。杜葵和阿母、妹妹睡在同一个隔间里，三个人一直在说悄悄话。

杜葵说，阿母，窗子里好像飘来了稻子的清香味。杨氏就说，你阿爷就等着下月末尾收稻呢，你这话明天一早亲口说给他听。阿爷准定会很高兴。

杜葵在东屯住了两天，第三天就回到了瀼西。杜甫还写了一首《简吴郎司法》，让女儿顺便带去交给吴郎。本来他是瀼西的主人，将瀼西屋宅借给吴郎一家暂住，尾联　却为姻娅过逢地，许坐曾轩数散愁　倒反过来请求吴郎许可他常来闲坐散愁。他心情愉快的时候，就很会写这样谐谑轻快的小诗。虽说现在移住了东屯，可瀼西仍有不少事务要料理，正堂的书斋还保留着，他隔三岔五也要回瀼西小住，这是为今后的常来常往预先向吴郎打个招呼。

过后几天，发生了这么一件事。

此前杜家还住在瀼西时，正堂前的枣树上青枣尚未熟透。九月初，枣子已红熟，那西邻妇人又钻入庄内来打枣了。

这天阿段来东屯送药，顺便报告了家主一个情况：因西邻妇人屡屡不请自到来打枣，吴郎先是让家中童仆驱赶，过后又巡视果园，发现西面篱墙有一处可容一人钻过的孔隙，这两天正让仆人补筑篱笆阻挡防范。杜甫听到这个，当场作《又呈吴郎》让阿段带回。

女婿吴郎搬来没几天，不知道个中情况，杜甫只能委婉开导。诗写好后，尤觉不足，又补写了一张便条。

吴郎啊吴郎，要知道，西邻这个老妇是个贫苦无依的寡妇啊，要不是窘困到无可奈何怎会这样？她家里没有男丁，就靠种十几亩薄田过日子，缴纳税赋后就所剩无几了，她也不肯卖了这瀼西祖屋。这户人家因为不停息的战乱而陷入苦境，像她这样的穷苦人到处都有，正需要抱以同情啊。我住在瀼西时，得知了这一层内情后，就听任她随意打枣。她数次偷偷潜入果园，那是因为心怀恐惧，提防你这位陌生的远客啊。你本可以态度亲切地对待她，现在让仆人插上疏篱有点太顶真了哦。

九月五日中午，府主柏中丞要派手下田将军到江陵去问候荆南节度使卫伯玉，特为田将军设宴饯行，又邀请了杜员外出席。此前六月，卫伯玉刚刚加官，授检校工部尚书，封阳城郡王，卫伯玉母亲也加封为邓国太夫人。

这次宴集并没有文官列席，在座者都是邛州军、荆州军的高级军将，座中谈论全是关于夔州与荆州联手再度介入蜀中的内容。柏茂琳作为府主本应审慎对待，却与诸位军将完全同声气，先是历数崔旰之前种种恶事，后面又指责崔旰就任成都尹后的大举扩张、培植势力，口中不时提到类似等待时机兴兵讨伐之类的话。杜甫听得心惊，表面又不得有任何流露。

柏茂琳将杜员外召去，无非就是要他应景赋诗。此时东屯尚未秋收，杜甫当然不能怠慢。宴席中，身边的军将们一边饮酒，一边大声喧哗，实在是吵闹。他构思诗篇时不得不转移到外间轩廊上，耳朵根这才清净了下来。

凝神静思，先写出了《送田四弟将军将夔州柏中丞命，起居江陵节度、阳城郡王卫公幕》。因为想到了卫伯玉母亲同样受封一事，过后又主动添了一首《奉贺阳城郡王太夫人恩命加邓国太夫人》。他吟出的这两首诗将会随同了柏中丞的亲笔拜问书信以及贺礼，由田将军带去荆州，当面呈交卫伯玉。杜甫本来就已经有了出峡的打算，借了这两首贺诗，也能在出峡之前加强与江陵方面的联系。至少，卫伯玉会清楚地知道，此前的朝官左拾遗杜甫、如今的杜员外目下仍在夔州。

宴集结束骑马行出白帝城时，杜甫一直皱着眉，一副心事重重的样子：柏茂琳自出镇夔州以来对自己支援助力很大，这是无可回避的事实，说是自己的恩主也可以。然而，他上任一年来不思治理本州，一味联结了荆州军，时时预备要与崔旰争战，不由让他深感失望甚至恐惧（因为很快就联想起了严武去世后的蜀中乱局）。此时，柏茂琳初到夔州时杜甫对他曾经寄予的期望已烟消云散了。很明显的一个事实是，柏茂琳与自己并不是同一类人。再严苛一点来说，柏茂琳也不是严武，并不具备后者的眼力、手段与才具，他只是一个"小号的严武"罢了。

杜甫对于去留问题本来还犹豫不决，今天见此情势，他心里那架天平渐渐就有了倾斜。不过，按他的脾性，他不是一个轻言放弃的人，仍然还存了一个设法说服柏茂琳的心思。

六日上午有小雨，很快放了晴。杜甫让宗武牵马，前去白谷拜访柏如晦柏学士。

此前和柏如晦的交往很有戏剧性，能够督田东屯，多亏了他的助力，对此杜甫是很感激的。因为两人已有数次的交心谈论，他对学士的见识和品格也有足够的信任。在夔州倘若还有

第三乐章　农事　　627

一个人可以影响柏茂琳，那么也只有柏学士了。

坐渡船过了瀼水，父子俩就来到了瀼水岸边的向北驰道上。雨后的秋光异常鲜明，瀼水水位下落过后，溪河中的船只少了很多，秋草和芦苇经了一夏倒是生长茂密。碧蓝的天空中悬停了两三朵洁白的云团，望去几乎静止不动。此时的气温不冷不热，体肤感觉非常舒爽。宗武很少跑到这么远的郊野，这时也贪赏着夔乡的风光。

阿爷，今日为何要来拜访柏学士？

为了向他求教一个疑问。

为何他能解答阿爷的疑问呢？

因为柏学士家有万卷藏书，比阿爷的书卷还多呢。让你来也是让你见识见识。宗文啊，你可要知道，无论什么年代，富贵都是从勤苦中得来，学士也是饱读五车书才成为学士的哦。

杜甫对了宗武总会习惯性地来一番说教，说得多了就没什么效用了。因少年的目光现已转移到了山谷中草木斑斓的秋日景致。一路徐徐行，他们来到了白谷谷口，但没有再往谷口里走，杜甫指点着宗武踏上了谷口边的一条小道。上坡起初有些陡，宗武拉拽几下缰绳，马儿也颇为配合地改变了步姿。此时山道两边的林丛中，各种不知名目的鸟雀时而跳跃低翔，时而立在枝头叫鸣，分外地热闹。

翻过两道坡岗，前方不远处就是柏学士的林居了。

走入柴门，进入竹薮拥簇的门道，就来到了茅屋石阶前，细细缕缕的雨水正流入旁边的沟渠，水声潺潺。宗武扶阿爷下马，将马系在了就近的一根木桩上。

柏学士听到外面的动静，已走下阶梯石阶相迎了。

如杜甫路上预告的那样，主人先将宗武带去了书斋，指了架上的书卷说可以随意浏览翻阅，然后就和杜员外走去了东面的轩堂。

杜甫这次相访，一是再次感谢学士在屯田事上的援手，但主要还是想与他讨论府主柏茂琳的动向。昨日下午归返东屯后，他心里久久不能平静，于是先将昨日送别田将军宴集上的见闻讲述了一遍，包括府主亲口所说的打算再次兴兵讨伐崔旰的企图。

柏学士听到弟弟这个干预蜀中的设想却并不觉得意外。因为之前兄弟两人面对面讨论时，柏茂琳也曾说出类似的话来。

是么？

柏学士叹了口气。我这个弟弟自投入军伍就变成了另一个人，已不是当年那个相伴身边静心读书、处事很有分寸的弟弟了。兄弟亲情倒没有变化，但两个人的见解常常不同。王廷将弟弟调出邛州、转镇夔州本来也是个好处置。自己曾屡次劝说弟弟要守拙，不要再主动参与蜀中的争乱。无奈柏茂琳就是劝不听。你跟他讲说为何要守拙的道理缘由，他就跟你大讲特讲所谓的大义名分。可他的大义，他的名分，却不是从社稷安危、从辅弼君王、从怜恤百姓的角度来考虑，他信从的是之前跟随的有力的封疆大吏，是严武，是郭英义。在柏学士看来，这不是大义，其实质只是私恩。私恩如果宽纵无度，就会走向僭越朝纲的私欲上来。到今天，私恩的成分也渐渐淡去了，不断扩充自身权势的私欲才是主流。

所以啊，杜员外，弟弟在宴集时所说的兴兵讨伐并不是空言啊。自来峡中，他就一直联手了荆州的卫伯玉在谋划，两军现在也合成了一军。倘若没有卫伯玉的撺掇，弟弟这些想法也许仅仅是想法而已，有了卫伯玉的支撑，他根本就已经忘乎所以了。看不清楚大局，结果是很可怕的。此地已不宜久留！

以上思虑，柏学士对了杜员外没有任何遮瞒，直截和盘托出。结尾的语气中，包含了深深的苦闷。

学士转头看向轩外的庭院，静默了许久。转回头来后，他很严肃地告诉杜员外，他会再作一次劝说的努力。如果弟弟仍然执迷不悟，自己就会带了大儿柏大离开夔州，也许回长安，也许去湖湘。官身要不要都无所谓了。

杜甫知道，此刻的对面坐了一个比他自己更灰心失望的人。本来这次上门是要向柏学士求解一个可行的说服方案，未曾料到却是这样一个局面。从学士后面的赌气话里，他也听出了话外音，蜀中此后必乱，战火很可能还会波及峡中。

自己现在的境况，并不合适向柏茂琳进言。那么，就看柏学士最后一次劝说的结果吧。

余下时间里，柏学士问起了杜员外最近的诗文。两人之前已有不浅的交谊，杜甫这次特意带来了近来诗作的卷子，后面两人不谈政事，转而讨论起了诗文，柏学士对员外前一阵试写的夔州歌发生了浓厚的兴趣。

中午，学士招待杜甫父子吃了一顿简单的午餐，餐后再座谈片刻，杜甫就告辞了。临行前，学士答应他一等与柏茂琳交谈完毕，第一时间就会将结果告知于他。

午后返程时,杜甫顺路又去探访了初移瀼西时结识的覃山人的隐居处。到得白谷南面的柴门前,却见门扉紧闭。敲门后有一老仆走出,告知山人前月已赴外地任官去了。杜甫心想,覃山人年纪与自己相近,应该还是因为生计难以维持,不得已才再度出仕的吧。唉,岂知在这个危乱波荡的年代,出外做官也是要冒很大风险的啊。此处山居有松有菊,四野风物清佳,此前他曾数次来这里停留,与山人闲谈。此刻户庭空空,附近一片苍翠的山壑丘崖也变得黯淡无光,失去了往日的光彩。

这天回东屯时,杜甫心里充满了怅惘,一路默默无言。

重阳节前的九月八日,上午又有小雨,午后放晴,女婿吴郎来东屯茅屋看望岳丈。听吴郎说,有杜葵忙里忙外,这几天家人已安稳住定,他自己也跟了信行一同在瀼西茅屋的菜圃里协助翻耕,杜甫听了就很高兴。

吴郎坐下没多久,使府又派来了报讯人,送来了府主柏茂琳的重阳宴邀贴。本来杜甫邀了吴郎明日晚上来东屯共度重阳,因此就改到了中午。报讯人刚刚走离,吴郎家的童仆就跑来东屯催他归返,说是家里有州城官人到访。杜甫就说,吴郎你就赶快回去吧。

重阳日一早,吴郎夫妇同来东屯。

女儿杜葵已是一个能干的主妇,有她和阿稽在厨间,就不用阿母出手啦,她今天做了一道莼菜羹。一家人在茅堂聚餐,还邀了行官张望一同入席,同饮菊花酒。

席间杜甫就问起了西邻妇人打枣一事。吴郎说,岳丈让阿段转交的诗，恰巧先被杜葵看到了，当场就说了我一通。自己再一思想，确实做得过分啊。于是当天就让仆人把树了一半的篱笆给拆了。不但任由老妇人打枣，还亲自上门，邀她带了家中孙儿女来瀼西做客玩耍。宗文送了两只雕刻木鸭给邻家孩子，园圃里新摘的菜蔬也会时常遣仆人送去。

杜甫听了就赞许不已。不愧是吴郎，体恤孤老才是儒家子的本分啊，我家杜葵真是嫁对人了。张望在旁插话说，杜员外真是奇人，不但督田可以入诗，连邻里家事也可以入诗。张望不提也罢，一提作诗法，杜员外就打开了话匣子，将他对陆机"缘情体物"一说的体会见解洋洋洒洒地说了一大通，虽然在座之人没几个能听懂。

今天阿段也随同来到了东屯。杜甫的家宴结束后，他就牵了马，护送家主进白帝城去赴使府的重阳宴了。吴郎和女儿先陪同父亲渡过了瀼水，到了对岸才告别。

近来阿段忙于料理瀼西甘林，没了他的陪伴，在东屯的杜甫都觉得有些寂寞了呢，一路上便不断问阿段话，阿段也耐心作答。之前在西阁和赤甲两边住时，阿段一直都在身边照应服侍，主仆两人的关系可是很亲近的。

家主现在最关心的就是柑橘的收获了：阿段，你去冉武那里打听到往年贡果的价格了么？

阿段说，他问过冉武了。夔州已经好多年没有售出贡果，本地人都不爱种植，种植了也不打理，收获了也不细分品级。不过，家主放心啦，以往贡果价格历来是荆州柑橘的三倍，所以关键就是收获后分好品级。一看柑果大小，二看是否甜口。

冉武说收获时他会派人来果园协助，一定帮了员外卖个好价。

原来是按大小和甜度来分品级的啊。家主知道了鉴别贡果的标准，心里总算踏实了些。

如此说来，东屯稻谷收获后，就该收柑橘喽。

是呢。一前一后。

此外还需做什么准备？

要编织五十只装贡果的大箩筐，冉武邸店里就有不少旧筐，到时也要一起送来瀼西。

需要那么多啊。

是呢。收获两万多斤柑橘，一百斤一筐的话，箩筐就需要二百多只啊。

杜甫对两万斤柑橘一点都没有概念，对箩筐的需求数量表示了惊讶。

过会又想到了西邻妇人：阿段啊，你今后可不要再为难西邻家了哦。园子就让她进来，枣儿就由她打，柑橘收获以后也分邻家一筐如何？

家主既然这么吩咐了，当然得照办喽。阿段回转头来，对了骑在马上的家主嘻嘻笑。家主也对了他笑。

大儿宗文这一阵在做些什么呢？还在捣鼓他的木作么？

是呢。龙舟的雕刻停了好一阵，近来因为丁满送了他一张大船图样，又重新开工了。据少家主自己说，这几日就可以完工，过后就要做髹漆了。另外，他整日还在杂物棚子里琢磨飞楼的雕刻。

他还钓鱼不？

第三乐章　农事

入秋水落过后，他就不太钓鱼了。因为要顺着瀼水向北走很远路，到上游溪口才能钓到。

原来是这样啊。

这时，他们已来到夔州城东门前的那段长长的上坡路。日阳西斜，已落到城楼的飞檐顶上。因为是逆光，城门显得黑洞洞的。前几日刚刚入使府送别了田将军，没过几天又得来赴宴集，杜甫心里实在厌烦得很哪。

最近少家主好像有了心事，常常一人在草亭露宿。阿段接续了之前的话题，言语中似乎有些担心。

露宿？

问他为何不进屋睡，少家主说睡不着，就想躺在草亭里数星粒。有时白日天又在茅屋里蒙头睡觉，唤他也不肯起身。问他为何如此嗜睡，他答说半夜里曾起身在果园里游走，睡得很晚。总之，眠食都有些异常。

家主听了并没有什么回应，阿段就不提这个了。

登上缓坡，即将入城时，杜甫想到了东屯的婢女阿稽。阿稽最近似乎也有同样的反常情形。与宗文不同，她当然没有在野外露宿。不过，来东屯后的几天里，她一直有些心神不定，时常会走神。有一次洗碗时，还失手打破了一只大邑瓷碗（那可是自己很珍爱的食具啊）。早晚空暇的时候，常见她独自一人坐在田埂上，望着眼前的稻禾在发呆。

旁人或许还看不出来什么，可家主心里早就猜到了几分。搬来东屯后，宗文故意不随同搬来，原是想克制对阿稽的眷念吧。可是却又摆脱不得，所以行为才这么反常，只能这么解释了。而阿稽以前一直谨慎稳重，搬来东屯后却频出状况。可以料想，在从瀼西搬来东屯之前，他们之间必定发生了什么事情。阿稽从云安跟随到夔州，至今已两年，她勤劳聪敏，自己和杨氏平日都很喜欢，也很依赖。难道现在能将她辞退，让她回云安去么？这么冷面无情的事，自己可做不出！

算了，再猜想也无用。就这样吧，眼下并没有妥善的处置办法。

马儿已进城，走上了铺石的步道，蹄足踩在地面嘚嘚有声，很有节奏感。入晚后，夔人各自已归家，街面上行人不多。

这段时间，阿段料理果园委实很辛苦，可身前牵马的他仍然精气神十足，充满了生命的原力与热能。杜甫打心眼里喜欢这个少年仆人。倘若出峡，很想将他带在身边。行不行呢？不妨试探一下他本人的意愿。

阿段，倘若明年开春出峡，愿不愿意继续伴同了我家呢？

阿段有些惊讶。不过，并不是因为这个提议的内容。他吃惊的是，家主为何突然提到这一节了呢。他自打出生，就一直在峡中各地游走，还未真正出峡过呢。他要像汉人子弟一样，走出这大山围绕的峡江，去看看自己不曾见过的其他的大江与大山，这也是他的梦想啊。况且，家主和其他主人不一样，杜家人也同其他人家不一样，都待他特别的亲善。一个仆人，去哪里找这样的好人家呢。如果可以，他也愿意和信行一样跟随始终。

因此他立即就回过头来，愉快地作答了。这天底下，找不

第三乐章　农事

到比家主和夫人更良善的主人了。家主若出峡，小奴也想出峡去看看。以后家主到哪里，小奴就跟随到哪里。

听到这样的话，杜甫心里温暖极了。这时，他们的马儿已走过主街，拐向了马岭。夕阳彻照峡中，军营中的庐帐半面已染上了赤金色，几杆竖立的旗幡在晚风中猎猎作响。眼前的这条直道上并没有人马走动，柳树左右夹道，道边又有矮松，远远望去一里开外的白帝城，已能看见洞开的城门和门前值守、手拄长枪的卫兵。

这晚白帝城的宴集，一众军将和州衙文官全数列席，场面比前次送别田将军那次更加喧闹，反正又是同一套程序。类似场面杜甫已经历很多次，不胜其烦又不得不虚与应付。东屯即将收割，因为担心自己酒后任性发作，所以近来他托病不能饮酒，整场就只能当个看客，不时与坐席旁的元持或者王将军等人闲话谈说。

不过还是有一事可记，宴席到中途时，柏茂琳照例又要唤出歌舞助兴。此前中秋前夕宴会上听过杨氏演歌《望月婆罗门》和《从军歌》，这次又听到了梨园弟子李仙奴所唱的开元歌。

这李仙奴是女道装扮，穿了一身青罗道袍，不施粉黛，面色如白玉，抱了一架筝自后间走出，坐在堂中。置筝于身前，低头静默许久后才抬手掐弹拨弄。起先音声低微细碎，过后渐渐连绵起伏，曲声尽极哀切。弹到复沓的段落，就仰起头来引喉歌唱，唱的是开元时先帝玄宗亲自谱曲的《听龙吟》。歌声绕梁，昂扬复又婉转，恍然间将在座听者带回了贼乱之前的全盛岁月。宴集中人都是生于开元天宝年间，听罢这首梨园旧歌，人人泪水潺潺，连府主柏茂琳也眼眶红湿，内心为之感动。

前首引人悲愁，后一首唱的就是欢乐的歌了，乃宫内法曲《赤白桃李花》。这首本是大曲，分散序、歌头、排遍、入破四节，到入破环节，节奏变为繁急，到时舞者就会入场。也可以像李仙奴这样一人弹唱，就只演唱散序和歌头部分，调声悠扬欢快，与之前《听龙吟》有所不同。

歌舞退，宴席继续。堂中又恢复了喧闹，似乎之前的演歌只是一段小小的波澜。而杜员外却受了大感动，好不容易挨到酒席散去，他就拉了别驾元持一同去西堤邸店寻访这位过路的伎人李仙奴。

内廷的梨园早在开元二年[1]便已设立，彼时玄宗登基不久，听政之暇就在大明宫会昌殿附近设"梨园亭"，从太常署乐工中精选善乐器和歌唱者，亲自教授演奏法曲。过后又挑选宫女学习歌舞，住宜春北院。乐工演奏乐曲，宫女习舞演唱。

到邸店后，与李仙奴相见。得知她是梨园最后一批弟子，天宝十二载，十四岁时入梨园习歌艺与乐器，今年二十八岁。因天资聪颖、歌艺绝佳，入班后就成为"内人"。她告诉杜员外，每次预演大曲，先帝都会亲临指导，管弦齐发之时，但凡有一声差误，皇帝都能觉察纠正。这是她亲身经历。

---

[1] 714年。

在夔州竟能遇见一位当年先帝身前的歌乐人，杜员外真是激动啊。

那么，贼乱过后你又如何？

李仙奴说，贼军突入潼关后，梨园子弟四散，大部分人惊惶无措滞留在长安，过后就被贼军掳去洛阳，安禄山宴凝碧池时，就有不少梨园乐工。她很幸运，追随了部分乐人逃离长安到了扶风，本想跟随先帝入蜀，后来追不及，在肃宗灵武登基后就去了灵武。其后收复两京、迎回玄宗后，她回到长安，被安置在了南内[1]。当时收拢的梨园旧弟子约有近百人。

那么，先帝去世前几年，仙奴你一直伴随在身边？杜员外急切地问。

是的。那时先帝已衰老了，再没有当年指挥梨园的兴致，在南内也不曾搬演大曲。他只在愁闷不堪的时候，才会点选几个当年的内人到身前弹奏歌唱。上元元年，奸宦李辅国强令先帝迁居西内甘露殿，我等众人皆跪拜哭泣，从此与先帝隔绝了！

天哪，李仙奴竟然是最后见到先帝颜容的人！

那李仙奴说到李辅国时用了"奸宦"二字，已能见到她的态度。当她说出后一节与先帝隔绝的话时，杜甫忍控不住号啕大哭，身边的元持也是泪下不止。

此时已夜深，邸店主人冉魁也在旁边陪伴，听闻这一情节，也是唏嘘不已。

---

[1] 即长安城南的兴庆宫。

宝应元年农历四月五日，玄宗辞世驾崩，李仙奴和南内一众梨园伎人都被遣散出宫，自此流落各地。为求生计饱暖，他们大多以所习歌舞乐声为各地官绅豪富的宴会侑酒。杜甫之前在成都时就已经见过不少流落蜀中的伎人。在成都吟出的《赠花卿》诗中，就有 此曲只应天上有，人间能得几回闻 这一联。这段时间，因荆南节度使卫伯玉持续招引的缘故，很多流出长安的宫廷乐人歌姬到了荆州。也有人打算入峡后再入蜀，李仙奴就是其中的一个。

杜甫当时还不知道，三年后的大历五年[1]春，他在潭州时还会遇到贼乱之后居留在此的乐人李龟年，这是后话了。而他的生命，也将在这一年戛然而止。

---

[1] 770年。

19

十日一早，想起昨天阿段说起的宗文的反常情况，杜甫就让宗武将他哥哥唤来了东屯。秋收前白天陪伴父母，晚间仍住回瀼西。对于大儿的情绪动态，他觉得应该做一点小小的纠正。

上午，驿官丁满来东屯探望，带来了三通书信。因茅堂前轩张望正召集役田差人商议农事，就让宗武找来两张马鞯铺在后门廊里，让丁满落座。一封是江陵的郑审寄来的。郑审在信中先说不久前在硖州夷陵的友人李之芳已来江陵，两人曾在南湖泛舟聚会，过后又询问杜甫近来身体状况和居夔情形。

另一封是施州刺史裴虬寄来的，告知之前杜甫引荐的郑典设来到施州后，日前已受邀入幕，裴虬也询问了杜甫的近况，并且再次邀请他去施州居留。

第三封是已赴任嘉州的岑参寄来的，也是询问杜甫在夔州的现况。

杜甫让丁满稍等，前两封他很快就会写好回信，让他顺路带回。

丁满走后，杜甫写出了《寄岑嘉州》。自至德二载与岑参同官两省以来，不觉已过十一年，当然甚是想念。岑参的任所嘉州前年出蜀时就停留过，还在那里结识了杜四兄。诗意并不复杂，只是将岑参比作了谢朓，而以冯唐自况。此外也告知对方，自己郎官的通籍期限已过，切盼今后能常通书信。

是日夜间有雨。晚上坐在北窗前静坐寻思，感觉白天给郑审的回信有点过于简短了。秋收在望，旅资可期，此时正可以将卧病峡中、由云安迁夔州两年来的情状与心绪做一个通盘梳理，让郑审和李之芳他们有个了解，也为自己的出峡提前做一个预告。是夜并没有动笔，上床睡眠时头脑里仍在谋篇布局。

十一日早起后，张望和他的役田差人还没有来东屯当值。宗文已到了，就站在稻田边的堑沟前，低头看着什么。杜甫拄着藜杖走出了柴门，并没有招呼他，也走到田垄边探头往下看。

稻田水洼里有几尾小鱼在游动，鱼小到一寸都不到。宗文的脚边还搁着两只长筒形状的鱼篓。他发现父亲走到了身边就说，阿爷，今日要去舍北溪水的上游捕鱼去呢。

好啊。这长竹篓好生奇怪，是个什么物件？

阿爷，是僚人在溪水里捕鱼的鱼篓子，他们唤作"鱼狗"。将溪水筑坝拦住，留两个隙口，将鱼狗浸在水里，鱼就会跑到篓子里了。

啊，这就是庄子所说"得鱼忘筌"里的那个"筌"吧。又想到《齐风》里《敝笱》诗中的"敝笱在梁",由此可见,"鱼狗"当是鱼笱。之前在北地很少看到,他在夔州也是第一次见识。

这个是阿段教会你编织的?

是呢。阿爷,等日阳出来,我就出发啦。

要让阿母给你带上午饭么?

不用,只要将鱼笱放入溪水中就行,我设置好就回返来。

宗文进厨间,见过母亲就出门了,两只肩膀上各挂了一串鱼笱,他的身影很快消失在柴门外的竹丛后。

茅堂北面、东面的夔人农户,每家茅屋的烟囱里已升起了炊烟,这些茅屋大多依溪水而建。溪水上游的北谷谷口有一处平旷的高台,上面即是当地僚人供奉神巫的祠庙。之前看到的祭乌鬼、驱乌鬼的民众,最后都会齐集到这里。秋收过后,十月一日的夔人新年很快也就要来了。

杜甫回到茅堂北窗前坐下,这时窗外起了雾。起初只是贴着地面的一缕一缕,过后就氤氲成大团的雾气,周围景物都朦胧了起来。等张望和三个差人到达东屯,开始召集农人布置今日农事时,开始下起了小雨,而坡地高处的雾气仍未散去。宗文刚才出门没有披戴雨具,正担心他会不会淋湿,他却已经回到了茅堂,正向阿母讨了块手巾,擦干头发和额面呢。他的两只鱼笱必定已放置好了。

他的神思回到了书案前,昨天的那个构想差不多了,他吟出了前面两联: 绝塞乌蛮北,孤城白帝边。飘零仍百里,消渴已三年。 因消渴症暂住云安又滞留夔州,在峡中两年里,不过前行了百里,这就是目前的现况。过后描绘夔州当地的风物,句句可以入画。至"猎人吹戍火,野店引山泉"一联,写到第十四韵就暂时搁笔。因张望通报说,今日田间水位稍高,上午需要放水,他就撑伞走出茅堂去查看了。

午食过后照例小睡,醒后接续往下写。

由"唤起搔头急,扶行几屐穿。两京犹薄产,四海绝随肩"开始追述离开长安以及在成都入幕获授郎官的前事,道出客居夔州时仍不得不攀援旧人而生存的实况,另外还记述了日前在使府重阳宴上听李仙奴歌的情况,至"法歌声变转,满座涕潺湲"又写了十韵。

稍事休息后,重又提笔。由"吊影夔州僻,回肠杜曲煎"开始,视角回到边患未除、战乱不宁的现状,冀望王廷中兴再振。后面就大段美赞郑审、李之芳两人的诗文风流,追述三人昔日的交谊,表露自己极欲出峡而暂时不得出的心绪。复又描绘瀼西、东屯居处的样貌与生活细节。至"行路难何有,招寻兴已专。由来具飞楫,暂拟控鸣弦"两联再次搁笔,下午一气写了六十韵。

傍晚前,宗文提了两笼鱼筍从溪水上游回返,茅堂前围了一堆人,很是热闹。宗文将篓子里的捕获物倒进了水缸里,都是五寸长的青鱼,一共有十几条,个个活蹦鲜跳。杨氏让阿稽挑出四条,今天晚饭要做烤鱼。在水缸里放养了四条留着,另外几条用草绳捆扎了,就让行官张望带回,他家里有刚生下孩子的妇人,还有婴儿,正可以熬汤给母子两个滋补滋补。张望提了鱼儿,喜滋滋地下工了。

第三乐章 农事　643

杜甫将两个儿子叫去草亭同坐，给他们讲说《庄子》和《诗经》里与捕鱼有关的片段。父子三个拉拉杂杂聊天，一直坐到了夕阳落山。杜甫发现宗文的情绪有了变化，他捕鱼回来心情很愉快，原先盘绕心头的愁云似乎暂时已退去。只是见了阿稽他一句话也不说，阿稽也是同样。

晚饭后，重新坐回了书案前。这首诗已写了八十四韵，篇幅出乎意料地长。要不要再接续十几韵，凑成百韵？此前，他在至德二载八月由凤翔前往鄜州探家时所作五古长篇《北征》诗也不过七十韵，他很想做一个挑战。

整理思绪时，顺手翻检了带来的几册书卷，于是便拿起神会《显宗记》在灯下闲翻。自己对神会一系的禅宗门很早就有了解，天宝四载，与李白、高适开始梁宋游时，神会获兵部侍郎宋鼎支持，于荷泽寺建慧能真堂，由宋鼎撰写碑文，天宝五载，好友房琯擢给事中，亦曾应请为神会作《六叶图序》厘定宗门谱系。河北贼乱时，神会曾设戒坛度僧以"香水钱"助军，肃宗召入宫内供养，为造荷泽寺，赐号为"荷泽大师"。

神会去世后，嗣虢王李巨迎请神会遗体到洛阳，扶持神会弟子慧坚禅师。李巨此后由河南尹贬为遂州[1]刺史。上元二年段子璋叛乱时，欲袭击绵州的东川节度使李奂，途经遂州时杀害了李巨，由此揭开了三川节度使连番叛乱的序幕。

慧坚禅师在宝应元年赴长安，居化度、慧日二寺。去年，代宗皇帝诏令慧坚住持招圣寺，为造观音堂，竖七祖遗像。

---

[1] 今四川遂宁。

受共同友人房琯的影响，郑审和李之芳素来亲近禅僧，在朝官中都是神会与慧坚的坚定支持者。这一点杜甫也非常了解。

自己将要出峡，由是就想到了沿江陵而下的蕲州黄梅[1]，宗门祖庭双峰寺就在那里。于是就吟出了"身许双峰寺，门求七祖禅"一联以及后续的十五联，最终合成了一百韵的长篇。因手头正有湛然尊者的《金刚錍》一卷，故而最后一联以"金篦空刮眼，镜象未离铨"收尾。金篦的譬喻出自《涅槃经·如来性品》中"如百盲人，为治目故，造诣良医，是时良医即以金錍决其眼膜"，他平时爱看的医书《千金方》和《外台秘要方》中均有记载，印象颇深。这天晚上增写的这个段落大致是在表露自己晚年已不好道术，而更亲近佛禅，甚至还有"晚闻多妙教，卒践塞前愆"这样自我检讨的话。

写完之后，他习惯性地倒向身下所坐的毡垫，仰面躺卧了许久。杨氏还以为他出了什么状况。

杜甫在毡垫上转过头来对妻子说：无事，无事，莫惊诧！甫只是刚刚写完了一首百韵长诗，写累了稍微休息一下。在峡中三年，以诗立言，差可达至不朽也！

他说的话杨氏可听不太懂。在她看来，眼前就是一个在现实生活中磕磕绊绊又喜欢写诗的一个痴人，一个时时会犯疯魔的夫子！

这首诗穿梭于过往与当下，忽而自述，忽而叙人，忽而写

---

[1] 今湖北黄冈黄梅县。

第三乐章　农事　645

景，忽而抒怀，忽而纪事，忽而议论，可以说是波澜迭起、流转万端，很能看出作诗的才力和手段。五古长篇的确是杜氏的家学，祖父杜审言就是个中好手，到他的孙辈杜甫，就更是青出于蓝而胜于蓝了。

十二日早起，定题为《秋日夔府咏怀奉寄郑监审李宾客之芳一百韵》。他让宗文、宗武兄弟各自誊抄一份，又附上了给郑审和李之芳的短笺。过后就让宗文送去驿馆，交由丁满，随同之前写出的那首《寄岑嘉州》分别寄出。

十三日这天下午，杜甫对宗文说要去看他设坝捕鱼的上水溪，于是向当地夔人借得了泊在岸边的小艇，父子三人就上了船，由宗文坐在船尾划桨。空中有两羽野鹘滑翔飞过头顶，落停在岸坡上的草丛中，宗文说，这些鹘鹰是在捕猎林边出没的田鼠野兔。野兔很难捉，他和阿段曾追过一次，没逮着。宗文这天学当地僚人模样扎了条土布作抹额，看去不像员外长子，倒更像是本地长成的一个土民少年。自己的这个分身，已充分融入了夔乡的环境。

上水比较慢，过了许久，当小艇行过一片草滩时，宗文不经意地说，前几天曾有猎人在此处泥地上看见过虎蹄的足印。

这里就有猛虎出没？这可把杜甫吓得不轻。之前曾听人谈论过夔州虎迹，没想到活动范围离东屯如此之近。

本来是要去上溪看看捕鱼的水坝，因为宗文发布了这个警讯，后来他们的小艇就只停留在林湾的岔口。宗文没有上岸，就在船上钓鱼了。

杜甫躺在了前面的舱板上，仰面朝天晒着秋阳，不一会就打起了盹。等他一觉醒来，宗文的竹篓里已钓得了四五尾青鱼，个头比之前用鱼笱捕来的要大。日阳将要落山，须回程了，小艇顺着溪流而下，比上水时速度快得多，也容易得多。

天上已看不见鹘鹰，只有两三羽孤飞的鸦雀。白盐山那边，淡白色的月轮已升起，月的腰腹处，横悬了一条细缕状的云带。西面的天空中，深秋的火烧云一动不动，白帝城和赤甲山皆被霞光遍染，山麓林带和峡江崖壁的草木显得五彩斑斓。快要到达东屯溪口的泊岸时，树上的黄鹂鸟欢快鸣啭着，迎接了杜员外父子的归来。

杜甫从小艇上了岸，由宗武搀扶着，拄着藜杖走回了茅堂。宗文就在岸上拖拽船绳，系紧在溪边的树干上。这个即将长成青年的孩子，俨然半已扎根在这里，明眼人都看得出来，他对夔州四境已非常熟悉，也深深眷爱着这个蛮乡。真的要抛舍瀼西庄出峡么？如果峡中平安无事，是不是再停留一年更好？这样安排，会不会更妥善？可是，再住久一些，是不是更不舍得走离了？他在心里如是盘问着自己。总之，去与留目前还是犹豫不定。

这天晚上和十四日，杜甫又连续快吟，写出了组诗《复愁十二首》，抒写了暂居东屯的生活片段和羁旅峡中的心绪。

李翘李八秘书是昔日忘年友李邕的二男。天宝四载，杜甫到临邑看望弟弟杜颖，途经齐州，曾与北海郡太守李邕在历下亭游宴，其时李翘尚未出仕。杜甫任左拾遗时，李邕为大理评事，杜甫离职入蜀后的上元元年，李翘升右补阙。宝应元年因事被贬忠州，前年入杜鸿渐幕府。与六月底过境的杜韶一样，李翘今秋也追随杜鸿渐离成都入朝，十五日过境夔州时就让驿官丁满派人送来了邀贴，请杜员外当晚赴西堤酒楼小宴。

李翘是故人之子，当然要一见。这天杜甫就让大儿宗文牵马去了西堤。因女婿吴郎明日出行要用马，他让宗文带了马回去瀼西，明日上午，信行正好要将整理好的药条送去宋蠡药铺，到时向丁满借一匹马，午后让他来迎接即可。

杜甫任谏官和在蜀中幕府时，两次都与李翘交错而过，多年未见，自然不胜欢喜。一见面就谈说了天宝初的很多旧人旧事。李翘已在驿官丁满这里读到了杜甫去年写的《八哀诗》，两人谈说过往，都是感怀万端，惊叹时事变化之剧烈。

李翘当然很关心员外在夔州的生活情形，杜甫就将入峡三年来的情况大致讲说了一遍。没办法，只能整天关心一些汲水、舂米的家事，在瀼西种柑橘，在东屯督田，生计不得不仰赖当地府主和过境友人的接济帮助。李翘说瞿塘驿的这位驿官对员外可是推崇备至啊，杜甫说丁满的确不错，不但平时多有照顾关切，还时常将自己新写的诗抄去，也是自己在夔州交结的一位小友啦。

李翘因杜鸿渐表荐入朝，有机会在皇帝面前奏对，于是他们两个很快又议论起了蜀中情势。杜甫对之前杜鸿渐一味安抚崔旰的对策很有意见，如崔旰这样戕害主官，其罪当诛，却还能屡获封官，前不久还加授了节度使，这是功罪不明，实在是一个很坏的示范。动乱隐患应尽早拔除，切不可再容忍姑息。

李翘说，杜员外还是一点没变，还是当年谏官本色啊。他也认同这个道理。不管如何，自己入朝后都会择机上言，希望对平定蜀乱有所出力。

是晚杜甫亦在驿馆暂宿。第二日上午，李翘就要登舟出峡了，杜甫将他送往停泊堤港的白舫中，当场赋诗送别。

船渐渐离岸，李翘站在船头挥手，杜甫拄着藜杖在岸上目送告别，心内却波澜起伏。自去年春天误期之后，他北归朝阙的心早已冷却了下来。可是，连续见到昔日旧友陆续还朝，对照自己羁留夔州的现实，他心里的失落可想而知。

李翘这次来夔州，还带来了同在成都幕府的姨表弟狄博济的书信。杜鸿渐离蜀后，狄博济在绵州巴西县任县令，不久前已离职，打算赴北方藩镇干谒谋职。李翘上午离夔出峡后，杜甫在瞿塘驿前亭向丁满借来笔墨纸砚，又作《寄狄明府博济》以诗代信。这本来是一首平常的应酬诗，杜甫却写得激昂慷慨、感人至深。他身处乱世，有意无意间，总会以国朝之初太宗的文治武功衡量、裁断时政。狄博济曾祖狄仁杰诚笃、刚直，勉力扶助社稷，杜甫向来推崇看重，故而浓墨重彩地盛赞了他的功绩。如今狄博济因为仕途不得志而要去北地藩镇，对于这个选择杜甫是不赞同的，故而在诗中又加规劝。

诗写毕又补写一封短信，交托丁满寄出。

近来官使频繁过境夔州，有将要入蜀的京城使者，也有蜀中使者往来峡中的，这天在瞿塘驿就碰到了几位。杜员外少不

第三乐章　农事

了就要与之交接，他碰到京城来的使者总会询问长安朝野的最新情况，因此一直耽搁到下午申时才回返。

向丁满借了匹马，由信行一路牵辔引导，杜甫离了瞿塘驿，向夔州东城门行去。

信行是个沉静而多能的好仆人，今天一路伴行时却说了不少话，主仆两个都对即将到来的收获季充满了期待。

信行啊，今日药条售出了多少？

和辛秀、伯夷每人各挑了两箩，再雇了一匹驴，驴背驮了四箩，合共十箩，近来积存的药条都带去了。到药铺后，宋店主当场验收交割，得了四千文。

信行拍拍自己身前的囊带，那里边就装着售药得来的四串青钱呢。杜甫很满意，这是迁来瀼西后，售药所得最多的一次。

入冬前后这段时间，采药也不能放松啊。

杜甫想到了前几日随宗文出船时听到的猛虎出没的事，就让信行多加小心。

家主放心，每回我都约了瀼西邻人同去的，他们去砍柴、打猎，我就去采药，彼此都有照应。

听到这个杜甫就放心了。

信行说，夔州四境他差不多也跑遍了，只东屯的北谷还没去过。过一阵就想走入山谷去看看。

好，等东屯收稻后，我们几人结伴一同去看。

说话间，已来到了夔州城的东门。正要出城，迎面有两位官人骑马入城，杜甫一看，正是崔如琢和韦伋，看样子两人是骑马出城兜风，刚刚回返。杜甫便让信行站停。可是，他们两人与自己照面后，并没有停马致礼，只是略微点一下头，马身就交错而过了。前几次使府宴集时，在府主面前他们可是前倨后恭得很，可是在使府之外，两人对自己竟然如此冷淡，完全不顾应有的礼数。

东屯督田议决未定之时，使府内外就有了非议，如今收获在即，也还是遭人冷眼。杜甫气忿难平，对此也无可奈何。这就是寄居夔州的冷暖人情啊。倘若今后长居此地，便要时常遭遇这样的势利者的冷眼，那么，这个夔州还是早些离开的好！

来到瀼水岸边，所见景致让人眼前一亮。秋光明媚，瀼水汩汩流淌，水面反射了鱼鳞样的波光。

沿途经过的民家都有小片的柑橘林，篱墙后，橘子、柚子沉甸甸地挂在枝头，经了初霜已经由青泛红。想来瀼西庄的柑橘林也是一样，离阿段所说的采摘期也只有十来天了吧。杜甫忘记了人事上的不快，开始期待季节的馈赠了。

再往北一些的民户都拥有小块田地，无论田多田少，无论种了何种庄稼，家家户户都在修筑场，准备收获后的作业了。自家瀼西庄里虽然并未种植谷物，也要做好秋收冬藏的各项准备啊。东屯的稻谷即将收割，这几天要督促张望和三个役差将场圃整顿起来了。啊，这件事明天见了张望一定要尽速吩咐下去！

信行，先不回东屯，去瀼西庄一趟。我想看看自家的柑橘林，日阳落下前再渡水回去。

第三乐章　农事　　651

收到指令，信行就改变路线，离了瀼水岸边的马道，向西冈走去。这是一段低缓的上坡路，路边的秋草丛中开满了五重瓣的小黄菊，连坡成片看去，宛如明亮鲜妍的毡毯。

到得坡冈上，他让信行停了马。

隔了二里地望去，夕照中的瀼西庄可真美！低处的甘林缀满了泛红的柑果，高处的屋宅、野林轻雾弥漫，简直不像真实的人间存在。想起刚才出城时的赌气，这会儿心里又很是不舍了。离了夔州，再要找到这样的家园可就很难很难了，这个预感无比地强烈。

进石门后，他没有去屋宅，只坐在草亭里望甘林风景。信行叫来了阿段，于是主仆三人就一同谈说收获农事。过一会，女婿吴郎听说岳丈来了庄里，也来到了草亭。杜甫和阿段敲定了收柑橘的时间，就选在月底的二十八、二十九日两天，那是天气将寒未寒的时候，最好避开下雨天。到时要让伯夷、辛秀、阿稽都来帮忙。阿段说，家主，上回说的笋筐都编织好啦，邸店的百来个笋筐也送来了庄中，都堆在杂物棚子里了。冉武那里已说合好，到时他那边也会派人来收柑橘，准备两天里采摘分理完毕。

谈好了收柑橘的大事，家主就要回东屯了。

仍是信行牵马，渡水到东屯时，暮色已四垂。晚风吹过百顷官田，但见稻浪前后翻滚，无边无垠的绿。空气中满溢了稻禾香，沁人心脾。杜甫再次让信行停马在田埂上。

信行啊，当初离成都的时候，想没想到会来到这里，站在这百顷稻田前？

未曾想过，如做梦一般。

　　看着这稻浪，也有一种不真实的感觉。的确像是在做梦啊。

　　此时的白盐山后，霞云满天，山麓地带的村墟中，民户的茅屋升起了袅袅炊烟，与面前的稻田相对，更觉绮丽壮美。一羽鹰隼在头顶高空滑翔翻飞，当杜甫主仆重新起步，沿瀼水东岸继续前行后，它才一个转折，向北谷的方向飞去。

　　东屯茅堂的厨间，这天杨氏和阿稽学当地土民的样子做了一笼蒸栗，长老家的孩子外出打来野味，也送来分享。杜甫吃了半碗又香又软的蒸栗，又添了半碗米饭，胃口出奇地好。

　　信行陪伴了家主一天，饭后就牵马渡过了瀼水。过后他骑行去驿馆，还掉了借来的马匹，回到瀼西庄时，天色已昏黑一片了。

20
（收获的赞歌）

过后两天，杜甫一直在东屯。近来目力减退，入晚眼花不能专注，白天他就移坐在茅堂北面的院落中，铺毡垫、设书案，整理修改近日积存的诗稿，心无旁骛。

进入九月，行官张望非常勤勉。从十五日开始，他将家事安排停当，日日住在东屯长老家中，早晚都会走入田间，观察稻禾长势，观察天气变化。十八日这天早上，张望巡田回来茅堂后，和东屯长老、三个役差一同来到北院中，面露了喜色。

员外，时节到了。

杜员外还在伏案改写诗稿呢，头也未抬：什么时节啊？

割稻的时节啊，两日后可以安排秋收了！

杜甫听到这话马上搁下了手中笔。他有点不敢相信，又问了一次：时节真的到了？

张望连连点头。旁边的长老也确认了：员外，今年秋天夔州风调雨顺，我和行官望过了云气，后几日应该连续天晴，可以收稻啦!

杜甫手撑书案站立了起来,立即吩咐坐在身后的宗文去厨间取竹叶酒和酒盏来,他要亲为行官、长老和三个役差斟酒。

众人拥了杜员外进了茅堂,乐乐呵呵地一起围坐在前轩。

杜甫手持酒壶,亲自给张望倒了一满杯,自己也倒了半杯。他目光看定张望,语气郑重说:行官这半年来辛苦啦,这次屯田的首功应该归于行官。这次,甫不但会向使府衙署交上督田点检簿,还会专写一封状文,呈交府主过目。

张望这个行官是小吏,得到员外的抬举当然感激不尽。接过酒杯后,他先不饮下,对了员外深拜叩首。

员外移膝向前,将张望扶起了身。想到督田起初发生的龃龉不合以及过后两人的频繁磨合,到今天顺利迎来了秋收,真是挺不容易。不过,此刻提那些做甚?于是,他又说了很多嘉许的话。

第二杯酒要敬东屯长老。幸有长老的协助督促,各项作业才能平顺完成。第三杯敬了三位役差,诸位的辛劳也是有目共睹。

以上四位,在东屯农事中出力最勤,一一都有表彰肯定。

去年九月九日,杜甫独自一人在真谛寺望景台饮竹叶酒,酒味苦涩。今日酒液入口后,先含在口舌间,过后才缓缓下肚。杜甫觉得酒味很是不错。是同一种酒么?

长老说,今日所饮的竹叶酒是东屯酒坊自酿的,味道自然比市集买来的要醇厚,入口也好得多。员外喜欢,我让人再送一瓮来。

听了这个，杜甫连忙摆手婉拒了。多谢长老美意，只是我并不能多饮。好酒就留待收稻完毕，诸位一齐痛饮解乏吧。

喝完酒，就商议了收割前的各项准备以及需要调配的人手。稻禾收齐后还有脱谷作业，虽说近期应该不会下雨，但也要在茅堂毗邻的大仓房前连夜搭起大棚，以防备万一。规模大小与之前秧棚同样，棚上要覆盖防雨的油布。

过后，长老和役差唤来了十名田头围合议事，他们下午就要开始动手准备。午食过后，行官张望将随同杜员外骑马进城。他们要去使府衙署，告知孟仓曹、孟主簿等人，决定割稻的确切日期。

九月二十日早晨，天晴无雨，今天是东屯割稻的第一日。

曙光初露时，杜员外就起身了。漱口，洗面，净手后，阿稽就端来了撒有蒸栗碎粒的粥糜。早食完毕，便要换上全套官服了。

前轩的门扇一早全部启开，茅堂内光线大亮。阿稽跪坐在前面，拿了铜镜给员外照影，夫人杨氏亲手为丈夫梳头、束发、戴巾。过后杜甫站起，张开了两臂，由杨氏套上了那件熨得笔挺的绯袍，系好边扣，袖子和下摆都要扯直拉平。过后束上了袍带，边角已有些破损的银章鱼袋也悬上了。最后是戴帽，虽然气温并没有下降，夏天的纱帽总是不能再戴了，于是这天换上了加了衬里的毡帽。

孟仓曹、孟主簿一早就来到了东屯现场，这时刚刚下马，卸下了马鞍。行官张望和手下三名役差今天也穿上了浆洗挺括的皂色吏服。长老和田头们已站在场院中，穿了短衫和短裤，头上扎了各色抹额。此时，收稻的农人也从东屯各处的农舍中走来这里，他们也是一身短打，头扎抹额，只是脖子里还系了白巾子。

场院田埂前，三个役差又架起了插秧时曾用来指挥调度的大鼓，宗文早就和他们混熟，这时走去和他们攀谈。他自告奋勇，今日想充当一回击鼓手。役差对他说，阿熊你要做鼓手也可以，就是必须一直站在场院中，不得跑离，要随时听取行官的号令。你做得到么？宗文说没问题。于是，一个役差过来手把手教他击鼓的站姿和手势，宗文拿起两杆鼓槌，开始比画了起来。弟弟宗武默默站在边上陪伴他，若他临时要去小解，便由弟弟来接手。

大仓房前，前夜已开始搭设大棚，长老正在安排人在棚顶罩上油布，捆扎绑紧。这样，在场院里就有了一个标准作业区。东屯的两百多个农人坐在大棚前的地面上，每个身边都有一柄弯镰，他们彼此谈笑着，面上透出了喜色。

那边，张望已安排几个田头将茅堂门扇全部卸下，过后铺设毡垫，摆设几案，将督田的文书簿册全部搬至案上。收拾齐整后，引领杜员外坐在了正位上。

孟仓曹和孟主簿分坐杜员外两侧，张望身前不设几案，单坐在前轩台阶上，脚踩了地面，手中抓执了一根马鞭，看上去表情有些焦迫。

这次峡中有军情，使府没有派出兵士帮助收割，从奉节县征调了役丁一百五十人相助，这些人本该由县尉韦伋带领在辰时二刻到达东屯。现在已过了约定会合的时间,这拨役丁还没有现身。

张望在等待,杜员外在等待,大家都在等待。

眼看日头越来越高了,张望提起鞭子抽了一下地面,过后指派一个役差立即骑马去瀼水渡口查探。

过了半刻,役差骑马回返了。报告说县里役丁正陆续过河,因今日上午渡船多小艇无大船,因此一直拥堵在了对岸。

东面田埂上,穿了一色黑衫的役丁陆陆续续地走来了,队伍很分散。到辰时四刻,才见韦伋领了他们到达。那韦伋公事迟到了也不打个招呼,向员外叉手致礼后,立即就与孟仓曹交接,点数人头无误,他也没有再多停留,很快上马离开了东屯。明眼人都看得出来,韦县尉对这件差事有些不情不愿,应付得很潦草。

张望开始调度他手下的三个役差了。一个走去大鼓那边,让宗文开始击鼓,众人开始肃静下来,也不再往来走动。另两个役差先清点了割稻的县里役丁和东屯农人的总人数。共有四百一十二人。他们仔细检查了农人的弯镰,刀口未磨锋利或有缺损的得要马上再换一把,弯镰检验完毕,随即将下田者分作了两拨,此后每过两个时辰彼此轮替,以保持最佳体力。十个田头仍在各自分划田块分领督促,三个役差穿梭田间检查作业情况。

入田收割非常有序。每个田块都是两边开割,然后再往中间合拢。整片割完,交相传递稻禾传入茅堂前的筑场。数百人一齐入田、挥镰收割的场景真是壮观啊！杜员外从茅堂前轩走出，坐到了草亭里，这里有最佳的视野。

田里一开镰，张望立马坐不住了，他一直在田埂边频繁走动，有时提醒，有时呵斥，有时鼓励，有时又将役差调来遣去，如同正在田间排兵演阵。宗文一直按他给出的指令击鼓，每一通鼓就是一道轮替休息的指令，入田的农人可以回来饮水解乏。到下一通鼓，再次入田。

孟仓曹和孟主簿两人站在仓房门口的大棚下，正监督农人将收来的稻禾垒放堆叠，仓房中很快出现了一垛垛的稻禾堆，一直垒高到屋顶处。

筑场里设有水浆桶，农人休息时可以舀取解渴，仓房大棚边另还有十来个妇人架设了炉灶和长桌，正在揉面制作胡饼，准备今日的午饭。几个大木桶里都盛放了白小鱼，到时要煎炸了让农人下饭，也有妇人在切菜，刀起刀落，砰砰地响。

我们的杜员外插不上手，可他也没闲着啊。他又走出了草亭，不时拄着藜杖在筑场里走动，查看这个，询问那个，还走到大棚边忙碌的妇人们中间，因自家的婢女阿稽也在她们中间。今天信行和阿段都来东屯帮忙了，妻子杨氏和他们两个要为在场的官人另外准备可口的饭菜。

东屯割稻的第一天非常劳苦，农人们由晨至午，由午至暮，到天色擦黑才停止了田间作业。孟氏兄弟领了役丁们已回城了，而东屯的农人吃完晚饭后，还要连夜将收来的稻禾脱谷。筑场里燃起了三堆大篝火，仓房里外也点上了灯。众人来

第三乐章 农事

回奔走，兴奋的语声彼此交汇，空气中洋溢着热烈的气氛。

张望忙乎了一整个白天，到此已疲惫不堪，杜员外和他并坐在前轩的阶台上。

张行官，今日看你指挥收稻的情形，感觉如同调遣军阵一样啊。

杜甫此前只在自己家里种些蔬菜自给，还不曾经历如此大规模的农事，对张望的能力现在是非常的认可。

员外说得是，东屯农事牵涉太多，人事繁杂，不理出个头绪来真的不好管呢。

行官今日辛苦啦，我刚才已让婢女烧了水，过会可以洗个热水澡解乏。

多谢员外了。农事到收割时，最辛劳的阶段已经过去了。总算没有误了使府的差事，也没有让员外失望。不过，我还是悬着一颗心啊。直要到收粮入仓后，才能真正松下一口气。

张望洗过热水澡，吃过晚饭，便去长老家睡下了。东屯稻田收割了将近一半面积，明天他还要早起呢。

收稻的头一天还有另一件喜事。

日阳落山前，瀼西的女婿吴郎和大女儿杜葵也来了东屯。吴郎帮了岳丈在督田点检簿上做着本日的履职记录，杜葵就在厨间帮了母亲干活。乘仆人们都走出、没有旁人的时候，她贴在杨氏耳边说了句悄悄话：我已有喜孕了。杨氏听了连声说好好好，眼里带了泪，捉住了女儿的两手说，你阿爷听到这个好消息准会乐坏的，他马上就要做外祖父啦。

杜甫听到消息后，有点不敢相信的表情：是真的么？

吴郎夫妇对了他一起点着头。

妙极，妙极，无论是生女还是生男，都是可喜啊。他站起身来，拄了藜杖在场院里转了两个大圈子。

吴郎夫妇和杨氏看着他发笑。

杜甫转回来后，坐在了女儿身旁。葵儿啊，你要少走动少劳累，多多补养身子。你们搬去县城后，就让你阿母多来陪伴你。反正她每隔几日总要去寺里瞻佛，正好顺路过来照应。

杨氏和杜葵相视而笑，她们两个之前早就有了同样的商议。

这天，吴郎也告诉岳丈，前几日已去使府报到，十月一日后就要正式入职上任了。前几天他已在奉节县西门内觅得一处住所，月内打算搬家了。

杜甫对吴郎说，先不用说搬家这事，这个不急。趁天色尚未黑透，你们两个赶快回瀼西去吧。秋深了，夜风实在有些凉！

东屯收稻延续了三天。二十二日仍是晴天，可是，北风从谷口进入，带来了阵阵寒气，降温很明显。杜甫体弱怕冷，已在官袍里添上了夹袄。

到第三天，不用役丁助力了。东屯的农人一半在田间收尾，一半在筑场脱粒。脱粒完全依赖手工，需要举了稻禾在大棚下的木架上用力拍打，看上去也十分辛劳。脱粒后的带壳粗米还要铺在地面晾晒一到两天。

四月初选种时，红稻与粳稻的种植配比为二比八，房州熟是上好的粳稻白米，淮泗火稻是红米，当地人叫作"红鲜"。这天下午，张望选了房州熟和火稻的粗米各五升，让役差用小石磨研磨成了精米，送来让杜员外尝鲜。

就着场院里的日光，杜甫抓了一把新米凑近眼前，端详了好久。白米莹莹泛光，红米粒粒饱满。可以说，到这时他的东屯督田才有了切身的实感。阿稽将米筐拿去厨房后，他还在看着手掌里余留的粉屑。

到了晚上，杜甫一家就吃到了新米煮出的饭。饭粒色泽如银，入口松软，就着滑溜的炒秋葵吃，口中的滋味可真好。他尝了半碗白米饭，又尝了半碗红米饭。这新米的滋味就是比旧米好啊。

当晚在茅堂北间，杜甫口授，由宗武笔录，写出了《茅堂检校收稻二首》，这是快乐的收获的赞歌。

21

东屯稻谷收割完毕，孟冼也要预备上路，赴洛阳参加东京选了。离夔州前两天的二十三日的早上，夔州气温回暖，孟氏兄弟邀了杜员外一同出游。

去年九月十七日杜甫曾与使府官员一同登白盐山，这次观览的天池，位置在东屯以北三十里的山中，因后面的上山道陡峭狭窄不能走马，所以就让伯夷、辛秀抬了平肩舆同去。

沿瀼水岸边顺流而上，杜甫骑马，与孟冼并辔而行。

自去年秋社开始交往以来，杜甫与孟冼关系亲密，到如今已是无话不谈。

东屯还有一些收尾农事，待稻禾全部脱壳后，还需趁了日阳好的时候晒干，稍稍蒸发去水分，过几日就可以入库了。孟冼已上报使主，安排好了后续事宜，不会有任何横生的枝节。

入仓时，那个仓督苏胜估计不太好对付啊。杜甫这么说，自然是因为苏胜与录事参军苏缨的从兄弟关系。

弟弟孟恺与他私交不错，由他现场监督，应该没有太大问题。

那就好，那就好。

清晨日光下，瀼水波光粼粼，水声已不似夏日时那般喧响。它一路向南，汇入峡江后又将滚滚东流。想到身边的这位年轻俊友即将奔赴洛阳，杜甫重又涌起了乡愁。

自乾元元年冬回洛阳探亲，次年春复返华州，至今已有十载。偃师土娄庄之前只听到了一些模糊又矛盾的传闻，这次特意转托孟冼带去书信，择时寻访，看看是否还有亲族故人仍住在附近。他想知道确切的情况。

孟仓曹何尝不知杜员外思乡的急切，于是安慰说，员外放心，冼定会将书信带到。

战乱之后，旧庄想已荆棘丛生，满目荒凉。甫估计是回不去了啊。

明春员外出峡，是居留荆州，还是北上归返长安？

出峡尚且未定，至于出峡过后的方向，杜甫其实还没怎么考虑。倘若归乡的心火能够熄灭，眼前的夔州也不是不可以长住。他两相权衡着，也左右为难，心里仍有两股相反方向的力量在相互牵扯着。

沿了溪谷北行，到双河口拐向右面那支溪流，向东北方向再行十里，就来到了僚人俗语所称的"陡垒崖"。这是一座高有数十丈的绝壁，望去藤蔓丛生，似乎只有鸟儿才能飞越。三人一同下马，杜甫坐上了平肩舆。崖壁右方有一条山溪涌出，顺着溪水走向，辟出了一条绕过"陡垒崖"的羊肠小道。伯夷和辛秀走得很慢很小心，杜甫的两手也紧紧抓扶了握杆。

攀援而上来到水口，转折向左，眼前出现了一片浩渺的水面。这是山间盆地形成的一个狭长大湖，面积亦有百顷。这就是天池了。据孟仓曹说，水源出自北面磨台山的数支大溪。此刻，天池水面泛起了层叠的细浪，近岸的水中还可见到菱角和芡实。

两边崖坡上，白色的嶙峋岩石间烟气缭绕，有丛生的林木，也有小片的草坡，几处平坦台地上还有农家的山居。

鲜明澄澈的秋光下，他们五人一同坐在崖上望景。杜员外和孟氏兄弟在闲谈，伯夷、辛秀搁下平肩舆，半躺在了旁边的草坡上。

山中天气瞬息万变，刚到天池时红日还倒映在池水中，不知什么时候头顶的天空就聚起了乌云，轻雷翻滚，巫山神女又开始施法行雨了。

迎面飞来了密集的水星子，他们几个下了坡面，去湖边山居避了一会雨。乌云四散，很快雨过天晴。走出遮棚抬头望天，一队大雁排成人字形飞过了头顶，向着南面的峡江飞去。看哦，雨刚刚过去，湖面上就有渔人划了竹筏子，开始撒网捕鱼。

他们在农人家吃了顿简单的午餐，过后从原路回返。孟洗要入使府与府主柏中丞告别，下午要在衙署与孟恺等人作离职前的正式交接，杜员外则要返回东屯。杜甫坐平肩舆下了"陡垒崖"，重新上马后，再次抬头仰望。在夔州见到的景致都不及

第三乐章　农事　665

天池这里虚静空旷，此处才是真正的桃源乡啊。即便外间如何纷扰纠缠、争斗不断，这一处山湖也会永久地保持宁静吧。倘若就此定居夔州，真想也在这里搭个茅棚住下来，脱离这动荡不宁的世间！

当然，这样的想法也只是想法而已。

二十五日一早，杜甫去西堤送别了孟冼。这次并没有惊动夔州使府和奉节县的其他官员，参加饯行小宴的就只有元持别驾、他的弟弟孟恺和丁满。杜甫现场作《送孟十二仓曹赴东京选》相赠，喝下了两杯送别酒。

上船前，他将寻访土娄庄的书信交给了孟冼。临别时又与孟冼两手交握，互道珍重。孟冼上船后，他还在岸上殷切嘱告：孟冼啊，祝愿你此去能得一个好前程。一定要时时记念家乡的母亲啊，她老人家日夜盼望着你的好消息呢。

站在西堤码头边，杜甫又送走了一位友人（已不知是第几个了）。今日一别，不知何时还能重逢，或许就是永别了！

晚上在东屯，心情难以平静，苦思洛阳家乡。感觉郁闷，又写出了一首《远游》。在这首哀伤的诗篇中，他将自己比作了惧怕箭矢的大雁和失去树木的猿猴。

夜里天寒，取来旧貂裘披在了身上。取来铜镜自照，镜中只看见一个形容枯槁的老人，杜甫几乎不敢相认。

自己的命运不是很像战国时那个遍游诸国不得志的苏秦么？《战国策》中说苏秦来到秦国，十次上书秦王而未获赏拔。黑貂裘残破，百斤黄金用尽，不得不负书担橐，仓皇离秦归乡。

不，不，后半段并不相似。苏秦后来成功游说列国完成合纵，佩上了六国相印，自己却只能窝在夔州屯田！

东屯收完稻子，瀼西庄的柑橘也要收获了。

月末二十六日，吴郎一家搬去了奉节县城。为迎接入秋后的另一项收获，杜甫和家人再次移住瀼西，长女杜葵暂时留住了母家。

搬家这天晚上下起了雨，第二日早晨雨止。

早食时问阿段何时采摘柑橘，阿段说过后几天应该都是晴天，具体哪天还是家主定夺吧。只要提前定下日子，他马上就去找冉武，安排好人手和工具。

还是亲自去园中看一下比较好。于是，杜甫头戴笠帽，骑上了马，在阿段陪伴下巡视了瀼西的果园。他们两个从草亭走去了石门那里，然后沿了果园篱墙绕走。

明亮煦暖的日光照彻了整座果园，令人心生愉悦。地面仍有少量积水，阿段牵着马在前面深一脚浅一脚地走着，杜甫身下的马儿也走得很小心。身边每一株柑橘树上都挂满了或红或黄的果实，枝头因为负重已垂落下来。茅屋小园前的坡垾上，桃树和李树枝头的叶子近半已经黄落。穿过树间的小径，登上了缓坡，两边低矮的栀子花丛还余留了十来朵淡黄的花朵，香气仍然可闻，另一边，花椒树的枝头已结了一串串的红果。

兜看一圈后，回到了草亭中。这里可以俯瞰整个果园。依照坡势高低，低处是橘，高处是柑，橘果已由青泛红，柑果则一片金黄,经了阳光的照射,光色就更是鲜明,一眼望去,身周仿佛铺展开了一幅秀美斑斓的画屏。瀼西庄柑橘林的面积是夔州之首,这让杜甫颇觉自豪。

得等地面干透才可以采摘吧。他这话当然是问阿段的。

经了这一夏的劳作,眼前这奴子因为总是在曝晒在日阳下,皮肤给晒黑了不少。不过,因为即将迎来收获,他的眼睛却在发亮,音声里透着兴奋和激动。

家主,孟长老和里正都说,霜降之后,就不会再落雨喽。我们再看一天,明日倘若无雨,后日就摘果吧。到十一月,柑橘打了霜,果肉就会皱缩,入口就不好吃了。

好吧,就这么安排定了。

过后,杜甫还让阿段扶持着,上了后园望景。月初,之前修筑的竹栅墙被崖坡滚落的一块大石给撞破了,因为实在搬不动,所以就任由它躺在那里,石面上很快爬满了藤蔓。到了深秋的这时,缠绕大石的藤梢已自行脱落了。后园里本来有五棵高低错落的松树,不知怎么的,其中最高大的那棵忽然枯死了,枝叶落尽。走近一看,在树根处发现了一个很大的蚁穴。阿段蹲下用树枝拨弄着,那些蠕虫就顺着枝杆爬了上来,黏附着如同包裹了一层油脂,看着实在让人恶心,阿段一下就将树枝扔掉了。

看着这一幕,杜甫想,武侯祠前的古柏也会遭遇这白蚁之厄么?有没有什么措施可以防止白蚁的侵害?

阿段说,他刚才拨弄看过,这棵松树是枯死后才被白蚁占据的。僚人住楼阁,也最厌恶白蚁,所以楼阁基架都用烤干的粗竹或不易虫蛀的樟木、楸木来支撑。要清除白蚁，就要先顺着它们爬行的路线找到其蚁巢，杀死那个长得如白蚕样的蚁后。

幸而白蚁没有侵入果园，伤害柑橘树！

二十八日这天没有下雨，日阳高照。果园地面已干透。下午，阿段就跑去了西堤邸店，与冉武安排好了人手。

二十九日仍是晴天，仆人阿段、信行、伯夷、辛秀，冉武派来的十来个佣工，还有杜甫的两个儿子宗文、宗武，一早全都投入了摘果的作业中。

箩筐全部集中在草亭周边，家主就坐在亭中观看。阿段先作了示范，摘果时要用剪子，不能用手攀拉，以免拉伤果蒂。先摘下方的果实，要由外向内，然后再摘树冠上的。有些柑橘树长得高大，就从杂物棚子里取来了前主人留备的梯架，站在梯上采摘。

下剪子时也要有分寸，第一剪要留短枝条、带三叶剪下。柑果仍是青色的留着不要剪，等过后泛红泛黄再修剪。青果不多，只在后园高处有一小片。

阿段的脚下，放着采果箩筐，筐内垫了一层粗麻布作保护，他提醒大家说，果筐不用装满，只装到九成就可以。

这奴子是何时学会这些采摘方法的？一问才知，阿段以前随船出入峡中时，曾好几次跟了冉武去检收柑橘。他天资聪明，看了几次就掌握了。之前料理果园的施肥、剪枝、养护手法，也是从各地果园的园丁那里学来。

可爱的阿段啊，这两天整日唱着僚人的歌子，散布在果园各处的佣工们听到了他的歌声就会彼此响应。阿稽忙完了厨间事，也会跑来园中协助。阿稽摘果的时候也会唱歌，她的嗓音比林间鸣叫的百灵鸟还动人。她一开歌喉，大家手里的活儿并不停下，都会静下来细听。家主听不明白歌词的内容，但他知道，那一定是喜乐甜美的歌。

收果的这两天里，瀼西庄里飘逸了怡人的香气。柑果是香的，枝叶是香的，连果园中的气流也是香的。晚上睡觉时，枕畔还闻得到从窗口透进来的果香味儿。

自己的三个仆人多么好！信行自不用说了，阿段和阿稽相伴共同生活已跨三年，早已和家人一样。倘若离开夔州，自己该怎么办呢？对阿段，对阿稽，杜甫心中都非常不舍，很想让他们继续留在身边。

三十日傍晚，瀼西的柑橘收获完毕。库房里不够堆，还占了半个杂物棚子。当晚和第二天又作分检，按大小分了筐。冉武派来的佣工充当了这项作业的主力，效率非常的高。

孟仓曹走后，孟主簿就接手了东屯的农事。月末几天，茅堂前的筑场里仍是一片忙碌景象，还有部分稻谷尚未脱谷、装袋，农人们仍在日夜劳作。白天时，田间就有很多少年童子在捡穗。

三十日的上午，杜甫还去了一趟东屯。这天，东屯今秋所收稻谷全部脱谷完毕，装袋称量后，送入了仓房。行官张望写好了收稻状文，一一列明品类和实收数量，向杜员外和孟主簿各递交了一份。三人在督田点检簿上签押后，收稻公事才告结束。接下来，就要安排缴纳官仓的最后程序了。

新收稻谷要在东屯仓房停放七八天，使之水分脱去。其间使府派出了四名兵士，分作两班在仓房前日夜值守。

东屯督田这件事，从去年年底开始考虑谋划，到九月三十日收稻入仓，前后奔忙了差不多整整一年。此刻，收稻的喜悦情绪已经淡去，杜甫为谋划生计蓄积起来的精神气似乎也即将耗尽，整个人变得疲惫不堪。入秋八月以来，视力愈加不济，眼目已很模糊，看书写字都很费力。耳朵也出了严重问题，左耳是彻底地聋了，右耳听力也不太好，与人说话要侧转了头，凑到很近才能听清。

这些都是身体趋向衰败的信号。

周边的这个世界，正变得越来越寂静，他憎恶自己的耳聋：别再提什么"猿鸣三声泪沾裳"了，因为耳聋，听不到猿鸣的哀声，不会再为它们流泪了。到了暮晚，树间的鸟雀必定在聒噪啼叫，因为耳聋听不见，不会再为它们烦愁了。因为耳聋，连风声也听不分明，只能问同在书斋中的宗武，外边是不是刮起了北风？

入峡不知不觉将近三年，漂泊不定的客居生涯似乎无休无止。这悲愁的心绪也许到了傍晚就会平复了吧，他只能如此解嘲。但愿这哀愁如波涛般涌来，又将如波涛般退去。

书斋中，宗武完成了今日的功课，就去寻哥哥玩耍去了。杜甫抬头望着窗外深秋的清虚景象，感到分外的寂寞。这寂寞，正与精神上的虚无感等同。

很快就将进入初冬，山林草木虽已染上一层薄霜，瘴气却还停留在这个夔子之国。看哦，窗外飘来了赤甲山西麓降下的山雾，可秋草仍不肯枯黄；野林中，枫树和槭树的叶子已经变红，可庭院里的木芙蓉却还开着浅红的花（入晚后颜色会变成深红）。书斋前的枣树上，几片黄叶离枝落地，可眼前的柑橘林仍自一片碧绿。南方的深秋，树木只是小有摇落，与北地入冬前的枯索萧瑟全然不同。身在夔州的郊野，此刻自己就是隐居深山的楚人鹖冠子[1]，就是那个身披鹿皮、避世山巅的鹿皮翁[2]啊。夔州的山川草木独特稀有，如此静美，如此令人眷恋，自己是否要在这里长住终老呢？

他的视线，从窗外的晚秋暮景收了回来。身边的木漆盘里，盛着阿段特意挑出来的贡果，四五只黄柑堆叠在一起，每个都超过了三寸，如握拳大小。剥开果皮，取了一瓤入口，齿间满是果香。

他移坐到了琴床前，并不想弹什么连贯的曲子，只是随手拨弄琴弦，就这样打发着时间。

三秋的最后一天，杜甫吟出了《大历二年九月三十日》，向即将消逝的秋光告别。一个盛大的秋天，一个收获的秋天，一个哀愁的秋天即将结束。

---

[1] 鹖冠子传为战国时楚国隐士。居深山，以鹖为冠。
[2] 传说中的仙人名，出自汉刘向《列仙传·鹿皮公》。

第四乐章 出峡

1

十月一日是僚人的新年。和去年一样，杜甫一家做蒸裹，送焦糖，也随顺夔人风俗过了这个年节。里正窦全安和孟崧长老都有登门道贺。

第二日上午，阿段一早就将挑选出的上好果品装了十筐，送入了使府衙署。午前，他回到了瀼西庄，身后跟随了冉武邸店的五辆大车、十匹驴子。瀼西收获的柑橘除开杜家自留的一筐丹橘、一筐黄柑，其余全部装载完毕，运去了西堤。

两项农事结束，总算有了闲暇时光。杜甫走去了小园，和信行一同查看了菜圃。

趁天气尚未寒凉，今日计划再种些冬葵。家主想活动一下身子骨，打算和信行一起将菜地再锄一锄。可他的右臂偏枯无力，锄头只能举到一半高，锄地是锄不动了。于是就坐在绳床上看信行一人翻耕，一边与他闲话。

信行年轻，力气足，很快就开辟了一畦。他还有余力，就问杜甫：家主到底开几畦？

开两畦就够了，明年开春，说不定就要出峡了呢。

家主已决定了么？

还要再看看，再等一阵。

说实话，这几天在瀼西安稳地住着，他一点都没有急迫出峡的想法。只是，倘若明年春天不出峡的话，那就要在夔州长住下去了。究竟如何，他还没有想好。

这几天薯蓣可以采收了呢。

好啊。冬菜又添了一种。

要不要留几根在地里，留作明春的薯蓣苗。

也好。

信行喝了几口水，在绳床上坐了会，就再次下地了。他挥动锄头的手臂可真是有力！看着这个陪伴多年的仆人，杜甫心里不由感叹青春岁月的可贵。这人哪，一旦衰老起来，日子可真是艰难。

于是又想到了西邻的那个老妇人。

信行哪，正堂前的两棵枣树上还余留了一些晚熟的枣果，下午你地里忙完，就将枣儿全部打落下来，送去西邻家吧。再带上一篮柑橘。里正家和其他邻家也要备一份，明天让宗文、宗武去送。

好呢，家主。

阿段他们这会儿应该入城了吧。

大车装得重，走得慢，估计要过午才会到西堤吧。两百筐柑橘要装船，也得好一会呢。

对于柑橘售出的所得,杜甫也充满了期待。虽然远不及东屯督田的预期收入,这笔钱总可以抵掉一些购入庄园的出资。这是很合理的估算。

和信行再交代几句,他就走回了书斋,一边让宗武来上早课,一边整理书物和诗稿。今日开给宗武的功课是以收柑橘为题作诗,宗武琢磨了半天,对阿爷说要去果园草亭里和哥哥两个人一同商量,杜甫同意了。

等他们两个退出,他就独个留在屋里翻览《陶渊明集》了。

午食后继续翻读。嫌窗前光线不够亮,就让宗武在正堂庭院铺了一张毡垫坐到了外边。这天日光煦暖,他一边曝背,一边借了明亮光线看书。

对陶渊明,杜甫向来是敬重、追慕的,以前盛年时提到他时也有竞赛的意味,甚至还会加以友善的调侃。这天是又一次的认真重读。他读诗时是必定要吟哦出声的,如此才能体会到作者所要传达的诗境和心意。

当读到作于晋安帝义熙六年[1]九月的那首《庚戌岁九月中于西田获早稻》时,他不由发笑了,之前还和行官为陶渊明是否下田争论过呢。《诗经》中的农事篇章也不少,可论起文士的农事诗,陶渊明可是鼻祖啊。自己在东屯督田只是管领督促,不曾亲自劳作。陶渊明则不然,他是带了镰刀亲自下地去收割的。

---

[1] 410年。

他的稻田就开辟在南山下,也就是庐山之北吧。三百年前,那一带就种植水稻了么?假若出峡去,很想亲到实地去查勘一番!

陶渊明退职后是安于农事的,因他在上首诗的后面说过:

遥遥沮溺心,千载乃相关。
但愿长如此,躬耕非所叹。

你看,他说孔子遇到的"耦而耕"的长沮和桀溺这两位隐者,他们两个的心志,遥隔了千年,他也能够理解。他希望能够长久地过这种生活,自食其力,纵然躬耕辛苦也毫无怨尤。自己是不是也学了陶渊明,就此躬耕瀼西呢?这可不可以成为一个选项?

有这个榜样在,他觉得未尝不可。至少值得一试。自己的志趣,与隔了三百多年的陶渊明是完全相通的。既然相通,何不追和他一下呢?(暂且不要再去想去留问题了!)于是又回进书斋,在书案上铺开了纸笔。他打算以"秋野"为题,写一组五言四韵的组诗。

当他写出了头两首,手里正握着笔,摇头晃脑地吟哦斟酌时,宗武突然跑进了书斋。

阿爷,快来,哥哥被蜜蜂给蜇着了,头脑肿得好大!

怎么回事呀?杜甫搁下笔,连忙下到了前轩。

原来,宗文是去了后园捡拾松子。后园不是有松树么,他就打算先在这里采，过后再出庄到外面的松林。于是就在一棵松树的枝杈间发现了一个大蜂巢。他跑去阿段所住的小园茅屋，取来了阿段以前采蜜时用过的头罩，打算去割蜜，弟弟宗武也跟了去看。

蜂巢很高，又从杂物棚子搬来了前几日采柑橘用过的梯架。宗文站上了梯架，拿起手中的竹竿拨弄，想要将蜂巢挑落下来。地面不平，梯架有些摇晃，他吃力不准，蜂巢没有挑落下来，却惊动了巢中的蜜蜂。

挑蜂巢前，宗文嫌头罩戴着气闷，转让给弟弟戴上了。结果，他的脸面上就被蜜蜂叮了好几个大包，额头和眉角一时肿痛难忍。宗武扶着哥哥走下后园，打算用巾子沾了水给他清洗，岂料一碰额头，宗文随即大叫起来，杨氏和阿稽闻声从厨间走出，都不知道该怎么办好。

被蜜蜂蜇刺过，是不能碰冷水的，碰水会肿痛得更厉害。杜甫让杨氏回书斋，取来了之前为伤鹤治疗后余留的外敷疮药和一把小镊子，又让阿稽取来菜油，混合了疮药拌成药泥。

阿稽，你眼力好，先将他额面上的刺给拔去。于是，阿稽去到宗文近旁，一手按住他的头顶，一手使了镊子开始拔刺。每拔去一根，宗文的脸就扭一下。他一直忍痛不叫。

好了，现在抹药泥吧。下手要慢要轻，涂抹要均匀，上药过后记得用一条干净长布巾绕头扎一圈，如僚人春夏间扎的抹额那样。

抹好药泥，布条也扎了起来。宗文的右眼被遮住了，此时只能睁开一只左眼，看去很像一个刚从战场撤退下来的少年伤兵。杜甫忍不住调笑他：你熊儿的小名可真没取错。今日你这头熊可是被蜜蜂蜇了好几针哦。

听了这话，大家都忍不住发笑，阿稽也在笑。

暂时独眼的宗文并不看向取笑他的阿爷，他一直在看给他包扎的阿稽。

母亲问他还痛不痛，宗文口中连连说好些了好些了。刚才在他身上的确发生了某种奇妙的反应：阿稽凉凉的手一碰到他的额面，他就不觉得怎么痛了。倘若可以一直被阿稽这么照顾着，他觉得即使每天被蜇一次也未尝不可以。这当然是错觉，也只有他一人能够体会到。

这一出小喜剧结束后，杜甫重新回到书斋，写出了秋野诗的第三首。

天黑前，出门售卖柑橘的阿段回到了瀼西庄。他是从西堤那里徒步走回的，到了石门就一路跑了进来，站到书斋门口时，额头上的汗都没顾上擦去。他喜滋滋地报告家主：今日柑橘已交付了冉魁的商船，钱货两清，带回了三金半！

有点出乎意料，原先预估的只是两金左右。这可是个大好消息，他连忙叫来了阿稽。趁市集尚未落市，去买两条好鱼来，今晚要犒劳一下能干的阿段。阿稽领了任务，立即赶出庄，头上扎了布条的伤员宗文也悄悄地跟了出去。

书案上，装着三金半柑橘钱的小囊就搁在那卷《陶渊明集》上。出峡之资稍微增加了一点，让他感觉心安。

这天晚上，杜家有一个庆祝柑橘售出的小宴，杜甫还饮了些酒。晚食后，主仆几个剥柑橘尝鲜。杜甫问二儿宗武，上午让他试作的诗想好了没有。宗武说已经好了。于是让他当面诵出，题目就是《新收柑橘》。

晚饭后，重新坐回书斋，穿插写了一首《孟冬》。第二联　破甘霜落爪，尝稻雪翻匙　一联写得很雅气：鲜橘带着薄霜，新米煮出的饭白如雪，这里没有文学上的夸饰，写的都是临场实感。

起身活动腿脚，顺手整理了书斋的床铺，摆正枕头时手无意间碰到了置在枕边的剑匣。此剑原是杜甫代华州郭刺史上表后，刺史本人所赠，十年风尘相伴，匣面以铜箔装嵌的凤凰纹已有黄绿的锈斑。之前王将军来作客时，曾以鹔鹴膏擦拭锋刃，于是抽出剑身把玩了一会。剑匣收起后，地上摊开的书卷也整理了一下，收纳进书箱时手碰到了琴架，琴弦一阵颤鸣。门半开着，漏出了室内的烛光，起身打算关门，一眼看到了庭院中被照亮的捣衣石砧。

前轩和厨间都亮着灯火，杨氏和阿稽在厨间洗刷，在准备明日的早食吧。门外传来了少年的说笑声，说的是他听不懂的蛮语。是阿段么？可声音听上去不止他一人，而是有三个。虽然左耳已几乎失聪，可凭了右耳还能听分明。出门一看，宗文、宗武还有阿段三个正坐在正堂通到前轩的石阶上用蛮语谈说聊天呢。少年们的声音天然、自在、热切，洋溢着青春的快乐。

二儿宗武竟然也学会了僚人语言，杜甫心中真不是滋味！

第四乐章　出峡　　681

倘若决定在夔州长住,他俩岂不是很快就会变成本地的土著?杜家世代习儒学诗,自己的子嗣怎可以变成这个样子呢?未来的这个可能性让他感觉了大恐慌。

算了,算了,不必再对宗文、宗武抱有过高的希望了。他们两个虽然也能说蛮语,可是,期求他们求取功名像晋人郝隆[1]那样做到桓温的参军,现在看来差不多已是一个梦。他不想评判这个梦的好与坏。

入晚后收拾精神,写出了《秋野五首》的最后两首。这一组诗当然含有致敬陶渊明的用意,但又不止于此。这五首诗,是这年瀼西、东屯收获之后的生活实录,也是出峡离夔州前描摹出的一幅自画像。

十月三日的日落时分,有一位侍御史崔邕过境夔州,由丁满带领了登门拜访。这位崔邕论起亲族关系来还是杜甫的四舅,此前曾在章彝梓州使府中供职,两人也算是故交了。杜甫见客人上门分外惊喜,招待了一顿小宴。

杜甫的母家崔姓是世家大族,能攀上亲戚的不少。去冬腊月时,曾先后送崔漂赴湖南幕府、送崔十七舅入桂州幕府,如今这位远房四舅又是要去湖南的澧州、朗州。因近日重读了《陶渊明集》,他听到朗州二字就很感兴趣。陶渊明在《桃花源记》中所说的武陵渔夫不就是在朗州么?崔邕之前已到朗州赴任,这次来蜀中是为迎接家眷。

---

[1] 东晋名士,性诙谐,少有博学之名。后投奔桓温,官至南蛮府参军。

后面自然谈说了当年在梓州的很多往事，杜甫还取来章彝赠送的桃竹杖，让崔旰观看。两人对了这件旧物如对了故人，都有些感伤。崔旰说章彝那天在使府厅堂被杖杀时，自己就在现场，情景惨不忍睹。他到今天也没想明白，鹰公到底是为了何事如此暴怒。杜甫摇摇头说，两个当事人都已过世，这件事谁也弄不清楚了。严武性格暴猛，再次入蜀后，就是为了借此立威吧。

不觉已到夜深，再回州城很不方便，是夜便让崔旰留宿瀼西庄了，吩咐丁满明日一早派驿丁来接。第二日，由阿段牵马，杜甫陪同崔旰回瞿塘驿，又送至西堤江边告别。

这天，峡江中舟楫密集，不全是商船或客船，还停泊了数艘荆州开来的战舸。在瞿塘驿小坐休息时，丁满告诉杜员外，听说这支荆州水军合了邛州军后，过几日又将开拔，不知是驻扎忠州，还是会前进到渝州。倘若是到渝州，很可能就会联手泸州刺史杨子琳，兴兵讨伐崔旰，蜀中又将有异动。丁满说，战乱一起，航道往来又要断绝，真让人担心哪。

上月六日杜甫拜访柏学士时，学士也曾谈及柏中丞干预蜀中政局的计划。不过，府主此时还在夔州，所以仍要继续观察动向。

丁满说备战的迹象还不止这个。今年秋天不但常行赋税都有加重，又加征了人丁税。今年下半年邛州军要分去一支抽调到陇西防边，这次还在五州境内征调补充了不少兵员。因为兵役征求紧急，已生出不少事端：有人得知消息连夜逃去了山中，有人想要行贿里正更改户籍，听说大昌县的僚人土民因为抗拒

第四乐章　出峡　683

兵役还与官差冲突，发生了大规模械斗，死伤数人，使府只得派出官兵前去弹压。

还有如此骇人听闻的事件？杜甫不禁大摇其头。

因为督田的关系，他现在很关心东屯那些农人，会不会也要强征他们的兵役？

丁满说，东屯每年的官粮收入还蛮可观，所以使府暂时还不会征调这些屯民。不过，一旦发生战事，那就不好说了，以前也不是没有发生过强征屯民入伍的事。

听了这些，杜甫心里真的很不好受。

离瞿塘驿，途经城关时，他特意让阿段牵马走出城门，向马岭方向行出了数百步。但见白帝城城楼上旌旗林立，比平时多了很多值守的卫兵。马岭军营中，不时听到战马的嘶鸣，伴随了兵卒演练时将官的呼喝叱骂，间歇还传来了鼓号声。

此时，夔州上空阴云密布，峡中光影昏暗，冷风贴着江面吹来，手脚发冷。十二年来，先是蔓延七年的河北叛乱，其后吐蕃屡次侵寇，两度劫掠长安，为御敌守边而征召兵卒，天下有多少民众就此家破人亡离散各方，人间的苦难难道还少么？西蜀也有边患，地方军将豪强不思护国守边，却为了一己权欲彼此相攻，要到何时，你们才肯收手停歇啊。柏中丞啊柏中丞，你为什么就听不进劝呢？

归瀼西庄后，他一直在回想白天的见闻经历，中夜时写出了《虎牙行》。农事结束后，他的心又被危殆的时事牵引，起伏难平。

2

之前住在瀼东的郑典设,七月末得杜甫推荐书信,八月初去了夔州南面的施州,投谒杜甫的友人裴虬。本月五日,郑典设返回夔州,准备接家眷去施州。五日上午来到了瀼西庄。

他这次登门来访,一是感谢员外之前的引荐,二是带来了裴刺史的问候信和礼物。礼物乃是一袭上好的青羔裘。啊,二月与裴虬遇到的时候,天仍寒凉,裴虬是看到自己身披的那件旧貂裘。他竟然还记着这个细节,实在是令人感动。

郑典设此番投谒顺利,没想到这么快就回夔州来,杜甫也替他高兴。

虽然裴虬最近两度寄书信来,也介绍过施州情形,但还是要听郑典设本人当面讲述才能有个明确的印象。裴虬几次邀请自己去施州,自己虽然无意向南移居,对当地情况还是很感兴趣的。

施州距离夔州不远,但路途并不好走,在巫山县过江后就一直在崇山峻岭间穿行,先坐船,后骑马,后骑驴,有一段狭

第四乐章　出峡　685

路还只能坐平肩舆和步行。路上大约要走四天。施州是座山城，近城处也有一条河川，名叫清江，风光秀丽。缺点就是四境闭塞，以及除了州城，各县住民几乎全是巴人。

杜甫让郑典设在纸上画出往来路线，以及施州四境的地貌情形。了解到施州就在奉节县的正南方四百里。州城在群山之间的平地上，四周皆被大山包围。

当地风俗如何？

风俗纯朴。小吏与州民都极热情，没有主客之分。

礼节如何？

礼节比夔州这里更古。

裴施州待你又如何？

到达那天已是傍晚，裴使君看过员外信件后，立刻吩咐厨间安排丰盛小宴。过后两人对饮相谈一直到了中夜。第二天即招入使府，聘为了参谋。

公事忙碌否？

还好，某入州府，主要为刺史撰作各式符牒公文，余暇倒是很多。遇事需要谘商时，就伴同刺史出个主意。

郑兄的银钩书堪称大手笔，倒也不算屈才了。对了，裴使君喜好诗书，你可见识过他的藏书了？

当然啦，杜员外，刺史官舍里专辟了一间大屋，收纳了他带来的一万卷藏书，屋内派了一小奴打扫看护，随去随借。所收大多是六经正史。

那可太好啦。

郑典设环顾书斋，见东西两墙也摆置了很多书箱，便问杜甫：员外的藏书有多少呢？

以往收藏在长安和洛阳偃师庄两处，累积起来也有近万卷了。屡次遭乱后，散失不少，这些大半都是入蜀时携来，加上在成都搜集的，应该也有二千多卷吧。

过后又听郑典设讲说裴虬在当州的施政情形。自己这位老友不嫌州偏，每天早晚勤勉用心，到任不到一年就很有政声，杜甫于是将他比作了东汉的良臣寇恂。

郑典设说，的确如此，只是最近各地人事调动频繁，也不知裴使君能在施州待多久。不管如何，自己今后也做好了追随的准备。这次来接家眷，瀼东的家暂时也不售出，姑且走一步看一步吧。

郑典设送来青羊裘后，还要回去复命，杜甫当场写出了《寄裴施州》一首，再加一封短信，转托他带回。

过后杜甫邀了郑典设在果园中散步，两人走去了草亭。杜甫说，人生匆促，知遇难得，裴使君的确是可以相托之人。不过，出仕为吏，为人所役，终究还是不自由的。

这天，与郑典设同来的还有一位之前在施州幕府任职、因病退居故乡的惠二，惠二的家在瀼水东岸上游的村墟中。这位惠二面露愁容，总是连声叹气。杜甫平素最看不得他人哀怨，好心宽解了几句。此人跟他不熟，也向他索诗，不得已又作《送惠二归故居》。

七日就要缴纳官粮了，于是六日这天，杜甫带了宗文、信行和阿段又住回了东屯，为明日的交付程序作准备。茅堂的居

第四乐章　出峡　687

处和厨间稍微打扫了一下,也备好了两天的食材。

上午,行官张望和三个役差来到茅堂,向员外报告说东屯的收尾工作已全部结束:所收稻谷装袋后通风晾干了若干日,干湿合宜,明日即可正常缴纳官仓。地里的稻茬已除尽,行官已将田地分配了本地农人种植冬菜,种植所得任取自便(除了暂时免除兵役,这也是东屯农人的另一项福利)。

在张望引领下,杜甫骑上马巡视了秋收后的东屯村墟,先去看望了此次屯田出力甚多的长老与里正。长老家里,十个田头正聚在一起饮早酒,他们诚邀杜员外同饮。今年农事,这些田头担负了一线的农事作业,论起辛苦与功劳,也不比行官和役差小啊。杜员外郑重地敬了一杯,还与他们稍许攀谈。

走出长老家,东屯田野一目了然:割去稻禾后的百顷田畴空旷平芜,显得空荡荡的,唯有田间余留的水洼和映在水洼中的云天,提示了之前夏秋时节稻浪翻滚的景象,仿佛演剧过后散场了的一座舞台。南边就是高矗的瞿塘双崖,向西望去,可以看到缓坡高处自家瀼西庄的石门。山麓地带,草木受了寒风已见凋谢稀疏,农人家的鸡和猪任意游走在田野边,大约是在寻食遗穗。

入冬前还须多采些草药,杜甫之前就听信行说东北面还有一处少有人去的山谷,那里植被茂密,常见采药人走动。这天巡视完毕后,便由张望带领了前去勘察。宗文、信行和阿段伴随了同去。走入谷内,但见一座空无人迹的村墟,屋舍巢阁多半已坍塌朽坏,唯有鸟雀在其间跳跃鸣啾,坡上的畲田显见已抛荒很久,杂草野藤蔓生。

今秋的官粮入库是使府大事，这天下午，元持别驾、奉节县令终郁和孟主簿一同来到东屯，召集了长老、田头，加上杜员外、行官张望和三个役差，在茅堂里一同详细讨论了明天的运粮安排。因为需要调动数百名役丁、一百多辆牛车、三艘运粮官船和十艘渡船，准备工作非常繁琐。大家讨论到太阳落山时才结束，各自分领了任务。

晚上，杜员外特地备下了小宴，慰劳行官张望。

回想七个月来的彼此互动，也是很有戏剧性：起初相处并不融洽，张望还曾去苏缨那里投诉过，经了数番回合的交涉，后面才慢慢开始磨合。到今天，两人倒成了很默契的一对，几乎可以说是无话不谈了。眼下收仓在即，杜员外也放松了下来，心情很是舒畅，对张望已不像之前每日点卯时那般严厉。

张望当然也感受到了，他先就报告说，今秋东屯的收成要好于往年，官粮缴送会比去年高出两成。参与农事的汉人和僚人土民都可分得不少粮米，冬菜也种植下去了，数百农人的生计可保无忧。

那也是你这个行官尽责尽分的缘故啊。杜员外郑重地敬了他一杯酒。张望这个小吏作风稳扎可靠，很有办事能力，倘若放在以往的承平年代，运气再好一点的话，获得有力上官的赏识和擢拔，说不定还能有一个更好的前程呢。

近来张望因为专心东屯农事，家中小儿初诞也没怎么看顾，杜甫之前就想到了宗文雕刻的木鸭、木燕、轮车、带篷小艓等玩具，这次来东屯就让宗文挑了几样带来了。这些玩具都装在

第四乐章 出峡　689

一个木盒里，杜甫让张望带给家中孩子们玩耍。张望接过木盒打开，一一拿到眼前仔细打量，每一件都雕琢精细，绘色鲜明。意外收到这个礼物，他已笑得合不拢嘴，八字须都向上翘起了。他再三道谢，说从来没见过这么好看的雕刻（旁边陪侍的宗文听了就很得意）。

席间张望也谈到了员外来年的安排（他是出于善意的关切，才提及了这个比较私密的话题）。他说，员外在夔州有柏都督可以依靠，使府也有不少亲近的友僚，在这里住了将近两年，对本地风土人情已很熟悉，生活各方面也习惯了。倘若出峡，还不一定能寻得同样的安身处呢。

张望说中了杜员外的心事。

杜甫沉吟了半晌才说：行官说的是，柏中丞待我不薄，这里的友人对我家也颇为照顾。这次东屯督田，也是由元持别驾、孟仓曹、孟主簿还有行官你助力，才得以平顺完成。这些我都知道，也无任感激。可目前蜀中形势诡谲不定，夔州这里感觉也不安稳啊。自己也在盘算，或许明年开春就要出峡。倘若离去，心中当然是很不舍的。

这是杜甫第一次公开讨论出峡的事。身旁负责斟酒的宗文听了阿爷这段话，心里就起了波澜。他决定要做一件事情。

明天，东屯的稻谷就要缴纳官仓了，入晚过后杜甫心绪起伏，睡得很不安稳。

凌晨时分就醒来了。推开茅堂北间的窗户，见一弯蛾眉月正悬在东屯的上空，幽冷的月光投照在坡冈荒林上，树影幢幢。空中几乎无云,只白盐山尖浮着几缕云气。他望了很久月亮,又觉得发困,窗户也忘了关,再次回到床铺上和衣躺下了。朦朦胧胧睡着了几次,每次都给早起鸟雀的鸣叫声惊醒。自己蜷缩身体打盹的样子,与蹲着睡觉的猿猴也有几分相似吧。如此反复几次后,再也睡不着了。他坐起身,拨亮了小案上的油灯,焰芯跳闪间,瞥见近处那件裴虬送来的青羔裘,于是取来披在了身上。好暖和啊,果然是一件好裘皮。趁着身体回暖,他又加点了一盏灯,让室内变得更为明亮,拂晓时,顺利作成了一首新诗。

　　新的一天已到来,杜甫的心绪恢复了平静,由之前的焦虑转为了喜悦和期待。他本是一个很容易满足的人。去年入秋,因为身体多病又穷愁无计,他写下了大量的悲秋诗。这悲秋的症候是不是一进入冬季就会自行痊愈呢?当然不是。不过,今年入秋以来他的心情确乎比去年好多了,这当然是因为今年代管屯田和封殖甘林将会得到收益的缘故。莫说稻谷、柑橘变卖了就能筹到一笔可观的旅资,就是眼下这个马上到来的冬天也可以不用发愁了。过冬有丰足的米粮,冬菜也不缺乏,而且还有柑橘可以吃,这些就够他高兴的了。

3

缴纳官粮的时间到了。

七日这天早晨，杜员外、行官张望在东屯仓房将今秋收获的稻谷当场交付给了孟主簿，三人在督田点检簿上再次签押。

搬运东屯官粮是一项需要调动大量人力物力的作业。今天征调来了奉节县和大昌县境内的一百匹耕牛（东屯的牛只有三十匹远远不够），二百三十名役丁一早就驾着百辆牛车渡过瀼水，齐集到了仓房前。牛车先要把官粮送到瀼水岸边，那里已停了三艘装粮的大官船。官船搭岸放下了跳板，车夫送到岸边，随后由船上役丁扛了粮袋装船。官船满载过后会直接驶往瀼水口岸的马岭，登岸后即可直接搬入夔州使府的官仓。

那么，这年的东屯稻米收获了多少呢？这是杜员外非常关心的数据。在三人签字的督田点检簿上，行官张望笔录了具体的收获数字。

唐代的度量衡制与现今的不同，还需经过一番换算，我们才能了解到东屯收获的实况。

东屯稻田的面积实数为一百零八顷[1]，当年收入东屯仓房的稻米（即脱壳后的糙米）总计为一万二千四百八十斛[2]。种植的白米和红米的比例是八比二。其中有十分之一缴纳的是送去东屯水碓日夜碾磨后去糠的精米，已另行装袋。东屯稻谷的出糙率是百分之七十，即一百斤稻谷出七十斤糙米；出精米的比率大概为百分之六十，即一百斤稻谷出六十斤精米。

一斛为十斗，每一麻袋中装入的稻米平均都为一斛。每辆牛车大约可装二十袋，即二十斛。一百三十辆牛车，须来回运送五趟才能搬完。所以，你说耗不耗时？当然很费时间。那么多人，那么多车，装载搬运时也很容易出错。有的赶车役丁不是东屯人，不熟悉路径，牛车走了岔路就会绕远。有的牛车车轮陷到了道边的堑沟里，那就需要召来其他人一起帮着或推或拉。东屯农人此时恢复了精力，早上干活前又饮了酒，个个气壮如牛，也有和役丁发生争执甚至打斗的，所以，今天行官张望和手下三个差人全都手里抓着马鞭，倒不是要打人，而是在现场指挥处理时需要有个威慑的手段。使府这天也派来了数十名兵士负责维持现场秩序。

大鼓也架到了仓房前，宗文还是担任了击鼓手。为防止车辆彼此拥挤碰撞，每三辆车为一拨，轮流上前装载，击鼓九下

---

[1] 一唐亩折合现在的市制地积单位为0.78市亩，为求简便，一百零八唐顷计为一百唐顷，即78市顷，一市顷为100亩，东屯稻田面积即为7800亩。（作者注）
[2] 唐代一斗米折合现在市制重量单位约为12.5斤，一斛即125斤。按当时种植水平，夔州稻田的亩产约为200市斤。（作者注）

就换一批车辆，如此前后相替。

今天元持和终郁就不来现场了，只孟主簿一人压阵。他是今日官粮搬运的主理，一直立在仓房门口监督，没有离开半步。杜员外起初也陪立在旁，过后站得累了，只好坐回了茅堂前轩，观看眼前拥簇在一起的牛车队伍。役丁等待时一直在交头接耳讨论说笑，他们无论是汉人还是僚人，头上都扎了抹额，穿了短衣短裤，立在露天都不觉得冷。我们的杜员外体虚怕寒，青羔裘已经搭在肩上了。

到中午时，仓房中的粮袋才搬取了一半不到。孟主簿、张望就和杜员外一同用了午餐。三个役差和县里役丁都自带了干粮，东屯农人各回自家吃饭。约定午休的时间只有两刻。每个人吃得都很匆忙。

宗文再敲了一通长鼓后，所有人重又齐集到了仓房前。下午的搬运任务很吃重，需要再加一把力。仓房门前的卫兵也未曾懈怠，他们在长老家吃完小灶也赶回来执勤了，不敢出半点差错。

不过还是出了点状况：两辆牛车因为赶路，在转弯的田边土路上对撞到了一起，一时是人仰牛翻。两匹牛被翻倒的车身和负重拽着，站都站不直，后来派出了两个兵士，带了十数个人去，才将车辆和装载重新扶正。有一辆牛车的车轮彻底损坏了，孟主簿只得叫人四处去找车轮。

如此嘈杂忙乱的大场面，是继上回插秧和收割后的第三回，在杜甫而言也是很新鲜的经验。由此又联想到贼乱以来，王廷和州道官吏应付危殆局面的不易。为剿灭乱贼，需要调度天下四方那么多的军人、官员、民夫和役丁,非得有一根充分强大的神经、事无巨细的谋划以及必要的武力威慑才行。不然,准会左支右绌,时时传出警讯来。今日的官粮搬运就是一个缩影,只不过进行得相对比较平和顺利罢了。征调民力实属无奈,就是苦了天下的百姓啊。

东屯的官粮搬运,到太阳快落山前的酉时三刻才全部装载上船。杜甫由阿段牵马,随了孟主簿、行官张望一同来到瀼水岸边。跳板撤回后,三艘官船离岸驶向了前方的马岭。杜甫目送了船队驶远,望着白帝城的方向,长长地舒出了一口气。三艘官船上正装载了他出峡的希望啊。为了这一天,整整一年里经过了多少的谋划和操劳,有过多少次的忧烦和焦心!

当晚,一百三十名县内役丁还没有结束今天的作业,从河岸边到官仓门口,中间有数百米长的坡岸石阶,他们搭起了三条人链,正将一万多袋官粮送入外仓。为了加快进度,元持和终郁又从使府临时调来了三十名兵士和二十名仆奴、佣夫,加上了晚饭后从东屯赶来助力的一百农人,近三百人连夜要将官粮搬运上岸。

孟主簿这晚非常辛劳,他一直要在现场监督,直到官粮全部入仓。行官张望这天送走官船后就回家了,对他来说,今秋的督田作业已结束了。

杜员外晚上没有去官仓,他让仆人收拾好东西,重新回到了瀼西庄。这天晚上,他又想到了陶渊明《庚戌岁九月中于西田获早稻》中的语句：

> 四体诚乃疲，庶无异患干。
> 盥濯息檐下，斗酒散襟颜。

于是吩咐了仆人去厨间烧水，今晚他要沐浴！

厨间的木桶里放满热水后，关闭了门户。家主坐在僚人洗浴的木桶里（宗文之前在木桶中做了个可以落座的支架），阿段在旁边负责舀取热水加温。浸泡在温热的水中，杜甫擦洗了额面、脖颈、手臂和两腋。水中自己的身体是那么的干瘦可怜，这是得了消渴症的缘故啊。不过，忧郁也只有片刻，因此刻通体舒泰，只有泡澡的愉悦享受。阿段舀热水时又唱起了蛮人歌子。一问，唱的是夏日间在溪水中洗濯的情景。不过，后面的歌词又唱到了男女情事！不管如何，曲调还是很好听的，家主不由自主也跟着哼唱了起来。厨间里也点了油灯，水气朦胧的光影中，阿段手脚不停地一直在烧水，舀水，始终保持了水温。

这天晚上，杜家人轮流洗个了澡，每个从厨间走出时都很喜悦，只有宗文不是这样。泡在木桶里时，他还想着昨晚阿爷预告的出峡一事呢。

阿爷当然不会觉察大儿此刻的心情，沐浴过后回到书斋，他让阿段取来了一壶酒，少许地自斟自饮。在"斗酒散襟颜"的舒畅心情中，吟出了一首《云》，记写了今日官船运粮的一幕。

写完，他脱衣躺上了床铺。洗过了澡，又喝了点酒，睡意很快就来了。这一夜睡得很香很沉，休息得非常充分。

第二天一早，杜甫骑马出了瀼西庄，前往马岭官仓。官粮检点入仓是最后一道程序，他可不敢怠慢。

入库时会严格检验称量，作为今次督田的主领人，杜员外需要在场，行官张望也在。代表使府一方的是暂代仓曹职事的孟恺，仓督苏胜负责监督过秤，此外还有仓史丁沛，他担任了入仓实数的笔录。

因为要准确称量，入仓就很费时。以十斛为一垛来过秤的话，就有一千二百四十八垛。因此需要临时调派二十个小吏，每组两人，一人过秤，一人笔录，再由仓督和仓史复核。另外还留了十名役丁搬运。过秤、记录、复核全部完毕，即便晚上加班，最少也得三天时间。

待全部清点完毕，得出东屯官粮入库总额，就可以按都督衙帖所说的"凡百取一"的比例，分划出属于杜员外督田收益的那部分了。官粮入库时他大部分时间都必须在场，尤其是头尾的时段。

与俗吏打交道，难免就会受到刁难。起先仓督竟然没有给杜员外设座，这是很失礼的举动，身穿官袍的杜员外将手中的桃竹杖连续敲了几下地面才引起了注意。正在商议入仓事宜的孟主簿跑过来督促，苏胜才让人在官仓入口摆设了坐席。

杜员外在场的时候，官仓中有没有风言风语呢？

这当然难免了。仓督苏胜自苏缨担任夔州录事参军以来，倚仗了从兄弟的关系分管州仓多年,资历不浅,现在又是他主事当值的时候,连孟主簿也不得不给他面子。他的无礼除了起初不设座以外,嘴里还哼唱着一首改编过的《硕鼠歌》,歌词就是从《诗经》里截来的,曲里拐弯地就在讽刺杜员外:

硕鼠硕鼠,无食我黍!三岁贯汝,莫肯顾我。
硕鼠硕鼠,无食我麦!三岁贯汝,莫肯怜我。
硕鼠硕鼠,无食我苗!三岁贯汝,莫肯慰我。

苏胜是个身材肥胖的壮汉,因为在仓中走动不停,很容易出汗,于是常常袒露了双臂,解开衣襟散热。他唱的这个《硕鼠歌》是用僚人土语唱的,杜甫耳聋,即使听到了一些片段也听不齐整,即使听清楚了,也听不懂具体的意思。所以这间接的羞辱在他而言等于也没有发生(倘若听他明白了,一定会受不了,因为他的自尊心是那么的强)!

在场的很多人都能听懂,颇觉尴尬。孟主簿不由皱起了眉。这苏胜可真不像话!可他只是临时当差,并不是仓督的直接上司,无法管束。等到后面元持别驾来官仓巡视时,他才悄悄地告知。元持也不废话,立即让两个随行卫兵将苏胜捉去了衙署训话。训话过后,仓督才恢复了正常,对杜员外也不敢怠慢了。

这几天里,杜甫不止一次进城去,其间还回了一趟东屯,因他的督田点检簿还放在茅堂北间。回到东屯,见家家户户都在用杵臼舂米。这些米都是东屯农人今春从行官那里讨来秧苗在自家山田里种植收获的，虽然数量不多，也足够今冬的食用了。而在官仓纳粮完毕过后，他们还能得到出力耕作该得的一份。

到十一日下午，官仓清点完毕，共得一万一千二百三十二斛未去糠的糙米，一千二百四十八斛的精米。杜员外督田共得一千一百二十三斗糙米，一百二十五斗精米。也就是说可以领走一百一十二袋的糙米和十二袋的精米。他和仓督、仓史各自在官仓的入破历上签了名字，然后再由孟主簿和元持别驾签押。办完了手续，归属已分明。那苏胜签押后的表现仍很怪异，撇着嘴朝他努了努，杜甫也不知道他是什么意思，只觉得这是个长相矮壮、行动粗鲁的怪人。

雇用了四辆牛车，来转运这些分划出的稻米。杜甫亲自指挥了装车，一步都不离开。装载完毕，他骑上了阿段牵引的官马，亲自领着这支小车队离开了州府官仓。他们离开后，苏胜走出仓门外，装作吐痰的样子，朝地上唾了几下口水。自然，这个表示不屑的动作杜员外也毫无知觉。不过，东屯督田至此已落幕了，他即使知觉了也不会太过生气。此时督田所获的米粮已经毫无阻碍地归属了他，他已经落袋为安啦！

入夔州城后，杜员外的车队转去了西堤。

因大部分粮食要出售，之前杜甫已通过阿段联络了冉武的邸店，以很便宜的价格租赁了靠近江边泊港的仓房。这些仓房都是高架楼阁，囤积米粮不易受潮，又防虫蛀，存放在这里，便于等待时机来出售。杜甫只留了五袋精米供自家食用，其余

第四乐章　出峡　　699

一百一十二袋糙米和七袋精米全部贮存在仓房，平时还派仆人辛秀、伯夷轮流看守。

这天回瀼西后，又委派了一件工作给大儿宗文：每天下午去西堤打听米价的行情，在市丞屋和西堤邸店听取消息。宗文本来就生性好动，得了这个委任很是当回事。他还提议让阿段一同去，倘若有情况可以让阿段迅速跑回报讯。他腿脚快，往来两边做传讯人合最适不过了。杜甫同意了这个安排。

从第二天开始，杜甫又有了另一件操心事。过后还常常为之焦虑，心底里，他很希望东屯所获的稻米可以卖个好价钱。

白天在官仓等候时，丁满还送来了一封信。信是自己的老友汉中王李瑀寄来的。信中说自己在今年六月得诏令自蜀中返京，七月出蜀，途中未能停留夔州。此前一直在归州避暑，不久前又去夷陵与友人李之芳会合。月初，与李之芳同去了荆州。预计月内将启程还朝。

杜甫因为母家崔姓与李姓宗室有渊源，很早便结识了汝阳王李琎和汉中王李瑀，早年在洛阳时就常有往来。李琎和李瑀都是让皇帝宁王李宪之子，李琎封汝阳郡王，天宝五载，杜甫初来长安时还曾写过《赠特进汝阳王二十韵》以求干谒。李琎天宝九载病卒，杜甫去年所写的《八哀诗》中，《赠太子太师汝阳郡王琎》一首特为追念李琎而作。

李瑀是李琎的六弟，比杜甫小两岁，仪表出众，早年就有才望，先封陇西郡公。河北贼乱后，天宝十五载随玄宗入蜀，封汉中王。此后肃宗建政时曾下诏收群臣马匹助战，因李瑀不肯听从，肃宗一怒之下将他贬去了蓬州。杜甫入蜀后，曾写了不少诗寄给李瑀。其后蜀中军将相攻，杜甫避去绵州时，得知李瑀正在梓州，又写过《戏题寄上汉中王三首》，两人过后也曾在梓州重聚。

4
（再观剑器舞）

东屯督田结束，十二日一早，杜甫就去使府当面拜谢了府主。厅堂中，柏中丞与几个军将正在围看一张蜀中舆图。

柏茂琳的心思全在讨论军务上，接过杜员外递交的督田文状后没有展阅，随手搁在了几案上。这封文状报告了督田的实绩，还特别表彰了行官张望。连同文状递交的还有督田点检簿。这是杜甫交卸督田职事的必要程序。

柏茂琳无心应对，杜甫只得匆匆告退。出使府时，他想起了宝应元年严武初次镇蜀时邀集官员同览《蜀道图》的类似场景，那次览图过后众人还分韵赋诗，自己曾作《严公厅宴同咏蜀道画图得空字》。时移势易，昔日成都的严武已换作了如今夔州的柏茂琳，而局面已大为不同。

过后就由阿段牵马，返回了瀼西庄。下午，思想了片刻，又去白谷谷口拜访柏学士。今后是携家出峡，还是长居夔州，他仍然犹豫不决，希望与柏学士会晤后再行定夺。

柏学士却不在夔州，仆人说主人已去了荆州，不知何时回返，不过，学士的长男在附近山居留守。于是就引领了杜员外走出柴门，绕去了谷口近旁的另一处山居。顺了一条山溪往下走数十步，稀疏的篱笆和三栋高低错落的茅屋出现在眼前。

　　去年十二月初，杜甫入使府观览授官制词时曾见过柏从简，此前谋划督田时，柏从简还曾替父亲传递书信给伯父，因此两人见面倒并不生分。见礼过后，柏从简将杜员外邀入了书斋。

　　这里设置了贮书木架，架上置列整齐，显见藏书量也不小，每卷都插有题签，日光映照下，很有雅静气氛，也能见出主人的情趣。东南方开有轩窗，窗前设一张大案，案上陈列了笔架、砚盒还有摊开的一卷《汉书》。这宁静的书斋，让人感觉很亲近。

　　坐下相谈后，柏从简说父亲现在是夔州和荆州两边轮流住，夔州这里因为有伯父在任，常有外人前来打探骚扰，实在是烦不胜烦。杜甫当然能够理解：想想也是啊，柏中丞现在管辖的五州之内，试图攀援、请托关系的下级官吏必定不少。

　　柏从简自己之前的授官在忠州，到任不久后，他觉得那里偏狭局促，很快就托病回到了夔州。目前没有出仕的想法，只想安心隐居读书。

　　柏大呀，你的志趣倒是与父亲很相像啊。柏学士就是这么一个洁身自好的高士。

　　柏从简听后笑说，自己好静，弟弟柏崇礼好动。弟弟比他更能胜任实务，今年开春去蜀州任职后一直安于职事。兄弟两个也没有必要全都出仕做官去。

杜甫见书斋中也有一架琴，便和柏从简讨论起琴曲来。他平日很喜爱由师旷[1]初制、国朝之初吕才[2]新谱的《白雪》琴曲，于是请主人试弹。

柏从简也不推辞，在琴前落座后，为客人弹奏了起首四段，至第四段"虚斋尚白"收结时，他还唱出了吕才所配的曲词：

寒光宠色，明明丈室生虚白。湛湛冰壶天地窄。洛阳人，门闭塞。太极未分，初爻正画，混然一片那浅银河，凝素魄。雪官中不与瀛洲隔，明窗纸隙。

听着柏大的琴与歌，杜甫怎能不思念洛阳的雪天哦。少小时在仁风坊二姑母家与邻居小儿的打雪仗，在陆浑庄雪夜读书的情景，还有土娄庄新婚夜后第二天的早晨，披衣扫雪时新妇在洞门后的叮咛语声。往日种种全都一幕幕浮现在了眼前。柏大弹罢停手后，他还沉浸在曲词引发的怀想中，眼眶已然湿润了。

员外是思乡了吧？柏大这么一问，话题自然转到了洛阳。

---

[1] 春秋时晋国乐师，以善辨音律著名。
[2] 今山东高唐人，通晓阴阳、术数、医药、地理、历史，尤长于乐律。贞观时在弘文馆任职，曾为《秦王破阵乐》协音律。后入太常寺，任太常博士，升任太常丞，参与编撰典籍，奉诏删定《阴阳书》。

柏从简小时曾随父亲在洛阳住过一段。因为有这个交集，两人的谈话顿时变得亲切很多。

听了柏从简的琴曲，杜甫也要回礼啊。他在山居书斋，当场写出了《题柏大兄弟山居屋壁二首》相赠。即兴吟作对杜甫来说并没有太大难度，不到两刻时间，诗已成。

柏从简对 笔架沾窗雨，书签映隙曛 一联尤为赞赏，连连说得员外赠诗，真是让敝斋添色增光了。杜甫笑说，这次登门来访，本就是为了感谢学士和两位公子的，末尾一联 萧萧千里足，个个五花文 才最重要。

当时中书省议论军国大事，中书舍人各自签署意见，俗称为"五花判事"。千里足、五花文都是夸奖人的话，称赞柏氏父子皆有登阁的才具。

人总是喜欢听赞语的，过后柏从简还自己抄录了一份，边抄边说：员外的心意，我就代阿爷领受了，其实不落言诠也可以。我只想说，阿爷和伯父都很欣赏员外的诗文才具。只要伯父还在任上，您还在夔州，必定会照顾如昔。

柏氏一门如此看重自己，对杜甫来说实在是一桩幸事，在夔州两年能够平顺渡过，的确是借力不小。

阿爷下月就会返回夔州，回来后一定会来拜会员外。

这是柏从简送别时所说的话。

大事底定，杜甫的心情好极了，面上掩饰不住地喜悦，见到家人和仆役都嘻嘻笑。他在书斋里待不住，常常跟夫人讨论米粮售出的事。早也说，晚也说，杨氏听烦了忍不住调笑他：

夫子你已说了无数遍了，实在不放心的话，要不就住去西堤仓房吧。

要是还住在西阁的话，去西堤倒是方便。甚至可以关照市丞定时来通报米价行情。瀼西毕竟在郊外，往来还是不如城内便利。

过后几天，杜甫一直都在瀼西庄，不曾外出。偶尔也有路经夔州的官客由丁满带了登门拜访。他一概热情相迎，到了留饭时间，就会让儿子们从挂在壁上的竹筐中取来柑橘，间杂摆在烹好的鱼盘旁供客人品尝。鱼是大儿宗文上午刚刚钓来的，柑橘是自家种植的，这样的招待中，无疑也有一种骄傲。

有时也会出门做客。

十月十九日傍晚，元持邀杜甫赴家宴。路凭司马下月即将调回京城，这次小宴就是元持特为路凭饯行的私宴，元持只邀请了平时相熟的几个人，除了杜员外，还有奉节县令终郁、孟主簿和驿官丁满。

杜甫到得最早，两人便在厅堂中落座交谈。此前谋划督田以及后面收稻环节，元持一直鼎力相助，借此机会当然要面谢元持。元持摆摆手笑说，小事一桩，员外勿多礼，如此郑重倒让我受不住了。

见他面有喜色，杜甫笑问他是不是之前申请调派的事已有眉目？元持说，吏部那边的调令很快就将下达，这次因为得到路凭父亲、朔方节度使路嗣恭的相助，调回京城的可能性很大，只是具体授官尚未确定，很可能会去刑部。自己也无所谓品级高低了，只要能回去就行。另外，右相元载与自己本是远房同宗，这一点也是有利因素。

　　杜甫听了真是羡慕啊，想到自己的老病耳聋，又没有可以攀援的人，不禁又是黯然神伤。

　　受邀赴宴的几人陆续到了府中，路凭和终郁两个人棋瘾都很大，开宴之前要先下两盘消遣一番。丁满最后一个到达，他带来了三个新到夔州的伎乐人，安排在了厅堂轩廊中。

　　棋局结束，开宴落座的时候，路凭和终郁两人还在讨论刚才的棋局。

　　元持的这处宅邸占地颇广，前后三重开敞楼阁。宴集在坡上最高楼举行，俯瞰了宽阔的江面，此时门窗全部启开，正可欣赏暮晚的江景。

　　酒过三巡，照例要有伎乐助兴。元持看定杜甫说，这一支舞员外必定瞩目。

　　话音落时，两位身穿墨绿罩袍的乐工已来到轩廊堂口，面向峡江落座。一人身前置了垫有小牙床的羯鼓，手持两杆短杖已开始敲击，起初间隔时间很长，后面渐渐加快，直至骤急不能喘息，在最紧促时忽而又放缓。随后另一乐工吹笙，与之前鼓声节奏一样，也是低缓起声而后加快。此时鼓声再起，不似之前一通激烈，音声低伏，伴随了笙的奏鸣而间错相交。其后笙鸣渐渐低弱下去，鼓声高起，到同样骤急的段落时突然又放缓。

　　听到这个暖场演奏，座中主客无不心旌摇荡，不能自已。

　　这时，一位戎装女子从轩廊旁侧走出，来至堂中。肃立许久后，她将右手中持握的一柄短剑须徐徐上举，两管珠袖下各

第四乐章　出峡　　707

自拖曳了赤黄两色的细长彩绦。外间轩廊上，鼓与笙全都停歇了。

是剑器舞啊。杜甫心里叹道，多么熟悉的开场！

女子倚势起舞后，外间的鼓声与笙音同时响起。她原地旋身时，鼓与笙一同加急，激昂向上如江海翻腾；当她出剑前刺，剑身停在半空时，乐声便骤然收歇；放低剑身，作出轻柔撩拨地面的动作时，乐声又缓缓相和。舞姬和乐工的内外配合简直天衣无缝，仿佛现场有一位神人在调拨指挥，须知那两位乐工是面向峡江、背朝高堂坐着，无法看到身后舞姬的动作身姿！

五位主客的眼睛随了舞姬的姿态左右游转，尤其受她手中那柄短剑的牵引，锋刃折射了自轩廊投进的夕照，不时迸射了寒光！舞姬身手矫健，低徊旋身之后不时腾空跃起，向虚空中奋力刺去。剑锋所指，袖管连缀的绦带也随了刺击的动作拂动飘起，宛若女仙飞升。

当轩廊上鼓声与笙音一同收煞时，她将手中持握的短剑再次徐徐上举，肃立静默许久。侧影健美至极。

舞罢，元持大声叫好，立即给予厚赏。不止如此，还命仆人赐酒菜，为三位伎乐人另开一个小宴。

舞姬拜谢主人，正要退下。杜员外从惊异恍惚中醒觉过来，又将她唤回。

刚才所演是剑器舞？

舞姬点头称是。

杜员外又询问其姓名与出身，以及是否认识公孙大娘。

舞姬看定了员外说，余公孙大娘弟子也，名唤李十二娘，本是临颍人，少小时为大娘收留。贼乱之后，大娘流落灵州行在时患病去世，之后余亦漂泊各地。近来因阳城郡王为母祝寿到得荆楚之间。官人识得剑器舞之名，之前也曾见闻过？

杜甫告诉李十二娘，开元五年[1]，某在童稚年纪时曾于郾城观赏过公孙大娘的《剑器浑脱》。今日竟然在别驾府上再度见到，真是不敢相信哪。

元持和在座友人听到这个也觉得惊异，开元五年时，员外才多大啊。

杜员外手捋髭须，呵呵笑说，开元五年时，甫不过五六岁，其时父亲出任了郾城尉，将甫接去郾城同住。公孙大娘那次献舞是在衙署前的平旷空场中，当时观者如云。她那时尤在青春盛年，身着锦衣出场，一现身就流光溢彩。来时如雷霆止声，罢时如江海凝结，动作矫捷恰似飞龙翔天，剑锋斜出好比青光幻化，此舞此曲长久难忘啊。圣文神武皇帝[2]登基之初的那些年，她的舞艺冠绝一时，从宜春、梨园内教坊到外教坊，伎人中可称第一的舞者，就只公孙氏一人！往昔有吴人张旭，曾在邺县[3]数次见到大娘舞西河剑器，过后草书大有长进，其豪荡笔势就取法于公孙氏的剑舞。

元持笑着看定杜甫说，今日的剑器舞令我等眼界大开，又钩沉起如此精彩的前尘往事，员外何不赋诗记之？

---

[1] 717 年。
[2] 唐玄宗的尊号。
[3] 县治在今河北邯郸临漳县邺城镇。

杜甫立即应答：大好！

他又对李十二娘说，诗写成后也将抄录一份，留与她作个纪念，且当怀念昔日大娘的一个纪念。

李十二娘感动莫名，向几位官人再三拜谢，才下得堂去。

人世间就是有这样不期然而然的偶遇。因为夔州的这次观舞，杜甫写下了又一首歌行名篇《观公孙大娘弟子舞剑器行》，抒发个人感怀的同时，无意中也为开元天宝以来的治乱兴衰留下了一份珍贵的侧写。写成过后尤嫌不够，又加补了一个序。

这样的场合已经是第三次了：先是八月十四日使府宴集中听了杨氏歌，其后重阳宴又听梨园弟子李仙奴歌，此番又看到了李十二娘的剑器舞，她们仿佛约齐了一样纷至沓来，近来从荆州流落到夔州的伎乐人可真不少啊。从开元五年到大历二年，倏忽已是五十年。如今公孙大娘人与舞俱亡，杜甫自己也已衰老头白，刚才站在面前的大娘弟子李十二娘也不再是青春年纪，此情此景怎不让人感慨万端！

如同他来到夔州后所写的回忆诗篇一样，这是让人心醉也让人心碎的时刻，每一次都在提醒他盛世的不再与时间的飞逝。这人世的变迁，仿佛就是一场永无休止的魔术！

诗与序作好后，主宾都很赞叹。过后由丁满抄录了四份，一份留给主人元持，一份赠予了李十二娘，一份给员外带回，一份自留。

小宴还没有结束，杜甫与元持、孟主簿继续饮酒谈说，路凭和终郁两人就在下棋作乐。高堂轩廊外，皎洁的月亮已从东面的瞿塘两崖升到了天心。

回瀼西庄时,阿段牵了马在前带路,一路轻声哼着没有歌词的歌子。月光遍照,投向地面犹如覆盖了一层薄霜。骑在马上的家主,心神仍然停留在元持宅中的舞姿乐音中。此刻的他,心情异常迷惘,看着眼前走过很多遍的瀼水岸路也觉得有些陌生。

下旬某日,杜甫又收到了汉中王李瑀的荆州来信,信中告知说他们共同的友人韦侍御、萧尊师已病逝。

入峡以来,接二连三地听闻相识故人去世的消息,这是最新的两个。早年在洛阳时,杜甫与韦、萧两人就是少年好友,三人常常结伴去李瑀府上做客。韦侍御比杜甫还年轻不少,四十多岁就遽然去世,命寿真不该如此之短。萧尊师是道人,深知各种延寿之术,怎么也会得病早亡呢?无疑,这两个消息都使他震惊与疑惑。

于是先作五言十四韵的《奉汉中王手札》回复李瑀,又作五言六韵的《奉汉中王手札报韦侍御萧尊师亡》表示悼念。写后首时,他联想到了向秀那篇为怀念故友嵇康、吕安而作的《思旧赋》。这首赋的序里有这么一段话: 邻人有吹笛者,发声寥亮。追思曩昔游宴之好,感音而叹。 此刻凝神细听,瀼西一带隐隐也传来了笛声(或许是胡笳声,他听不分明)。邻人的笛音隔代而相同,心中顿时生出了无穷悲愁。

眼下的自己,头已白,牙齿已半落,左耳已失聪,右手也偏枯,在人世间还能停留多少时日呢?因为得知了友人去世的消息,死亡的阴影再次笼罩了他。

5

冬天马上要来了,杨氏和阿稽又要忙碌过冬的准备。去年才做了冬衣,这时就需要做些缝补。家主的官服袖口又有磨坏,得找颜色相近的布料作内衬,针脚还不能太密。杨氏还给两个儿子缝制了新的夹袄,给女儿杜堇做了件新衣。

峡中正值秋冬换季,冷暖不定,杜堇这几天一直发热、咳嗽,头脑昏沉,全身无力。杨氏在天宝十四载寄居奉先时曾有过幼子夭亡的惨痛经历,这时候她就只能求助于神佛菩萨了,立即让阿段雇驴,去了真谛寺作施舍,回家后又在佛龛前彻夜念诵祈祷。杜甫同样很焦心,生怕女儿也患上疟疾,在卧房陪护了一夜观察病情。久病成医,他现在对各种常见病征已很了解。第二天上午号过脉象,手抚女儿的额头,并没有隔日发冷的征象,于是去宽慰杨氏:堇儿她没有大碍,只是感染了风寒,静养几天就好,不用犯愁。

根据杜堇的症状,杜甫在《外台秘要方》里选定了一个方子。信行从宋蠡药铺买来配伍的药材后,他又亲手煎煮了汤药饮子，让女儿每日定时饮服。如此调养了三四天，杜堇总算康复了。

十月末是长江沿线各地的稻谷收获季，各地丰歉状况暂时不明，米商都在观望中。米价因此不高，糙米一斗才三百文出头。要想好价售出，还需耐心等待。家主是个性情急迫的人，时间一长便很不耐烦，整天愁虑满腹。

每天早食过后，他会坐在草亭里望野散心。收果后的柑橘林一无可观，其他果树也都枝叶凋零了。坐一会他起身去小园菜圃，找信行和阿段说话。仆人出门采药的时候，他独自坐在茅屋前晒太阳，思想一下尚未明确的出峡之事，离年尾越来越近了，近期必须有个决断。信行回庄后，过去和他一同检点今日采回的草药或是讨论冬菜的种植。如此要一直捱到午饭时间。

午食后，回书斋小睡。大致睡到未时五刻时起身，读书消遣。此前《陶渊明集》已重读完毕，他又开始闲翻那一卷《阴铿集》。阴铿郡望本在武威姑臧[1]，先祖迁来荆州南平郡。在杜甫内心钦佩的南朝诗人中，阴铿可以归为荆州人，地理空间上的接近使他重又发生了兴趣。杜甫最爱那首《渡青草湖》，他自己的写景小诗，其措辞与音色受惠于阴铿很多，尤其第四联中"动"字和第五联中"逗"字的运用：

洞庭春溜满，平湖锦帆张。

---

[1] 即凉州的治所，今甘肃武威凉州区。

> 沅水桃花色，湘流杜若香。
> 穴去茅山近，江连巫峡长。
> 带天澄迥碧，映日动浮光。
> 行舟逗远树，度鸟息危樯。
> 滔滔不可测，一苇讵能航？

为打发时间，他一边吟诵一边随手抄录。钻研前辈诗文是他抑制焦虑症的最好手段。抄录好之后，还要将自己的诗作拿来比对，看看两者的短长。阴铿诗已很重视音律的协调与每联的偶对，二百年前能写到如此程度，实在是早熟又出色啊。为何《阴铿集》留存诗篇不多呢？也许是生前未能及时保存的缘故吧，实际写出的篇章应该更多。

想到这一层，他暗暗下了一个决心，近段时间要将自己诗文再作一次梳理，有些诗要加上自注。如果可以的话，最好誊录两份，今后交由两个儿子分别保存。

自己百年之后，谁知道这些辛苦写成的诗作命运会如何呢？不能像阴铿这样留下遗憾啊。

到申时初刻，他跑出书斋，又坐到了果园草亭中。宗文和阿段午饭后出门，大多会在申时四刻准时回庄，有时却要到太阳快落山的酉时初刻才回来，一问原因，是因为午后很晚又驶来了商船。市丞先要去打听行情，再报与冉武，过后冉武才能告知他们。

有一回还派宗武去西堤，可宗武似乎很讨厌这项工作，对家计营生毫无兴趣。杜甫想想也算了，过后也不再勉强他。宗武只随阿段去过一次。

　　闲极无聊时，他就围着夫人转。夫人走到厨间，他也跟到厨间；夫人和女儿做女红，他便陪坐在旁边说话；夫人要出门瞻佛，他也跟了同去。他不停地唠叨，有时也会发牢骚，杨氏只能耐心劝解：米粮反正贮藏在西堤，或早或晚都会售出，夫子你且放心好了。有时又会犯疑心病，觉得西堤仓房不牢靠。杨氏被丈夫纠缠得不耐烦，后来两人一个骑马一个骑驴，先进城看望了住在城西的女儿杜葵，过后果真还去西堤仓房查看了一次。

　　现在，杜甫还喜欢拉着杨氏去左邻右舍串门，去了孟长老家，也去了瀼西里正窦全安家。有一回还去了西邻，那老妇见到杜员外夫妇叩门，还以为发生了什么重大事件呢。杨氏带了两篮子菜圃里新摘的蔬菜，老妇人感动得不停抹眼泪，后来她们还约同了一起去真谛寺拜佛。

　　宗文初来夔州住在赤甲时总喜欢到处游走，现在为探听粮价每日去西堤倒没有那么兴奋了。夔州已经跑了个遍，没有什么新奇的去处了。不过，他每次和阿段外出时，尽量每天变换一条路线。有时走寻常的瀼水边的岸路，有时走通往市集的那条便道，有时甚至直接从赤甲西麓翻上半山腰，走野路小径，到始兴寺石堂前的山坡才下山。

　　自从在东屯听到父亲说要出峡，他心里开始有了一重心事。

　　有一天两人翻山走过真谛寺时，在兰若前的望景台停脚休息。他们一同坐在松树荫下的石条上（宗文并不知道，去年的重阳日，他的父亲曾来这里借酒消愁过）。

他问阿段，阿爷前几日在东屯和行官小宴时，曾说起明年春天要出峡的事。他与你说起过没有？

阿段点点头。家主确实问过他是否愿意跟随出峡。他已经做出了肯定的回答。

阿爷已离不开你啦，阿段。

阿段也离不开家主，阿段已经把杜家当作自己家一样了，就和信行一样。

宗文也从来没有只将阿段当奴仆看待。没有了阿段，可以想象全家人会多么地不习惯。阿段在夔州是个百事通啊，幸亏有这个僚人少年和自己做伴！

阿段说，他也很想出峡，去看东方、北方那些还没见识过的广阔地方，他很好奇。常听家主说起荆楚、湖湘这些地方，荆州他是去过的，比夔州要富庶多了，城楼更是高大。当然，倘若能去洛阳或长安会更好，他很想去见识一下北方的都城。

那么阿稽呢？宗文问。话题已转到了他的那重心事。

阿段说，这个我就不知道了。在夔乡，到她这个年龄本该出嫁作妇了。好一点的会嫁给船夫，因本地很多青年僚人都喜欢外出行船，"长年"也好，"三老"也好，女子生下娃儿后男子总得要离家，在峡中奔波劳碌。行船还有危险，不出事算是天神保佑了。留守的女子便要当起家来，砍柴，上市，杀猪，赶牛，男子会干的事情女子样样都得亲力操持。次一等的是嫁给农人，农人弯腰田间，生涯辛苦，税赋又重，每岁所得收入也比行船的要少。峡中女子也有终身难嫁的,她们到时就会离开母家,找个废弃楼阁,修整打扫干净,然后三五人结伙共住,平时要么去盐场背盐,要么就去替渔人卖鱼。境况是最不好的一种。

宗文不说话了。阿稽倘若留在夔州,她未来的命运会是如何呢?他不知道,也难以想象。或许仍会在别的人家做仆佣吧。

好像为了安慰他,阿段又添了一句:家主和夫人很喜欢阿稽,倘若问她是否愿意出峡,她肯定也会答应的。她是个好女子。

好女子,是的。望着入冬后澄碧一色的峡江,宗文感觉很茫然。这茫然固然是因为他心底那桩隐秘的心事,其实更接近于对人间命运的无力感。

过了这个旧年,宗文虚岁二十,宗武十七岁,阿段和阿稽都是十八岁。他们的年龄很相近。

来西堤的头几天,宗文在邸店里待得无聊,时不时会去找伯夷和辛秀。他们现在可比之前担负平肩舆时轻松多了。两人本可以轮班值守,可是冉武给他们派了一个活,邸店这里每月篮筐都有损耗,因而固定都会采买一些,多余的就卖给西堤一带的过路船商。他们轮流在仓房看守,另一人便带了砍刀上山砍竹,背回来后劈削成竹篾条,宗文和阿段有时去帮了他们一同编织,四个人一边干活一边谈说,倒可以消遣掉整个下午。

西堤的市丞有时会来到邸店与冉武饮酒。冉武后来觉得让

第四乐章　出峡　　717

市丞与杜家直通消息更为方便，就会叫上宗文作陪。宗文以前不好饮酒，一来二去，酒量慢慢也有了长进。与市丞混熟了，过后可以直接走到那座江边小楼中打听粮价。载客的官船泊了岸，船上官客会去瞿塘驿，而所有过境的商船一到夔州准定要来此处验看过所[1]凭证并过税。因为已施行了食盐的官家专卖，所以盐监官使也向这里派驻了专门处理盐务的吏员。这里每天人来人往，非常的热闹。

阿段也不会闲着，他现在每天都会去江边钓鱼，或是借了邸店的艓子下江去。西堤向西走五六里，还有另一条入江的溪河，那一带住家不多，钓到的鱼往往还比瀼水里的个头更大。他很少空手而归，隔一两天就会将钓得的鱼儿带回瀼西。宗文有时也会带上钓竿，与他并坐钓鱼。

瀼西庄里，夫人杨氏照顾着每个人的衣与食。信行白天采药或种菜的时候，她会和阿稽一起下厨，晚间有信行在，就不用她亲自动手了。阿稽洗衣物手脚麻利，却不太会做缝补女红，杨氏就手把手地教会了她。这几天，她们两人一直待在厨间里，按孟仓曹之前的法子，用收获的豆子做成了豆酱。起初做得不得法，后来去请教了隔邻的孟长老，才研制成功。家主入口尝过后很满意，今后就有杜家自制的豆酱来拌饭啦。

杜堇之前感染的风寒已经好透了，只是时常会咳嗽。她虽然还是儿童模样，缝补做得还不赖，家里父兄的袜子都是她亲手补好的呢。

---

[1] 过关津时所用的凭证，犹近代的通行证。

宗武还是日日跟了阿爷学习诗文功课。近来也学着作诗了，虽然下笔稚嫩，但杜甫对他并没有过高的期求。照他的能力资质，将来做一个文吏还是足足有余的。他和好动、外向的宗文脾性完全不同，在家里时总喜欢在僻静处待着，不爱出门走动，遇事也不喜欢找人商量，这点就不如他那个不好读书的兄长。不过，宗武和哥哥倒是很亲近，哥哥一回来总是黏着他。有时宗文早上唤他一同去西堤，他却扭扭捏捏不肯去，真是个羞涩怕生的少年！

这天晚上，杜甫和杨氏带了自制的豆酱要去里正窦全安家做客，宗武也跟去了（因秋收过后里正有一些手实文书要呈交使府，杜甫就让骥儿前去协助）。等他们三个出了庄园，宗文下了很久的决心终于要兑现了。他走去了厨间。

厨间的窗口透出了灯光。阿稽正将洗刷好的食具收拢在竹屉中。明日的早食也已准备好了。阿段送来了劈柴，在炉灶口堆了高高一叠。阿稽在屋里和阿段说着话，说些什么却听不清楚。从宗文站立的地方，看不到阿段的位置。

他们在说些什么呢？宗文就往厨间门口走去。将到门口时，他听到了阿段的话音：家主想让我跟随出峡，你说好不好？

宗文在门前停住了脚步：原来阿段在咨询阿稽的意见。在那个时代，仆人就是主人的财产，但杜家不同，杜员外不同，他是将仆人视作与家人一样，出峡与不出峡并不会强求。宗文是知道这一点的。家里五口人，带三个仆人出峡是不是太多了呢？照宗文的心思，其实带阿稽出峡就可以。可是……

没有听到阿稽的回复。她正在往锅子里添水，过会儿家主他们三个回来，洗漱时需要用热水。

阿段好像立在门口许久，过后才走出厨间，迎面就碰上了宗文。他叫了声少家主就匆匆往小园茅屋那边走去了。

这天是十一月初三，细月的辉光很暗弱，又被云翳遮挡住，瀼西庄里漆黑黑的，阿段的背影很快消失在了夜色中。

宗文走进了厨间。阿稽见他进屋，立即从灶前站立了起来。

阿稽，你跟我来。

少家主，去哪里啊？灶头正烧着水哪。

宗文走到水缸边，往锅里舀了好几勺冷水，又打开炉门，把木柴挑拨到一边，火小了很多。他对阿稽说，阿爷阿母还有好一会才会回来。我有话同你说。

两个人一前一后出了厨间，走在落满腐叶的小径上，来到了果园草亭前。宗文因为知道前面有个土坑，一把拉过了阿稽的手，将她引导到平地上。阿稽并没有试图挣脱。

两人现在面对面坐在了草亭中。四下冥寂无声，现在已是初冬，秋虫不再叫鸣。真奇怪，虽然果园里很黑，星粒却很大很明亮，阿稽能很清楚地看到少家主的脸面和眼睛。

宗文鼓足的勇气到这时已经用尽，憋了半天，只是嗫嚅着问了这一句：阿稽，你会同我们一起出峡么？

阿稽不知道该怎么回答。潜意识里的她完全愿意，可是清醒的她又有些抗拒。她抗拒的并不是跟随出峡这个行动，而是家主为什么要抛下这瀼西庄，非要离开夔州。所以，她只低声地问了宗文一句话。

为什么非出峡不可？为什么不可以都留下？

阿稽不像阿段那么好奇、有梦想，她是个孤女，她知道自己的命运，她只能听凭主人的吩咐。但是，她的心告诉她，如果能让她选择，她愿意像这样在瀼西继续生活下去。从前年三月来到夔州一直到今天，是她最快乐、最安心的一段日子，她已经把杜家、把瀼西庄看作了自己的家。可是，这个家很快就不会存在了。她甚至很想提前逃走，以免这个梦当着她的面破碎掉。阿稽流下了泪。

天上的云翳渐渐飘移，细细的蛾眉月重现在天宇，白霜样的辉光照着果园，照着草亭，也照出了她的泪光。

阿稽的两个追问，也是宗文想对了阿爷说出的。可是，他竟然没有像她这样的勇气。他看见了阿稽的泪光，才知道她刚才已经哭了。

莫哭，阿稽。我也很不舍得瀼西庄。所以，我希望你同我们一同走。

今天晚上，这是她第二次听人谈说出峡的事了。她不想听，可是又不得不听。面前的少家主待自己多亲切，多温柔，她当然知道对方的心意。她一直默默地把宗文送给她的木鸳鸯视为人间第一珍宝，小心地藏在了自己的枕下，每晚睡觉前都会拿出来摩挲和凝视。凝视久了她就会发呆入神，忘了时间，忘了一切。

于是，她什么也不说，就只是望着宗文。只要望着就好，

第四乐章　出峡

除此不敢多想。

宗文也不说话了，他也望着阿稽。她的眼睛里还含着泪光。宗文离她很近，近到可以细看她脸颊的轮廓，微微翘起的鼻尖，清秀的两颊和下颌，还有抿紧了的无言的嘴唇。可是，她脸上的表情就像今晚的细月一样让人捉摸不透。

现在，她的心意他已经知道，而他要说的话也已经对她说出。

此刻，宗文不只是杜甫的长男，他还是试图了解自己命运的勇敢的少年，这个少年即将成年，正在努力探索自己的前路。他心里想，什么北地，什么南国，什么汉人，什么僚人，什么主人，什么仆人，阿爷嘴上总是缠绕了这些要将世界割裂的话语。在他看来，阿稽就是他心目中最为纯粹、最为理想的少女。然而，他的勇气也只够他走到这一步，其他就再也不敢多想了。此刻，倘若问他有什么心愿的话，他只愿时间能够永久停留在这一刻，他和阿稽都不再长大和老去。

时间过去了多久？宗文和阿稽都不知道。他们尽量延长着单独相处的片断时间。后来听到瀼西庄石门前传来了马蹄声，他们才一前一后走了回去。

宗文打开炉门，将之前拨散开的木柴重新堆拢，又添了两片柴，火苗很快就蹿高了起来。他带了一支火把走出了厨间。阿爷阿母回家前，他要将前轩的炬火先点上。过后他走进了自己单住的那间小院，半躺在床铺上，两手枕在脑后思想起来。这间小院，观叔叔离开后他就换住到了这里。原先那间屋，现在堆放了米粮、酒瓮、酱缸和其他的一些厨间杂物。

十一月初，西堤的米价仍在一斗三百二十文左右浮动。今年上半年春播时，杜家去市集购米时，价格都接近了四百文。

各地稻米上市之初米价回落也属正常。另外，倘若北地粮食歉收，南方的米价就会随之上扬。只要商路通畅，这都是自然而然的价格波动律。

杜甫按捺不住，有一天亲自去了一趟西堤，邸店主人冉武耐心地跟他做了上述解释。冉武还透露说，今年关中京畿一带的秋收情况并不理想，随着各地征缴的税粮开始北运，他预计到了下旬米价定会抬升。员外且在家里耐心等候吧，一有消息，我会马上告知。

说得挺有理，之前的担心稍微缓解了一些。另外，进入仲冬后夔州天气渐寒，杜甫就在瀼西庄蛰居，不再外出了。

该串的门都串了，整天围着夫人转也没什么意思，他老老实实回到书斋，静下心开始编集自己的诗文。

是按体类编排，还是年序编排呢？似乎有些两难。最好的方法，还是先按生涯前后排定，而在某段时间内比如旅食长安这段，再按体类编排。如此梳理，差可满足两方面的要求。再次抄誊有些麻烦，只能采用剪裁粘接的办法了，很快，书斋地面上就堆满了诗卷。

除了编集诗文，近来他又开始重读《曹子建集》卷五的诗和卷六的乐府。这天傍晚，读至《野田黄雀行》这首的前两联 高树多悲风，海水扬其波。利剑不在掌，结友何须多，不禁沉吟再三。子建所说"利剑"者，权势也。没有有力的官位，就没

第四乐章 出峡　723

有权势，就不必交友，真是石破天惊之论！这让他很快又联想到自己空有郎官名分而无郎官实授的寂寥处境。如今流落到夔州，不得不借力于军将出身的柏茂琳来谋生计，真是无奈又荒谬啊！

书斋窗外，夕光遍照了瀼西和东屯。入冬后，白昼时长变短，酉时一过，没多久天色就黑了下来。高空中，北风吹荡着南境的云霾，天空是一半暗灰，一半绯红。东屯那边，百顷稻田中水洼已干涸，看去一片萧瑟。瀼水岸边的汀洲上，两羽白鹤正飞落下来，隐没在芦草丛中。杜甫又想到了自己曾经救治过的受伤雄鹤。那一对寄居小园茅屋的野鹤，眼下仍然栖息在夔州么？

入夜后，他在案头点上了油灯，又往烛台里插上了一支丁满送来的闽越蜡炬，在明亮的烛光下继续编理旧诗，直到深夜时才躺下眠卧。

十三日下午，元持来访瀼西，随行仆人还带来了礼物。有节令腊肉、腌笋、一壶佳酿，另还有上好蜀纸三叠、彤管笔一盒。元持说，腊肉和腌笋是我家仆人新制的，送来给员外尝鲜。其余都是柏中丞所赠，他特意嘱咐我来瀼西探望你。

迎入书斋落座，元持见到满屋子的诗卷文稿问：书卷摊开满地，杜二是有什么谋划么？杜甫将近来静心编辑文稿的情况告诉了他。元持听罢说，人生一世，百年倏忽即过，万事尽同浮沤，你的这些诗文却不同，它们必能在后代找到知音。整理好后，将原稿送来我家，我雇人再抄誊两份，以备今后流传。

这话杜甫爱听啊，他差不多已整理了一半，待全部编成，会立即送去元持宅。

又问元持吏部调令何时下达，元持说，应该就在下月。

该入正题了，柏中丞托他送来礼物，自然也托他带了话。元持也不遮掩，转达了柏茂琳再次相邀入幕的意思。柏中丞说，之前剿灭峡中小股叛乱，员外献策很见效，今后也想继续听取员外意见。员外不必来使府上值，仍在瀼西过乡居生活，遇到大事，他会延请员外到官舍，与几位近身亲信一同商议。柏中丞还说，员外倘若应允，他还打算向朝廷上表授官。

柏茂琳的邀请还蛮有诱惑力，尤其是上表授官让杜甫不由心动了。转念一想，入了夔州幕府，受任职身份所限，授官恐怕也不可能有实质的提升，与目前的名义郎官估计也差不多。那么，何必求这样的虚名呢。而一旦真的攀上柏茂琳幕府这根藤蔓，今后就不容易甩脱喽，自己的命运也将与柏茂琳捆绑在一起。柏茂琳急欲在蜀中用兵，倘若兵败失利的话，岂不是自寻烦恼么？

思来想去，还是拒绝了这个邀请。他对元持说，入冬过后肺疾又有发作，夜咳不止，左耳也近于失聪，自己已年老体衰，不能应付入幕生活了。不过还是很感谢柏中丞，只要自己还在夔州，只要府主召唤，随时可以入府献策。

话说得很委婉，后面也还留了一扇门。也就是说，这段时间他随时可以与柏茂琳见面商谈。

作为多年的老友，元持当然能够理解杜甫的心思。若要授官，杜二他更希望能在两都之内获授官职，而不是下州的幕府

第四乐章　出峡　725

佐官。这其中的差别可大了。那就这样吧，自己的使命已经完成了。

往下元持还向杜甫透露了另一个消息：崔旰近日接得朝廷敕书，散官官阶进授了检校左仆射，并要他入京面圣。此去长安，或许又会有新的升迁。

杜甫倒不觉得意外。杜鸿渐果然听从了杜亚的建议，要将崔旰调离成都了。如此看来，柏茂琳和卫伯玉以及泸州杨子琳的联手就是同步实施的后一道手段啊。

元持不知内情，杜甫就解说了一番。去年二月末，杜鸿渐派出的蜀中官使曾向前任刺史王崟和自己谈到一个先礼后兵的计策，先假意笼络崔旰，后面设法让他束身归朝，然后再一举讨平。不过，这只是杜相与卫伯玉两人的谋划，皇帝和其他大臣未必都会认可。

元持问，按员外推想，蜀中后续形势会如何？

杜甫说，只要崔旰离成都到达长安，柏茂琳、杨子琳和李昌巙必定会伺机出兵，进围成都。也就是说，蜀中再次爆发战乱已不是可能性的问题，而是时间点的问题。

元持说，照常理，崔旰接到诏书后月内就会启程，腊月中旬前会到长安。

那么，出兵进围成都或许就在年前了。崔旰此人并非蛮勇之徒，极有谋略。蟒蛇脱落了蛇蜕，还是一条蟒蛇，蜀中又将成为蛇蝎互斗的窟穴了。这是杜甫的预判。

此前，出峡在他心里只是一个并不明确的念头，元持告知的这个消息有如放上了一个重重的砝码，让他心里那架天平有了明显的倾向。现在要考虑的已不是是否出峡，而是何时出峡的问题了。时间还不能拖得太晚，最好新年开春就发程上路。

杜甫将元持送出了瀼西庄石门，回到草亭，环视了暮色掩映下的果林与屋宅。来夔州后先后住过三个地方，瀼西庄这里幽静又开阔，生活方面也很便利，搬来这里的这八个月是多么安逸自在！夫人和孩子们肯定也是同样感觉。今天他已拒绝了柏茂琳的再次邀请，眼看着蜀乱即将再起，此地不宜久留了啊。他心里充满了矛盾、不舍和痛楚。如同此前数次的避乱迁徙一样，自己的命运又一次受到了外力的推挤，真是逃到天边也无法摆脱的宿命哦。只能由他一人来做出这个艰难的决定，只能由他一人来承受，家人是没法替他分担的。

暮色渐深，杜甫走回了书斋中。柏茂琳赠送的蜀纸与彤管笔就放置在书案上，他默默注视了许久。夕照从窗口投入了室内，蜀纸泛出了蛋白色的柔光。装笔的漆盒不知被谁打开了（是宗武将纸笔拿进屋的，是他打开看后忘了盖上了吧），三支笔身刷了朱红漆的彤管笔静静地躺在笔盒中，似乎正等待他的召唤。杜甫取出一支，将笔帽摘下，在水盂中浸了一会。待毫毛软化，在小砚中蘸取了墨汁，写出了一首五言四韵的《晚》。后两联　朝廷问府主，耕稼学山村。归翼飞栖定，寒灯亦闭门，　直接表露了不入幕府而欲北归的心迹。写成后，杜甫再录一份，派阿段送去了元持宅。元持定会将它再转呈了柏茂琳。这首诗，就当作自己的正式回复吧。

晚上，想到元持所说崔旰授官一事，杜甫意气不平，感愤又忧虑。第二天一早起身，又写出了七言歌行《锦树行》，风格与去年所作《久雨期王将军不至》类似，情致却很不一样。

此诗前半是对东屯收稻后生活现况的实录，倾诉等待稻谷出售的烦恼。后半笔调完全翻转，"自古圣贤多薄命，奸雄恶少皆封侯"一联完全针对了叛将崔旰得以授官和进京一事。朝局时事真是越来越不堪，点数自己在蜀中和峡中所遇的各地节度使、刺史，得势上位的尽是武夫。百姓无知，不尊圣贤而独崇奸雄恶少，导致天下风气陡变，文废而武驰。连自己的大儿宗文也曾流露出投效军门这样的荒唐想法，甚至还与自己发生争论。再看看自己，求官北归而不得，流落到峡中还不得不屈尊为稻粱谋，还谋得如此辛苦，真是可笑又可悲啊。

这是一个文士退潮、武人晋身的时代，强烈的对比反差让杜甫受到了强烈的刺激，所以才发出了这样的浩叹！不过，因为讽刺武人得志的用意非常明显，不宜流传到使府中去，故而几日过后丁满来抄诗时，杜甫并没有出示。

这首诗起初无题，定稿时从第二联首句"霜凋碧树待锦树"中摘取"锦树"二字为题，定名为《锦树行》。杜甫在诗题侧边还加上了一排小注："因篇内有锦树二字，摘以为题，非正赋锦树也。"

6
（稻米售出后的家计账）

瀼西庄现在弥漫了一种安静或者说沉闷的空气，家主杜甫全身心投入了诗稿整理的工作中，常常接连好几天足不出户，洗漱和饭食都由仆人送进书斋来，只偶尔走出，去草亭独自闲坐。连孩子们都感觉到了异常，女儿杜董就很担心，常常趴在门缝里看自己的阿爷：他只穿了夹袄，没有穿袍子，身上披了青羔裘，头发乱乱的，没有收束，也没有戴帽。常常手里拿了诗卷在吟哦，有几回还自个儿在那里自言自语，或点头，或发笑。

阿爷怎么了啊，她跑回来问母亲。

杨氏倒不觉什么。哎呀，你阿爷的痴魔症又不是头一回发作，去年在西阁时还要厉害呢。等这阵子兴头过去就会恢复正常的。还有谁能比她更理解丈夫此刻的心境呢，因她现在也关切着米粮的出售。这件事一有了眉目，夫子就会走出书斋来，准定是这样子的。眼下像这样关在书斋中自我封闭起来，且随他去吧。入冬过后,寒气一天天加重,各种行动不便,待在家里不是很好么?

阿爷连着好几天都没有将二儿宗武叫进书斋,似乎忘了督促他每日的诗文功课,于是他每天围着哥哥转,宗文到哪里,他也要跟到哪里。宗文待弟弟向来很好,于是两个人整日也躲在小院里,琢磨各种雕刻的图样。之前的那艘大龙船还有一些余留的细节要处理,他还和弟弟一起商量。宗武有一次问哥哥,能雕刻这样的缩小的船,以后是不是就可以建造真正的大船了?宗文说大船、小船,原理是一样的,但是,在造真船的时候,遇到的木料要大很多,工具也不同,方法也不同,因此又很不一样。雕小船只须研究其外形轮廓,造大船还要研究船体结构和连接牢固的方式。倘若今后自己要谋生,或许造船也是一条出路呢。阿爷的诗文,我是学不进去了,阿骥你要努力读书,我们家还得有一个读书种子啊。

话是这么说,有时他也会帮助弟弟的功课,与他一同讨论。他们两个近来其实也在诵读阿爷的诗,尤其是在云安和夔州写成的诗。有的诗比较好懂,有的诗却比较费解,但因为诗里写到了很多夔州的实况,有很多经验可以共通,感觉就十分亲切。

信行和阿段入冬后仍不时出门采药。到气温陡然下降的下旬,因为家主的吩咐,他们两个便不出门,只待在小园侍弄菜圃和养鸡。如此,在瀼西庄,现在调节了全家生活节律的就是杨氏和阿稽了,信行和阿段手头空下,也会来厨间帮忙。

杨氏只对一件事有些犯疑,阿稽似乎发生了某种不知原因的变化。以往她总会陪了自己和杜堇说话,每天都像一只啾啾唧唧啼鸣的小鸟,手头一边做事一边还会哼歌子。每次去瀼西采买东西回来,各种见闻谈个不停。这个僚人婢女啊,每天像女儿一样依恋着她。可是,这个少女近来变得非常沉默,面上常会流露忧郁的表情。她是怎么了呢?有一天杨氏还问过阿稽是不是有什么心事。她吞吞吐吐,犹豫了半天也没说出什么来。

阿稽干完了活,总会坐在厨间的木柴垛上,静静地看着窗外,可窗外除了叶子凋零的果树和一方灰蒙蒙的天,什么也没有。

唯有一次,瀼西庄里闹出了一点动静。小园里的鸡栅不知怎么的被捅出了一个大窟窿,十来只雏鸡从洞眼里钻出,漫步在果园各处寻食。有两只颇不懂事,竟然走到了屋宅这边,一只跳上了厨间外接水的水缸盖子上,另一只直接跑上了正堂的石阶。

第一个发现的是阿稽,因为水缸就在窗外,那只在缸盖上兜转的雏鸡跟她面面相对呢。不好,鸡仔儿跑出了!她走出厨间,去小园通知了信行。等信行跑去鸡栅一看,鸡栅窟窿已经给捅大了,几只母鸡已经钻出,唯一的那只公鸡"乌将军"因为身材较大较胖,正在和窟窿眼作斗争呢,鸡头已经探到了栅栏外。信行连忙找来柴片临时堵住窟窿,一面忙去捉逃散到庄内各处的鸡仔。

阿稽的叫声和外间的喧闹声惊动了小院里的宗武,见到这情形,他也加入了搜捕行动中。跳上正堂的那只雏鸡由宗武和阿稽合围了，第一个在木芙蓉花圃那里被捕。杜甫听到外间嘈杂声，将头探出书斋窗口，恰好看到了这一幕。不过，这次家主并没有理会这件事，反正阿段从西堤回来就会修理好的。

宗文和阿段每日早晚继续前往西堤。米价在十一月中旬，的确开始上扬到了三百四十文。冉武的意思还可以再等等，最好到下旬再出手。宗文带回的这个意见杜甫也很认可。看样子，米价应该也不会下跌，马上就是寒冬腊月了呢。

下旬二十一日的这天上午，西堤驶来了三艘大商船，其中一名船主与驿官丁满还是同宗的从兄弟，是往来蜀中和京城的巨商，不但拥有数艘大船，陆路还有三支马队。这位丁姓商人有意收购夔州东屯的优质稻米，丁满将他带去见了市丞，市丞于是立即介绍到西堤邸店，由冉武负责接洽交涉。谈拢的价格是白米一斗三百七十文，红米一斗四百二十文，平均起来每斗价格已接近了四百文。关中米价日前已经上扬到了五六百文，只要抓紧时间输送，这里边就有不少差价可赚。合同计算的售价是四十五金。

中午，冉武邀丁姓大商小宴，备下了酒菜。一边让人将宗文和阿段叫来，如此如此地讲说一番。宗文判断已到了出售的时机，让阿段赶紧回瀼西庄报信。阿段正要出门，冉武又叫住了他。

骑上邸店的马去，来回比较快！

听到这话，阿段立即去马棚牵来了一匹，翻身上马，赶去了瀼西庄。

在城内必须步行牵马，一出了夔州东门，阿段便让马儿放足奔驰。一刻时间不到，他就跑进了瀼西的书斋中，报告了冉武代为洽谈的价格。家主正埋头誊抄诗稿呢，听到售价已经接近了理想价位，没有什么犹豫，立即允准了。另外让阿段带话给宗文，四十金可以换成碎金或银锭，其余直接拿青钱就可以（交易时不要忘了让市丞作见证保人）。之前已嘱咐过宗文的话，这次又重申了一遍：经手处理不要拖泥带水，贮粮全部售出，钱货两清后立即回返。还有，对关心此事的冉武、丁满还有市丞要礼数周到。

　　阿段回返西堤报讯后，小宴刚刚结束。丁姓商人仔细检查了仓房中贮藏的稻米，品质上佳，当然很满意。随后和冉武两人当面交易时，市丞、丁满都出面作保，当场钱货交割。冉武立即安排人手将稻米装上了船，另一面点数核准了商人交付的青钱。

　　按员外的意思，冉武在邸店称量了四十金的碎金，装入单独的囊袋中交给了宗文，折合为五金的五十贯青钱装入了两个小木箱，需要雇驴背负。丁满说正要去探望员外，正好一路护送，他就去官驿牵了一匹驴来，交由阿段牵引。冉武让宗文将售米的资金一一过目点数，过后吩咐说：仍旧骑邸店的马回去，到庄园后报知员外，就说钱货交割清楚，交易顺利达成了。

　　宗文恭敬地对了冉武叉手三拜，又谢过了市丞和丁满。对售粮过程中出力很多的这三位，他都是口称为伯的。

冉武亲手将囊袋的两根长绊在宗文背后系扎好,扶他上了马。宗文和丁满各自骑马,阿段牵驴,伯夷和辛秀徒步伴随。这支五人小队离开了西堤。

走在途中,阿段问宗文,四十金有多重?

宗文说就和打了一满筐草差不多重。

原来只和一筐草那样重啊。这就是少年阿段对四十金的最直观了解了。

宗文今天穿了一件阿母去年给他新做的墨绿绫袍,骑在马上已很有少家主的气派了。因为身边有驿官丁满骑马伴同,当他出夔州城时,几个守门卫兵还以为是一位新来夔州的官人,齐同向他叉手揖礼呢。

虽说有四人伴随,宗文还是有点紧张。他知道,这是阿爷辛苦谋得的一笔资财。近来在西堤待了很长时间,他对各色货物的价格已非常了解,也很知道四十五金的价值。这笔钱的数目不小,阿爷可不止会写诗。

瀼西庄这边,家主仍在书斋里整理诗稿,心情貌似很平静。夫人杨氏却按捺不住了,她提早在瀼西庄草亭里等着了,还让信行启开石门的门扇,走去门口眺望。只要看见宗文他们来到冈上,即刻跑回通知。

五人小队很快进到了瀼西庄,宗文只见阿母迎接,没看到阿爷还有些意外。按父亲惯常的性急脾气,早该等得不耐烦了。不,竟然还在书斋中。

丁满到瀼西庄后,马上去书斋与杜甫相谈了,祝贺员外督田有了收获。

这次能够顺利售出，可多亏了丁满的引荐，帮助很大。杜甫郑重拜谢了他。

丁满见状连忙回礼，满脸堆笑：员外来到夔州，那是本州的荣耀，何来感谢一说呢？这都是顺手而为的小事。我呢，平日就在驿馆和西堤两边走动，平时认识的人比较多一点而已。

杜员外看定了他说，甫在夔州有你这个小友，幸甚，喜甚！说完自己也笑出了声。

丁满这天还告知了从路凭司马那里听来的消息。今年二月，代宗命大理少卿、兼御史中丞杨济修好吐蕃。四月，宰相元载、杜鸿渐及内侍鱼朝恩与吐蕃使臣论泣藏于兴唐寺会盟。九月，吐蕃数万人围灵州，被官军击退。十月，路凭司马的父亲、朔方节度使路嗣恭破吐蕃于灵州城下，斩首二千余级。吐蕃的边患得以缓解，这当然是个喜讯，杜甫听到这个消息，即兴写出了一首《近闻》。不过，他对陇西边陲的形势估计未免过于乐观。此后，陇西及西域门户敦煌陷于吐蕃长达数十年，且一再威胁西京的安全。

丁满问员外有无新作可供抄录。杜甫便将近来写出的几首拿给他看，任他在书案前誊抄。当然，《锦树行》那首是抽掉了的。

时间已不早，太阳快落山啦。丁满抄录完随即告辞，杜甫将他送出了书斋。

杨氏和阿稽在准备晚食了，信行和阿段也来帮忙。趁饭前时间，杜甫将大儿、二儿唤到了书斋，给他们补一补近来落下的功课。宗武诵诗，宗文抄录文稿。

等他们两个功课交毕，正好阿稽来唤吃饭。家主今天来到前轩，又与家人一同聚餐了。

夫子要饮酒不？杨氏问他。

那就来一杯吧。给宗文、阿段、伯夷和辛秀也倒上一杯。这一个多月来，他们在西堤等得辛苦。

阿爷，我也要饮酒。二儿宗武说。

啊，宗武也去过西堤一次的，我怎么给忘了呢。

阿爷，我也要饮酒。女儿杜堇说。

好好好，也给你倒一浅杯，沾沾唇。

杨氏今晚笑颜满面，难得给女儿破了个例。

在这个特殊的日子，杜家不分主仆座次，十人一同围坐了饮酒谈笑，真是欢乐无比啊。

只有一个人比较静默，那就是阿稽。当她一人在厨间，蹲下拨弄炉灶柴火的时候，眼角忍不住流出了泪。不是被烟火呛出的眼泪，是无奈的眼泪。

她抹干泪水，端出最后一道菜盘时，脸上已看不到任何哭过的痕迹了。

这天晚上，家主夫妇都在书斋中，两人现在要计算一下账目了。

去年十月时，杨氏曾给杜甫排算过当时的家计账：那时，家中余留了三十一金。一年多来，陆续有收到柏中丞所分的十八金

（含最初所赠四金）。

住到瀼西的八个月来，因草药、菜蔬、肉食可以自给，家内各项开销比之前降低了不少。一年以来，饮食、衣装、年节，外加草药的开销合共有十一金。

三月余留	三十一金
杨氏钗钏珠翠	价值十金
裴太夫人赠送的妆奁	价值十金
破项（开销细项）	
夔州饮食耗费	四金
夔州购药（不能自采的草药）	三金
医工灸刺	一金
衣装、年节等杂项支出	三金
瀼西庄购入	八金
七月从寄附铺赎回钗钏	十金半
小计	二十九金半
入项（收入细项）	
柏中丞所分月俸	十八金
东屯督田的入账	四十五金
售卖生药材的入账	二金
果园柑橘的入账	三金半
李潮请诗的润笔	一金

第四乐章　出峡

小计	六十九金半
入破合计	七十一金
已赎回的钗钏珠翠	价值二十金
裴太夫人赠送的妆奁	价值十金
夔州每月所领禄米	糙米十斗

另外还有其他官僚友人、客商偶尔的赠物，如康万松所赠的越州绫、细葛布，王将军所赠潞州上党人参，杜位所赠两匹锦缎、一盒火晶柿子、一盒白蜜，韦有夏所寄柴胡，裴施州所赠青羊裘，孟仓曹的酒和酱，柏中丞所赠的蜀纸与彤管笔等，不一一。

东屯督田所获四十五金和柏中丞所分月俸十八金，合共有六十三金的收入，无疑极大改善了杜甫一家的财务状况，数值远远超出了出峡时的旅资四十六金。

这天晚上，杜甫将书案置到房间中央，点上了两盏灯，和杨氏两人计算了很长时间。快到夜半时才归理核对清楚。看着这份总的入破合算，再对照了杨氏记录的各月支出细目，等于也将入峡三年来的生活重新回顾了一遍。不消说，书斋里充溢了喜悦的气氛。长年盘绕在头顶的困窘的阴霾暂时散去了。此时的窗外，夔州上空的夜云渐渐飘移，浮出了半轮皎洁的下弦月。

为筹措出峡的旅资，为求得一个出路，来夔州的一年八个月中，杜甫同时投入了两个世界的经营：一面致力于诗，在创作上奋力向上一跃，一面也花费大量时间进行了世俗实务的谋划和运作。为了维持一家人的生活，这个早早脱离了朝官轨道的大诗人表现出了极为自立的一面。他可不是一个只会吟诗的文士！

今后生计皆在词句中！

这是去年初秋家境最为窘迫时杜甫对妻子所说的话。他是这么想的，也是这么做的。今天竟然也做到了。

然而，在夔州的这天晚上，他并不能预知后面将会发生的事。

明年出峡后，他在荆楚与湖湘一带漂泊的三年里，就再没有遇到类似东屯督田这样的好事了，沿途也没有像柏茂琳这样的有力人物提供援助。在潭州时他仍然不得不依靠采集、售卖草药来补贴家用。大历五年冬，当他在由潭州去往岳州的舟中去世时，夔州积下的这些恐怕也已消耗了大半。

7
（分道的岔路口）

十三日元持受托来访，杜甫再次拒绝入幕后，一直就有一个预感：这件事还不会这么快就了结。崔旰进京与加授检校左仆射散官，对柏茂琳来说是一个强烈的刺激。在如今的局面中，他亟需有一二得力的亲信谋士来运筹策划，而他身边并没有这样的人。

自己差不多已经决心出峡，但时间还没有确定。他仍然有些迟疑：九月初去白谷拜访时，柏学士曾说会再次劝说弟弟柏茂琳。之后杜甫一直没有收到反馈，学士既没有来访，也没有寄来书信。他需要知道柏氏兄弟这次会谈的结果，然后再行定夺。这样的迟疑中其实还抱有一种观望的态度：倘若柏茂琳能够看清目前形势，不贸然行动，则夔州还是可以继续居留的。至少，出峡并没有那么急迫。

二十二日，冬至前一天的晚间，开始飘起了雪。各间屋宅内早就备好了暖炉，连仆人的房间都有。瀼西庄在山林地带，之前为准备过冬，阿段和信行已提前备足了木柴。这个冬天，室内可比去年在赤甲宅时暖和多了。

第二天清晓雪停。杜甫不顾路滑泥泞，一手拄着藜杖、一手由阿段搀扶着登上了后园。

他为何要如此？因为要眺望北方的三秦之地。每到冬至日，长安城中就有朝参大会。到了这天，杜甫总会触发恋阙怀旧之情。乾元元年初贬华州那年的冬至，他就写过《至日遣兴奉寄北省旧阁老两院故人二首》，对朝会盛况念念难忘，第一首首联 去岁兹辰捧御床，五更三点入鹓行 和第二首首联 忆昨逍遥供奉班，去年今日侍龙颜 都是如此。当年在华州时，他就已经说出 孤城此日堪肠断，愁对寒云雪满山 这样的话，此后的十年中，这深重的哀愁从来未曾消退过，也无法忘怀。

登高望去，夔州四境已白茫茫一片，瀼西和东屯的景象多像北方的雪国！天空不见日阳，笼罩了一层厚重的灰云。北风寒劲，感觉非常阴冷，杜甫抓握拄杖的手指都有些发僵了。此时此际，京城的朝堂之上正是冠冕云集、百官祝颂的时候啊。想到热闹的长安朝会，再看这冷寂的夔州雪野，对比实在太过强烈了。

怅然返回书斋中，身上仍带着外间的寒气，杜甫让阿段将暖炉移近书案，坐了好一会才回暖过来。去年冬至后一日曾写有《小至》，感觉未能遣发愁怀，过后就伏案写出了《冬至》一诗。尾联中 心折此时无一寸 这句听来尤其沉痛。

诗写成，他将手中笔掷向书案，人向后一倒，躺卧在毡垫上，顺手拉过了青羔裘披盖在身上。炉边可真暖和啊，闭上眼睛，似乎就可以将这烦恼世间隔绝在外。室外的冷风正贴着窗扇缝隙呜呜而鸣，暖炉中，燃着的木柴不时发出了轻微的哔啵声。这无穷的哀愁，似乎只有睡去过后才会渐渐地淡去。

这天中午，杨氏见他又窝在书斋，不来前轩吃午饭，忙进屋来看。

无事，无事，靠着炉边取暖，不知不觉就小睡过去了。杜甫翻身坐起，一副睡眼惺忪的样子。

杨氏说，进食时衣衫不整可不成，夫子得稍微收拾一下衣袍，过后我再让阿稽将饭食送进来。还有，你那么宝贝的青羔裘不要太靠近炉子，太近了，毛皮容易烫坏。

杨氏随即坐在他身后，替他重新束发，缚上了巾，戴上了冬天的毡帽。杜甫手举铜镜看着镜面中映现的自己和杨氏，这才重新返回了现实世界，想到上午的低落情绪不禁解嘲一笑。这一睡，好像还真的治好了冬至日的忧郁症。

下午将身边书物稍稍收拾了一下，正待在案前落座，阿段失急慌忙地跑了进来：家主，不好了，有两个骑着高头大马的官人进入了果园石门，后面还跟了一小队兵士！

兵士进了果园？！

杜甫简直不敢相信自己的耳朵。他的头脑开始快速转动，思来想去只有一种可能：府主柏茂琳数次邀约都被自己推拒，难不成这次派出军人来庄里，将要强迫自己入幕？他知道，武人一旦犯横起来，那可是连天庭都敢戳个洞的。他连忙站起，要找来官袍穿上。偏偏这天杨氏将袍子拿去熨烫了,并不在书斋中,急得他大呼小叫。

杨氏听到阿段的报告也很惊诧,连忙从前轩将袍子拿来,替他穿上。正一团忙乱的时候,宗文也跑上了正堂:阿爷,柏都督还有柏学士来庄里了,说是专程来探望你,后面还跟了一队卫兵。他们已到了草亭,让我前来通报。

听到这个,杜甫就更不敢相信了。柏中丞亲来瀼西庄了?为何事先没有告知提醒一下呢?听到柏学士也同来,他因为之前胡乱猜测引起的恐慌稍微减退了一些。柏学士待我一向亲厚,料想不会发生什么糟糕的事情。这才定下了心神。

官袍穿好,杜甫由宗武和阿段搀扶着,下了正堂,来到前轩,向着草亭方向走去。另一面赶快叫宗文前去草亭报知,接入客人。他和杨氏,还有全家主仆都要出迎。

地面的积雪不厚,路径泥泞。杜甫和家人来到宗文所住的小院前,正要走去草亭,路道前柏茂琳和柏如晦两人已骑马来到了近前。他们翻身下马,向着杜员外走来。柏茂琳今天穿了一身戎服,足登高靴,人显得很有精神气,走近后拱手作礼,大声说道:杜员外,我大兄从荆州回返夔州,送他回白谷的路上,临时起意来你庄上坐坐,不知叨扰否?

杜甫连忙叉手作礼,妻儿仆人正要跪拜,被柏茂琳制止了:雪地里泥泞不便,这些虚礼就不必了。

站在柏茂琳身边的柏学士正笑盈盈地看着自己呢,杜甫连忙又向学士致礼。

柏茂琳捉住了杜甫的手,说道:杜员外,今日我们三个就

第四乐章 出峡　　743

学了王子猷雪夜访戴逵,也畅叙一番如何?

好好,府主和学士亲来村居探访,是甫的荣幸啊。

杜甫引着他们往正堂书斋走去,一路走,一路还介绍果园的面积和布置,今秋的柑橘收获,以及屋宅布局的大致情况。

穿过前轩,正要上正堂时,柏茂琳对了杜甫说:我常听大兄和驿官丁满称扬介绍,说员外的郊野庄园如何的清幽开阔,今日到来实地一看,果然名副其实,是个隐居安住的好地方。从正堂这里,可以俯瞰了夔州东面的全境啊,南抵白帝城,东望白盐山,正北面就是大兄所住的白谷。

杜甫连连摆手说,只是几间乡野茅屋而已,不敢称庄园。不过,果树还是有几棵,不妨叫他园主。

好好好,就叫员外杜园主了。

三人走进书斋前,柏茂琳命令军士系好马匹,停留在前轩休息。杨氏让阿段从其他屋子里再搬两具暖炉来,一具送入书斋,一具放在前轩。又让阿稽在书斋中新铺了两张毡垫。

现在,书斋里就他们三个人了。杜甫仍然有点不敢相信,府主现在竟然与他对面而坐。他敛衣向柏茂琳深深一拜,柏茂琳也对了他深拜。过后是与柏学士的对拜。在这些必要的礼节程序过后,马上要切入此次来访的正题了吧。不,柏茂琳提出先要看看杜甫最近写的诗文。柏学士也是这个意思。

于是,杜园主即刻在书案边一番手忙脚乱。《锦树行》的那张草稿就摊在书案下面,他赶紧塞进了书箱里,盖上了箱盖,然后又收齐了一叠秋冬以来的新作诗,篇目包括数首东屯收稻的诗，上月写的《郑典设自施州归》《寄裴施州》《观公孙大娘弟子舞剑器行并序》《奉汉中王手札》和《奉汉中王手札报韦侍御萧尊师亡》，还有本月写成的《向夕》《晚》《近闻》和今日上午刚刚写出的那首《冬至》。

将诗稿一分为二，让柏氏兄弟分看。两位突然来访的贵客此刻都安静了下来，各自翻阅诗稿，不时还吟哦出声。到此时，杜甫一直绷紧的神经才松弛了下来：原来，府主和柏学士上门来，不是为了兴师问罪，是要来看他的诗文啊。如此，可真有点雪夜访戴的意思了。

看过一纸，柏茂琳抬头对杜甫说：杜员外，不，杜园主，能否上一壶酒来，我们三个边谈论诗文，边饮酒取暖如何？

好好好，杜甫走出门外，吩咐在外间侍候的阿段去烫一壶酒来，要拿上回孟仓曹送来的那瓮未开封的佳酿来，先烫一壶。再煎一盘白小鱼来下酒。阿段领命，立即跑去了厨间。杜甫在他身后又加了一句：也给府主带来的卫士们备酒、煎鱼。

酒和煎鱼送入后，他们三人围坐在一起，谈论着这些篇章。有那么片刻，杜甫觉得有些恍惚，眼前的场景让他有一种失真的感觉（与住在成都草堂时严武的来访不同，因为他们是结识多年的老友）。此刻坐在他面前谈论诗文的，果真是那个从邛州衙将晋身起家的柏茂琳么？还是这本来就是他内里的真实一面，而自己之前并不了解？眼前的柏中丞，看到自己欣赏的篇章和语句时还不时与兄长相互比画讨论，仿佛他们仍是当年寒窗共读的两个少年。这场景，肯定也让柏学士感慨万千吧。是的，柏如晦偶尔抬起头来与他目光相接，流露了同样的惊喜

第四乐章 出峡

意外的表情。

诗文各自看过一遍后，柏茂琳和柏如晦两人共同推举其中那首七古歌行《观公孙大娘弟子舞剑器行并序》为最佳。柏茂琳饮下一杯酒，还当场复诵了一遍。对其中两联"爝如羿射九日落，矫如群帝骖龙翔。来如雷霆收震怒，罢如江海凝清光"尤其赞不绝口，认为还胜过了去年十一月十日在使府厅堂所写的那首《荆南兵马使太常卿赵公大食刀歌》。

柏学士说，后半中的两联"五十年间似反掌，风尘澒洞昏王室。梨园弟子散如烟，女乐余姿映寒日"也大好，余味无穷。读罢使人哀愁，又使人生发中兴之志。

听大兄谈到中兴之志，柏茂琳搁下手中诗稿，面上忽然换了另一副表情。他向前探出身位，对视了杜甫正色问道：杜员外，依你来看，某如今身在夔州，又如何实现这中兴之志呢？

杜甫之前已经放松的神经又绷紧了起来。这个题目太大，一旦展开来谈说，难免长篇大论。不过，《易经》革卦中正有两句话可以适用。于是，他也恢复了正坐，肃然回答说：君子豹变，小人革面。

柏茂琳继续追问：那么，君子当此之世，又该如何豹变？

这下可把杜甫难住了，他本能地想要躲避柏茂琳凌厉冷峻的目光，还有那怪异的表情（他嘴角那颗黑痣又在扭曲表情了）。但是，直觉告诉他，现在恐怕是柏茂琳心绪最为焦灼的阶段，自己不能回避。如果真的要献策的话，现在最好直接明白地说出，不要拖泥带水。所以，他最后说出的话是这样的：柏中丞，甫觉得君子当此之世，豹变的要旨应该是文武并驰以拱卫帝君，就柏中丞所处形势而言，暂时还是蛰伏夔州多加观察，以按兵不动为上策。

柏茂琳听了回复过后，开始陷入了长考。他的头颅渐渐低下，取来酒壶又给自己斟满一杯，仰头饮下。

柏学士这时探出手，按在了弟弟的膝头，然后悠悠地说出了下面的话：茂弟，你看，杜员外的见解与我相同。蜀中纠纷，目前靠武力已不能迅速解决，最终还是要看皇帝和王廷的定夺。倘若皇帝和王廷不想动手，那么就少了剿灭他的大义名分。倘若王廷已下决心，那么，崔旰的时日定然也不会长。

为何不能靠武力解决？柏茂琳转过头来，质问大兄，语气非常生硬。

只因蜀中兵力，以防御吐蕃的西山兵和剑南兵最为雄强，而偏偏这崔旰，又颇能抚恤手下将士，赏罚分明。他与郭英义争斗，就是明显的前例。后面山南西道节度使张献诚与崔旰在梓州大战，也屡战屡败，连旌节都被人夺去。倘若没有大义名分而争强，实乃下下之策。

柏如晦的解说，正与杜甫之前的建言相互匹配，前者为果而后者为因。

出乎杜甫意料的是，听了兄长的陈述后，柏茂琳面上的表情复又缓和了下来：我知道，我知道，杜员外和大兄所说都有道理。

他垂下了头，嘴角的那颗黑痣再次改变了面部的表情。不过，传递出的情绪既不是愤怒，也不是沮丧，而是一种进退两难的困窘。

第四乐章　出峡　747

过了会儿，柏茂琳拿过酒壶，替杜甫、柏学士和自己再斟了一杯，这次并没有立即饮下。他语气缓缓地说道：如今蜀中形势，的确如两位所说，贸然出兵或又不能除尽崔旴势力。据说那崔旴厚结了元载和中官，如今朝中左右宰相意见并不一致。赴京途中，皇帝还赐姓为"宁"。现在，他都不叫崔旴，改名叫崔宁了。

杜甫听了就说，如此看来，皇帝目前的意思就是安抚为主。宁者，宁事息人也。朝廷不想蜀中再起兵乱。

柏茂琳仍在那边喃喃自语：京中的杜相和荆南卫节帅一向对琼州军扶持有加，都主张依计除掉崔旴。他们两位于我有恩，贞节不能辜负。倘若不奉行他们的既定对策，贞节在夔州恐怕也待不了几天。

这回，现任夔州府主柏茂琳终于吐露了实情。他不是不明白，他已看清了局势，却苦于挣脱不得。

柏学士和杜甫现在是最了解他处境的两个人了。为夔州大局计，他们共同给出了一个具体意见：邛州军可以进驻到峡江上游的忠州，甚至是渝州。但千万不可冒险进围成都。

柏茂琳摇摇头：目下邛州军已和荆州军合为一股，荆州军将都直接听从卫节帅号令。卫节帅定然会让邛州军作先锋，而以荆州军作后援，这几乎是确定无疑的部署了。

听到这个，柏学士就有些生气了：那你现在这个夔州都督还有五州防御使还有什么意思？依我见解，现在要么称病不出，要么上表请辞。倘若不这样，茂弟啊，你就是卫伯玉和杜鸿渐手中的一枚棋子而已。而棋子是随时可以丢弃的！

这段话说得很重了。柏茂琳的脸刷的一下就红了。不是酒醉的酡红，而是愤怒和焦灼一时无从发泄所致。他将杜甫和柏学士的酒杯推到他们各自身前，自己先饮下了这杯苦酒！

无论如何，在我发军之前，还是想来探望一下员外啊。另外，我也想知道，倘若鹰公还在世，他处在我这种局面会如何？

杜甫伸手取了酒杯，饮啜了半口。此时他还真的代入了严武的角色来设想：鹰公做事向来手段暴猛，他在发力前绝对会有充分准备，往往让人毫不觉察。可是，倘若他处在目前柏中丞的境况下，上上策还是会谋求全身而退的。按柏学士的建言，部伍可以照旧拨出一支发送登程，由荆州军指挥也无妨。你自己最好还是称病不去。

容我时间再想想，再想想。

柏茂琳抱歉地看着杜甫。两人的目光交流又恢复了正常。

今天这番谈话真是暗藏风云啊。柏茂琳对自己没有任何遮瞒，态度很坦诚，这一点，杜甫已深深地体会到。故此，他对了夔州这位苦恼不已的府主深深一拜。很多话都不用多说了，一切尽在不言中。

柏中丞和柏学士要告别了，瑀甫骑上马将他们送出了瀼西庄。

骑在马上的柏茂琳又恢复了之前的府主姿态。他还故意驱马与杜甫并行，放大声量在他耳边说：鹰公之前曾说员外性褊躁，无器度。照你我交往来看，鹰公这回是说错了。员外不但没有他说的这些毛病，反而思虑沉静、处事周稳，不愧是两位先帝提拔的朝臣啊。另外，员外不入幕也无妨，你我今日交心晤谈，已同入幕无异。员外大可放心，只要你仍在瀼西，贞节还在夔州位上，定会如之前一样照护！

说完，他提鞭策马，第一个驰出了石门。那一小队卫士立即跟随跑出，步声杂沓，在融雪的泥地上留下了一连串的足印。柏学士停马，也与杜甫相互长揖告别，互道后会有期。

杜甫心里知道，今日聚谈之后，三人均已来到了一个人生分道的岔路口。

8
（诗国的天空）

柏中丞和柏学士冬至日来访后的某天，杜甫与杨氏第一次讨论了出峡的事。杨氏深爱瀼西庄，她是不同意就这么抛下的，孩子们也不会愿意。夫子，你再好好思量一下，夔州这里住得好好的，非搬离不可么？

蜀中很快要发生战乱，说不定就会波及到夔州。

出峡后，我家又去往哪里呢？

杜甫说观弟在蓝田新婚，估计年底也将携了新妇回到江陵了，或许可以移去他任职的当阳啊。

当阳对杨氏来说是一个虚渺的存在，哪里比得上瀼西庄。不过，听丈夫预告蜀中马上又要发生战乱，这个她却是有经验的。寓居蜀中的五年里，她和几个孩子亲身经历了数次：上元二年有段子璋的叛乱，到宝应元年有徐知道的叛乱。过后李忠厚纵军肆虐成都，吐蕃连陷松州、维州、保州三州，西境也警讯频传，全家人不得不从成都草堂避去梓州，广德二年春又移居了阆州。前年崔旰杀郭英乂、军将相攻的乱局总算没有碰上（幸亏有裴太夫人的提前预警，已及时离开成都）。对杜甫一家人来说，躲避兵燹几乎成了乱世中谋生存的一项本能。

战火真会延烧到这里？即便蜀中起兵乱，夔州离得还很远哪。

杜甫只能对夫人说出实情了：话是这么说，可我们的柏都督意欲领了邛州军和荆州军入蜀，在崔旰赴长安后，要攻袭成都呢。

这是柏都督前几日来时亲口向你说的？

嗯，我与柏学士几番劝阻都无效。所以，你说夔州还会安定么？

杨氏默默不能语了。她一个妇人家，无法理解外面这些争斗的起因由来。听到丈夫的解说后，心里不由得忧虑重重。

好在我们旅资已足，随时可以启程，避开战火纷扰。不管怎样，从现在开始，就要做好搬离的准备啊。

夫子定下时间了么？

杜甫看着杨氏，拉过她的手抚慰说：夫人莫急慌，还要再等等，看柏都督是否会领军离开夔州。倘若他还留在夔州，我家就也不走。倘若他不听我和柏学士的劝告，执意要入蜀攻击成都，那我们便要计议安排出峡一事了。夫人哪，我也不舍得抛下瀼西庄啊。

听了丈夫这番话，杨氏的眼眶湿了。本来确然的"现在"又开始动摇不定，而"未来"也变得不可预测。瀼西庄可是他们入蜀以来第一个真正拥有的家。

总得给孩子们透个底吧。

晚食后的前轩里，当杨氏告诉孩子们时，女儿杜董第一个表示不愿意：我不要出峡，瀼西庄有果园，有宽敞屋子，有花草、萤虫和小溪，还有阿稽陪伴。出了峡，就什么都没有了。二儿宗武之前一直蒙在鼓里，听到后很吃惊。由母亲告知，他才知道这件事已在安排中了。宗武性格内向，过后几天情绪变得十分沮丧，一直躲在屋子里不肯出来。大儿宗文没怎么吭声，他上月在东屯时就听阿爷说过，早已接受了这个现实。正在前轩收拾碗箸盘碟的阿稽当然也听到了，回进厨间后，她立在灶前很久，一直在发呆。

瀼西庄里，渐渐弥散着忧伤的气氛。犹如冬日盘空不去的灰云，这样的气氛让人深感压抑。

还有提前来到的告别。

月末，杜甫辞退了仆人伯夷和辛秀。此前在赤甲和西阁两边住的时候，因为平时出入需要爬坡，杜甫很是依赖他们的平肩舆。自搬来瀼西，平肩舆就很少坐了，东屯农事开始后，杜甫常将他们派去东屯，协助行官张望督田，职事与几个役差类似。其间伐木修篱、收获柑橘和看守仓房时，他们两个也出力很多。

家主夫妇提前结付了本年的工钱。为感谢他们一年半来的辛劳，还各送了一份丰厚的年赏：两小袋白米，一小袋红米，一篮新摘的冬菜、一篮柑橘、一壶家制豆酱和一瓮好酒。两个仆人真是纯朴啊，收到礼物后，他们过意不去，非得冒着寒风，结伴到赤甲西麓的林子里去砍柴，每人回来时都背了三大捆，垒齐堆放在毗邻厨间的柴房中。今年正月，杜甫曾在《峡中览物》一诗中评说夔州 形胜有余风土恶， 这回他却领受到了夔人浓浓的情意。

冬至前一日的初雪只是个开始，很快夔州就遭遇了寒潮。十二月初，连着三天飘雪，天气奇冷。去年冬天也下过几场雪，雪很薄，都是积在山顶青崖上，地面是没有积雪的，雪花落地后随即消融。今年可不同，第三天出门一看，地上已铺了厚厚的两寸。瀼水两岸都有厚厚的积雪，水面看去缩窄了不少。寒风吹到头面与脖颈，如同刀刮似的刺骨发痛。稠密的寒云凝滞不动，峡中景物全都暗淡无光。太阳里面那羽三足神鸟恐怕是翅膀折断了吧，那位驾驭日车的羲和[1]将它送去了哪里？

杜甫在峡中待长了，已习惯了这里温暖湿热的天气。在家闲居时，夏天穿细葛衣，春秋穿细麻衣，到十月下旬才换上了夹袄。下雪前后，气温陡降，因为南方湿度大，体感就比在北地时还要觉得冷。杜甫待在室内，除了夹袄和冬袍加身，还披了青羔裘，可即便暖炉一直烧旺了火，还是冷得浑身发颤，就像怀中抱着冰。不得已，只得再添一只暖炉。两只暖炉烧起来，暖和是暖和了，却是烟熏火燎的，时不时得开门、开窗透个气。

下雪天，孩子们暂时忘了出峡引发的忧伤情绪，又欢闹了

---

[1] 神话传说中为太阳驾车的人。《广雅·释天》：日御谓之羲和，月御谓之望舒。

起来。

宗文、宗武和阿段在果园雪地里展开了竞赛，相互比试谁的雪球做得更牢实，扔得更远。杜甫隔着书斋窗户都听见了他们的呼叫声。尤其是阿段，这个峡中少年有生以来从未见过这么大的雪，兴奋激动得仿佛迎来了一个节日。宗武这几天搬去小院与哥哥同住，今天也被带出来玩耍，随同了在雪地里追逐、打闹、翻滚，恢复了少年该有的活泼样子。

杜董这边拉着阿稽在前轩院子里堆雪，她们两个不停咯咯笑着，堆出了一大一小两个雪奴儿，给雪奴披上了花衣裳，还替它们取了名。阿稽似乎已将心里的烦恼丢开，瀼西庄里又能听到她银铃般的笑声了。下雪那天，她第一次穿上了杨氏给她做的冬衣（去年冬天没这么冷，她只是穿了夹袄，一样是杨氏给做的）。夫人待自己如此亲善，她是有报恩心的。阿稽的想法很简单：夫人如同再生的阿妈一样，不管还能共同生活多久，她都决心要振作起来，不能再整天愁眉苦脸的了。

即便下雪天，杜甫照例要叫来宗文和宗武，就近督促他们的日课。不过，所谓的日课上得也很随意。腊月雪后，杜甫让宗武试以《雪后》为题作五言四韵。宗武磨蹭了一个上午，写出来的诗却形同俚俗唱词。没办法，他只能手把手地点拨指导，还亲自动笔修改。宗文不喜欢作诗，他每日只须誊抄阿爷指定的诗文，抄完就可以交差。

这天抄好后交了过来，杜甫看他字迹尚且有些骨力，先表扬了一下。过后就提到了另一件事：熊儿，信行屋里那个雕刻了莲花纹样的佛龛匣子,我听说是你给制作的?

宗文点点头,表情有点骄傲:那是今年二月,依照了真谛寺中的佛龛制式做成的。望景台兰若的小佛堂中就有同样的一具。因为放小了尺寸,所以难度并不大。莲花纹样是我去各间寺院瞻佛时顺便画下的。

信行有了这个佛龛很是喜欢呢。嗯,阿爷也不强求你作诗,这几天天冷也不能外出,你就替我做一个盛放文稿的匣盒吧。匣面上能否镂刻一羽凤凰?

一边说,一边还给大儿比画他所需匣盒的长与宽。

宗文一听来劲了,过后立马钻进了杂物棚子。他找齐了工具和木料,坐在日光明亮的窗口开始了制作。

雪停后的第二天,女婿吴郎曾来瀼西探望,告知上月月中已在奉节县衙就职,家中老人弟妹一切安好,妻子也在静心养息(杜葵在东屯收稻后就住回了奉节县的新租屋宅)。

女儿已有两个月的身孕了。这个未来的外孙儿或外孙女,大约会在明年的七月初秋出生吧。杜甫就和吴郎还有杨氏一起排算着日子。新的生命正在孕育中,总给人以希望。

贫贱与富贵有差,安宁和动荡间或伴随,人类繁衍生息的节律却总是不变。旧的一代人将要逐渐离开,又会有新的一代人陆续来到。虽然很可能会因为出峡而不能亲见新生儿的降生,杜甫夫妇仍然充满了热切的期待。过后天气稍稍回暖,他们两个还一同进城,去看望了自己的大女。

八日开始回暖,里正窦全安和邻居孟长老来访瀼西庄。杜甫是北地人，去年暑夏不胜炎热，饱受瘴疠之苦。谁承想，今年冬天竟又这么冷。长老说，今年夔州的天寒可谓前所未有，自他记事以来，还没见过这么大的雪哪。不光人怕冷，连崖上的猿猴、江边的白鹤、白鹭都受不了，蜷缩在枯草丛中。夔州都这么冷，更可想见北地严寒的程度了。

窦全安说，这次探访瀼西庄，就是想看看瀼西各家过冬情形如何。倘若有困难，邻里间自当相助。于是三个人都不约而同地想到了西邻的老妇。因为是隔壁近邻，杜甫担心她家这几天有冻馁之患，就请里正前去探望，还让阿段送去木柴。

不久，里正和阿段回返。窦全安说，不知怎么回事，敲门唤了多次都没有响应。家中不会无人，感觉有点不对劲。

女婿吴郎借住瀼西时，不是还曾封堵过西面的篱笆缺口么。杜甫便让阿段去那边观察。如果发现有异常情况，由里正在场作证，就破开篱墙走入查看。

哎呀，亏得杜员外的提醒，后来阿段隐隐听到了西邻屋宅里孩子的哭声，他忙叫来信行，拆去了篱笆，与里正三人一起走进了西邻家。几间茅屋都紧闭着门，推开一看，那西邻妇人昨日已冻毙去世，家中的大孙和几个弟妹正跪在床前哀哭。

里正立即叫来了保丁，安排棺木入殓，布设灵堂。杜员外家和瀼西各家送来了木柴和吃食。杨氏将孩子们安顿到另一间屋子里，又让阿段跑去真谛寺叫来了心演法师，为妇人做超度法事。

杜甫对杨氏说，要不还是将西邻家的几个幼儿接来瀼西住几天吧，反正两家现在可以随时走通。和妇人大孙商量后，西邻的三个小儿女于是住到了前轩宗武那间屋子里。有杜堇和阿稽陪伴着,孩子们就不会孤闷。

里正忙里忙外,这一天实在是辛苦。孟长老也全力救助,派遣自家男孙帮助修理了西邻的屋宅门窗,砌了两个暖炉。阿段、信行送来木柴后,西邻的厨间也收拾了一番,重新点上了灶火。炉灶一开,家里仿佛重新恢复了生气。

过后杜员外、里正、孟长老还找来西邻大孙,了解了他们家的过冬情况,米粮是否充足,荤食和蔬菜是否还有储存。问明过后,由里正统一调配,商定了临时救济措施。无论如何,都要帮助西邻家先过了这个寒冬。过后的生计,里正也出了个主意。因为了解到西邻大孙识字能书,就让他平日过来帮着整理簿册,这样也能得一份县衙发放的禄米。开春后的耕作,孟长老也会全力协助。总之,在妇人过世后,要让这个年纪才十七岁的大孙慢慢将一家的生活给撑持起来。

到晚上,将西邻家孩子的卧间安顿好,杨氏才回到了正堂。外间起了大风,贴着窗口和门缝正呜呜作响。倘若众人未能及时发现异常,几个孩子继续在家守着过世的祖母,会多么凄苦啊。

西邻孩子们都睡下了?

还没呢,宗文搬出了他制作的木偶玩具,宗武和堇儿在编排故事,阿稽在旁边唱歌子,阿段在剥橘子。屋子里一堆人好热闹呢。

西邻家孩子怕生么?

刚开始自然是怕惧的。孩子嘛,过后不久就玩在一处啦。

真好啊。心演法师回寺中了么？

没没呢，他领了三个寺僧在做守夜超度，可要辛苦几天了。瀼西几家合议了要轮流供僧。

好啊，好啊。我家过后也要去寺中做施舍。

如心演这样的寺僧扎根于夔州的乡间，常会照拂周边的弱小百姓，像这样为苦寒贫家做法事也不是头一回了吧。之前心演还调解过自家的养鸡纷争，为伤鹤做过念咒护持呢。种种一切善行，让杜甫感觉很亲切。相对来讲，黄冠道人往往只能影响像元持这样的上层官宦，似乎太脱离百姓的日常生活了。

夫人在后间卧室的小佛龛前做念诵祈祷，杜甫就陪坐在她身边看经。他虽然是儒家子，近年来对佛理禅论很有探究的兴趣。友人李文巇出峡时赠送的六卷《法集经》，前一阵督田时也曾览读过。他看得懵懵懂懂，但大致也能明白经文里的意思，譬如卷三中的这一段话：

真如为实体。非真如法即是虚妄。实体即真如，真如即如来。是故如来名得涅槃。

所谓"真如"，所谓"实体"，所谓"如来"，所谓"涅槃"，都是描绘同一义。佛家所说的苦集灭道是一套完整的解说，环环相扣。只有进入真实的人间，对人生之苦境有了深切的体会，才会生起灭苦之心从而悟道。自己从旅食长安十年再到入蜀十年，其间忍饥挨饿、凋丧幼子、颠沛流离、奔忙衣食，尝遍了各种的苦。现在想来，当初对官名利禄的期求是多么的虚安。求取授官是苦，放弃宦途也是苦。虽然对功名之想已有反省，却又无法忘怀自小习得的圣贤大道，这是左右为难的苦。

人世间普遍的苦，非独集于自己一身。西邻妇人家中男丁尽亡、独自抚养孙辈是苦，里正窦全安壮年从军、受伤残疾是苦，孟嵇长老终年劳作、奔波缴税是苦，夔州土民水上搏命是苦，云安僚女负盐出井是苦。府主柏茂琳虽坐镇一方，却受困于权位诱惑而不得出离，这是另一种苦；而王廷眼看西境吐蕃侵攻威胁、各地军将割据作乱而无从压制，这同样是苦。

看清了这一点，杜甫似乎获得了某种觉悟。了知了这一层人间真相，虽然并不能将"苦"彻底灭除，却可以让人获得部分的解脱。你看夫人杨氏，自从信佛茹素以来，不是变得更柔静、更慈惠了么。潜移默化地，作为丈夫的杜甫也受到了感染。

第二天早起，写出了《苦寒行二首》。过后披上了青羔裘，拄杖走出了书斋。庭院积雪尚未融化，气温仍然很低。地面很滑，阿段搀扶着他下了石阶。

杜甫来到前轩，去宗武屋里看望了西邻家的三个孩子。早上杨氏将家里留存的栗子蒸煮了，屋里的大小孩子们正在分食呢。宗文、宗武把自己那份省下，就在旁边静静地看。杨氏怕孩子们挨冻受冷，还让阿稽取出了自家儿女小时的过冬衣物，让他们穿上。吃饱穿暖了才能熬过这个严冬啊。

从宗武屋子退出，杜甫由阿段搀扶了，又穿过破开的篱墙，走去探望了心演法师。不一会儿，阿稽提着食盒也走来西邻家。温热的软栗和蒸裹，就是寺僧们的早食。

心演一宿未眠，精神却很好，坐在檐头下与杜员外谈说了很久。杜甫就将自己昨晚所思所想说与他听。心演说，善哉善哉，员外说得对，世间有情悉皆是苦，有漏皆苦。能识得苦谛，才能生发出努力超脱的菩提心。这是觉悟的种芽呢。

法师要去隔出的一间静室休憩一会，准备下午和晚间的法事，杜甫退出后回到了自家的庄园。

午食后，丁满亦来瀼西探望，报告了昨夜大风寒冻的几个异象。

员外啊，昨晚北风刮得太大，夔州城中倒伏了不少树木，连白帝城水门的那几棵古松也被吹折了。你说惊人不惊人？还有，江面上竟然也像黄河那样有了流动的冰凌！

杜甫听了也很吃惊。长江有冰凌可是闻所未闻的啊。去年初来夔州后遭遇了酷暑，今年入冬又遭遇了严寒。这奇怪的天象，究竟预兆了什么啊？

丁满每次来都会抄诗，杜甫就让他抄去了今日刚写好的《苦寒行二首》。意犹未尽，伏案又新写了两首，定题为《后苦寒行二首》。如同去年六七月写成的《热三首》一样，都是记录夔州天气实况的诗作。

这寒天究竟什么时候结束，峡中又什么时候回暖啊。杜甫搁笔，马上又凑到炉子跟前暖手。

又问丁满峡中有无官船官使往来。丁满说，马岭的邛州兵

第四乐章　出峡　761

驻军月初就全部开拔了，只留了守备白帝城的二百军士和一小支马军。近来天寒，荆州没有上行船来，蜀中也没有下行船到。商船倒还是每天都有。这样的寒天，行船人也是辛苦啊。

府主呢？

府主还在夔州。不过，听录事参军私下说，他近日曾去了一趟荆州。

果然到最后还是没有自己的主见啊，柏茂琳的心思还在动摇中。如此，自己的出峡之心也进一步地确定了。

这天，杜甫向丁满透露了出峡的打算。丁满听到过后有些吃惊：之前看到员外购置了瀼西庄，还以为他会在此长住呢。员外出峡自有员外的情由，他也不便多问了。

杜甫告诉他，自己正在修订以前的诗作，蜀中诗和夔州诗不日就可以整理完毕，长安诗和早年诗还需要一点时间。倘若出峡，丁满你可以提前抄录一份，与之前已誊抄的相与核对，以后面定稿为准。

丁满啊，夔州幸亏有你这个小友陪伴，不然，真有几多寂寞！甫今后命途有两个，一个是肉身的命途，另一个就是诗文的命途。后一个交你保存，甫是放心的。

能被员外如此看重，如此授以重托，丁满这个小吏别提多开心、多荣耀了。

暮冬前后，夔州的天色阴沉了将近一个月。这天傍晚，日阳从云层一角中钻了出来，阴霾和薄雾开始散去，天空渐渐转晴。此时，西边的红日照耀着积雪的白盐山，将整片山麓通体染成了彤色，静穆的斜晖也投照在瀼西的屋舍和树林之上。

窗外，原来躲在屋子里的孩子们都走了出来，前轩院落和果园里到处都是他们的欢乐语声。瀼西庄重又恢复了生气。

十一日上午，三日法事完毕，杜甫邀了心演法师和两位僧徒在瀼西庄过午斋。饭后，还让大儿宗文牵了马，将法师送回了真谛寺。信行和阿段趁着日阳高照，天气回暖，一早已经背了箩筐，渡过瀼水去北谷采药。地面霜雪尚未化尽，可信行说在庄里待了好多天，他要和阿段到外边走动走动，只要仔细寻觅，看准了地方，拨开草窠定然会挖到药材，不必等着开春时的条蔓转绿。

这天下午有较长的午睡，晚食后又有小睡，杜甫在书斋独坐到凌晨，终于将蜀中诗和夔州诗整理完毕了。和之前的修改诗稿不同，这是一次集中的回顾与审视。与蜀中诗相对比较平和的情绪相比，入峡后的诗篇很明显地在激昂与低抑之间有很多起伏变化，也更符合他在《进雕赋表》中自陈的 沉郁顿挫、随时敏捷。 诗材获取也更加自由，已到了随手俯拾皆成诗的境界。蜀中几年虽然蛰居草堂，但大都是与官宦交游，到了峡中就不一样了，尤其在夔州的赤甲宅和瀼西庄，他的生活第一次融入了庶民的世界。

推开书斋门，杜甫走下石阶来到前轩，坐在充作临时坐具的矮木桩上。夜气尤寒，他裹紧了青羔裘。天心一轮明月朗照了夔州四方，清冷的月辉投照在前轩，他的双膝上有如落了一层薄霜。

夜风吹散了薄云，天幕中星河璀璨。东方的天空中，那颗

第四乐章 出峡　　763

与月亮遥遥相对的明亮的长庚星是不是就是李白的化身哦？他曾对自己说过，之所以会取"太白"为字，是因为母亲受孕时曾梦到了启明星。他真是和启明星一样的人物啊。对于李白，自己充满了敬爱与怜惜，当然，也有在诗艺上竞赛的用心。倘若可以，自己也愿意化作拱卫他、烘托他的一颗星辰。当年追随李白漫游时，心智尚未成熟，还没有充分的信心，到今天，他觉得这个愿望已不是虚妄。三不朽中的"立言"已经做到了，至此已没有遗憾。

此时此刻，夔州这个冬夜的星空在他眼中已是诗国的天空。哦，在西面蜀中的方向，有一颗星辰就是陈子昂吧。在夔门东面，巫山县的上空，倘若有一颗星会是宋玉，那么，在秭归的上空就有一颗星会是屈子芈平。在更远一些的东方，在荆州的上空也会停留了阴铿和庾信这对双子星吧。放眼峡东和北方，还有更多的已然化为星辰的前代或同代诗人：陆机，陶渊明，鲍照，何逊，孟浩然，高适……在他幻化的视域中，还有其他难以计数的明星。

与这浩瀚的星空相比，人间的名位与权力多么虚妄！那些依附了权势飞黄腾达的家伙，日后不也是一副虚无的骸骨！万古之后还会留下些什么？肉身的消陨乃是常态，一切都将归于空无萧瑟。金仙佛陀所揭示的真如本性，就是这个苦与空的真相。自己的命运正与众生相同。到今天这个年纪，自己是再也不信什么升仙之道了。

然而，看清了这个事实，他却并不感到悲观。恰如此前对丁满所说，已到颓年暮齿的他还有另一个命途——诗文的命途。它定然不会是虚空。这些诗文已然拥有了生命实体。这与其说是信念，不如说是强烈的预感。

　　白盐山巅后的东方泛出了鱼肚白，前轩的梁脊上映上了朝晖，天快要亮了。可是，自幽渺不可见的北方，又向瀼西这里刮来了大风。高空的风好像要把星粒密布的天河都给吹翻了，群星渐渐消隐不见。而低处的回旋的风正摇撼着瀼西庄千棵果树的枝条，仿佛在提醒人类它还有余留的威力。

　　哦，但愿明日还是一个好晴天，天气能够继续回暖。

　　自羁留云安，到此时转眼已是三年，时光真是飞逝如电。这三年中，为了养病，为了谋得旅资，为了生存，自己已将荣辱抛在了脑后。这宁静的山水形胜的夔乡啊，倘若离开后，会不会引发另一种乡愁呢？虽然尚未确定启程的日期，然而随了时间的推移，他越发觉得这里的一切都可眷恋，连同它的酷暑与严寒，都已化为对比鲜明的记忆。

9

可喜的是,北方的玄冥神[1]终于退却,南方的祝融神回返了。过后连续几日太阳高照,天气迅速回暖,地面的积雪全已融化。

西邻妇人已经安葬,孩子们也归返了自家。开出的篱墙并没有堵上,两边的孩子们照样穿梭往来。粮米现在就由瀼西各家合力接济,杜甫有一次还派去信行和阿段,帮助妇人长孙开垦菜地,商量了春耕的安排。只要孩子们能够自食其力,西邻家就还留了种苗在。

腊月十八日下午,孟主簿来到瀼西,带来了兄长孟冼的信。

信中先告知了到洛阳后的应选情况。杜员外写的推荐书状已投给铨选主官李季卿,李季卿还当面问起了员外在蜀中和峡中的生活情况。书判笔试和身言面试已通过,目下正在等待公

---

[1] 玄冥是北方之神,也是冬神。祝融是南方之神,也是火神。

布"长名榜"[1]，才会知道是留是放，此时心中仍是忐忑不安。不过此次参选，对于相关程序已有真切的经验。

他现在租住在城东从善坊，距离员外小时住过的仁风坊很近，因此顺便走访了杜甫二姑母的裴家，寻到后但见门户紧闭，敲门后只有一位老仆出迎，言称员外姑表兄弟裴朝牧仍在世，目前在北地幽州做外任官。

在等待张榜期间，孟冼还雇马出城，去了一趟偃师土娄庄。按员外所绘地址方位找到后，但见门庭荒芜，屋宅半已塌落。询问邻近民户，说目下已无杜氏族人在此居住。又去杜家的祖墓，见墓地边有一栋住屋，有曹姓仆人离乱后返回，至今已守墓多年。

读到此段，杜甫不由流下了热泪：自己与杨氏新婚后，这位叫曹二郎的仆人就跟随了自己，曹二郎如此不离不弃，真是义仆啊。

他马上就唤来妻子和儿女一同来听读书信。孩子们虽然对洛阳家乡并没有记忆，但看着阿爷阿母忘情激动的模样，当然也受到了感染。

近日每有使府官员到访，杜甫都会询问府主柏茂琳的动向。孟主簿说，听闻崔旰已到京城，现由弟弟崔宽留守成都。近来使府上下都在传言，说柏中丞要与泸州刺史杨子琳联手谋事，月内即将动身，领军先抵渝州。夔州官员忧惧战事将临，各自惶惶不安。往来峡中的船商也唉声叹气，因蜀中一旦发生

---

[1] 按资历考绩依次诠补官吏的名单。

动荡，商路眼看着又会断绝，而行船人也将失了谋生的职业。杜甫听了失望至极：倘若之前听到的柏茂琳去荆州的传闻属实，则卫伯玉必然又向他施加了进军蜀中的压力，他最终还是没有顶住啊。柏学士和自己的规劝终究也是无效。

只要柏茂琳动身离开夔州，他就要落实出峡的计划了。这是之前确定的方针。

不过也有好消息。

腊月岁尾的二十日下午，丁满又来瀼西，带来了弟弟杜观的书信，信中告知日前已从蓝田将家眷接到了江陵。

七月上旬杜观离夔州时，杜甫曾作《舍弟观归蓝田迎新妇送示二首》，希望杜观能在深秋时及时南返，自己在八月末会携家出峡、前往相会，并且已有卜居江陵的初步打算。八月时东屯稻禾未割、瀼西柑橘未收，怎能启程呢？他这个预想未免太过急迫。现在，弟弟携了新婚的妻子、冒着北地的寒天深雪，终于在暮冬到达了荆州，怎不让他激动万分！

这欢乐情绪是广德元年写下的《闻官军收河南河北》一诗的后续，虽然延迟了很多年。当时杜甫就急不可耐打算出峡，如今， 即从巴峡穿巫峡，便下襄阳向洛阳 的愿望即将实现了，虽然他并不打算回洛阳。

杜甫带着书信走出书斋，来到前轩，唤来了妻子，又让阿稽去叫来正在果园中游玩的宗文、宗武和杜董。

杨氏看过信说，这下好了，出峡后有观弟可以接应了。

没曾想，欢喜至极的家主竟然学了僚人合群作舞的动作，两手拉着妻子的袖口，在前轩庭院里转起了圈，惹得杨氏不住地嗔怪。丁满、孩子们还有仆人平时见到的他肃然端庄得很，哪曾见过他这副忘形模样，大家都看呆了。转完圈，他还是坐不住，在檐口下来回走，对了庭中那棵梅树的吐蕊枝头嬉笑。

杜甫留丁满在庄里一同晚食，他等不及就要写回信给杜观。这种情态下，只能以诗代信了，于是写出了《舍弟观赴蓝田取妻子到江陵喜寄三首》。

诗中先预告了明年开春后启程出峡的计划，过后又琢磨起了定居当阳的事：东晋时，被桓温誉为"江左之秀"的罗含，做荆州别驾时曾在城西三里小洲上筑茅屋而居，而他钟爱的梁代诗人庾信在侯景之乱时由建康逃来江陵，就住在城北三里的宋玉故宅。不知他们的旧宅如今归属谁家，要是能赁来居住多好，倘若短墙还在，就让墙头长满残草吧，倘若当年宅中的乔木还保留着，花开时倒可以观赏娱情。如果是住在其他地方，也请观弟代为寻觅像瀼西庄这样适意的别庄。

丁满还带来了另一长安旧友唐旻的来信。这位唐旻是武后时宰相唐休璟之孙，杜甫在朝中时与之有过交往，但不算很相熟。唐旻此前在京城任侍御史，去年初春贬施州刺史。本年接获调职，转任汾州[1]刺史，四月刚与裴虬完成交接。唐旻目前停留在巫山县，因裴虬的屡次介绍，这次特意来信，盛情邀请杜甫择时相聚。

腊月岁末的最后几天，峡中暖气融融，春信已至。

---

[1] 今山西隰县。

杜甫和家中孩子都一个多月未离瀼西庄了，二十五日这天特意安排了一次全家出游。雇了两匹驴，杜甫骑马，妻子和女儿骑驴。他还特意叫上了婢女阿稽、仆人信行和阿段，大家都放下手头的活计，一同出门去！家中无人看守也不行，于是委托了西邻长孙代为看家。

杜家这小队人先去了真谛寺，夫人和女儿在寺中瞻佛做施舍，他便在兰若中与心演法师共话。心演说刚刚收到大觉和尚的书信，邀他同去湖湘行脚。心演是本地出家的夔人，他虽然也很想行脚参访，却又舍不得抛下寺中僧徒和夔乡父老，正自苦恼呢。

杜员外当然能够理解心演。倘若此时觉得纠结不下，那就暂且好生待在夔州喽。自己初来夔州时也是如此，时间一长，慢慢地将心气调训好，到了感觉可以放心离开的时候再出峡也不迟啊。心演三十刚出头，还有的是时间。

以前都是心演开导员外，这回轮到员外开导心演了。法师还真的听进去了，决定回复大觉和尚，到后年开春，将寺中诸项事情安顿好之后再行出峡。

夫人和堇儿、阿稽要留在寺中，过后他和宗文、宗武、两个仆人就从山道向西，去了先主庙和武侯祠。

夔州回暖迅速，路边的杂草丛中，已冒出了嫩黄的迎春花。背阴的石土中，仍自余留了未化的积雪。阿段牵着马在前引路，唱起了报春的歌子。宗文、宗武一路聊着天。信行总记挂着采草药，这次出门也背了采药筐，手里拿了小铲。他总是落在最后一个，走走又停停，一路就在草木丛里拨弄寻找，这时筐里已经采集了不少紫草和桔梗的块根。

先主庙这里有大片草坡，杜甫下马在庙前的柱础石墩落座，休息了一会。鸟雀在庙前庙后欢鸣着，有几尾还落停在脚面跟前，它们似乎一点都不惧怕人类呢。望向前方的峡江，丝丝缕缕的雾气正自散去，江水低落而澄碧一色，平展有如镜面。视线内没有大船，只四五艘小艓在江边划行。夔州已是初春的物候景象了。

重新上马，他们五个人顺着弯转的小道下了坡面。前方不远处就是武侯祠的殿宇后身了。

啊，庙前的古柏没有被今冬的霜雪摧折，春意涌动的腊月里，枝头竟已冒出了新绿的针尖儿！去年的夏天和今年的夏天，自己曾多次来到这里避暑休憩，树荫下的小睡是多么的惬意。不久之后，甫也要和这棵见证了峡中沧桑的古树道别了！他伸出两手，久久摩挲着古柏那白霜样的树皮，仿佛人与树之间发生了某种常人无法辨听的对话。

古柏呀，甫不日就要出峡了，与你离别是多么地不舍。除了瀼西宅中的柑橘树，夔州的草木中，甫对你最是看重，寄寓了深情！还记得那首专为你写出的《古柏行》么？甫曾经为你抱屈！而现在，经历了很多的人世波折，甫再不会说出　古来材大难为用　这样的话了。因为你我命运相似，你并不期待遭人砍伐的命运，甫现在也不再瞩望京城朝廷那个官场了。不是灰心，而是断了念。你还会在祠庙前继续挺立数百年么？很可能没有问题，而甫的诗文在甫的肉身陨灭之后，也将留存在人

第四乐章　出峡　　771

间。倘若诗文的命数再好一点,能够达到不朽的程度,那么,即使你难逃劫数,枯萎死去,《古柏行》也将在后世留下你的形貌气度!

家主绕着柏树喃喃自语的时候,只信行一人坐在树下石条上陪伴。宗文、阿段已带了宗武溜去了八阵碛北坡上新开出的碛坝盐场。这里的山泉富含盐质,于是就在泉水流经的沿路搭设了拦截的木槽。有很多盐户民夫在大木桶中煮沸盐水,自坡顶到江边,一路上都水汽袅袅,情景很是奇异。宗武之前还没有这么近切地看过盐场呢。

孩子们回来的时候,杜甫正在武侯祠的正殿中,他又去瞻仰了武侯的塑像。这也是他停留夔州时完成的一桩小小事功啊。细看这雕像,塑得可有些粗糙啊,峡中毕竟还是没有北地那样的能工巧匠。他还和宗文一同讨论起塑像修饰的问题来。倘若自己是本州府主,定会替武侯重塑一尊更有风度的坐像出来。

出了武侯祠,主仆五人又去往八阵台,观看了冬日江水中露出的八阵碛。过后折返,来到了西堤。

杜甫去了冉武的邸店。冉武正坐在大仓房前晒日阳。此前东屯稻米售出,冉武助力不小,杜员外亲自上门来道谢啦。

员外莫客气,这都是顺手而为的小事。

问他的大兄冉魁怎生不在夔州。冉武说,大兄正在成都入货,航路受阻不能返夔州了。我昨日刚收到消息,正自烦恼呢。

这是怎么回事呢？

员外，你还不知道吧，泸州刺史杨子琳已经出军嘉州，切断了出峡的下江路！

天哪。蜀中警讯竟然来得那么快。杜甫也愕然了。

可是，冉武更为担心的还是夔州。冉家生意在峡中水道，根基就在夔州，倘若战火延烧过来，沿途的邸店和商船可怎么办？大兄不在也没有人可以商议，他不得不自己拿主意，因此已经决定要去荆州安排后路了，店铺货物或就要渐次转移。另一方面也要设法与大兄取得联系，协助他就地处理掉货物或转运他地，然后人要安全返回夔州。

员外，听说府主明天上峡，过后就要领了驻扎渝州的本军与泸州军一同围攻成都。这下可有好受的，前年的乱局又要再重演一遍！府主万一战败不敌，夔州定然也要遭殃！

你看，连船商都识得这个道理，为何他柏茂琳就不能认清形势，提早预料到结果呢？这一次，杜甫不是从使府官员口中，而是从冉武这里，明确听到了柏茂琳离开夔州的准确日期。

明天自己要不要去使府送行呢？不必了吧。处在目前境况下，柏茂琳应该是不太愿意见到自己的。那么，要不要与柏学士再联络一下？也不必了吧，自己和学士该说的话已经说尽，多说已是无益。就这样吧，就这样和柏中丞默默地告别吧。

不管如何，杜甫还是很牵挂柏茂琳的命运的。这一年多来，他毕竟是照拂杜家最有力的恩主啊。

由西堤又到了瞿塘驿，这天恰好又接到弟弟杜观的新一通

第四乐章　出峡　773

来信。杜观告知已在荆州西北的当阳找到了住处，正式邀请大兄携家前往。好吧，好吧，去与留的问题已无需思考了，他的去意已定。

回瀼西后，杜甫将家人和仆人全都叫到了前轩，简单说明了蜀中动荡的形势以及出峡离夔州的急迫。他将上船离峡的时间定在了正月中旬。

近日里就要物色资深有经验的"长年"和"三老"若干名，修整清理大船，准备出航。这件事就交由阿段去做了。瀼西庄也要尽快出手转让，明天会委托夔州相熟友人元持别驾、孟主簿和丁满代为留意寻觅合适的买主，也许会多费些时日。开春过后，信行在小园要多收蔬菜。多余的菜可以腌制在小缸里，行船时还可以带上。

宗文、宗武和杜荁自然要跟随了父母一同出峡，信行和阿段之前已有安排。当家主将目光看向立在厨间门口的婢女阿稽时，阿稽终于没有忍住，两手掩面哭了起来。她躲进了厨间，哭得好伤心啊，连带了杜荁也抹起了眼泪。杨氏连忙跑进厨间去劝慰她。

在场每一个人，包括了家主杜甫，全都感觉心酸苦痛。还有一个人也为阿稽的哭声动容了。这个人就是宗文，他跑去了果园的草亭里，直到天彻底黑下，阿段喊他去吃晚饭，他才回到了前轩。

不管如何，杜甫度过了他在夔州的第二个也是最后的一个冬天。

10

大历三年[1]的元日，瀼西庄很安静。

杜甫没有像前年在云安时那样将儿辈唤到近前训话，也没有写诗。他大部分时间都在书斋中闲坐。出售瀼西庄的消息已经放了出去，他正在等候回音。

这天也有访客。

下午丁满来瀼西庄贺春，还带来了前月离夔州的路凭的信。路凭信中告知他上月已到达任所凤翔府，路途一切安好，询问杜员外明春是否出峡。此外，还透露了西北边境的近况。去年十月，路凭的父亲、朔方节度使路嗣恭大破合围灵州的吐蕃，十一月再作运筹，趁寒冬时节分兵出击，上个月，吐蕃军已从灵州退却。

新年里听到这个消息，杜甫感觉很振奋，作《喜闻盗贼蕃寇总退口号五首》寄回给路凭，这组诗一连写了五首。不过，

---

[1] 768年。

他还是太乐观了,到该年八月,吐蕃复又卷土重来,十万众进逼灵武,二万众分击邠州,京师长安又将再次戒严。

晚上邀了丁满与家人一同在前轩小宴,杜甫稍微喝了点酒。饭后,丁满陪同员外在果园散步。杜甫挂着藜杖,走去了草亭所在的小冈。近来他的脚力愈益疲弱,走得很慢,丁满在旁欲要搀扶,杜甫摆摆手推却,如此一步步到得亭中。

这是大历三年的第一个暮晚,夔州的夕阳是如此绚烂。面对熟悉的景致,瀼西庄主人杜甫已是一种告别前的心绪,目光中满是柔情和眷恋。东面的天空,上部是绛色,下部是深沉的湛蓝色,衬托了这个背景,被夕光照亮了的白盐山尖峭仿佛是自然造化的一个凝固的寓言。它是这般的奇伟壮丽,引得杜甫不由如此发想:千百年后,甫的肉身,无数人的肉身尽皆陨灭,那时夔州的城池或已倾圮不存,江河或会涨溢,沧海或成了桑田,而白盐山那伟峻的姿影也不会有丝毫改变。

晚风吹拂着头面,送来了草木复苏的气息。夔州的壤土一到初春就生意盎然,遍地都可看到嫩绿的细苗,连柑橘树也分出了新的枝杈。

员外预计几时出峡?丁满问道。

瀼西庄售出过后就可以排算时程了。本来想中旬动身的,估计还不行。

离开夔州,离开瀼西庄,员外很不舍吧?

是啊。虽然只住了十一个月,不足一年,瀼西却是峡中三年里用心经营的一个家。倘若夔州安定,本来还会再待上一阵的。

要是再待上一年多好，出峡也可以更从容些。

是啊，甫的后半辈子里，都是被各地征战驱来赶去，从来没一个停歇。先是北地的贼乱，逃避无门，所以就向南投奔了蜀中。谁知来到没几年，西面有吐蕃犯境，本该联手御敌的军将间又发生争斗。杜相镇蜀，匆匆一年就回了京城，蜀中眼看着又要发生战乱。丁满你说，这人世间到底哪里才是无忧的安身地呢？

丁满思虑了一下，回复员外说：如此说来，就目前而言，只有湖湘和江南还算比较安定。北地到现在还不安稳，西有吐蕃，东北有并不顺服王廷的河朔三镇。

你说得对，甫也是这么想的。所以，故乡洛阳是回不去了啊。如果回了土娄故庄，不定哪天又会有乱兵袭扰，难道甫在衰年还要再窜命逃亡一回？

丁满能够理解杜员外的心境和决定。

可是，员外，出峡后的居处选定了么？有没有目的地呢？

先在荆州停留吧，看看是否有可以长久居留的机缘。观弟的当阳也不是不可以住，可他刚刚成家，官职也不显，我家那么多人也安顿不下啊。我呀，有一艘以前梓州章刺史赠送的大舸，今后以船为家也可以，或就一路泛舟去湖湘了呢。

这是杜甫第一次与人谈说出峡后的旅程。日后他就是沿了这条路线向东又向南旅行，栖泊于沿途各地。

返回书斋，杜甫从书箱中取出了之前让宗文制作的那具文稿匣盒。匣盒的高宽尺寸比一幅纸卷要略大，以数块桐木板榫

第四乐章　出峡　　777

卯拼接而成，四角以铜皮和脚钉固定。盒面为抽板，上面镌刻了岩间的一株梧桐，枝头上，一羽凤凰正展翅飞起。留白处还刻写了《诗经·卷阿》里的四句诗 凤凰鸣矣，于彼高冈。梧桐生矣，于彼朝阳。 匣盒遍身髹了黑漆，图像和文字均是阴刻，涂饰以金赤两色。

丁满看了不住地赞叹：这纹样镌刻得可真好，是哪位名匠的手作？

是我家宗文做成的。材料虽然粗陋，却很牢固耐用。你将我编成的诗稿抄誊后，这具文盒就留与你做个纪念吧。长安诗和早年诗因为尚未整理完，所以这次没有放入。

丁满有两重惊讶：一是没想到会收到这么精美的赠礼，二是这个文盒竟然是由员外的长男宗文制成。

至此，夔州诗四百多首，合共十五卷，蜀中诗近五百首，合共十七卷。每卷杜甫都以蜀纸亲笔誊录，前后粘连成一轴。三十二轴诗稿装入后，员外将文盒郑重地交给了丁满。丁满伸手接过时，盒面上凤凰的翅羽映着身后的灯火，反射了耀眼的光芒。

交出诗稿后，杜甫整个人变得很慵懒。

从初二开始，天气又有回寒。厚密的云层笼罩了夔州四境，日阳不见，一片阴惨景象。他在卧房和书斋里几乎躺了一整天，到晚食时才走出书斋。杨氏摸摸他的额头，没有发热，体温正常。问他怎么了，杜甫只说是犯春困了。

初三这天，杨氏将新补好的官袍、连着赤绂的银章鱼袋，一早放置在了床头。杜甫醒来后,侧躺着盯看了许久。坐起身后,他对杨氏说,今年正月这官服就不用穿喽。

正月初不是都要穿官服入使府的么?

柏中丞已不在夔州,路凭司马离职去了扶风郡,只元持一人代管州事。元持是我老友,不用去拜问。

看到官服随即想到了赴京误期的前事,又开始唉声叹气了。

永泰元年出蜀时,本想出峡后就转去长安,谁曾想会卧病峡中呢,你的夫子从此脱离了仕途生涯的要津,今后该回哪里去都不知道啊。

杨氏替他扣上了夹袄的扣纽,说道:回长安去也行,只是杜曲那个被人侵占的家须得设法讨要回来。长安地价可不比夔州,购买瀼西宅的八金只够一个零头。

杜甫一听皱起了眉:现在住在杜曲祖屋的毕竟是自己的同族宗亲啊。

宗亲也不能霸占我家祖屋,当初说好只给他们借住的。

话是这么说,可杜曲宅已弃置了十年,早可以登记为无主屋宅,杜曲的里正可能已经更改了户主。一想到回长安要处理这些劳什子,杜甫就头疼。没有授官,没有基本的生活条件,他就不回长安,这是之前就决定了的。这样回去,等于双重的受辱。

那么回洛阳呢?杨氏问,毕竟庄宅都还在,收拾收拾还是可以住的啊。

你忘了河北贼乱那时了?安禄山的叛军马队不消一个月就北

下攻破了洛阳。如今河朔三镇授了节度使,仍然形同割据,难保没有第二次啊。洛阳一带不时还传来兵乱的消息。还是南方更安稳一些。

这是杜甫夫妇第一次比较明确地讨论了出峡后的去向。

起身后,他整天窝在书斋里,人蜷缩在暖炉前发呆打盹。不过,这天他叫来了宗文,父子俩有过一次对话。

杜甫当面表扬了宗文制作的文盒。宗文当然很开心,不过,当他听说这个文盒已被阿爷送给了丁满,就有些生气。自己费心费力做成的文盒怎么这么轻易就送给他人了呢?

熊儿啊,我家搬来夔州后,丁满他帮了我家不少,平常送信和通报消息不说,这次售卖米粮不也出了很大的力?他还传抄阿爷的很多诗文,他不也是杜家的恩人么?就像柏都督和孟仓曹一样,你说是不是这个理?

宗文一想,的确如此。一众夔府官员中,丁满是往来瀼西最多的一个,在赤甲宅时也是如此。

丁满要将阿爷的蜀中诗和夔州诗抄录一份保存,那么你这个文盒装了阿爷的诗稿不也是很相称么?

原来是这样啊。那我改时再为阿爷做一个。宗文的心气已经平顺了。

好好好,那就再做一个。不过,马上要出峡了,估计也没有太多时间在夔州。文盒不急,今后你随时可以找来木料工具再做一个。

提到出峡,他的大儿沉默了。

熊儿，你不想出峡是不是？

宗文抬起头来，看定了父亲。是的，瀼西这个家多好啊，有园圃可以种粮、种菜，还有柑橘可以收获，屋宅多，地面又这么宽广。我很喜欢这里，不想离开夔州。

杜甫只能好言劝慰了：这些阿爷都知道，本来还想再居留几年的。可蜀中眼看着就要起战事，这里也不会安稳了。你想，柏都督倘若战败，阿爷与他走得这么近，夔州还能住下去么？

宗文以前没有想到这一层，他一直以为阿爷是憎厌夔州的。

阿爷和你一样，不舍得夔州，不舍得瀼西庄，也不舍得阿稽。他这最后一句就是专说给宗文听的。

宗文低垂了头，什么话也不说了。

身前的这个大儿，今年虚岁二十，已然成年了。眼下很多事，他一时或许想不明白，过后终究也会懂得的。时间过得可真快啊，天宝七载宗文刚刚出生时的模样还在眼前。可这会儿你跟儿辈讲这些有什么用，只有等到他们自己也当了父辈才会有知觉。

初四的早晨又飘起了小雪，降温明显。天气寒凉，早间都听不到莺鸟的叫声了，寒风在山麓地带啸鸣不止。到初七人日的早晨，虽然气温已回升，夔州上空依旧阴云沉沉，日阳还没有出来。

昨天女婿吴郎派仆人来庄里，说今天要带妻子来拜问。杜甫一早起身,静坐等候了。杨氏为他梳发时,本已稀疏的头顶又掉了不少白发,杜甫一根根捏拾起来放在掌心里细看。

要着官服么?杨氏问他。

在瀼西庄里穿官服给谁看呢?杜甫自己都觉得有些多余了。

丁满一早派来驿丁通报过啦,今日元持别驾、孟主簿都要来庄里探望你。

哦,那还是穿上吧。现在夔州留守官员中,毕竟元持是官职最大的一个。

他穿上了绯袍,在书斋里用过了早食。刚吃完,女儿杜堇跑了进来,手上拿着她和母亲用红纸新剪的彩幡、用零碎黄布揉扎成的几枝金花。她自己头上也插了一枝,头一动,金花就微微地颤动。

阿爷头上也戴上金花吧,今日庄里人人都插了呢。杜堇向他递过了一枝。

杜甫呵呵笑,这是孩儿们庆祝新春的人日礼俗啊。问她两个哥哥头上是不是也插了。

杜堇说是的,不信我去叫他们过来,给阿爷验看。

好吧好吧。寒天无聊,反正也没有外人看见,那就也随兴插上一枝吧。

他头上发量稀疏,只能横插在毡帽上,一眼看去很是滑稽。

杜堇嘻嘻笑,还拿来了铜镜让他照看。见到自己的镜中模样,杜甫不由也呵呵发笑。好好好,今日阿爷就做一个簪花员外喽。

他还头戴金花，走出书斋四处转悠。家里人见他这个打扮个个笑成了一团。

到吴郎夫妇来时，他头上的金花也不摘下，就这么与吴郎和大女聊天说笑。杜葵到厨间帮忙的时候对阿母说，今日阿爷的心情可真好啊。

夔州这一向天气阴沉，你阿爷在书斋里窝了好几天了，难得这么耍笑一下解解闷也不错。你们来了，他可高兴了。

是啊，今天是杜家人齐聚一堂的日子。

稍晚，元持别驾、孟恺主簿、驿官丁满也陆续来到了，他们各自随行的仆人还携来了年礼和酒食。元持这次还带了妻子儿女一同前来。家主杜甫站在果园草亭相迎，一拨连了一拨可真热闹，夔州使府的新春拜贺仿佛移来了瀼西庄。

前轩已经摆不下坐席，今日家宴移到了正堂中，铺了四张毡垫，从孟长老家借来了两张大平案。杜家和元家妇人孩子一桌，家主杜甫、女婿吴郎和三位客人一桌，因为要饮酒，就由阿段陪侍斟酒。

大女杜葵将杨氏推出了厨间，今日阿母就让我做主吧。她指挥着仆人们洗菜、斩鸡、烧煮和上菜，安排得很有条理。

元日已过，今日不喝柏叶酒了，元持带来了剑南烧春。因为是家宴，没有那么多拘束，主宾今日都饮了不少。哎呀，家主今日真是豪放啊，他三杯酒下肚，因为谈到了在元持家鉴赏过的李十二娘的剑舞，便让阿段去旁边书斋取来了宝剑，非要舞剑来助兴。

元持说你腿脚不方便，耍弄刀剑还是我来吧，你来弹琴。

于是又搬出了琴架，两个人对饮一杯后，元持持剑站立到了庭院中。他体态圆胖，身姿竟然还很灵活。当然，他的剑舞没有那么复杂，只是起势和收煞学了李十二娘的持剑上指的姿势，中间只是慢悠悠地在庭院里游走，一路比画呼喝而已。这可是夔州地方长官在舞剑哦，总体来说还是很有气势的。杜甫所演的琴乐是《寒松操》，配合了元持的作舞节奏加以调节变化。一曲收结，元持也持剑上举。座中主宾、妇人孩子还有仆人们全都喝彩叫好。

这两位老友不久之后都将离开夔州，这是一个特殊的告别式。此中也能见出他们之间的情谊。

贺春宴继续进行。那边，两家儿郎各自都来主桌向伯父敬酒，杜员外捉了元家儿郎在唠叨诗文，元别驾就和杜家兄弟谈论了他们的日课。

这边，杨氏和元持夫人也对饮了两杯。现在，她的面颊已经泛红，头也有些晕了。眼前的一幕让她感觉恍惚：家里有多久没有这样的欢闹场景了？印象最深的还是土娄庄新婚时的那次家宴，已经过去二十多年了啊。想到即将离开夔州，抛下瀼西庄，抛下阿稽，于是她的感伤又加了一重，眼里忍不住噙了泪。元持夫人劝慰说，眼下蜀乱在即，能及时出得峡去就好，今后这样的欢会还会再有的。

还会有么？杨氏并不很确定。

家宴结束，男客都在书斋中落座。元持先就报告了一个消息。柏如晦柏学士已携了大儿柏从简悄然离开夔州，他谁也没有通知。是驿官丁满前日在江边偶尔遇见的，柏家雇用了很多驴子将家中书物器具全都送来江边，装上了泊靠的大船。丁满询问学士，学士说这次最终决定移家荆州了。还委托他向员外和别驾致意，过后如来荆州还可再聚。

听到柏学士不告而别，杜甫大感意外。他心里觉得非常遗憾，二十五日那天应该和学士碰一下头，那么两人还可以有个正式的告别。自前年暮春移居来此，相识的很多人现在都已不在夔州城中：王崟，崔陵，王将军，崔公辅，孟洗，路凭，柏茂琳，柏如晦，柏从简，大家一个一个都已离开，仿佛被席卷峡中的一场旋风给带跑了。

瀼西庄的转售一事也有了眉目。

腊月下旬，使府有一位官员从荆南转来了夔州。他名叫卫南卿，接替了之前崔公辅的职位。此人兼官为太府少卿，与荆南节度使卫伯玉沾点远亲关系。他还颇为仰慕杜员外的诗才，近来常从友僚那里抄来吟诵。柏茂琳离夔州后，元持权代州事，与卫南卿也就很熟悉了。卫南卿此前一直暂住使府客堂，近来得知他正要寻觅居所，于是就介绍了杜员外你的瀼西庄。今天来呢，也是居间来询一个转让庄园的售价。

杜甫说这件事要和夫人商量一下，于是走出了书斋。他将杨氏叫来前轩，夫妇俩讨论过后，决定了出价：照理说应该还是以原价八金出售，可是，人家卫南卿未必有心买下果园来经营，商量来商量去，为了尽快出手，就决定屋宅和其他设施合价为六金，附带赠送外围的四十亩果园。杜家今秋柑橘出售，得了三金半，因此在总价上并没有吃亏。

回书斋告诉元持后，元持便起身告辞了。瀼西庄这么好的郊野别居，员外都降了两金出售，怎么会谈不成呢？他马上回城与卫南卿接洽。价格谈拢后，明日就带他来瀼西探看。

下午，云霾终于散去，日阳重现了。

第二天，如元持预告的那样，那位卫南卿果然来到了瀼西。杜员外带同了他在庄内各处屋宅走了个遍，也看过了果园。卫南卿很满意，双方说定后天就交付宅契和果园地契。

十日，杜员外和卫南卿一同去了元持宅，双方当场订下了契约，卫南卿立即遣奴仆将售金送去了瀼西庄。约定搬离的时间是在月内下旬。中午，元持摆了个小宴，招待成交了的这两位。

回程路上，骑在马上的杜甫心里空落落的。迁来瀼西将近一年，自己在这个家投入了很多的时间、精力和感情，如今就这么一下切割了去，实在有些难受。一月上旬的瀼水沿岸，成行的柳树借了回暖的春风已开始抽条，往来的渡船和捕鱼小艓也有很多。再过些日子，对岸东屯的农人又要开始新一年的农事了。可是，眼下的他已没有心情赏看早春风景，只求快快回到瀼西庄。

来到石门前，杜甫让奴子阿段停马，他要好好看一下庄园的入口。

石门边的篱墙内，梅树的枝头探出了墙外，飘来了幽幽的花香。杜甫闭上眼，吸了一口气，深深地嗅闻着：沁人的梅香过后，很快，到二月里，果园里的李树、桃树和柰子也将相继吐蕊绽放，到了暮春三月，柑橘将要迎来花期，千棵果树一同开花时，那宜人的百和香逸散在庄园各处，是何等的美妙。到那时，草坡与隙地，池边与土埂，各色花卉接续怒放，间以青苔与绿竹，望去如同五彩的锦缎一样哦。他坐在马背上，想象着无法再次观看的瀼西春景。

继续前行吧，阿段。

虚掩的门扇被推开了，他们走上了通往草亭小冈的缓坡路。到得亭前，杜甫下了马，让阿段先去拴好马匹，然后再将他的藜杖拿来。

他在草亭中坐望了很长时间，后面杨氏过来告知售金已送到时，他望向夫人的眼神是那么的伤感。杨氏就陪了他共坐，指点着熟悉的山野风景，两人在亭中又待了一会儿。山风吹身，渐渐感觉到了凉意。

回家吧夫子，杨氏说。

杜甫点了点头，撑扶了藜杖，站起了身。夫妇两个手携着手，一同走回了屋宅。

书斋的几案上，装着六金的那个布囊如此醒目。一个确然的事实已发生：已经这样了么？已经这样了。只能这样么？只能这样。现在，做了一年瀼西主人的他又恢复了之前的客身。

在书斋待得烦闷，他又去了小园。信行在松土，阿段在浇灌。这几天菜地里正在收菜，茅屋前放置了七八张大竹匾，打算将蔬菜晒干后制作腌菜。杜甫坐在绳床上，想起了去年忙于农事的情景。现在回头来看，那一段的生活是多么充实，多么自足啊。待在小园里，他同样也被感伤的回忆淹没了，不时地唉声叹气。有一回，还抬起两手蒙住了脸面，连头上的毡帽也侧歪了。两个仆人没有停下手中的活，一直担心地看着家主。

入晚，杜甫给巫山的唐旻唐使君写了封信，告知瀼西庄已售出，自己的出峡日期大约在二十五日前后。巫山将是离夔州后的第一个目的地，估计会停留两天。汉中王李瑀上月已离开荆州北返，缘悭一面，很遗憾终究未能再聚，友人李之芳还在荆州，于是又写了第二通信。明天还要给江陵的郑审、崔陵和杜位各写一封短信，他们三位都是荆南节度使卫伯玉的部属。自己到了荆州，自然需要联络交结。当然，还要通知已在当阳的三弟杜观。

从明天开始，就要安排搬家的事了。杜家人在瀼西庄还有最后的十来天时间。

在夔州寻找船工并不费力，阿段通过冉武，很快就招募到了两名"长年"、一名"三老"。船工都是年资很长的老水手，先检查船况，然后开始清洁船舱。十五日驾船从江口上行，将杜家大舸泊到了距离瀼西庄更近的渡口。船工又兼做了搬运的仆役，将部分家具、大部分存粮搬去了船中。阿段因为要跟随出峡，这天开始就宿在船上了。

宗文在庄内待得烦闷，常常去瀼西岸边的自家船上，到了过后仰面躺在船板上晒日阳。夔州已告别了惨淡的寒冬，头顶是明媚的天空，日光鲜亮。莺鸟在岸柳间不住地啼鸣，溪河上，鸥鸟和鹭鸶不时在水面飞掠而过。

阿爷所讲的出峡原因他已能理解，倘若说还有怨言的话，他抱怨的还是这个动荡不安的世界。从他记事以来，大半生涯都在迁徙中度过，对于旅行他从来都能适应，也充满了探索的兴趣。而在夔州，他第一次投入了视之为家的感情。这是从来没有过的。这感情的发生也许真的和阿稽有关。

阿段一直在擦洗前后舱板，忙碌不停，当他出舱来、倚靠了桅杆休息时，宗文找了个机会就询问了他。

我家出峡后，阿稽会怎样呢？

大约会回云安去吧。那里还有她的族人。

回云安过后呢？

看到宗文担忧的表情，阿段又说了不少安慰话：离开夔州，他也会想念阿稽。他们两个自小被卖给了船商，感情如同亲生兄妹一般。

少家主放心，倘若日后还能回到峡中，我会照料好她的。这是阿段的承诺。

这时，近处的瀼水渡船上有人落水，船上人一时大呼小叫，他和阿段的注意力都被引开了去，于是也就不再往下谈说了。

瀼西庄中，这几天杨氏已开始收拾衣服，当季换穿的衣物先放在外边，冬衣都收拾起来，装入了衣箱。暖炉只带三具就够了。剩下比较大宗的行李是那二十几口书箱了。因为要用油布包裹，所以全家除了信行（他在小园里收菜）都来书斋助力了。

东南两向的窗户都启开了,投照进来的日光让书斋里显得很明亮。因为之前书卷堆放有些凌乱,杜甫只能亲自动手整理。二千多卷整理起来可不容易,他眼力又不好,所以只能不时提醒宗文、宗武应该如何归类。已整理好的书箱还要打包,阿稽就在做这件事。

要不要也带上阿稽呢?杜甫心里还存了这个念头。他之前也问过夫人,杨氏说,菫儿在姐姐出嫁后一直没有伴儿,有阿稽在也是好的,况且她还那么能干。可是,夫子,出峡后我家真的需要三个仆人么?这是一个很现实的考虑。

杜甫的顾虑却是另外一个,他是一个很敏感的人。将阿稽带出峡,对大儿宗文来说,是好还是不好呢?说实话,他还真的说不准。

自己身前这个书箱已整理好,阿稽就拿了油布过来包裹。她头上扎了个抹额,两个袖子都挽起了,日光投照在她的身周,有一圈柔和的光晕。

突然,杜甫冒出了一句话:阿稽,要不要随我家一同出峡?

因为是突然说出的,阿稽起先来不及反应,过了一会才接收到家主的这个提问。

之前在云安时,严丹已赎出了她的官奴籍,现在她已是自由身。所以,当杜甫听她说出下面的话时,还是有些吃惊的:

家主,我要去大昌县,严县令之前在云安就说过,倘若不随员外出峡,可以去投奔他。还有,族人去年已为我说婚,开春过后我要先回云安去。

阿稽说出这些话时,手停了下来,眼睛呆呆地看着包裹好的书箱,语态却是平静的。她后面还悠悠地吐露了这么一句话:阿段很能干,今后就让他替我服侍家主和夫人吧。

这让在场所有人都大感意外,杜甫只讷讷地说了也好也好这样的话。有严丹照顾着,阿稽的未来生活也有了着落。杨氏保持了沉默,她觉得一切随顺自然就好。

听到族人说婚这一节,杜家人里面,只宗文的心里咯噔了一下。不过,他之前汹涌的热情已经冷却了下来,现在关心的是另一件事:自己出峡后,这个僚人少女的命运今后会如何呢?她是不是也同夔乡的妇人一样,会过那种辛苦操劳的生活?潜意识里,他一直放心不下。

看着阿稽被日光照亮了的颜面,宗文心底里升起了深深的哀愁。

家里边已收束停当,杜甫二十日傍晚去了元持宅,告知出峡的具体时程。他也给府主柏茂琳写了一封书信,委托元持转交。

元持说,自己说不定也没机会见到柏中丞了。前几日刚刚接到吏部发下的调令,不久也将上路登程。这次回长安,任职为刑部的都官郎中,虽然是平调,没有加授散官衔,职事也只是掌管俘隶簿录,但毕竟是京官。

杜甫当然要祝贺元持,过后又问:柏中丞和你都走了,夔州后面有人接任么?

元持说，夔州别驾的继任者叫张忠，此前在邛州任录事参军，是柏茂琳任邛州刺史时的嫡系部属，正月底将来夔州交接，自己在二月上旬也将出峡北归。两人又谈及蜀中的形势近况，杜甫得知柏茂琳的部伍已离开渝州到达了嘉州，与杨子琳部会合后，很快就会出兵围击成都。

杜员外啊，眼看着蜀中乱斗又起，你选择此刻出峡的时机是对的，切莫延误滞留啊。

之前自己和柏学士提出的停留渝州不再前出的建策，看来柏茂琳同样没有采纳。事已至此，还有什么指望呢？自己留交元持的这封信，不管柏茂琳能否收到，或者何时收到，且当作两人交往的最后一点痕迹吧。

元持过后几天要去大昌县，与兼理盐监的严丹安排峡中盐务，不能相送出峡，这晚就在家中设小宴提前为杜员外饯行了。严丹在杜甫卧病云安时关照有加，这次不能与他告别，杜甫特修书一封，转托元持带去。临别时，元持将杜甫送出了门外，各道珍重。此番分途，彼此都不知道何时才能重见了。

离开元持宅，杜甫心里又有些酸楚。自己与元持两人同在夔州，为何命运就如此不同呢？其实他也知道原因：第一，元持是现任的职事官，自己只是未实授的记名郎官；第二，元持有足够多的同僚来帮衬，其中还有同宗的右相元载。

这天路过瞿塘驿时，杜甫又收到了二弟杜颖从河南府阳翟[1]寄来的书信。杜颖去年年底已离开齐州，目前在阳翟县衙

---

[1] 今河南禹州。

作书吏。大兄在夔州的消息是最近三弟杜观寄信告知他的。

杜甫没有去过阳翟，但知道其方位就在洛阳西南百里。二弟这次任职的地方离偃师和陆浑很近了，等于已归返了故乡。回瀼西庄后，他一时高兴，又开了酒戒，一边饮酒一边追忆昔日在陆浑庄元日欢会的场景。时光匆促如湍流，几个兄弟忽而各散一方，他都疑心自己是不是在梦中。他和几个弟弟还会有重聚的一天么？

过后几天里，二十几口书箱、八口衣箱、装了新收蔬菜的箩筐和腌菜缸，先后送入了舟中。二十三日，搬入了家具、炊具和日用杂物。在瀼西住了将近一年，陆续添置了不少东西，有些只能留置原地了。当然，宗文还带上了他的木作箱。杜甫夫妇抽空拜访了里正和孟长老，正式向他们道了别。孟长老之前还觉得杜员外会在瀼西长住呢，彼此不胜唏嘘。

二十四日中午，孟恺和丁满在西堤酒楼设小宴饯行。与当初来到夔州时越公堂中的招待宴集相比，这样的送别场面真有些寒碜冷落。可是，再看现时的白帝城，使府厅堂中不也是空空荡荡了么？连城楼也感觉有异，旌旛无力地垂落，守卫兵士也少了很多。

孟主簿一向言语不多，座中差不多是丁满一个人在调节气氛。他元日时带回的蜀中诗和夔州诗，找了几个书吏一同誊抄，前日刚刚抄写完毕。这次完整读完杜甫十年里累积的千首诗篇，对杜员外更是敬重和感佩。他说了很多不舍员外离开的话，言语真切感人。

今后不能上门来讨要诗文抄录,让他感觉很失落!

员外出峡后,可否定时将诗文寄来夔州?一来可以定期联络,二来也便于保存与传扬。

杜甫爽快地答应他了。无论行去了何处,即便到了天涯与海角,他都会牢牢记得夔州这里的知心友人,一如江湖传为美谈的李白与魏颢的忘年交那样。

对丁、孟两位在夔州期间的照顾接应,杜甫再三感激,饮下了数杯酒。他也再三提醒他们现今蜀中的形势,倘若兵乱再起,一定要提前谋划。孟恺和丁满只能无奈地点头。倘若真的波及了夔州,他们都有职责在身,只能相机避乱了。

小宴过后,杜甫让丁满先去官驿,将他写给唐使君的第二封信寄出。信里告知了明天的出发时辰和到达时间。过后,由丁满和孟恺两位陪同,杜甫再次进入使府,登临了白帝城城楼。

春风迎面吹来,感觉暖意融融。江面上,一艘大舟正向西堤驶去,周边绕着几只小艓,大舟上的望风船工正向渔夫呼喝,让他们尽快避开航道。西堤一带的岸上,抽条的柳树伸展了嫩绿的细枝,鸥鸟不时在树间往来翻飞。眺望着春意复苏的夔州四境,难以想象这座宁静的峡中大城即将面临了一场无谓的危机。去年的暮春与秋天,自己就曾登临这里,写出过数首壮怀激烈的诗篇啊。

这时,丁满面对了峡江,诵出了那首《白帝城最高楼》:

城尖径昃旌旆愁,独立缥缈之飞楼。

峡坼云霾龙虎卧，江清日抱鼋鼍游。
扶桑西枝对断石，弱水东影随长流。
杖藜叹世者谁子，泣血迸空回白头。

丁满说员外夔州诗每篇都好，他独爱了这首还有《登高》诗。每诵一回，就情动于中不能自抑。员外的诗必将与天地同不朽啊。

听到这样的评语，怎能不叫杜甫感动肺腑！彼时的长安朝中，认可他诗才的故人们已纷纷去世，那些新人已在追逐新的偶像了。丁满虽只是官职卑微的驿官，却让他受到了极大的鼓舞，眼中顿时含满了热泪。

这天，瀼西庄所有的行李物件已搬移完毕。丁满过后又陪同员外最后一次巡看了瀼西庄。杜甫看着搬空了的屋宅和刚刚冒出新叶芽的柑橘树，心中越发地感伤了。他在宅园中没有太多停留，就让阿段牵马去到了瀼水岸边，夫人和孩子们正站在船头等待他归来呢。丁满将员外送上船后，船工们随即解缆行船。沿瀼水向南，前进到了江口，过后入江，绕了白帝城行驶了一圈，最后泊停在水门。

这晚杜甫一家宿在船上，阿稽也上船陪伴了杜堇。初春的夜中仍然寒凉，舱门已关合，杜甫在点着油灯的书案前一直坐到了夜中。他想起了初来夔州时的那个雨夜和当时的吟作。

在夔州的两年，恍如一场发生在峡山中的绵长的梦。

11

不连贯的梦，片段的词与句，庭院里的枣树，下方的屋宅与柑橘林，间错出现的篱墙与小径，池潭中的水声，书斋窗口的鸟鸣……杜甫很晚入睡，又早早地醒来。肉身已在舟船中，心魂却还在瀼西庄。

船身在轻微地晃动，承托着已醒和未醒的人们。书案上的油灯昨夜没有吹灭，此时灯芯的微火跳闪了一下，无声无息地熄灭了。卧铺所在的前舱顿时变得昏暗，外间的晨光趁机漏了进来。

等到适应了舱内的光线，杜甫才醒觉是在船中，自己将要出峡，而瀼西庄已成过去。他的神志已恢复，而头仍然落在了枕上。他是侧卧在书案前，被褥上添盖了那件青羔裘。此时，裘衣的毛须揉擦着脖颈，让他觉得躺卧是此时最适意的选择。而他的知觉器官已完全苏醒：舱外传来了轻微的步足声，偶尔还有噗刺的水声。

已是正月末了，早间不再寒气逼人，舱内的空气毋宁是凝滞而温暖的,其中还有灯油燃烧后的淡淡的油烟味儿。

外间的天光越来越亮,现在已能听到莺鸟的喧闹鸣声了。它们是在柳树上,还是在水门的古松间?夔州的这支早间合唱队神出鬼没,杜甫听觉模糊,辨听不出它们明确的方位。

身边阿段的铺位上,被褥是空的。这个少年奴子早早起身,到后舱与信行去准备早食了吧。阿稽昨天陪了堇儿一直谈说到很晚,她有没有住在舱中他并不知道。杜甫的心里又涌起了不舍的感情:与阿稽的分离,对他来说,感情上已同送女儿出嫁一样。

又躺了大约一刻,他披衣坐了起来。后舱里,孩子们和杨氏也都起身了。今日一早,吴郎夫妇和阿爷的友人们都要来送别,可不能晚起。杜甫听到杨氏吩咐宗文打开两边侧窗的语声。

前舱门也启开了,阿段和阿稽走了进来,脸面上都照映了明媚的朝阳。阿稽在身前跪下,膝行数步,向家主深深一拜。

今早就让奴婢为家主梳发戴巾吧。

杜甫一听鼻子就酸了,连忙说好好好。

阿稽的身边已搁了一盆热水,她将面巾沉浸一下后取出,递给家主洗面和净手。热巾交还后,阿段捧了面盆走出舱外,阿稽移坐到了家主的身后。

先整理拉直单衣的下摆,后面穿上了夹袄,杜甫抬起手臂,阿稽将侧边的襟扣一一扣上。过后要为家主梳头了:她的动作极轻柔、极小心,卷束,上簪,接着是戴巾、戴帽了。阿段这时又回进了舱内,手捧了铜镜坐在家主身前照映着,让阿稽可以检验巾子和毡帽戴得正不正。

一双新袜已备好,阿稽将他昨晚入睡时穿的厚袜退下,替家主穿上了她新近亲手缝制的新袜,系上了袜带。

家主,今日是穿官服还是便服?阿稽轻声地询问。

便服吧。今日来相送的都是平日熟交的友人,没有什么官礼程序。

杜甫站起了身,将两臂张开,阿稽便在身后将袍袖套入了他的手臂。因为是便袍,只须简单地束上腰带即可。阿稽跪在舱板上,整理了袍子的下摆。

一双乌皮履已放在脚边,将鞋履穿上后,杜甫看了看镜中的自己:一个形容虽已衰老、目睛仍然灼亮的老人。

阿稽仍然跪在舱板上没有起身,她的面容正好映现在了镜中,眼里有明显的泪光。杜甫俯下身来,将她搀扶了起来。

阿稽啊,过会与我们一同早食吧。

阿稽擦干了眼泪,和阿段又退了出去。这时,夫人和孩子们也已穿戴整齐,来到了前舱。

杜家人在前舱一同吃过了早食,阿稽现在坐到了杜堇的身边。哎呀,两个人在说什么悄悄话呢,一边吃一边还在嬉笑,原来今日大儿宗文特意扎上了一个夔人样的抹额。

看到宗文这副打扮,杜甫也起了童心。他对杨氏说,今日不戴毡帽了,我要学了熊儿模样,也扎一个抹额。

杨氏取笑他:在瀼西那么多天都没见你扎抹额,非要离夔州前才扎,夫子可真是任性啊。

就这么任性一回吧,多一点欢笑,可以少一点告别的眼泪!

　　杨氏问他要挑什么颜色的布条。杜甫说,和阿段一样赭色就好。

　　一家人吃完早食后不久,女婿吴郎和女儿杜葵就来到了水门。他们一踏进船舱,看见父亲这个模样先吃一惊,过后忍不住发笑。阿爷怎么变成一个獠人长老啦,虽然他还穿着北地的袍子。

　　过后,驿官丁满来舟中将他接去瞿塘驿前亭时,杜甫仍然扎了这条赭色抹额。因为看到了员外深爱夔乡的一面,丁满对他的爱敬又加了一重。

　　刚刚来到前亭内,孟恺与卫南卿已来到驿馆,见到杜员外这个打扮也都忍俊不禁,说笑间四人各自分座。

　　前亭的轩廊俯瞰了近处的峡江,朝阳投照水面又反射到廊中的梁脊上,水光闪烁,右面的柳林和左面的松林里,各色的鸟雀正在喧鸣。

　　孟恺说,今日的峡江仿佛集齐了初春的所有光色,都在为员外的出峡送行啊。

　　杜甫说,夔州的一草一木、一花一鸟都令人难忘。

　　丁满说,夔州的草木花鸟,早就被员外写进诗中啦。

　　卫南卿询问员外出峡后行程,杜甫答说今日行程离夔州很近,早间下舟后先会在邻近的巫山县停留,唐使君正在那里候着他呢。卫南卿因为之前与唐使君有过数面之缘,与现任施州刺史裴虬也相熟,所以两人又谈说到了裴虬的巨量藏书。

第四乐章　出峡　　799

杜员外有多少藏书呢?

现在不过两千多卷了。贼乱之前在洛阳和长安两地合共也有七八千卷。过后流徙各地,藏书散失了不少。

虽然不及狂爱藏书的裴虬,两千多卷也不少了,卫南卿如此感叹。

杜甫又想到了另一件事:不知南卿兄何时搬入瀼西庄?甫有一事相求。

员外但说无妨。

甫在云安时,当时的县令严丹曾送来僚人婢女名叫阿稽,她手脚勤快,人也聪敏,跟随了两年多,家人都很喜爱。她的官奴身已由严丹赎出,现如今打算返回云安。南卿兄如果不嫌麻烦,能否让她在瀼西稍作停留,我担心她一时没有去处。

员外哪,听你这么一介绍,我都想把她留在瀼西庄了。我家后天搬入,正好缺一个熟悉状况的仆婢来调度照应。阿稽她想住多久就住多久,完全没有问题。只是南卿也有一请,不知员外能否应允赠诗一首?这,也是丁驿官的意思。

丁满忙在旁边配合了拱手作揖。

当然可以。留赠南卿兄,也等于留赠了夔州啊。

丁满见员外应允,赶忙叫驿丁拿来书案、纸笔,还亲手磨墨。杜甫稍作构思,便写成了一首《将别巫峡赠南卿兄瀼西果园四十亩》。诗题还特别提示了赠送果园一事。卫南卿接过诗篇览读,连声称赞。

因为今天要及早起航,大家在前亭没有耽搁太长时间,卫南卿、丁满、孟恺又将杜员外送回了船上。水门两边狭长的坡岸勾勒出弓曲的弧线，接近城门处向内凹进，形成了一个天然小泊港。杜家的大舸此时正沐浴在幽静的晨光中，解缆待发。

杜甫上船前，卫南卿将跟随的仆人唤近身前，从仆人手里接过了一个小包袱。

杜员外的诗文，我已在丁满这里看过一些，非常喜欢。临别前，有一件小礼相赠，就算我送别员外的一点心意吧。

仆人将包袱布打开，内有一只描金匣盒，盒盖抽去，里面盛了一方名贵的端州紫石砚。多么雅致的礼物啊，论价值，实在也超过了二金。卫南卿这个人不但颇识风雅，心思也很细密。此前庄园交易后，他已从旁人那里听说，杜员外这次是折了两金的价格才出手瀼西庄的。这人情还得非常恰当。

杜甫也不推拒，深拜表示感谢。

三名船工站在各自身位上，只等船主发出起航的号令了。阿段已站上了桅杆，眺望着前方的水面。

女婿和女儿杜葵刚才一直在船中，这会儿，杨氏、宗文、宗武、杜堇将他们两个送出了舱门。杜葵与阿母、妹妹相拥作别，眼睛早已哭红。见阿爷上船，她扑通一声跪倒在地，抓住了父亲袍子的衣角。杜甫将她扶起身，对她言道：要好好保养身子，我的葵儿，今后还要好好护持吴郎和肚中的孩儿。等孩子大了，就给他诵我的诗吧。杜葵一听便已泣不成声。

阿稽此前一直坐在舱门边看着告别的一幕，眼睛已哭得通红。杜甫一家回到舱中后，她就跪伏在舱板上作最后的告别。杨氏拥她入怀，不停拍着她的背来安慰。过后，她从堇儿手中取来了一个小囊。

阿稽啊，这几年日日相处，我和员外都很喜爱你。临别想送你一件东西留作纪念。她展开了小囊，对阿稽说：这是我当年出嫁时从母家带来的一枝小金簪，算是给你的成婚贺礼。

阿稽的脸涨得通红，说什么也不肯收。杜菫扯她的袖子劝她，她还是一个劲地摇头，连家主亲口相劝都还是不肯。两相牵扯多时，到末了，阿稽从怀中掏出了那只木鸳鸯。她看定了杜甫夫妇，说出了下面的话：家主，夫人，金簪是夫人旧物，阿稽不能收，阿稽有这个已经足够。

在这样的场合，听到这样的话语，宗文的心已被揉碎了。这个时刻，他简直不想离开，而要继续留在夔州，留在阿稽身边了。青年人的热血在上涌，可他的脚足却不能动一动。他是杜家的长子，还没有到可以自立的年纪，有很多很多事他还做不了主。

这一天也是宗文的成人礼。他在今后的人生里，将永远记取这个美好的峡中少女。

阿稽下船后，杜甫一家人走出了船舱，与站在岸上的亲友们告别。杜甫刚刚吩咐阿段开船，两个"长年"撑出竹篙在岸上一抵，杜家大舸才稍稍离开江岸，心演法师、里正窦全安、孟崧长老骑了三匹驴子赶到了。他们见船已离岸，连驴子也顾不上系好，忙不迭走下了石阶。

孟崧长老呼叫道：天不误我，我带了法师和里正一同来给员外送行啦！孟主簿见状连忙上前搀扶。杜甫看见他们到来也很激动，然而已不方便下船，孟长老、窦里正和心演法师三位的心意只能心领了！

　　船起航了，岸上亲友挥手告别，杜甫站在船头连连长揖回礼，每一低首，抹额的飘带就落在了颊边。今天戴上的这个僚人饰带无疑也是他真情实感的流露：他意外地停留峡中三年，在这个南国偏州竟然住了那么久，而且，他在这里还写下了那么多的诗篇！虽然他口中时常抱怨这个偏僻蛮乡，可是在他的心里，无疑对夔州是充满了感激和喜爱的。此际回忆起的每一幕、每一景、每一人、每一事都值得怀恋与回味。

　　此生永别了，夔州！

　　阿稽走上石阶，独自一人站在高处的松林边，她也在不停地挥手。杜家大船来到江中，顺了航道水流，即将快速驶过白帝城和夔门，宗文最后回望时仍能看见站在古松树荫下的她，那个越来越小的身影仍自在向他挥手。

　　此时，阿段已经爬上了桅杆的第一节，眺望着前方江面。桅樯的顶端，那指示风向的木鸦偏过了长尾，赤白两色的鸟目正谛视着东方。下水极其便利，不像上水时需要雇用民夫沿岸牵引百丈，两个"长年"几乎不费体力。但他们丝毫不敢懈怠，手持长篙，警惕地站在船头两边观察前方的水情，口中不时呼喝着，向舵手"三老"传递航线水况。

　　初春江水低落，水势并不汹涌，涡流也少，杜家船快速穿过了两岸耸峻的崖壁，向着巫山县的方向而去。

　　杜甫、宗文、宗武也都站在船头，他们都在感受出峡的航速。头顶，有两羽白鸥从驶离夔州水门那时起就一直伴随，不

第四乐章　出峡　　803

时左右交叉，飞掠而过。宗文跑去后面厨间抓了一小把谷米撒在舱顶上，其中一羽低飞试探了一会儿，落停下来啄食，另一羽随后也同样飞落。因船工们的呼喝走动，它们不时又受惊飞起。

不是三年前万年桥伴飞的白鸥，也不是云安江面的白鸥，它们是夔州的白鸥。父子三人看着它们，如看着追随送行的友人一般，各自想起了心头的事。

下水船行迅速，杜家船上午辰时四刻出发离夔门，巳时四刻左右即抵达了东面七十二里的巫山县。唐旻按照之前通知的时辰正在江边等候呢。巫山县还在夔州境内，杜甫手撑藜杖下船时，感觉自己还在夔州呢。

中午，唐旻在驿馆招待小宴，为杜员外解乏；下午，巫山县令裴倚也来到了，两人之前在夔州使府宴集中已有数面之缘。此时才知裴倚是玄宗时故相裴光庭之孙、祠部员外郎裴稹三男，唐旻与他在长安时为结盟兄弟，故此才会在巫山长时间停留。这天晚上，唐旻在巫山驿为杜员外摆设了饯行宴会，场面可比夔州热闹多了，县中官员尽数列席，还有伎人歌乐助兴。

这是杜甫在峡中第四次观赏宴会歌乐了，这回听的却是本地僚人歌队唱出的巫山谣。闻听这熟悉的歌调，杜甫回想此前夔州生涯，浮想联翩。下一支歌却让杜甫大感意外：这裴倚喜好音声，之前从丁满处抄去了《夔州歌十绝句》，特意撷取了其一、其四、其五、其六、其七五首，教习僚人以北语唱出。当听到歌队唱出其五中　瀼东瀼西一万家，江北江南春冬花　两句，杜甫再也控抑不住，热泪顿时涌出。

宴集散后，又与唐旻、裴倚促膝夜谈。杜甫说此前怎么没和裴县令多有来往呢，除了瞿塘驿的丁满，原来在巫山还有一位知音在啊。唐旻说夔州府主一年三变，裴倚来夔州应付公事完毕，总是匆匆返回，可他一直默默关心着员外的诗文呢。丁驿官每次抄录了新诗，隔天都会随了下峡驿船送达。

原来如此啊。

在巫山县停留了两夜。第三天清晨，唐旻、裴倚和县衙官员都来送别，裴倚还向船中送来了两瓮巫山好酒，一筐时鲜蔬菜。杜甫感激其热情招待，于驿馆屋壁当场写出《巫山县汾州唐使君十八弟宴别，兼诸公携酒乐相送，率题小诗留于屋壁》致谢，过后与唐、裴两位拥抱分别，再次登船起程。

离开巫山县，与夔州渐行渐远，杜甫在舱中低垂了头，心情郁郁不乐。他的神思还留在巫山，留在夔州呢。家人们却不是这样：大儿宗文跑去舵工那里，观察他掌舵的技术，因为会说蛮语，很快就和那位云安籍的"三老"混熟了。过后又走去桅杆那里，学习攀爬桅杆的动作，也学着阿段在瞭望江面。后舱里，两边的舷窗都已打开，光线敞亮。夫人在窗下补衣，杜堇在看姐姐留给她的几样小礼物，宗武摇头晃脑在诵日课。哎，为何他们这么快就适应了船上生活，而自己却还被无数记忆缠绕着呢？他独自在那边长吁短叹。

在舱内待得烦闷，他将阿段唤来，将乌皮几和书案移去了舱门口,又铺设了毡垫,这样就可以直接观看峡江景致。两岸的山崖高耸入天,连绵层叠不尽,崖顶不时可以见到涌出的山泉,水珠溅落成细长的瀑布。崖壁上,初春的灌木已青翠葱茏,无数藤蔓从高处垂落,一直抵到了石滩。岸边野树姿态各异,有些枝叶荣茂,有些仍是枯黄。低处的江石则爬满了墨绿的苔藓。岩嵌中,不时可以看到蹲坐着的黄毛黑面的长尾猴,手里啃着野果,当船只驶过,扭头木然地呆看。岸边野鸭似乎见惯了行船,不受打扰地在水中嬉游。只有亲临了三峡才会感知其壮美,之前在长安看到的山水图画和巫峡宝屏都不能及其万一。

家主,前方是神女峰哎!

航道即将进入一个转折时,桅杆上的阿段呼叫起来。杜家人一起出舱观看。

北岸的连绵峰峦中,出现了如白盐尖峭那样的峰顶,然而还看不出神女之姿。此处水路兜转,两名"长年"在船舷边来回奔走呼喝,"三老"非常小心地掌着舵。当杜家船转过弯道,眼前出现了一座近乎直立的山崖,山脚直插江中。这天是大好晴天,峰顶尖峭转换角度后改变了形态,一根细长的巨石兀立指天,边际围绕了数片白云,望去的确宛若神界少女。

"三老"转了舵,杜家船靠向沙岸,船速慢了下来。杜甫站立船头仰望许久。过后经过高唐观、昭君村、屈子三闾故里,船工都会像这样停船,让员外一家观览。沿途的各处名胜古迹,杜甫之前都是纸面写到,并未亲临,如今已一一亲眼目睹了。

二十八日过巴东县。二十九日过归州（汉中王李瑀已不在此处，故而没有停留）。每在傍晚时，杜家船都会选择沙岸泊宿。

出峡途中也有惊险可怖的时分。

三十日过西陵峡和下牢关。此处峡江航道几度曲折，滩多流急，又兼礁石密布，"三老"和两名"长年"迎来了一次严峻考验。水势异常地汹涌，漩涡翻卷，波峰迭起，如在滚沸一般。涛声轰鸣有如风雷激荡，浪沫飞溅如同冰雪迸散。因为有船工提前的预警，舷窗和舱门都已关闭，杜家主仆包括了阿段都回进舱中安坐，杜甫索性就在铺位上躺卧了下来。

激浪重重地拍打着船舷，舟身摇晃不止，水沫透过舷窗和船板的缝隙流进了舱内。杜甫一家个个惊惶不安，女儿杜堇抓紧了阿母的手，几次惊叫出声。阿段守在中舱的一堆书箱和衣箱前，尽管奋力推扶，二十几个书箱还是翻倒了一半，捆扎包裹的油布全都濡湿了。听到中舱的躁动声，躺在前舱铺位上的杜甫坐不住了，连声询问情况。

幸亏这样的险况并没有延续太长时间。此处峡江虽然暴猛，水流却比之前快速得多，约半刻时间后，外面的浪涛声小了下去，船身也不再摇晃。杜甫仿佛脱离了死地一般，脸色苍白，呼吸紧促。

过了下牢关，杜家船转折向南，不远处就是夷陵了。此刻江面已恢复了平静，峡中布满了雾霾。杜家船在一处沙岸泊靠下来。至此，舵工"三老"和两名"长年"虽已疲惫不堪，还是将舱板清理擦干了一遍，阿段也一起来帮手，而信行就要准备今夜的晚食了。杜甫感激船工的辛苦奋勇，这天晚上开了一瓮巫山酒来慰劳。三个船工没有在船上饮酒，他们在岸滩上砍来灌木枝条，燃起了一堆篝火，一边说笑一边豪饮，喝醉了就放声高歌，阿段在船板上来回递送酒食，过后也加入了他们的合唱。僚人的歌声透过舷窗再次传入了舱中。歌声提醒了杜家人：夔州还未远，他们此刻还在峡中呢。

三十一日清晨，下了一场春雨，细雨如丝，在峡中飘扬飞散。崖壁的草木经了雨水的洗刷，更是翠碧如画。因早间阻雨，杜家船到雨止后的巳时才重新起航，江面如蜿蜒迂曲的绿锦伸展于前。

下午到达了硖州夷陵。

前年十月，硖州刺史刘伯华曾委托李潮来求诗，两人曾有书信往来。泊宿一夜后，第二日早间，杜甫登岸去了驿馆，请驿官入州府联系。这天，刘伯华因有紧急公务恰好要离州城，晚上就委托了硖州长史田侍御在渡口津亭的水榭摆酒饯行。当夜席间，宾主分韵赋诗，杜甫吟成了《春夜硖州田侍御长史津亭留宴，得筵字》。

二月二日早间离硖州，杜家船就此驶出了四百里长的三峡。此时，与夔州已隔得很远了。

继续沿江而下，傍晚前到达了宜都，在县城津亭停留过宿。过了宜都，下一站就是松滋县了。从松滋出发，荆州已在一日之程。

　　自广德元年初次起意出峡,至此已过五年,如今愿望实现,杜甫的心情却异常复杂。他时常忐忑地自疑:离开夔州,抛下瀼西庄,究竟是不是一个确当的决定呢?老实说,他无从判断,也并不知道答案。仆人信行到任何地方都可以安之若素,之前在成都、在云安、在夔州,他都是如此。夫人、女儿、宗武就不一样了,每新到了一个地方,因为满目都是新鲜的风景,新鲜的人物,他们很是喜悦兴奋。三个船工即将完成出峡的航路,可望得钱归返峡中,因此也面带了喜色。

　　大儿宗文有些怏怏不乐,原因不难推想。而平时一直活泼开朗的阿段情绪也有些异常。离开家乡数百里的他感觉若有所失,第一次勾起了怀乡之情。

　　与此前峡江航道不同,长江进入宜都地境后,江面一下变得异常展阔。

　　正是暮晚落日时,霞光照映在绿绮般的江面,一弯蛾眉细月升起在东面的江陵上空。江中小岛烟雾缭绕,近处沙洲之上,早春初生的荻草和菖蒲不及一尺高,已在晚风中微微摇曳。野雁在河港的水栅上起落争鸣,分尾的燕儿正绕着杜家船桅杆上的木鸦上下翻飞。

　　这时,空中又出现了两羽白鸥,在头顶来回飞掠。它们定然不是从夔州伴飞到巫山的那两只。莫非是来自夷陵?

　　可是,这两羽鸥鸟并没有停留很久,它们在船顶盘旋了一会儿,很快又向着东面飞去,在夕光中渐渐没去了身影。

杜甫未曾想到,天宝七载投赠韦济的《奉赠韦左丞丈二十二韵》中的那两句诗,已从寓言变成了现实:

白鸥没浩荡,万里谁能驯?

他后半生的命运,正与展翅翔空的白鸥相同。

附录:[1]

出峡后的余事

大历三年春杜甫放舟出峡,到江陵后,船一靠岸他就冒雨直奔时任江陵行军司马的从兄杜位家。在这里,他与江陵少尹郑审和友人李之芳再度欢聚了。

过后,杜甫一家溯沮漳河[2]而上,去了三弟杜观所在的当阳。杜甫与家人寄居此处数月。可是,当阳城小偏狭,弟弟又立身未稳,他最终没有选择居留。

回到江陵,杜甫在城中租得一小院,开始与当地官员往来。因杜位和郑审的介绍,杜甫拜见了荆南节度使卫伯玉,数次参加了使府的游宴酬唱。但这回不像在夔州,他并没有受到府主的另眼相看,更不用说宦途的提携。因常常进入使府当清客,去得多了,连幕府门吏也轻视他。杜位和郑审对他也慢慢

---

[1] 附录内容基本上根据杜甫诗文与史料写成,部分细节内容为小说作者的推演虚构。(作者注)
[2] 长江中游北岸支流,沮水、漳水在当阳汇合后,合称沮漳河。

冷淡了下来。

他在江陵幕中遭受的冷遇，在《秋日荆南述怀三十韵》一诗中有充分的表露，其中"饥藉家家米，愁征处处杯。休为贫士叹，任受众人咍"两联有自叹饥贫的语句。不过，他出峡积得的旅资此时还剩余很多，并没有到不堪的程度。他的牢骚，全因投谒无门而起。

这年夏天，杜甫在江陵设法为长子宗文娶妻，宗文妻原籍蜀中眉州青神，其父姓颜，排行为十，在离江陵南九十里的公安县任县尉。暮秋时，杜甫携家登舟，去往公安。到后不久，从江陵传来了老友李之芳病殁的噩耗，杜甫闻之十分哀痛，为作《哭李尚书之芳》。在公安憩息数月，年末，闻知旧友韦之晋出任了湖南观察使，他选择了南下湖湘，去往岳州。

岁末严冬时，杜家船抵达岳州，泊宿岳阳楼下。杜甫曾登岳阳楼远眺，写出名作《登岳阳楼》。

大历四年，杜家船一直在湖湘间漂游，先由岳州到潭州，过后又由潭州到衡州[1]，复又折回潭州，沿途与相识官员都有往来。这一年中，杜甫的身体状况再次遭遇了危机，消渴和风痹的症状愈益严重。因为没有固定居留，采药不足，药资消耗甚大。出峡两年，当初携来的旅资已消耗过半。

大历五年四月，湖南兵马使臧玠杀潭州刺史兼御史中丞、充湖南都团练观察处置使崔瓘，发动叛乱，杜甫再次避往了衡州。时从舅崔沣任郴州录事参军代摄州事，杜甫原打算前往投谒。

---

[1] 今湖南衡阳。

行至耒阳，遇夏季江水暴涨，只得暂泊方田驿。耒阳县令聂氏素闻杜员外诗名，闻讯即驰书慰问，送来牛炙、白酒。杜甫过后曾上岸，从陆路去四十里外的耒阳县拜访聂氏，留作长题诗《聂耒阳以仆阻水，书致酒肉，疗饥荒江，诗得代怀，兴尽本韵。至县，呈聂令，陆路去方田驿四十里，舟行一日，时属江涨，泊于方田》致谢。

由耒阳到郴州，需逆流而上二百余里，此时洪水未退，杜甫改变行程，顺流而下折回了潭州。初秋时，宗文所娶颜氏妻在潭州诞下幼女，幼女不久即早夭。

暮秋九月末，杜甫决心北归长安杜曲旧家，作《暮秋将归秦，留别湖南幕府亲友》。由秋入冬时，杜家船从潭州北上转回岳州。登程不久，病况即加剧，杜甫在舟中写出了绝笔诗《风疾舟中，伏枕书怀三十六韵，奉呈湖南亲友》。未抵岳州，即于初冬十月上旬某日在昌江县[1]境内不愈去世，终年五十九岁。

出峡之后历时近三年的最终旅程，杜甫与家人基本都在船上渡过。章彝赠送的这艘帆船成为了真正意义上的家。因为常在舟中，他的腿足愈加不良于行。寄身船中，还有一笔开销是雇用船工的费用，但即便在境况窘迫之时，杜甫仍时常 减米散同舟，路难思共济。 这三名船工都是在公安县所雇，数年来一直不离不弃。

杜甫由公安去往岳州之前，思来想去，最终将獠奴阿段遣

---

[1] 唐代岳州的属县，治所在今湖南岳阳平江县东南三十里金铺观。

回了峡中。临别时给予路上米粮和盘缠，嘱咐他回夔州后一定要寻得阿稽。你们两个情同兄妹，当从始至终，不能离弃。这是他最后嘱告的话。阿段难以割舍，于岸堤上痛哭跪拜。杜家船入湖湘时，只有仆人信行陪伴左右。

杜甫去世后，杨氏将杜甫棺柩暂厝于岳州昌江。出卖大船后，携宗文夫妇、宗武和杜堇北还荆州。时杜甫三弟杜观仍在当阳任职，尽心照拂大兄家人。到当阳后，宗文妻又诞一子，名叫青神。来年，杜堇亦在当地出嫁。大历十年[1]，杨氏在当阳去世，终年四十九岁。

母亲去世后，宗文移居了公安。其间曾回蜀中寻访伯父杜占，途经夔州、云安时访求阿稽而无果，怅然离去。回公安后，于大历十四年壮年早逝。其后颜氏妻携儿返回青神，杜甫后裔的一支由此回归了蜀中。

大历九年，宗武二十三岁，投谒桂州刺史兼桂管防御观察使李昌巙。李昌巙与柏茂琳同为严武拔擢的衙将，与杜甫有旧谊。大历元年八月为剑州刺史，曾与柏茂琳合力攻崔旰，其后迁辰锦观察使。李昌巙怜惜故人之子，收留宗武于幕府，举荐为"试正字"。大历十年，杨氏去世前，命宗文发信桂州，嘱宗武不得归当阳。大历十一年，宗武告假，由桂州返江陵，祭母于当阳，省觐叔父杜观。其时，杜甫成都之旧识任华亦在桂州幕府任参佐，曾作《送杜正字暂赴江陵拜觐叔父序》记录此事。

---

[1] 775年。

宗武生二子，长男杜嗣绍，次男杜嗣业。李昌夔建中二年[1]任江陵尹、荆南节度使。建中三年为少府监，四年十月转迁京畿、渭南节度使。恩主李昌夔罢荆南节度赴长安后，宗武弃官，携二子重返父亲的卒葬之地昌江，守墓定居。因家贫，一直未能将棺柩移葬故乡偃师。

宗武于元和初年[2]去世，嘱咐其子杜嗣业完成遗志。

元和五年，元稹因弹劾河南尹房式不法事，被召回罚俸。途经华州敷水驿与宦官仇士良、刘士元发生争厅事件，宪宗贬元稹为江陵府士曹参军。元和八年，杜嗣业多方求乞，焦劳昼夜，起祖父灵柩于岳阳昌江，欲归葬偃师祖墓。途经荆州时，得知元稹爱赏祖父诗文，登门拜请元稹作《唐故工部员外郎杜君墓系铭并序》。后杜嗣业又起祖母杨氏棺柩于当阳，是年冬，杜甫夫妇终于同归故乡偃师旧庄。此时，距杜甫旅殡昌江已四十三年，距杨氏去世三十八年。

一如杜甫和柏学士所预料的，大历三年，柏茂琳遭遇了重挫。

是年三月，泸州刺史杨子琳，趁崔宁（即崔旰）入朝，率数千精锐骑兵自嘉州取眉州，攻入成都。柏茂琳率军自邛州围合新津，荆州军在渝州引而不发。崔宁弟崔宽时为成都尹，与杨子琳交战数次失利。五月，王廷为应对蜀中乱局，升崔宁为

---

[1] 781年。
[2] 806年。

附录：出峡后的余事　815

剑南西川节度使、检校工部尚书，责令平定成都之乱。六月，崔宁回蜀中，调遣剑南军和西山军反击。秋七月，崔宁妾任氏，出家财十万募兵，得勇士千人，合同讨击。

七月末，柏茂琳所帅邛州军先被击溃，侄儿柏崇礼战死，退入渝州，还夔州。八月初，杨子琳引兵退归泸州，遭遇围城。因城中粮尽，且大雨不止，不得已弃城败走。其后招集数千名逃亡士兵入江东下，言称将入朝。柏茂琳手下军将、涪州守捉使王守仙在黄草峡设下伏兵，皆被杨子琳所部击溃俘获。杨子琳继而攻击拒守忠州的王守仙所部，王守仙孤身逃脱。随后，杨子琳与柏茂琳彻底反目，九月趁势又攻夔州，杀别驾张忠。

柏茂琳自夔州逃脱，出峡投靠荆南节度使卫伯玉。卫伯玉行绥靖之策，只派荆州军封堵硖州水路，听任杨子琳占据夔州。柏茂琳以卫伯玉为后盾，岂料却成了卫伯玉的弃子，算度失误，进退失据，夔州也为人所夺，政治上是彻底地失败了。

杨子琳听从幕僚刘昌裔劝说，遣使者前往长安请罪。大历四年二月，代宗任命杨子琳为硖州团练使，其后转任澧州刺史。大历五年臧玠叛乱时，裴虬、李勉、杨子琳三刺史一同起兵讨击，臧玠重金贿赂，杨子琳竟然取赂而还。

柏茂琳客居荆州后即告病罢官，未几年即去世，谥号为肃，卒赠户部尚书。柏学士与长子柏从简后赴扬州定居。

夔州战乱中，女婿吴郎与妻子杜葵避去了大昌县，未受侵害。驿官丁满过后则来到了江陵，与回到当阳的杜家人取得联系。合杜甫早期诗和湖湘诗，又辑成十八卷。这是经杜甫亲手编订的六十卷，可以说是杜诗的家藏本，当初只在荆州一带流传。

杜甫旅食长安时，与娶了玄宗女临晋公主的郑潜曜有交往。郑潜曜父亲郑万钧亦娶睿宗女代国公主为妻，郑万钧卒于天宝七载，去世后有樊晃者，为作墓志《大唐故银青光禄大夫卫尉卿赠工部尚书驸马都尉荥阳郡开国公郑府君墓志铭》。樊晃开元二十八年进士及第，又中书判拔萃科。为郑万钧作墓志时为吏部常选，尚未授官，杜甫与樊晃由此结识。其后杜甫在凤翔行在任左拾遗时，樊晃被派往汉中为判官，杜甫曾作《送樊二十三侍御赴汉中判官》送别。

大历六年，即杜甫去世的次年，樊晃出任了润州刺史，因当时杜甫诗文在江左一带传扬不多，特为搜罗，编集了《杜工部小集》。此为杜集最早的选本。樊晃又作序，对杜甫诗文推崇备至，史家皆论定樊晃为杜甫身后第一知己：

工部员外郎杜甫，字子美，膳部员外郎审言之孙。至德初，拜左拾遗。直谏忤旨，左转，薄游陇蜀，殆十年矣。黄门侍郎严武总戎全蜀，君为幕宾，白首为郎，待之客礼。属契阔湮陁，东归江陵，缘湘沅而不返，痛矣夫。文集六十卷，行于江汉之南，常蓄东游之志，竟不就。属时方用武，斯文将坠，故不为东人之所知。江左词人所传诵者，皆君之戏题剧论耳，曾不知君有大雅之作，当今一人而已。今采其遗文凡二百九十篇，各以志类，分为六卷，且行于江左。君有宗文、宗武，近知所在，漂寓江陵，冀求其正集，续当论次云。

元和八年，元稹受杜嗣业所托，作《唐故工部员外郎杜君墓系铭并序》，亦给予杜甫诗极高的肯定：

> 至于子美，盖所谓上薄风骚，下该沈宋，言夺苏李，气吞曹刘，掩颜谢之孤高，杂徐庾之流丽，尽得古今之体势，而兼人人之所独专矣。使仲尼考锻其旨要，尚不知贵，其多乎哉！苟以为能所不能，无可无不可，则诗人以来，未有如子美者。

两年后的元和十年，白居易在江州司马任上时写成《与元九书》，对杜甫也极力推崇：

> 唐兴二百年，其间诗人不可胜数。所可举者，陈子昂有《感遇诗》二十首，鲍防《感兴诗》十五篇。又诗之豪者，世称李、杜。李之作，才矣！奇矣！人不迨矣！索其风雅比兴，十无一焉。杜诗最多，可传者千余首。至于贯穿古今，觑缕格律，尽工尽善，又过于李焉。

大约在同一年，元白的同代人韩愈写有《调张籍》一诗，第一联的开篇即对李杜诗的价值做出了超越同侪的高度肯定：

> 李杜文章在，光焰万丈长。

代后跋：

杜甫、马勒与《第九交响曲》

　　永泰元年（765年）正月，杜甫辞严武幕。四月末，携家离成都，经嘉州、戎州、渝州、忠州，八月至云安，因病滞留。

　　大历元年（766年）暮春，自云安来到夔州。

　　客居夔州将近两年，健康状况堪忧，又要为生计辛劳，杜甫却迎来了创作的高峰期。前后两个秋天，他在创作上都很高产，几乎一天一首的频度。

　　大历三年（768年）正月登舟出峡，先至江陵，过后漂泊湖湘。

　　大历五年（770年）冬，在由潭州往岳州的舟船上病逝。

　　时间切换到1906年和1907年，奥地利人、作曲家马勒遭遇了命运的三连击：女儿玛利亚去世，在维也纳歌剧院和纽约大都会歌剧院遭遇了排挤和挫折，以及被医生确诊患有严重的心脏病。

1908年马勒返回欧洲,卖掉了沃尔特湖迈尔尼格的乡村别墅,在南蒂罗尔州的托布拉赫买了一幢农舍静居,重新投入了创作。

在这里,马勒先完成了《大地之歌》,过后整个夏天投入了《第九交响曲》的创作。他感到了"命运威胁的迫近",进入一种"完全燃烧的状态"。

三年后的1911年5月18日,马勒去世。翌年6月26日,《第九交响曲》在维也纳首次公演。

初看上去,杜甫和马勒似乎很难搭上关系。两人年代相隔久远,又各在东西两域。不过,马勒在托布拉赫的创作却受到了东方中国唐诗的直接影响。

据钱仁康教授和其他学者考证,《大地之歌》的灵感来源是汉斯·贝特格(Hans Bethge)的德语译诗集《中国之笛》(以唐诗的德文、法文和英文译本为参考进行意译)。马勒挑选了七首唐诗的译文,以此为歌词素材,创作出了这部交响套曲。

《大地之歌》包括六个乐章[1]:

第一乐章《愁世的饮酒歌》(*Das Trinklied vom Jammer der Erde*),歌词转译自李白的《悲歌行》;

---

[1] 关于《大地之歌》各乐章的译名,历来众说纷纭。经综合比较,笔者采用了钱仁康先生的译法,参见其2000年2月发表在《上海音乐学院学报》上的论文《〈大地之歌〉歌词溯源》。(作者注)

第二乐章《寒秋孤影》(*Der Einsame im Herbst*)，歌词转译自钱起的《效古秋夜长》；

第三乐章《青春》(*Von der Jugend*)，歌词转译自李白的诗篇《宴陶家亭子》，德语译名《陶瓷亭》(*Der Pavillon aus Porzelian*)；

第四乐章《美女》(*Von der Schonheit*)，歌词转译自李白的《采莲曲》；

第五乐章《春天里的醉汉》(*Der Trunkene im Fruhling*)，转译自李白《春日醉起言志》；

第六乐章《告别》(*Der Abschied*)，歌词转译自孟浩然的《宿业师山房期丁大不至》和王维的《送别》。

最后一首歌的标题即《告别》，意境就来自王维那首诗：

下马饮君酒，问君何所之。
君言不得意，归卧南山陲。
但去莫复问，白云无尽时。

而《第九交响曲》的第一乐章也承续了《大地之歌》第六乐章的主题动机：令人心醉的惜别，死亡与忧虑，甜蜜的销魂，无名的兴奋。两首作品都有一个共同基调：对人生和所热爱的世界的惜别之情。在《第九交响曲》最初三个乐章的乐谱上，马勒写有这样一些文字：

"像一个葬礼的过程。"

"啊青春！丢失！噢爱情！消失！"

"告别！告别！"

马勒的研究者阿尔班·贝尔格曾如此评论《第九交响曲》的第一乐章：

> 第一乐章是马勒所写的音乐中最美丽的音乐。它所表现的是在死亡到来之前对这个世界的深沉的爱，渴望在平静环境中的这个世界的生活，以及对大自然最深程度的爱。由于死亡的肯定到来，整个乐章是建立在对死亡的预示上。死亡不断地重复出现。所有对尘世的迷恋达到了一个高峰。所以我们总是在最为纤细的段落后，不停地听到上升的爆发。这种预示最强烈地表现在意义深远的死亡强有力地宣布它的到来的可怕时刻，这是一种生活的痛苦中的欢乐。[1]

"生活的痛苦中的欢乐"，马勒的创作情态与一千多年前夔州时的杜甫是多么相像啊！

杜甫同样也是衰弱多病，同样饱受世间社会的轮番打击，他的幼子和幼孙女同样也先后早夭，更重要的是，他和马勒同样在人生的尾段奋力向上，写出了不朽的杰作。倘若抛开音乐

---

[1] 引自李秀军：《〈第九交响乐〉的艺术特色》，《生与死的交响曲：马勒的音乐世界》，生活·读书·新知三联书店 2005 年版，第 247 页。

作品与诗歌作品在形式与材料上的差异，仔细鉴赏和比对他们各自晚期作品的基调，就可以发现更多的相同处：比如悲愁而壮美的音色，比如命运的浩叹，比如身心的焦灼，比如对尘世万物的眷恋，以及对人类的无私的爱……

这"命运的对位法"，在大脑皮层中生成了闪电，让我在投入《征旅》的前期构思时联想到了马勒。多么及时的馈赠！投入创作的这一年，我反复聆听《第九交响曲》[1]，愈加强化了这个跨界的直觉。

与马勒之前的交响曲不同，《第九交响曲》出现了新变化。之前他往往很强调主题动机的前后贯穿与呼应。而在《第九交响曲》中，这一手法出现了变异，只在最后乐章里有一处引用了第三乐章的"环绕、旋转式的动机"。他以慢板（Lento）的第一乐章替代了快板的第一乐章，与已经成为马勒曲风定式的结束部分的柔板（Adagio）前后呼应，形成了在一头一尾的两个慢板乐章中镶嵌两个较为活跃乐章的全新套式。

在乐章之间的调性布局上，马勒之前在《第五交响曲》《第七交响曲》中让结束乐章的调性比第一乐章的调性移高了一个半音，用以表现肯定的内涵情绪。而在《第九交响曲》中，结束乐章的调性比第一乐章的调性低了一个半音。这是从瓦格纳

---

[1] 推荐 Sir John Barbirolli（我戏译为"芭比萝莉"爵士）指挥柏林交响乐团的版本，演绎最为精彩。另一个给予我音乐上的刺激启发的是巴赫的《哥德堡变奏曲》。（作者注）

那里学来的表现痛苦感情的衬托法。

调性布局图式如下（我自作主张添上了一条曲线轨迹）：

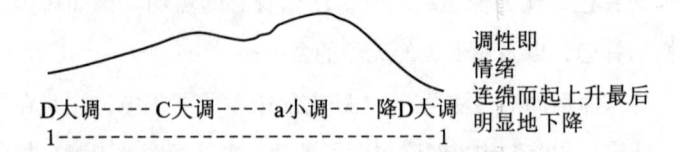

```
D大调---- C大调---- a小调----降D大调
1----------------------------1
```

调性即情绪
连绵而起上升最后明显地下降

马勒的作曲法[1]让我想到《征旅》也可以尝试类似的篇章布局，即这部小说可以采用拟近《第九交响曲》四部乐章的结构。我在之前的《降魔变》中也采用了四章结构。不过，那本小说其实借用的是四幕剧的手法，并没有单一主人公，每一幕及其所属的若干节段都有焦点人物，然后再用人物群像之间彼此交织的心理动力来做串联。

而《征旅》的主人公只有一个，那就是杜甫本人。

《征旅》是我计划中的"诗人传"三部曲的第一部[2]。回想起来，酝酿已有多年：在2015年再次细读陈贻焮先生的三卷本《杜甫评传》后，就生发了初念。2018年，取得了陈先生家人的正式授权，打算以《杜甫评传》为底本编纂一部《杜甫诗大成》，同时开始进入了《征旅》的创作准备。

---

[1] 以上写到马勒的部分，大多引自中央音乐学院李秀军教授的专著《生与死的交响曲：马勒的音乐世界》。在我找到的马勒研究资料中，唯独这本书里有具体作品的曲式分析，令我大开眼界，获得不少启发。（作者注）
[2] 另两本是李商隐题材的《少年李的烦恼》和白居易题材的《池上》。（作者注）

从《杜甫评传》入手，过后又搜集、阅读了不少和杜甫有关的研究专著和论文。对于《征旅》创作影响比较大的还有简锦松先生的《亲身实见——杜甫诗与现地学》《唐诗现地研究》《杜甫夔州诗现地研究》，日本学者古川末喜的《杜甫农业诗研究：八世纪中国农事与生活之歌》，以及吉川幸次郎先生的《读杜札记》和莫砺锋先生的《杜甫诗歌讲演录》。《征旅》的构思是在中日两国杜甫学者共同研究的基础上获得的，它的诞生首先应该归功于这些前辈学者。我从他们的研究成果中获得了很多启发，眼界得以打开，同时也感受到他们对杜甫和杜甫诗的深爱的感情。没有感情，是没有继承发扬的动力的。在此意义上来说，他们就是我创作上的恩人，《征旅》的恩人。

以小说形式来表现杜甫，不宜完全按线性时间来铺排他整个的人生（那是传记的功用，而不是小说）。小说的作用是聚焦和放大、变奏和强化，因此就需要选择一个能够折映、体现杜甫整个创作生涯的关键时段或典型时段。

与当时和后代很多诗人不同，杜甫是积极表现日常生活的一个诗人，这是细读杜甫诗后获得的一个突出印象。在八世纪的中叶，从永泰元年（765年）到大历三年（768年），杜甫在夔州停留接近两年（加上云安，差不多是三年），作诗四百三十多首，几乎一天一首！古往今来，从未有诗人如此密集地记录日常生活与抒写精神世界，如同诗的日记或私小说，其中很多内容都可以转化为小说的材料。这是杜甫意欲超越有限肉身的惊人一跃，也是文学史上的不朽奇迹。

另外，杜甫在峡中的三年，尤其是在夔州的两年，在诗创作中展开了大量回忆。因此，聚焦夔州这个时段，向前可以追述他在青春时代、旅食长安的十年和蜀中岁月的片段，向后也可以带出他出峡后的尾声。无疑，夔州时段是小说叙事上最佳的黄金分割点。

结构和调性上拟近《第九交响曲》的四部乐章，叙事内容上以夔州诗为主要材料。做出以上两个判断后，《征旅》就有了一个原型胚芽或初轮廓。

去年初春二月，完成《奥登诗选》和《战地行纪》的再版校订后，即以《杜甫评传》和《亲身实见——杜甫诗与现地学》的附录二"杜甫夔州诗编年简目"为基础，开始准备创作资料集。

由此就确定了"入峡""火与雪""农事""出峡"这四个乐章。

如《第九交响曲》一样，"火与雪""农事"就是两个较活跃的乐章（与杜甫的实际生活活动非常吻合）。"入峡"与"出峡"就是慢板乐章，第四乐章的尾部，杜甫一家重新回到了舟中，再次面对了前途未知的浩茫天地，与"入峡"有着呼应对位的关系。

虽然杜甫夔州诗里的内容已足够丰富，但仍然不足以构成一个具有独立生命的叙事世界。

海明威在谈论小说叙事技术时曾用过一个冰山的譬喻："冰山在海里移动很是庄严宏伟，这是因为它只有八分之一露在水面上。"

套用一下他的说法,杜甫的夔州诗只是在水面上的八分之一冰山,剩下的八分之七就需要由叙事者来完成建构。由此就带来两个方向的思考:

第一个思考,是如何经由叙事,使主人公杜甫获得一个全息影像。多年来,我们对杜甫的认知一直停留在诸如"爱国爱民""忧愤老苍"这类刻板的标签上,事实上,这仅是他的某个侧面,而绝非他的全貌。杜甫评论自己的创作时也用了"沉郁顿挫、随时敏捷"这两组词语来表达,表明了他创作上的多样性。

杜甫的性格以及实际生活活动,无疑有着更多的层面和色彩。

第一乐章"入峡"中,杜甫相对比较郁闷、闭塞,社交活动很少。到第二乐章"火与雪",全家迁入了夔州城中的赤甲宅,杜甫的社交生活也开始增多。他在夔州当地的官员人际网络中是游刃有余的,能够很好地应付处理。而为谋得出峡旅资,后面更是展开了积极活动。他把握时机,最终也达到了预期目标,获得了东屯督田的授权。他关心朝政国事、关心民瘼疾苦,常为自己仕途的挫折而感怀激烈,自然有"沉郁顿挫"的一面,但这时"随时敏捷"的另一面也表现了出来,能做出务实的判断,也能果断行动。

到第三乐章"农事",杜甫展开了经营性的行为,其间发生了不少戏剧性事件。"随时敏捷"以外,又展现了一种类似堂吉诃德的喜剧性色彩。

杜甫的性格中有一种痴魔、狂诞和天真。

痴魔体现在他全身心投入写作时,每当专心吟诗时,他就会完全与外部隔离,不管不顾地投入。

他自少年时起就恃才傲物,狂诞的言行就是此一心态的外化。在成都草堂时,他写过一首《狂夫》,这首诗的后两联就是一幅自画像。即便身处窘困境地,他的志气仍旧那么豪放:

> 厚禄故人书断绝,恒饥稚子色凄凉。
> 欲填沟壑唯疏放,自笑狂夫老更狂。

他还有天真甚至不乏可爱的一面,尤其是喝醉酒过后。这方面的事例也有很多,比如他在大历二年写的《醉为马坠,诸公携酒相看》和《夜归》。

杜甫爱哭也爱笑,这哭与笑的两面,在杜甫的夔州诗里都有体现。

我后来在吉川幸次郎先生的《杜甫小传》的第六节看到了类似的表述,虽然吉川先生讨论的是杜甫喜好谈论政治的一面:

> 所到之处,对各种事物,立刻就对这对那感到不满,这种性格,作为凭着自己的力量,开拓新的文学真实的诗人来说,至为合适,杜甫诗歌的伟大,也正由此而生。但是,作为政治家来说,却是不适合的性格。甫"好论天下大事,高而不切",历史就是这样评论的。世间的人们,即

使承认他这个理想家中的唐·吉诃德性,也决不会认为他是个政治家。这一点,到了晚年,他自己似亦有觉察。但是,杜甫依然不断地呼号着,表白着,甚至丢人现眼亦在所不辞地不断倾诉着。[1]

第二个方向的思考,就是如何在《征旅》中模拟交响曲中的多声部效果。除了杜甫这个主要声部,还需要其他声部来配合、对比和协调,如此,这个叙事世界才是有机的,丰富的,可信的。

简略而言,这个多声部来自他的家庭生活和外部社会生活。因此,除了杜甫以外,就需要围绕他建构起一内一外的两组群像。

家庭生活构成了内部的群像,由妻子杨氏、长子宗文、次子宗武、二女杜董、僚奴阿段、婢女阿稽、仆人信行构成,担负平肩舆的柏夷、辛秀较为次要一些。

上述人物中,四个少男少女(宗文、宗武、阿段和阿稽)构成了一个可以抵消成人严峻生活的缓冲部,一个洋溢着青春活力、突破族群差异的小社会,一个小乌托邦。从少年们的视角,可以折射杜甫身上那种类似堂吉诃德的"狂夫"色彩。

与夔州使府官员、过境官员和各色居民的社交活动构成了外部群像,这其中有夔州历任主政者、使府官员、将军、当地

---

[1] 引自[日]吉川幸次郎:《中国诗史(第二版)》,章培恒、骆玉明等译,复旦大学出版社2012年版,第213页。

小吏、屯田行官、僧人、商人、伎乐人等等，也有夔州本地住民、农人和船工。有些出自杜甫夔州诗中的真实记录，有些就需要做合理的推想和虚构。

在众多的过场人物中，无疑夔州刺史柏茂琳是一个焦点。

还有一个比较棘手的问题，那就是杜甫诗应该以何种面目出现在小说中。我不想让《征旅》降格为杜甫诗的串讲，让小说变成诗的附庸。因此，结合上述关于小说布局结构的思考，就做出了如下的处置：在小说正文中不出现单篇的诗作，尽量将诗作内容消解、溶化在叙述语流中，杜甫的吟句可以变作他内心独白的一种。出现的诗作要有利于塑成整部小说的基调。

《征旅》除了第一乐章"入峡"部分有穿插性的回忆段落，基本上还是采用了常规的线性时间叙事。不过，在线性叙事中也叠合、糅入了不同人物、不同视角的平行叙事，即以杜甫的主观视角为主，根据情况再同步穿插多种视角。这次，我还努力学习（当然不是照搬）了萨拉马戈在《里卡尔多·雷耶斯离世那年》中的技法：将客观白描、主观独白、上帝视角与多人物视角相互交叉，随时可以作无缝跳接。巧合的是，萨翁这部小说也是以诗人为人物原型（葡萄牙诗人费尔南多·佩索阿）。

先要能够看到、感觉到、触摸到，然后才能写出。这是我的一个写作信念。

当深深沉浸在杜甫诗篇的氛围世界中，原先横亘在面前的古人与今人、过去与现在、偶像和读者、诗与生活之间那些障碍壁垒已不复存在，杜甫不再是一个固定的标签、一个被偶像化的大诗人，他变成了我可以感知、可以接触、可以了解的一个同时代人。当思虑的意念足够集中，沉浸的时间足够长，我的惊喜发现就越来越多，到最后，那个闪光的时刻就自动到来了：我能清楚明白地看到杜甫，看到他周边的各色人物，看到夔州的一切。原先纷乱的线索开始变得有序，过后各自聚合又相互生成。当捕捉到开篇第一句话的语调后，《征旅》就自动展开了。

2月至6月，完成了创作资料集的一稿和二稿，这是酝酿构思的关键时段。尤其是第二稿，整部小说的结构轮廓和关键细节已接近饱满。

自6月中旬动笔，到10月31日写出了初稿。过后以一个月时间再度过滤与修调。

12月2日，《征旅》诞生。第一乐章"入峡"的叙述时间点是在永泰二年（766年）。这间隔了一千两百五十五年的回望与致敬，现在已告完成。

于从容斋

2021年12月2日